仮面ライダーBLACK SUN　異聞／イブン

CONTENTS

第二部　銀の黄昏

本作は、映像作品『仮面ライダーBLACK SUN』（原作・石ノ森章太郎、監督・白石和彌、脚本・髙橋 泉、
製作：東映株式会社「仮面ライダーBLACK SUN」PROJECT）を原案に、
著者が独自に小説化した作品です。

ブックデザイン＝林健太郎デザイン事務所
ストーリー構成協力＝山崎 優

仮面ライダー

Kamen Rider BLACK SUN

仮面ライダーBLACK SUN 異聞／イブン

［第一部 黒の黎明］

プロローグ

闇路〜１９６３

信越地方の山間に小さな村があった。

住人たちからはただ〝村〟とだけ呼ばれている、名のない村だった。後に一部の者たちから〝地図にない村〟と呼称されるように、村の住人以外はその存在を知らない不思議な村落だ。とりたてて山奥にあるというわけではないが、近隣の者たちもなぜかその村があることに気づかず、足を踏み入れることもできない。

一九六三年――日本中が翌年開催の世界平和祈願国際運動大会で湧き始めたその年の夏のことである。

小さな田畑で農作業や、牛の世話をしていた数少ない住人たちは皆、その手を止め、ゆっくりと空を見上げた。太陽に月が重なり、その光を阻《はば》もうとしていた。

――日蝕《にっしょく》である。

予《あらかじ》め聞かされていた村人たちも、いざ異変に直面すると、皆、不安そうな顔になっていた。そんな彼らに対し、

「僅《わず》かの間のことだ。案じることはない」

そう声をかけて歩くのは、夏らしく白い麻の着物に身を包んだ、恰幅《かっぷく》のいい中年男だった。頭には浅くカンカン帽をのせている。

彼の後ろを行くのは背の高い女と作務衣《さむえ》の坊主頭の大男だった。女は山村には不似合いな黒いタイトなワンピースで、真っ赤なルージュが余計に場違いな感じを与えていた。男の方は背が高いだけでなく、レスラーのような体格で服の上からでも筋肉の発達が窺《うかが》える。木から彫り出したようなゴツゴツした顔だ。

「そろそろ時間ね――ダロム」

女が着物の男に声をかけた。男は振り向いて答えた。

「そうだな。記念すべき瞬間だ。様子を見ることは叶《かな》わないが、せめて近くで待機していよう――ビシュム。おまえも来るがいいバラオム」

〝村〟の奥、住居や集会場から離れたところに一軒の〝小屋〟があった。屋根や壁が僅かに歪《ゆが》み、仕上げも雑で素人が建てたものであることは明白だったが、小屋と言い捨てるには大きく天井も高い。中に

引き込まれた太いケーブルは最寄りの電線からの盗電に使われているものらしいが、些《いささ》か物々しかった。

そこは住人たちからは〝研究所〟と呼ばれていた。

その〝研究所〟の中は雑然というよりも混沌《こんとん》としていた。中央に大きな手術台がふたつ、その周囲にはメスや鉗子《かんし》などの手術用具が収められたワゴン、心電計、アナログ式のオシロスコープが数台、壁の棚には金属の小箱や薬用らしい茶色い小瓶がみっしり詰め込まれている。床にはタイルが敷き詰められていたが、隅には黴《かび》が浮き、決して清潔な環境とはいえなかった。

「――月が太陽を隠した。始めるぞ。日蝕の時間は僅かだ。南《みなみ》、まずは抵抗器＝〈サプレッサー〉からだ」

手術着の秋月総一郎《あきづきそういちろう》が声を上げた。窓にかかった薄いカーテン越しの光が完全に絶えている。

「……」

「南！」

「あぁ、わかってる」

南正人《まさと》はそう答えたが、頻繁に瞬《まばた》きを繰り返している。

「……」

秋月は不安だった。

パートナーである南はまだ迷っている。それは大きな問題だ。これからの〝手術〟は普通の〝手術〟とは違う。〈ストーン〉を直接埋め込む手術も高度なもので失敗の可能性も高いが、今回はそれ以上だ。大きな危険が伴う。しかも手術対象は二名いる。場合によっては南を外し、自分ひとり……否《いや》、正規の医者ではないが有能な助手であるあの男……三反園《みたぞの》とふたりで進めることになるかもしれないが……やはりそれでは手が足りない。

「三反園君、頼む。用意を」

「はい」

秋月に短く答えて、部屋の隅に控えていた三反園と呼ばれた青年――三反園幹夫《みきお》が中央に進み出た。秋月や南と同じ水色の手術着に身を包んだ、陰気な顔をした男だった。

「――準備をします」

三反園がぶるっと身体を震わせた。

三反園の身体が瞬時に変化……否、変身した。人の肉眼では捉えられない速さで、服から露出している頭部、両腕がまったく別の形になった。頭はなにか昆虫のそれのように節が重なった卵のようになり、黒真珠のような一対の眼《め》。口からは束になった細い触手が垂れている。袖から出た手も細長い触手の束に変貌していた。

「……秋月、もう大丈夫だ。始めよう」

ようやく覚悟を決めたのか、南がそう言った。

（大丈夫か、南）

秋月はその言葉を呑《の》み込んだ。南は秋月よりも一歳上でもう五十も後半だ。だが、今はそれ以上に老けて見える。生気が失われた肌がかさかさになっていて、老人のようだ。

（いや……）

鏡を覗《のぞ》いてみれば自分もそんな有様かもしれない。秋月はそう思った。

「ふたりとも麻酔は十分に効いています」

三反園……昆虫人間に変貌した際は〈ノミカイジン〉と呼ばれる……が、変化した口を震わせ、秋月たちに報告した。

秋月と南は手術台の傍《かたわ》らに立った。二基ある手術台には少年がひとりずつ寝かされていた。

ひとりは南光太郎《こうたろう》。南正人の息子。もうひとりは秋月信彦《のぶひこ》。秋月総一郎の息子。ともに十一歳の少年だった。思春期前の胸の薄い華奢《きゃしゃ》な身体を見ていると、秋月にも南のように躊躇《ちゅうちょ》する気持ちが芽生えそうになる。

「……開腹を始める」

秋月がそう言うと、〈ノミ〉の指が数メートルも伸び、その先端でつかんだメスを秋月と南の手に握らせた。

秋月総一郎が南光太郎の腹に、南正人が秋月信彦の腹に、それぞれメスを入れた。〈ノミ〉がすかさず指を何本も伸ばし、鉗子で開かれた腹を固定する。

「三反園君、抵抗器を……〈サプレッサー〉を」

両手が塞《ふさ》がっていた〈ノミ〉は口の細い触手……というより繊毛《せんもう》を長く伸ばし、手術台脇に置かれていた、ふたつの金属のプレートをつかんだ。中央部が窪《くぼ》み、表面に細かなひびのようなモールドが無数に走っている。それこそが秋月が言っていた抵抗器＝〈サプレッサー〉だった。

「そのまま挿入できるか、三反園君」

〈ノミ〉はうなずいて答えると、〈サプレッサー〉を光太郎と信彦の体内に押し込んだ。カチカチッという音を立て、〈サプレッサー〉の周囲から細かな爪が伸びて、ふたりの内臓をしっかりつかんだ。

「大丈夫だ。心拍数、血圧とも安定している。ふたりの肉体は〈サプレッサー〉を受け入れている」

南の報告に秋月は深くうなずいた。

――ここまではいい。だが、問題はここからだ。未《いま》だ試していないことをしなければならない。一発勝負だ。

「やろう」「やろう」

秋月と南の声が重なった。

ふたりは鉗子で傍らのトレーから、形の歪んだ小さな珠《たま》をつまみ上げた。おたまじゃくしのような勾《まが》玉《たま》のような、細い尻尾がついている。

「〈キングストーン〉を挿入する」「〈キングストーン〉を挿入する」

ふたりは再び声を揃《そろ》えた。

秋月は光太郎の〈サプレッサー〉の中央に赤い〈キングストーン〉を入れた。南も同様に信彦の〈サプレッサー〉に緑の〈キングストーン〉を挿入した。

「心拍数、血圧とも変化な……いや」

南が声を上げた。

ふたりの心拍数が急上昇していた。

「あぁぁぁっ！」「っっっっ！」

手術台の上の光太郎と信彦が絶叫していた。

「どうして麻酔が切れた？」

秋月が問いかけると、南は「わからん。〈キングストーン〉の影響としか思えん」

「……」

秋月が視線を落とすと、光太郎の〈サプレッサー〉に収まった赤の〈キングストーン〉が激しく明滅を繰り返していた。信彦の〈キングストーン〉も同様だ。

「……手術は成功している」秋月はそう断言した。

「変身が進む前に腹を閉じる。三反園君も手伝ってくれ」

「……光太郎」

「……信彦」

ふたりが互いの名を呼び合い、その小さな手を伸ばした。指先が触れる寸前、その爪がぐんっと伸び、腕から無数の棘《とげ》が生え、硬質化した。

――〝研究所〟の壁に背中を預けていたダロムが黙って歩き出した。

「ダロム」

黒いワンピースの女、ビシュムに声をかけられると、

「無事に終わったようだ。もう見守る必要はない。しかし……無限の可能性の中から、ふたり揃ってやはりバッタの姿を選んだか……いや当然のことか。それが宿命だ」

ビシュムとバラオムはダロムの後を追った。悠然《ゆうぜん》と歩く三人の上には、目に痛いほどのどこまでも澄んだ青空が広がっていた。すでに日蝕の時間は過ぎ去っていた。

仮面ライダー

Kamen Rider BLACK SUN

仮面ライダーBLACK SUN　異聞／イブン

［第一部　黒の黎明］

第一章

相克～２０２２

1

二〇二二年。初夏。

長かった梅雨が明け、気温もぐんと上昇していた。渋谷の道玄坂を行き来する人たちも汗にまみれ、自販機ではミネラルウォーターをはじめ、いくつもの飲料の下に赤ランプが点《とも》っていた。人混みを抜け、その道玄坂を上ったところに、昨年オープンしたばかりの多目的イベントホール＝ＳＨＩＢＵＹＡシビックセンターがあった。


『カイジンとともに生きる明日へ／主催・内閣府カイジン差別撤廃推進事務局』


正面入口の上に大きな横断幕が掲《かか》げられていた。総理大臣肝いりのキャンペーンで、内閣府がかなり力を入れているイベントだった。教育関係を中心に動員がかけられ、五千人収容のメインホールはほぼ満席になっていた。

「……大丈夫かな」

舞台袖で出番を待つ和泉葵《いずみあおい》は、意識して深呼吸を繰り返した。だが、緊張からか顔は熱を帯び、足元もふわふわとしていた。

（頑張らないと……思ってることはぜんぶ言わないと……せっかく公募で選ばれたんだから……）

そう思ったものの、姿見にちらっと映った自分の姿に、葵は顔をしかめた。垢抜《あかぬ》けない中学の標準服で来てしまったことを、今更ながら後悔した。だが、こんな場所に相応《ふさわ》しい服を持っていないのも事実だ。それにこの地味な服に、首から下げたネックレス……赤い宝石がついたネックレスがやはり違和感があるかもしれない。

「では、次のパネリストです。神奈川県の和泉葵さん、十四歳。葵さんは幼い頃からカイジン差別が許される現状に疑問を抱いていたそうで、今回の『カイジンとともに生きる明日へ』キャンペーンが公募したエッセイでは、そんな想《おも》いを巧みにまとめ上げ、見事、金賞を受賞されました。では、和泉葵さん、どうぞ」

「お母さんたち、守ってください……行くぞ」

小さな声で呟《つぶや》くと、ネックレスの赤い宝石を握りしめ、葵はステージ中央に進み出た。

「……」

満員の五千人の客には、やはり見えない圧のようなものは感じた。それでも、客席をぼんやり眺めているうちに、不思議と緊張は消えた。内ポケットに入れておいたスピーチ原稿はとり出さなかった。

「私にはふたりの母がいます。いわゆる、生みの母と育ての母です」

葵は静かに切り出した。

「ふたりの母は、どちらも私を愛してくれている。私も母たちを愛しています。ふたりはカイジンを差別することもありません。そんな母たちの娘だからか、私からもカイジンを差別する心は生まれませんでした。だから、たくさんのカイジンの友達がいる。私のリアルの友人たちと、ネットで繋《つな》がった世界中のフォロワーと、今この場にいる皆さんに私は問いたいと思います。カイジンは、カイジンの友達は危険か？　人間を傷つける存在なのか？　私ならはっきり答えるでしょう……」

客席はしんと静まり返ったままだ。自分を照らすライトの群れに灼《や》かれる感覚だけがある。

「答えはノーだと。彼らカイジンは私と同じようなことで笑い、同じご飯を食べ、同じように恋をし、同じ夢を見ています。カイジンは私たちと同じ人間です。……私には夢があります。差別のない世界！　カイジンとともに暮らせる世界！　人間もカイジンも命の重さは地球以上。一グラムだって命の重さに違いはないのです！」

客席のどこかで、パラパラと拍手が起こった。それはたちまち客席全体に広がり、ホール全体を揺らすほどになった。

それに背中を押され、葵はスピーチを続けた。

——その拍手が内閣府の職員たちによって先導されたものであることを、彼女は知らなかった。

2

葵がスピーチをしているのと同時刻、小松俊介《こまつしゅんすけ》は西新宿にいた。

（葵、ちゃんとやれてるのかなぁ……あ、あれ、都庁か……ちょっと喉渇いたかも）

俊介の脳裏にいくつもの考えが同時に浮かんだが、ぼんやりしていたわけではない。むしろ逆だった。

小松俊介は緊張していた。

――初めてデモに参加する。

これまで母親の佐知《さち》や父の茂雄《しげお》に散々せがんできた。「僕もデモに連れていってくれよ」。今回、ようやくそれが許されたのだが、俊介はもう帰りたくなっていた。

想像していたのと違う。

ずっと殺気立って、ピリピリとした空気だったからだ。

『ＳＴＯＰ差別』『カイジンと人間は友達だ』『差別は許すな』『ＬＯＶＥ』『愛こそすべて』『Ｉ ＬＯＶＥ ＫＡＩＪＩＮ』

皆が手にしているプラカードの極彩色に目がチカチカする。否《いや》、そんなことは言い訳だ。俊介も差別は許せないと思っている。他人事《ひとごと》ではない。だが、単純に、今、この場にいることが恐ろしくなったのだ。それでも一緒にいる母の佐知の手前、俊介も『差別反対』というシンプルな文言のプラカードを掲げ、新宿駅西口から高層ビルの脇へとずっと行進を続けてきた。

その行進が止まった。

そうなった理由はすぐにわかった。

列が向かう先からスピーカーで拡大された怒声が聞こえてきた。

「カイジンを徹底的に駆除するぞおお」

「徹底的に駆除するぞ！」

「カイジンを徹底的に駆除するぞおお」

「徹底的に駆除するぞ！」

俊介の位置からははっきり見えなかったが、彼らの正体はわかっている。

俗にいう「カイジン排斥派」のカウンターデモだ。差別反対デモのスケジュールに合わせて、彼らもデモの申請をしたのだろう。彼らとの衝突は佐知からなんども聞かされている。主催しているのは井垣《いがき》なんとかという男で、動画配信をメインに以前からずっとカイジン排斥の運動をしている。その動画は俊介も目にしたことがある。

「カイジンを徹底的に駆除するぞおお」

「徹底的に駆除するぞ！」

「カイジンを徹底的に駆除するぞおお」

「徹底的に駆除するぞ！」

機械のように繰り返される暴言に、デモに加わっている者たちの表情が変わった。

「あんたらが出て行きなさいよ！　差別主義者！」

俊介の横にいた佐知がそう叫んだ。吠《ほ》えるようなその声は、息子の俊介も初めて聞くものだった。その佐知の声が引き金になって、あちこちから声が上がった。

「差別は許さないぞ！」「差別反対！」「差別絶対反対！」「カイジン差別を許すな！」「差別反対！」

俊介も声を上げていた。「差別反対！」。そしてプラカードを高く掲げた。初めて参加するデモへの恐怖が、〝敵〟と遭遇したことで、いつの間にか闘争心に変わっていた。

気づけば、止まっていた双方のデモ隊が動き出した。前列にいた者たちが入り乱れる。すぐに小さな悲鳴が聞こえた。どちらかがどちらかに殴られたのかもしれない。

「はい離れて！　お互い離れるよ！　一旦《いったん》離れる！」

双方の参加者に揉《も》みくちゃにされながら、そう怒鳴っている男がいた。制服警官を従える形になっている大柄な男だ。

「離れて！　離れて！」

そう叫ぶ男は差別反対デモの参加者たちから、

「こっちばっかに言うなよ！」「そうだ！　先にあいつらをなんとかしろよ黒川《くろかわ》！」「いい加減にしろ黒川！」

（……黒川？）

自然と耳に入ってきたその男の名前に、俊介は首を傾《かし》げた。両親の会話の中で、なんどかその名前が出た気がした。だが思い出せたのはそこまでで、最近のカイジン差別反対デモには必ず同行してくる、警視庁の警部……カイジン犯罪課という部署にいる男だということまでは記憶が甦《よみがえ》らなかった。

「離れて！　どっちも！　このままだとデモは中止になるよ！」

黒川の必死の叫びも虚《むな》しく、両者の衝突は収まらなかった。ヒートアップして互いの胸倉をつかむ者たちも現れ、ふたつのデモの参加者たちは歩道から車道へと溢《あふ》れた。俊介も背中を押され、慌ててガードレールを乗り越え、車道に避難する形になった。そこにはデモの参加者たちだけではなく、騒ぎで近寄ってきた野次馬《やじうま》たちも山ほどいた。皆、スマホを構えている。

「……あっ」

その俊介の目に留まったものがあった。一台のタクシー……否、タクシーのような車だった。ふたつのデモ隊に前後を挟まれ、動けなくなっていた。俊介はしばらくその〝タクシー〟を眺めていた。自動車のことに疎い俊介に車種はわからなかったが、かなり古そうだ。そしてルーフにある行灯《あんどん》……社名表示灯が割れていた。元は綺麗《きれい》なオレンジ色をしていただろう車体は全体に色褪《いろあ》せ、ウインドウも埃《ほこり》をかぶっている。車体横の社名が黒いペンキで雑に消されていた。

そして運転席にいた男は……。

「やめときなっ！」

突然響いた母、佐知の声に俊介は振り向いた。

差別反対デモの参加者のひとりが、制止しようとする制服警官や機動隊員たちの中に突っ込んでいた。そんな乱暴なことをしそうには思えない、痩せたおとなしそうな中年男だった。

男はたちまち警官たちに抑え込まれた。勢いのまま地面に押し倒される。

「おとなしくしろよ」「逮捕するぞ」

警官たちにそう言われ、男は激昂《げきこう》した様子だった。

「そっちこそなんだ！　警察が一般市民に手を出すのか！」

男は唾《つば》を飛ばしてそう叫んだ。

その言葉を聞いて、警官たちが薄ら笑いを浮かべるのを俊介は見た。

警官のひとりが男に馬乗りになって言った。

「カイジンが一般市民？　笑わせるなよ」

その言葉に男が震えていた。ポロシャツの半袖から出た腕が更に細かく震えていた。

――グググググ。

特有の音……馴染《なじ》み深いその音を耳にして、俊介は叫んだ。

「待って！　今はダメだってば！」

否、そう叫ぼうとしたが、言葉にならなかった。

「おい！　離してやれ！　やめておけ！」

俊介の代わりに叫んだのは、カイジン犯罪課の黒川だった。

――だが、止まらなかった。


男は、変身、した。

まず、剥《む》き出しの細い腕が更に細くなり、ゴツゴツと節くれ立ち、針金のような棘《とげ》が無数に飛び出した。手はまだ人の形を保っていたが、掌《てのひら》を割って白い鉤爪《かぎづめ》が現れた。

彼を押さえつけていた警官が「ひっ」と悲鳴を上げて後退《あとずさ》った。

男はゆっくり立ち上がった。人の顔の形はしていたが、目は真っ赤な複眼になり、着ていたポロシャツの背中が裂け、透明な翅《はね》が広がった。

「変身したぞ！　おい、なにする気だ！」

カイジン排斥派のリーダー、井垣がすぐ傍《そば》まで駆けてきた。動画を撮っていると思《おぼ》しき仲間のカメラをちらちら見ながら、大袈裟《おおげさ》に叫んだ。

「これ、ライブ配信の、只今《ただいま》、今の映像です。ほら見てくださいよ、いつもこうだ。こいつらちょっと気に食わないことがあると、こうやって怪物の本性現して……」

井垣は途中でその場から離れた。

男が変身した怪物……〈ハエカイジン〉がゆっくりと歩き出したのだ。

警官たちは更に距離をとり、野次馬たちの半分は逃げ出し、残り半分は果敢にスマホを構え続けた。

「下がって！　危ない！」

警官のひとりがそう声を上げ、腰の拳銃を握り、構えた。それにつられて、近くの警官たちも銃を構えた。

「動くな」「止まれ」「動くなよ」

だが、〈ハエ〉は無言で動いた。

そして近くにいた警官の肩を乱暴につかんだ。太い爪が肉に食い込み、警官は「ぐわっ」と呻《うめ》いた。〈ハエ〉は彼をそのまま投げ飛ばした。警官は俊介が見ていた〝タクシー〟の車体に激しくぶつかり、地面に倒れたまま動かなくなった。

俊介は言葉を失った。その耳に誰が発したものか、いくつもの悲鳴が飛び込んできた。

「やめろ、落ち着け」

黒川が必死にその場を収めようとしていたが、警官……その誰かが発砲した。

発射された弾は〈ハエ〉を大きく逸《そ》れたが、問題はその音だった。俊介が初めて聞く音だった。小さな拳銃が発したとは思えない、とても大きな……凶暴な音だった。

だから、それがスイッチとなった。

俊介の体内に抗《あらが》いがたい熱が生まれた。そして同時に、聞き覚えのあるググググという音が聞こえてきた。俊介の全身が発する音だった。

俊介もまた、変身した。

口は小さな黒いクチバシに変化し、髪の毛の間から茶色の羽毛のようなものが生えた。背中がもぞもぞと蠢《うごめ》き、羽が生えてくる感覚はあった。だが、その羽は小さな、貧弱なもので、シャツを突き破るほどではなかった。

言われなければその特性まではわからないだろうが、俊介もまたカイジン……小鳥の特性を備えた〈スズメカイジン〉だった。

変身しているのは俊介だけではなかった。

差別反対デモの参加者の多くが、同じように変貌しようとしていた。その中には俊介の母、佐知もいた。彼女もまた俊介と同じ〈スズメカイジン〉……だが、人間の姿を多く残している息子と違い、その変身は本格的なものだった。頭部はほとんどスズメのそれになり、ブラウスを破って腕と一体化した羽が現れていた。

俊介の視界に入っているだけで、差別反対デモ参加者の五人にひとり……否、三人にひとりがカイジンになっていた。俊介と同じように顔や身体の一部が変形し、牙や角、爪が生えた程度の者から、服が完全に裂け、様々な生物の特性が剥き出しの姿になっている者まで、その変身の程度は様々だった。そしてそこに現れた生物種も〈ウシ〉〈タガメ〉〈ネズミ〉〈イカ〉〈サル〉〈ゾウガメ〉〈ヤマネコ〉……混沌《こんとん》とした光景が広がっていた。

だが、混沌という認識で済んでいるのは、同じカイジンである俊介だからだった。集まっていた野次馬たちからは絶えることのない悲鳴が上がり続けた。普通の人間からしてみれば、白昼の高層ビル街に繰り広げられているその光景は、まさに悪夢としか言いようのないものだった。

警官たちのほとんどにとっても、これだけの数のカイジンと対峙《たいじ》した経験はなかった。

「な、なななななななな」

警官のひとりは明らかにパニックに陥《おちい》っていた。

「なななんだおまえらはっ！」

「撃つな！」

黒川の制止は間に合わなかった。

パニックになった警官は目の前にいたカイジン……〈ハエ〉に向けて立て続けに発砲した。三発の銃弾は〈ハエ〉の胸をきれいに撃ち抜いた。

〈ハエ〉は棒のように細い腕をぴんと伸ばし、顔から地面に倒れ込んだ。そして、動かなくなった。

「……！」

俊介は息を呑《の》んだ。

彼の体内で太鼓を……ドドド……打ち鳴らすようなドドドンドドンドンド……音が鳴り響いた。それが怒りなのか悔しさなのか恐怖なのか、それともまったく未知の感情なのか、それはわからなかった。

だが、俊介の足は勝手に動き、警官隊に向かっていこうとした。

「……やめときな」

背後から肩をつかまれ、俊介の足が止まった。振り返ると、そこには見知らぬ男……否、俊介がさっき、あの〝タクシー〟の運転席で見た男が立っていた。

「……」

「やめときな」

「……」

まだ十四歳の俊介には大人の歳《とし》というものがよくわからない。この暗い目をした男は何歳くらいだろう。ぱっと見たところ、父の茂雄とそう変わらない感じがする。ということは五十歳くらいか。

男は黙って俊介を見つめていた。肩に置かれた手にも別に力が入っているわけではない。だが、俊介は動けなくなっていた。そして気づけば、さっきまでその身を支配していた黒い熱情がすっかり冷めていた。

——なんだろう。

周囲の異常な状況のことも忘れ、俊介はすっかりその男だけに注意を奪われていた。

色の褪せたパーカーを着て、背は高い。貧弱ではなかったが、決して逞《たくま》しいという体格ではない。髪は短く、少し日に焼けた顔はこれといった特徴はない。歳相応の皺《しわ》もあり、醜男《ぶおとこ》ではなかったが、特に目を惹《ひ》く二枚目というわけではない。

だが。

俊介はなぜか、その男から目を離すことができなかった。

そうしているうちに、男は〝タクシー〟に戻り、エンジンをかけた。あまり聞いたことのない咳《せ》き込むような排気音が響いた。〝タクシー〟はまだ睨《にら》み合うカイジンと警官隊、そして遠巻きにする野次馬たちの傍《かたわ》らをすり抜け、走り去っていった。

怒号が飛び交う中、俊介は〝タクシー〟が見えなくなるまで、ただじっと見送っていた。

——俊介がその男の名を南光太郎《みなみこうたろう》と知るのはもう少し後のことである。

そして。

その場の混乱はまだ収まっていなかった。

3

南光太郎が運転する〝タクシー〟は西武新宿線下落合駅の近くで停《と》まった。

〝タクシー〟を降りてしばらく歩き、光太郎は一軒の木造アパートの前で足を止めた。かなり薄汚れた建物だった。

三段ほどの石段を左脚を引きずりながら上がったところで、光太郎は目的の人物を見つけた。その若い男はアパートの自室の前、鍵束を持って立っていた。今、ちょうど帰ってきたところらしい。

男は光太郎と目が合うと、咄嗟《とっさ》に逃げ道を求めて、あたりをキョロキョロと窺《うかが》った。アパートの裏に逃げようと決めたのか、走り出した瞬間、足を滑らせてその場にひっくり返った。

「ぐっ」

光太郎は男の胸を踏みつけた。男は「ぶぽっ」と息を吐き出し苦しんだが、肋骨《ろっこつ》を折るつもりはなかった。骨を折るまでの金はもらっていなかったからだ。

「ばばば、待ってくれ！　谷村《たにむら》さんとこから来たんだろ？　わかってる。借りた金なら返すから。部屋にあるから。ちょっと待ってくれよ」

光太郎が脚の力を緩めた瞬間だった。男の腕がぐんっと伸びた。すでに人のそれではなく、吸盤がずらっと並んだ触手……タコの触手に変わっていた。吸盤が光太郎の脚に絡みつき、ぐっと引っ張る。

男……〈タコカイジン〉はそのまま光太郎を引きずり倒せると思ったのだろうが、彼は微動だにしなかった。

「……」

光太郎は無言で触手の絡まったままの脚を踏み下ろした。腹をえぐられた〈タコ〉は変形して尖《とが》った口からぴゅっと墨を吐き出した。

「頼むよ、ないものは払えないだろ？　本当なんだよもうちょっともうちょっとだけ待って……」

光太郎はなにも言わないまま、再び脚を持ち上げた。

「わ、わかったから！　今日はこれで勘弁してくれ頼むっ！」

〈タコ〉は触手に変形した腕でジーンズのポケットを探り、くしゃっとなった千円札の束をつまみ出した。

　光太郎はその札束をつかんだ。

「全然足りないな……また来るよ」

　抑揚のない声でそう告げると、光太郎は〝タクシー〟に乗り込んだ。

　彼がそのまま向かったのは、川崎だった。川崎駅の近くで国道15号を左折し、川崎大師の方へ向かう。その運河の近くに彼のねぐらはあった。

『ニコニコタクシー　川崎営業所』

　そう看板が出た、小さなタクシー営業所だった。だが、今は無人で営業はされていない。タクシー会社自体が数年前に倒産しており、光太郎は昨年からここに住みついていた。

　〝タクシー〟を一階の駐車スペースに置く。いちど外に回って、錆《さ》びついた鉄階段を上がる前、駐車スペースの奥に視線を向けた。灰色のカバーがかかったなにかが、今日もそこにあった。ずっと近づくこともないが、こうしてその存在を確認することは彼の癖……決まりきった儀式のようなものになっていた。

　二階の大半はオフィスだが、奥に運転手たちのための待機室、狭い仮眠室やシャワーがあった。電気も水道もまだ生きているので、最低限の暮らしはできる。

　仮眠室の湿ったベッドに腰を下ろすと、光太郎はズボンを脱いだ。傍らの小さなテーブルから注射器と薬の小瓶をとる。慣れた手つきで注射器に薬液を吸い上げると、なんの躊躇《ちゅうちょ》もなく左脚の太腿《ふともも》に針を刺した。

　薬液が流れ込む、少しくすぐったい感覚があった。常用しているケタミンだ。ケタミンは本来、麻酔、鎮静薬だが、現在では麻薬及び向精神薬取締法における麻薬に指定されており、普通のルートでは手に入らない。だが、いろいろ試してみたが、自分の身体に合うのは……左脚の痛みを軽くしてくれるのは、この薬しかない。かなり割高だが違法なルートで入手を続けている。

注射器を置き、そのままベッドに横になる。ごく僅《わず》かな時間だったが、ケタミンの作用でいつも多少の意識の混濁が生まれる。ぼんやりした頭に、今日見聞きした記憶がでたらめに再生される。脚に絡みついた〈タコ〉の吸盤の感触……一斉に変身したデモ隊のカイジンたち、警官が発砲した銃声……そして……『やめときな』。

どうしてだなぜだどうしてだ？　おかしい変だ奇妙な話だ。どうして自分はあの子どもに要らぬ口を出した。あの……あれはなんのカイジンだ……世代を重ねた〝出来損ない〟だから判然としないが……なにか小鳥か……どうしてあの子に……。

ああ、そうか。

完全に寝てしまう直前、光太郎はようやく合点がいった。

——あの子は、十四、十五くらいだったな。

4

和泉葵は混乱していた。まだ事情がよく呑み込めない。

自分が今いるのは、首相官邸だ。その記者会見室というところだ。記者会見室と言われてもぴんとこなかったが、来てみて「あぁ」となった。テレビのニュースでよく見る、官房長官が定例の会見をする場所だ。

（……えっ）

状況を理解すればするほど、混乱が増す。どうして今、こんなことになっているのか。自分はあの官房長官が記者会見するところにいて……その隣には民《たみ》の党《とう》総裁、総理大臣の堂波真一《どうなみしんいち》、そしてゴルゴム党の党首ダロム、党首補佐のビシュムとバラオムがいる。

（……ええっ）

通っている中学校を通して連絡があったのが昨日

のことだ。先日の『カイジンとともに生きる明日へ』イベントでのスピーチが素晴らしかった、ついては総理大臣と一緒に会見に出てほしいと。担任だけでなく校長からの頼み……否、命令でとても断ることはできない空気だった。

午前中は普通に授業を受けていたが、お昼休みが終わったタイミングで、黒光りしている大きな車の迎えがあって、ここに来たというわけだ。「なにをしたらいいんですか？」と、車に乗っていた職員に尋ねると、「ただニコニコしていただければ大丈夫ですよ」と真顔で返された。

首相官邸に着くと、そこでまず、ゴルゴム党の三人と引き合わせられた。ゴルゴム党のことはニュースでよく見て知っていた。半世紀前に結成された、カイジンたちの政党だ。そもそものスローガンは「カイジンに参政権をとり戻す」から始まって、「カイジンを国会に送る」……そして、議席数は少ないものの、一昨年からは政権政党である民の党との連立政権を築くまでになった。

（ってことは）

この人たちもカイジンなんだ。

今更カイジンを怖いと思う気持ちはなかったが、ダロム、ビシュム、バラオム……この三人は特別な迫力があった。ゴルゴム党のトレードマークである共通の和装のコートに身を包み、ダロムもビシュムも柔和な笑みを浮かべている。だが、どこか警戒させるもの……それがなんなのか葵にはわからなかったが、心許せない感じがあった。むしろずっと険しい顔をしている大男のバラオムのほうが安心できる。

「お嬢さん……和泉葵さん」

葵がかしこまっていると、ビシュムが話しかけてきた。中年に見えるが人形のように整った顔をした美人だ。

「葵さんは私たちカイジンの味方なんでしょう？ ありがとう、嬉《うれ》しいな」

「いえ、そんな……とんでもないです」

「和泉葵さん」

こんどはダロムが呼びかけてきた。彼は高齢だった。刻まれた深い皺と厚ぼったい瞼《まぶた》に小さな目が埋もれている。唇だけが妙に艶《つや》やかだった。

「あなたの主張はとても正しい。カイジンと人間は手をとり合わなければならない。どちらが上でどちらが下、ということもない。私たちの主張は五十年前からなにひとつ変わらない」

「そ、そうですよね」

その声を聞いて、葵は安心し、同時に反省もした。見た目が少し怖いということで、自分は今、〝差別〟をしようとしていた。

その場をしばしの沈黙が支配した。気まずい思いをした葵は自分から話しかけようとした。

(でも……ええと)

「……あの……お名前が」

葵の言葉にダロムが「なにかな?」と反応した。

「あの……その……皆さんのお名前は……」

「ああ」

と、ダロムはうなずいた。

「私のダロムという名や、こちらのビシュム、バラオム、無論、本当の名前ではないですよ。後から……自分たちでつけた名前です。昔……あなたが生まれるずっと前……いろいろあってね、その頃、我々は人間と戦うしかないと考えていた。だから人間としての名を捨て、カイジンであることの誇りを守ろうとした。今にして思えば少々幼稚な考えです」

「いえ、そんな……」

「けれど、その頃の気持ちにも意味はあると思い、我々三人はずっとこの名を名乗っています」

——元の名前はなんというんですか?

それを尋ねていいものかどうか。そう考えている間に係員が葵たちを呼びに来た。

そして、気づけば今、こうしてダロムたちと堂波総理と並び、大勢の記者たちの前にいる。

「……十四歳にして、堂々たるスピーチを行った和泉葵さんには感服しているわけであります」

葵の目の前で総理の堂波真一が喋《しゃべ》っていた。もうすぐ七十歳になるらしいが、もっと若く見える。背も高く、精悍《せいかん》な顔つきをしていた。

「総理は葵さんの意見に概《おおむ》ね同意だと?」

新聞社の記者に質問に、堂波総理は大袈裟にうなずいてみせた。

「ええ。我が民の党がカイジンと人間の共存共栄を掲げて五十年。ようやく葵さんのような若い世代が、カイジンと人間の垣根をとっぱらい始めているわけであります。カイジンの参政権についての深い理解とともに、ゴルゴム党と共闘してきた我々にとって、これほど嬉しいことはないのであります。カイジン差別反対キャンペーンは年内続きます。今からでもこのキャンペーンのシンボルとして、和泉葵さんを積極的に起用できないか、検討中であります」

拍手をしたダロムたちの横で葵はぽかんとしていた。そんな話、初めて聞いた。

「総理」別の社の記者が挙手をした。「カイジンとの協調は素晴らしい理念と思いますが、カイジン起源の問題についてはまだ究明が徹底されていません。去年のデータではありますが、現在日本におけるカイジンの登録者数は凡《およ》そ二十五万人。無戸籍の者も多いといわれていて、総数では約三十万人。これが戦後、どこから来たのか？　戦後すぐの時点では推測ですが三万人といわれていますが、それでも三万人です。いったい彼らはどこから来たのか？」

「えー」堂波総理は壇上に置かれた水をごくりと飲んだ。

「カイジンの起源に関してはですね、戦後からの長い時間、政府主導、また民間団体によって調査が続きました。しかし、結局のところは不明です。私は個人的には〝自然の悪戯《いたずら》〟という主張をしておりますが……まぁ、起源が解明できればそれに越したことはありません。その通りで、あります。しかし起源が不明なことが、我々とカイジンの協調、差別排除の運動においては問題となるわけではない。と、考える次第であります」

質問した記者は納得できないという顔のまま着席した。

「葵さんからなにか、総理にお願いしたいことは？」

別の女性記者からの質問に、葵は慌ててマイクを握り直した。

「はい。カイジンに対するヘイトスピーチは続いています。先日もデモの際にカイジンが射殺される事件が起きたばかりです。憎しみ合うことのない社会を作ってもらいたいです。法整備を急いでほしいと思います」

「もちろん、お約束しましょう」

堂波は葵の前に歩み寄ると、その手をしっかりと握った。それを見たダロムたちは合掌し、深々と頭《こうべ》を垂れた。

会見終了が告げられ、葵は堂波総理に続いて退席した。

——その姿をじっと見守っている男がいた。夏が近いというのに、黒いコートに黒いスーツを着た痩せた男だ。

彼の名をビルゲニアといった。


ゴルゴム党本部ビルは東京・池袋にあった。

池袋東口、元は東京拘置所があった場所だ。七〇年代初頭に拘置所が移転する際、本来はその跡に六十階建ての超高層ビルの建設が予定されていたが、諸事情により計画が白紙になった。結局、官庁舎が建つことになり、一部が民間に払い下げられた。その中のひとつ、生命保険会社が使っていたビルを近年、ゴルゴム党が買いとり、本部としたのだった。

地上七階建てのこぢんまりとしたビルだったが、その中核は一般人はその存在を知らない地下三階より深いところにあった。

その最深部、地下四階。

ゴルゴム党の中でも限られた者しかアクセスできない区画……彼らが〝創世王の部屋〟と呼んでいる、暗く静謐《せいひつ》な場所。大森浩一郎《おおもりこういちろう》は今、そこでぼんやりモニターを眺めていた。

分厚いガラスの向こうにいる、鉄の椅子《いす》に座った、巨大な……座った姿勢でも優に三メートルを超えるサイズのバッタ型昆虫人間＝〈創世王〉のバイタルデータがたくさんのモニターに流れていく。その情報のほとんどは大森にとって理解不能なものだったが、時折、わざとらしく、ふんふんとうなずいてみせる。

そもそもこの部屋には専任の係員が詰めており、大森はただ邪魔をしているのも同然だったが、彼としては必要なことだった。いつもの働いている〝ふり〟だ。最近、お呼びがかからない以上、なにかしているところを見せないと、月々の手当ももらいにくい。

ガタッと音がして、大森の背後のドアが開いた。

ダロム、ビシュム、バラオム、そして黒いコートのビルゲニアが入ってきた。

ダロムたちはともかく、ビルゲニアがいるのには内心驚いたものの、大森は早口で、

「もう創世王から〈エキス〉はほとんど出ていません。その命も間もなくかと……」

係員がちらっと視線を向け、「わかりきったことを」という顔になったが、大森は気づいていなかった。

「わかっている」ダロムは答えた。「早く次の〈創世王〉を生み出さなければ……」

「〈エキス〉が止まったら、〈ヘヴン〉の製造も止まる」ビシュムが言った。「〈ヘヴン〉のストック一ヶ月ももたない。私たちカイジンは減っていく一方よ」

「ふん」ビルゲニアがどんっと壁を叩《たた》いた。「おまえらが食う分なんてどうでもいい。勘定に入れるな。今、作れる〈ヘヴン〉はすべて総理に回す」

その言葉にビシュムが眉をしかめた。

「堂波の犬が。状況わかってるの？」

「俺が犬なら、おまえらはなんだ？　エサを待ってる豚か？」

「ビルゲニアぁぁぁっっ！」

沈黙を守っていたバラオムが叫んだ。コートを破るように脱ぎ捨てると同時に、その下の服もビリビリと破れた。一瞬で毛むくじゃらの筋肉の塊に転じ、顔は獣のそれになり、逞しい顎《あご》にアンバランスなほど長大な一対の牙が伸びた。

――〈サーベルタイガーカイジン〉だ。

そのままビルゲニアに襲いかかろうとした〈サーベルタイガー〉を、

「バラオム！」

ダロムは一声で制した。

「ここで暴れるのはなしだ」ビルゲニアはバラオムの肩を叩いた。そしてダロムたちに視線を向けた。

「そんなに大切な〈ヘヴン〉なら、秋月信彦《あきづきのぶひこ》に食わせる必要もないんじゃないのか？　あ？」

「……あいつは創世王を生み出すのに必要よ」

ビシュムが棘のある声で答えると、ダロムはまた、

「もういい。我々が争ってもしかたないだろう」と

その場をなんとか収めた。

——また突然、ドアが開いた。入ってきたのはスーツ姿のふたりの男だった。彼らはゴルゴム関係者の多くも立入禁止のこの場所にもフリーパスの人物だった。

堂波真一総理と彼の補佐官の仁村勲《にむらいさお》だ。仁村はすぐに隅に控えたが、堂波はつかつかとダロムに歩み寄ると、

「まだか？」

と、いきなり胸倉をつかんだ。

「〈キングストーン〉は見つかったのか？」

「いいえ」

ダロムは堂波の顔をしっかり見返して答えた。

「創世王が死んで困るのは誰だ？　おまえらカイジンと、俺だろ？」

こっそり様子を窺っている大森は、仁村が笑いを堪《こら》えているのに気づいた。どうもこれはいつもの伝わりにくい堂波のジョークのようだ。

「創世王が死んで、継承はできるのか？」

「いいえ」

「いいえ、じゃねえだろっ！」

同じ返答を繰り返したダロムの腹を、堂波は思いきり蹴り上げた。七十近い老人とは思えない身のこなしだ。

実際の威力もあったようで、ダロムはその場にうずくまった。しばらくダロムのことを見下ろしていた堂波だったが、

「ビルゲニア。来い。話がある」

と、ビルゲニアの返事も待たずに部屋を出ていこうとした。ビルゲニアは「はい」と答えてそれに従った。

（……そうだ）

大事なことを忘れていた。あのことを伝えれば金になるかもしれない。大森はそう思い、慌てて堂波たちの後を追った。

創世王の部屋を出た堂波たちは一階に上がると、勝手に空いている会議室に腰を落ち着けた。

「だからなんだよ。〈コウモリ〉。俺はビルゲニアと話があるんだ」

堂波が不機嫌そうに言ったが、大森は気にせずタブレットをとり出した。

「まぁまぁそう言わずに」

絶対的な立場の差はあるものの、大森とこの堂波はもう半世紀のつき合いになる。気分屋の堂波のとりなし方はよく知っているつもりだ。

「この前の、あの和泉葵って娘のスピーチ、そう『カイジンとともに生きる明日へ』でやったヤツです。アーカイブが残っていて」

大森はタブレットの画面を堂波たちに見せながら、シークバーをスライドさせた。葵のスピーチが再生される。

「手をプルプルさせるなよ。見にくいだろ〈コウモリ〉」

堂波がまた不機嫌な顔になった。

「申し訳ありません、ここです、ここ」

『……私には夢があります。差別のない世界！　カイジンとともに暮らせる世界！　人間もカイジンも命の重さは地球以上。一グラムだって命の重さに違いはないのです！』

堂波の表情が変わった。大森は察し、すぐに巻き戻した。

『人間もカイジンも命の重さは地球以上。一グラムだって命の重さに違いはないのです！』

「聞き覚えのある台詞《せりふ》かと」

大森の言葉に堂波は深くうなずいた。大森がちらっと視線を向けると、ビルゲニアもひどく驚き、

「……オリバー・ジョンソン」

と、小さく呟いた。

ビルゲニアは堂波の前に立ち、

「……この女をすぐに連れて来ます」

「ちっ、面倒だなぁ、官邸で会った時にわかってたら、そのまま拉致ってたのに。まぁいいや。よろしく頼む」

堂波は急に笑顔になった。

「不思議なもんだ。創世王が死にかけたら、いろいろ湧いてきたな……」

地上でそんな会話が交わされていた頃。

地下三階の〝牢獄《ろうごく》〟に秋月信彦がいた。

間接照明に照らされた広いリビングにいて、静かに目を閉じている。耳を澄ませているのは『アダージョ　ト短調』だ。『アルビーノのアダージョ』としても知られるこの曲は信彦のお気に入りだった。

リビングの隅には広いキッチンがあり、奥には寝室がある。間取りだけで言うなら、リゾートマンションのようだ。……壁の一面が鉄格子になり、出入りの自由を奪われ、同時に常に監視の対象に置かれていることを除けば。

鉄格子の扉が開いた気配に信彦は目を開き、リモコンで音楽の音量を落とした。やって来たのはビシュムとバラオムだった。ビシュムは小さな皿を手にしていた。

「今週の〈ヘヴン〉」

ビシュムがテーブルの上に置いたのは、白いゼリーのようなものだ。信彦はなにも言わず、その〈ヘヴン〉を手づかみにすると、口に放り込んだ。

「相変わらずひどい味だ。人の食い物じゃない……人の食い物じゃないのか」

信彦は「ふんっ」と鼻を鳴らした。

「あなたは本当に怪物ね。私たちの同胞。人の食い物じゃないものを食べて、その若さをずっと保っているんだから」

溜《た》め息《いき》とともにビシュムが言った。

「おまえ、本当にわかってるのか？」

バラオムが信彦の顔を覗《のぞ》き込んだ。

「継承がないまま創世王が死んだら、おまえを生かしておく理由もなくなるんだぞ？」

信彦はなにも答えなかった。

「言え。〈キングストーン〉はどこにある？」

信彦は笑った。

「同じこと何百万回も訊《き》くんだな。儀式か？　おまえたちは昔から、そういうのが好きだよな」

「秋月信彦」こんどはビシュムが信彦の前に立った。「もう五十年よ？　このままここで死ぬつもり？」

「……それが寿命なら構わない……。すべてのカイジンが寿命を迎えて死ぬ……。それがカイジンにとって……」

「まだあの女の言ってたことを信じてるの？」

ビシュムに問われ、信彦はしばらく考え込んだ。

そして、

「あぁ、信じてるよ」

そう答えた。

5

南光太郎の〝タクシー〟は環状七号線を北上していた。妙正寺川《みょうしょうじがわ》を越え、野方に近いあたりで左に入る。教会の傍にある古い一戸建ての家の前に車を停める。

呼び鈴を鳴らすより先に玄関のドアが開いた。目的の相手はいつもカメラであたりを注意深く監視しているのだ。

「入んなよ」

光太郎を迎え入れたのは痩せた老婆だった。暑いからなのかキャミソール一枚で、皺だらけの腕が剥き出しだった。表札には「橋本」と出ているが偽名だろう。否、本名かもしれないが、特に興味はない。

玄関で光太郎をしばらく待たせると、老婆は厚みのある封筒とケタミンが入った箱を持ってきた。

「先月のギャラといつものだよ」。

彼女は光太郎を家に上げようとしたことがない。

光太郎も入りたくはない。いつものようにそのまま出ようとしたが、老婆が呼び止めた。

「これ、やるかい？」

老婆が見せてきたのは、一枚の写真だった。自分でプリントしたものらしく、少し粗い。そこに写っていた十四、五歳の少女のバストショットだった。念のために裏を確かめてみると、名前だろう、和泉葵と下手《へた》な字で記されていた。更に細かく住所と通っている中学の校名があった。

「みんなガキは殺したくないのか、誰も請けない。ギャラは悪くないのにさ」

「……誰からの仕事だ？」

光太郎が問うと、

「さあ、どこかの反カイジン組織だろうね。今の世の中狂ってるからね。ちょっとでもカイジン擁護の発言でもしようものなら簡単に的《まと》になる。金もクラファンで集めたんじゃないか」

「ん？　人間てことか？」

光太郎は訝《いぶか》しんだ。これまで人間がターゲットの仕事はなかった。

「人間はイヤかい？」

「ホントに金はいいのか？」

老婆は指を何本か立てた。

「……じゃあやるよ。人間もカイジンも同じだ。差別はよくないからな」


首相官邸での会見を終えた和泉葵は内閣府の車で自宅に送ってもらうところだった。川崎駅を少し離れたあたりで、後部席の隣にいた職員の顔が曇っていることに気づいた。

「このあたりでいいですよ」

職員は「いえ、ご自宅まで」となんどか繰り返したが、結局、葵の言葉に従って、彼女の家がある特区三号に近づくことはなく、彼女を車から降ろした。

――特区三号はカイジンの街だ。

七〇年代、カイジンへの差別、抑圧が強くなっていた時代、彼らの保護、生活レベルの維持という名目で、この特区三号に数万人のカイジンたちが強制的に移住させられた。二十一世紀に入って法改正があり、居住義務は解除されたが、他に行く当てのないカイジンたちの多くが、そのまま住み続けている。カイジン同士の犯罪、週末には〝カイジン狩り〟と称して暴れに来る連中も絶えず、治安はかなり悪い。

他の場所ではあまり見かけない酒の自販機の前で酔い潰《つぶ》れ、寝ている老人たちを避けて通り、葵は自宅を目指した。

道の両脇に並ぶのは古くなった仮設住宅やコンテナハウスばかりだ。家の前に座り込み、ぼんやりしている者が多い。もう働けなくなった老人たちならまだいいが、若い男や自分と歳が変わらない十代の少女がそうしているのを見かけると、葵は絶望的な気持ちになる。

「葵ちゃん」

「あ、茂雄おじちゃん」

振り返ると茂雄……同級生の俊介の父親で、佐知の夫の茂雄だった。

「仕事終わったの？」

「あぁ、今日は現場近かったから」

そう言うと、茂雄は屈託なく笑った。連日の現場仕事でその顔はよく日に焼けていた。「父ちゃんはすげえよ」。俊介の口癖だ。茂雄は元々、大手企業に勤めていたが、社則に反してカイジンと結婚したことが知られ、解雇された。それでも文句ひとつ言わず、佐知と俊介の生活を支えるため、毎日真面目に働いている。

「おっ、そーさんいた」

茂雄が足を止めた。一軒のコンテナハウスの前に医者のような白衣を着た老人が座りこんでいた。いつものようにマスクをしているが、肩まで伸びた白髪に、葵も「あ、そーさん」だとわかった。

そーさんは葵が幼くしてこの街で暮らすようになった頃には、もうここにいた。身寄りもなく働いてもいないから収入もないのだが、優しい人柄故か、近所の人たちの差し入れでなんとか生き延びている。葵はこの特区三号のすべてが好きなわけではないが、そういうところは誇っていいと、日頃から思っていた。

「現場で余ったのもらってきたぞ」

茂雄はそう言って、鞄《かばん》からとり出した弁当を渡した。

「ありがたいありがたい」

大袈裟に頭を下げると、そーさんは弁当を恭《うやうや》しく受けとった。

「ただいまー」

途中で茂雄と別れると、葵は自宅……古くなった仮設住宅に帰った。狭い台所では〝義母〟の美咲《みさき》が夕食の用意をしていた。

「これ、お土産。官邸でもらったクッキー。たぶんすごい高級品だと思う」

「うん、ありがとう。ちゃんと見てたよ、立派だった」

「え、うん」

官邸の会見のことは美咲はそれ以上訊いてこなかった。葵も照れくさかったので、そのことはもう話題にしなかった。

「お母さん。クッキー、二箱あるからひとつ、俊介の家に持っていってもいい？」

「構わないけど、もうすぐご飯できるからね」

「はい、わかってます」

そう言って葵が家を出ようとすると、電話が鳴った。

「大丈夫、私、出るから！」

そう言って受話器をとり上げた葵は、「っ」と息を呑んだ。電話の向こうから聞こえてきたのは懐かしい声だった。用事は簡潔に語られ、電話はすぐに切れてしまった。

「莉乃《りの》さん？」

美咲が険しい顔で尋ねてきた。

「……うん。もうすぐ中国から帰れるかもって」

「会うの？」

美咲の質問に葵はうなずいて答えた。

「……わかった。また連絡があったら必ず教えて。落ち着いてよく考えましょう」

「……うん」

葵が俊介の家を訪ねると、ちょうど彼と佐知、茂雄で夕飯の食卓を囲んでいるところだった。小松家の話題はこの前のデモのことだった。銃殺された〈ハエカイジン〉の件は結局、正当防衛で処理されそうなこと。カイジン犯罪課の黒川警部とも話し合いが持たれ、また次のデモが予定されていること。

それでもカイジン排斥派の井垣には十分気をつけること……いつもなら葵も積極的に加わる話題ばかりだったが、その時ばかりはどんな話をされても、すべて葵の耳を素通りしていった。


翌日、中学に登校した葵は校門に着いたところで目を丸くした。校長と教頭が並んでいて、どうやらふたりは自分を出迎えるために待っていたらしい。

「昨日のテレビは素晴らしかったですよ」

校長がそう言えば、教頭も「大変立派でした」と同調する。

恐縮しながらその場を離れて教室に入ると、こんどは担任とクラス全員が拍手で迎えてくれた。

「総理の横にいながら、自分の言葉で堂々と話してましたね。大人でも簡単にできることじゃありません」

担任の教師もそう褒めてくれた。

「ど、どうも……」

「総理だぞ、すごいぞ総理だぞ！」

いつもはおとなしい俊介まで、立ち上がって声を上げていた。

――特区三号のはずれにあるこの中学は、日本でいちばんカイジン生徒の割合が多い。カイジン七割に人間三割、この教室の割合も同じくらいだ。そしてカイジンの生徒は皆、多かれ少なかれ、差別に苦しめられている。自分がしていることは皆のために……僅かかもしれないが、役に立っている。そう思うと、葵の中に熱いものがこみ上げてきた。

だが、その時。

ひどいノイズとともに、教室の窓がビリッと鳴った。葵たちが慌てて窓際に駆け寄ると、校門のところに何台かのバンと数十人の男女が集まっているのが見えた。

「……井垣」

葵は憎々しげにその名を呟いた。

井垣はバンのルーフに設《しつら》えられた演壇で仁王立ちになり、メガホンを構えていた。選挙カーを使っているようだ。

「えー、ご近所の皆さん。お騒がせしております。常に皆さんとともにある、『カイジンから日本を守る会』です。今日はね、カイジンを擁護して反人間教育を行っている学校に抗議に来た次第です。そもそもこの中学は……」

担任は無言で窓を閉めた。生徒たちもそれに倣《なら》った。その日一日、冷房の入っていない教室で、どのクラスも窓を閉めたまま過ごすことになった。

放課後、葵と俊介が下校しようとすると、門にはまだ数人の男たちが残っていた。井垣とその取り巻き連中だ。相手にせずにそのまま門を出ると、少し距離を置いて井垣たちはついてきた。

「カイジンたちの中にはね、自分たちのほうが先住民族だなんて言ってる連中がいるんですよ」井垣がメガホンで煽《あお》ってきた。「五百万年前から、この地球に住んでると言ってるんですよ。五百万年前っていえば、類人猿から今の人類に枝分かれした時期ですよ。だから、人類より先に生まれたと言い張ってる。そんなバカな歴史ありますか！」

（バカって言われても……）

そんな確かめようのない話をされても困る。そもそもカイジンがそんな主張をしてるだなんて耳にしたことがない。

ふと横を見ると、俊介は顔を伏せて歩いていた。

「下向く必要ない」俊介に言って、葵は井垣たちを睨んだ。「やめてよ。耳、キンキンなるから！」

「和泉葵さん、昨日の会見見ましたよ」井垣は意に介さず、メガホンを使って大声を振りまいた。「カイジンと人間の共存とか、おぞましいんですよ。人間代表みたいなことはね、やめてくださいね。いつ、私たちが共存共栄を望んでると言いました？　バカなことを……私たちが望んでるのは、人間だけの平和で安全な世界ですよ！」

井垣たちが葵たちとの距離を詰めようとすると、その間に割って入るように何人か……十人ほどの者たちが立ち塞《ふさ》がった。年齢はバラバラだったが、皆、一見してわかるみすぼらしい服装に、髭《ひげ》もろくに剃《そ》っていないだらしなさなど、共通点はあった。

この特区三号に暮らすカイジンたちだ。彼らはただ黙って井垣たちの前に立っていた。取り巻きたちに押されても手出しはせず、だが足はしっかり踏ん張り、井垣たちの行く手を阻《はば》んでいた。

その中のひとりが振り向いて言った。

「行きな」

「……はい」

葵は大きくうなずくと、俊介の手を握って走り出した。

6

光太郎は〝タクシー〟を走らせていた。川崎の運河縁《べり》の淋《さび》しい道だ。少し先を目的の少女……和泉葵と、その同級生らしい少年が歩いているのが見える。葵たちが学校を出てからずっと、その後をつけてきているのだ。しばらく観察を続けて、少年の方が先日のデモで出くわした……十四、五歳の……あの子どもだと気づいたが、特にそれ以上の感慨はない。

一定距離を空けての尾行だが、こんな車でつけていては、いつ気づかれても不思議はない。考えていたのはそんなことだ。

——どうする。

どうせなら、早く決着をつけたい。学校の外で待っていた時は、このまま帰宅するまでの間で始末してしまおう。そう考えていたが……。

——今日はやめておくか。

なんとなく、そう決めて〝タクシー〟を停めようかと思った時だった。

光太郎の〝タクシー〟を追い抜いて葵たちに近づく一台の車があった。黒いSUVだ。光太郎には車種まではわからない。光太郎が見ていると、SUVは葵たちのすぐ後ろで停車し、運転席から男がひとり飛び出した。背後からだったので、ハンチングをかぶっていることしかわからない。


（……えっ？）


なにが起きたのか、俊介にはすぐに理解できなかった。

他愛《たわい》ないことを話しながら、すぐ隣を歩いていた葵の姿が見えなくなった。……魔法ではなかった。葵の背後から迫った男が腕を回し、彼女の口を塞いでいた。そのまま問答無用で葵を引きずっていく。

「……おいっ」

俊介が怒鳴りつけると、ハンチング帽をかぶった男が逆に睨み返してきた。その男の目を見て、俊介は、はっとなった。人間の本来の目があるところに真っ黒な単眼がふたつ、計四つの目が俊介を睨んでいた。

「……カイジン」

葵を捕まえている腕も、細く尖った脚……クモの脚に変化した。着ていたシャツが破れ、横っ腹から二本ずつのクモの脚が飛び出した。

「なにやってるんだよ！」

俊介は勇敢に……内心怯《おび》えつつも、〈クモカイジン〉に飛びかかった。だが、〈クモ〉の細長い脚が鞭《むち》のようにしなり、俊介の肩をしたたかに打った。あまりの痛みに「うっ」と呻き、俊介は地面に転がった。

「俊介！」

〈クモ〉が俊介に気をとられていた隙《すき》に、葵はその脚の縛《いまし》めを解いた。俊介に駆け寄る。

「大丈夫？」

「う、うん」

なんとか答えたが、俊介はそれどころではなかった。〈クモ〉は無言で迫ってくる。

——だが。

〈クモ〉が大きく吹っ飛んだ。

背後からゆっくり……だが衝突の寸前、スピードを上げた車にはねられたのだ。

「……あっ」

俊介は更に驚いた。

その車が、あのデモの騒乱の時に出くわした古ぼけた〝タクシー〟だと気づいたからだ。その〝タクシー〟から今、左脚を引きずりながら出てきたのも、あの時会った男だった。向こうも俊介のことは認識しているらしい。すぐに「あぁ」という顔になったが、興味を持ったのはそれきりで、すぐに隣にいる葵の顔を睨みつけた。手に持っている……写真と見比べているようだ。


——南光太郎は困っていた。

今の状況からして、自分以外にもこの和泉葵という少女をターゲットにしている者がいるらしい。この場で仕事に及ぶことはないと思っていたが、殺されるにしろ、拉致されるにしろ、そのままにしておいたら、どのみち自分の仕事を完遂するのは難しくなるだろう。


——面倒だが、ここでやるしかないのか。

「……！」

深く溜め息をついた光太郎の視線が、葵の胸元にぴたりと貼りついた。

「……」

ネックレスだ。大きな台座に赤い水晶のようなものが埋め込まれている。それに気づいた瞬間、光太郎の全身に……比喩でなく、稲妻に打たれた衝撃が走った。細胞のひとつひとつが沸々《ふつふつ》と煮え立つ。

——恐ろしく久々の感触だ。

だから光太郎は呆然《ぼうぜん》としていた。

「誰からの命令だ？　ダロムたちか？　おまえ、横どりしてんじゃねえよ」

その鋭い先端の爪を背中に突き立てられるまで、背後から近づいてきた〈クモ〉にもまったく気づかなかったほどだ。

「……」

悲鳴のひとつも、痛みの声のひとつも上げないまま、光太郎は〈クモ〉の脚をつかむと、それをゆっくり引き抜いた。身体を入れ替え、そのまま〈クモ〉を正面から睨んだ。

「な、なんだよ……」

〈クモ〉は狼狽《ろうばい》していた。その証拠に〈クモ〉の変容が進んでいた。四つの単眼だけでなく、顔は毛むくじゃらになり、円形の口には鋭い細い牙がずらりと生えていた。防衛本能……光太郎を恐ろしい敵と認識したが故の、半ば自動的な変身だった。

——暑っついなぁ。

光太郎が着ているフィールドパーカーの内側から、袖口から、もうもうと水蒸気が放出された。

光太郎の身体が変わろうとしていた。

まず、胸がぐんっと膨張した。黒のタンクトップがみりみりと裂けた。大胸筋のあたりから硬質化が始まり、それはたちまち全身に及んだ。胸の下あたりの膨らみが身体から離れ、脚……副腕を形成した。目は真っ黒で大きな複眼と化し、額を破って長い触角が飛び出した。顎が変化し、ノコギリが噛《か》み合わさったような口になった。

光太郎はゆっくりとフィールドパーカーを脱ぎ捨てた。剥き出しになった上半身は、完全に漆黒の昆虫の怪物……〈クロバッタカイジン〉となっていた。

光太郎は、変身、した。

——その瞬間、突然、秋月信彦は絶叫した。

全身を襲った痛み、ではなく衝撃に床に倒れ込んだ。

ゴルゴム党本部地下三階、捕らえられている〝牢獄〟の中、彼はのたうち回った。その異変に気づいた警備員が近づいてきた。

「どうした？　なにを騒いでいる？　静かにしないと」

「うるさいな……頭がキンキンするんだよ……」

「おまえ、それ……」

警備員に指さされ、信彦はようやく気づいた。白い半袖シャツから剥き出しになった両腕が、昆虫のそれになっていた。硬質の皮膚……というよりは外骨格に変化し、節くれ立った指の先端にはナイフのように長く伸びた爪……すべてが金属のように銀色に輝いている。節々からは高熱の水蒸気が噴き出している。

「……そうか、そういうことか」

信彦は口を歪《ゆが》めて笑った。

その笑みがスイッチになったように、信彦の全身が変化した。同時刻に南光太郎が変身したのと同じく、銀色の大きな複眼に触角、ノコギリのような歯が生えた口……彼は〈ギンバッタカイジン〉に変身した。

「……っ」

警備員はインカムに手をやった。この〝異変〟を報告しようとしたのだろう。だが……。

「あっ……っっっぁ」

鉄格子の隙間から伸びた〈ギンバッタカイジン〉に腕をつかまれ、瞬時にへし折られた。彼の絶叫が尽きた頃、〈ギンバッタ〉は太い鉄格子を捻《ね》じ曲げ、通路に躍り出た。

「……っおまえ」

痛みに耐えながら、警備員は応戦した。悲鳴を怒声に変え、彼もまた変身した。警備員の制服をずたずたに破りながら、背中から大きなヒレ、顔は尖り、小さいが鋭い歯がずらっと並んだ顎が前方に突き出した。〈サメカイジン〉だ。

〈サメ〉の大顎が開き、鉄格子の間から出てきたばかりで無防備に見えた〈ギンバッタ〉に食らいつこうとした。

しかし。

〈ギンバッタ〉の拳が銀色の光を曳《ひ》いた。

その拳は容赦なく〈サメ〉の口内にぶち込まれ、後頭部へと貫いた。


時間は僅かに、ほんの僅かに遡《さかのぼ》る。

南光太郎が〈クロバッタカイジン〉に、そしてまるでそれに呼応するかのように秋月信彦が〈ギンバッタカイジン〉に変身したその時……。

ゴルゴム党本部ビル最上階、党首ダロムの執務室には、部屋の主であるダロム、そしてビシュムとバラオムが集まっていた。

「……」

ダロムは不思議な感覚を覚えていた。そして、僅か一瞬だったが、とあるもののビジョンが見えた。

青空を覆い尽くす黒い群れだ。

ダロムは無言でビシュムとバラオムを見た。

ふたりもダロムのことを見ていた。

「これは……」ダロムの口から自然と声が漏れた。

「五十……いや六十年前か。あの時と同じ……」

「ブラックサン……生きていたのか。いや、ただ生きていただけでなく……」

バラオムが呟いた。

ビシュムもなにか言おうとしたが、手にしていたスマートフォンが震えた。画面を一瞥《いちべつ》すると、彼女は囁《ささや》くように言った。

「秋月信彦が脱走しました……〈ギンバッタ〉に姿を変えて。映像は残っているはずです」

「どういうことだ?」バラオムが訝しげな顔になった。「〈キングストーン〉を失って……南光太郎も秋月信彦も……なぜ変身できる? どういう理屈だ」

「なぜ、かはわからん」ダロムは答えた。「重要なのはふたりが変身できた、ということだ。動き出したのだ。〈創世王〉の終わりが近いこの時に……偶然ではあるまいよ」

7

南光太郎……否、〈クロバッタカイジン〉は〈クモカイジン〉と対峙していた。

睨み合い……第三者から見ればそう映っただろうし、〈クモ〉にしても相手の出方を探っていたのだから、さして的外れということではない。

だが、〈クロバッタ〉の方は違った。

——どうやって動けばいいんだ。

人間の姿の時とはすべてが違う。

感覚が違う。視覚も聴覚も嗅覚も違う。もっといえば、そうした感覚を統合する脳の働きからして違ってしまっているはずだ。少なくとも以前はそうだった。

まず、視覚の違和感に戸惑う。

視界自体は人間の時よりも左右に幅が少し広がっているだけだ。だが、その全体の視界を維持したまま、いくつもの対象に……〈クモ〉の口の牙にも、

〝タクシー〟のタイヤに刺さったままの古釘《ふるくぎ》も、路面のひび割れから伸びた雑草の先端も、かなり遠くにあるカーブミラーの汚れも、道脇の運河の水面に漂うビニール袋の反射も……それが同時に見える。

聴覚も嗅覚も同様だ。

いくつもの対象を同時に捉えている。

（これは……）

懐かしい感覚だ。

何十年ぶり……五十年ぶりか。

その感覚にすぐに慣れたとは言えないが、意識は保てている。初めてこの姿になった時はショックで動けなくなったものだ。

問題は……。

（動けるのか）

右脚を一歩前に出す。

――出せた。

不自由な左脚はどうだ？

――こちらも出せた。

左手を上げる。

――上げられた。


そして、ようやく思い出した。

目の前にいる〝敵〟……〈クモ〉のことを。

「なにやってるんだ……なんだ、おまえはっ」

その意識が自分に向けられたことを悟ったのだろう。変形した口で〈クモ〉は叫んだ。金属ブラシを擦《こす》ったような耳障りな音だ。

気づいた時、〈クロバッタ〉は〈クモ〉へと歩み寄っていた。

大股で、
悠然《ゆうぜん》と。

〈クモ〉の口が細くすぼまった。そこから吐き出された糸が幾筋も長く伸び、〈クロバッタ〉の腕に、脚に、巻きついた。

〈クロバッタ〉に付着した途端、しなやかだった糸は金属ワイヤーの如く硬質化した。だが、〈クロバッタ〉は意にも介さず、それをただの糸のように引きちぎった。そのまま〈クモ〉に迫る。

「……っ！」

〈クモ〉は腹の脇から出た二対の大きな脚で身体を持ち上げると、素早く回り込んだ。そして両手をぴんと伸ばし、その先端の爪で〈クロバッタ〉の胸を狙った。十分に素早い攻撃だったが、〈クロバッタ〉はそれ以上に速かった。見守る葵や俊介には捉えられない速さでその手が動き、爪を弾《はじ》き、同時に砕いた。

そして、大きく跳躍して〈クモ〉に迫ると、両の拳でその胸を同時に貫いた。

「ぐわわわわわわわわわわっ」

「きゃっあああああああ」

〈クモ〉と葵の悲鳴が同時に響いた。

〈クロバッタ〉は〈クモ〉の身体をそのまま縦に引き裂いた。ぶらんと垂れた首をつかむと、乱暴に引きちぎり、地面に叩きつけた。赤い血に混じって緑色の体液があたりにぶちまけられた。

「きゃあああっ」

葵は再び悲鳴を上げた。そして、それと同時に気を失った。

——俊介の歯ががたがた鳴っていた。

先日の〈ハエカイジン〉が射殺された様子もショッキングではあった。だが、あれはまだ咄嗟の事故の範疇《はんちゅう》だったのだと、今にして思う。そう思ってしまうほど、たった今、目前で繰り広げられたこの光景は……明確な意思を持った暴力だった。一方が一方の命を奪うため、その力を躊躇《ためら》いなく使う、暴力の極致だった。

「……っ」

俊介の息が止まりそうになった。

〈クロバッタ〉がこちらに向かってくる。その変身は半ば解けかかっていた。顔はほとんど人間に戻り、剥き出しになった上半身には昆虫の外骨格が一部、残っている。

その男……南光太郎は俊介を一瞥することもなく、失神した葵を担ぎ上げると、そのまま〝タクシー〟に乗せた。

咳き込む排気音を上げ、〝タクシー〟はその場を離れた。まだ立ち上がることもできない俊介と、真っ二つにされた〈クモ〉の死体だけがそこに残された。

南光太郎の〝タクシー〟は彼がねぐらにしているタクシー営業所に戻った。

一階の駐車スペースに雑に車を停めると、後部座席に寝かしておいた和泉葵を苦労して引きずり出す。まだ目を覚ます気配はなかった。葵を肩に担いだ途端、ひどい痛みが襲った。〈クモカイジン〉に貫かれた背中の痛みだ。特別な再生能力で傷口はすでに塞がっているが、まだ痛みはひどい。傷つけられた内臓が修復されていないのだろう。

なんとか二階に上がり、応接室のロングソファに葵を寝かせる。またぶり返してきた痛みに、自身もソファのひとつに座りこんだ。ちょうどその背にかけてあったシャツに、辛《つら》い思いをしながら袖を通して、なんとか一息つく。

光太郎の視線は葵の胸元……赤い宝石のネックレスに向けられていた。

（……あれはやはり）

「……！」

光太郎は身構えた。

ドアの外になにかの気配があった。

「……信彦！」

光太郎は声を上げた。

そこにいたのは……秋月信彦。光太郎の記憶の中にある……五十年前とほとんど変わらない姿だ。白いが皺だらけのシャツ、丈の短いパンツ、黴《かび》の生えた靴。ずいぶん昔に流行《はや》ったスポーツバッグをぶら下げている。まともな方法で揃《そろ》えた服装でないことだけはわかった。

信彦の方もまるで観察するかのように、光太郎をじろじろ見ていた。そして、

「まさか、生きてたとはね」

「……」

「ふんっ、お互いさまか」

信彦は寝ている葵に視線を向けた。

「誰だ、そいつは？」

「仕事だ。おまえには関係ない」

光太郎は気づいた。ソファに寝かせた葵は意識をとり戻している。

――葵は意識をとり戻していた。

だが、その身体が強《こわ》ばって動けない。まだあのクモのカイジンが惨殺された時の恐怖が収まらない。

それでも瞼を薄ら開けて、可能な限りあたりを観察する。

そして、まず考えたのは、そこがどこか、ということだ。調度品の様子から、民家ではなく古ぼけてはいるが会社の一室だということはわかった。

それから……男がふたりいて、なにか話している。ひとりはバッタのカイジンに変身してクモのカイジンを殺した男だ。なんのため？　自分を助けてくれるため？　それともなにか他の目的があって？　わからない。

もうひとりは知らない男だ。バッタのカイジンの男よりずっと若い。カイジンの方が五十歳くらいなら、もうひとりは三十歳くらいか。

言い争いとまでは言わないが、ふたりはどうも険悪な状況にいるらしい。

「しかし」若い方の男……信彦は溜め息をついた。「ずいぶん老けたな。〈ヘヴン〉を食えば歳を取らずに済んだのに。手に入れるのは難しいのか」

「〈ヘヴン〉は……高いが手に入らないわけじゃない。なんでも商売にしてるヤツがいる」

バッタのカイジンの方……南光太郎はそう答えた。

「そうか。とりあえず」

信彦は手にしていたバッグを漁《あさ》ると、中から銀色のパウチを出し、光太郎に放ってきた。だが、光太郎は受けとらない。手も出さなかった。

「遠慮するな、ここにあるだけじゃない。ひと暴れして、持ち出せるだけの〈ヘヴン〉をかっさらってきた」

光太郎はなにも答えなかった。

「……光太郎。創世王を殺すぞ。五十年前の決着をつける」

信彦の言葉に光太郎は呆《あき》れ顔で溜め息をついた。

「半世紀ぶりに会っていきなりそれか……信彦、おまえ……この五十年、ずっとゴルゴムに捕まっていたのか？」

「あぁ」と信彦はうなずいた。

（ゴルゴム……ゴルゴム党のこと？　捕まってたって……）

葵の脳裏にダロムの穏やかな顔が浮かんだ。

「そうだ。俺はあの時、ビルゲニアと一緒に捕らえられた。あいつは途中で解放されたが、俺はそれからずっと、だった」信彦は薄ら笑いを浮かべた。「ふふ。意外に快適な環境ではあったけどな。自由を奪われたことを除けば、大切にされていたと言ってもいい。なにしろ俺には資格があるからな。光太郎……おまえはどうやって生きてきた？」

そう問いかけた信彦は、応接室の汚い壁を眺めた。

「聞かなくてもわかる。ドブネズミみたいに、日《ひ》の当たらない場所で、ただ、生きてきたんだろ？　人にわざわざ話したい人生じゃない。そんなことはわかる。変身できないカイジンはゴミだ。ゴミ以下だ」

（変身できない？　でもあの人……コウタロウって人、さっき……）

葵の疑問を、信彦もまた口にした。

「五十年変身できなかったおまえが、どうして変身できた？　まさか〈キングストーン〉を……〈キングストーン〉があるのか？」

「いや、俺は持っていないよ」

信彦は光太郎に歩み寄ると、その腹に手をかざした。

「〈キングストーン〉のことで、おまえに嘘《うそ》がつけるはずがない」

「……わかった。それはその通りだ。だが、だったらなぜ、おまえは変身できた……俺も変身できた？」

「そうか、おまえも変身できたのか？　だからゴルゴムから逃げ出せたのか」

「そうだ。おまえが変身できたのはわかった。俺にも届いた。短い時間だが、おまえと俺は繋がった。だから、ここのこともわかった」

「……そうか」

光太郎は信彦の顔を改めて、見た。光のない瞳だった。

「ゴルゴムから自由になれてよかっただろ。俺はずっと自由にやってる。だから、おまえも自由にやれ。そして、俺の前には二度と顔を見せるな」

「光太郎！」

信彦が怒声を上げた。光太郎の肩をつかみ、壁に叩きつける。丸い掛け時計が床に落ちて、ガラスが割れた。

「〈創世王〉を殺すんだよ。ゆかりもそれを願っている。さぁ〈ヘヴン〉を食え、すぐに力は戻る」

「だから俺に構うな、もう俺には関係ないことだ」

「……」

信彦が手を離すと、光太郎は背中を壁にずりずりと擦りながら、床に崩れ落ちた。その瞼は固く閉じられ、開く気配はなかった。

「……また来る」

そう言い残して、信彦は部屋を出ていった。

——それからきっかり五分、葵は動かず我慢していた。光太郎が目を覚ます気配がなかったので、ようやくソファから起き上がった。なるべく音を立てず、ドアのところまで小走りに……だが、ノブを握ったところで彼女は足を止めた。

目を閉じたままの光太郎が座りこんでいる、その背中の壁が……真っ赤な血で染まっていたからだ。

仮面ライダー
BLACK
Kamen Rider BLACK SUN

仮面ライダーBLACK SUN 異聞／イブン

［第一部 黒の黎明］

第二章
希望～１９７２

0

——物語はここで半世紀ほど時を遡《さかのぼ》る。

そうだ。今回の物語は二〇二二年と一九七二年のふたつの時代を主たる舞台とし、時折、その間の時代、そしてそれよりも古い時代について語られるものになる。

1

一九七一年、つまり去年の九月にできたばかりの六本木のディスコ、メビウスはその日の夜も賑《にぎ》わいを見せていた。スピーカーから流れる大音量の音楽に合わせ、大勢の若者たちが踊るというよりは、ゆらゆらと身体を揺らしていた。ホールの片隅では、そんな彼らは眼中にない様子で、会話に興じているグループがいた。

「俺、ホントは医者になりたいから医大に行きたかったわけ。ほら、婦人科の医者とかサイコーじゃん。で、うち、祖父《じい》さんが総理大臣じゃん。金もあるじゃん。楽勝じゃんて思ってたんだけど、入れないっつーのよ。いや正確に言うと、オヤジがダメだって言ったわけ。もう泣きながら、それだけはやめろって。おまえが医者なんかになったら絶対、人殺す、家の名を汚す、それはダメだとか言うのよ。じゃあいいよ別に。だったら、女にモテそうな大学、そこ入れてくれよって頼んだの。え？　学部とか考えたこともなかったよ。四月に大学行って初めて知ったんだもん、自分が法学部だって。まぁいいんだけどさ。そうそう、オモテに停《と》めてるフォードのサンダーバード。今年のモデルだよ、医大に入らなかった代わりにオヤジに買わせたんだよ。違うヨ、サンダーバードのフォードじゃねえよ。フォードがメーカーで、サンダーバードが車種だよ。え？　シヤシュってなに？　バカじゃねえのおまえ。いいな、バカな女はサイコーだよ」

話し疲れて喉が渇いたのか、今年一九七二年の春に大学生になったばかりの十八歳の青年……そして半世紀後には内閣総理大臣になる男、堂波真一《どうなみしんいち》は、水割りを一気に流し込んだ。

「しっかしよぉ」堂波はダンスフロアを物珍しそうに眺めた。「ディスコってさ、来るの初めてじゃないんだけど、これ、なにが楽しいんだ？　俺さぁ、音楽とかダンスとか、なにがいいのか、さっぱりわかんなくてさぁ」

堂波の言葉に、同じテーブルを囲んでいた同世代の仲間たち……大学の同級生の橋本《はしもと》たち三人、そして、その橋本が連れてきた、カノジョの早智子《さちこ》とその友達がふたり、「だよねー」「わかるわ」「それ」と、口を合わせて言った。

だが、それは嘘《うそ》だった。彼らはディスコもダンスも大好きだったが、堂波のファミリーの権力とその財力、そこからなにかおこぼれにありつけないかと、ただ追従しているだけだった。当然、堂波はそんなことは思いもよらない。

「なんか面白い遊びねぇのかよ？」

堂波が呟《つぶや》くと、横に座っていた橋本と早智子が、

「あるよ」「あるよ」

と口を揃《そろ》え、意味ありげに笑った。

堂波たち七人は彼が運転するサンダーバード、同級生の橋本が運転するスカイラインに分かれ、神奈川方面へと向かった。かなり酔っていた堂波はなんどかタイヤを縁石に擦《こす》ったりしながらも、目的地に辿《たど》り着いた。

そこは逗子の池子地区。戦争中は軍の弾薬庫が置

かれ、今は米軍が接収して使っている場所だった。

米軍の敷地のすぐ横を通って、二台の車は深い森の中へ入った。車を降りてみると、深夜だというのに、七月の夜の熱気がまだ留《とど》まっていた。額に浮いた汗を腕で拭《ぬぐ》うと、堂波は橋本に尋ねた。

「あっち、アメリカ軍だろ？　ヤバくないのか？」

「平気だって」橋本は笑った。「基地ん中入ったらそれこそヤバいけど、どんな近くだってここは日本だぞ。米兵が外、出てきて日本人になんかしたら、それこそ大問題だよ」

「そりゃ、そうだろうが……で、どこ連れてくんだよ？　なにがあるんだ？」

「すぐにわかるって」

橋本が先頭に立って、更に森の奥へと進む。すると、明かりが見えてきた。焚《た》き火《び》の明かり、懐中電灯やランタンの灯《あか》り……それを中心に十人ほどの若者が集まっていた。

「……あっ」

堂波は言葉を失った。

若者たちの傍《かたわ》らの大木、その太い枝からひとりの男が逆さ吊《づ》りにされていた。

「よぉ、遠藤《えんどう》。まだ始まってなかったか？」

橋本が集団のリーダーらしい男、遠藤に声をかけた。彼は堂波や橋本と違い、七三分けの髪に黒縁眼鏡、真面目な大学生風に見えた。

「始まるもなにも、おまえのこと待ってたんだぞ」

「そっか、悪い。で、ゲスト連れてきたけど、いいよな？　こっちは堂波真一。堂波首相の孫だぞ」

「堂波首相って、堂波道之助《みちのすけ》か？　凄《すご》いな、それは」

「おい」

それはあんまり言うなよ。と、抗議の意味で堂波は橋本の背中を叩《たた》いた。堂波は完全に腰が引けていた。危険な場所に連れてこられてしまった。あの逆さ吊りの男を見た途端、酔いも醒《さ》めてしまった。

「堂波君、僕たちのカイジンパーティにようこそ」

「カイジン……パーティ？」

「そう。正確に言うと、カイジンを嬲《なぶ》りものにして殺すパーティ」

「……えっ」

「これが実に刺激的で楽しいんだよ」

お気に入りの哲学書を紹介するような口調で遠藤は言った。

「それじゃあ……」

――あれが……あの木に吊《つる》された男がカイジン。

堂波は直接、カイジンを見たことがない。小中高一貫の、上層の子弟しか通えない学校に籍を置き、高三で遊びを覚えるようになるまでは、家と学校の行き帰りだけだった。カイジンがいるような〝層〟とのつき合いはなかった。無論、テレビや映画で見たことはあるが、家でカイジンの話題を口にするような下品なことは禁じられていた。普段はこの世界にカイジンなるものが存在することも、あまり意識したことがない。

「あれ？　カイジンは珍しい？　さすが上流だねぇ。いいよだったら、はい」

遠藤に大型の懐中電灯を渡された。近くでよく見てみろということらしい。堂波は返事もしないまま懐中電灯を受けとり、そのカイジンに近づいた。恐ろしいと思う反面、好奇心もまた、むくむくと膨らんでいた。

カイジンはちょうど顔と顔が向き合う（上下は逆さまだったが）高さに吊られている。

袋だたきにでもされたのか、服は破れ、顔は血塗《ちまみ》れだ。よくよく見れば、まだ若い。同世代のようだ。もっとよく見ようと、堂波が彼の顔を照らした時、

「ぐがががががぉぉぉぉぉぉぉ」

男が吠《ほ》えた。

堂波は懐中電灯を投げ捨て、腰を抜かした。

――男の額が割れ、鋭い角が飛び出した。顔の皮膚が変化し、岩のようになった。

堂波は恐怖で動けなくなったが、同様にそのカイジン……〈サイカイジン〉もまた、ぴたりと動きを止めた。

「ほ、本物のカイジンだ……大丈夫なのかこれ？」

震える堂波に、遠藤は笑って答えた。

「大丈夫だよ。散々痛めつけておいたから。放っておいても朝までには死ぬと思う。もう暴れる力は残ってないさ。じゃあそろそろ始めようか」

遠藤が合図をすると、ふたりの若者が一斗缶をひとつずつ運んできた。蓋《ふた》を開け、中身を〈サイカイ

ジン〉に派手にぶちまける。

「……」

独特の匂いでわかった。灯油だ。

「ねぇ、あれ持ってきてよ、うんそれ」

若者のひとりが遠藤に松明《たいまつ》を持ってきた。遠藤はそれを受けとると、「ほい、これ」と、すぐに堂波に手渡した。

「おい……まさか焼き殺すんじゃないよな？」

「焼き殺すんだよ」

「なんで殺すんだ？」

「え？」笑っていた遠藤が真顔になった。「だってこいつカイジンだし。それで十分でしょ。ゴキブリ見つけたらぶっ叩くでしょ？」

「いや、でもさ……」

「いやいや一応、理由というか正義はあるんだよ。僕らは目安箱って呼んでるんだけど、うちらの大学の学生会館にこっそり置いてんの、投書箱みたいなのを。カイジンに困らされたりした人は自由に書いて投書してくださいって。それでわかったんだけど、こいつ、カイジンだってての隠して、テニスの同好会入ってて。おまけに人間のカノジョまで作ってたんだよ。許せないだろ？」

「いや」

別にいいだろ。とは言えない空気だった。遠藤の仲間たちだけでなく、友人連中も自分に……なんだろう、これは？　冷たいというのも違う、これまで感じたことのない種類の視線を向けている。

──それが〝悪意〟というものであることを、いくら粋がっていても所詮《しょせん》、お坊ちゃん育ちである堂波には、理解できないのも当然だったかもしれない。

松明を手にしたまま呆然《ぼうぜん》としている堂波の耳に、やがて「そーり！　そーり！」という声が聞こえてきた。手を打ち、足を踏み鳴らしながら、「そーり！そーり！」というコールが続く。

「いや、俺はそーりじゃないし」

堂波は薄笑いを浮かべた。それでも「そーり！そーり！」というコールは止《や》まなかった。

これはもう逃げられない。

堂波はようやく悟った。手元まで熱くなってきた松明を掲《かか》げると、堂波は、

「やれるよ！　バカにすんなよ！　カイジンなんて人間じゃねえんだから、できるって、見とけよ！」

堂波は松明の炎を吊された〈サイカイジン〉の肩あたりに押しつけた。予想したよりも一瞬だった。炎は〈サイカイジン〉の全身を駆け巡り、たちまち火だるまにした。〈サイカイジン〉は悲鳴を上げることもなく、身体を震わせることもなかった。どの時点でその命が絶えたのかもわからなかった。

彼自身が巨大な松明となって、轟々《ごうごう》と燃え続けた。その音と重なるようにして、堂波の耳の奥……頭の奥から聞いたこともない音楽が流れていた。

それは天上の調べだった。

2

神田駿河台。

御茶ノ水駅から続く明大通り、その歩道にひとりの黒人青年が座り込み、ハイライトをふかしていた。道行く人々……予備校生や近くの楽器店の客、坂を下りた先の書店やスポーツ用品店に向かう客……が、彼に遠慮ない視線を向けていた。

彼、オリバー・ジョンソンはもうそんなことには慣れっこになっていた。大阪万博が開催されて二年経《た》つが、この東京でもまだ外国人が珍しがられることはわかっている。

三本目のハイライトを灰にしたところで、二台のバイクがやって来て、オリバーのすぐ前の路肩に停まった。二台とも大型のバイクで、一台……その乗り手が〈ホッパー〉と呼ぶバイクは全身深緑に染められ、二基のヘッドライトを覆って昆虫の頭部か骸骨を思わせるカウルがついている。もう一台の〈セクター〉は全体に銀色のカウルに包まれ、ゴツい。戦車のようだ。

「よぉ」「やぁ」と言って、オートバイの主《ぬし》ふたりがガードレールを乗り越えてきた。夏の激しい日差しの下、オリバーは目を細め、ふたりを見た。どちらも二十歳だが、もう少し若く見える。オリバーはその理由を知っていたが……。

「ふたりとも。バイクに乗る時はいい加減、ヘルメットかぶれ」

少々イントネーションに難はあったが、それでも流暢《りゅうちょう》な日本語でオリバーは言った。

「確かに法律じゃ決まってるが」

南光太郎《みなみこうたろう》がいつもの人懐っこい笑顔になった。

「罰則はないんだろ」

「そうだ」

隣の秋月信彦《あきづきのぶひこ》が言った。「だいたい、俺たちはバイクでコケたりしたくらいじゃ死なない」

「で、オリバー」光太郎が真顔になった。「今日の集会のことだけど。おまえの顔を立てて話だけは聞くよ。だけどテキトーなとこで帰るからな」

「まぁそう言わず、さぁ中に入ろうぜ」

「俺も同じだよ、オリバー」信彦も言った。「今のカイジンの立場がまともだとは思ってないけど、暴力に訴える気はない。だいたい暴力革命の失敗は、まだ現在進行形で見てるだろ？」

「んー」と、オリバーは唸《うな》った。「どのタイミングで言おうか迷ってたんだが。藤堂《とうどう》さんが最後に言ってたんだろ？『オリバーに頼れ』『ダロムに会え』って」

「いるのか」

光太郎の表情が険しくなった。

オリバーはそれには答えず、ふたりを目の前にある大学校舎の地下に招き入れた。そこに大講堂があるという。

校舎の入口に立て看板が置かれていた。

『五流護六《ゴルゴム》　決起集会　１９７２』

と、独特な書体……俗にいうゲバ文字で書かれている。

「よく大学が貸してくれたな。こんな集会に」

光太郎が呟くと、オリバーは、

「大学じゃなくて自治会な。そっちとは繋《つな》がりがあるらしい」

「そうか……」

「それより、おまえたち、結局、大学には行かないのか？　行けるだろ？　藤堂さんがあれこれ手を回したり、頭を下げてくれたって言ってたじゃないか。大学に行かせるためじゃなかったのか？」

オリバーに早口で詰められ、光太郎たちは顔を見合わせた。

「信彦は大学進学を考えてるよ」

光太郎がそう言うと、信彦は小さくうなずいた。

「そうか、そいつはよかった。で、光太郎は？」

「俺は……もう少しバイトを増やす。それで金を貯《た》めたら旅に出たい。そこでなにか見つかるかもしれない」

「バイトって……藤堂さんがずいぶん残してくれたんじゃないのか？」

「それはそうだよ。でも、どうせなら自分で稼いだ金で行きたいんだ」

「そうか。確かにそっちの方がいいかもな。まぁ旅はいい。ディスカバージャパンだ」

階段を三階分降りたところは広いスペースになっていて、正面に大扉があった。オリバーがその扉を開き、光太郎と信彦は中に入った。

——後に、五十年の後に振り返れば、光太郎たちはこの時、運命の扉をくぐったのだ。無論、その扉の先に待っている運命がどんなものなのか、弱冠二十歳の光太郎たちが知る由もない。

大講堂というだけあって、中は広かった。座席は七、八百人分ありそうだが、座っている者はまばらだった。せいぜい二、三百人というところか。

壇上に視線を向けたまま、光太郎は信彦、オリバーとともに最後列まで移動して、その壁に背中を預けた。

「……光太郎」

呟いた信彦に光太郎は、

「あぁ、わかってる……ビルゲニアの兄ちゃんだ」

――壇上に黒いスーツの男がいた。スポットライトに照らされ、額に汗を浮かべていた。

ビルゲニア、だ。

「どうして差別を続ける？　どうしてそれを許す？　自分と違う宗教が気に入らない！　自分と違う思想が気に入らない！　自分と違う肌の色が気に入らない！　そして自分と違うカイジンが気に入らないからと、人間は差別を続ける！」

光太郎の視線はビルゲニアを外れ、その後ろに控える三人に移動した。ダロム、ビシュム、バラオム……ビルゲニアもそうだが、彼らの顔を見るのは、あの〝村〟を離れて以来……六年ぶりになる。ダロムたちに変わった様子はなかったが、三人ともその服装に変化はあった。和服の羽織のようなコートのような、見たことのない上着を着ている。

ビルゲニアがまたなにか言うと、聴衆は「異議なし！」「異議なし！」「異議なし！」と野太い声で応えた。

オリバーが「おっ」と声を上げた。光太郎たちのところから離れ、隅に立っている若い女性へ近づいた。

「ゆかり！」

声に気づいたのか、そのゆかりと呼ばれた娘は返事をする代わりに、口に含んだフーセンガムをぷぅぅぅと膨らませた。

光太郎は……そして信彦も、ゆかりの顔を見た。膨らんだクリーム色のガムの向こうにあるその顔は、特別に美人というわけではなかった。だが、どこか惹《ひ》かれるところがあった。

「だったら！」ビルゲニアの怒声があたりに響いた。「俺たちはこの力を解放するべきじゃないのか！　この手で平等な権利を勝ちとるべきじゃないのか！　俺たちの力は、カイジンの力はそのためにある！　さぁ、ともに立とう！　五流護六の旗の下へ集え！」

ビルゲニアは右の拳を勇ましく突きあげた。聴衆たちもそれに呼応し、高々と手を上げた。

その様子を見て、光太郎は顔をしかめた。

そして、信彦はまだゆかりのことを見ていた。

それからしばらくして、客席の灯りが点《とも》った。

いちど袖に引っ込んだバラオムとビシュムが大き

なダンボール箱を抱えて戻ってきた。

「ここに勇気を持って集まってくれたカイジンの皆さん、素晴らしい贈り物があります」

よく通る声でビシュムが言った。

「〈ヘヴン〉を持ってきたぞ」

そう言って、バラオムが小さなビニールの包みを配り始めた。

「〈ヘヴン〉を……そうか、〈創世王〉は健在なのか……」

そう低い声で呟いた光太郎に、「こっち来いよ」とオリバーが腕を引っ張ってきた。

「いや、俺たちは」

光太郎は抗《あらが》ったが、オリバーは信彦とともに彼らをゆかりの前に連れていった。

「こいつが南光太郎、で、こっちが秋月信彦」

「どうも。あたしは新城《しんじょう》ゆかり。一応、学生。バイトばっかりで学校にはあんまり行ってないけどね」

「うん、よろしく」

答えた信彦にも構わず、ゆかりは光太郎たちに値踏みするような視線を向けた。そして、

「君たちもカイジン……なんだよね？　だったら五流護六に参加しなよ。参加するといいよ」

「いや、俺たちは」

光太郎は言葉を濁した。

「どうして？　ふたりともカイジンなんでしょ？」

「そもそも、五流護六ってなんだ？」

光太郎の疑問にゆかりは首を捻《ひね》った。ふと見せた、妙に子どもっぽい仕草だった。

「政治結社ってことでいいのか？」

光太郎が更に問い詰めたが、ゆかりはオリバーと顔を見合わせるばかりだった。

「五流護六の由来については私から説明しよう」

はっとして光太郎は振り向いた。

聴衆たちが引き揚げていく中、人の流れに逆らって、ダロムが、そしてビシュムとバラオムが近づいてくる。

「……」

光太郎は胃をぎゅっとつかまれる気持ちがした。緊張していた。

「待っていたよ、光太郎、信彦。よく来てくれた。

懐かしいなぁ。何年ぶりになる？」

　ダロムは光太郎の肩を両手でぽんぽんと叩いた。

続いて信彦にも。信彦も光太郎と同じく、身を強《こわ》ばらせていた。

「なんだ……仲間だったんじゃん」

　ゆかりが口を尖《とが》らせた。

「五流護六とは……」

　光太郎たちの気持ちにはお構いなしで、ダロムは説明を始めた。

「五つの『流《る》』。『流』とは文字通り、流れていく儚《はかな》いものだ。それを受け入れることで、六つの真実を『護《まも》る』、それが五流護六だ。

　五つの『流』とは『情愛』『命』『美』『熱』『時』。そして六つの『護る』べきものとは『知性』『宇宙』『瞬間』『言葉』『風』『刃《やいば》』だ。理解してもらえたかな？」

「……さっぱり、だ」

　光太郎は素っ気なく答えた。

「それから念のために言っておくが、俺も信彦も仲間になるために来たわけじゃない。六年前のあの日、俺たちは縁を切ったはずだ。オリバーの顔を立てただけだ」

「今はそれでいい。ゆっくりと理解を深め合おうじゃないか」

　ダロムは穏やかな笑みを浮かべた。

　返答に困って光太郎と信彦が顔を見合わせていると、もうひとり、そこに近づいてくる者がいた。ビルゲニアだ。

　ビルゲニアは光太郎たちを一瞥《いちべつ》して、

「――俺はおまえたちを歓迎しない」

　それだけ言うと、背を向け、その場から離れていった。

3

新宿区早稲田鶴巻町。

早稲田大学からほど近く、下宿屋が多い。そして、近隣に大手印刷所があることから、小さな製本所が数多くある。光太郎と信彦はそのひとつ、「村上製本」と看板が出ている製本所を訪ねた。

「本当にここでいいのか？」

乗ってきた〈ホッパー〉のエンジンを切りながら、光太郎は尋ねた。信彦は〈セクター〉を道路の隅に押しながら、「合ってるだろ」と即答した。

「なぁ、信彦。おまえ、なんでニヤニヤしてるんだ？」

「いや、してない……あぁ、ほら、やっぱりここだ」

開けっ放しのサッシに手をかけ、信彦が声を上げた。光太郎も覗《のぞ》きこんでみると、中には見知った顔……オリバー・ジョンソンと新城ゆかり、他に何人かの学生がいた。製本に使われる機械はすっかり処分され、作業用の長テーブルが置かれているだけで、そこまで広いわけではないが、がらんとしている。

光太郎たちに気づくと、ゆかりの顔がぱっと明るくなった。

「来てくれたんだね！　ようこそ五流護六第三支部へ！」

「第三支部……なのか？」

光太郎は微妙な顔になった。三つ目……本部を入れるなら四つか、活動の拠点がそれだけあることを褒めるべきなのか、それとも、それが潰《つぶ》れた製本所を借りている貧弱な拠点であることを憐《あわ》れむべきなのか、しばし悩んだ。

「ねえ、どっちが字ぃキレイ？」

ゆかりに問われ、光太郎は黙って信彦を指さした。

「じゃあ、信彦はあたしを手伝って。光太郎はオリバーを手伝って看板作って」

ゆかりは信彦を隅の長テーブルに連れていくと、並んで座った。「これ、ロウ原紙。これに鉄筆で文字を書くの。たくさん刷るから原紙も一枚じゃ足りなくて。ここに試し刷りしたものがあるから、これと同じように書いていってね」。

「俺はあんたと大工仕事か」

　光太郎が呟くと、オリバーが白い歯を見せた。

「歓迎するぜ、五流護六へ」

「そもそも……」光太郎は渋い顔になった。「あんた、いつから五流護六になってたんだよ。俺たちにずっと黙ってて」

「いや、それはさぁ」オリバーはぽりぽりと頭を掻《か》いた。「ダロムやビルゲニアといろいろあったのは聞いてたから、言い出しにくくてさ。でも、五流護六の活動は誇りに思ってるぜ。こう見えても差別は許せないって、心底思ってるし」

「そりゃあ、あんたはそうだろうが」

　オリバーは徴兵されてベトナムに行った元軍人だ。黒人という理由で軍隊でもひどい扱いをされたと聞かされている。退役したのに本国に戻らず、日本で暮らしているのも、そこに理由があるらしい。

「俺も信彦も五流護六に入るつもりはない。今日もあんたやゆかりを手伝いに来ただけだ……暇だからな」

「まぁいいさ。でも、信彦はどうかな？」

　オリバーに目配せされて、光太郎は信彦とゆかりを見た。テーブルの前に並び、同じように身体を屈《かが》めて鉄筆を走らせている様子は、まるでつがいの小鳥のようだ。

「そもそも」光太郎が板と木枠を押さえる。オリバーがそこに釘を打っていく。「五流護六ってなんだ？　いや、カイジン差別をなくしていく運動、カイジンの親睦団体って話は聞かされた。でも、この先、どうするんだって話だよ。この前みたいに人を集めて演説続けるのか？」

「まぁ……とりあえずは、な。カイジンやカイジンに理解ある人間……自分で言うのもあれだが、たとえば俺やゆかりみたいな、な。そうした仲間を地道に増やしていく。多くの日本人はカイジンのことなんか意識してない。意識せずに差別してるんだ……俺にはわかる」

「……」

「そういう大多数の考えを少しずつでもいいから変えていく。それが五流護六の考えだ。まずは五流護六の名前の周知だな。誰が考えたのか知らないが、このままじゃ……ええと……なんて言ったか……昔で言うカミナリ族？」

「暴走族か」

光太郎は言った。

バイクで暴走する集団は六〇年代からいた。最近は賃金が上がり、若年層でもバイクが手に入れやすくなって、そうした集団が増えているという。一時は狂走族とも呼ばれていたらしいが、警視庁が公的資料に「暴走族」という用語を使ったことで、その呼び名が定着している。

「そう、それ、暴走族。そんなものに間違われるのもかなわないし、学生運動みたいに思われるのも困る。だから、一般向けのイベントをしようって話なんだよ」

「この前のヤツが一般的なのか？」

光太郎にそう言われ、オリバーは苦笑いした。

「あれはビルゲニアが主催みたいなもんで、カイジンの連携を深めようってヤツだから話が違うよ。主張も過激になってる」

「ダロムたちは違う考えってことか？」

「あぁ、そうだ。ダロム派とビルゲニア派で分裂しかかってる。若くて血気盛んな連中にはビルゲニアのやり方のほうが話が通りやすい。ダロムは政治的になんとかしようとしてるんだ。行く行くはカイジンの政治団体、政党を作るのが目的だって。今もそのために地道な活動を続けているらしい」

「そうか……ダロムらしいな」

「俺はさ！」

信彦が急に声を張ったのを聞いて、光太郎はぎくりとした。

「俺はまだ、暴力をよしとは思ってない」

「だったら平和に解決しようって訴えたらいいよ」

ふたりもまた、五流護六の活動方針について討論していたらしい。

「でも君はわかってる。いくら平和的に臨んでも、結果、棍棒《こんぼう》で殴られて、地面に這《は》いつくばるだけ。最後はどこの誰かもわからない死体で発見される。去年だけで、何人カイジンが殺されたか知ってる？去年の日本における『犯罪による死亡者数』は約三千二百人。そのうちカイジンの死亡者は約三百人」

その数字の意味を理解して、光太郎も顔を伏せた。

「日本の人口、一億。カイジンの人口は二十万人。その比率、五〇〇対一。でも犯罪被害による死亡者の数は一〇対一。この異常さがわかる？　この日本でカイジンだけが暴力に晒《さら》されている。それでも平和的に解決できる？　もうそういうレベルじゃないでしょ？」

ゆかりに言われ、信彦は黙り込んだ。光太郎やオリバーだけでなく、黙々と作業する若者たちもその視線をゆかりに集めていた。

「……ゆかり」

光太郎はテーブル越しにゆかりの前に立った。

「俺も信彦もカイジンが殺されるところはイヤってほど見た。惨《むご》たらしい、地獄みたいな光景だった。だが、差別に暴力で立ち向かうってことは、またそれが繰り返されるってことだ。こっちが手を出せば、相手も手を出す」

「それじゃあ、光太郎はどうすればいいと思うの？」

「又聞《またぎ》きだが、俺はダロムのやり方を支持したい。地道に地位を確立していくしかない」

「その間に殺されていくカイジンのことは？」

「……」

ゆかりの質問に光太郎は答えることができなかった。

「……ごめん。別にあたしも光太郎や信彦を責めるつもりなんかなかったのに」

ゆかりはぺこりと頭を下げた。

光太郎はしばらく考えて、オリバーに言った。

「頼みがある、オリバー。ダロムたちに会わせてくれないか？」

4

五流護六の本部は大塚にあるという。

光太郎の頼みを聞いたオリバーは、ダロムに電話をかけた。今なら空いているということで、光太郎はすぐに向かうと答えた。

光太郎と信彦だけでなく、ゆかりも同行するといって、四人は都電荒川線早稲田停留場まで歩き、そこから大塚に向かった。

乗っている客は老人が多かった。席が空いてもすぐに別の老人が乗ってくるので、光太郎たちはずっと立っていた。

「意外に揺れるな」

吊革《つりがわ》にぶら下がりながら、信彦は言った。なぜか笑顔で、ゆっくり流れる窓の外の景色を眺めている。

「路面電車に乗るのは初めてか？」

オリバーに問われると、信彦は小さくうなずいた。

「俺は知らないことばかりだし、やったことないことばかりだよ」

路面電車は穴蔵のような、大塚駅前停留場に滑り込んだ。そこで降りた光太郎たちは、オリバーに先導され、駅から続く坂道を上がっていった。夏で日が長いとはいえ、すでに夕暮れで、道の両側には小さな料亭の灯りが目立っていた。

「知ってるか？」振り返ってオリバーが言った。「この大塚には今でも料亭が多い。だけど、昔はもっと賑わうハナマチだったんだ。ゲイシャもたくさんいたんだぞ」

「アメリカ人がなんでそんなこと知ってるんだ？」

信彦が呆《あき》れ顔になった。

「俺はトーキョーが好きだからね。この街の歴史もたくさん勉強したんだ」

そんな〝ハナマチ〟を抜けた先にあったのは、四階建ての古いビルだった。壁の横に大きく「東亜紡績株式会社」と看板が出てた。

「五流護六が紡績会社やってるのか？」

光太郎が尋ねると、オリバーは笑って答えた。

「あんなデカブツの看板、外すのにも金がかかるからな。あっちには五流護六の看板がついてるよ」

オリバーが言う通り、正面のガラス戸の上には木の板に「五流護六」と記された看板が掲げられていた。鶴巻町の製本所と同じく、ここも借りている物件なのだろう。

「道場みたいだな」

光太郎がそう呟いたが、オリバーは気にせず扉を押し開いた。入ってすぐは受付カウンターがあり、その向こうには机が並び、普通のオフィスのようだ。元の会社の設備をそのまま使っているのだと思われた。

「ようこそ。また来てくれたか。南光太郎、秋月信彦」

ダロム、そしてビシュム、バラオム、ビルゲニアが奥から出てきた。あの集会の時と同じく、ビルゲニアは黒いスーツ、そしてダロムたちは和風のコートを羽織っていた。

「ダロムさん！」ゆかりが馴《な》れ馴《な》れしく……親しげに呼びかけた。「光太郎と信彦が五流護六に入るって！」

「おい……」

光太郎は思わず苦笑いした。あまりに気易《きやす》すぎる。アルバイトの面接でも、もう少し堅苦しいものだろう。

「ここは狭苦しいな。上に行こう」

ダロムは光太郎たちを連れて、ビルの屋上に向かった。四階建ての屋上だから、五階の高さだったが、近くに大きなビルはないので、意外と遠くまで見渡せた。屋上の隅にはポールがあり、そこには「五流護六」と記された旗が遠慮がちにはためいていた。

「ここに来る途中も信彦と少し話したが……俺と信彦は五流護六に加わることにした。あんたたちとカイジンのためになることをしたい」

ダロムたちに向かって、光太郎は厳《おごそ》かに告げた。

「ただ、誤解しないでほしい」信彦が言った。「俺たちは五流護六に加わるといっても、別にあんたたちの下につくわけじゃない。俺たちは俺たちの考えで動く」

そう言って、光太郎と信彦はダロムを、ビシュムを、バラオムを、そしてビルゲニアの顔を真《ま》っ直《す》ぐ見た。

「南光太郎、秋月信彦……」

ダロムが前に出て、光太郎と信彦の手をとった。

「大人になったな、光太郎、信彦。おまえたちの言う通りだ。五流護六に上下はない。あの〝村〟と同じだ。それぞれが、ひとりずつが、その道を探す。そうして五流護六は強くなるんだ」

ビシュムとバラオムが顔を見合わせ、微笑《ほほえ》んだ。ふたりの様子を見て、光太郎はほっとした。

「ダロム。ひとつだけ教えてくれ」

信彦が絞るように声を出した。

「〈創世王〉は健在なのか?」

「当然だ」ダロムではなく、ずっと沈黙を守っていたバラオムが答えた。「〈創世王〉は我らが神にして生みの親。〈創世王〉をお守りすることが我らの使命だ」

「そうか……それならいい。それだけは確かめておきたかった」

信彦がなんどもうなずいていると、ビシュムたちの間を割って、ビルゲニアが彼と光太郎の前に立った。

「……」

ビルゲニアが手にしているものを見て、光太郎は身構えた。それは剣……刀……人を斬るための道具に見える。だが、普通の剣でないことは明らかだった。綺麗《きれい》な反《そ》りを見せる日本刀などとは違い、その刀身は波を打つようにぐねぐねと曲がり、その質感も鋼《はがね》というよりは陶磁器か生体鉱物……貝殻のように見える。

ビルゲニアは切っ先を天に向け、その剣を胸に掲げた。そして、深々と頭を下げた。

「この前はすまなかった。俺もふたりを歓迎する」

光太郎と信彦は顔を見合わせた。

「おまえたちに〈キングストーン〉が託されると決まった時、俺はおまえたちのことを嫉《そね》み、恨んだ。だが、あの日……俺はおまえたちに命を救ってもらった。あの時、俺の憎しみの心は氷解したはずだった。だが、六年ぶりにおまえたちの顔を見た時は……どうしても素直になることができなかった。許してくれ、ともに五流護六としてカイジンのために生きよう。俺の言葉に嘘はない。この〈サーベル〉に誓って」

「その〈サーベル〉、ずっと持っていたのか……」

光太郎の呟きに、ビルゲニアは小さくうなずいた。

「手放したことはない。俺の宝だ」

「……兄ちゃん」「兄ちゃん」

光太郎と信彦はビルゲニアの手をきつく握った。

――やはり、ここに来てよかった。

その時の光太郎はそう強く信じていた。あの〝村〟はもうなくなってしまったけれど、自分たちの生きる場所はやはり、カイジンのコミュニティの中にしかない。それが自然なのだと。

「これさ、ちょっといじっていい？」

光太郎が自分の考えを噛《か》みしめていると、ゆかりが大きな布……いつの間にポールから下ろしたのか、五流護六の名が入った旗を両手で広げていた。

「光太郎も信彦もちょっと手伝ってよ。そう、広げて。そうそう」

光太郎と信彦、そしてオリバーはゆかりに言われるまま、五流護六の旗を屋上の床に広げた。

「なにするんだ？」

光太郎が問いかけると、ゆかりは答えず、手にした細長い缶をカラカラと振った。缶スプレーだ。

「こうするの」

「おい」

光太郎が止める間もなく、ゆかりは旗にスプレーを吹きつけた。

「やっちまった……」

光太郎は頭を抱えた。五流護六の文字の上に白いスプレーで「∞」が描き加えられている。

「はい、皆さん。ちょっと見てください。永遠に差別と戦い続けるってことで、こうしました。どう？　無限のマーク入れてみましたー」

光太郎はダロムたちの顔色を窺《うかが》った。そもそも、この新城ゆかりという娘は、五流護六の中ではどういう立場にいるのか？　カイジンではないし、新参のミーハーの女子学生という認識だろうし、これは……。

「実に素晴らしい」

ダロムがそう言って、ゆっくり手を打ち鳴らした。

「クールだよ、ゆかり、いいよこれ！」

オリバーに背中をぱんぱんっと叩かれ、ゆかりは「でしょ？」と子どものような笑顔になった。それを見て、光太郎はほっと溜《た》め息《いき》をついた。気がつけば皆、拍手をしている。光太郎も慌ててそれに加わった。横を見ると、信彦も熱心に手を鳴らしていた。

5

「じゃあ今夜は光太郎と信彦の五流護六加入を祝して、若い世代だけで一杯行こう！」

五流護六本部を出たところで、ゆかりがそんなことを言い出した。光太郎も信彦も積極的に断る理由もなかったので、オリバーも含め、四人は駅に近い古い焼き鳥屋に入ることになった。

「鳥へい」と店名が染め抜かれた暖簾《のれん》をくぐると、中は半分ほどの客入りだった。近くのオフィス勤めのサラリーマンがほとんどのようだ。

光太郎たちは隅のテーブルに案内された。

「ゆかりは若いのに渋い店、知ってるんだなぁ」

オリバーが感心して呟くと、ゆかりはにこっと笑った。「まぁ、ね。で、なに呑《の》む？　ここ美味《おい》しい日本酒揃ってるよ」

信彦が「いやいや」と首を振った。「日本酒は呑んだことないからやめとくよ」

「俺たちはビールでいい」と光太郎が答えると、ゆかりは「えーっ、美味しいのにぃ」と食い下がってきた。ゆかりが納得しないでいると、光太郎たちのテーブルにぬーっと近づいてきた者がいた。

ビルゲニアだ。

黒のスーツを着ているから、学生風の光太郎たちよりはよほど、周囲の客たちに馴染《なじ》んでいるはずだったが、店内の視線は一斉に彼に集中した。微塵《みじん》も隠そうとしない、彼から溢《あふ》れる殺気のせいだった。

「どうして……」

光太郎が思わず声を漏らすと、「あたしが呼んどいた」と、ゆかりが悪びれずに答えた。

「だって言ったでしょ？　若い世代で行こう！　って」

ビルゲニアは黙って席についた。

「なに呑む？」ゆかりに尋ねられ、ビルゲニアは「俺は八海山が好きだ。あれでいい」と答えた。

「じゃあ、俺もそれにする」

信彦が言ったのを聞いて、光太郎は溜め息をついた。

——酒と料理が運ばれてくると、ゆかりが早速切り出した。

「光太郎、信彦とビルゲニアってどういう関係なの？　なんとかストーンがどうこうとか言ってたけど。けっこう前から知り合いだったんでしょ？」

「あぁそれは……」

口を開きかけて、光太郎は躊躇《ためら》った。どこまで話したものか……。自分としてはすべて話してもいいような気もしてきたが、問題は信彦やビルゲニアがどう思うか、だ。

慣れない日本酒を舐《な》めている信彦やビルゲニアを横目で窺ってみたが、どうも気持ちが読めない。

「俺たちはある村で育ったんだ。事件があって、その村はなくなった」

「村がなくなった？　大事件じゃない」

光太郎の言葉にゆかりが目を丸くした。

「いや、確かにその通りなんだが」

「どんな事件だったの？」

光太郎は言葉に詰まった。信彦やビルゲニアがいるところで、勝手に話していいことではない。否《いな》、そもそも自分はあのことを話したいのか……。

――話したいのだろうな、光太郎はそう思った。これまでの自分の育ちとは無関係なところにいた人間に、吐き出したいのだな、と。だが、

「悪い、そのことはこんど話す。どうしても長い話になるから」

結局、光太郎はそう言って誤魔化《ごまか》した。ゆかりもそれ以上は追及しようとはしなかった。

「で、肝心の話なんだけどね」

突然、ゆかりがそんなふうに切り出した。オリバーが驚いて、

「え？　ただのシンボクカイじゃなかったのかい？」

「親睦会は親睦会。でも、あたしたちには時間がないから。五流護六は活動の成果を挙げなきゃいけない。あたしも政治的な力を高めていくっていうダロムの考えは理解できる。でも……」

ゆかりはビルゲニアの顔を見た。

「ビルゲニアの意見もわかる。荒っぽい手段に出てでも、カイジンを殺したりする人間を封じるしかないって意見もわかる」

ビルゲニアは答える代わりに、杯の酒を呷《あお》った。

「だからダロムのやっていることを、ビルゲニアの手段を使って助ける」

「どういう意味だ？」

光太郎に問われると、ゆかりは大人びた妖艶《ようえん》な笑みを浮かべた。五流護六本部の屋上で旗に落書きしていた時の無邪気さは欠片《かけら》も見えない。どちらが本物の彼女なのか……。

「ダロムは政府と……与党の民《たみ》の党《とう》と交渉を重ねてる。でも、なんの進展もない。たぶん、このままずっと進展はない。なんだっけ？　ほら、江戸時代の農民みたいに。生かさず殺さず？　適当に飼い殺しするみたいな」

光太郎はオリバーの表情を窺った。ゆかりが言っていることに間違いはないらしい。

「粘り強く運動して政治的な立場を確保する。そのダロムの考えは正しいと思う。でも、きれいごとだけじゃ、状況を変えるのは難しいとも思う」

ゆかりはそこで言葉を切って、光太郎たちの顔を見た。彼女の言っていることに間違いはない。光太

郎はうなずくしかなかった。

「だから、あたしは考えたの。相手にプレッシャーをかける。民の党の大物政治家の家族を誘拐して脅す」

オリバーが目を丸くした。光太郎も表情は変えなかったが、内心は驚いていた。信彦も同じだろう。当然のこと、のような顔をしているのはビルゲニアだけだ。

「大物政治家の家族って……誰だ？」

光太郎が尋ねると、ゆかりはにっこり笑った。

「大学の友達の知り合いの知り合いくらいだけど、その気になれば一日の行動パターンとかもわかる馬鹿なボンボンがいるの。政治家の孫。嫌なヤツらしいから誘拐しても気が咎《とが》めないところがいいかなって思って。ひとひとりさらうくらいは難しくないでしょ？　普通の人間とは違う……人間以上の力を持ってるんだから」

「それはダメだ」光太郎はきつく言った。「誘拐して脅すなんてルール違反だ。ルール違反を犯して交渉事を進めても、そこに成果はない」

「光太郎の言う通りだ。光太郎は正しい」黙っていたビルゲニアが口を開いた。「だが……今は黙っていろ、光太郎」

「……」

「ゆかり、話を聞かせろ。その大物政治家というのは誰だ？　普通の大臣クラスじゃ影響力は期待できないぞ」

「そんなことわかってる。あたしが狙ってるのは堂波真一。民の党総裁で、現内閣総理大臣・堂波道之助の孫。どう？　相手にとって不足はないでしょ？」

——堂波道之助。

その名を聞いて、光太郎は息が止まった。反射的に信彦とビルゲニアの顔を見る。ふたりの顔からはなんの表情も読みとれない。だが、彼らがなにを考えているか、手にとるようにわかった。

「わかった。やろうじゃないか」と、ビルゲニアが答えれば、信彦も「やろう」とすぐに追従した。

「いいね！　オリバーはいいとして……光太郎は？」

光太郎は考えていた。否、彼の頭はさっきからずっと空白だった。真っ白だった。考える、というのとは、もっとも離れた状態だった。

「俺もやるよ」

光太郎は答えた。

「俺も！　光太郎たちがやるって言うなら、俺やるよ！」オリバーが子どものようになんども手を上げた。

「ありがとう、皆。——誘ったあたしがこう言うのもなんだけど……堂波道之助の名前にちょっと劇的に反応しすぎじゃないかな？　現職の総理だから、そりゃ反応もするだろうけど……」

「堂波道之助は……」

光太郎はゆかりを正面から見据え、言った。

「俺たちの村を壊した男なんだ」

6

あの夏の夜。

大塚で初めて入ったあの焼き鳥屋。そして二度と行くことはなかったあの焼き鳥屋。煙で燻《いぶ》された茶色い壁や、鳥肉が焼かれる香ばしい匂い、タバコの紫煙、馬鹿笑いしていたカウンターのサラリーマンたち。堂波真一誘拐の企《たくら》みをしたあの店の光景を、光太郎はその後、五十年にわたって、なんどもなんども繰り返し思い出すことになる。

そして、そのたびに思うのだ。

どうして、ゆかりの提案を受け入れたのか。

冷静に考えれば、なんの義もないあの企みを、どうして自分たちは受け入れてしまったのか。

狂っていたのか。

否。

ビルゲニアには理由があった。そもそも彼は暴力に訴える気満々だった。信彦もわかる。彼はゆかりに惚《ほ》れていた。ゆかりが言うことなら、どんなことにでも従っただろう。まだ若いというより幼い信彦にとって、ゆかりは初めての恋の相手だったのだから。

だから、光太郎はいつも「あぁ」と納得することになる。

——狂っていたのは自分だけだった。

仮面ライダー BLACK SUN

Kamen Rider BLACK SUN

仮面ライダーBLACK SUN　異聞／イブン

［第一部　黒の黎明］

第三章

毒花～２０２２

1

南光太郎《みなみこうたろう》は背中の痛みで目を覚ました。

――応接室のソファで横になっていた。かけられた毛布をめくると、裸の上半身が包帯でかなり雑にぐるぐる巻きにされていた。

窓の外は薄暗い。小鳥の鳴き声で、夕方ではなく明け方だとわかった。十時間以上、眠ってしまっていたようだ。痛みはまだ残っていたが、起き上がれないほどではない。ソファから離れ、さっきから気になる音がしている方……給湯室へ向かった。

「……」

光太郎は戸惑った。こちらに背中を向け、あの娘……和泉葵《いずみあおい》がフライパンでタマゴを焼いていた。換気扇はとっくに動かなくなっているので、煙が充満している。

「……あ」

葵が振り返った。

「ごめん、煙、すごいね。換気扇壊れてるよ？」

「知ってる」

光太郎はぶっきらぼうに答えた。

「それから勝手に朝ごはん作ってた。おじさんの分も。パンとかタマゴとか使っちゃったよ。でも、こういうの食べるんだね」

「……」

「あ、今のは違うよ、カイジン差別的な意味じゃないからね。ただ、おじさん、そういう生活感ゼロじゃん」

「俺の手当てをしてくれたのはおまえか？　一晩いたのか？」

「え？　うん、まぁ……お母さんにはちゃんと電話したから大丈夫。俊介《しゅんすけ》……昨日一緒にいた子に先に電話して、いろいろ口止めできたから、別に面倒じゃなかったよ。友達んちに普通にお泊まりするし」

饒舌《じょうぜつ》に喋《しゃべ》る葵のことを……その首にかけられた赤い宝石のことを、光太郎はじっと見つめていた。

「それ、いつから持ってる？」

「え？　どれ？」

「首から下げてるやつだ」

「……どうして？　なんで気になるの？」

光太郎は無言で葵に近づき、その胸元に手を伸ばした。

「触らないで！」

葵は叫んで、片手でネックレスを押さえると、空いた片手で光太郎の胸を突いた。光太郎は踏ん張ることもできず、派手に床に倒れた。

「ご、ごめんなさい……でも、これはお父さんとお母さんが私にくれたものだから！」

「……」

「いつでも一緒だよって、言ってたんだから！」

そう言って、葵は駆け出した。少しして、鉄の階段を駆け下りるカンカンッという音が、光太郎の耳にけたたましく響いた。

「――いいか。俺にはもう必要のないものだ」

彼はひとり、低い声で呟《つぶや》いた。

2

同時刻、
東池袋のゴルゴム党本部。

その薄暗いロビーで大森浩一郎《おおもりこういちろう》は腕時計と睨《にら》めっこをしていた。ソファから立ち、また座り、落ち着かない様子だ。

「ごめんなさいねー」

ヒールをカツカツと鳴らしながら、女がひとり入ってきた。つばの大きな帽子をかぶり、真っ赤なパンツスーツに身を包んでいる。派手な女だった。

「頼むよー、ダロムたちは時間に厳しいからって言ったじゃない」

「わかってるって、〈コウモリ〉さん。だから謝ってるじゃない」

「それじゃあ、急いで……あぁ待って。先にさ、ほら約束のあれ」

「あれね」女は溜《た》め息《いき》をつくと、ハンドバッグから分厚い封筒をとり出し、大森に渡した。

「あれ？　前金の二割って言ったよね？　え、こんなもん？　相手が相手なのに渋ったなぁ」

「そんなこと私に言わないで。私の方がそう思ってるんだから」

「まぁいいや、こっち」

大森は女を連れてエレベーターに乗り込んだ。彼がパネルに触れると、その生体情報を認識して、普段は隠されている地下三階、四階のボタンが現れた。大森は躊躇《ためら》うことなく地下三階のボタンを押した。

大森が女を連れていったのは、地下三階のいちばん奥にある、通称、三神官の部屋と呼ばれているところだった。

「すいませんねー、遅くなりましてねー」

大森が様子を窺《うかが》うと、バラオムは露骨に苛立《いらだ》った様子で睨んできた。

「ええと、じゃあ、早速。総会で会ったことありますよね？　こちら名前は」

「名前はどうでもいい」

バラオムが語気を荒くした。

「そんなに言うなら、お仕事の話、ちゃっちゃっとしましょうよ。っていっても、その男、殺せばいいんでしょ？　それだけでしょ？　ラクショー」

女が言うと、ダロムは、

「ただ殺せばいいわけではない。腹を裂き、〈太陽の石〉を……赤い〈キングストーン〉を奪うことこそ肝要だ。それを忘れるな、〈アネモネ〉よ」

「わかってますって。それから若い女と……そうそう、この子」

〈アネモネ〉……〈アネモネカイジン〉は南光太郎の顔が表示されたモニターの横に映る、和泉葵を指さした。

「この子、人質にとろうかな。うん、そうする」

「やり方は任せる。我々は一刻も早く、任務が完遂されることを望んでいる……〈アネモネカイジン〉よ」

「わかってまーす」

〈アネモネ〉はそう答えると、部屋を出ていこうとした。だが、振り向くと、

「ねえ、ギャラの件なんだけど。ううん、額はおん

なじでいいけど。成功報酬ってことで、〈キングストーン〉っていうの持ち帰ったら、私も神官にしてもらえない？　四神官？　誰かと交替して三神官のままでもいいけど。それじゃあね」

一方的に捲《まく》し立てると、〈アネモネ〉は部屋を出ていった。

「……なんかすいませんね。ただ腕は確かなんで」

大森はダロムたちにぺこぺこと頭を下げた。

「——おまえに頼みがある。おまえにしかできないことだ」

ダロムが大森の肩に手を置いた。

「あぁ、そういうことですか」

頭を掻《か》いた大森に、ビシュムは、

「あまり察しがいいのも長生きできないと言いますよ」

「いやいやいや、また物騒な、カンベンしてください。でも、〈アネモネ〉は捨て駒ってことですよね？〈ブラックサン〉の力がわからないから」

「その通り」ビシュムが答えた。「〈ブラックサン〉が本来の力をとり戻しているのであれば、私たち三人がのこのこ出ていっても勝ち目はない。けれど、〈ブラックサン〉と呼応して変身した秋月信彦《あきづきのぶひこ》は〈シャドームーン〉にはならなかった〈ギンバッタ〉まで。回収した〈クモカイジン〉の死体を見ても、彼はただ普通に殺されただけ。死体の損傷具合からして、とても〈ブラックサン〉と戦ったようには思えなかった。南光太郎は恐らくは〈クロバッタ〉になることがせいぜい。理由はわかりませんけど」

「え？」大森は声を上げた。「〈クモ〉は堂波《どうなみ》総理やビルゲニアの……」

ビシュムは「ふふ」と笑った。「あの人たちが殺されたカイジンのことを気にするはずがないでしょう？　私たちが回収しました。あなたの情報には感謝していますよ」

「いや、そりゃどうも。へへ」

「とはいえ、だ」ダロムが言った。「相手は〈ブラックサン〉だ。いや、〈ブラックサン〉になる可能性がある男だ。〈アネモネ〉で力を探る。〈キングストーン〉を手に入れられればよし、ダメでもなにか情報が入手できればそれでいい。おまえがしっかり見てこい」

「は、はい……でも、あの……」

大森は口籠《くちご》もり、そして言いにくそうに言った。

「あの〈アネモネ〉、たぶん、南光太郎、殺しちゃうと思いますよ」

3

秋月信彦が訪ねたのは大田区大森のあたりだった。今でも多少面影はあるが、半世紀前の七〇年代前半は、小さな町工場がずらっと並んでいた。信彦が訪ねた建物もそのひとつだったが、両隣は小綺麗《こぎれい》なマンションになっている。

看板は出ていない。正面はほとんどが鈍色《にびいろ》のシャッターに占められている。信彦はシャッターに手をかけ、持ち上げた。多少軋《きし》む音は立てたが、シャッターはするすると上がっていった。

中は広い。古い旋盤の機械と作業台が並んでいる。そして片隅にグレーのカバーが掛かった大きな塊が鎮座していた。

信彦はそのカバーをとった。そこに現れたのは銀色のカウルに包まれたバイクだった。信彦が半世紀前に乗っていた〈セクター〉だ。カウルもエンジンもぴかぴかに磨かれ、新車のようだ。タイヤも新しいものに交換されている。

「……ありがとうな。この建物もこのバイクも、ずっと面倒見ててくれたのか……五十年……長かっただろう？」

信彦が視線を向けたのは、工場の奥のベンチに座っている老人だった。煙草《たばこ》をふかしている。

「しばらくだね……信彦兄ちゃん」

煙と一緒にそんな言葉を吐き出すと、彼は身軽にベンチから立った。髪の毛はずいぶん白くなっているが、よく日焼けした顔が若々しい。生成色《きなりいろ》の麻のジャケットに、首元はこれも涼しげなフレスコタイを結んでいた。洒落者《しゃれもの》の印象だ。

「しばらくだな……克也《かつや》」

信彦に克也と呼ばれた男……藤堂《とうどう》克也は歯を見せて笑った。

「半世紀ぶりとはいえ、俺があんまり爺《じい》さんになってたから驚いただろ？」

信彦も笑った。

「あぁ、驚いたよ。昔の克也と結びつかなくて、実はまだ混乱してる」

「そうか……信彦兄ちゃんは変わらないのになぁ」

そう言うと、克也は少し寂しそうに笑った。

「俺は〈ヘヴン〉を喰《く》わせてもらってたからな。それだけはゴルゴムに感謝だ。……光太郎は老けただろう？」

克也はうなずき、そして首を横に振った。

「それでも実際の年齢と比べれば……俺よりは若く見えるしね」

「ここだけじゃなくて、光太郎の世話もしてくれてたんだろ？　あのタクシーの営業所も、克也、おまえが用意してやったのか？」

「あぁ」と、克也はうなずいた。「車で寝泊まりしてた時期もあって、さすがにそれは辛《つら》そうに見えたし」

「そっちも五十年の手間か。苦労をかけたな」

「親父《おやじ》の遺言だからね。親父の会社があったから、今の俺があったみたいなもんだし。それに……俺は信彦兄ちゃんも光太郎兄ちゃんも慕ってたんだぜ。一緒に暮らしたのは短い期間だったけど、俺は実の兄弟みたいに思ってた」

「……そうか」

　克也は〈セクター〉の前に立った。

「俺は親父にはなにも敵《かな》わなかった。親父は優れた科学者で有能な発明家で。俺ができたのは親父が残した、藤堂生化学を大きくしたことだけだった。それにしたって親父の特許頼りだけど。でも、これは……親父が残したこれだけはしっかり守って状態は保っている。あのシステムが生きているのか、本当に動作するかどうかまでは保証できないが」

「光太郎の〈ホッパー〉もか？」

　克也は深くうなずいた。

「そうか……使えるとしたらあいつの方だろうな」

「そうだ。信彦兄ちゃん、これを」

　克也はベンチに置いてあったレザーのクラッチバッグを信彦に渡した。中を確認してみると、スマートフォン、キャッシュカード、クレジットカードが入っていた。

「使い方はわかる？」

「あぁ、なんとかな」

「それならよかった。必要なら、いや、必要なんかなくても、金はいくら使ってくれても構わない」

　信彦は黙って頭を下げた。

「じゃあ、俺はこれで。上は昔のままにしてある。鍵はそこに。ここも好きに使ってくれていい。でも……」

「ゴルゴムにはバレてるって言いたいんだろ？　大丈夫だ。今も監視はされているだろうが、ヤツらは俺を殺すわけにはいかない。俺が〈キングストーン〉を見つけることにも期待しているだろう。しばらくは泳がせておいてくれるさ」

「そうか……これからさ、絶対無理なことを言うよ」

「え？」

　突然の克也の言葉に信彦は戸惑った。

「俺はもう七十だ。そろそろ会社の仕事も完全に引退しようと思う。そうしたらバイク屋をやるのが昔からの夢だ」

「あ、ああ」

「俺がバイク屋の店長だ。信彦兄ちゃんと光太郎兄ちゃんはそこで働かないか。三人でバイク屋をやるんだ」

信彦は克也の目を……半世紀ぶりに再会した弟分の目を覗《のぞ》き込んだ。どこまで本気で言ってるのかは測れなかった。

「いい考えだが、それは無理な気がする」

しばらく考えて、信彦はそう答えた。

「そうだよね……」

克也もまたしばらく考え込んだ。そして、固めた拳で信彦の胸を強く叩《たた》いた。

「——じゃあ……暴れてくれよ、信彦兄ちゃん」


——その時、南光太郎は、ふと違和感を覚えた。見えない手で胸を叩かれたような感触があった。それが理由だったのか……本人もわからなかった。だが、それが彼を気まぐれな行動に導いたのは事実だった。タクシー営業所の二階から降りて、いつものように外に出るところを、踵《きびす》を返して駐車スペースの隅に足を運んだ。

そこには灰色のカバーに覆われたものが置かれていた。その前に立つだけならば、たまにあることだ。だが、今日の気まぐれは、気まぐれの中の気まぐれだった。光太郎は一気にカバーを剥《は》ぎとった。

——〈ホッパー〉。

深緑のバイクだ。ヘッドライトを包むカウルは昆虫の頭部のようにも骸骨のように見える。どちらを模したデザインなのか、と製作者の藤堂勝《まさる》には結局、聞き出せないままだった。

このバイクを見るたび、光太郎は思い出す。

——おまえが必要とすれば、このマシンは力を貸してくれる。

だが、五十年前には結局、そんな機会はなかった。

そして。

この先もありはしない。

4

大森浩一郎は特区三号……カイジンの街にいた。

愛車の軽ワゴンを道端に停《と》め、助手席に置いたノートPCの画面を睨みつけている。大森の稼ぎならもっといい車にも乗れるのだが、彼は大きなエンジンを載せた車が苦手だった。そもそもエンジンが発するノイズが嫌いなのだ。EVならマシだろうと思って試しに乗ってみたが、それはそれで別種のノイズがあって、ダメだった。それで結局、この軽ワゴンに戻ってきたのだが、この街で駐車しておくには最適だ。目立たない。

さっきからPCのモニターには変化がない。

「だからさー、なんで俺よー」

大森は車のフロントガラスに不満をぶつけた。

「いちいちさぁ、こんな細かいことまでさー、なんだよぉ、もー、ダロムもさー、ビルゲニアもさー……って、いいか、もう」

大森は諦《あきら》めて、PCの横に置いた紙袋をゴソゴソやり、てりやきハンバーガーとポテトの包みをとり出した。ハンバーガーにかぶりつこうとした瞬間、モニターに反応があった。

オシロスコープのような波形とともに、警告音が響いた。慌ててイヤホンを出し、耳につける。近くの家……和泉葵が暮らす家の電話の使用が始まったという知らせだった。

『お母さん？』

聞き覚えがある声だ。和泉葵に間違いない。

『……私もね……お父さんは』

ノイズが混じって聴きとりにくいが、電話の相手は聞き覚えのない声だ。葵がこの家で暮らしている母、美咲《みさき》ではない。恐らく、資料にあった葵の実母である川本莉乃《かわもとりの》の方だろう。

『本当に？　本当に明日、会えるの？』

『うん。お母さん、葵に会いたい。そのまま本当は連れていっちゃいたい。でもね、ごめん、たぶん長くは会えない』

『……いいよ。少しでも会えればいい……』

葵はすでに涙声になっていた。

「まだ子どもか」と大森は呟いた。

『……そしたら、明日の午後四時、海浜遊園の前に来て。必ずお父さんと行くから。葵が来るまで、ずっと待ってるから……』

それで電話は切れた。

海浜遊園は川崎のはずれにある古い遊園地だ。大森の記憶によれば、すでに閉園して久しい。今、どうなっているのかわからないが、待ち合わせの目印になるのだから、建物は残っているのだろう。

大森はノートPCを持ち上げ、その下に敷いていた紙を眺めた。指名手配のポスターだ。「重要指名手配」「川本英夫《ひでお》」「川本莉乃」の太い文字と彼らの写真、そして「殺人」という罪状が並んでいる。

葵の監視と同時に、堂波真一《しんいち》の部下たちによって、彼女の周辺が調べられた。その結果、彼女が現在同居し、母と呼んでいる和泉美咲が実の親ではないことはすぐにわかった。葵の両親は川本英夫と川本莉乃。ふたりは十年前に爆弾を作ってテロを企《たくら》み、アジトに踏み込んだ数人の警官を殺傷した。その後、逃亡し、海外脱出を果たしたのでは？　と言われている。

「ま、それは嘘《うそ》なんだけどねぇ」

冤罪《えんざい》どころか、完全なでっち上げだった。なにしろ大森はそのでっち上げを主導した男……堂波真一から直接、その事情を聞かされたのだ。

堂波は葵が川本夫妻の娘と知った瞬間、「こりゃあ面白えなぁ」と手を叩いて喜んだ。

川本夫妻がどうして堂波に目をつけられたのかはわからない。だが、同席していたビルゲニアの様子からすると、ゴルゴム関係……ひょっとすると〈創世王〉、〈キングストーン〉絡みのことなのかもしれない。

「……ま、いいや。俺が考えることじゃない」

自分を納得させるように言うと、大森は盗聴した音声データをビルゲニアに送った。

「俺の仕事はここまでだからな。後がどうなろうが知ったことか。ホント、どいつもこいつも働かせすぎなんだよ」

食べかけのハンバーガーを手にとろうとした大森

は、ふと気配に気づいて横を見た。

「ひゃっ」

　思わず悲鳴を上げた。マスクをした老人がサイドウインドウのガラスに張りつくようにして、車内を覗き込んでいた。

「なんだよ！　気持ち悪りぃな、あっち行けよあっち！」

　だが、老人は離れようとはしない。目をいっぱいに見開いて、モゴモゴとなにか言っている。

「あっ？　これか？　これが欲しいのか？」

　大森がその視線に気づき、手にしていたポテトの袋を差し出すと、老人は首を折りそうな勢いで、なんどもうなずいた。

「あぁ、やめなよ、そーさん。みっともないから。この人も怖がってるよ、ほら」

　大森が呆然《ぼうぜん》としていると、この街の住人なのか、体格のいい男が老人を背中から羽交《はが》い締めにした。だが、ウインドウのフレームに枯れ枝のような指をかけ、老人はしがみついて離れようとしない。

「あぁ、もういいから。やるやる、これやるからどっか行けよ」

　窓を僅《わず》かに開けると、大森はそこからポテトを突き出した。老人は信じられない敏捷《びんしょう》さでポテトを奪うと、マスクを外してそれにむしゃぶりついた。

「きったねぇジジイだな。連れてけよ、もう」

　大森が言うと、老人の背後にいた男は「ホント、すいませんね、悪い人じゃないんだけど、こういうポテトとか鳥の揚げたのとかが好きみたいで」

「だから知らねぇって」

「ほら、行こう、そーさん。ポテトもらえてよかったじゃない」

　そーさんと呼ばれた老人は引きずられるようにして、大森の視界から消えていった。

「だからイヤなんだよここに来るのは……ん？　さっきのジジイ……ん？　なんだ？」

　マスクをとった老人の顔を見た瞬間、なにか違和感のようなものを覚えた。胸に小さな棘《とげ》が刺さったような感触があった。

「——ま、いいか」

母・莉乃との電話を切った葵は「ちょっと散歩してくる」ともうひとりの母・美咲に告げて家を出た。散歩という気分ではなかったが、とりあえず家でじっとしていることはできなかった。母・莉乃との電話で昂《たか》ぶった気持ちを静めるため、とにかく歩き回りたい気分だった。

気づけば特区三号を出て、川崎駅の方へ向かっていた。国道沿いの灰色の歩道を歩きながら、葵は考えていた。

どうしてこんなことになってしまったのだろう。どうして自分は両親と暮らせなくなったのだろう。どうして自分は名字を変えなくてはならなくなったのだろう。どうして両親は爆弾魔なんて呼ばれることになったのだろう。

いや、わかっている。両親は無実だ。なにかの陰謀だ。でも、その事情を話してくれないまま、ふたりは自分の前から姿を消してしまった。残してくれたのは、このお守り代わりのペンダントだけだ。あの時は呆然としたが、きっと自分を巻き込まないための配慮だということ、もうそれを理解できる年齢にはなった。

それでも……。

幼くして、両親を失う形になった自分は、親戚の家に引きとられた。そこでの生活は思い出すのも嫌なものだった。近所や学校ですぐに爆弾魔、警官殺しの娘と罵《ののし》られることになった。その親戚が自ら、両親のことを言いふらしていたのだ。罪を犯した親の子を育てる自分たちの優しさを喧伝《けんでん》するために。

気づけば家出を繰り返すようになっていた。そうしているうちに、その窮状を知ることになった母の友人、和泉美咲に引きとられ、育てられることになったのだ。

自分がカイジンへイトと戦いたいと思うようになったのは、あの幼少期の体験があるからだ。自分自身ではどうしようもないことで、他人に責めたてられ、傷つけられることの辛さ……。

「よおっ」

急に肩を叩かれ、葵は身を強《こわ》ばらせた。

「……なんだ、ニックか」

振り返ると、黒人の青年が笑っていた。ロードバイクに乗り、背中には黒いボックスタイプのリュックを背負っている。デリバリーの途中のようだ。

「今日はこのあたりでやってるの？」

「あぁ。一応、川崎駅近辺がホームグラウンドかな」

ニックと呼ばれた青年は流暢《りゅうちょう》な日本語で答えた。

「アオイ、せっかく会ったんだ、お茶でも行こうぜ。俺、驕《おご》るからさ」

「いいけど……仕事は？」

「今、一件やっつけてきた。新しいオーダー受けなきゃフリーだよ」

「へー、そういう感じなんだね。意外と自由だ」

「そうでなきゃ、安いギャラでやってらんないよ。人間にとって、いちばん大事なのは自由だからな」

――ニックと出会ってから一年が経《た》つ。『カイジン差別を許さない十代の集い』というイベントで、隣に座ったのがニックだった。

「俺、今、二十四歳なんだけどいいよね？　大丈夫だよね？」

「え、ええ……大丈夫じゃないですか？」

それで、帰りがけに他の参加者たちと一緒にお茶を飲んで、連絡先を交換した。ニックは祖父の代から日本で暮らしていて、英語はほとんど話せないらしい。カイジン差別に反対する運動は祖父譲りの筋金入りだった。

「――『人間もカイジンも命の重さは地球以上。一グラムだって命の重さに違いはないのです！』……っていうのがじいちゃんのスローガン？　そういうのでさ」

ニックにはそんなことも教えられた。聞いた時は正直、ダサいというか直截《ちょくせつ》的すぎると思ったが、気がつけば自分でも使うようになっていた。少し照れくさいが、力がある言葉だと思ったからだ。

葵とニックは川崎駅近くのホテルの喫茶室に入った。

「大丈夫？　こういうとこ、コーヒー一杯二千円とかするよ？」

「いいんだよ、たまには贅沢《ぜいたく》しようぜ」

外の歩道が見える席について落ち着くと、葵は迷いながらも、この前、〈クモカイジン〉に襲われたことを話した。ニックは意外と物知りというか情報通だ。自分が巻き込まれた事件について、なにかわかることがあるかもしれない。

「で、命は無事だったんだけど……」

詳しく話をするうちに、ニックの顔つきがどんどん険しくなっていった。

「うーん、〈クモ〉に襲われて〈バッタ〉に助けられたのかぁ」

「私、カイジン同士が殺し合うところ、初めて見た……」

「〈クモ〉と〈バッタ〉ってさ……具体的にどんな感じだった？」

「え？」ニックの予想外の質問に葵は戸惑った。

「どんなって……クモとかバッタみたいな……」

「うーん」ニックは唸《うな》った。「例えばクモはさ、大ざっぱに分類しても百種類以上いる。バッタも多い。トノサマバッタって知ってるだろ？　あれでも何種類もある」

「う、うん。……ええと、それで？」

「カイジンていうのはつまり、人間といろんな生物のキメラだ。〝クモ〟なんて漠然とした生物はいない。だから正確には〈カバキコマチグモカイジン〉とか〈アシブトハエトリグモカイジン〉とかになるわけだ。〈スジブトハシリグモカイジン〉とか。本人たちもあんまり自覚してないらしいけど、実際はそうなんだ。〈クモカイジン〉っていっても大勢いて、ひとりひとり同じ者はいない。だけど、そこまで見分けがつかないから、クモっぽいヤツは〈クモカイジン〉、バッタみたいなのは〈バッタカイジン〉ってまとめちゃうわけだ」

「なるほど……で、今、その話、なんか意味あるの？」

「いや、ない」ニックは即答した。「じいちゃんに聞いた話だけど、前から誰かに話したかった。だけど、話せるシチュエーションがなかった。俺にはとても興味深い話題だが、大概の人間は興味を持たない」

「そりゃ、そうだろうけど」

今もそのシチュエーションとは思えなかったが……。

葵の気持ちを悟ったのか、ニックは「悪かった」

と頭を下げた。

「助かったのはよかったが、襲われたっていうのは物騒だな。ただの変質者とかじゃなくて、誰かが差し向けた感じなわけだろ？」

「たぶん、『カイジンから日本を守る会』の井垣《いがき》の仕業だよ。学校にまで押しかけてくるし。あいつ、生理的にほんとムリ」

「うーん、カイジンヘイトの連中がカイジン使うか？　仮にそうだとしても、カイジン同士がやり合う理由がわからないね。初対面だったんだろ？　いや、待て。〈バッタ〉がすごいいい人って可能性もあるか。人助けが趣味みたいな」

「そうは見えなかったけど……」

なんとなく俯《うつむ》いた葵の視界に、胸のネックレス、その赤い宝石の輝きが飛び込んできた。

（ひょっとして……）

「他になにか手掛かりになりそうなことはないのか？　〈クモ〉の方でも〈バッタ〉の方でもいいけど」

「さっきも話したけど、私、その〈バッタ〉のおじさん、南光太郎さんていうんだけど、その人にタクシーの営業所に連れていかれたのね。もう営業してなかったけど。そこで私が目を覚ますと、光太郎さんが友達と喧嘩《けんか》してて。信彦さんて呼んでたけど。光太郎さんよりずっと若くて、信彦さんがどうとか、〈創世王〉を殺すとか五十年前の決着がどうこう言ってて。なんかすごい揉《も》めてた」

「五十年前かぁ。うーん」ニックは唸った。「七〇年代初頭だよね。五流護六《ゴルゴム》闘争の頃かぁ。五流護六闘争は知ってるでしょ？」

「うん……でも、教科書レベルかなぁ。歴史は苦手だ」

「今より人間とカイジンが激しく争ってた時代だよ。カイジンたちが五流護六……今のゴルゴム党を漢字で書いてた時代ね……その五流護六に集まって、武力闘争をしようって話になってたらしい」

「武力闘争って？」

「まぁ戦争だよ。でもさ、カイジンに勝ち目はなかった。たくさんいるっていっても……その頃で二十万人くらい？　人間は一億だろ？　警察や自衛隊だってある。カイジンのほとんどは、人間とその強さは大して変わらない。この前、警官に拳銃で撃たれて殺された〈ハエカイジン〉みたいなもんだ」

「……うん」

「とはいえ、カイジンの多くは割とやる気だったらしい。だから人間たちの間でも、先に皆殺しにしろ、みたいな話はよく出てたらしい。カイジン狩りっていうのかな、手当たり次第にカイジンをさらって殺したりみたいな事件も普通にあった」

「うん。それは聞いたことある。でも、なんでそんなことになっちゃったんだろう」

「いろいろ説はあるけど、カイジンヘイトをいちばん加速させたのは〝カイジンヤクザ〟なんだろうな」

「それは知らない」

「ヤクザの話だから教科書には載らないか。第二次世界大戦が終わってしばらくして、広島はヤクザ、暴力団同士がぶつかったんだ。最初は地元のヤクザ同士の対立だったのが、関西の大きな暴力団がそれぞれのバックについて、激しい争いになった。広島ヤクザ戦争とかいって。そこで関西の暴力団が広島に送り込んだのがカイジンたちだ」

「そうなの？　ニック、ホントによく知ってるね」

「じいちゃんに教えてもらってるから。で、敵対する暴力団に雇われたカイジン同士が殺し合いを始めた。これが〝カイジンヤクザ〟だ。カイジンは戦後間もなく、どこからともなく現れた。タイミングからして、戦争に行ってた連中が外地から持ち込んだ病気が原因じゃないかって言われてたみたいだ。けど、その頃まで関西より西で目撃されたことはなかったらしい。なんにも知らない人たちの前にいきなり……」ニックは声をひそめた。「まぁ怪物みたいな連中が出てきて暴れたんだ。当時のカイジンたちは今のカイジンたちよりずっと強くて乱暴だったって話だ。広島市内の建物がたくさん壊されて燃やされた。警察じゃどうにもならなくて、自衛隊の前身だった保安隊が出動して、相当な数のカイジンを殺した。それでようやく騒動が収まったんだけど、その時の実力行使が問題になって、保安隊解散みたいな論調にもなったらしい。結局、そこまでは行かなかったんだけど、保安隊はすぐに自衛隊に組織変更される予定だったのが、それが何年も先延ばしになったとか。その時のカイジンへの恐怖心が、後のカイジンヘイトに繋《つな》がってるって」

「それ……暴れたカイジンは悪いけど、連れてきたのは人間でしょ？」

「……だな。でも、カイジン同士の争いに巻き込まれた人たちは、バックに誰がいるとか気にしない。ただその怖《おそ》ろしさを話して広げてくだけだ。さっきまで普通の人間だったのが、いきなり怪物に変身して暴れ出すって」

「……」

――〈クモカイジン〉と〈クロバッタカイジン〉が争う様子を目の当たりにして、あれは心底恐ろしかった。あの何百倍もの規模で凄惨《せいさん》な殺し合いの光景が繰り広げられたとしたら……。

「悪い、話が長くなった。とにかくその光太郎と信彦のふたりが、五十年前の五流護六闘争となんか関係あるってことはわかった。ちょっと調べてみるよ。でもさ、なんでそんなに気になるわけ？」

ニックに問われて、葵はドキッとした。

どうして、自分はそんなに気になるのだろう。命を救ってもらったから？　それとも……。

「まぁそれはいいよ。また連絡するよ」

そう言ってニックが立ち上がった時だった。入口の方からなにか言い争うような声が聞こえてきた。

「困りますよ、お客様」

「でも……」

小松俊介《こまつしゅんすけ》だった。ホテルのスタッフの大柄な男に、店に入らないように押さえつけられていた。

「申し訳ないですけど」申し訳なさをまったく感じさせない乾いた口調でスタッフが言った。「他のお客さん嫌がるから、カイジンの方にはご遠慮いただいてるんですよ」

「え……」

俊介は戸惑っていた。

「……俊介」

葵は気がついた。俊介本人に自覚はないようだが、彼の身体は間違いなく変化していた。髪の毛の間から茶色の羽根が何本か覗いていて、瞳も赤く変色している。

俊介のような第三世代のカイジンは、カイジンとしての能力が低い。ほとんど人間と変わらず、完全な変身もできない。その代わり、変身へのハードルが低く、ちょっとした感情の乱れや激しい運動をすることで、部分的に変身してしまう。

葵は静かに溜め息をついた。

俊介の今の変身は、きっと自分のせいだ。南光太郎にさらわれた自分のことを心配していて、その顔を見た瞬間、気持ちが昂ぶってしまったのだ。

「ニック、お金ちょうだい」葵は手を差し出した。

「え?」

「ここで支払うお金」

「え? え、ああ……」

ニックが財布から出した数枚の千円札をもぎとると、葵はホテルのスタッフと、その前にいる俊介に早足で歩み寄った。

「ほんとに無事だったんだね、葵」

「うん、心配かけてごめんね」

葵はスタッフに向き直ると、「ごちそうさま」そう言って代金を突き出した。

「ありがとうございました。またお待ちしています」

「こんな差別するような店、二度と来るか! バカ!」

ひとり、店内に残されたニックは、俊介の手を引いていく葵と、きょとんとしているスタッフの背中を見比べていた。

「——カイジンかぁ……いいなぁ」

5

「そこのスパナ」

「ほい」

「これじゃない。小さいの」

「ほい」

「いや違う。もうひとつ小さいの……もういいよ」

　秋月信彦は整備作業用の小さな椅子《いす》から立ち上がると、ツールボックスから自分でスパナをとり出した。

「なんだ、そっちか。だったら最初から」

「で、さ」スパナを手にした信彦は、目の前でしゃがんでいる男……大森浩一郎に言った。「おまえ、なんで普通にここにいるの？　溶け込んでるよ？　なんでふらっと来て、そうなってるの？」

「ふらっと来るのも、溶け込むのも才能だからさー。それにしてもいやー、ここ、いいとこだな。俺、好きだよ、こういうの。レトロ？　昭和感？　落ち着くわ。憩う」

　信彦のことは相手にせず、大森は古い工場の高い天井を見上げた。彼らは信彦が先日から暮らすことになった、大田区は〝大森〟の工場にいた。

「五十年前もここに暮らしてたんだろ？　〝村〟を出た後さ、光太郎と一緒に」

　大森の質問は無視して、信彦は銀色のバイク……〈セクター〉に向き直った。

「おい、信彦。それ、素人が触っていいのか？」

「素人でも増締《ましじ》めくらいならできる。まぁ、それもほとんど必要なかった」

　信彦はスパナを置くと、ウエスを手にした。「だから磨くよ」

「なぁ、増締めってなんだ？」

「うるさいよ、おまえ」

　信彦は足元にあった金属磨きのキングサイズのスプレーを投げつけた。大森はなんとかそれを受け止めたが、

「おいおい、これ頭にでも当たったら普通に死ぬヤツだぞ」

「普通じゃないから死なないだろ。邪魔だから帰れ」

「あぁ、来た用事、思い出した」大森がしれっとした顔で言った。「ダロムたちもビルゲニアも、光太郎が〈キングストーン〉を持ってるって考えてる。ビルゲニアっていうか堂波総理は最初は和泉葵って娘が怪しいと思ってた。いや、ビルゲニアはまだその娘のことは気にしてて、俺をこき使っていろいろ調べさせてる。今はその帰り。まぁ、娘のことに最初に気づいたのは俺なんだけどな」

「情報を寄こすなら、もう少し整理して喋れ」

「あー、悪い悪い。話がそもそも複雑なんだ。あの和泉葵って娘はカイジン差別をなくそうって活動をしていて、そのスピーチの中で言ってた文句が、あのオリバー・ジョンソンと同じだったんだ」

「オリバー……ジョンソン」

バイクを磨いていた信彦の手が止まった。

「そのことを報告したら堂波総理は色めき立った。〈キングストーン〉を持っているかどうかはともかく、なにか知ってる、ないしは知ってる人間と繋がりがある。そう考えて、娘をさらって来いと命令を出したんだ。だが、〈クモ〉はなぜか南光太郎が変身した〈クロバッタ〉に殺された。光太郎が都合よく娘の近くにいたのも偶然にしちゃ出来すぎだし、あいつはあれ以来、変身できないもんだってダロムたちは考えてた。それなのに光太郎は変身した。つまり、光太郎は葵から〈キングストーン〉をとり戻したから変身できたんじゃないのか？」

大森は一気に捲し立てた。

「……あの時、俺も変身できた。〈キングストーン〉を失ってから五十年ぶりに。だが、それがそもそもおかしいんだ」

「え？　なにが？」

「カイジンは基本、〈ストーン〉を持って生まれてくる」

信彦がそう言うと、大森の目が一瞬、泳いだ。

「ん、んん、そうだな」

「俺たちカイジンは〈ストーン〉の力で身体を変える。化け物なのか超人なのかわからないが、人間ではないものになる。ダロムもビルゲニアも、生まれながらその力を持っている。〈コウモリ〉、おまえもだろ？」

「そ、そんな当たり前のこと言うなよ。今更なんだよ」

大森は鼻の頭を掻いた。

「そんなカイジンがどこから来たのか、誰も知らない。戦後、ダロムや俺や光太郎の親父たちがカイジンたちを保護するために、あの〝村〟コミュニティを作った。そして親父たちはカイジンの研究をするようになった」

「うん、そうだな、そうだ」

「あの〝村〟にいたような連中がいわば第一世代のカイジンだ。そしてカイジンにも生殖機能があった。カイジン同士、カイジンと人間の間にも子どもは生まれる。それが第二世代以降だ。第二世代からのカイジンも胎児の時から体内に〈ストーン〉を持つ。だが、所詮《しょせん》は親の〈ストーン〉のコピーだ。だから第二世代、第三世代と下っていくに従って、カイジンとしての能力は衰えていく」

「……ごめん。なんの話しようとしてる？」

「俺と光太郎の話だよ。俺たちは二重の意味で特別なカイジンだ。俺たちは後天的に、いわば造られたカイジンだ。〈創世王〉が排出した〈ストーン〉を移植されて、造られたカイジンだ。造られたカイジンというだけなら、堂波の孫が自分のカイジンビジネスのために無理やり、普通の人間に〈ストーン〉を埋めてカイジンを造っている例がある。だが、俺たちが与えられたのは普通の〈ストーン〉じゃない。〈キングストーン〉だ。〈キングストーン〉を直接身体に埋め込むのは危険だ。だから親父たちは〈サブレッサー〉という抵抗器をまず俺たちの身体に埋め込んで、そこに〈キングストーン〉を収めた。そうやって〈キングストーン〉の力を使うことになった。だから俺たちはただの〈バッタカイジン〉から〈ブラックサン〉と〈シャドームーン〉になる……なれたんだ。だが、あの時、俺たちはゆかりに言われるまま、〈キングストーン〉を排出した。それで自分たちの力が失われることはわかっていた。だが、再び〈キングストーン〉を手にするまでの一時的なことだと思っていた。結局、〈キングストーン〉は戻ってこなかったが……」

「……」

「五流護六……ゴルゴムに捕まった俺はもう変身できないものと思っていた。光太郎も同じだ。〈キングストーン〉を失ってただの人間に戻った。だからゴルゴムも積極的に光太郎を探そうとはしなかった。無意味だからだ。だが……俺の考えは根本的に間違っていたのかもしれない」

「どういうことよ？」

「少なくとも俺は〈キングストーン〉なしで変身できた。俺たちの身体は〈サプレッサー〉を通して〈キングストーン〉の力を受け入れた際、すでにカイジンとしてその細胞レベルから書き換えられていたんじゃないか。俺がそうなら、光太郎だって同じだろう？」

「いや、でもさ」大森は首を捻《ひね》った。「だったら、今まで変身できなかったのが、なんのきっかけで、って話になるじゃん。光太郎はやっぱり〈キングストーン〉を手に入れたんじゃないの？」

「それは……そうかもな」

「とにかく、おまえはしばらく安泰だよ。ここはバレてるけどな」大森は笑った。「ダロムは直接、光太郎を狙ってる。ビルゲニアたちはまだ娘の線を諦めてない。とりあえず〈キングストーン〉と縁がないおまえさんはまだ蚊帳の外だ……当面のことだろうけどな。……つーかさ。なんでまだ東京いんの？この隙《すき》にどっかに逃げろよ。金ならさぁ……」

「余計な世話だ。もう顔を見せるな」

「つれないなー。昔馴染《むかしなじ》みだろー、冷たいこと言うなよー」

「そっちの考えはお見通しだ。俺に恩を売って、ダロムやビルゲニアたちになにかあった時の保険にするつもりだろ？」

「そりゃあ……そうだよ」

大森は急に険しい顔になった。

「俺にはなんにもねぇからな。だから、ただ長生きがしたいんだよ。それだけのために、いろいろコツコツやってんだよ」

大森はそのまま工場を出て行こうとしたが、ふと足を止めて振り返った。

「なぁ、信彦」

「なんだよ」

「いや、やっぱりなんでもない」

6

次の日。

和泉葵は朝から落ち着かなかった。午前中の授業も昼休みも午後の授業も、ずっと上の空だった。

浮き足立ったまま、葵は学校を出た。

「……葵！」

「あ、俊介」

振り向くと俊介が駆けてくるのが見えた。

「あ、じゃないよ。さっきからずっと呼んでたのに、どんどん行っちゃうんだもん」

「ごめん。ちょっと用事あって。ううん、そんなに急いでるってわけじゃなくて」

「うん」

「あのね」葵は周囲を窺った。「今日、お母さんに会えるの」

「お母さん……美咲さんじゃなくて、ホントの？」

「うん」

「そっかぁ……」

俊介はなにか言いたげだったが、結局呑《の》み込んでしまった。気を遣ってくれたのだと、葵は理解した。

「俊介、なにか用だった？　歩きながらなら大丈夫だよ」

「う、うん……あの昨日から言おうと思ってたんだけど……葵、クモのカイジンに襲われたじゃん」

「……」

「それでもまだ、俺たちカイジンの味方でいてくれる？」

俊介の言葉に葵は笑った。「私は戦うよ。それは変わらないし」

「……」

「親戚の家から引きとられて、最初にこの街に来た時……実はイヤだったんだ。カイジンが怖かったから、あの頃はまだ。でも、お隣さんの俊介がずっと一緒にいてくれたじゃん」

「う、うん」

「勝手に家まで上がり込んできてさ。最初はなにこいつって思ったよ。しかも俊介、まだ子どもだったから、変身をちゃんとコントロールできなくて、いつも半分カイジンみたいな感じだったじゃん」

「うん……そうだった。身体のあちこちから羽根飛び出してたもんな」俊介は苦笑いした。「この街だから平気だったけど、他のところだったらどうなってたのかなアレ？　殺されてた？」

「かもね……少なくともまだホントに子どもだった私は怖かった。でも、いつの間にか怖くなくなったよ。話したら普通だったし。怖くなくなったら、こんどは可愛《かわい》く見えてきた。小鳥さんだもん」

「その点は……〈スズメ〉に感謝だよ。だって〈ライオン〉とかだったらどうしたよ？」

「〈ライオン〉でも子どもでしょ？　子どもライオンなら可愛いじゃん」

「だったら……ええと……〈ゴキブリ〉だったら？」

「最初はうわーって思うだろうけど……たぶん大丈夫だったと思う。俊介だったらね」

「……うん」

「私がカイジンヘイトと戦おうって思ったのは、結局、俊介との関係が始まりだから。だからカイジンに襲われたとか、関係ないよ。はい、説明終わり」

「そうか」俊介はにこりと笑った。「葵がカイジンヘイトと戦うのは俺のためか。そーか、そーか」

「なに言ってんのバカじゃないの」

「いやだってさぁ」

　そんな話をしているうちに、ふたりは家の近くまで帰り着いた。昼間から酔っ払い、道端に寝ている老人たち、千円札を握りしめながら花札をしている男たち……特区三号の日常が葵たちを出迎えてくれた。

「あ、そーさんだ」

　この街の名物爺さんのそーさんが、ふたりを見つけて手招きしていた。

「なに、そーさん？」

　葵が呼びかけると、そーさんは無言で腹をさすった。

「お腹減ってるの？　あ、持ってる。友達から今日、手作りクッキーのお裾分けもらったの」

　リュックからラップに包まれたクッキーをとり出すと、葵はそれをそーさんに差し出した。

「いいよ、私、学校でも食べたから、これぜんぶあげる」

　そーさんは合掌して拝むようにすると、恭《うやうや》しくクッキーを受けとった。

「あのさ……葵」

「え？　なに？」

「ずっと気になってたんだけど……あのバッタの人」

「光太郎……さん？」

「うん。一晩一緒にいたんだろ？　その……なんていうか……大丈夫だった？」

「……俊介！」

「あんた、大丈夫？　私がなにかされたかも、みたいなこと考えてたの？」

「そ、そうじゃないけど……違うけどさぁ……」

「もしもあっちにそういう気があったとしても、背中に穴が開いて一晩寝込んでたんだから……むしろ乱暴なことしたのはこっちだし」

「え？」

「私のこの……ネックレスのこと気にしてたから、ちょっと怖くなって突き飛ばしちゃった。……悪いことした」

「そうか……いや、そういうことだけじゃないんだ。俺、あの光太郎って人と、この前のデモの現場でも会ってるんだよ」

「そうなの？　なんかあったの？」

「いや、なにもないよ。ただ会っただけ……でも。あの人、普通じゃないよ。普通のカイジンじゃない」

「どういうこと？」

「俺らみたいな下級の……低スペックのカイジンとは全然違う迫力があった。もっと上級の……それよりもっと凄《すご》い……」

「なにそれ？　カイジンの王様みたいな話？　ないない。だってなんか雰囲気暗いし、潰《つぶ》れたみたいなタクシー会社に住みついてるんだよ？　そんな王様いないって」

「かもな。なんか小汚くはあったし……」

——俊介が言った〃小汚い男〃は、その時、葵たちのすぐ近くにいた。近くの十字路に愛車の〃タクシー〃を停め、葵の家を監視していた。期せずして、そこはちょうど、昨日、大森が軽ワゴンを駐車していた場所だが、光太郎が知るはずもない。

そして、光太郎は今、葵と俊介が肩を並べ、帰ってきたのを確認した。

さて……と、腰を浮かしたかけたが、またシートに体重を預けた。

自分は……あの娘にまた会って、どうするつもりだ？　あの石のことを詳しく尋ねるのか？　あれを寄こせと迫るのか？　そもそも、それは俺のものだと……。

「っ」

光太郎はハンドルを叩いた。今更そんなことをしてなんになる。なんのためにとり戻すのか。

「……だったら」

なんのために、わざわざここに来た？　未練たらしく、情けない男だ……。ギリギリと音が鳴るほど奥歯を噛《か》みしめる。

「ん？」

光太郎は目を見開いた。葵と俊介が彼女の家に入った直後、その玄関の扉が閉まりきらないうちに、無理やり中に入り込んだ女がいた。背中しか見えないが、真っ赤なパンツスーツに大きな赤い帽子をかぶっていた。葵の親族か近所の者かとも思ったが、光太郎はその可能性をすぐに否定した。

あの女は……カイジンだ。

葵と俊介がドアを閉める寸前、〈アネモネ〉は玄関に入り込んだ。後ろ手でドアの鍵を閉める。

「え？」

葵が声を上げたが、事情がわかっていないせいか、きょとんとしているだけだ。

「ごめんなさい、ちょっとお邪魔しますね」

〈アネモネ〉はそのまま家に上がった。

「あ、ちょっと靴……」

気づいた俊介が声をかけたが、〈アネモネ〉は無視して、玄関入ってすぐのダイニングに乗り込んだ。

そこには葵の母の美咲がいた。

「あの……」美咲もまた、きょとんとした顔になっていた。

「ごめんなさいね、あなたは関係ないというか必要ないわ。人質何人もいると逆に面倒でしょう？」

〈アネモネ〉の右手がさっと上がった。袖から見えた白い腕が瞬時に緑に変色したかと思うと、何本もの蔓《つる》が絡みついた形に変化した。

そして、その蔓が伸びて宙を奔《はし》り、弾丸のように美咲の胸を貫いた。

悲鳴のひとつも上げないで、美咲は床に倒れた。

――すでに絶命していた。

「………っ!!!」

葵は声を上げないで絶叫した。そして、そのまま腰を抜かし、両膝をついた。

「ダメだ、葵、逃げないと」

俊介は葵の肩に手を置いた。

「ふんっ」

〈アネモネ〉は腕の蔓を鞭《むち》のように振った。俊介の顔が深く斬り裂かれ、壁に叩きつけられた。小さな羽根が部屋中に舞った。俊介もまた動かなくなった。

「あー、いろいろ順番がおかしくなっちゃったけど」

〈アネモネ〉は葵の顔を覗き込んだ。

「あなた、和泉葵さん？　ちょっと人質になってくれる？　それから南光太郎っていうのを呼び出したいから手伝って。ええと……そんなもんかな……ん？」

〈アネモネ〉は首を傾《かし》げた。葵は涙を浮かべ、ただ首を横に振っている。

「なによ赤ちゃんみたいにイヤイヤして。ダメなんだよね、この街でなんか期待しても。私もここで暮らしてた時期あるから、よく知ってるの。誰かが殺されたくらいじゃ警察なんか来ないし。そういうところだから、カイジンが住めるの。ね、知ってるでしょ？」

「……助けてぇぇぇぇぇぇぇぇ」

葵は声の限りに叫んだ。

「ん？」

〈アネモネ〉は首を捻った。

ひとりの男が足を引きずりながら、家の中に入ってきた。南光太郎だった。その手には引きちぎったドアノブが握られていた。

「あーららららら」

〈アネモネ〉は歓喜した。

「すっごい。手間が省けちゃった。あ、ちょっと待っててね」

そう言うなり、〈アネモネ〉は赤いジャケットの前を開いた。その下の薄いブラウスが勢いのまま破れ、白い乳房が露《あら》わになった。そしてそれがぱっと開き……文字通り花開き。ふたつの赤い花弁となった。

「おいでよ、可愛い赤ちゃん」

葵を庇《かば》っていた光太郎に向けて、〈アネモネ〉は両腕の蔓を伸ばした。その蔓は光太郎の身体を絡めとり、瞬《またた》く間に〈アネモネ〉の胸に引き寄せた。

「おっぱいあげるよぉ」

ふたつの花弁の中心から金色の粉が吐き出された。それを吸い込み、光太郎は激しく咳《せ》き込みながら膝をついた。彼の腕はまだ蔓に自由を奪われたままだ。

「私の毒は美味《おい》しい？　これね、あらゆるカイジンの細胞に作用する特別な毒なの。私だけの毒なの。細胞の活性化を抑えて、変身を妨げるの。大丈夫、効果は短いから。あ、でもその短い間にあなたは殺されて、私に〈キングストーン〉を奪われることになってるから、やっぱり大丈夫じゃないか。ごめんねー。でも私の方はわざわざ人質とるとかがスルーできて助かった。ありがとねー」

「……っ」

光太郎が全身に力を込めているのがわかった。歯を食いしばり、首筋の血管が浮き上がる。

「ふふふふふふふふ」

〈アネモネ〉は笑った。

「ねー、なんにもできないでしょ？　理解できた？　理解できたら殺されてねー」

〈アネモネ〉の上半身を包んでいた赤いジャケットを突き破り、あちこちから何本もの蔓が伸び、その先端が動けない光太郎の胸を狙った。

――だが。

光太郎の胸を貫く寸前、飛び越えてきた男に体当たりをされ、〈アネモネ〉は吹き飛ばされた。

「――信彦！　どうして！」

自分の前に立つ男……秋月信彦の背中を見て、光太郎は叫んだ。

「あぁ、いろいろ気になるのはわかるが、説明が長くなる。今は無理だな」

「気をつけろ、あいつは胸から毒の花粉を出す！」

光太郎が叫び終わった時にはすでに、信彦は目にも留まらない速さで、その拳を二回、〈アネモネ〉の胸に打ち込み、ふたつの花弁を潰していた。

「……所詮は、花、だ。脆《もろ》いもんだ」

〈アネモネ〉は信彦を睨みつけると、一瞬の隙をついて蔓を伸ばした。それで葵を縛り上げると、〈アネモネ〉は彼女を自らの胸に引き寄せた。飛びかかろうとする信彦を巧みにかわすと、葵を抱いたまま、窓を突き破って逃げ出した。

「素早いな、植物のくせに」

信彦が追いかけようとしたが、光太郎が「待て」と制止した。「おまえ、〈ヘヴン〉は持ってるな」

「……そんなにやられたか。あるぞ」

「俺じゃない。そっちだ。そっちの子どもはまだ息がある。〈ヘヴン〉があればなんとかなる」

光太郎が指さしたのは顔を割られ、倒れている俊介だった。

「……わかったよ」

「頼む」

そう言って、光太郎は割れた窓をくぐっていった。


光太郎は走った。

あのカイジン……〈アネモネカイジン〉が言っていたことがどこまで本当かわからないが、あの毒で全身にダメージを受けていることは確かなようだ。左脚だけでなく、普段なら無事に動く右脚も重い。

だが、追いかけることはできた。逃げる〈アネモネ〉は自分の場所を教えるように、濃厚な花の香りを残している。追跡は容易《たやす》い。光太郎は足を引きずりながら、路地というよりは、コンクリートの裂け目から雑草が伸びた、家と家の細い隙間を急いだ。

そこを飛び出したところに古い木造アパートがあった。全体に傾いで見え、二階の窓は軒並み割れている。廃墟なのは明白だ。

そのアパートから〈アネモネ〉の匂いがしてくる。

「……」

アパートに飛び込もうとした光太郎は足を止めた。

ここまであからさまに痕跡を残しつつの逃亡……どう考えても罠《わな》だ。そもそもあいつの目的は自分、そのために和泉葵を人質にとった。匂いを振りまき、自分をここに誘い込もうとしている……。

逡巡《しゅんじゅん》した。だが、それは一瞬のことだった。

木製の薄いドアを蹴破ると、光太郎はアパートの中に躍り込んだ。

薄暗く長い廊下の奥、真っ赤な花が見えた。〈アネモネ〉だ。片手の蔓を葵に巻きつけている。

「ホントについてくるんだね。バカなのかな。殺されるために自分から来たの？　でもありがたいなぁ、ははっ」

笑った〈アネモネ〉はその顔も変容していた。口も花弁の形となり、長い髪も緑の蔓の束に変化していた。

「さぁ、そんなとこでモタモタしてないで。自分の足で歩いて。……でないと、この子、殺すよ」

「……俺とその子にはなんの縁もない。いくら人質にとったところで意味はない」

光太郎はきっぱりと言った。

「だったらどうして、のこのこやって来たの？　黙っておうちに帰ればよかったでしょ。どんな理由か事情か知らないけど、この子が殺されたらイヤだから来たわけでしょ？」

「……」

「どのみち、あなた、姿も変えられないままだし、人質も実は関係ないんだけど。どうしよう？　この子を先に殺す？　あなたを殺す？」

〈アネモネ〉の言うことは本当だ。いくら自ら呼び起こそうとしても、体内にあの熱が滾《たぎ》らない。変身への予感がまったくない。

――どうする？

否《いな》。

――どうしたい？

まともな選択肢はひとつしかない。どんなにみっともなかろうと、ここは逃げるしかない。あの〈アネモネ〉は葵のネックレスのことは知らないようだ。彼女は殺されてもただ放置されるだろう。一旦《いったん》〈アネモネ〉から逃げてまた戻ってくればいい。そしてあの赤い石を回収すればいい。むしろ面倒がなくなる。

それこそが唯一の正解だ。

だから、光太郎は振り向いた。一目散に逃げるために。

否。

彼の足は前に進んでいた。

「どっちなの？」〈アネモネ〉が問うた。

「助けるの？」「殺されるの？」「どっちなの？」

「――わからないんだよ」

歩みを止めずに光太郎は答えた。

「むしろ教えてくれよ、俺に。俺がなにをしたいのか教えてくれよ。教えてくれたら、殺されてやってもいいぞ」

〈アネモネ〉の動きが止まった。蠢《うごめ》く無数の蔓がぴたりと静止する。動きだけでなく音さえも失われたその世界に、突然、爆音が、爆音とともに銀色の塊が飛び込んできた。

「どけ！　光太郎！」

〈セクター〉だ。玄関にあった錆《さ》びた三輪車を踏み潰して弾丸のような速さで走ると、なんとか避《よ》けた光太郎を掠《かす》め、〈アネモネ〉に突っ込んでいく。

「……！」

〈アネモネ〉は咄嗟《とっさ》に壁際に飛び、〈セクター〉との正面衝突を避けた。だが、捕らえていた葵への縛《いまし》めが緩んだ。

「おまえ！」

〈アネモネ〉が呪詛《じゅそ》の言葉を投げつけた時、信彦はジャケットを脱ぎ捨て、既に変身を終えていた。胸から肩へかけて現れた副腕に突き破られ、ズタズタになったシャツの残骸を剥ぎとる。

信彦……〈ギンバッタカイジン〉はおもむろに〈セクター〉から降りると、大股で〈アネモネ〉に迫った。

「……」

光太郎は〈ギンバッタ〉の背中を見た。日が差し込まない安アパートの廊下に、自らが発光するように、金属質の外殻がギラギラと輝いていた。信彦がいつもは心の底に隠し持っている、刃《やいば》の凶暴な輝きだ。

「おいっ、こいつがどうなって……」

葵の首筋を狙っていた蔓の先端が、力を失い、汚い廊下にぽとんと落ちた。〈ギンバッタ〉の手刀が〈アネモネ〉の胸を貫いていた。

「悪かったな。この娘がどうなろうと俺には関係ない」

そして〈ギンバッタ〉はそのまま、バターを切るように手刀を滑らせ、〈アネモネ〉の上半身をほとんど切断した。彼女の身体が弾《はじ》け、薄暗いアパートの廊下に無数の赤い花びらが舞った。

「——〈アネモネ〉は春に咲く花だ。夏にはそもそも似合わない」

〈ギンバッタ〉は〈アネモネ〉の胸を踏みつけた。

「おじさんっ！」

自分の手で蔓をはねのけると、葵は立ち上がった。〈ギンバッタ〉の横を駆け抜けると、光太郎の胸に飛び込んだ。

「美咲さんがっ！　俊介も！」

「……」

「こいつの始末は俺がしておく。おまえは行け」

半ば信彦に戻りつつある〈ギンバッタ〉に促され、

光太郎は葵とともにアパートを出た。

――葵の家に戻ると、そこには美咲の亡骸《なきがら》、その傍《かたわ》らで呆然としている俊介がいた。俊介は血塗《ちまみ》れだったが、さっき死にかけたとは思えないほど回復している。顔の深い傷もほぼ塞《ふさ》がっていた。

「……俊介……よかった……っ」

そう言いながら、葵は倒れたままの美咲にすがりついた。

「……美咲さん……私のせいで……」

「……」

光太郎は言葉を呑み込んだ。どんな言葉をかけようとしていたのか、自分でもわからなかった。しばらくすると、信彦が戻ってきた。裸の上半身にジャケットを羽織っている。

「……あのカイジンは始末したのか？」光太郎が小声で尋ねると、

「あぁ、始末が得意なヤツがいるから、そいつに任せようと思ったが連絡がつかなかった。大丈夫だ、他にも当てがあった」

「そうか」

誰とは聞かなかったが、光太郎にも想像がついた。

「よく見ろ、光太郎」信彦は美咲の亡骸を指さした。「こうして関係ない連中が被害に遭う。悲しみと怒りの連鎖だ。終わることはない。〈創世王〉を巡り、己の欲を満たそうとする者たちがいる限り、そして〈創世王〉がいる限り」

「……」

「俺たちには〈創世王〉を殺して、ゴルゴムを潰す使命があるんだ。光太郎、ゆかりの言ってたことを思い出せ」

信彦にどれだけ熱く語られても、光太郎の心が昂ぶることはなかった。彼の言葉がただ素通りしていく。

「――おじさん。光太郎さん」

ようやく美咲の遺体から離れ、葵が光太郎にすがるような視線を向けてきた。

「どうしよう……お母さんが遊園地で待ってるの。今日、会う約束してたの……でも……どうしよう……こんなことになっちゃって……」

「行ってきなよ！」俊介が叫んだ。「こんなことになっちゃったから、だから行ってきなよ！　ここは俺がいるから。母さんや父さんも呼んでくるから。大丈夫だから」

　血で汚れたままの顔で、俊介は葵を懸命に説得した。

「……わかった。お母さんに会って話したら、すぐ戻ってくる。お母さん、美咲さんの友達だし、お母さん連れて必ず戻ってくるから。だからそれまで美咲さんをお願い」

「もちろんだよ」

「おじさん。お願い、私を遊園地まで連れてって」

「……わかった」

　光太郎は葵を〝タクシー〟に乗せ、今では閉園しているという遊園地を目指した。その正門のところに、葵の実の母が待っているという。

　車で移動している間、光太郎は葵からだいたいの事情を聞かされた。母と父が爆弾魔、そして警官殺しの濡《ぬ》れ衣《ぎぬ》を着せられたこと、そして海外に逃亡していたこと。そして先日、母が連絡をしてきて、ようやく今日、会えることになっていたこと……。

　やがて〝タクシー〟は遊園地の正門に到着した。閉ざされた門の前に、葵を待つはずの者はいなかった。

　葵は門扉に背中を預け、そのままずるずると地面に腰を下ろした。光太郎も〝タクシー〟の車体に寄りかかり、そんな葵のことを見守っていた。

　太陽が沈み、夜になった。

　それでもまだ、葵はじっと前だけを見つめていた。光太郎は彼女に歩み寄り、

「気が済んだか？」

　と、問いかけた。

「もうお母さんにもお父さんにも会えない気がしてきた。私……、行くとこなくなっちゃった……」

　顔を上げないまま、葵は答えた。

「乗れ。送っていく」

「いや」

「行くところはなくても、帰るところはあるだろう。おまえを待っている人間はいる。最悪の状況でも、それは事実だ」

　葵はなにも言わなかった。無言のまま立ち上がる

と、自ら〝タクシー〟の助手席に乗った。

7

　大型ワゴンのハンドルを握る大森浩一郎は首都高に乗っている間、ずっと助手席のビルゲニアに話しかけていた。

「なぁ、大丈夫かよ」「大丈夫なんだろうな?」「ホントにヤバくないのこれ?」

　そんな台詞《せりふ》を吐き出すたびに、大森はバックミラー越しに、フラットにした後部座席に寝かせてある、縛り上げたふたり……和泉葵の実父の川本英夫、そして実母の川本莉乃の様子を確認する。

「大丈夫だよ。職質受けても、スルーできるカード持ってるから俺。総理からもらってる」

　ビルゲニアは平然と答える。

「だからー、それいちど見せろって。だいたい、俺、こういう実力行使的なの向いてないんだよ。好きじゃないんだよ。おまえっていうか総理のラインでいるだろ?　反社?　暴力団?　半グレ?　そういうのにやらせろよ。俺さ、ホントはダロムたちに頼まれてたんだよ。〈アネモネ〉が光太郎、襲撃してんだよ。それどうなってるか監視するはずだったんだよ」

「……光太郎か」ビルゲニアは遠くを見る目になった。「生きてたって話は、今、初めて耳にしたんだが」

　大森は「っ」と息を詰まらせた。

「いや。別にもう知ってるよ。ダロムたちの話はこっちに筒抜けだ。逆もそうなんだろうが」

　ビルゲニアはニヤリと笑い、大森の肩を叩いた。

「いやー、俺はさ、おまえのこと好きなんだよ、大森。昔からずーっと。だから肝心な仕事の時は組みたいわけ」

「……あぁ、もう。人をさらうまではイヤなんだよ。一線越えてるだろ」

「昔はよくやってたくせに。それしか能がなかっただろ?」

「……」

　大型ワゴンは高速5号池袋線を東池袋で降りた。そのまま車はゴルゴム党本部のビルを目指すかと思われたが、その手前の古いビルに隣接する立体駐車場に入った。普通なら上に運ばれるワゴンは、パレットに載せられたまま地下深くへと運ばれていった。

　地下数階分降りたところは、広い空間になっていた。野球場数個のサイズがあり、一見、地下駐車場のようだ。だが、床も壁も天井も雑にコンクリートで塗り固められ、照明も一部しかついていない。

　そこはかつて、この場所が巣鴨監獄、巣鴨刑務所と呼ばれていた大正昭和初期に造られた空間だった。囚人たちに作業をさせたのだろうが、当時の政府がなんのためにそんなものを造らせたのか、今となっては知る者はいない。戦時中に拡張されたと思《おぼ》しき形跡があるので、政府要人用のシェルターとして計画されていたものかもしれない。この上に本部が移ってから、ゴルゴムはここを独占的に利用していた。

　——床にペンキで描かれた誘導の案内に従って、大森は車を走らせた。そこからゴルゴム党本部の、一般には知られていない地下三階、四階に直接アクセスできる入口がある。

意識が戻った川本英夫、莉乃を連れ、大森とビルゲニアはゴルゴム党本部地下四階に入った。

そこで彼らを待っていたのは堂波真一総理、その補佐官の仁村勲《にむらいさお》、そしてダロムたち三神官だった。

ダロムの顔を見つけた途端、大森は思わず顔を背けたが、そんなことでごまかせるはずもない。

「〈アネモネ〉のことはもういい。こちらはこちらで重要な任務ということは理解している。〈アネモネ〉についてはこちらで監視をつけた」

ダロムの言葉に大森は、

「……それはどうも。あの……で、〈アネモネ〉は？」

「秋月信彦に殺された」

「……？　はぁ」

状況が呑み込めなかったが、それ以上詮索《せんさく》するほどバカではない。大森は黙ることにした。

「総理、川本夫妻を連れてきました」

ビルゲニアがそう報告し、腕を縛ったままの川本英夫と莉乃を前に突き出した。

ふたりの顔を見るなり、堂波は歯を見せて笑った。

「歓迎するよ。ここは君たちの敵、悪者たちの秘密基地だ、ははっははははは」

堂波は同意を求めるように仁村の顔を見た。仁村は「はははははっ」とお追従笑いを浮かべた。

「しかし……些細《ささい》なことがきっかけで我々のことを探ろうとしてだ、ぜーんぶなくした後もふたり揃《そろ》って逃げ回って。なんていうかな、信念だよね。バイタリティもある。許せばふたりともうちの党から出馬させたいくらいだ。若手の議員なんかよりずっと根性がある。まぁ出馬はさせられないけど、ははっ」

英夫も莉乃も黙ったまま、じっと堂波の顔を睨んでいた。どんな言葉よりも鮮烈な敵意が満ちていた。

「まぁ今回は実に意外なところから、君たちの足りというか動きがつかめて、とてもラッキーだったんだけど。このまま殺されるのもアレだろ？　せっかくだから、悪の組織のツアーにでも参加してもらおうかと」

堂波の言葉を聞いて、大森は心底、げんなりしていた。この男の悪趣味ぶりは昔から変わらない。父親がどんな人物かは知らないが、祖父の堂波道之助《みちのすけ》譲りなのだろう。

「じゃあ、早速始めようか。地獄巡りだ」

ダロムたち三神官を先頭にして、一同は移動を始めた。大森はどこへ行くのか、すぐにぴんと来た。

一同が向かったのは、鉄格子で仕切られた部屋、つまりは牢獄《ろうごく》だった。天井は低いが体育館ほどの広さがあり、壁ぎわには剝《む》き出しの便器が並んでいる。そこに若い男女が数十人、ほとんど裸に近い状態でばらばらに座り込んでいた。

「こいつら、新しく造るカイジンの素体？　そういうの。行方不明になってもいいヤツらはたくさんいるんだけど、綺麗な身体してないと困るから。いっぱいさらってきても、残るのはこれくらいなんだよねえ。まぁ余りは余りで使い道はあるんだけど」

堂波がそう説明すると、川本英夫が、

「新しいカイジン……〈創世王〉はもう〈ストーン〉の排出はできないはずだ。カイジンを育てる〈エキス〉のストックだって……」

「へえぇ」堂波は大袈裟《おおげさ》に驚いてみせた。「さすがよく知ってますねえ。確かにその通りなんだけど、〈ストーン〉にしても〈エキス〉にしても、特別なストックはあるのよ。〈創世王〉がずーっと昔に出した〈ストーン〉。それ移植すると、昔の第一世代みたいな綺麗なカイジンができる。最近のできそこないの気持ち悪いのじゃなくて……あれ」

堂波が目配せすると、仁村が大きなタブレットの画面を川本夫妻に見せた。どこかのホテルの宴会場のような場所に、大勢の人々が集まっていた。皆、身なりがよく、そのほとんどが日本人のようだ。

「これ、去年の夏かな、その時の競《せ》りの動画なんだけど」

堂波はそう言い、シークバーを操作して早送りした。すると、設けられたステージの上に、檻《おり》に入れられた一体のカイジンが運ばれてきた。〈ヒョウ〉か〈トラ〉か、毛並みの美しい彫刻のような肉体を持ったカイジンだった。

「今に始まったことじゃないけど、上流の間じゃ、ずっと前からカイジン飼うのがステイタスなんだよ。ある程度出回ったら、こんどは美しいカイジン、綺麗なカイジンに高値がつくようになってね。この牢屋からいいの選んで、カイジンにするわけ。そうはできないんだ。〈ストーン〉は限られてるからねぇ」

「……悪魔。人を人に売るなんて」

莉乃が呻《うめ》くように言った。

「いやいや。カイジンになっちゃったらもう人間じゃないじゃない。運が悪いけど、運の良《よ》し悪《あ》しってそういうことだから」

「……なんのためにこんなことをしてるんだ？」

英夫が問いかけた。冷静な声だった。

「そりゃ、金になるからだろ。一体がどれだけの額になると思ってるんだ？」

「端金《はしたがね》だ」英夫は即答した。「これだけの手間とリスクに、貴重な〈ストーン〉を消費して、割に合うわけがない」

「……」

ずっと笑みを張りつけていた堂波の顔から、あらゆる感情が消えた。

「あんた、本当に頭がいいんだね。その通りだよ。

——楽しいからやってるんだ」

そう言って英夫をじっと見ているうちに、堂波はまた笑顔をとり戻していた。

そして、こう言った。

「で、これからまた、ちょっと楽しいことしようと思ってるんだ」

8

光太郎と葵が特区三号の葵の家に帰ると、近くの路上は神奈川県警と警視庁のパトカーに埋め尽くされていた。

そして葵の家の前には、隣の小松一家、俊介とその両親の佐知《さち》と茂雄《しげお》が立っていた。佐知たちは黒いスーツの男と喋っていた。光太郎を〝タクシー〟のところに残して、葵は佐知たちのところへ駆け寄った。

「葵ちゃん、大変だったね……」

葵の顔を見るなり、佐知は彼女を抱きしめた。

「佐知さん……」

「勝手とは思ったけど、警察に知らせないわけにもいかなくて……あ、この黒川《くろかわ》さんはちゃんとした人だから大丈夫だから」

「う、うん」

「お母さんは残念だったね……遺体を発見した時の話から、あらためて聞かせてもらわないといけないんだが」

黒川がそう言うと、佐知が目配せしてきた。事情を察した葵は、帰宅すると美咲の遺体を見つけ、同時に窓から逃げ出すカイジンらしき影を見たと嘘をついた。警察を騙《だま》すことにさすがの葵も緊張したが、黒川という警部は彼女の話をすんなりと信じてくれた。現場検証はほとんど終わっており、解剖のために美咲の遺体を連れていくと言い残し、黒川たちは引き揚げていった。

パトカーが引き揚げると、集まっていた野次馬《やじうま》たちも姿を消し、葵の家の前は恐ろしいほどがらんと、淋《さび》しくなった。いつもの特区三号の夜だ。

「さぁ、行こう」佐知が葵の手を引いた。「ここじゃ寝られないでしょ？　うちにおいで」

「う、うん……それはそうだけど……」

「俺の部屋で寝ていいよ」

俊介が言った。〈アネモネ〉に襲われた時の傷はすっかり消えていた。

「俺は父ちゃんたちの部屋で寝るから」

「う、うん……」

葵は振り向いた。〝タクシー〟の車体に背中を預けている光太郎と目が合った。

「ごめんなさい！　私、大丈夫だから、明日、戻ってくるから」

そう言って、葵は佐知たちの前から駆け出し、光太郎のところへ走ってきた。

「一晩泊めてよ」

光太郎はなにも言わず、運転席に座った。そして助手席のドアを開けた。シートに滑り込んだ時に響いた、俊介の「葵！」という声が、彼女の耳に鋭く刺さった。


タクシー営業所の二階のオフィス、運転手たちの待機室で葵がぼんやりしていると、光太郎がカップ麺を運んできた。

なにも言わず、それを葵の前に置く。蓋《ふた》の隙間から湯気が立ち上っていた。

葵は首を横に振った。

「喰え」

「一緒に食べてくれる？」

「……わかった。今からお湯を入れるから先に食べてろ。伸びる」

光太郎は自分の分も用意して持ってきたが、葵は手をつけようとしなかった。光太郎の分ができあがるのを待っているのだ。

光太郎は溜め息をつくと、カップ麺を食べ始めた。

「まだできてないでしょ？」

「硬いのが好きなんだ。おまえも食べろ」

「……」

葵もカップ麺に口をつけた。

「……ねえ」「……ねえ」

葵が呼びかけたが、光太郎は黙って麺をすすっていた。

「ねえ」「ねえ」「ねえったらねえったらねえったら」

「……なんだ」

「……私にね、教えてほしい」

「……」

「……戦い方……、教えて」

光太郎は箸《はし》を置いた。

「無理だ」

「どうして。まだ変身できないから？」

「違う。もう元には戻っているはずだ……俺は武道家でもなければ軍人でもない。戦い方なんか教えられない」

「戦ってたくせに」

「カイジンとカイジンの戦いは言葉で教えられるようなものじゃない。獣のそれと同じだ。おまえも見ただろう」

「……」

「虎に狩りのやり方を尋ねるようなものだ。教えられない。それに……おまえはもう戦ってるんだ」

「……」

「だから、誰かに教わる必要なんかない」

光太郎はそう言うと、温《ぬる》くなったスープを喉に流し込んだ。

仮面ライダー
Kamen Rider BLACK SUN

仮面ライダーBLACK SUN 異聞／イブン

［第一部 黒の黎明］

第四章
錯綜〜１９７２

1

深夜。

小田原近くの国道1号を一台の青いオープンカーが走っていた。一九六七式のシボレーコルベット＝スティンググレイ・コンバーチブルだ。

スティンググレイ＝アカエイの名の通り、その流線型のボディが闇を切り裂き、法定速度を遙《はる》かに超えて走っていた。深夜なので前後に車の姿はない。そのハンドルを握るのは堂波真一《どうなみしんいち》、まだ十八歳の若者だった。助手席に乗っているのは、最近……今日、友達に紹介してもらったばかりのガールフレンドだ。名前は確かミキコとかいった気がする。

「……寒いんだけど」

ミキコが不機嫌そうな声で言った。

「寒くはないよ。終わりかけとはいっても、まだ夏だぜ。ほら、夏だから俺、アロハ」堂波は片手を離して、着ているアロハの襟を引っ張った。「ピエール・カルダンのだぞ？　シルク製でボタンも竹だ。これは珍しいんだ」

「どーでもいい。それに寒いのは寒いの。山ん中じゃん」

「小田原だから山じゃないって。箱根はまだなんだから。そうそう、箱根はすっごい、いいホテルとってんだよ。そこのロイヤルスイートだからさ」

「部屋なんか関係ないでしょ。どうせ私とヤリたいだけなんだから」

「えーっ」堂波は大袈裟《おおげさ》に驚いてみせた。「なに言ってんの。俺はひとより性欲ないことで有名だよ。朝まで楽しくお喋《しゃべ》りできたら、それで十分だって……ん？」

前方の暗がりの中、赤い誘導灯が振り回されているのが見えた。

「なんだよ、こんなとこで。行くか」

堂波はアクセルを緩めなかったが、制服を着た警備員が飛び出してきたのを見て、慌ててブレーキを踏んだ。

「なんだよてめえ危ねえだろ。つーか、一労働者ごときが俺を止めるなよ」

堂波に罵倒《ばとう》されても、警備員は車の前から動こうとしなかった。顔を隠していたマスクを外し、ヘルメットを脱いだ。黒い肌と縮れた髪の毛が露《あら》わになった。

「外人かよ。なんでこんな仕事してんだよ」

その黒人……堂波は名前を知らなかったが……オリバー・ジョンソンはニヤリと笑った。

「行っちゃえばいいじゃん。面白いよ」

助手席のミキコが甘い声で囁《ささや》いた。

「だよな。悪いのはあっちだしな」

ドキドキしつつも、堂波はアクセルを踏んだ。さすがに相手も逃げるだろうと思ったが……。

オリバーは逃げなかった。

そして、車も前に進んでいなかった。

音と感触で後輪が空回りしているのがわかった。

慌てて堂波が振り返ると、そこには二体のカイジンがいた。〈クロバッタカイジン〉と〈ギンバッタカイジン〉、ふたりでスティングレイのテールを持ち上げていた。

「……」

堂波は青ざめた。カイジンだ。カイジンだ、カイジンだ、カイジンだ、カイジンだ。

カイジンが自分を殺しに来た。

——俺の罪が知られている。

興奮している堂波は、ふたりのカイジンの背後に細身の少女、新城《しんじょう》ゆかりがいることに気づいていなかった。ただただ、怯《おび》えるだけだ。なにしろこの一夏だけで、仲間たちと連《つる》み、何人のカイジンをリンチにかけたかわからない。そのほとんどを無惨《むざん》に殺した。

——復讐《ふくしゅう》に来たんだ。カイジンたちが仕返しに来たんだ。

「おい」

突然、横から声をかけられ、堂波は振り向いた。

その瞬間、鼻と上唇に受けた痛みに、彼は「うっ」と唸《うな》った。運転席の傍《かたわ》らに立っていた黒コートの男……ビルゲニアに強《したた》かに顔を殴られたのだ。

「きゃぁあああ!」と、助手席のミキコが悲鳴を上げた。

「痛い痛い痛い！　誰、おまえ！」

「おまえ、堂波真一だな？」

ビルゲニアに問われ、堂波は「違う！　違う！」と即答した。

「そうだよ！　こいつは堂波！　堂波真一っていうの！」ミキコが叫んだ。

「怪我《けが》したくなかったら降りな」

ゆかりに促され、ミキコは泣き叫びながら、暗闇の中へ駆けていった。その背中を呆然《ぼうぜん》と見送っていた堂波だったが、横っ腹に受けた痛みと衝撃に「うげっ」と呻《うめ》いた。

「そっち行けよ」

ビルゲニアは更に堂波を蹴りつけ、彼を助手席へと追いやった。

「おおお、おい！」堂波は鼻水を撒《ま》き散らしながら叫んだ。二体のカイジンを目にした時から、彼はもう半分泣いていた。「俺は総理の孫だぞ！　わかってんのかよ！」

ビルゲニアがぬーっと顔を寄せてきた。笑いながら、堂波の頬《ほお》を殴る。

「堂波道之助《みちのすけ》の孫の堂波真一だろ？　それがわかってるからさらうんだよ」

そしてビルゲニアはまた、堂波の顔を殴った。

2

堂波真一を誘拐したビルゲニアたちはいちど都内に戻ることにした。堂波が乗っていたスティングレイは目立ちすぎるということで、途中のドライブインの駐車場に乗り捨てた。彼らは誘拐現場まで来るのに使ったライトバンにまとまって乗ることになり、南光太郎《みなみこうたろう》と秋月信彦《あきづきのぶひこ》はそれぞれのバイクで都内を目指した。

彼らが堂波を連れ込んだのは大田区大森の光太郎と信彦が使っている〝ねぐら〟だった。町工場が並ぶ一角にある工場のひとつで、経営者が高齢で廃業した物件を、光太郎たちの支援者が買いとったものだった。

「……悪くないな。いや、いいところだ」

初めて工場の中に入ったビルゲニアは、感心したように呟《つぶや》いた。

「なにがいいのかわからない。ただの町工場だ。上で寝起きしてみればわかる。油臭くて堪《たま》らない」

光太郎は答えた。

「そうか……秘密基地みたいでいいじゃないか」

珍しく子どもっぽいことを言ったビルゲニアに、

「そうだな」と信彦は苦笑いした。「本日只今《ただいま》から、誘拐犯たちの秘密基地になったわけだ」

「お喋りはいいが、こいつをまずなんとかしようぜ」

オリバーは引っ張ってきた堂波を指さした。両手を荒縄で縛られ、手拭《てぬぐ》いで猿轡《さるぐつわ》を噛《か》まされている。「うぅうぅ」と呻き続け、首筋まで涎《よだれ》でぐっしょり濡《ぬ》れていた。

「とりあえず、ここに」

信彦に指示され、オリバーは堂波を担ぎ上げると、工場奥へ進んだ。そこにあった事務用の椅子《いす》に座らせ、身体を椅子ごとロープでグルグル巻きにする。

光太郎、信彦、ゆかり、ビルゲニア、オリバーは堂波のまわりに集まった。

「……似ている」

呟いた光太郎に、信彦とビルゲニアがうなずいた。

「総理やってるジイサンに似てるな、確かに」

オリバーもそう言った。

「堂波道之助の顔を直接見たのは何年も前、それにいちどだけだ。でも……あの顔は忘れない」

そう言った光太郎の顔からはあらゆる感情が消失していた。

「おまえ、これまで総理の孫だからって、ずいぶんいい思いしてきたんだろ」ビルゲニアが堂波の顔を覗《のぞ》き込んだ。「大学も裏口で入って、高いスポーツカー乗り回して。散々遊び回って。楽しかっただろ？　その代金、ぜんぶツケだったんだよ。知らなかったか？　これから、そのツケをぜーんぶ払うんだ」

ビルゲニアは拳を固め、堂波の頬を殴ろうとした。だが、光太郎が手を伸ばし、それを止めた。

「ダメだ、ビルゲニアの兄ちゃん」

「どうしてだ？　大丈夫だ、殺さないようにするから。大事な人質だってことは忘れてない」

「……そうじゃないよ」光太郎は抑揚のない声で答えた。「適当に殴ってたら、痛みに、殴られることに耐性がつく。それじゃダメだ。それがいつになるかはわからないけど、やる時は一気にだ」

「……そういうことなら……わかった」

ビルゲニアは納得して拳を下ろした。

「……こいつの祖父《じい》さんの堂波道之助とどんな因縁があるかは聞かないけど……」ゆかりが口を開いた。「あくまでもこの孫は堂波道之助を引きずり出すための道具だから。それを忘れないで。……本当は堂波道之助を殺したいんでしょうけど、それもしばらくは我慢して。必要な交渉が終わってからにしてね？」

ゆかりの言葉に光太郎たちはうなずいた。当の堂波真一は汗をだらだら垂らしていた。自分が解放される時は永遠に来ない。近い将来、確実に殺されると認識したのだろう。

「……で、これからの動きだが」

ビルゲニアが口を開いた時、彼らの頭上からコンコンと音が響いた。光太郎たちが険しい顔になったが、

「大丈夫だ、仲間だ。ここのことは伝えてある……入ってこい」

二階の窓が開き、翼を広げた黒い影が滑空してきた。逞《たくま》しい上半身には腕と一体化した大ぶりな翼、だが、その分、下半身は貧弱、というよりも萎縮《いしゅく》しており、右脚は木の枝のように細く、左脚においては瘤《こぶ》程度の膨らみになっていた。

〈コウモリカイジン〉だ。

右脚だけで器用に着地すると、彼はあたりを見た。見た、といっても大きな耳とは対照的に目は細いスリットのようになっていて、どの程度の視力があるのかわからなかったが……、

「光太郎に信彦、ひさしぶりだな」

〈コウモリ〉の言葉に光太郎は黙ってうなずき、信彦は、

「大森《おおもり》さん、あんた、生きてのかよ」と目を丸くした。

「生きてるよ、生き延びる才能だけはあるんでね」

そう答えた〈コウモリ〉……大森浩一郎《こういちろう》は変身を解いた。上半身はすぐに人間の姿に戻ったが、失われていた下半身が元の形に戻るのは瞬時に、とはいかなかった。

それでも大森は人間の姿をとり戻した。全裸だった。

「なんか着るもん貸してくんね？　いつもは袋に入れて背中に担いでるんだけど、慌ててたもんだから ちゃんと結んでなくて、落としちゃってさ。あぁ、いつものことだけど面倒だよなぁ変身も」

「とりあえずこれで」

と、信彦が大きなタオルを投げた。大森はそれを受けとると腰に巻いた。

「あー、サマになんねぇー。温泉場の客だよこれ。それになんか汗臭いし」

「〈コウモリ〉。急用があって来たんじゃないのか？」

ビルゲニアが厳しい顔で問いつめた。

「……」

「おい」

「いや、確かにそうなんだが。伝えただけであんた怒りそうだからさぁ。教えなきゃ教えないで怒られるのもわかってたけど。辛《つら》い立場だよなぁ」

ビルゲニアはツカツカと大森に歩み寄ると、その顎《あご》をつかんだ。

「……直接はあんたが確かめてくれよ。五流護六《ゴルゴム》でいろいろヤバいことが起きてんだよ……」

「いいから言え」

3

それから十五分後、ビルゲニアは大塚の五流護六本部の屋上にいた。嫌がる大森を脅してもういちど変身させ、自分を運ばせたのだ。

「人運ぶのはマジでキツいんだって。おまえ、やってみろよ」

「おまえの仕事は終わってない。まだ状況が変わっていないかどうか、探れ。おまえでなきゃできない」

「ったく。ホントに人使い荒いな」

〈コウモリカイジン〉は屋上のコンクリートの床に大きな耳をつけた。

「……呼吸音と鼓動をつかんだ。全員、さっき目撃した時と同じで四階の会議室と、その前にいる。ダロム、ビシュム、バラオム、堂波道之助……それから堂波の警備が……八人だな。さっきは十人だったから、ふたりは一階の玄関あたりを警備してるのかもしれない」

「まさか、堂波道之助が来るとはな。孫を俺たちに誘拐されたことに勘づいたのか？　さすがに早すぎるか」

「……会話、聞こえるぜ」

呟いた〈コウモリ〉にビルゲニアは「んっ」と反応した。

「なんて言ってる、教えろ」

「堂波道之助とダロムが喋ってる。これまでずっと対面を望んでいたのに無視され続けていた。それが今夜、急に堂波道之助の方から来たんで、ダロムが驚いてる」

「それで？」

「ダロムがあれを読んだのか、受け入れる気はあるのかと問い詰めている。カイジンの参政権の回復や、いろいろな条項の希望をまとめてた例のヤツだな」

「あぁ。……で？」

「堂波が答えた……『わかった。応じようじゃないか』」

「！　本当にそう答えたのか？」

「そうだ、ビシュムもバラオムも驚いている。ん、待てよ。堂波が……『参政権だけではなく、カイジンにも平等な教育、労働の権利を保証する』」

「……」

「ダロムが礼を言ってる……でも、堂波が言ってることが本当なら、こりゃ悪い話じゃないぞ。武力闘争なんて、必要なくなるぞ」

「それは……そうだが」

「……待て。まだ堂波がなにか……『わざわざ自分からここに赴いたのは、書面には記せない提案があるからだ』」

「……」

「『革命ごっこは終わりでいいだろう？　せっかく参政権を与えるんだ。政党を作れ。五流護六党だ』……政党ってなんのことだ？」

「……」

「……『私はいずれ、海外で武力行使できるよう法改正するつもりだ。その時には十万単位のカイジン票は役立つ』」

「なるほど……」ビルゲニアは苦笑した。「政党を作れとはそういう意味か。票を持っても直接、堂波の民《たみ》の党《とう》に入れるカイジンはいない。だが、カイジンの党である五流護六党なら話は変わってくる。民の党は五流護六党との連立をするってことだろうな」

「ふぅん……ダロムが答えてる。……『あんた、最初からそれが目的で……』」

「ふんっ」とビルゲニアは笑った。「世知に長《た》けている風で、結局はダロムだ。そんな話になることくらい、わかっていただろうに」

「『ついでに言えば、他国と戦争になった時、カイジンは戦闘員として最前線で活躍してもらう。代わりに納得がいくような教育、納税の特権は考えている』……堂波のヤツ、言いたい放題だな」

「まぁ、それくらいは言うだろうな」ビルゲニアは笑った。これでも堂波にしてみれば、大分譲歩したつもりなのだろう。カイジンたちが蜂起《ほうき》し、暴れることの恐ろしさは堂波もよく知っているはずだ。あまり追いつめて本格的な武装蜂起でも起こされようなものなら、政権維持も難しくなる。

「……」

「……どうした？　……堂波、まだなにか言ってるだろ？」

〈コウモリ〉がいきなり黙ったのを見て、ビルゲニアは厳しく問い詰めた。

「……わかった。俺が言うんじゃないからな。堂波の台詞《せりふ》だからな……『〈創世王〉は私が預かる。言っておくが、国が本気で動けばカイジンなどいつでも根絶やしにできる』」

「……はったりだ。確かにカイジンを根絶やしにすることはできるだろう。だが、人間たちも無事には済まない。あの頃とは違うんだ、そんな無茶《むちゃ》が……」

「ダロムが」

「ん？」

「堂波の申し出をダロムが承諾した……」

「……」

ビルゲニアは絶句した。

視界が怒りで白濁した。身体の震えを止めることができない。その全身から鋭い刃《やいば》のようなヒレが無数に飛び出し、彼が着ていた黒いコートと黒いスーツが一瞬でビリビリに破れた。頭も兜《かぶと》のように変貌し、僅《わず》かに顔面だけ人の形を残し、鎧《よろい》武者のような姿に変身した。

古代魚＝ビルケニアの化身〈カッチュウギョカイジン〉だ。その手にはコートの下に隠し持っていた奇妙な形の刀……〈サーベル〉が握られていた。

「おい、やめろよマジかよマジかよ。やめろって」

〈コウモリ〉が必死に止めたが、〈カッチュウギョ〉は止まらなかった。階段室の鉄扉をもぎとるように開くと、階段を駆け下りた。

四階フロアに出ると、身を隠す気もなく、廊下をのしのしと進んでいく。会議室前にいる四人の総理の警護……SPが色めき立った。

「なんだ」「止まれ」「止まれっ！」

〈カッチュウギョ〉は止まらない。SPたちはすかさず発砲したが、銃弾は彼の強固な身体に弾《はじ》かれた。SPたちに迫りつつ、〈カッチュウギョ〉は全身の刃のヒレを逆立てた。守から攻への劇的な転換だった。

刃の残忍な輝きに怯えながらも、全弾撃ち尽くしたSPたちは、〈カッチュウギョ〉に飛びかかるしかなかった。それが彼らの職務だったからだ。

最初に飛び込んだ男はむしろ幸運だった。〈カッチュウギョ〉が見えない速度で振った腕のヒレで喉を……首を半分瞬時に斬られ、痛みを感じる間もなくほぼ即死した。

それに続くふたりは悲惨だった。〈カッチュウギョ〉に腕をつかまれ同時に引き寄せられ、抱え込まれた。ブスブスブスブスッと不快な音を立て、SPたちの顔に、胸に、腹に、太腿《ふともも》にヒレの先端の刃がめり込み、切り裂かれた。〈カッチュウギョ〉に解放されたふたりは全身血まみれになって、死にかけた蝉《せみ》のように床の上でひくひくと震えた。

四人目の男は我慢できず、背中を向けて逃げ出した。〈カッチュウギョ〉は慌てず、SPのひとりが落とした拳銃を拾い上げた。だが、太くなった指はトリガーガードに通すことができない。

〈カッチュウギョ〉は銃身を握ると、拳銃を思いきり投げつけた。それは逃げるSPの後頭部に命中し、彼の頭はスイカのように爆《は》ぜた。

「……」

〈カッチュウギョ〉は会議室のドアを蹴り、中に躍り込んだ。室内にはダロム、ビシュム、バラオムの三神官、堂波道之助総理、そして四人のＳＰがいた。ＳＰたちはすでに銃口を〈カッチュウギョ〉に向けている。

「ふざけるなっ！」〈サーベル〉を突きつけ、〈カッチュウギョ〉は堂波を一喝した。「〈創世王〉を渡せだとっ！　〈創世王〉は我らが神だ！　人間ごときが触れていい存在じゃない！　特にこの男にはだっ！　忘れたか、あの〝村〟でこいつになにをされたのかをっ！」

だが、堂波は〈カッチュウギョ〉から視線を逸《そ》らすと、ダロムを見た。

「ダロム、今いちど答えろ。絶滅するか、共存するか。〈創世王〉を渡すか渡さないか」

〈カッチュウギョ〉は〈サーベル〉を振り上げ、堂波に飛びかかろうとした。だが、ビシュムとバラオムのふたりが彼を止めた。ふたりはそれぞれ、カイジンの姿……ビシュムは巨大な翼を持つ〈ヨクリユウカイジン〉に、バラオムは長大な牙と爪を持つ〈サーベルタイガーカイジン〉に、変身していた。ふたりの強靱《きょうじん》な皮膚にはヒレの刃も歯が立たず、ふたり合わせての剛力の前には〈カッチュウギョ〉の力も及ばなかった。

「堂波ぃぃぃぃ！」

戒《いまし》めに抗《あらが》おうとする〈カッチュウギョ〉を〈サーベルタイガー〉は懸命に制した。「形はどうあれ、俺たちの望みは受け入れられる！　これは第一歩だ」

「人間に従属して生きることが共存かっ？　ふざけるな！　そんな第一歩は地獄への第一歩だっ！」

「答えは決まったのか？」

激高する〈カッチュウギョ〉を無視して、堂波はダロムを問い詰めた。

ダロムは堂波の前に歩み寄り……、

「やめろダロム！　堂波を殺せ！　今すぐ殺せっ！」

だが、ダロムは堂波の前に跪《ひざまず》き、深く頭《こうべ》を垂れた。〈カッチュウギョ〉は息を呑《の》んだ。

「〈創世王〉引き渡しに同意します。それがカイジンの生き残る道であるなら……」

「ダロム、おまえは騙《だま》されてるんだ。しっかりしてくれ、あの〝村〟のことを……思い出してくれ！」

「私は騙されてなどいないよ、ビルゲニア」ダロムは言った。「〈創世王〉引き渡しのことを含めて、これがカイジンの生き残る道なら、それでいいと、私が予《あらかじ》め出していた条件なのだ」

「……」

〈カッチュウギョ〉は絶句した。

「……〈創世王〉を売った……のか！」

〈カッチュウギョ〉は全身に力を込め、〈サーベルタイガー〉と〈ヨクリュウ〉を弾き飛ばした。

「バラオム、ビシュム……ビルゲニアを殺せ」

ダロムが静かに告げた。彼の命令と同時に、異変に感づいたのか、ビルの警備員が数名、駆けつけてきた。そして彼らは変身した。〈カミキリムシ〉〈イノシシ〉〈イカ〉〈コガネムシ〉、カイジンの姿を露わにし、一斉に〈カッチュウギョ〉に向かっていった。

そう広くない会議室で乱戦が始まった。〈カッチュウギョ〉は〈コガネムシ〉と〈イカ〉の頭を狙い、すかさず〈サーベル〉で斬り倒した。〈サーベル〉には鋭利な刃はついていない。実際は斬るというより、剛力で骨を粉砕する形だった。

「捕らえる必要はない。殺せ」

ダロムは警備員たちに改めて命令した。

〈カッチュウギョ〉の〈サーベル〉とカイジンたちの爪と牙が激しく打ち合い、火花が飛び、カンカンッという金属質の音を立てた。

——殺されるな。

〈カッチュウギョ〉はそう判断していた。警備員たちに加え、〈サーベルタイガー〉と〈ヨクリュウ〉もいる。たったひとりで勝ち目があるはずない。怒りに燃えながらも、一方では冷静にそう判断していた。

——それでいいのかもしれない。

〈創世王〉が人間ごときにいいようにされる様子を見るくらいなら……。

「……火事ですっ！」「火事だっ！」「三階で！」

叫び声とともに党の職員たちが駆け込んできた。

「総理、まずは避難を」

ＳＰたちに導かれ、堂波が部屋から出ていった。

それと入れ替わるように煙が忍び込んできた。

〈カッチュウギョ〉を囲むカイジンたちの動きが止まった。いくらカイジンとはいっても、火災に巻き込まれて生きていられるほどの超人ではないことを、自分たちがいちばんよく理解していた。

動くなら今しかない。〈カッチュウギョ〉は決断した。注意が散漫になっている一瞬の隙《すき》を突き、身を低くして駆け出した。背中を誰かの爪に切り裂かれた感覚があったが、勢いのまま駆け抜け、窓を突き破る。

〈カッチュウギョ〉は宙に躍り出た。

ビルの壁に全身のヒレを当て、ブレーキをかける。それでも落下速度を完全に殺すことはできず、地面に落ちてゴロゴロと転がる。全身を強く打った感覚はあったが、すぐに立ち上がることはできた。手にした〈サーベル〉も無事だ。

まずはこの場から逃げないと。

〈カッチュウギョ〉は駆け出したが、その足が止まった。薄暗い街灯に照らされ、カイジンの影がふたつ、見えた。

〈カッチュウギョ〉は緊張した。もう追っ手がかかったか。

「……おまえたちか」

彼の前に立つふたりのカイジンは南光太郎と秋月信彦……〈クロバッタ〉と〈ギンバッタ〉だった。

その姿を見て、〈カッチュウギョ〉はすぐに察した。

「おまえたちが火をつけたのか？」

「そうだよ」

〈クロバッタ〉たちの背後から姿を見せた新城ゆかりが答えた。

「あなたを追いかけてここまで来たら、〈コウモリ〉が状況を教えてくれた。でも、火をつけたのはあなたを助けるためだけじゃない。どさくさに紛れて、これを手に入れるため」

ゆかりは五流護六本部ビルの上の方を指さした。

開いた窓から白煙が上がっているが、四階に特に煙が吹き出しているところがある。窓ではなく、壁が崩れているのだとわかった。

「このふたりにやってもらった。壁を突き破って……連れ出した」

〈カッチュウギョ〉は彼女の傍らにある、シートにくるまれた〝もの〟に気づいた。

「おい。まさか、それは……」

「――〈創世王〉よ」

ゆかりはそう答えた。

4

「……腹、減ったなぁ……それに……」

大森の町工場。その奥で縛られたままの堂波真一は、何度目かの……何十回目かの溜《た》め息《いき》を漏らした。

空腹はまだ我慢できるが、濡れた下半身の不快感は耐えられない。ついさっき、とうとう我慢できなくなり、漏らしてしまったのだ。生温かかったのが冷えてきて、同時に臭《にお》いもするようになってきた。

「……はぁ」

堂波の溜め息に合わせたように、シャッターがガラガラと上がった。開けたのは新城ゆかりだった。そして、軽トラが一台、もの凄《すご》い速さで突っ込んできて、堂波にぶつかるギリギリのところで停止した。堂波は恐怖のあまり目を見開いた。

続いて南光太郎と秋月信彦のバイクが飛び込んでくると、ゆかりは急いでシャッターを下ろした。

軽トラから降りてきたのはオリバーとビルゲニア

だった。ビルゲニアは荷台に駆け寄り、「手荒な扱い、申し訳ありませんでした。もう少しのご辛抱です」と、声をかけた。

「〈コウモリ〉のやつ、いつの間にかいなくなったな」

信彦がビルゲニアに声をかけた。

「あいつなら、今頃はダロムたちのところだろう。〈創世王〉を盗み出したのが俺たちだと密告しているはずだ」

「そんな……」光太郎が絶句すると、ビルゲニアは笑った。

「あいつはそうやって生きてきた。大目に見るさ」

「なぁ」堂波はビルゲニアたちに呼びかけた。「もういいだろ？　俺、帰してくれよ。もう十分だろ？」

「……さっき、おまえの祖父《じい》さんに会ってきたよ」

ぶっきらぼうに答えると、ビルゲニアはもう堂波への興味は失ってしまったようだ。ゆかりの顔を見て、

「ゆかり、改めて礼を言う。よく機転を利かせて〈創世王〉を奪取してくれた」

「やってくれたのは光太郎と信彦だけどね。それに〈コウモリ〉から話を聞いて、いちばんの取引材料は〈創世王〉だって気がついたから。あなたみたいな崇拝からじゃないわ」

「理由はどうでもいい。結果が重要だ」

ビルゲニアは光太郎たちの顔を、ひとりずつ見て言った。

「ダロムたちはカイジンを裏切り、堂波総理についた。もはや袂《たもと》を分かつしかない。ヤツらは切り捨て、堂波総理へは俺たちだけで圧力をかける」

「……ビルゲニア」

光太郎は静かに口を開いた。

「俺も信彦もおまえとは違う。カイジン全体の未来のことは……知らない。だからダロムたちとも違う。だが、相手が堂波道之助なら、堂波総理となら戦いたい。その理由はある」

光太郎の言葉に信彦も深くうなずいた。

「それでいい。……まずはここから拠点を移そう」

「ちょうどいいサイズのがあったぜ」

そう言って、オリバーが木箱を引きずってきた。

棺桶《かんおけ》よりも二回りほど大きな、長方形の箱だ。

「確かにちょうどいいな。光太郎、信彦、手を貸してくれ。〈創世王〉をこれに収める。俺の協力者に電話をして、新しい車を手配させる。それに移して運ぶ」

「なー」堂波はまた呼びかけた。「なんか面倒なことになってるみたいだし、俺、もう帰っていいだろ？　約束するから、あんたたちに捕まってたこととか絶対言わねえし」

ビルゲニアが堂波に近づいた。椅子が小便で汚れていることに気づいて、顔をしかめた。

「悪いが、おまえの役割は余計に大きくなった。地獄の果てまでつき合ってもらう」

5

ビルゲニアの協力者という若いカイジンが運んできた大型トラックに〈創世王〉の入った木箱を積むと、彼らは移動を開始した。前後を光太郎と信彦のバイクで挟み、国道246号線を一路、西へと進む。松田町のあたりで右折し、山の方へと入っていく。

山道をかなり登ったところで、一同はトラックとバイクを置いた。ビルゲニアが先導し、光太郎と信彦が木箱を運ぶ。その後をオリバーが堂波を監視しつつ歩かせ、殿《しんがり》をゆかりが務める形になった。

三十分ほどして辿《たど》り着いたのは、小さな小屋だった。山林で作業をするための施設のようだ。

「ここだ。鍵は開いている」

ビルゲニアが両開きの大きな戸を開いた。

「なんで知ってるの、こんなところ？」

「一時期、住んでいたことがある」ゆかりに問われ、ビルゲニアは手短に説明した。「ここを拠点にしよう」

「待って」ゆかりが言った。「創世王をここに隠して、拠点は別にしよう」

「どういうことだ？」

首を傾《かし》げた信彦にゆかりは、

「もしあたしたちが捕まった時のために、〈創世王〉の居場所は駆け引きのカードとしてとっておきたい」

ゆかりの提案は受け入れられ、一同はそこから更に三十分ほど山道を歩き、小川の近くの開けた場所にキャンプをすることに決めた。

まずは堂波を太い木の幹に縛りつけると、火を熾《おこ》し、持ってきたテントやシートを広げ、キャンプの体裁を整えた。

「動きっぱなしで腹が減ってるだろ。美味《うま》いもの作ってやるからな」

オリバーがそう言って、持ってきた食料で調理を始めた。焚《た》き火《び》とは別に石を並べて即席のかまどを造り、缶詰のスパムを焼く。鍋で沸かした湯で、レトルトのチリビーンズを温める。どこで手に入れてきたものか、並んだパックは皆、米軍のレーションだった。

――光太郎は焚き火から離れ、ひとり固いパンをかじっていた。信彦とゆかり、そしてオリバーが楽しげになにか話しているのを、ぼんやり眺める。

「……光太郎」ビルゲニアが来た。「おまえと信彦、変身できたんだな」

「……」

光太郎は虚を突かれた思いだった。

「俺はあの時を最後に、おまえたちはもう変身できないものだと思っていた。特別、根拠があってのことじゃないが」

「……言いたいことはわかるけど。あの堂波の孫を誘拐する時、あれが〝村〟を出て以来だと初めての変身になる」

「避けてたのか？」

「そういうわけじゃない。いや、そうかもしれない」

光太郎は曖昧な返事をした。

「〈ブラックサン〉と〈シャドームーン〉には？」

ビルゲニアの質問に、光太郎は「っ」と息を呑んだ。そして、なにかを確かめるように自分の腹を押さえた。

「変身はできると思う。〈キングストーン〉がある限り……やっぱりそういうことか」

これまでも薄々感づいてはいたが、光太郎は確信した。

「俺たちを受け入れたのは、あくまでも戦力としてか」

「そうだ」

ビルゲニアは即答した。

「俺はあの夜、見た。おまえたちが戦う姿を。あれなら……十分に戦争ができる。自衛隊相手でも戦える」

「……」

「誤解するな。おまえたちふたりだけを前に出そうとは思っていない。俺が盾になる。俺にも誇りがある」

ビルゲニアはそう言うと、コートの下から〈サーベル〉を抜いた。

「それから、これを渡す、食べておけ。遠慮するな、ストックは十分にある」

ビルゲニアはビニール袋に入ったゼリーのようなものを渡してきた。〈ヘヴン〉だ。

「……食うよ」

光太郎が味のしない〈ヘヴン〉を口に押し込んでいると、バケツを提《さ》げた信彦とゆかりが来た。

「今から水汲《みずく》みか？」

「ああ」と信彦が答えた。「ゆかりが果物を冷やしておきたいんだって」

「ずいぶん優雅な話だな」ビルゲニアがからかうと、ゆかりは、

「今夜だけね。明日からは本格的に動くから。仲間たちをここに集めて、訓練を始める」

そう言うと、ゆかりは信彦を連れ、沢の方へ下りていった。

光太郎は最後まで起きていた。堂波真一にも食料を分け、トイレに行かせ、そして再び縛り上げると、寝る支度をしようとした。

「なぁ、あんた。金欲しいだろ？　祖父さんから億

くらいは引っ張ってやるから、俺を解放してくれよ」

「……」

「じゃあこうしよう。あんたたち、祖父さんに恨みがあるんだろ？　金もやる。それにプラスして、祖父さんの家へ手引きしてやる。特別だぞ。祖父さん殺していいから。な、悪い条件じゃないだろ？」

「そうだな、悪い条件じゃないな。だが、興味がない」

そう言い捨てると、光太郎はひとり用の小さなテントに入った。毛布をかぶり目を閉じたが、なかなか寝られなかった。山の空気を嗅ぐのはひさしぶりだ。そのせいで気が昂《たか》ぶっているのか……。

光太郎が寝られずにいると、誰か、テントに忍び込んでくる者がいた。

――ゆかり、だった。

光太郎と目が合うと、「話がある」と、ゆかりは低い声で言った。

「……どうした？」

「聞いてほしいことがある」ゆかりは更に声を低くした。「あたしはビルゲニアに賛同して、ついて来たわけじゃない。彼が崇《あが》めているから〈創世王〉をあなたたちに奪い出してもらったわけじゃない」

「どういう意味だ？」

「それでも信じてほしい。あたしはカイジンたちのためにここにいる」

「……」

光太郎は言葉を呑み込んだ。遠くからガァガァと気味の悪い声が聞こえてきた。烏《からす》が鳴いていた。

「あたしは……、〈創世王〉を殺すためにここに来たの」

「……」

開こうとした光太郎の口を、ゆかりはその唇で塞《ふさ》いだ。しばらくそうして、ゆかりはようやく唇を離した。

「〈創世王〉のことはもう、信彦にも話してる」

――知っているよ。

光太郎はその台詞を口にしなかった。ゆかりと信彦が川へ水を汲みにいった時、光太郎は彼女たちの後をつけた。どうしてそんなことをしたのか、自分でも理由はわからない。

そこで光太郎は聞いた。ゆかりが信彦に〈創世王〉を殺そうと持ちかけたのを。

そして、見た。ゆかりが信彦にもキスをしていたのを。

――知っているよ。

光太郎はただ、己の心の中だけで呟いた。

Kamen Rider BLACK SUN

仮面ライダーBLACK SUN　異聞／イブン

［第一部　黒の黎明］

第五章

変貌～２０２２

1

――『ニコニコタクシー　川崎営業所』。

　今は廃業してしまったタクシー営業所、その二階オフィス下の駐車スペースだったところで、和泉《いずみ》葵《あおい》が「わーーっ」と叫ぶ声が響いた。彼女は今、南《みなみ》光太郎《こうたろう》に羽交《はが》い締めにされていた。寝間着にもしているグレーのスウェットの上下のままだ。

「悲鳴を上げているばかりじゃ、なにも解決しないぞ」

「そんなのわかってるけど……っ」

　葵は激しくもがいたが、動きは封じられたままだ。光太郎はびくともしない。

「腕力じゃ勝てない。まずは俺の指を剥《は》がして折れ」

　葵は光太郎に言われるまま、光太郎の指をつかんで力を入れた。この訓練を始める前、光太郎からすべて本気でやれと言われていた。

「……折れないんだけど」

「折ったものとする。普通の人間の指なら折れる。重要なのは躊躇《ためら》わないことだ。やれば割《わ》り箸《ばし》を折るより簡単だ。次は足の甲を踵《かかと》で踏みつけろ」

　言われるまま、葵は光太郎の足の甲を思いきり踏みつけた。

「俺はそれくらいじゃ痛さは感じないが……感じたものとする。次は反転して手を外せ」

「反転？　……あぁ」

　葵は身体を入れ替えて、光太郎の羽交い締めを外した。だが、光太郎は葵の肩をつかんだままだ。

「手が残ってたら、また反転して引き込め」

　葵はもういちど身体を回すと、その勢いのまま光太郎を懐に引き込んだ。

「そうだ。そこで踏み込んで肘で突け。鳩尾《みぞおち》を狙え」

　葵は言われた通り、光太郎の鳩尾を肘で突いた。確かな手応えはあったが、彼は表情ひとつ変えなかった。

「今のカンペキじゃなかった？　私、天才かも。もう感覚つかんだ！」

　葵は早速、今、光太郎に教えられた身体の捌《さば》きを反復し始めた。

「教えろと言うから教えたが」光太郎は言った。「こんなの覚えるより、拳銃でも買った方が早い。金さえ用意すれば、すぐに手配してやる。マシンガンだって手に入る」

「あのー」葵は呆《あき》れ顔になった。「別に誰かを殺したいって話じゃないし。カイジンを殺したいとかじゃないし」

「……カイジンに襲われるのに備えてのことかと思っていたが」

「それは……だって私とおじさんは、今、一緒にいるじゃん」

「拳銃が嫌なら練習しとけ」

と、光太郎は二階のオフィスに戻ろうとした。

「ねえ、おじさん。俊介《しゅんすけ》、大丈夫だったのかな。傷は治ってたけど」

「……傷が治ったならもう心配はいらない。カイジンはそうできている」

二階の運転手待機室に入ると、光太郎はロッカーから注射器と小さな薬瓶をとり出した。痛み止めに使っているケタミンだ。

注射を打ち終え、ズボンを穿《は》いたところで葵が顔を出した。学校の制服に着替えている。

「なんだ？　学校か？」

「ううん、学校にはしばらく行かない。でも出掛けるから着替えたの。今日はいろいろ用事あるんだけど、まずは俊介のところへ行ってくるよ。お母さんたちからなにか連絡来てるかもしれないし」

光太郎は黙ってうなずいて答えた。

「あと、今日、デモに参加しますから」

「……そのネックレスは置いてけ」

葵の胸元を見て、光太郎はそう言った。

「またこれの話？　だからこれは、お母さんたちに貰《もら》った大切な物なの。お守りなんだってば」

「それを持ってると危ない。危険な日に遭うぞ」

「大きなお世話だよ。だいたい、どうしてそうなるの？　本当なら理由教えてよ」

「置いてけよ」

光太郎は厳しい声で言った。

「なに?、ちょっとカイジンの凄《すご》み出しちゃって。パワハラだよ。パワハラ。プライベートも人権もなにもあったもんじゃない」

そう言いながらも、葵は首からネックレスを外した。

「さっさとしろ」

「さっささとしてるでしょ?」

葵は少し迷って、近くのスチール棚にあった書類入れを開いた。

「ここにしまったから。絶対に触らないでよ。――行ってきます!」

2

東池袋のゴルゴム党本部の地下三階。

〈コウモリ〉こと大森浩一郎《おおもりこういちろう》は昨夜からそこにいた。

地下三階の片隅にある小さな部屋……荒事に使われるコンクリートが打ちっ放しになった狭い部屋。

そこには和泉葵の両親、川本英夫と莉乃《りの》が捕らえられていた。

「もういちど訊《き》くぞ。〈キングストーン〉のことを話せ」

ビルゲニアは腰を屈《かが》め、椅子《いす》に縛りつけられている莉乃の顔を覗《のぞ》き込んだ。

「……」

莉乃は答えない。ビルゲニアは拳を固めると、彼女の鼻を殴った。莉乃は呻《うめ》き、鼻血が床に落ちた。

「もういちど訊くぞ。〈キングストーン〉のことを話せ」

そう繰り返したが、莉乃はやはり答えなかった。

ビルゲニアはまた、莉乃の鼻を殴った。今回はもう呻く余力もない様子で、ただ床を鼻血で汚しただけだった。

——だから俺はこういうのが苦手なんだよ。

大森は内心、はぁと溜《た》め息《いき》をついていた。

直接、殴られる莉乃を見るのも辛《つら》かったが、そのすぐ横に縛られ、妻が暴行されている様子を見せられている英夫の顔も、直視はできなかった。

「俺は手加減を知らない、鼻がなくなっても知らないぞ」

ビルゲニアが恫喝《どうかつ》すると、英夫が堪《こら》えきれず叫んだ。

「もうやめてくれ！　本当に〈キングストーン〉なんて知らない！　俺たちはなにも知らない！」

大森は「はぁ」と溜め息をつくと、川本夫妻の持ち物である、それぞれのスーツケースを漁《あさ》る作業を始めた。昨日からなんども繰り返していることで、今更なにかが見つかるとも思っていなかったが、目の前のことから気を逸《そ》らせればそれでよかった。

すでに中身をすべてとり出し、空になったスーツケース……恐らくは莉乃の持ち物だろう……を乱暴に振っていると、突然、莉乃が叫んだ。

「待って！　オリバーから、〈キングストーン〉って石があることは聞いたことがある！　でも本当にそれだけ！」

急な大声に驚いて、大森はつい力が入ってしまった。スーツケースをそのままコンクリートの床にぶつけてしまう。

「……あっ」

これまで聞いたことのない、ガタッという音がスーツケースから聞こえた。ビルゲニアがつかつかと歩み寄り、スーツケースを手にすると、底のプラスチックを剥ぎとった。

「……これって」

そこから出てきたのは、紙の資料の束や写真がはみ出した封筒、そして八ミリらしき小さなフィルムのリールだった。

3

葵は特区三号に戻り、自分の家の前に立った。警察による封鎖は解けていたが、もう足を踏み入れる気にはならなかった。それでも息を止めるようにして中に入ると、下着や身の回りの品、教科書やノートなど、学校で使うものを回収した。

隣の俊介の家を訪ねると、佐知《さち》だけがいた。俊介はまだ学校に行っていると言われ、自分が授業をさぼっていることを思い出した。

ちゃんと食べられているのか、寝られているのか、佐知は盛んに心配してきたが、「ごめんね、ありがとう。でも、本当に大丈夫だから。それからおばさんも今日のデモ行くでしょ？　私も参加するから！　俊介にもそう伝えておいてください！」、そう答えて、葵は俊介の家を後にした。そして向かったのは、川崎駅の近くにあるチェーンのカフェだった。

そこに待ち合わせの相手がいた。

ニックだった。

葵が席に着くなり、ニックは一枚の写真を置いた。

「……これって」

数名の男女が映っている。大半は葵が顔を知っている人物だった。まず、ゴルゴム幹部の三人、ダロム、ビシュム、バラオム。そして……これは光太郎なのか。今の光太郎よりずっと若い。大学生くらいに見える。その横に立っているのは、信彦《のぶひこ》だ。今と変わらずに若い。他に男女一名ずつ、そして黒人の男がひとりいたが、葵には誰だかわからない。

「この写真、すごく前のだよね？」

「ああ」とニックはうなずいた。「これは五十年前の五流護六《ゴルゴム》メンバーの写真らしい。今のゴルゴム党になる前のものだ」

「……この写真、どうやって手に入れたの？」

「ん、んん……」

ニックは唸《うな》ったが、どうもまともに答える気はないらしい。

「……仲良く写真撮ってるけど、この頃は仲間だったわけだよね？　その後、なにかあったのかな……

それから信彦って人、この頃からほとんど変わってないように見える」

「信彦って人のことはわからないけどさ」ニックが答えた。「光太郎さんて人と信彦さんて人が言ってた、五十年前の決着だっけ？　それとなんか関係があるんだろうな」

「……これ、なんだろ？」

葵は光太郎たちが広げている布……旗を指さした。「五流護六」という文字が刺繍《ししゅう》された上に、雑にマークが描かれている。

「これ……無限＝∞の記号？　五流護六ってこの頃は無限のマークを使ってたの？」

「さあ」

「いや、違うかこれ……ちゃんとしたマークじゃないよね、これ。後からペンキかなにかで書き足したみたいに見える。

……どういう意味なんだろ、これ……それから。この黒人のひと、ニックのお祖父《じい》さんだよね？」

「う」

ニックは口に含んだコーヒーを吹き出しそうになった。

「でしょ？」

「いや、違うよ」

「だって、そっくりだよ」

「日本人には黒人の顔はみんな同じに見えるんだ」

「私は違うよ」

「とにかく。……また情報は集めとくから。あ、それはデータをプリントアウトしたもんだからやるから。それじゃあな」

ニックは写真を滑らせると、逃げるように慌てて席を立った。

4

「だからさー、なんで俺がこんなことまでさせられるわけ？」

　大森はレンタルしてきた八ミリの映写機を小会議室のテーブルの上に置いた。部屋の奥にいるビルゲニアが睨《にら》みつけてくる。

「……鍵を掛けろ」

「はいはい」

「フィルムのセットの仕方はわかるか？」

「え？　それまで俺がやんの？　いや、昔触ったことあるけどさぁ。どうやんだっけかな、これ。フィルム回すより先にライト点《つ》けちゃダメなんだよな、それだけは今、思い出した」

「早くしろ」

「だからわかってるって」

「貴重なものだ、傷つけたり燃やしたりするな」

「だったらまず、ほら、あのＤＶＤとかにしてもらえるサービス頼めばいいじゃん。あるだろ？」

「……外には出せない」

「はいはい。ったくもー」

　愚痴を吐いている間に、大森はフィルムのセッティングを終えていた。

「終わったよ。後はどうぞ」

「……おまえが回せ」

「え？」大森は戸惑った。「いやだって……回すってことは」

「おまえも見るんだよ」

　ビルゲニアの答えに大森は絶望した。なにが映っているか知らないが……状況からしてゴルゴムの秘密に関することなのだけは確かだろう……それを俺にも見せるということは、秘密を共有しろということだ。見ない方がいいに決まっている。長生きが難しくなるに決まっている。

「……わかったよ」

　大森は電源を入れ、映写機を動かした。

　フィルムはモノクロだった。音声はついていないようだ。

どこかの海辺か。

大きな鳥居が立っている。立派な神社が一瞬映った。神主や巫女《みこ》たちが列を成し、なにかを恭《うやうや》しく運んでくる。

フィルムは一転、病院かどこかの研究所の一室を映した。そこに三人の男がいた。ふたりは白衣、ひとりは背広姿だ。皆、若い。白衣のふたりは二十代、背広の男も三十代だ。

「……おい、これ」

大森はビルゲニアの顔を見た。

やはり、そうだ。白衣のふたりは若いが南博士と秋月《あきづき》博士、そして背広の男は堂波道之助《どうなみみちのすけ》、堂波真一《しんいち》の祖父だ。

三人は移動し、手術室のような部屋に入った。そこには大勢の手術着の助手たちと手術台に寝かされた裸の男がいた。フィルムは一瞬途切れ、手術着に着替えた南博士と秋月博士が再び画面に現れた。

……そして。

それから先に映っていたものは、大森が予想した通り、否《いや》、それ以上のものだった。


──見るんじゃなかった。

気づけばフィルムは終わり、空になったリールがカタカタと音を立てていた。

「……おい、〈コウモリ〉。おまえ、今のフィルムにあったこと……知っていたな」

「え？　いや……」

「おまえは俺より年長だった。知っていた可能性が高い。違うか」

大森はしばし考えた。言い逃れはできないと思い、

「あぁ、ぼんやりとはな。俺やダロムたちはあの頃の記憶があったからな。だから秋月博士たちも事情を話してくれた」

「……そうか。知らなかったのは俺ばかりか。いや、信彦や光太郎たちもか」

「……ビルゲニア」

ビルゲニアはなにも言わずに部屋を飛び出した。行き先に見当はついた。大森はすぐに後を追った。ビルゲニアが駆け込んだのは、地下三階の川本夫妻を監禁している〝牢獄《ろうごく》〟だった。

「あのフィルム、どこで手に入れた？」

「……なにも……、知らない……」

「知らないわけがあるかっ！」

激高したビルゲニアは莉乃の頰《ほお》を激しく殴った。

大森は動揺していた。ビルゲニアが莉乃と英夫のふたりを勢いのまま殺してしまうのではないか、そう思ったからだ。だから、普段の彼なら絶対にしないようなことをしてしまった。

「――落ち着け、ビルゲニア！」

そう怒鳴りつけた。

「今、なんと言った〈コウモリ〉」

「っ、それは……」

「落ち着けか……いいアイデアだな」

ビルゲニアは深く息を吸った。そして、莉乃に向き直った。

「おまえからは絶対、話を聞き出してやる。おまえの夫がこれからどうなるか、それを知れば意地も張らなくなるだろう」

ビルゲニアがスマートフォンでメッセージを打つと、ビルの中に待機していたらしい彼の部下がふたり、やって来た。彼らは英夫の縛《いまし》めを解くと、左右から担ぎ上げた。

「あなたっ！」

莉乃が叫ぶと英夫は、

「俺は大丈夫だ」

「いや、いやーっ」

莉乃が泣き叫ぶ中、男たちは英夫を外へ連れだそうとした。

「なにやってるんだ、〈コウモリ〉。おまえも一緒に行け」

ビルゲニアが言った。

「行けってどこに？」

「〝村〟にだよ」

「……っ」

ビルゲニアがしようとしていることを理解して、大森は息を吞《の》んだ。

――俺、やっぱり長生きできない方向へ進んでるじゃん。

「おまえは我々ゴルゴムが誇る特A級カイジンだ」

ダロムが重々しい声で告げた。

「おまえは我々ゴルゴムの最大戦力だ」

バラオムが雄々しく吠《ほ》えた。

「おまえは我々ゴルゴムにふたつといない異能の持ち主だ」

ビシュムが美しい音色で歌い上げた。

「……なんだよ芝居か？　俺に学芸会を見せるつもりで呼び出したのか？」

ビルゲニアが川本夫妻に詰問していた頃、白井《しらい》静《しず》馬《ま》はその近くの三神官の間にいた。

彼もまたゴルゴムのカイジンである。カイジンの場合、見た目でその本当の年齢を計ることは難しいが、外見で判断するなら三十代半ばだ。

白井静馬は茫洋《ぼうよう》とした男だった。小さな目からは感情を読みとることができない。上下黒のジャージにサンダル履きで、さっきから思い出したように頭を掻《か》いている。それが癖のようだ。

「俺さ……パチスロ打ってたんだわ」白井は言った。「知らないと思うけど、今、スロは6号機ってのになってて、全然出ないんだわ基本。でも俺は依存症だから打っちゃうんだ。だけど、今日は出てる。設定入ってんの。それなのに捨ててきたんだわ。挙げ句が学芸会だよ。少しは俺の気持ちになれよ」

「その毎日遊んでいられる金はどこから出ていると思っているの？」

ビシュムにそう言われても、白井は生あくびをするだけだった。

「おまえの力は絶大だ。それ故、これまでそれを活《い》かせる場がなかった。だが、今回、ようやくその時が訪れた」ダロムは言った。「南光太郎を殺せ。ヤツは〈キングストーン〉をとり戻した。ヤツから〈キングストーン〉を奪え。これまで雑魚を使って失敗した。もう失敗する余裕はない。だから、おまえを差し向ける」

「……南光太郎か」

白井は顎《あご》をぽりぽりと掻いた。

「あいつは〈ブラックサン〉にはなれるのか？」

「それはまだ確認されていない。だが、〈キングストーン〉がある以上はなれるものと考えている。これまではその必要がなかっただけだろう」

「……そうか。じゃあ厄介だな」

白井は黙り込んだ。そして、どかっと床に座り込んだ。

「俺はおまえたちはともかく、カイジンたちは好きなんだよ。同じ責め苦を味わってる仲間だからな。カイジンたちのために新しい〈創世王〉が必要だってことも理解してる。だからいいぜ。光太郎を殺そう。ひとりの命でみんなが助かるんなら、是非もなし、ってヤツだ」

5

ビルゲニアは堂波真一総理の呼び出しに応じて、首相官邸を訪ねた。官邸四階に上がり、閣僚応接室、閣議室、特別応接室の前を素通りし、ほとんど彼専用になっている隅の小部屋に入った。普段はＳＰの待機にでも使われるのか、ダンボールや掃除道具が置かれた殺風景な部屋だった。

そこで一時間ほど待っていると、堂波総理がようやく顔を見せた。補佐官の仁村《にむら》も一緒だ。

「いやー、さっきまで答弁してたんだけどさ、ホント頭来ちゃってさぁ」

「ご苦労様です」

「うちが今、通そうとしてる法案あるじゃん。野党の連中は嫌味ったらしく戦争法案とか言ってて。いや、マジでそれがいちばん的確だからさ、内々じゃもー戦争法案って使ってるんだけど逆にな。いやでもさ、礼儀っていうか建前っていうか、気の遣いようってもんがあるじゃん、日本人なんだから」

「仰《おっしゃ》る通りかと」

「まぁいつも通りにこの仁村が助け船出してくれたんだけど、役人連中が用意した紙、読むのだって大変じゃん。こっちの苦労も知らずにさ、野党の連中、すぐに民意が得られるのかとか聞いてくんだけどさ」

「はい」

「得られるっつーの。年寄りだろうが若者だろうが国民の九割は馬鹿なんだから。そうでなきゃうちの党がずーっと政権握ってないって。なぁ、仁村」

「はい」と仁村が頭を下げた。

「まったく。どいつもこいつも馬鹿だよ。で、なんだっけ。あー、そうだ。わざわざ呼び出して悪かったな。電話？　リモートでもいいんだけど、俺、画面越しに喋《しゃべ》るの苦手でさ。なんか痒《かゆ》くなっちゃうんだよ。人間同士のコミュニケーションでさ、対面てぇのは大事じゃん」

「はい」

「川本夫妻か。あいつらなんか吐いたか？　なんか見つかったか？」

「いえ、まだなにも」ビルゲニアは即答した。「持ち物からはなにも見つかりませんでした。妻に吐かせるため、夫を道具にします。総理が望まれていた通りの形にします」

「おっ、そうか」堂波の顔がいきなり明るくなった。「そいつはいいな。ちゃんと動画撮っとけよ」

「はい、可能な限り」

ビルゲニアがそう言うと、堂波は懐からとり出したスマホを見始めた。話は終わりだというといういつもの合図みたいなものなので、ビルゲニアは退席しようとした。

「あ、ちょっと待て。〈創世王〉はどうなんだ、最近。ぶっちゃけた意見ていうか報告してくれよ」

「……はい」

しばらく考え、ビルゲニアは語った。

「〈創世王〉はその寿命を全うしようとしています。新たな〈ストーン〉の排出はおろか、〈エキス〉も枯れております」

「マジか……じゃあ在庫は大切にしないとなぁ」

「それがよろしいかと。それでは失礼します」

ビルゲニアは挨拶をし、退室しようとした。その背中に向けて堂波が言った。

「いろいろ急げよ。頼んだからな。そっちの見込みが立つまで、俺の警護はいいからな」

「……はい」

ビルゲニアは静かにドアを閉めた。

6

葵はデモの集団の中にいた。カイジンヘイトに反対するデモ行進だ。

すぐ隣には俊介、佐知、茂雄《しげお》の小松《こまつ》一家がいる。合流できたのは出発時間ぎりぎりだったが、新宿駅西口を出発するのには間に合った。

百人ばかりの参加者たちが、新宿西口の高層ビル街を歩いていく。例の〈ハエカイジン〉射殺事件以来、参加者の数は減っていたが、逆にひとりひとりの熱は高まっていた。その〈ハエカイジン〉の写真……射殺された遺体の……を何人もが高く掲《かか》げ、「差別を許すな」「カイジンへのヘイトを許すな」「カイジンヘイトぼくめーつっ」「ヘイト反対」「射殺事件を有耶無耶《うやむや》にするなっ」「カイジンの犠牲を忘れるなー」と声を上げ、進んでいく。少なくなった参加者に対して、前回の射殺事件があったため、警備の警官の数は倍増されていた。参加者とほぼ同数が一緒に歩いている。

葵は戸惑っていた。テレビや動画で観《み》ていたよりも、実際のデモはよくも悪くも熱気が凄かった。多くのカイジンたちはすでに興奮気味で、俊介がたまにそうなるように、顔や手が部分的に変身してしまっている者もかなりいた。

物々しいデモになったが、近くのオフィスのサラリーマンやOLたちは「いつものあれか」という顔で、特に関心を向けることもなく、すれ違っていく。

「あっ……あの時はどうも」

デモの横を歩いているカイジン犯罪課の黒川《くろかわ》を見つけ、葵は声をかけた。

「あぁ、君は……大変だったね。遺体はもうすぐお返しできると思うから。小松さんのところに連絡を入れればいいんだよね？」

「はい、それで大丈夫です、ありがとうございます」

黒川は手を上げると、デモの先頭の方へ向かっていった。

「黒川さん、優しい、いい人だね」葵は佐知にそう言った。

「うん。警察でもあの人だけは信用できるから。でもいろいろ忙しいみたいだし、無理しないといいんだけど」

「そういえば、おじさんも今日、デモデビューなの？」

葵に問われると、茂雄は恥ずかしそうに頭を掻いた。

「いやー、そうなんだよね。ちょっとドキドキしてるわ」

「あんたまで巻き込んじゃってごめん。カイジンの問題なのに」

そう言う妻の佐知に茂雄は、

「人間もカイジンも関係あるかよ。家族だろ。それに俺もこの前の射殺事件はさすがに我慢できなかったんだ。だからここにいるんだ」

と、その肩を抱いた。

そんな両親を眩《まぶ》しそうに見る俊介に、葵は微笑《ほほえ》んだ。

「ねぇ、俊介。あの時の傷、ホントにもうなんでもないの？　絶対死んだと思ってたのに」

葵は〈アネモネ〉に傷つけられた俊介の姿を思い出した。顔をふたつに割られていた。俊介はカイジンとはいっても、その肉体は人間とそんなに変わらないはずだ。それがどうして……というのはずっと疑問だった。

「いや、自分でもよくわからなくて……倒れてる時、口になんか押し込まれて……」

俊介が急に黙り込んだ。険しい顔で行進の前の方を睨んでいる。葵もすぐに気づいた。

議事堂通りの向こう側に、カイジンヘイト支持者たちによる、カウンターデモの一群が待ち構えていた。先頭にはいつものように井垣《いがき》がいる。

「どうしてまたあいつらが？」

「さぁ、わかんないけど」葵の疑問に俊介も首を捻《ひね》った。

「あいつらにだってデモの権利は認められてるってことだろ」茂雄が吐き捨てるように言った。

「でも、ヘイトはダメでしょ？　ヘイトスピーチ条例があるでしょ？」

「誰も最初からヘイトデモやりますとは申請しないよ」茂雄が言った。「カイジンとの共存に疑問を持つ市民の集団とか、そんな名目ならデモを止めることは難しい」

「そんな……この前だって問題起こしたのに……」

「主催者や主催団体の名前変えられたらそれでおしまいだ」

「――やめなさいやめなさい」

井垣はメガホンを手にして叫んだ。

「勝手なデマをね、流しながら歩くのはやめてもらいたい！　なにが射殺は不当だ、だ。我々市民を守ってくれる警察が正しいに決まってるでしょ。射殺はね、セイトーですよセイトー。そもそも、あの時、先に暴力を振るったのはカイジンのほうでしたよねぇ」

その言葉にヘイト反対デモの中で一斉にブーイングが起きた。「ふざけるな」「でたらめ言うな」「なに言ってるんだっ」

「冗談じゃない！」佐知も叫んでいた。「それが射殺していい理由になるか！」

その佐知の言葉が届いたのか、井垣は笑顔になった。

「射殺に理由？　またバカなこと言ってますねー。害虫がいれば殺虫剤を使う、カイジンがいれば拳銃を使う、害があるものを駆除するのに理由なんかいりませんよ」

「ふざけるなー」茂雄も声を荒らげた。「同じ人間として、最低だなおまえらは！」

その声に同調するように多くの声が上がった。「帰れ」「消えろ」「差別主義者、恥を知れ」「消えちまえ」「恥知らず」「ゴミがっ」

ヘイト反対デモとヘイト擁護デモ、その間にはすぐに警官隊の壁が作られたが、剣呑《けんのん》な空気が収まる気配はない。通りがかったサラリーマンたちが皆、足早に立ち去っていく。

「どっちも離れて。それ以上前に出ない！」黒川が懸命に声を上げた。「双方に警告する。警官に触れた時点で公務執行妨害が成立するぞ」

「許さねえぞ井垣！　てめーだけは許さねぇからなっ！」

デモ集団の真ん中あたりにいた茂雄がぐいぐい前に出て行く。慌てた佐知と俊介、そして葵もそれを追いかけた。

「あんた、ダメだよ！」

佐知が叫んだが、茂雄やデモの前方にいた者たちが雪崩《なだれ》のように警官隊の中に突っ込んでいく。気づけば俊介も茂雄の後を追い、もう半ば〈スズメカイジン〉に変身していた。カイジンに変身しているのは俊介だけではない。葵の視界の中に入っているだけで、十数人のカイジンたちがすでに変身していた。

彼らは警官隊の壁を崩し、井垣たちの仲間に迫っていた。カイジンたちに押され、その先頭にいた茂雄が井垣につかみかかろうとした。

「あっ痛ったたたたたたた」茂雄の手が触れるより先に井垣が自分から地面に倒れた。「折れた折れたっ、どっか折れたよっ」

その場は混乱はひどいものになった。カイジンと井垣派の人間が、カイジンと警官たちが、そしてなぜかカイジンとカイジン同士の取っ組み合いまで始まっていた。

「葵ちゃん、もう危ないから。こっちへ」

佐知に腕をつかまれ、葵はふたつのデモ隊が激突する場から、無理やり引き離された。

「確保ぉお！　確保だぁぁっ」

黒川の号令で警官隊が動いた。二、三人がかりでカイジンたちをとり押さえようとする。最初のうちは暴れていたカイジンたちも、威嚇で上空に撃たれた銃声を耳にして、ぴたりと動きを止め、おとなしくなった。射殺された〈ハエカイジン〉の記憶が甦《よみがえ》ったのだろう。

警官隊がカイジンたちを確保している間に、井垣たちは現場から悠々と離れていった。「カイジンたちを徹底的に駆除するぞぉぉ」「徹底的に排除するぞぉ」「徹底的に排除するぞぉ」ふざけて奇妙な節をつけて叫んでいるのが、葵の耳にずっと残った。

「おかしいよ……こんなのおかしいよ」葵は唸った。「ヘイト許して、カイジンだけ捕まえるっておかしいよ！」

「あんたっ！」

葵の傍《かたわ》らにいた佐知が駆け出したのを見て、葵も慌てて後を追った。茂雄がパトカーに乗せられようとしていた。

「待ってよ。どうしてうちの人、連れてくのよ」

佐知は茂雄を抱えるようにしている黒川に嚙《か》みついた。

「そう興奮しないで。すぐに帰すから。とりあえずはこうしないと収まらないんだ、わかってくれよ」

「佐知、ここは我慢しとけ」

茂雄が諭《さと》すと、佐知は渋々うなずいた。

「おいっ！」黒川が近くの警官に声をかけた。「そいつはいい。まだ子どもだ。引っ張ると逆に面倒になるから」

黒川の言葉で、俊介を捕まえていた警官が彼を解放した。佐知が駆け寄り、俊介をきつく抱きしめた。

その後も多くのパトカーが駆けつけ、カイジンたちを乗せていった。そうして、ほとんどのパトカーや警官たちが現場から離れた頃……。

太い排気音とともに都庁の方から一台のバイクが近づいてきた。全身を包む銀色のカウルが日差しを激しく照り返している。

バイクはそのまま歩道に乗り上げ、停止した。バイクに乗っていた男はヘルメットを脱いだ。

「……あっ」葵は声を上げた。

タクシー営業所で光太郎と揉《も》めていた男、そして〈アネモネ〉を倒した男……信彦、だ。

「聞いてくれ」

信彦はそう言うと、着ていたデニムのジャケットを脱いだ。

「俺はおまえたちと同じカイジンだ」

信彦の胸が、そして二の腕がぐっと膨張し、たちまち硬質化した。双眸《そうぼう》は拡大して複眼となり、口には鋸《のこぎり》のような鋭い歯がずらりと並び、眉間を突き破って太い触角が伸びた。太陽の光をギラギラ浴びて、全身の銀色が眩しい。

——信彦は〈ギンバッタカイジン〉に変身した。

葵は〈ギンバッタ〉から目を離すことができなくなった。〈アネモネ〉から助けてくれた……と言っていいものか、とにかくあのカイジンと戦う時にも、あの姿を見た。恐らくは光太郎が変身する〈クロバッタ〉と色が違うだけなのだろうが、金属のような光沢は、葵が知るカイジンの形からはかけ離れて見えた。キラキラと宝石のように輝いて、神々しくさえある。

「……？」

人間である葵にも感じとることができた、その〈ギンバッタ〉のカリスマ性のようなものは、同じカイジンたちにはもっと激しく、鮮烈に伝わっているようだ。ふらふらと〈ギンバッタ〉に近づき、カイジンたちが輪を作っていた。現場に残っていた黒川が「離れて離れて！　今日はもう解散、解散だ」と必死に叫んだが、誰も耳を貸す者はいなかった。

「俺もカイジンだ」〈ギンバッタ〉は集まったカイジンたちに告げた。「おまえたちと同じ怒りを感じてるカイジンだ。黙っていれば差別は続いて、徹底的に叩《たた》き潰《つぶ》される。だからおまえたちはもっと怒っていい！」

「……俊介、どうしたの？」

〈ギンバッタ〉の声を聞きながら、俊介はしきりに自分の頭を、興奮した影響でスズメの羽根が何本も生えている頭を触っていた。そして、なにかに酔ったような目で〈ギンバッタ〉を見つめていた。

「大丈夫？　俊介、どうしたの？」

「あのカイジンは……」〈ギンバッタ〉から視線を外さないまま、俊介は答えた。「あのカイジンはとてもキレイだ……俺と違う」

「えっ？」

「ここは人間だけの世界じゃない」〈ギンバッタ〉は声を張り上げた。「俺たちの世界でもある！　だが現実はどうだ？　この世界は人間たちが独占して、俺たちは差別を受けている。だったら戦うしかないだろ！　カイジンがカイジンの姿のまま生き続けられる世界を、俺は望んでいる。それはなにも、特別なことじゃないはずだ！」

「俊介……ダメ！」

葵が止めたが、俊介は駆け出した。顔は茶色の羽根に包まれ、赤い目に灰色の嘴《くちばし》の〈スズメカイジン〉になり、〈ギンバッタ〉のもとへ駆けつけた。他の若いカイジンたちもまた、〈ギンバッタ〉をとり囲んでいた。ヘイトデモと対決していたさっきまでとは、また別種の、だが危うい熱狂があたりを包んでいた。

7

南光太郎はタクシー営業所の二階オフィスで岩波文庫のオマル・ハイヤーム『ルバイヤート』を読んでいた。備品はほとんど残っていないが、並んだ事務机は健在だ。このがらんとした空間を光太郎は好んでいた。特に読書するにはうってつけだ。気持ちが落ち着く。

「よぉ」

急にそんな声をかけられ、南光太郎はふと顔を上げた。読んでいた本を机の上に置く。

「面白いところに住んでるんだな」

入ってきた男……白井静馬はオフィスを見回した。

「悪い、読書中だったか。おまえ、昔から本読むの好きだったもんなぁ。まだ子どもなのに難しい本ばっか読んでただろ？　相変わらずか？」

「……〈クジラ〉。あんたも老けてないな。食ってるのか？」

「あぁ、〈ヘヴン〉はもらってる。情けない話でさ、生きててもしかたねぇって思ってるんだけど、ジジイになるのは恐《こわ》いんだよ」

「……」

白井はサンダルをペタペタ鳴らしながら歩いてくると、光太郎の隣の椅子に腰を下ろした。

「……おまえも俺の敵か？」

「敵とか味方とかどっちでもいいよ」白井は苦笑した。「とりあえず〈キングストーン〉を渡せ。俺たちと違って、〈キングストーン〉はとり外しできるんだろ？　便利だよな。頼むよ、死なないんだし」

「……欲しかったら奪ってみろよ」

「あー、やっぱそういう感じか。面倒だなぁ。わかったわかった。でも、ここじゃ暴れにくい。ちょっと顔、貸せ」

白井に誘われるまま、光太郎は営業所を出た。

「あそこ、壊されるのは嫌だったろ？　居心地よさそうだったもんな」

「ただあてがわれただけだ。居心地とか考えたこともない」

光太郎が素っ気なく答えると、白井は「ははは」と笑った。

ふたりはそのまま五分ほど歩き、運河沿いの道に出た。濁った水の生臭い臭《にお》いがぷんと漂ってくる。

「おまえ、足がずっと悪いのか」

光太郎の左脚を見て白井が言った。

「……あぁ」

「そうか……このあたりでいいだろ」

白井はそう言うと、ずっと提《さ》げていた紙袋を地面に放り出した。

「着替え入ってるから。おまえが生き残ったらやるよ」

「いつもそうやってるのか……襲う時は？」

光太郎に問われると、白井は「滅多《めった》にないがな」と答えた。

「紳士的だろ？　なんでも紳士的にやんないとな。じゃあ、始めようか」

光太郎は緊張していた。

あの〝村〟にいた頃、白井の……〈クジラカイジン〉の力は見ている。光太郎が知る限り、カイジンとしては最大の力の持ち主だ。

多分、自分は殺される。〈クジラ〉の力はあまりに特殊だ。

白井が深く呼吸をすると、その身体が急速に変化していった。頭部が肥大し、太い腕の先端がヒレ状になった。二本の脚は人間に近い形を保っていたが、こちらもその先端は大きなヒレになっている。全体の形状こそ人間だが、そのぬめっとした体表といいディテールといい、シロナガスクジラの特性を持った〈クジラカイジン〉だった。

光太郎も全身に力を込め、変身を始めた。シャツが破れ、地面に落ちる。彼は漆黒の〈クロバッタカイジン〉になっていた。黒い複眼が太陽の光を映してぎらりと輝いた。

〈クロバッタ〉と〈クジラ〉、ふたりのカイジンが対峙《たいじ》した。いつまでも動かないふたりを太陽がじりじりと灼《や》いていく。

――〈クジラ〉が動いた。

腕のヒレを拳のように握る。柔らかそうに見えたそれが、たちまち硬質化し、叩きつけて地面のアスファルトを割った。

（……来るか）

〈クジラ〉を中心に路面に大きな亀裂が走った。

〈クジラ〉は不動だったが、その亀裂が細かくなり、破片が浮いて、宙で渦巻くように動き出した。

「……」

一見、無防備に見える〈クジラ〉だったが、今、近寄ってはいけないと光太郎は知っていた。迂闊《うかつ》にあそこに踏み込めば、バラバラにされる。

光太郎が見守る中、渦巻く破片が〈クジラ〉に流れ込むように……否、流れ込んだ。同時にぐんぐん〈クジラ〉の身体が巨大化していく。たちまち、全長五メートルを超える巨体になった。

これこそが、ダロムたち三神官が言うところの〈クジラ〉だけが持つ特A級の能力だった。周囲の物質を分解し、己の肉体として再構築することで巨大になれる。かつてはゴルゴムに〈ティラノサウルス〉、〈マンモス〉、〈サルコスクス〉〈メガテリウム〉といった巨大化能力を持つカイジンたちがいたが、今となって生存しているのは〈クジラ〉のみだ。

――〈クジラ〉が突進してきた。

丸太のような腕で〈クロバッタ〉を薙《な》ぎ払おうとする。〈クロバッタ〉はぎりぎりでかわしたが、その風圧と衝撃だけで地面に転がされた。

体勢を整える間もなく、〈クジラ〉が追い打ちをかけてくる。脚の強力なバネで十数メートルを飛び、殴りかかってきた。これも〈クロバッタ〉は間一髪避けたが、地震のように大地が吠える衝撃が襲ってきた。

――変身さえすれば衰えた左脚も回復する。バッタの跳躍力が〈クロバッタ〉を高く跳ばせた。

〈クジラ〉の頭上を飛び越え、その後頭部を蹴った。渾身《こんしん》の攻撃だったが、手応えはなかった。すかさず〈クジラ〉の背中を蹴り、距離をとる。だが、〈クロバッタ〉が着地した時には〈クジラ〉は素早く動き、目前に迫っていた。

「……〈ブラックサン〉にはなれないのか?」

スピーカーの最大出力のような大音声で〈クジラ〉が問いかけてきた。

「どうなんだ?」

――〈クジラ〉の問いの意味は理解できた。〈クロバッタ〉のままでは勝ち目がない。なぜ〈ブラックサン〉にならないのか。

自分は今、〈キングストーン〉なしで〈クロバッタ〉になっている。だが、この状態で〈ブラックサン〉にまでなれるとは思っていない。その事情を知らない〈クジラ〉が不思議に思うのは当然のことだが……。

わざわざ、こちらの手の内を明かそうとも思わないが……隠しておく意味はあるのか?

こちらの不利を隠しておきたいということは、自分はこいつに勝ちたいと思っているということか?否……そもそも自分はこの戦いをどう決着させたいのか。

〈クモ〉の時はどうだった?〈アネモネ〉の時はどうだった?　俺はどう思って戦っていた?

そもそも……で言うなら、俺は、なにを、どうしたいのか。

この五十年、なにも求めては来なかった。ただ虚《むな》しく生きてきた。再び変身できるようになったからといって、そこに劇的な変化があるはずがない。

――だったら自分は。

「なぜだ？」

〈クロバッタ〉が沈黙を守っていると、〈クジラ〉が再び問うてきた。

「どうして、おまえも秋月信彦も〈創世王〉を消そうとする？　生き残りたくはないのか？　カイジンたちを守りたくはないのか？」

「俺が〈創世王〉を消そうとしてる？　いつの話をしてるんだ？」

〈クロバッタ〉は、光太郎は答えた。

「俺は……そうだ……なにも望んでなんかいない」

〈クロバッタ〉は〈クジラ〉に歩み寄り、目の前にあるその腹を思いきり殴った。

「〈クジラ〉……おまえはカイジンとして生まれて、幸せだったか？」

「……」

「俺はいちどだって、そう思ったことはない。〝村〟で戦ってしまったあの時以来、ずっとだ」〈クロバッタ〉は〈クジラ〉の腹を殴り続けた。「カイジンを守ると言ったな。だが、守ってどうなる？　新しい〈創世王〉が生まれても、ただ悲劇が繰り返されるだけだ」

「……黙れ」

〈クジラ〉の右手が一閃《いっせん》した。全身に衝撃を浴び、〈クロバッタ〉は運河の中に叩き込まれた。水面を割った水柱が消えないうちに、〈クジラ〉も運河の中に飛び込んできた。

腰ほどの深さの水の中、〈クロバッタ〉が立ち上がる寸前、〈クジラ〉ほ大きなヒレでその胴体をつかんだ。〈クロバッタ〉の身体からギリギリと異音が響いた。

「〈創世王〉がいる限り、カイジンたちの悲劇は続くのか？」

〈クジラ〉が叫んだ。運河の水面に大きな波紋が広がった。

「南光太郎！　だったら、おまえはどうしたいんだ。なにが正解なのか、それを教えろ」

「〈創世王〉が消える、カイジンがこの世界から消える。それで十分だろ」

〈クロバッタ〉は拳を握った。

「——おじさんっ！」

道路の手すりから身を乗り出し、和泉葵が必死に叫んでいた。

「おじさん！　ダメだよっ！」

〈クロバッタ〉の手が止まった。だが、拳は弛《ゆる》めない。

「……っ、バカが」

葵が運河に飛び込んできた。全身びしょ濡《ぬ》れになって、〈クロバッタ〉たちのところへ水を掻き分け、近づいてくる。

「もうやめようよ。カイジン同士で殺し合う必要なんてないよ！　なにがあったか知らないけど、もうやめてよ」

——〈クロバッタ〉は変身を解いた。だが、人間の姿に戻るには時間がかかる。まずは大きな複眼が人の双眸に変化した。口も人の形になったが、歯はまだ鋸のように鋭いままだ。

〈クジラ〉の方はすでにカイジンとしての身体を維持できなくなっていて、浮かんだ挽肉《ひきにく》状の塊の中から
「……」

〈クジラ〉は答える代わりに〈クロバッタ〉を握っているヒレに力を込めた。だが、〈クロバッタ〉は「むんっ」という気合いとともに、両腕を大きく広げた。〈クジラ〉のヒレが裂け、砕けた。

「……老いたな、〈クジラ〉。……白井静馬」

〈クジラ〉の巨体が後退《あとずさ》りした。そして、がくっと膝をついた。右脚の膝から下が砕け、運河の水に流されていくのが見えた。砕けたのは右脚だけではなかった。体表が砂のように乾き、ポロポロと崩れていく。やがて肉片もバラバラと水に落ちていった。片脚が完全に消滅し、水の中に倒れると、その衝撃で両腕も崩れてもげた。

〈クロバッタ〉は水飛沫《みずしぶき》を上げて跳び、倒れ込んだ〈クジラ〉の頭に乗った。

「おまえの能力……物質の分解再構成能力……もうまともに使えなくなってるんだろう？　それなのにどうして来た？」

「……殺せ」〈クジラ〉が言った。

「……そのつもりだ」

ら、人間の姿の白井静馬が抜け出してきた。

白井は水から上がると、全裸のまま階段を上がっていった。

「もう〈キングストーン〉はいいのか？」

南光太郎が呼びかけても、白井は答えなかった。

ただ、背中を向けたまま、

「上に置いた服はもらってくぞ。心配するな、最初から二着分ある」

「……おい！」光太郎は叫んだ。「〈ヘヴン〉を食っておけ。おまえなら手に入るだろ」

白井は手を挙げて応えた。そしてそのまま、

「お嬢ちゃん、それぶら下げてあんまりウロウロするな。物騒だぞ」

白井の言葉に葵は慌てて、胸のネックレスを手で隠した。

「営業所に置いていったんじゃなかったのか？」

光太郎が問いかけると、

「……ごめん。やっぱりいつでも身につけておきたかったから……それより大変なの！　あの信彦って人のこと！」

「信彦がどうした？」

「それが……」

デモの現場で衝突があったこと、カイジンの多くが連行されたこと、そしてそんな場に信彦が現れたことを、葵は説明した。

「で、信彦さん、皆が見てる前で変身して、自分と一緒に戦おうって」

「……」

「なんていうのかな、凄いオーラみたいのあった。だから大勢、信彦さんについていっちゃって。俊介もなんだ」

「自分の意志でついていったんだ。放っておけ」

「それはそうかもしれないけど……」

光太郎は足を引きずりながら、階段を上った。

「ねえ、おじさん教えてよ。今、〈ヘヴン〉って言ってたけど、俊介が助かったのもそれのお陰なの？」

「……」

光太郎は少し迷った。だが、

「そうだ、その通りだ。〈ヘヴン〉はカイジンに

とって特別な〝贄《にえ》〟だ。定期的に摂《と》れば老化を防ぐ。普段口にしていないカイジンには劇的に効く。致命的な傷も治る」

「すごいんだね」

「〈ヘヴン〉は人間を潰して造る。そこに〈創世王〉の〈エキス〉を混ぜる」

「え？」

「〈ヘヴン〉の材料は人間てことだ。カイジンは基本、人喰《く》いなんだ」

そう言い残すと、光太郎は道路に上がった。白井が残していた紙袋からシャツとズボンをとり出し、のろのろと身につける。変身を解いた際に特有の痛みが全身を苛《さいな》む。服を着終わった頃にはすでに身体は人間のものに戻っていた。

光太郎が振り向くと、ずぶ濡れになった葵がついてきていた。葵に声をかけることもなく、光太郎はタクシー営業所に戻った。

葵はシャワーと着替えに向かい、光太郎は運転手待機室で足にケタミンを打った。変身している間は痛みもなく、自在に動かせる反面、人の姿に戻った時は、そのツケが回ってくる。痛みはひどくなり、脚もほとんど動かなくなる。

「……おじさん」

グレーのスウェットに着替えた葵が入ってきた。テーブルの上の薬瓶を見ると、

「……その脚、ずっとひどいの？」

「歩くくらいはできる」

「もう治らないの？」

「……」

光太郎は答えなかった。

「もし、〈ヘヴン〉とか食べても？」

葵は諦《あきら》めずに食いついてきた。

「さっきの話、忘れたわけじゃないだろ。……食ってほしいのか？」

「……わかんない。ただ、おじさんに死んでほしくないって思う」

「俺は〈ヘヴン〉は食べない」

その光太郎の言葉を聞いて、葵は落胆したような安堵《あんど》したような、複雑な顔になった。

「これまでに食べたことはあるの？」

「ある」

光太郎は即答した。この葵という娘に対して、自分は誠実な態度をとろうとしているのか、加虐的な意識で臨んでいるのか、それがわからなくなっている。

「どうして食べなくなったの？　人間の仲間ができたから？」

「……」

葵に予想外のことを言われ、光太郎は返答に窮《きゅう》した。

「カイジンは消えればいいいっておじさん、言ってたよね」

「……聞いてたのか」

「うん」と葵はうなずいた。

「なんで、カイジンが消えればいいとかって思ってるの？　カイジンはおじさんの仲間じゃないの？」

「……カイジンは呪われた存在なんだ」

光太郎はテーブルの上から薬瓶をつまみ上げた。

「〈ヘヴン〉は人から造る。他の動物からじゃダメだ。だが……〈ヘヴン〉はただのタンパク質だ」

「え？　どういうこと？」

「〈ヘヴン〉には薬効もなければ、特別な栄養があるわけでもない。だが、カイジンはそれを喰らうことで若さを保ち、傷を治す。まじないのようなものだが、確実に作用する。それこそが、カイジンに与えられた呪いだ。ただ、人を犠牲にしたもの、というだけで、カイジンは生を得られるんだ」

光太郎の手の中で小さな薬瓶が砕けた。

8

——電話が鳴った。

灰色のオフィス用の古い電話機だ。三反園幹夫《みたぞのみきお》は渋い顔になって、その受話器をとった。この電話が鳴る時は、これからろくでもないことが起こるという予告なのだ。

「……はい、〝村〟です」

三反園が電話に出ると、かけてきた相手は一方的に用件を捲《まく》し立て、切った。

「……一時間後か。もう少し早くに連絡してくれればいいのに」

到着と同時に手術をしろ、という話だろう。三反園はあたりを見回し、この小屋、否、研究所の状況を確認した。半年にいちどは手術があり、そうでなくても、三反園は几帳面《きちょうめん》な性格だ。必要な道具や薬のストックは管理、整理されている。

「おい、〈ノミ〉」

予告通り、一時間後にビルゲニアが訪ねてきた。彼に続いて、いつも見る部下の男ふたりが、ぐったりした中年男を抱えている。顔が痣《あざ》だらけになっていた。

「ん？」

ビルゲニアたちの背後から、もうひとり入ってきた男がいた。申し訳なさそうな顔で、三反園に会釈した。大森浩一郎だった。

「この男、川本英夫という名だ」

ビルゲニアがそう言ったが、

「名前はいいよ、関係ない」

三反園がそう答えると、ビルゲニアは唇を歪《ゆが》めた——笑った。

「そう言うなよ。これから人生終わらせる相手なんだから、せめて名前くらいは覚えておいてやってくれよ」

「……準備はできてるよ。こちらはいつでもいける」

ビルゲニアが目配せすると、部下のふたりが英夫を部屋中央の手術台まで運び、寝かせた。服や下着を脱がせ、手足を革ベルトで拘束する。

「なぁ、〈ノミ〉。おまえ、ひとりでここに残ってどれくらいだっけ？」部屋を眺めながらビルゲニアが尋ねた。「もうすぐ六十年とかか？　なにやってんの毎日」

「研究と農業」

手術道具をトレイに並べながら、三反園は答えた。

「なにやってんの？」

「セロリとかレタスとか、あと白菜とか」

「野良仕事の話じゃねえよ」ビルゲニアは笑った。

「おまえ、いっつも面白えなぁ。なんの研究してんのかって、それ訊いてんだよ」

「言ってもわからないから……支度できたから始めるよ。できたら外に出ていてほしいけど、見ていないなら隅にいてくれ。あいつらにもそう言ってくれ」

「わかったよ」

ビルゲニアが入口の近くまで移動すると、部下のふたりもそれに倣《なら》った。

「じゃあ始めるよ」

三反園は水色の手術着を羽織った。そして、大きくその身を震わせた。服の外に見えている部位……頭や腕がその姿を変えた。口からは触手の束、両手からは五本の指が失われ、糸のように細い触手の束が垂れ下がった。

三反園は〈ノミカイジン〉に変身した。

「〈ノミ〉、悪い、言い忘れてた。先にあっちの処置をしてくれ」

「……わかった」

ビルゲニアが放り投げた小さな薬瓶を、〈ノミ〉はその手の触手で器用に受け止めた。そして瓶の中身を吸い上げると、英夫の腕に注射した。

「これで終わりだ。肝心の洗脳はそっちがやってくれ。こちらじゃ細かい指示まではできないから」

「わかってる……邪魔して悪かったな。これが肝心の〈ストーン〉だ」

ビルゲニアは薬瓶とは違い、金属製の小函《こばこ》を恭しく運んできて、〈ノミ〉に渡した。函を開けた〈ノミ〉は「っ」と驚きの声を漏らした。

函に収められたストーンはとても美しいものだった。真球に近い完全な形、灯《あか》りを映して虹のように光る表面は念入りに研ぎ澄まされているようだ。

「こんなに状態のいいものが？」

〈ノミ〉の反応にビルゲニアは笑った。

「堂波総理のビジネス用のストックだ。せっかくだから、いいものを選んできた。どうせなら美しいカイジンになれた方が本人も幸せだろう」

〈ノミ〉は内心、深い溜め息をついた。確かにこれなら素晴らしいカイジンが生まれるだろう。だが、ビルゲニアはそれを碌《ろく》なことに使わないこともわかっている。

――最悪だ。

だが、それでも自分はビルゲニアの命令には従わなくてはならない。ダロムたちの意向に反し、失われてしまったこの〝村〟にひとり留《とど》まっていられるのも、ビルゲニアとその背後にいる堂波総理の力によるものなのだから。

〈ノミ〉は心を無にすることにした。カイジンにされる以前に、あの薬品を打たれた時点で、川本英夫という男はもうこの世から消えている。

〈ノミ〉は英夫に手早く麻酔処置を施した。続けてメスで開腹する。触手で握った何本もの鉗子《かんし》で腹を開けたまま、空いた触手で〈ストーン〉をつかむ。そして、ゆっくりと腹の中に収める。

少しして、〈ストーン〉の表面から四方八方に鋭い針が突き出た。その針は自在に伸び、曲がり、川本英夫の体内に侵入していく。

――ここから、だ。

放っておけば、〈ストーン〉は人の身体をただ苛んでいく。英夫の様子を見ながら、〈ノミ〉はその触手で〈ストーン〉の針に微妙な刺激を与え、コントロールしていく。これは昔……七十年も昔に南博士、秋月博士から学んだ特殊な技術であり、今、それを行えるのは彼しかいない。

――〈ノミ〉は英夫の腹を閉じた。

「……終わった。これでこの〈ストーン〉の能力は最大に発揮できる。後は……この男がどんな姿を選ぶか、だ」

〈ノミ〉が変身を解くと同時に、英夫の姿が変化し始めた。頭、胴体、手足が太く膨れ上がっていく。ゆっくり時間をかけ、ゴツゴツとした鎧《よろい》のような形になった。人の目は残したまま、額を突き破って角のようなもう一対の目が生えた。そして、両手の指が変形し、鋭いハサミになった。

　その変貌の様子をビルゲニアの部下がビデオカメラで撮影していた。

「……なるほど」

　三反園はうなずいた。

〈ストーン〉にはこれまで地上に現れた、すべての生命の情報が収められている。その無限の可能性の中から、〈ストーン〉を埋め込まれた者はたったひとつを選ぶ、無意識……いや、潜在意識の中にあるもっとも強い欲望に忠実に。人を切り刻みたいと欲する者は牙を持つ〈トラ〉に〈ワニ〉に、逞《たくま》しく走りたいと願う者は〈チーター〉に〈ウマ〉に、高く飛びたいと願う者は〈ワシ〉に〈ハヤブサ〉に……そしてこの男は〈カニ〉を選んだか。このハサミ。よほど攻撃的なものを秘めていたのか……。

　――違う。

　三反園は心の中で呟《つぶや》いた。

　この川本英夫という男の姿を、〈カニカイジン〉の姿をよく見ればわかる。外界からの侵略を恐れ、自分を守る鎧を身につけた。ビルゲニアたちから散々責められたからに決まっているだろう……。

「――で、あとどれくらいで連れ出せる？」

　ビルゲニアに尋ねられ、三反園は、

「いつもと同じだ。一晩は寝かせておかないと。すぐに動かせば過剰反応で死ぬぞ」

「わかった。あの男を残していく」

　ビルゲニアは隅に控えていた大森を指さした。

「マジかよ」という顔になったものの、大森は渋々うなずいた。

「じゃあ、後は頼んだぞ」

　そう言って出ていこうとしたビルゲニアの足が止まった。三反園のところからは彼の背中しか見えなかったが、それでもビルゲニアの驚きは伝わってきた。

「……おまえ、なにしに来たんだ？」

　そう言うビルゲニア越しに、ダロムの姿が見えた。

「ここの匂いはあまり好きじゃない、外に出よう」

　ダロムにそう促され、ビルゲニアは研究所を出た。ダロムの後をついて〝村〟の中を歩いていく。

「おまえと違って、ここに来るのは本当に久しぶりだ」

背中を向けたまま、ダロムが言う。

ふたりが歩いていく先には、かつてここの住人たちの住処《すみか》だったものの残骸があった。ぺしゃんこに潰れた家、壁や屋根を破壊された家、燃えて真っ黒な炭と化した家も多かった。

「驚いたよ。あれから半世紀以上経《た》っているのに、意外とそのまま残っているものだな。急場しのぎで建てたバラックなのに、不思議なものだ。三反園ひとりとはいえ、住人がいて完全な廃村にはなっていないせいかもしれんな」

「そんなことがあるものか」

「さすがに畑はそのままとはいかないか」雑草が生い茂った土地を見て、ダロムは苦笑いした。「ん？　まだなにか作っているのか？」

「三反園がなにか育てているらしい」

「そうか……なにを作っているのか……」

「……」

育てている野菜のことは、さっき三反園に教えてもらったばかりだが、ビルゲニアはもう忘れていた。

「ん？　レタスか。本当なら秋のものだが、このあたりならもうすぐ収穫できるな」

「ダロム」ビルゲニアは足を止めた。「なにか話があって、わざわざこんなところまで来たんだろ。さっさとしろよ」

ダロムはゆっくり振り向いた。

「もうあの頃のおまえじゃないのはわかってる。だが、このままでは、本当に〈創世王〉は消滅する」

「確かにな。だが、今日明日って話じゃない。少し先のことだ。ダロム、あんたは長いこと、〈ヘヴン〉も食べてない。寿命で死ぬつもりなんだろ。じゃあ先のことなんかどうなってもいいじゃないか」

ビルゲニアは挑発するように笑った。

「新しい〈創世王〉を作るのが、私の最後の仕事だ。だから力を貸してほしい」

そう言うと、ダロムは深々と頭を下げた。

「お前が誰よりも、ゴルゴムを、カイジンのことを想《おも》っていることは私が知っている」

ビルゲニアは空を見上げた。東京で見る空とはまるで違った。抜けるように青く、高い。

「そっちはあまり上手《うま》くいってないのか？」

「〈クジラ〉を出してもダメだった」

ダロムはスマートフォンを差し出し、ビルゲニアに動画を見せた。運河の中、身体が自壊していく〈クジラ〉の姿が映っていた。

「我々が予想していた以上にあいつは年老いていた。私と同じだ。だが、それでもあいつより強い者はそうはいない」

「……」

ビルゲニアは少し考え、口を開いた。

「南光太郎はあの和泉葵という娘を必死に守っている。あの娘も〈キングストーン〉を持っていると考えれば、光太郎が守るのも腑《ふ》に落ちる」

「ならば、ふたつの〈キングストーン〉は、光太郎のもとに揃《そろ》っているということか？」

「……ああ。だから次の手は打っている」

「なるほど」ダロムは深くうなずいた。「それがさっきのアレ、というわけか」

9

デモの場に秋月信彦が現れて檄《げき》を飛ばした後、俊介は他の若いカイジンたちとともにバスに乗せられ、河口湖近くの小学校らしい建物に移動させられた。廃校にはなっているようだが、廃墟《はいきょ》というにはまだ新しい。それから二日ばかりの間に信彦に連れられ、十代二十代の若いカイジンが集まってきた。その総数は百人に達しようとしていた。三度の食事が与えられ、空いた時間は「自らのカイジンとしての存在を確かめるためのディスカッション」をするようにと課題が出た。

「なんだよ、自己啓発セミナーかよ」「すぐに暴れられるって話じゃなかったのかよ」と不満を口にし、学校を出ていく者たちもいた。残ったのは結局、七十名ほどになった。

四日目、朝食の後、俊介たち七十名のカイジンたちは学校の体育館に集められた。その前に信彦が姿を現した。

「俺たちはこれから戦いを始める。俺たちを差別する人間相手に戦うことも、もちろんだが……」信彦はゆっくりと居並ぶ若者たちを見回した。「その差別の元凶をまずは叩くんだ！」

　俊介の脳裏には井垣の名と、あのねちっこい喋り方が浮かんだが……。

「叩く相手はゴルゴムだ」

「えっ」と俊介は声を漏らした。彼だけでなく他のカイジンたちの間にもざわめきが広がった。

「五十年前からゴルゴムは民《たみ》の党《とう》の傘下となった。カイジンが人間より下だと認めた。それがすべての始まりだった。今のゴルゴムは民の党総裁堂波真一がやっているカイジンビジネスにまで手を貸している始末だ。ゴルゴムこそ、俺たちカイジンの最初の敵だ。だからこれを倒す」

　信彦の言葉に異議を唱える者はいなかった。

「俺はおまえたちを兵隊にしたいと思う。おまえたちはカイジンだ、その力を使い……ふっ」信彦はと苦笑した「その力を使い……いやいや、そりゃあ無理だ。なにしろ、おまえたちは弱いからな」

　――その通りだ。俊介はうなずいたが、納得しない者が何人かいた。「そんなことないぞ」「俺たちは！」と声を上げた。

「違うというならかかってこい。おまえら全員同時でいい。だが、俺には勝てない。さぁ、どうした、来いよ。但《ただ》し、刃向《はむ》かってきたら本気でやる。殺す」

　その場はしん、と静まり返った。

「まず、自分自身を正しく理解しろ。おまえたちはたいして強くない。普通の人間相手になら圧倒できる者もいるかもしれない。だが、相手がふたり三人四人と増えたらどうだ？　それでも勝てると自信を持って言える者が何人いる？」

　集まったカイジンたちは黙り込んだままだった。

「おまえたちは第三世代、第四世代のカイジンたちだ。代を重ねるごとに力は失われていく。それはしかたないことだ。だが、力よりも大事なことがある。それは戦う意思だ。意思さえあれば誰でも兵士になれる」

　信彦が目配せすると、台車に載せられた大きな木箱がふたつ、運ばれてきた。

「まずはそっちから開けろ。そうだ」

信彦の指示を受けて、木箱のひとつが開けられた。

カイジンたちが前に出て、それを覗き込む。

「おぉ」と声が上がった。

木箱の中にあったのは大量の日本刀、拳銃、軽機関銃だった。弾薬箱も山ほど詰め込まれている。

「カイジンである誇りは捨てるな。だが、カイジンである奢《おご》りは捨てろ。武器を使った方が有利なら躊躇わずに武器を手にする。好きなものをとってみろ」

ある者は日本刀を、またある者は拳銃を手にした。

俊介はなんとなく日本刀を握っていた。

「五十年前、俺……俺たちはカイジンを守るために戦おうとしていた。あの時のゴルゴムをとり戻すために、おまえたちの力が必要だ！」

集まったカイジンたちは「おおっ」と勇ましく返事をした。

「戦いに必要なのは武器の扱い、その習練だが……躊躇わずに殺す意思も大切だ」

信彦が再び目配せすると、もうひとつの木箱が開けられた。そこには鎖で縛られた中年男が寝かされていた。警備員の制服を着ている。男はすぐに気づき、猿轡《さるぐつわ》をかまされた口で必死に唸った。

「ゴルゴム党本部の警備員だ。こいつもゴルゴムの構成員だ。殺しても構わない相手だ」

「むぅぅぅぅ」

信彦の言葉に男は激しく唸った。恐怖からか、彼は反射的に変身していた。頭から木の枝のような角が伸び、半分、〈シカカイジン〉になった。

「――おまえ」

信彦が自分を指さしていることに気づき、俊介は戸惑った。

「こいつを殺せ。ちょうど刀を持ってるだろ。それで突いて殺せ」

「……」

俊介は刀を鞘《さや》から抜いて、両手で握り直した。本物の刀がこんなに重いものだと、初めて知った。

「心臓を狙って上から突け」

「は、はい」

俊介は刀を逆手に持ち替え、箱の中でまだ起きられないでいる警備員の上に跨《また》がった。

「やれ」

「は、はい」

恐怖と緊張から俊介も無意識のうちに変身していた。目の色が赤く変わり、髪の毛の間から茶色の羽根が覗く。

「うわぁぁぁぁぁぁっっっっ」

俊介は思いきり刀を振りかぶった。そして、その勢いのまま、思いきり尻餅《しりもち》をついて、箱の外に転がった。

「で……できません……ごめんなさい」

俊介は泣いていた。ぽろぽろ零《こぼ》れる涙を止めることができなかった。

「誰でもいい、やってみろ」

信彦が言うと、俊介の後ろで見ていた若いカイジン十人ほどが、警備員をとり囲んだ。中には俊介よりも若い、まだ子どものような者もいた。彼らは手にした日本刀、拳銃を必死に呻く警備員に向けた。

「やれ」

信彦の命令と同時に、彼らは刀を振り下ろし、突き、拳銃を撃った。警備員の身体からたちまち噴水のように大量の血が噴き出し、俊介の顔を、あたりにいたカイジンたちを、そして信彦を血塗《ちまみ》れにした。

「……よくやった」

信彦はカイジンたちを労《いたわ》った。そして、まだ立ち上がれずにいる俊介の前に来ると、その肩を叩いた。

「気にするな。おまえもそのうちできるようになる」

10

　和泉葵はモップとバケツを手にして、タクシー営業所二階のオフィスに入った。オフィスの隅では南光太郎がいつものように文庫本を読んでいた。

「おじさん、本読むの好きだね。ずっと本、読んでるよね」

　葵が声をかけても、光太郎はページから目を離さなかった。

「どいて。そこもモップ掛けるから」

　光太郎は答えず、動こうともしなかった。

「おじさん」

「――おまえこそ、なんでずっと掃除してるんだ？」

「え？」葵は目を丸くした。「だって、ここ汚いじゃん。汚かったら掃除するじゃん」

「意味がない。ここは廃墟だ。汚くても当たり前だし、いつまでここにいるかもわからない」

「それはそうかもしれないけど、ここは今、私の家だし。他にすることもないし。ただお父さんたちからの連絡待ってるだけじゃ気が滅入《めい》るよ」

「中学生なんだから勉強してればいいだろう。損にはならない」

「学校の勉強なら大丈夫。勉強できるから」

「……だったら本でも読め」

「おじさん、なんで本、読むの好きなの？」

「……ずっと金がなかったからな。図書館に行けばタダで読めるし、古本屋でも百円、いや十円で売ってる本もある」

「おじさん、本、どこに置いてるの？　それ読ませてよ。おじさんが選んでよ。なに読んでいいかわからないもん」

　光太郎は本を閉じた。

「図書館に行け。司書という人がいる。本のことなら相談に乗ってもらえる」

「……図書館行けって……無駄に外出するなって言うじゃん。図書館行けないじゃん」

　光太郎は葵を相手にせず、再び本を手にした。

「……ねえ、おじさん」

無視している光太郎の前に葵は一枚の写真を差し出した。いつもホーカーフェイスの光太郎が目を見開いた。

「おまえ、これ、どこで……」

その写真は先日、葵がニックからもらったものだった。五十年前に撮られたという、光太郎、信彦、そしてダロムたち現在のゴルゴムメンバーが一緒に写った一枚だ。

「おじさんたちの旗、無限のマークだったんだよね？」

「……」

「これだよ、これ。この旗に書いてあるでしょ？　なんで無限のマークなの？」

葵は光太郎たちが持つ、五流護六と名前の入った旗、そこに雑に描かれた「∞」のマークを指さした。

「このマーク、無限に、永遠に戦うって意味？　違う？」

「それは……いいからそれは寄こせ」

光太郎が手を伸ばしたが、葵は大きく後ろに跳んで逃げた。

「いいよね、永遠に戦うって。……ねえ、この写真欲しい？　あげてもいいよ。図書館連れてってくれたら」

「いらない。おまえが持っていればいい」

「えー」葵は頬を膨らませたが、

「写真はいらない。だが、図書館には連れていく」

「え、ホント？　マジ？」

「マジ、だ。勝手に抜け出されるよりはいいからな」

「ちょっと待って。じゃあ支度……あぁいいや、リュックだけとってくるから」


「あの〝タクシー〟で行くんじゃないの？」

光太郎が駐車スペースを素通りして外に向かおうとすると、葵が後ろからそう声をかけてきた。

「図書館は近くにある」

「そうなの？　でも歩いてくの大変なんじゃないの？」

「ただ歩くだけなら問題ない……？」

葵が突然、駆け出した。光太郎を追い抜かして、タクシー営業所の入口のところへ走っていく。

「お父さんっ！」

葵は叫んで、入口のところにいる、みすぼらしい中年男に抱きついた。

「お父さぁぁんっ！」

「……葵」

葵がお父さんと呼んだ男……川本英夫もまた、娘をしっかりと抱きしめた。

「よかった……お父さん、無事だったのね」

「……あぁ」

「ねぇ、お母さんは？　お母さんはどうしたの？」

「う、うん……お母さんも無事だよ。ただ……ちょっと病気になってしまって」

「ひどいの？」

「いや……大丈夫だよ。ホテルで寝てるんだよ」

「そうなんだ……」

「母さんが会いたがっているんだよ」

ふたりの会話を聞きながら、光太郎はずっと英夫の瞳を注視していた。

「……」

光を失った瞳という言葉があるが、あの英夫の瞳こそがそれだ。あれは人の目ではない、人形の目だ。光太郎は過去にも、あの目をなんども見たことがある。

「あっちにタクシーが待たせてある。さぁ行こう」

英夫は葵の手を引いて歩きだそうとした。

「ねぇお父さん、どうして私がここにいるってわかったの？　佐知さんに聞いたの？」

「……そうだよ。行こう」

葵も歩き出したが、振り返って光太郎を見た。

「行ってくるね、おじさん……あの……ひょっとしたらだけど……ここにはもう戻ってこられないかもしれない」

葵はそう言って、首から下げたネックレスを握り、光太郎に差し出すような仕草をした。だが、光太郎は首を横に振った。「いいから持っていけ」と彼もまた無言で伝えた。

「……ねぇお父さん」葵が英夫に声をかけた。「お母さんはどこのホテルにいるの？」

「えっ」英夫は一瞬言葉に詰まった。「鎌倉の……」

「鎌倉？　ひょっとして鎌倉ホワイトホテル？　小

さい頃、三人で行ったよね？　いちどだけ旅行したよね？」

「……そうだよ。そこだよ……行こう」

英夫は葵の手をとり、営業所から出ていった。

――光太郎はしばらくその場に立ち尽くしていた。

「……光太郎」

葵たちと入れ替わるように、ひとりの男が姿を見せた。

秋月信彦だ。

「よお」

軽く手を上げる。気まぐれで友達の家を訪ねてきたようにしか見えない。

「……信彦。おまえ、スマートフォンは持ってるな？」

「……ん？」

さすがの信彦も予期していない質問に戸惑った。

「あるなら貸せ。いや、貸さなくてもいいから検索しろ。カマクラホワイトホテルだ」

「……」

信彦は黙ってポケットからとり出したスマホに指を滑らせた。

「あるぞ。住所を言おうか？」

「いや、あるのはわかってる。今、どうなってる？」

「……去年、廃業してるな」

光太郎は決めた。やはり、ふたりの後を追いかけよう。彼が停《と》めてあるタクシーに走ろうとすると、信彦がその肩をつかまえた。

「悪いが、そこへは行かせられないな。大事な用事があって来たんだ」

「後にしろ」

光太郎は信彦の手を振り払った。

「後にはできない。大事な用だ」

「……なんの用事だ」

光太郎は信彦を睨んだ。信彦もまた、光太郎を睨み返した。そして言った。

「おまえの腹を裂きに来たんだ」

11

川本英夫と和泉葵を乗せたタクシーは川崎を出て、鎌倉へ向かった。そして、そのタクシーの後をつける、一台の軽バンがあった。

運転するのは大森浩一郎、狭い助手席には白井静馬がいた。

「だからさ、なんで俺なんだよ」

黒いジャージ姿の白井がタバコの煙と一緒に、そんな文句を吐き出した。

「吸うなよタバコ。昔から苦手だって言ってんだろ？」

「タバコはダメか？　じゃあ降りるわ。あと電車賃寄こせ」

「いやそれは勘弁してくれよ。わかったよ吸っていいよ」

白井は満足したようにタバコを吹かすと、開けた窓から灰を落とした。サンダルを履いた脚をダッシュボードにのせる。

「でさ、なんで俺なんだよ」

「それ、ついさっきも言わなかったか？」

真面目な顔で聞いてくる大森の頭を、白井は思いきり叩いた。

「いてっ」

「答えなきゃずっと訊くだろうが」

「事情は説明しただろ？　このままじゃあの娘、父親に殺されるんだよ」

「その手配したのはおまえなんだろ？」

「そうだよ。あいつを〝村〟から連れてきたのも俺だし、ビルゲニアの野郎の部下と一緒に、娘のとこに行くように仕向けたのも、俺だよ」

「それなのに助けたいのか、あの娘。そういうのマッチポンプっていうんだぞ」

「知ってるよ、わかってるよ。だけどしかたねぇだろ。でも俺もいろいろ見ちまってさぁ」

「なに見たんだ？」

「いや、それは……とにかくさぁビルゲニアに面と向かって逆らうわけにはいかねぇんだから。なぁ助けてくれよぉ」

「助けたいなら自分でこっそり助けりゃいいだろ」

「あいつはいい〈ストーン〉使ってるんだよ強えぇんだよ。俺じゃ無理だ」

「……知ってるだろ？　俺もうダメだ。ゴルゴムから金ももらえなくなった」

「俺よりは強いだろ？」

「……あの娘、なんて名前だ？」

「和泉葵、だ」

「そうか。俺、あいつにいちど命、助けられてるんだよな」

「え、どういうこと？　いや、だったらちょうどいいじゃん。恩返しだよ恩返し」

「なぁ〈コウモリ〉、おまえ、今まで恩返しとかってしたことあるか？」

「んー」ハンドルを握りながら、大森は真剣に考えた。「ないな」

「じゃあ、ひとに求めるなよ」

「いや……俺と違ってさ。おまえは似合うと思うんだよ、恩返し」

「……」

「──俺もなんかそう思う」

突然、後部座席からそんな声が飛んできた。

白井は面倒そうに振り向き、声の主に問いかけた。

「おまえ、誰？　なんで乗ってんの？」

そこには白い歯を見せて、にこやかに笑う黒人青年、ニックがいた。


葵と英夫を乗せたタクシーは北鎌倉に入り、建長寺、円覚寺といった寺の前を通り、鎌倉ホワイトホテルの前で停まった。

「……はい」

英夫はズボンのポケットからくしゃくしゃになった一万円札を何枚かとり出し、運転手に渡した。

「お客さん、こんなには」

だが英夫はなにも言わず、札を運転手に押しつけた。

「……！　運転手さん待って、引き返してください！」

「え？」

葵の叫びに運転手は戸惑った。

「ここで降りないんですか？　ここですよ、鎌倉ホワイトホテルがあったところ」

「だから！」

葵がまた叫んだ瞬間、運転席のヘッドレストと一緒に、運転手の首が砕かれた。ぶらんと垂れ下がった運転手の首、逆さになったその目と葵の目が合った。

「きゃぁぁぁぁぁぁぁぁぁぁぁぁぁっ！」

「……大丈夫だよ、葵。お母さんは元気にしてるから」

そう言って、英夫は右手を振った。それはカニのハサミに変形しており、プラスチック片とビニールと運転手の筋肉繊維と血液に塗れていた。

「……あぁ、そうだ。葵。ちょっと待って」

英夫はまだ人の形を残している左手でシャツの胸ポケットをまさぐると、スマホをとり出した。

「ちゃんと撮影しとかないと怒られちゃうんだよ」

「……」

「葵、それをこちらに渡して。渡してくれないと首を斬ることになるよ」

英夫の視線は葵のネックレスに向けられていた。

葵はドアを開けようとしたが、ロックがかかっていた。

「葵、笑って。これ、お母さんに見せるんだから。それからそのネックレスを……」

英夫はカニのハサミに変形した右手を突き出した。

葵が咄嗟《とっさ》に避《よ》けると、ウインドウが粉々に砕けた。

——秋月信彦は〈ギンバッタカイジン〉に変身した。その手を伸ばし、南光太郎の喉をつかもうとする。〈ギンバッタ〉の手が接触する寸前、光太郎の首は黒く硬質化し、〈ギンバッタ〉の爪を弾《はじ》いた。光太郎もまた〈クロバッタカイジン〉に瞬時に変身した。

「急いでいるようだな、光太郎。あの娘が〈キングストーン〉を持っているのか？」

「……いや、持っているのは俺だ。すでに腹の中にとり戻した」

〈ギンバッタ〉は固めた拳で〈クロバッタ〉の胸を

強《したた》かに打ち、地面に転がした。

「なら、やはりおまえの腹を裂く」

〈ギンバッタ〉は〈クロバッタ〉の上に馬乗りになった。

「……離せっ！」

「〈キングストーン〉、俺に渡せ」

「どけ。急いでる！」

「おまえには〈キングストーン〉は預けておけない。ゴルゴムに奪われたらどうするつもりだ？」

「……」

「奪われたら、おまえは奪い返せるのか？　〈創世王〉を殺すのかっ？」

「〈創世王〉の話、どこから出てきた」

「なにもできない、なにもしないなら、〈キングストーン〉、俺に渡せ！」

「ふざけるなっ！」〈クロバッタ〉は〈ギンバッタ〉を下から蹴りつけた。「おまえだってなにもしなかっただろうっ！」

〈ギンバッタ〉は営業所の駐車場の真ん中まで転がっていった。〈クロバッタ〉は駆け寄り、更に〈ギンバッタ〉の腹を蹴り上げた。〈ギンバッタ〉もただやられているわけではなかった。自ら転がり距離をとると、再び〈クロバッタ〉と対峙した。

「信彦！　どうして、ゆかりをビルゲニアから守れなかった！」

「……光太郎！」

表情が窺《うかが》えないはずの〈ギンバッタ〉の顔に憎しみと殺意が漲《みなぎ》った。

〈ギンバッタ〉は一瞬で距離を縮めると、〈クロバッタ〉の顔面を力任せに殴りつけた。〈クロバッタ〉もまた全力で殴り返した。

互いに足元をふらつかせながら、〈クロバッタ〉と〈ギンバッタ〉は更に殴り合った。

「光太郎！」〈ギンバッタ〉は叫んだ。「おまえの腹の中に〈キングストーン〉はない。俺とおまえの関係をなんだと思っている。俺にはわかる！」

「だったらなんだ！」

「俺も〈キングストーン〉を持っていない」〈ギンバッタ〉は叫んだ。「おまえも〈キングストーン〉を持っていない。条件が互角なら俺の方が強い」

〈ギンバッタ〉は〈クロバッタ〉に躍りかかり、その肩をつかんだ。力任せに投げ飛ばし、営業所の壁に叩きつける。みりみりと音を立て、大きなひびが走った。

「おまえより俺の方が強い」

〈ギンバッタ〉は大きく跳躍し、〈クロバッタ〉の顔面に拳を叩きつけようとした。だが〈クロバッタ〉は身をかわし、〈ギンバッタ〉の腕をつかむと、その身体を建物の壁に叩きつけた。再び壁に大きな亀裂が走り、二階の窓ガラスの何枚かが割れた。

「光太郎！」

振り向きざまに〈ギンバッタ〉は〈クロバッタ〉の胸を殴った。動きの止まった〈クロバッタ〉の顔を乱打する。

「やり返してみろよ光太郎！〈ブラックサン〉にはなれないのか！」

〈クロバッタ〉は〈ギンバッタ〉に殴られるままだった。

「光太郎！」

再び叫ぶと、〈ギンバッタ〉は拳に力を込め、大きく振りかぶった。彼の拳が〈クロバッタ〉の顔面に炸裂《さくれつ》……する寸前、ぎりぎりのところで止められた。〈クロバッタ〉の肩に折り込まれた一対の副腕が飛び出し、〈ギンバッタ〉の拳を押さえ込んでいた。

――そう〈ギンバッタ〉が気づいた時にはもう遅かった。

〈クロバッタ〉の弾丸のような蹴りが〈ギンバッタ〉の銀色の胸を打った。戦車の砲弾をまともに浴びたような衝撃に、彼は吹っ飛ばされ、動かなくなった。

「……光太郎」

〈クロバッタ〉は〈ギンバッタ〉の傍らに歩み寄った。

「〈キングストーン〉のことは忘れろ、信彦。〈キングストーン〉はもう俺たちのものじゃない。あの子が大切にしてる、ただのお守りだ。〈キングストーン〉は、あいつのものだ。俺たちが奪っていいもんじゃない。いや、誰にだって奪う権利はない」

〈ギンバッタ〉をその場に残すと、〈クロバッタ〉は〝タクシー〟に乗り込んだ。

12

〈カニ〉のハサミで割られたタクシーの窓から、葵は外に逃げた。ガラスの破片で脚のどこかを切ったようだが、気にしている余裕はなかった。

「逃げちゃダメだよぉ、葵〜」

タクシーのドアが外れて、地面に落ちた。英夫が変身した〈カニカイジン〉がのっそりと車から降りてきた。身体のほとんどは緑色の硬い甲羅に覆われ、額から突き出た目が、まだ残されている人の双眸とシンクロして、キョロキョロと動いた。目だけではなく、スマホを持っている左腕はまだ人間の形を残していた。

「……お父さん」

鎌倉ホワイトホテルは坂の上にある。坂を下って逃げたいところだが、その行く手は英夫……否、〈カニ〉に塞《ふさ》がれている。葵は自然とホテルの敷地の方へと追いつめられていった。


葵は走った。

施錠されていないドアを開け、ホテルのロビーに飛び込む。あたりを見回し、フロントのカウンターの陰に隠れた。

「どこに行ったんだい、葵……」

〈カニ〉の優しい呼びかけが聞こえてきた。

「わかってるよぉ。近くにいるんだろ？　出ておいで〜」

葵は息を止めた。動悸《どうき》が聞こえてしまうのではないかと、強く胸も押さえた。

「まさか僕のことを怖がってるんじゃないよねぇ。どうして怖がるの？　教えたよねぇ？　カイジンも人間も一緒だって」

「……」

葵がしばらく息を潜めていると、〈カニ〉の声はそれきり聞こえなくなった。それからじりじりしながら五分ばかり待っただろうか。葵はそっとカウンターから顔を出した。

「っ」

目の前に〈カニ〉の顔があった。

人間の一対の目とカニの一対の目、そしてスマホのレンズが葵を凝視していた。

「あっ……っ」

「そんなところにいたんだねぇ葵」

「……」

「覚えてるよ、かくれんぼ好きだったよねぇ。でも、こんなところに隠れてもムダだよぉ」

〈カニ〉が右腕のハサミを振り下ろした。チーク製の重厚なカウンターが真っ二つに裂かれた。

「葵、そんなに怖がらないで。そんな葵を見たら、お母さんも悲しくなっちゃうぞ」

そう言いながら、〈カニ〉はスマホのレンズを葵に近づけた。

「さぁ、そのネックレスを渡してくれ」

「いや……いやっ」

「おとなしく言うことを聞かないなら……罰を与えないと……腕を切ろうか？　脚を切ろうか？」

「いやーーーっ」

砕かれたカウンターの残骸を踏み越えて、〈カニ〉は絶叫する葵に迫った。右手のハサミをカチカチ鳴らし、左手はスマホで撮影を続けたままだ。

「もう勝手に逃げられないように、脚を切ろう。可《か》哀想《わいそう》だから片脚だけにしておいてあげるよ」

〈カニ〉のハサミが彼女の太腿《ふともも》に振り下ろされようとした……。

――ドンッと重い音を響かせて、〈カニ〉が吹き飛び、転がっていった。盛大に埃《ほこり》が舞い上がり、あたり一面が灰色に濁った。

「……〈クジラ〉の」

葵の前に立ち、今、〈カニ〉を吹き飛ばしたのは〈クジラ〉だった。水路で〈クロバッタ〉と戦っていた時と違い、手足もきちんとしていたが、その大きさは人間と変わらなかった。

「……誰？　おまえ、誰？」

〈カニ〉がゆっくりと立ち上がり、二対の目をキョロキョロさせた。

「……」

〈クジラ〉はなにも答えなかった。その小さいが黒いつぶらな瞳に、ただ〈カニ〉の姿を映すばかりだ。

「……おまえ、誰？」

再び問いかけても〈クジラ〉が答えないことに苛《いら》立《だ》ち、〈カニ〉が突進した。〈クジラ〉が口から液体を放った。それは〈カニ〉の足元でたちまち銀色の結晶となり、その足の運びを封じた。

もがく〈カニ〉に向かって、こんどは〈クジラ〉が突進した。ヒレ状の足は確実に床を捉え、意外なほどのスピードで彼を走らせた。

腕の大きなヒレを振るい、〈カニ〉の頭部に打撃を加える。相手が並のカイジンなら首がもげるほどの衝撃があったが、強靱《きょうじん》な筋肉と甲羅に守られた〈カニ〉はびくともしなかった。足元の結晶を蹴破り、〈クジラ〉の脇に回った。

「……っ！」

〈カニ〉のハサミが〈クジラ〉の腹を貫いた。

「……んん」

〈クジラ〉は唸り、床に崩れた。〈カニ〉はすぐさま追撃を加えようとしたが、

「お父さぁぁっん！　やめてぇえ！」

〈カニ〉の動きがぴたりと止まった。

振り向き、葵の顔を見る。

「どうして……？　どうしてなの？　ひどいよ……私……ずっと……お父さんやお母さんに会いたくて……毎日、明日には連絡がありますようにって……そう思ってたのに……どうしてこんなことになっちゃったの？」

「……葵……父さんも……」

〈クジラ〉を残し、〈カニ〉はのろのろと歩き出し、葵に近づいた。

「ごめんね、お父さん。私、びっくりしただけ。お父さんがカイジンになっても平気だよ。だから、だからもうやめて」

「……葵、ごめんねぇ」

〈カニ〉は腕を上げ、そのハサミを葵の顔面に突き立てようとした。

「……」

葵の視界の中、迫るハサミの先端がまるで止まっているように見えた。ほんの瞬《まばた》きをする間に自分はあれに顔を砕かれ、殺されてしまうのだろう。

ひどい、あまりにひどい話だ。でも、葵はどこか

でそれを受け入れてもいいような気になっていた。長いとはいえない自分の一生、最初からこうして終わるように決められていたのではないか。

──せめて。

──せめて、お母さんの顔はもういちど見ておきたかったなぁ。

ガンッ。

という重い衝撃とともに、葵の時間は通常の速度をとり戻した。葵の顔面ぎりぎりに迫っていたハサミが弾かれ、〈カニ〉の身体そのものが床に倒された。

──〈クジラ〉の体当たりだ。

倒された〈カニ〉はすぐに立ち上がった。ハサミを槍《やり》のように構え、〈クジラ〉に突撃する。そのハサミを〈クジラ〉は自分の腹で受け止めた。

痛みに低く唸りながら、〈クジラ〉は〈カニ〉の頭に両手のヒレをかけ、きつく握った。

「わぁぁぁぁぁっっっっっ！」

〈カニ〉は吠え、〈クジラ〉の腹に突っ込んだハサミを動かした。〈クジラ〉の内臓がズタズタにされ、その足元に大量の体液がばらまかれた。

それでも〈クジラ〉は力を弛めようとはしなかった。彼のヒレにつかまれた〈カニ〉の頭部、そして首から異音が響いた。

葵が呆然《ぼうぜん》と見守る中、〈クジラ〉と〈カニ〉、二体のカイジンは激しく吠え、叫んだ。それは本能だけで戦う獣同士のように見えた。

「ぷっぉぉぉっ」

〈カニ〉の口から白い泡が溢《あふ》れた。

泡は〈カニ〉の顔を、そして〈クジラ〉の頭を汚し、ふたりの足元に大きな溜《た》まりを作った。

「ぷおおおっぉぉぉっっっおおお」

やがて〈カニ〉は断末魔の悲鳴を上げた。そして、彼の頭は〈クジラ〉にもぎとられ、床に落ちた。

「ーーーーーーーーっ！」

葵は声を上げずに絶叫した。

──〈クジラ〉と〈カニ〉の戦いを観葉植物の陰から見ていた大森浩一郎は、葵のところへゆっくりと近づいた。

葵は嗚咽《おえつ》していた。低い声で唸るようにして涙を流していた。葵のこともそうだが、大森がそれ以上に気になったのは〈クジラ〉の方だった。彼は首を失った〈カニ〉の前でうずくまっていた。大きなヒレで腹を押さえたまま、人の姿に戻る気配はない。

「おまえ、大丈夫かよ?」

大森に声をかけられ、〈クジラ〉はこくりとうなずいた。

「しばらくはこのままでいる。この姿なら再生機能が働く」

「あ、あぁそうだったな。それなら心配ないか」

〈クジラ〉は座り込んだままのっそりと動き、葵に向き直った。

「ごめんな、お嬢ちゃん、俺、あんたの父ちゃん、殺しちゃったよ」

「おい」大森は呆れた。「なんだその言い方、もうちょい気を遣えよ。言い方あるだろ」

葵は「うぅん」と首を横に振った。「こうしなきゃいけないってこと、わかった。だから、〈クジラ〉さんは悪くない」

「……」

大森は絶望した。どうして殺したんだって泣き喚《わめ》けるような人間だったら、もう少し生きるのも楽だっただろうに。

「……だ、大丈夫か、葵」

ロビーに駆け込んできた男の姿を見て、大森は頭を抱えた。ニックだ。

「おまえ、だから車にいろって言っただろ! なんで出てきてんだよ」

大森が叱《しか》りつけると、ニックは申し訳なさそうに頭を下げた。

「ごめん、でも心配になってさぁ……葵!」

ニックは葵の前に駆け寄った。

「どうして? ニックがどうしてここに? 待って。そもそもどうして? 〈クジラ〉さんや……あの人も。どうしてここに来たの?」

葵が自分のことを見ているのに気づいて、大森は頭を掻いた。

「あー、どうも。こういう状況で自己紹介もしにくいんだが……俺は大森っていうもんで。このニックとは昔から多少縁があるというか……」

「じゃあニックに頼まれて助けに来てくれたの？　〈クジラ〉さんと一緒に？　ありが……」

「礼はやめろ！」大森は慌てて、葵の言葉を制した。「礼は言っちゃダメだ。とにかく礼はダメだ。俺なんかに頭、下げるな。こん中でおまえさんが礼を言ってもいいのは、この〈クジラ〉だけだ」

　大森が言った通り、彼はあることがきっかけで、ニックとは何年も前から繋《つな》がりがある。それ以来、大森はニックに自分の細かな仕事を手伝わせたりしていた。今回もニックが葵の知り合いだと知り、彼女の居場所を聞き出したりしたのだが……。

「ホントごめんよ」葵に向かってニックは手を合わせた。「こんなことになったのは俺の責任もあるんだよ。俺、葵の情報をあの大森さんに売ったりしてて。だから葵のオヤジさんが葵のとこへ行けたりしたわけで」

　ニックの言葉を聞いても理解が及ばなかったのか、葵はただ、きょとんとしていた。

「どういうこと？　お父さんがこうなって……私を襲ったのはニックのせいってこと？」

「それは……」ニックは一瞬、言い淀《よど》んだが、「あぁ」とうなずいた。「そうだ。俺のせいだよ」

「いや待て」堪《たま》らず、大森はふたりの間に割って入った。「悪いのは俺だ。こいつは関係ない、だから……」

「うるせぇぞ、おまえら！」〈クジラ〉が叫んだ。「こっちはまだ死にかけなんだよ……つーか、ヤバい。逃げろ、おまえら……」

「どうした？」大森が尋ねると、〈クジラ〉は「バカ野郎っ！」と一喝した。

「てめえの耳は飾りか。誰か来るんだよ。こんなタイミングでこんなところに来るのは……ろくでもねぇヤツに決まってんだろ」

　大森は身を固くした。

　このタイミングでここに来るということは……南光太郎？　それはそれで最悪だが、きっと違う。もっと本格的に最悪なヤツが来る。俺はそういう場所に居合わせる運命なんだ。

「……あぁ」

　玄関の大扉を開けて入ってきた人物を見て、大森は頭を抱えた。

――やって来たのはビルゲニアだった。

仮面ライダー BLACK SUN

Kamen Rider BLACK SUN

仮面ライダーBLACK SUN　異聞／イブン

［第一部　黒の黎明］

第六章

変転～２０２２∞１９６６

1

南光太郎《みなみこうたろう》が運転する〝タクシー〟は咳《せ》き込む排気音を立てて、鎌倉の坂を苦しそうに駆け上がった。その坂の上のフェンスを抜け、鎌倉ホワイトホテルの玄関前に停車する。

警戒しつつ玄関ドアを開けた光太郎は、ロビーに見知った顔を見つけて驚いた。

ひとりは白井静馬《しらいしずま》……否《いや》、〈クジラ〉だ。人のサイズではあったがカイジンの姿でうずくまり、腹を押さえている。そしてもうひとりは、光太郎が久々に見る顔だった。

「……〈コウモリ〉」

——大森浩一郎《おおもりこういちろう》だ。彼も〈クジラ〉の傍《かたわ》らに、憔《しょう》悴《すい》した顔で座り込んでいた。

「どうなってるんだ、これは……」

ここに至る事情を知らない光太郎は混乱した。葵《あおい》がいると思って駆けつけてみたら、そこにいたのは疲れきったカイジンがふたり……。そして、ロビーの真ん中には首を失ったカイジンの死体まである。

「葵はもうここにはいないんだな。事情を説明しろ……できるか？」

光太郎に問いかけられたが、〈クジラ〉は太い首を横に振った。

「まだ無理なのか。わかった……じゃあ、あんたでいい……大森さん」

「……わかったよ。説明するわ……怒るなよ、冷静に聞けよ」

そう前置きして、大森は話を始めた。

ビルゲニアに命じられて、〈カニカイジン〉に改造された川本英夫を葵のところへ差し向ける手伝いをしたこと。だが、葵を助けたいと思い、白井静馬＝〈クジラ〉に協力を求めたこと。〈クジラ〉が必死に戦い、なんとか〈カニ〉を倒したこと。

「だけどよ……そこにビルゲニアが来たんだ。〈クジラ〉は戦えなかったし、葵って娘はビルゲニアに連れていかれた。〝村〟に行くってビルゲニアは言ってた」

「……ビルゲニアの目的は〈キングストーン〉じゃないのか。葵から〈キングストーン〉を手に入れればそれで終わりだろう？」

光太郎が尋ねると、大森は悲しそうな顔で首を横に振った。

「あいつは病気だから。いつものアレが出たんだろうよ。とにかく〝村〟だ。あそこへ連れていかれた。ニックのヤツは自分からビルゲニアについていきやがった」

「待て。ニックとは誰だ？」

「……オリバーの孫だよ」

大森の返答に光太郎は「なんだと」と驚いた。

「オリバーの孫がどうして関わってるんだ？」

「ニックはカイジンが好きだとか言って、ずっと俺にまとわりついてたんだ。あの葵と知り合いになって、今回のことにも関わってたんだよ」

「……そうか、わかった」

光太郎は〈クジラ〉に向き直った。

「あんた、葵を守ってくれたんだな。一応、礼は言っておく」

「光太郎、おまえ、〝村〟に行くつもりか？」

大森に問われ、光太郎はしばらく考えた。そして、小さくうなずいた。

「……俺もつき合う」

玄関から聞こえてきた声に皆が振り向いた。

そこに立っていたのは秋月信彦《あきづきのぶひこ》だった。

2

葵を乗せた大きな黒いバンは山道を走っていた。

葵は二列目シートに座らされ、両サイドをビルゲニアと彼の部下に挟まれていた。運転しているのはビルゲニアのもうひとりの部下、そして助手席にいるのはニックだった。

――あのホテルにニックが姿を見せたすぐ後、ビルゲニアたちが乱入してきた。まだ動けなかった〈クジラ〉、びくつく大森たちを尻目に、ビルゲニアは葵を捕らえ、悠々と引き揚げようとした。

「待ってくれ、俺も連れていってくれ――俺、カイジンになりたいんだ」

ニックがそう言って、無理やり車に乗り込んできたのだ。

「しっかし、おまえ面白いよなぁ」

ビルゲニアはニックが座っている助手席の背中を派手に蹴った。

「おまえ、知らないだろ？」ビルゲニアは葵に言った。「俺、こいつのジジイ殺してんだぜ」

「……」

葵の中で様々なことがひとつに繋《つな》がった。

あの写真、ニックがくれた、∞マークが入った旗を持った光太郎たちの写真。このビルゲニアという男も写っていた。そしてニックの祖父ではないかと葵が思った黒人青年も……葵の想像は正しかった。

でも、どうしてビルゲニアはニックの祖父を殺したのか。

「このニックがまだ子どもだった頃だ。俺たちはビルゲニアはそこで言葉を切った。なにか言い淀《よど》んだ後、

……」

「あるモノを手に入れるために、こいつのジジイのオリバーの家を襲った。オリバーは抵抗したから殺したんだが、孫のこいつがその一部始終を見ていた。俺はカイジンの姿で事に及んだんだが……そうして自分の祖父《じい》さんを殺した俺を見て、こいつはなんて言ったと思う？」

「……知らない」

「こいつ、サイコーなんだよ」

ビルゲニアはまたシートを蹴った。

「生まれて初めて、カイジンが変身するとこ見たんだよな。それで感動しちまったんだよな？　それでおまえは……」

「そうだよ！」

ニックが突然叫んだ。

「俺はあの時からおかしくなったんだよ。じいちゃん殺したおまえ見て、憎さとかそういうんじゃなくて、本当にカッコいいって痺《しび》れたんだよ。もうどうしようもないんだよ！」

ニックの言葉を聞いて、ビルゲニアは「ははははは」と心底愉快そうに笑った。

「な、自分でも言ってるだろ？　こいつ頭おかしいんだ」

ビルゲニアはひとしきり笑った後、急に真顔に戻った。そして素早く葵の胸元に手を伸ばし、鎖をひきちぎってネックレスを手にした。あまりの早業《はやわざ》に葵に抗《あらが》う余裕はなかった。

「よし、これで〈キングストーン〉は無事に回収と」

「〈キングストーン〉？」

戸惑う葵にビルゲニアも首を捻《ひね》った。

「なんだおまえ。これがなにか光太郎から聞いてなかったのか？　そうか……まぁいいか。〃村〃に着いたらいろいろ忙しいからな。今、回収できてよかった」

葵が無言で睨《にら》みつけているのに気づくと、ビルゲニアはにやりと笑った。

「そう恐《こわ》い顔するなよ。

――これから母親に会わせてやるんだから」

それから一時間後、葵たちを乗せた黒いバンは〃村〃に入った。

3

そしてそれから二時間後。

南光太郎と秋月信彦のふたりは〝村〟の入口にいた。林道の途中にあり、一見したところ、その先に道が続いているとはわからない。

「ビルゲニアの車か」

道の入口脇に黒いバンが停《と》めてあった。フロントグリルのあたりを触ると、まだ微《かす》かに熱があった。

「……まさか、またもここに戻ってくるとはな」

信彦が呟《つぶや》いた。

「……六十年ぶりだ」

光太郎は絞り出すように言った。

「俺たちの故郷だ」信彦は目を細めた。「もう誰も住んでいない……いや、聞いた話だと〈ノミ〉がひとりで住みついてる。……あいつ、堂波《どうなみ》のカイジンビジネスに手を貸しているらしい」

〈ノミ〉の名前とカイジンビジネスという言葉を聞いて、光太郎の胸に不安が膨らんだ。

光太郎は無言で分かれ道に足を踏み入れた。

「待てよ、光太郎」

「なんだ？」

「大丈夫なのか？」

「……」

信彦がなにを言いたいのか、察しはついた。だが、今は躊躇《ためら》っている時ではない。

「たぶん、大丈夫じゃない。だが、俺は行く。ここに残りたければ好きにするといい」

光太郎はそう言って歩き出した。

信彦もまた、彼の後を追った。

――ふたりは〝村〟……かつて〝地図にない村〟と呼ばれた場所に向かった。

様々なことがあった、彼らの生まれ故郷へと。

4

一九六〇年、昭和三十五年。

戦争が終わってから十五年。戦後の復興も軌道に乗ったその年、南光太郎と秋月信彦は八歳だった。

「なぁ、どうしてだと思う？」

光太郎の言葉に信彦は渋い顔になった。

「また、その話かよ」

「まだなんにも言ってないよ」

光太郎が抗議した。

「おまえの話はいつも同じだろ」信彦が呆《あき》れ顔になった。「どうして俺たちだけカイジンじゃないんだ、どうしてだ？　って話だろ？」

「……そうだけど」

光太郎は頬《ほお》を膨らませた。

この〝村〟でカイジンでない者は、光太郎たちの他は彼らの父の南博士、秋月博士、それ以外にその助手の数名だけだ。

ふたりが今、座り込んで話しているのは〝村〟の中心にある〝学校〟の前だ。

突然、玄関のドアが開いてビルゲニアが出てきた。ビルゲニアの見た目はまだ若い。ローティーンの若者というよりはまだ子ども、せいぜいが中学生だ。だが、光太郎たちは彼が自分たちよりは一回りは年上なのを知っている。この〝村〟の多くのカイジンたちと同じく、終戦の頃から彼の時間は止まっている。

それでも、他の大人たちよりは話しかけやすいのは事実で、特に信彦は懐《なつ》いていて、いつでも気安い口を利いていた。

「また先生に怒られた？」

信彦にそう尋ねられると、

「そうだよ、ダロムのヤツはいつもうるさいんだ」

「先生のことそんなふうに言うのよくないよ」

信彦に子どもらしい真面目さで諭《さと》されて、ビルゲニアは苦笑いした。

「まぁいいよ。俺が次の〈創世王〉になったら、ダロムなんかペコペコしてくるに決まってんだから」

「ビルゲニア兄ちゃん、また〈創世王〉の話か……」

「またとはなんだ、またとは」

茶化《ちゃか》してきた信彦にビルゲニアは真顔で怒った。

「いいか、〈創世王〉はだなぁ……」

信彦と光太郎は顔を見合わせた。またいつもの話だ。ふたりは正直、少しうんざりしていたが、なにしろ兄貴分の話なので、黙って耳を傾けるしかない。

「すべてのカイジンは〈創世王〉から生まれたんだ。それにこの〝村〟が外界から切り離されて平和を守っていられるのも、〈創世王〉の〝結界〟のお陰だ。〈創世王〉は偉大だ。

だが……。

〈創世王〉は偉大な存在だけど、俺たちと同じで生きている。生きているから、いつかは死ぬ。だから次の〈創世王〉が選ばれるんだ。俺はその〈創世王〉になりたい」

なんども同じ話を聞かされ、光太郎は正直、うんざりしていたが、それを語る時のビルゲニアの瞳の輝き、それは嫌いではなかった。

5

一九六三年、昭和三十八年。

その年、南光太郎と秋月信彦は十一歳になった。

そしてふたりは父である南博士と秋月博士から重大なことを告げられた。

「おまえたちをカイジンにする」

南博士の言葉を聞いても、ふたりは驚かなかった。ここのところ〝村〟の連中からなんとなく聞かされていたし、ダロムたち〝村〟の幹部の態度にも変化を感じていたからだ。

だが、それでもまだ戸惑いはあった。

カイジンは〈創世王〉によって選ばれた特別な者たちで、後からカイジンになれるというのは、やはりなかなか実感が湧かない。

「信彦、光太郎、これをよく見なさい」

秋月博士が金属の筐《はこ》を開けた。中には綿にくるまれた、赤と緑の〈ストーン〉が収められていた。

「これは〈キングストーン〉という。〈創世王〉が排出した〈ストーン〉の中でも特別なものだ。この赤い〈キングストーン〉＝太陽の石は光太郎に、緑の〈キングストーン〉＝月の石は信彦に与えられる」

光太郎は信彦と顔を見合わせた。信彦の顔は綻《ほころ》び、喜びに満ちていた。無論、光太郎も同じ気持ちだ。これでようやく〝村〟の人々と同じになれる。

だが、光太郎にしても信彦にしても、唯一、気になっているのはビルゲニアのことだ。少し前まではふたつの〈キングストーン〉はビルゲニアに受け継がれるものだと思っていた。だが、少し前、南博士はビルゲニアに〈キングストーン〉を与えられない理由を説明してくれた。

『ビルゲニアの身体に現在備わっている〈ストーン〉の排除が難しいこと、それからふたつの〈キングストーン〉をひとりに与えるのは危険だとわかったからだ』

「――〈キングストーン〉を直接、体内に入れるのは危険だ。だからこれを使う」

南博士はそう言って、光太郎たちに金属のプレートを見せた。

「我々はこの〈サプレッサー〉、つまり抵抗器を作った。〈キングストーン〉はここに収める」南博士が指さしたプレートの中央部には丸いくぼみがあった。「そのうえで、この〈サプレッサー〉をおまえたちの体内に収める。こうでもしなくては、〈キングストーン〉の力におまえたちの肉体と精神が蝕《むしば》まれる」

そう聞かされるうちに、光太郎は喜びよりも怖《おそ》ろしさが勝るようになっていた。彼がそっと窺《うかが》ってみると、信彦もいつの間にか思い詰めた顔になっていた。

「どうした信彦。なにか心配なことがあるのか？」

父の秋月博士に問われて、信彦は恐る恐る口を開いた。

「僕たちがひとつずつ〈キングストーン〉を与えられるのはわかったけど……どちらが〈創世王〉になるの？」

だが。

南博士と秋月博士は顔を見合わせるばかりで、その質問に答えることはなかった。

やがて、その日が来た。

光太郎は手術の前後のことはぼんやりとしか覚えていなかった。それは信彦も同じだった。

ふたりがはっきり意識をとり戻したのは、手術の翌々日の午後のことだった。南博士と秋月博士がすぐに様子を見に来た。ふたりは揃《そろ》って全身に残る痛みを訴えた。

だが、身体に影響が出るので、鎮痛薬は与えられないと言われた。ただ我慢するしかないらしい。そして、「いつになったら変身できる？」と光太郎が訊《き》くと、南博士は「しばらく先だ。おまえたちは子どもだから無理はさせられない」と返事をした。

その日の夜、〝病室〟にふたりだけで寝かされていた光太郎と信彦だったが、ずっと目が冴《さ》えていた。痛みもまだ治まらない。

「前、ビルゲニアの兄ちゃんから聞いたんだけど」

信彦が囁《ささや》いた。「〈創世王〉の〈エキス〉をもらえば、痛みもなくなるらしい」

「それ、どこにあるの？　大切にしまってあるんじゃないの？」

光太郎の質問に信彦は、

「馬鹿だなぁ。直接、〈創世王〉にもらえばいいんだよ。さぁ行こう」

「えっ、でも」

「〈創世王〉に会うのが怖いのか？」

「そんなことないよ」

光太郎は嘘《うそ》をついた。〝村〟の住人であれば、いつでも〈創世王〉には会える。だが、光太郎はこれまでその権利を行使したことはなかった。

「だったら行こう」

信彦に促され、ふたりは研究所に隣接する病室を出た。真っ暗な道を歩いていく。

〈創世王〉がいる〝神殿〟は〝村〟のいちばん奥にある。〝神殿〟とはいっても、他の建物と同じで、ただの木造の小屋だ。

光太郎たちは一応、あたりを窺ってみたが、誰もいない。両開きの扉も鍵はかかっていない。この〝村〟には、否、外界にも〈創世王〉を傷つけられる存在などいないからだ。

――暗い小屋の中、〈創世王〉はいた。

大きな椅子《いす》に座っている。

バッタの顔をした巨人……立てば二メートルを超えると聞いている。

それが不動でただ座っている。知らなければ死んでいるか、作り物のようにも見える。だが、〈創世王〉の命の証《あかし》はその足元に広がっていた。彼が常時排出している、〈エキス〉、と呼ばれる液体が収集用容器から溢《あふ》れ、床に溜《た》まりを作っていた。

近づいてみると、〈創世王〉の表面がヌメヌメと蠕動《ぜんどう》しているのがわかった。それがなんなのか、光太郎は南博士から聞かされていた。〈再生成泡沫《リ・ブラスフォーム》〉と呼ばれる特殊な液体で、〈創世王〉の身体を守っている物質なのだという。これが分泌されている限り、どのような傷を負っても瞬時に身体を再生させることができる。

「さぁ、〈エキス〉をもらおう」

信彦に促されたが、光太郎は躊躇った。〈創世王〉に近づくのが、正直怖かったのだ。それでも馬鹿にされるのは嫌だったので、恐る恐る近づいた。

光太郎たちが〈エキス〉を得ようと、その容器に近づいた瞬間だった。ふたりの心に、なにかが忍び込んだ気配があった。

「……」「……」

光太郎も信彦も見えない糸に引かれるようにして、〈創世王〉に更に近づいた。否、引き寄せられた。光太郎たちの身長でも、座った〈創世王〉の頭は少し見上げる高さにあった。

「……っ」

光太郎は息を呑《の》んだ。信彦は身構えた。

〈創世王〉の右手がゆっくり上がった。そして、その掌《てのひら》がぐんと迫ってきた。

光太郎は恐怖のあまり動けなくなった。目を閉じることさえできない。

――ぽんっ、という優しい感触があった。

「……」

自分が頭を……〈創世王〉に頭を撫《な》でられているのだとわかるまで、しばらく時間が必要だった。

〈創世王〉は光太郎に続き、信彦の頭にも優しく手を置き……撫でた。

――熱くなっていた。

光太郎の体内にこれまで感じたことのない熱が生まれていた。身体が灼《や》かれるようだ。だが、不快感はない。むしろこれは……。

「……」

光太郎の胸で爆発が起きた。新たな太陽が生まれた。その熱が光太郎を変えた。

――変身だ。

光太郎が着ていた寝間着の下、その姿が一瞬で変わった。硬質な漆黒の身体に真っ赤な複眼、ぐんと伸びた触角、彼は〈クロバッタカイジン〉に変身した。彼の傍らでは信彦も同じように銀色のカイジン、〈ギンバッタカイジン〉に変わっていた。

――光太郎は震えていた。

なんだこれ……。

全身に力が漲《みなぎ》る。

すべての知覚が桁違いに鮮明になる。

気分が高揚する。

世界の中心に、自分が、いる。

今の自分なら、なんでもできそうだ。

「……信彦」

〈クロバッタ〉は傍らの〈ギンバッタ〉に呼びかけてみた。〈ギンバッタ〉は深くうなずいた。信彦も自分と同じ感動を味わっているのだろう。否、確かめる必要もなかった。〈ギンバッタ〉が感じているもの、そのすべてが今、〈クロバッタ〉の中に流れ込んできた。ふたりは同じ感覚を共有していた。

――その夜のことを、光太郎と信彦は南博士にも秋月博士にも黙っていた。

ふたりだけの秘密にしていた。


翌年の一九六四年、昭和三十九年。

〝村〟にひとつの変化があった。テレビ受像機の導入である。テレビ自体は市販品だったが、優秀な技術者が何人もいる〝村〟では高性能のアンテナを立てることができ、山間の地ながら、かなり遠くの電波を受信することができた。その特殊性故、毎日の新聞を購読することも難しい〝村〟においては、テレビは願ったり叶《かな》ったりの情報ツールだった。それまでも買い出し部隊が週一でいちばん近くの町まで赴き、新聞や雑誌を買っていたが、テレビの速報性は大きい。

テレビの導入以降、光太郎や信彦にも外界の情報は伝わりやすくなっていた。特に彼らにとってショックだったのは、外界ではカイジンたちが忌み嫌われているという事実だった。

光太郎たち以外にも、〝村〟で暮らす多くの者にとって衝撃的な事件が起きたのは、その年の秋のことだった。

——PWPUAM。世界平和祈願国際運動大会。

戦後、国連主導で誕生した世界的なイベントが、ようやく日本でも開催されることになった。

〝村〟の住人もその歴史的イベントには夢中になっていた。テレビが置かれた寄合所や学校に集まり、どんな競技も夢中になって見ていた。

悲劇が起きたのは、陸上の走り幅跳び競技の時だった。出場した日本人選手が八メートルを超える好記録を出したが、それに興奮した彼が部分的に変身してしまい、カイジンであることが露見したのだ。

国際大会どころか、あらゆるスポーツの公式競技ではカイジンの参加が固く禁じられていた。その選手は慌て、更に興奮し、暴れた。結果、全世界に中継される中、審判と居合わせた他の選手たちを撲殺した。

カイジンにヘイトが向かう、歴史的な転換点となる事件だった。

6

一九六六年、昭和四十一年。

南光太郎と秋月信彦は十四歳になり、カイジンとなってから三年が経《た》っていた。

その年の夏、〝村〟に訪問者があった。

——〝村〟ができてから、外部の者が立ち入るのは初めてのことだった。

〝村〟の住人たちは騒然となった。彼らが騒ぐ理由を光太郎たちも理解していた。〝村〟は〈創世王〉の結界で守られ、その入口は普通の者では見つけることができない。認識することができないのだ。だが、彼らは入ってきた。

〝村〟の代表である南博士、秋月博士、そしてダロムが迎えた。光太郎と信彦もその後を追い、遠巻きに様子を見守った。〝村〟の入口の広場になったところには、数百人いる住人のほとんどが集まっていた。

「……やはり、あなたか」

そこに立っていたのは奇妙な二人組だった。

ひとりは紋付き袴《はかま》の壮年の男。背は高く、顔は日に焼けて逞《たくま》しく見えた。

もうひとりは白い着物の娘。娘といってもまだ小学生くらいだ。黒く長い髪を真《ま》っ直《す》ぐに垂らしている。

「誰だ？」

光太郎が尋ねたが、信彦は「知らないよ」と首を横に振った。

「南博士、秋月博士！」男は野太い声を張り上げた。「お久しぶり。元気そうでなにより。ここもいいところのようだ」

「なにをしに来た？」南博士は険しい顔になっていた。「どうしてここに来たんだ……堂波道之助《みちのすけ》」

——堂波道之助。

その名を聞いて、光太郎と信彦は顔を見合わせた。父親たちの会話の中、過去になんどか耳にした覚えがある。

「せめて茶の一杯ももらいたいところだが、どうもそういう雰囲気でもなさそうだ。……ん？　そこにいるのはダロムか。おまえも元気そうだな」

「どうやってこの〝村〟に入り込んだ？」

普段、温厚なダロムが別人のように厳しい表情を見せていた。

「そう怒るな、ダロム。なるほど、〈創世王〉の神通力が効かなくなったので慌てているのか。だが、それもしかたないことだ。この娘、誰だと思う？」

堂波は白い着物の少女を指さした。

「この娘はヤマトヒメノミコトだ。その名を聞けば……南博士、秋月博士、ふたりには理解できるだろう。なにが起きているのかを」

「なにをしに来た？」南博士はそう繰り返した。

「わかりきった答えを求めるのは愚か者がすることだ。それでも科学者か……〈創世王〉を渡してもらいたい。用件はそれだけだ」

「……」ダロムが右手をさっと上げた。「あの者たちは我々の敵だ」

「……っ！」

光太郎は息を呑んだ。

集まっていた住人たちが一斉に変身した。何百というカイジンがその本来の姿を現したのだ。

「やめろ！」

南博士が叫んだが、堂波たちの近くにいたカイジンたちの耳には届かなかった。彼らは一斉に堂波に襲いかかった。だが、彼に肉薄する寸前、彼らは足をもつれさせ、地面に転がった。ある者は己の腕で己の首を絞め、またある者は己の爪で己の胸を貫いた。彼ら全員が自分で自分を殺した。

「やめさせろ、ダロム！」秋月博士が叫んだ。「ヤマトヒメノミコトの力だ。カイジンは抗いようがない」

「……了解した」

ダロムの指示を受けるまでもなく、娘の力を恐れたカイジンたちは包囲の輪を弛《ゆる》めた。

「三日後にまた来る。その時には必ず〈創世王〉を引き渡してもらう」

そう言って、堂波は引き揚げていった。

その日以来、〝村〟は厳戒態勢に入った。

堂波が連れてきたヤマトヒメノミコトという娘の力は警戒しつつも、楽観する者も多くいた。『催眠術の類《たぐ》いだろう』『近寄らなければいいだけだ』『距離を置いて狙撃すればそれで済む』

だが、三日後の夜、再び現れた堂波が連れていたのは、ヤマトヒメノミコトひとりではなかった。

堂波は百人に及ぶ男たちを引き連れていた。その独特な荒っぽい雰囲気、普通の世界に生きている者たちでないのは明白だった。彼らの顔を確認したダロムとバラオムは南博士たちに報告した。

「何人かの顔に見覚えがある。間違いない、あいつらはカイジンヤクザだ」

ダロムの言葉に南博士は顔をしかめた。

――カイジンヤクザ。

かつて暴力団同士の抗争に、兵隊として多くのカイジンたちが使われた。警察に捕まった者も多かったが、大半がそのまま裏社会で生きるようになった。カイジンヤクザとは、そんな彼らの総称であり、カイジンたちの間でも、嫌悪と恐怖をもって語られる名前だった。

「手配通りに動いてくれ。〈創世王〉の守りは大丈夫か？」

秋月博士の言葉にバラオムが、

「手練《てだ》れを集めている。いくらカイジンヤクザたちでも簡単には突破できない。それ以前に〈創世王〉なら……」

「いや」南博士は首を横に振った。「ヤマトヒメノミコトがいる以上、〈創世王〉の力もすべて無効化されると考えるべきだ」

――南博士たちがそんな会話をしていた頃、光太郎と信彦は〝村〟の奥の倉庫に隠れていた。南博士たちの厳命によるものだった。誰かが迎えに来るまで、なにがあってもここを出てはいけないと。

倉庫の奥で光太郎たちが息を潜めていると、外からドドドドドドドドッと聞き覚えのない大きな低い音が聞こえてきた。その時の光太郎たちが知りようもなかったが、カイジンヤクザたちが装備している、米軍装備品の軍用ライフルM16の銃撃音だった。そして、予想外の武器の使用によって、緒戦はカイジンヤクザたちが完全に主導権をとったことも、光太郎たちは知らなかった。

連続する銃撃音が絶えた後も、恐ろしい咆哮《ほうこう》が絶え間なく聞こえてきた。

「……あれ、銃の音だよな？　攻めてきたカイジンヤクザが使ってるんだよな？」

信彦が呟いた。

「……たぶん」光太郎が答えた。

「みんな、大丈夫かな」

「……信彦。出ちゃダメだって」

「わかってるよ……でも……きっと大丈夫じゃない」

「……」

信彦が言いたいことは、光太郎にもよく理解できた。

――自分たちは戦わなくていいのか。

「おまえは〈ブラックサン〉」信彦が言った。「そして俺は〈シャドームーン〉だ。ただの〈バッタカイジン〉じゃない。〈キングストーン〉を持った最強のカイジンだ」

「だけど……」

光太郎はこれまで〈ブラックサン〉になったことはない。信彦も同じだ。〈シャドームーン〉になったことはない。話を聞かされていただけだ。〈キングストーン〉を埋め込まれた時、ふたりは南博士から説明を受けた。

『おまえたちが変身する〈クロバッタカイジン〉、〈ギンバッタカイジン〉は仮初《かりそ》めの姿だ。太陽の石、月の石の力を解放すれば、その先に至る。

すべては〈キングストーン〉の力だ。普通の〈ストーン〉も驚異の仕組みだ。これまで地上に現れたすべての生命の情報が格納され、その中からひとつの可能性を選び、カイジンの姿に変える。

だが、〈キングストーン〉は更に桁外れだ。いいか、今は理解できなくてもいい。ただ覚えておいてくれ。〈キングストーン〉にはこの先、遙《はる》か未来に至るまで、この地球上に出現するかもしれない、すべての生命体の可能性、その情報が格納されている。その〈キングストーン〉がおまえたちを〈ブラックサン〉に、そして〈シャドームーン〉にする。あらゆる生命の頂点に立つ超人にする』

「――俺たちにはすごい力があるはずなんだよ」信

彦が訴えるように言った。「だから戦って皆を助けるんだ」

「でも、俺たちは……」

光太郎たちは〈クロバッタカイジン〉、〈ギンバッタカイジン〉にも数えるほどしか変身したことがない。南博士たち監視の下、データをとる時だけに限定され、勝手な変身は許されていなかった。変身の呼吸のようなものはもうつかんでいる。だが、その先、〈ブラックサン〉、〈シャドームーン〉になるにはどうしたらいいのか見当もつかない。

南博士はこう言っていた。

『――時が至れば、成る』

その〝時〟というのがいつなのか、光太郎にはわからない。明日なのか十年後なのか、訪れないような気もしていた。

「こうしよう、光太郎」

しばらく黙っていた信彦が口を開いた。

「ちょっとだけ様子を見てみよう。危ないようならここに戻る。それならいいだろう？」

「……わかった」

光太郎は承諾した。〝村〟がどうなっているのか、住人たちが無事なのか、それは彼も気になってしかたないことだったからだ。

倉庫を出ると、遠く……〝村〟の入口の方が燃えているのが見えた。その炎を背景に巨人の姿が見えた。真っ赤に照らされているそれは、〈クジラカイジン〉だった。二、三十メートルはあるように見えた。噂《うわさ》に聞いていた巨大化能力を発動しているのだろうが、光太郎たちが目にするのは初めてのことだ。

あたりを警戒しながら、光太郎たちは〝村〟の中心部を目指した。時折、遠くから銃撃音や悲鳴、そして怒号が聞こえてくるたび、光太郎はびくっと身を震わせた。

「父さんたちはどこにいるんだろう？」

信彦に尋ねられたが、光太郎は首を横に振るしかない。本来なら南博士たちに見つかってはいけないはずなのに、光太郎はもう不安になって、親の顔が見たくなっていた。恐らく信彦も同じだろう。

畑の脇の暗い道を歩くふたりの前に、突然、大きな獣が飛び出してきた。

狼《おおかみ》だ。

逞しい四肢、長い顎《あご》、鋭い牙、それらはすべて狼のものだったが、そのサイズが異常だった。大柄な馬ほどもある。口を開けば光太郎たちを丸呑みできそうだ。

そして、その狼はふたりを見つけると直立し、威嚇した。

――〈オオカミカイジン〉だ。

しかも〝村〟の住人ではない。光太郎たちに強烈な敵対心を向けている。カイジンヤクザだ。

「ぐるるるるるるるるっ」

〈オオカミ〉が喉を鳴らした。その虚《うつ》ろな目に月光の狂的な輝きが滲《にじ》んでいた。大きな顎を開き、光太郎たちに迫ってくる。

〈オオカミ〉の喉の奥まで鮮明に見えた。光太郎も信彦も、その瞬間、死を覚悟した。無惨《むざん》に牙で貫かれ、食い殺される未来を確信した。

「バカ野郎！　逃げろ！」

響いた野太い声に光太郎たちの戒《いまし》めは解けた。ふたりは全身を発条《ばね》にして跳び、ギリギリで〈オオカミ〉の突進をかわした。

声の主――ビルゲニア、否、彼が変身した〈カッチュウギョカイジン〉が猛烈な勢いで駆けてきた。全身の鱗《うろこ》を逆立て、〈オオカミ〉の突撃を受け止める。

〈オオカミ〉は吠《ほ》えた。〈カッチュウギョ〉の鱗の刃《やいば》に全身を斬られ、たちまち血塗《ちまみ》れになる。その痛みになんども吠えた。だが、〈オオカミ〉もされるがままではなかった。その口で〈カッチュウギョ〉の肩に食らいつき、噛《か》み砕こうとする。

〈オオカミ〉と〈カッチュウギョ〉、二体のカイジンがその身を震わせるたび、体液が噴出し、その足元に鮮血の池を作った。

「兄ちゃん！」

光太郎は思わず叫んでいた。

どれだけ時間が経っただろう。光太郎たちに聞こえるものは、二体のカイジンの血が地面に滴《したた》り落ちる、ポタポタという音だけだった。

やがて、〈オオカミ〉がどさりと地面に崩れた。ふらつきながらも、〈カッチュウギョ〉はその死骸から離れた。

「兄ちゃん！」「ビルゲニアの兄ちゃん！」

「……」

光太郎たちが駆け寄っても、〈カッチュウギョ〉は目を合わそうとはしなかった。光太郎は思い出した。自分たちが〈キングストーン〉を与えられてから、ビルゲニアとは話をしていない。ずっと避けられていたことを。

「大丈夫か、兄ちゃん？」

それでも光太郎は叫んでいた。

「これくらいなんともない」

〈カッチュウギョ〉はそう答えたが、肩からの出血は止まっていなかった。彼は辛《つら》そうにうずくまった。

「それより、おまえたちは逃げろ。もうこの〝村〟は終わりだ。ダロムたちも〈創世王〉を連れて逃げる支度をしている」

「どういうこと？」

「カイジンヤクザたちは軍隊のライフルを持ち出してきた。すぐに弾は切れたが、最初の銃撃で百人はやられた。その後も一気に攻められて、大半がやられた。残ってるのはもう半分もいない。俺もダロムたちと合流するところだった。とにかく逃げろ」

「半分が殺されたってこと？」光太郎は悲痛な声を漏らした。

「父さんたちは？」信彦が尋ねた。

「……」

〈カッチュウギョ〉は答えに詰まった。

「……南博士は殺された」

光太郎は言葉を失った。

「……秋月博士もひどい怪我《けが》を負っていた。あれはもうダメだろう……俺も見失い、助けられなかった……」

こんどは信彦が絶句した。

「……あれっ！」

光太郎は声を上げた。

〝村〟の中心部から近づいてくる一団がいた。暗くてよく見えないが、その気配からして〝村〟の住人たちでないのは明白だった。何十人といた。そして、その全員がカイジンだった。牙と爪の異形の集団だ。

「逃げろ」

そう言った〈カッチュウギョ〉は立ち上がること

ができない様子だった。

「兄ちゃんは！」

信彦が叫んだ。だが、〈カッチュウギョ〉はなにも答えず、ただ迫ってくるカイジンの群れを睨みつけるだけだった。

「光太郎！」

「信彦！」

ふたりは互いの目を見た。

自分たちがなにをすればいいのか、もはや言葉をかわす必要はなかった。

着ていたシャツを破るように脱ぐと、虚空を凝視して精神を集中する。

ふたりの身体が変化した。全身が硬質化し、目が巨大な複眼となり、触角が伸びた。光太郎は黒の、信彦は銀の、それぞれ〈バッタカイジン〉に変身した。

「兄ちゃん、逃げて！」光太郎、否、〈クロバッタカイジン〉は叫んだ。「俺たちがなんとかしてるうちに！」

「行くぞ、光太郎！」〈ギンバッタカイジン〉も叫んだ。

黒と銀、ふたりの〈バッタカイジン〉はカイジンヤクザの群れ目がけて突進した。〈クロバッタ〉は先頭にいた……その長大な角からして恐らく……〈カブトムシカイジン〉を拳で殴りつけ、そのままの勢いで〈スズメバチカイジン〉、〈ゲンゴロウカイジン〉の胸を爪で切り裂いた。〈ギンバッタ〉もまた、数体のカイジンを続けざまに攻め、地面に沈めていた。

――行ける！

〈クロバッタ〉は確信した。

ダロムに言われていた。〈キングストーン〉を持つ自分と信彦は特別なカイジンなのだと。いつか〈創世王〉になるかもしれない、異能の子である、と。

――こんな連中に負けるもんか。

二体の〈バッタカイジン〉の身体能力は高かった。単純なスペックでいえば、カイジンヤクザの中に彼らを上回る力を持つ者はいなかっただろう。だが、彼らは圧倒的に経験が足りていなかった。

ふたりであっという間に十体近くのカイジンヤク

ザを倒したものの、そこで流れが変わった。老練なカイジンヤクザたちは、すでに〈バッタカイジン〉たちが戦いに慣れていないことを見抜いていた。

一対一では敵《かな》わないカイジンヤクザたちはチームワークを発揮し、〈バッタカイジン〉たちを翻弄《ほんろう》し始めた。

〈ホタルカイジン〉の発する閃光《せんこう》で目眩《めくら》ましを喰《く》らった〈バッタカイジン〉たちの背後から、〈サソリカイジン〉の針が、〈ワニカイジン〉の顎が、〈サイカイジン〉の角が襲った。ふたりの身体は斬り刻まれ、いくつも穴を穿《うが》たれた。

動けなくなった〈バッタカイジン〉たちにカイジンヤクザたちが殺到し、その四肢を捕らえた。誰が言い出したわけではなかったが、四方八方から引っ張り、その身体を八つ裂きにしようとしていたのだ。

「バーラバラッ！」

数十人はいるカイジンヤクザたちが楽しそうに調子を合わせた。

「バーラバラッ！」「バーラバラッ！」「バーラバラッ！」


「……あああぁぁぁぉっ！」

〈クロバッタ〉はその痛みに、堪《たま》らず叫んだ。堪らず吠えた。父を殺され、自分もこのまま死んでしまうのか……嫌だ、それは嫌だ。このまま殺されるのは嫌だ。

――〈クロバッタ〉は腹のあたりに凄《すさ》まじい熱を、燃えるような感覚を覚えていた。腹部の節が開き、〈サプレッサー〉が露出した。

そして、その中央に収められた赤い〈キングストーン〉＝太陽の石が眩《まばゆ》く輝いた。〈ギンバッタ〉の腹にも同時に〈サプレッサー〉が現れ、月の石＝緑の〈キングストーン〉が怜悧《れいり》な光を溢れさせた。

――ふたりは、

〈ブラックサン〉になった。

〈シャドームーン〉になった。

そしてそれから一時間の後。

〝村〟に攻め込んできたカイジンヤクザ約百名はひとり残らず、死んだ。指揮をとっていた堂波道之助、そして彼が連れていたヤマトヒメノミコトはいつの間にか姿を消していた。
〝村〟からは〈創世王〉の姿も消え、生き残った住人たちもそのほとんどが〝村〟からいなくなっていた。

――〝村〟は滅んだ。

Kamen Rider BLACK SUN

仮面ライダーBLACK SUN 異聞／イブン

［第一部 黒の黎明］

第七章

受難～２０２２

1

――時間は少し遡《さかのぼ》る。

バンから降ろされた和泉葵《いずみあおい》はビルゲニアの部下に挟まれ、獣道《けものみち》同然の狭い道を歩かされた。先頭を行くのはビルゲニア、ニックがきょろきょろしながら最後についていく。

やがて一同は〝村〟に足を踏み入れた。

奥へ広い一本の道が通っており、その脇に木造の小屋が並んでいるが、どれもまともな形を残していない。まるで踏み潰《つぶ》されたようにぺしゃんこになったもの、壁が剥《は》ぎとられたもの、燃えて真っ黒の炭になったものもあった。

――地震？　葵は最初そう思ったが、どうもそうではないらしい。

そのままかなり歩いて辿《たど》り着いたのは、それまでとは趣の違う建物だった。これまで見た小屋よりもずっと大きく、ほとんど破損もない。なにより、まだ生きている、という感じがあった。

「入れ」

ビルゲニアに促され、葵はその小屋に入った。

中は薄暗い。鼻につく薬品の強い匂いがした。床はタイル張りになっていて、壁の棚には薬瓶が詰め込まれている。なにかの実験室か病院の施設のように見えた。

「……お母さんっ！」

葵は叫んだ。

室内の真ん中に設《しつら》えられた台に、母の川本莉乃《かわもとりの》の姿を見つけたのだ。莉乃はそこに寝かされ、革のベルトで拘束されていた。

思わず駆け寄ろうとした葵だったが、その肩をビルゲニアにつかまれた。

「な、なんだよっ、おまえ！」

ニックの声に葵が振り返ると、彼はカイジンに羽交《はが》い締めにされていた。白衣を着て、頭が虫のように、袖から覗《のぞ》く手が触手の束になっていた――〈ノミカイジン〉だ。

「なぁ、ちょっとあんた！　おまえっ！」ニックはビルゲニアを怒鳴りつけた。「なんで俺を捕まえるんだよ。俺をカイジンにしてくれるんじゃなかったのか！」

「なに言ってるのニック」葵は戸惑っていた。「それ本気で言ってるの？」

「ごめんよ葵。でも、俺、カイジンになりたかったんだ。俺、騙《だま》されたのかな……」

「これからいいところなのに」ビルゲニアはニックの前に立つと、その頬《ほお》を殴った。「うるさいんだよ、おまえは。外に出てろよ」

ビルゲニアはまたニックの顔を殴った。

「やめて！　やめなさいよ！」

葵は叫んだ。ビルゲニアはゆっくりと振り向いた。

「おまえ、わかってるのか？　こいつにハメられたんだぞ？」

「あなたには関係ない！　用があるのは私じゃないの？　お母さんもニックも関係ない」

「……おまえたち、そいつを連れ出せ」

ビルゲニアは部下に命令し、ニックを外に連れ出させた。

「和泉葵。おまえへの用事はもう終わってるんだ。肝心の〈キングストーン〉は回収できたからな。それにおまえの両親にももう用はない。必要なものは手に入れたからな。だが、ずっと考えてた余興があるんだ。堂波《どうなみ》総理がそういうの好きなんだよ」

「堂波総理？」

「おまえ、カイジンにしてやるよ」

「……えっ」

葵は言葉を失った。

「俺、おまえの例の演説に感銘を受けてたんだ。人の命もカイジンの命もその重さに変わりはないってやつ。俺も本当にそうだと思ってるんだ。だから証明してくれよ。自分がカイジンになってもおんなじ台詞《せりふ》を言ってられるかどうか」

「……」

葵は呆然《ぼうぜん》としながらも、妙なことに驚いていた。

「カイジン……人間がカイジンになるの？」

自分の呟《つぶや》きが間抜けなものであることは、重々承知だった。なにしろ、人間だった父がカイジンにされ、自分を襲ってきたのを見たばかりだったからだ。

それでも信じられない想《おも》いで、葵はまた呟いた。

「人間がカイジンになる……」

「そうだよ」

ビルゲニアは笑った。

「ただの人間をカイジンにすることができるんだ」

――そう吐き捨てるように言ったビルゲニアの瞳に、恐ろしいほどの虚無が宿っていたことまでは、その時の葵には気づくことができなかった。

「それで堂波総理はカイジンを新しく造って売りさばいてるんだ。おまえもきっと、いい買い手がつくよ」

ビルゲニアはまた笑った。

「葵！」絶句した葵に莉乃が叫んだ。「逃げなさい、逃げて！」

「そうだ。おまえにいいもの見せてやるよ」

葵の肩をつかまえたまま、ビルゲニアは莉乃の傍《かたわ》らに歩み寄った。コートからスマホをとり出し、動画を再生する。そこには恐怖に怯《おび》える葵の姿が映されていた。

「これ、なんだかわかるか？　おまえの亭主が〈カニカイジン〉になって、自分の娘を襲ってるところだ。それを命令通り、自分で撮ってんだよ、面白いだろ？」

「……そんな。あ、あの人は……」

「殺されたよ。いい〈ストーン〉をくれてやったのに、ろくな働きもできずに、しょぼくれた〈クジラ〉に殺されやがった」

「……」

莉乃は絶句した。

「じゃあ、始めるとするか」

ビルゲニアはさっと葵に近づくと、その腹に拳を叩《たた》き込んだ。「うっ」と呻《うめ》いて動けなくなった葵を担ぐと、ビルゲニアは彼女を莉乃の隣の手術台に縛りつけた。

「お願い！」娘の姿を見て莉乃は絶叫した。「私がカイジンになるから！」

「感動だな」ビルゲニアはうなずいた。「娘を守ろうとする母親の姿だ」

「だったら！　葵は助けてあげて！　この子だけは」

莉乃の声を聞きながら、ビルゲニアは葵の顔を覗き込んだ。

「いい母親だな。その母親の前で、カイジンになる気分はどうだ？」

「……」

葵は唇を噛《か》み、顔を背けた。

「おい、始めるぞ〈ノミ〉。今回もいいのを用意してあるんだ」

〈ノミ〉はビルゲニアから金属の小函《こばこ》を受けとった。開くと、〈カニ〉の時に使ったものに引けをとらない上質の〈ストーン〉が収められていた。

「……ビルゲニア。本当にこの子を……」

「いい素材だろ。腕の振るい甲斐《がい》があるってもんだ」

「お願い！」莉乃が声を枯らした。「お願いだから娘はやめて。やるなら私を！」

「うるさいなぁ」

ビルゲニアは莉乃の髪をつかみ持ち上げると、その顔を強《したた》かに殴った。

「おまえをカイジンにしてもつまらないんだよ。そのパターン、やったばっかりだから。こんどは逆にしたいわけだ。総理もその方が喜ぶだろうしな。おい、〈ノミ〉、なにグズグズしてるんだ。麻酔だろ、早くしろ。局所麻酔でいいからな。意識は失わせるな」

〈ノミ〉は渋々、麻酔の支度を終えた。彼女の着ていたスウェットを捲《まく》り上げ、白い腹を剥《む》き出しにする。

「命令通り、局所麻酔にするが、それだと〈ストーン〉を入れる時の痛みで死ぬ可能性があるぞ」

「死んだら死んだで構わない。やれ」

〈ノミ〉はうなずくと、葵の腹の何ヶ所かに注射を打った。

「お母さんっ！」

「大丈夫、大丈夫だから葵。もしもカイジンになったって。私が守ってあげるから！」

「お母さんっ……怖いよ……」

葵の目から涙が零《こぼ》れていた。

「葵！　生きていればなんとかなる。だから絶対に諦《あきら》めないで、いい？」

「う、うん」

母と必死に言葉を交わす葵には構わず、〈ノミ〉

は彼女の腹にメスを走らせ、開腹した。口の触手を鉗子《かんし》代わりに腹を開いたまま固定すると、腕の触手で〈ストーン〉をつかみ、ゆっくりと収めていく。

葵の腹中に入った〈ストーン〉から無数の棘《とげ》が伸びていった。

「あぁぁぁぁぁあああああああっっっっっ！」

あまりの痛みに葵は絶叫した。その声に苛《さいな》まれながらも、〈ノミ〉は淡々と作業を続けていく。触手の先端で棘を刺激し、その伸長具合を調整していく。ここでミスをしたら、葵の精神と身体は〈ストーン〉に傷つけられ、殺されてしまう。

その様子をビルゲニアはただじっと見守っていた。さっきまでの薄ら笑いは影を潜め、なにか崇高なものを見るような、神妙な顔になっていた。

「あ、葵……」

隣の手術台の莉乃が必死に手を伸ばした。葵もそれに気づき、手を伸ばす。ふたりの手がやっと触れ合った瞬間だった。

莉乃の指が二本、切れて落ちた。

痛みと驚きに莉乃の顔が歪《ゆが》んだ。彼女は見てしまった。自分の娘の手が鋭い刃のついた鎌になっているのを。

「あ、葵……」

指が切れたのにも構わず、莉乃は必死に血だらけの手を伸ばした。だが、葵は手を引き、痙攣《けいれん》するように激しく震えた。

葵の変化は腕だけに留《とど》まらなかった。顔は三角に尖《とが》り、目は巨大化し、触角と首がぐんと伸びた。そして全身が光沢のある緑色に染まった。

――葵は〈カマキリカイジン〉になった。

「ぐるるるるるるるる」

〈カマキリ〉は吠《ほ》えた。

「葵、大丈夫だからね、葵……」

異形の者になった娘に向かって、それでも莉乃は必死に指の欠けた手を伸ばした。

「……おまえ、本当に立派な母親なんだな」ビルゲニアは莉乃の顔をつかんだ。「たいしたもんだ」

ビルゲニアはコートの下から〈サーベル〉をとり出した。

「おまえ、俺にはちょっと眩《まぶ》しすぎるよ」

ビルゲニアは〈サーベル〉を莉乃の胸に突き立てた。まだ震え続け、吠え続ける〈カマキリ〉の横で、莉乃は血を噴き出して絶命した。

2

途絶えることのない〈カマキリ〉の咆吼《ほうこう》を聞きながら、〈ノミ〉は研究所を飛び出した。

やはりビルゲニアは狂っている。もうつき合いきれない。外に出たところにビルゲニアのふたりの部下がいた。

「……手術が終わった。暴れるかもしれないから中へ」

そう言って部下ふたりを小屋へ入らせると、〈ノミ〉は近くの倉庫へ急いだ。案の定、ニックはそこにいた。縛られ、転がされている。

〈ノミ〉が入ってきたのを見て、ニックは恐怖に顔を引き攣《つ》らせた。

「逃がしてやる」

〈ノミ〉はそう言って、ニックを縛っていた麻縄を解《ほど》いてやった。

「もうカイジンになろうなんて考えるな」

「……は、はい」

ニックが外に出ようとしたが、

「待て」と、〈ノミ〉が止めた。

振り返ったニックは恐怖に顔を歪めた。〈ノミ〉が気まぐれを起こして殺すつもりになった、とでも思ったようだ。

「違う。──誰か来る」

〈ノミ〉は窓を僅《わず》かに開け、外を窺《うかが》った。木々の向こうにこちらに近づいてくる二人組を見つけ、彼は驚いた。

「あれは……信彦《のぶひこ》……もうひとりは……あれは……光太郎《こうたろう》なのか」


──南《みなみ》光太郎と秋月《あきづき》信彦はあたりを窺いながら、ゆっくりと歩いていた。

その足が思わず止まった。

「……まだ無事だったのか」

研究所を見て、光太郎が呟いた。

「あぁ、俺たちが〈キングストーン〉を埋め込まれた場所、だ」

信彦が答えた。

「ここは今でも現役のはずだ。堂波総理のカイジンビジネスのために、〈ノミ〉が働かされてると聞いた」

「……そうか」

光太郎は複雑な思いだった。

この建物は忌まわしい場所のはずだ。〈キングストーン〉を与えられたことで、ここに至る運命が決定づけられた。生涯解けることのない呪いをかけられた場所だ。

だが、その一方で光太郎は不思議と懐かしい気持ちも抱いていた。この場所がまだ健在だったことを、どこかで嬉《うれ》しく思っているところもあった。

葵を捜すと同時に、ビルゲニアを警戒していた緊張が瞬間、解けていた。その空白を狙い澄ましたように、小屋の扉が突然、蹴破られた。

中から飛び出してきたのは、緑色のカイジン……〈カマキリカイジン〉だった。両手の鎌を振り上げ、一直線に駆けてくる。

「っ！」

光太郎は一瞬、対応が遅れた。

その腕をつかみ、鎌に切り裂かれるのは防いだが、勢いのまま地面に押し倒された。

「光太郎！」

信彦が助けに入ろうとしたが、

「俺は大丈夫だ！　まだ他にもいる！」

光太郎にそう言われ、信彦は小屋に注意を戻した。

「……やはり、いたのか」

小屋から出てきたのはビルゲニア、そしてそのふたりの部下だった。

「……南光太郎。久しぶりだな。半世紀ぶりか……おまえがいるのはわかるとして」

ビルゲニアは信彦に向き直った。

「信彦、おまえがどうしてこんなところでウロウロしている？」

「……っ！」

〈カマキリ〉の鎌を必死に防ぐ光太郎は、その腹を思いきり蹴った。吹き飛ばされた〈カマキリ〉は自分から更に跳躍して、小屋の屋根の上に逃げた。

「……そんな」

光太郎は声を漏らした。

彼の手の中に布の切れ端が残っていた。〈カマキリ〉の身体にまとわりついていた布きれ……恐らく灰色のスウェットの残骸、その生地に見覚えがあった。

「光太郎に信彦。おまえたちはここで生まれ、ここで〈キングストーン〉を与えられた」ビルゲニアが言った。「そして、ここで〈ブラックサン〉と〈シャドームーン〉になった。——ならばここで死ぬのも悪くはないだろう？　きれいに生涯を終えられる」

「くだらないことを言うなっ。こっちはふたりいるんだ」

信彦が一喝した。

「数ならこっちもいるぞ」

ビルゲニアは背後の部下ふたりに目配せした。ふたりは上着を脱ぎ、即座に変身した。巨大な顎《あご》と背びれを持つ〈サメカイジン〉と逞《たくま》しい上半身に折れ曲がった大きな角を備えた〈バッファローカイジン〉だ。

ビルゲニアは黒いコートを脱ぎ捨て、〈サーベル〉を握った。そして彼も変身した。全身を鋼《はがね》の鱗《うろこ》に包まれた古代魚のカイジン、〈カッチュウギョカイジン〉だ。

「ぐるるるるるるるるっっ！」

〈カマキリ〉が屋根から飛び降り、光太郎を襲った。

光太郎は〈クロバッタカイジン〉に変身し、その腕を受け止めた。

「信彦！　ビルゲニアたちはおまえに任せる！」

「……っ、三人いるんだぞ……わかったよ」

信彦は〈カッチュウギョ〉たちを牽制《けんせい》しながら、上着を脱ぎ、変身をした。全身銀色の〈ギンバッタカイジン〉になると同時に、〈カッチュウギョ〉に躍りかかる。

振り下ろされた〈サーベル〉をかいくぐり、その胸に渾身《こんしん》の拳を叩きつける。堅牢《けんろう》な〈カッチュウギョ〉の鱗が何枚から剥落《はくらく》する。手応えを感じた〈ギンバッタ〉だったが、咄嗟《とっさ》に〈カッチュウギョ〉から距離をとった。〈サメ〉と〈バッファロー〉が突進してくるのをぎりぎりで避ける。

再び距離を置いて〈ギンバッタ〉と〈カッチュウギョ〉は対峙《たいじ》した。

「いい機会だ、ビルゲニア。おまえとはここで決着をつける」

〈ギンバッタ〉の言葉に〈カッチュウギョ〉は大きく肩を震わせた。人の形ならば、笑った、ということなのだろう。

「ゆかりの仇《かたき》か？」

そう言って、〈カッチュウギョ〉は〈サーベル〉を構え直した。

「ビルゲニアぁっ！」

叫んだ〈ギンバッタ〉を見て、〈カッチュウギョ〉はまた肩を震わせた。

「そう熱くなるなよ、信彦。五十年経《た》った今なら時効だろう」

「俺にとって昨日のことだ。俺の時間はずっと止まっていた」

「……行け」

〈カッチュウギョ〉はさっと手を上げた。〈バッファロー〉と〈サメ〉が〈ギンバッタ〉に突撃してきた。

がんっ、という衝撃とともに、〈ギンバッタ〉の足元の地面が大きく沈んだ。右手で〈サメ〉の胸を、左手で〈バッファロー〉の額をつかみ、その突進を受け止める。

「死ねよ、信彦っ！」

〈サーベル〉を前に突きだし、〈カッチュウギョ〉が駆けてきた。

――〈ギンバッタ〉と〈カッチュウギョ〉の戦いを横目で見ながら、〈クロバッタ〉は〈カマキリ〉の腕を必死に押し止《とど》めていた。

「ぐるるるるるるるっ」

〈カマキリ〉は唸《うな》りながら、更に力を込めてくる。

〈クロバッタ〉は小屋の裏手まで、じりじりと押し込まれていった。細身だが怪力だ。反撃しない〈クロバッタ〉はとうとう押し倒された。そして、そのカマの鋸《のこぎり》のような刃が〈クロバッタ〉の肩を破り、食い込んでくる。

「……っ」

〈クロバッタ〉はその痛みを必死に堪《こら》えた。

「おーいぃっ！」

必死の叫びとともに走ってきた男がいた。ニックだ。その後ろを来る〈ノミ〉とともに彼は〈クロバッタ〉たちに駆け寄った。

「そいつは葵なんだ。だから、殺さないでくれよ」

「……わかってる！　だが、止めないわけにもいかない！」

その初めて顔を見た青年に向けて、〈クロバッタ〉は叫んだ。

――勘弁してくれよ。

〈クロバッタ〉は加減をして、〈カマキリ〉の腹を殴った。ぐにゃっとした感触とともに、〈カマキリ〉の身体は容易《たやす》く、くの字に折れ、地面に崩れた。

「し、死んだ……？」

ニックが目を丸くしたが、〈ノミ〉が、

「死んではいない。〈ストーン〉を埋め込まれたばかりだから、まだ身体が不安定だ。外部からの刺激に弱い」

〈クロバッタ〉はしばらくの間、動かなくなった〈カマキリ〉をじっと見下ろしていた。

「……葵を頼んだぞ」

ニックにそう言うと、〈クロバッタ〉は駆け出した。

「死ねよ、信彦っ！」

〈サメ〉と〈バッファロー〉に動きを封じられている〈ギンバッタ〉に向かって、〈カッチユウギョ〉が突進してきた。彼が構えた〈サーベル〉の切っ先が、〈ギンバッタ〉のがら空きの胸に迫る。

「んっ」

と、気合いを入れた〈ギンバッタ〉の副腕が動いた。肩にたたまれた状態から瞬時に展開し、右手で押さえ込んでいた〈サメ〉の顎をつかみ、そのまま振り回した。

「ごっ」

と、〈サメ〉が悲鳴を上げた。〈ギンバッタ〉の盾にされ、〈カッチユウギョ〉の〈サーベル〉に胸を貫かれたのだ。

「役立たずがっ！」

〈カッチユウギョ〉が〈サメ〉から〈サーベル〉を引き抜いている間に、〈ギンバッタ〉は動いた。足を高く上げ、〈バッファロー〉の頭に稲妻のような回し蹴りを決めた。その一撃で角を折られ怯《ひる》んでいるところに、〈バッファロー〉の鼻面に更に強烈なキックを叩き込む。〈バッファロー〉はそのまま崩れ落ち、動かなくなった。

「これで一対一だな」〈ギンバッタ〉は言った。「いや、二対一か」

「……」

〈カッチユウギョ〉が視線を向けると、悠然《ゆうぜん》と歩いてくる〈クロバッタ〉の姿が見えた。

「光太郎、あの娘はどうした？」

「……」

――〈クロバッタ〉は答えなかった。

「光太郎、ビルゲニアをやるぞ」

「あいつは俺がやる」

「この機は逃せないんだ！」〈ギンバッタ〉が叫んだ。「ふたりでやるんだ」

「いや、俺がやる」

特に昂《たか》ぶる様子もなかったが、〈クロバッタ〉の言葉は絶対的な拒絶の意思を帯びていた。さすがの

〈ギンバッタ〉……信彦もそれ以上、言葉を重ねることはできなかった。

〈クロバッタ〉はゆっくりではあったが、歩調を緩めず、〈カッチュウギョ〉に迫った。

「どうしてだ?」〈クロバッタ〉は言った。「どうして葵をカイジンにした。どうして葵の父をカイジンにした」

「どうして? さぁなぁ」〈カッチュウギョ〉は答えた。「一応教えといてやるが、あの娘の母親は殺したぞ。あいつがカイジンになっている最中にな」

「〈キングストーン〉は手に入れたんだろう?」〈クロバッタ〉は再び問いかけた。「葵までカイジンにすることにどんな意味がある?」

「意味なんかない。おまえも堂波の孫は知ってるだろう? 今の総理だ。あいつがそういうのが好きなんだよ。あいつのためにやってるんだよ。変態だから」

「ひとのせいにするな」〈クロバッタ〉は囁《ささや》くように言った。「やったのはおまえだ。自分でやったことも認められないのか」

「五十年ぶりに会って説教か。おまえは誇れる生き方をしてきたのか?」

〈カッチュウギョ〉の問いかけに〈クロバッタ〉は首を横に振った。

「……俺にはなんにもなかったんだよ」

「……」

「誇れるような生き方どころか、誇れない生き方すらなかった。なぜなら、俺は生きてさえいなかったからだ」

〈カッチュウギョ〉の目の前で〈クロバッタ〉は足を止めた。そして、その両手を腹に添えた。

「……」

〈カッチュウギョ〉は息を呑《の》んだ。地面が小刻みに揺れている。否《いや》、揺れているのではなく震えていた。まるで大地が怯えるように。

見上げれば、日没近く、赤い太陽を覆い隠していた雲も、この地から逃げるように流れていく。

〈クロバッタ〉の腹ががっと開き、抵抗器＝〈サプレッサー〉が露出した。その中心には本来、収められるべき〈キングストーン〉はない。

「〈キングストーン〉も持たないおまえが！」〈カッチュウギョ〉はあらん限りの声で叫んだ。「なにができるっ！」

〈クロバッタ〉は「むんっ」と気合いを込めた。すると、その腹が、サプレッサーの中心にあるくぼみが、〈キングストーン〉があるはずの空白が、眩しく赤く輝いた。

「そんな、まさか……」

〈カッチュウギョ〉が唖然《あぜん》とする中、〈クロバッタ〉の身体の節々から泡立つ黒い液体が噴出した。

〈カッチュウギョ〉はそれがなんだか知っていた。本来は〈創世王〉の能力、〈再生成泡沫《リ・プラスフォーム》〉だ。

　棒立ちになった〈クロバッタ〉の身体を黒い液体が徐々に覆っていく。

「……おい」〈カッチュウギョ〉は声を上げた。

〈ギンバッタ〉の攻撃で倒れていた〈バッファロー〉がのっそりと立ち上がった。そして、〈クロバッタ〉の様子を見て無防備と思ったのだろう。

「がっ」と吠えると、〈クロバッタ〉に突進していった。

「……やめろ」〈カッチュウギョ〉は声を漏らした。

「それに触るな」

　だが、その言葉は〈バッファロー〉には届かなかった。彼は猛然と〈クロバッタ〉につかみかかった。その瞬間、〈バッファロー〉は苦しそうに吠え、地面に転がりのたうち回った。〈バッファロー〉の手についた〈再生成泡沫《リ・プラスフォーム》〉の黒い液体が激しく泡立ち、瞬《また》く間に彼の全身を侵食していた。数秒も経たないうちに、その身は白骨だけを残して消滅した。

「……」

〈カッチュウギョ〉が身を固くしている間に、〈クロバッタ〉の変身は完了していた。〈再生成泡沫《リ・プラスフォーム》〉が瞬時に乾燥し、頭、胸、手足――全身に光を呑み込む漆黒の装甲を形成した。

――南光太郎は〈ブラックサン〉になった。

その人生において二度目、実に五十六年ぶりのことだった。


――〈ブラックサン〉。

近くで見守っていた〈ギンバッタ〉……秋月信彦は絶句した。

――〈キングストーン〉なしでどうして？　その疑問も浮かびはしたが、それ以上に信彦の心を支配していたのは、光太郎が変身した〈ブラックサン〉への畏怖《いふ》だ。

信彦から見ても……否、信彦だからこそ理解している、あの漆黒の姿の怖《おそ》ろしさ……。

「……？」

気配を悟り、〈ギンバッタ〉が振り向くと、葵を抱え、〈ノミ〉とニックが歩いてくるのが見えた。服のほとんどを失った葵は、〈ノミ〉の白衣を着せられている。

「あれが……おじさん？」

葵に問われ、〈ギンバッタ〉はうなずいた。

「あぁ、あれが光太郎の本当の姿だ」

「……」

葵の瞳に暗い光が映っていた。彼女も直感的になにか不吉なものを感じとったのだろう。

――〈ブラックサン〉と〈カッチュウギョ〉はしばし、無言で対峙していた。

〈ブラックサン〉が動いた。ゆっくり、一歩を踏み出す。その途端、彼の全身を赤い光が流れた。サプレッサーのある腹部を中心に、赤い光が手足に向かって走っていく。

〈ギンバッタ〉がそれを認識した途端、

――〈ブラックサン〉の姿が消失した。近くにいた葵やニックも驚いて声を漏らした。

次の瞬間、〈ブラックサン〉は〈カッチュウギョ〉の背後に立っていた。気配を察した〈カッチュウギョ〉はすぐに振り返ったが、もう遅かった。振り向きざまを〈ブラックサン〉の拳に打たれ、ニックが捕まっていた倉庫まで吹っ飛ばされる。衝突の勢いで倉庫はまるで爆発したように四散した。

バラバラになった木材の山の中から、〈カッチュウギョ〉は慌てて顔を出した。拳で打たれて一瞬接触しただけの胸の鋼の鱗、それがぼろぼろに崩れていた。〈ブラックサン〉の姿を求めて視線を彷徨《さまよ》わせる。〈ブラックサン〉を見失ったのは〈ギンバッタ〉たちも同じことだった。

――突然、〈ブラックサン〉が〈カッチュウギョ〉の眼前に出現した。半ば恐慌状態に陥《おちい》った〈カッチュウギョ〉は〈サーベル〉を滅茶苦茶《めちゃくちゃ》に振り回した。〈ブラックサン〉は完全に〈サーベル〉の間合いの中にいたが、その刃が触れることはなかった。

――あの時と同じ、だ。

〈ギンバッタ〉の脳裏に、六十年近く前の、あの夜の記憶が甦《よみがえ》った。〈ブラックサン〉が見せたのは、超高速の動きだ。カイジンの優れた視覚でも認識できないスピードだ。

「くわっっっ！」

〈カッチュウギョ〉は吠え、〈サーベル〉を振り上げた。だが、〈ブラックサン〉はふわりと腕を上げ、軽くその手首をつかんだ。

「……がごぁぁぁぁぁぁあっっっ！」

〈カッチュウギョ〉は再び吠えた。〈サーベル〉を握った右腕が〈ブラックサン〉の体表から噴き出した〈再生成泡沫《リ・ブラスフォーム》〉の黒い液体に侵食されていた。

「がっぁぁぁぁ」

必死に〈ブラックサン〉を突き飛ばすと、〈カッチュウギョ〉は〈サーベル〉を左手に持ち替えた。その時、彼の右腕は黒い液体にすっかり包まれていた。

「かぁぁぁぁあっ」

再び吠えると、〈カッチュウギョ〉は左手に握った〈サーベル〉で上腕から自分の右腕を切り落とした。瓦礫《がれき》の中に落ちた時、切断された腕はすでに骨だけになっていた。

〈ブラックサン〉は沈黙したまま、〈カッチュウギョ〉に迫った。痛みと恐怖に〈カッチュウギョ〉は尻餅《しりもち》をつき、みっともなく後退《あとずさ》りすることしかできない。

〈ギンバッタ〉たちはただ、〈ブラックサン〉の動きを見守ることしかできなかった。

――突風。

そこに突然、〈ギンバッタ〉の身体さえ持っていきそうな激しい風が吹いた。

〈ギンバッタ〉が見上げると、そこには巨大な翼を備えた影があった。その姿に〈ギンバッタ〉は見覚えがあった。

中生代白亜紀に棲息《せいそく》していたという、翼の全幅八メートルに及ぶ巨大な翼竜……プテラノドン……否、その力を人の身体で具象化された〈ヨクリュウカイジン〉……三神官のひとり、ビシュムが変身した姿だった。

〈ヨクリュウ〉は腕を失った〈カッチュウギョ〉を脚でつかみ上げると、そのまま〈ブラックサン〉に向かって突撃した。難なくかわした〈ブラックサン〉だったが、〈ヨクリュウ〉はそのまま……〈ギンバッタ〉たちに向かって、地面すれすれを飛んできた。

「伏せろっ!」

〈ギンバッタ〉は叫んだ。ニックと〈ノミ〉、そして葵が地面に伏せたが……〈ヨクリュウ〉はクチバシを広げ、葵の身体を捕まえた。そして、そのまま上空へと消えた。

「……葵」

〈ブラックサン〉は〈ヨクリュウ〉が消えた方角に叫んだ。そのまま駆け出そうとしたが、なにかの戒《いまし》めを受けたように、急に地面に倒れ込んだ。その衝撃に、全身を包んでいた漆黒の装甲が半分、剥落した。残った装甲も乾いた泥のようにボロボロになり、細かく砕けた。

「……葵!」

もういちど叫んだ時、〈ブラックサン〉はすでに〈クロバッタ〉に戻っていた。否、〈クロバッタ〉の姿を維持することもできず、半分、人間の姿になっていた。

「……光太郎」〈ギンバッタ〉は言った。「無理をするな。〈キングストーン〉を持っていないおまえの限界なんだろう。時間切れだ」

「……っ」

——光太郎は弱々しく地面を叩いた。

3

――東池袋のゴルゴム党本部。

その地下に三神官が揃《そろ》っていた。先刻、ビシュムは救出したビルゲニアとさらった葵を連れ、帰還したばかりだ。

「おい！」

そこに補佐官の仁村《にむら》を連れ、堂波真一《しんいち》総理が飛び込んできた。

「〈キングストーン〉を手に入れたのか？」

ダロムはうなずき、ビシュムに目配せした。ビシュムは小函に収めた、葵のネックレスから外したばかりの太陽の石、赤い〈キングストーン〉を恭《うやうや》しく差し出した。

「ビルゲニアが手に入れたんだって？」

堂波の質問にビシュムがうなずいて答えた。

「ただ、ビルゲニアは南光太郎に……〈ブラックサン〉になった南光太郎に片腕を奪われました」

「へー」堂波はいかにも興味なさげな、相槌《あいづち》ともつかない声を上げた。「ま、あいつの腕一本と引き換えなら大勝利でしょ。あいつ、生きてるの？」

「はい」ビシュムは答えた。「処置は終えています。意識もはっきりしています」

「さすがカイジンだなぁ、カッコいい」

「それから一応、ご報告を。ビルゲニアと一緒にあの和泉葵という娘も念のために確保してきました。ビルゲニアの手により、カイジンにされています」

「えっ？」堂波は驚いて目を丸くした。「あの差別反対少女が？　マジで？　そりゃ面白いなぁ。ビルゲニア、あいつなんか動画とか撮ってねぇかなぁ」

「それはわかりませんが、ビルゲニアのスマートフォンまでは回収できませんでした」

「あ、そ。つまんないね。あ、ちょっと待って。あの子、そこそこ可愛《かわい》かったよねぇ。あのルックスで中学生でカイジンかぁ。しかもちょい前まで人間だったわけだよね……で、差別反対主義者と。欲しがるヤツは多いなぁ。なんかの取引には使えそうだわ」

堂波がそう喜んでいると、ビルゲニアが部屋に入ってきた。裸の上半身に、失われた右腕のつけ根を中心に包帯をぐるぐる巻きにされている。

「……総理。〈キングストーン〉は入手しました」

「あン？　それわざわざ言いに来たの？　ご苦労様。寝てりゃよかったのに。もう話は聞いたからさぁ。同じ話されんのは好きじゃないんだよ」

「……」

「ようやく〈キングストーン〉のひとつがここに来た」ダロムが重々しい口調で告げた。「もうひとつも恐らくは〈ブラックサン〉が持っているものと思われる」

「だが……」バラオムが口を開いた。「〈ブラックサン〉となった南光太郎から奪えるのか？　〈クジラ〉でもあの始末だった……いや、こんどこそ我々が」

「うむ」とダロムがうなずいた。「ビシュム、バラオム、我ら三人で行こう。それしか手がない」

「いやいや、やめとけよ。おまえら三人がかりだって無理だろ？　〈ブラックサン〉になられたらもう終わりなんだろ？　昔の〝村〟でなにがあったかはよく知ってるんだよ、俺も。ヤバいヤツには触るな、放っておけよ」

「いや、しかし」ビシュムが反論した。「〈ブラックサン〉は自分の〈キングストーン〉を持っていません。ここにあるのは彼の太陽の石。ならば南光太郎が持っているのは信彦の月の石。それは使えないのですから、完全体とはいえません」

堂波はスーツのポケットからとり出したものを、ビシュムにひょいと投げ渡した。

受けとったそれを見たビシュムの顔から、あらゆる感情が消えた。

「ま、そういうわけだ」堂波がにやりと笑った。「今のうちに言っとくけど、新しい〈創世王〉の管理も、今までと変わらずこっちに任せてもらうから」

ビシュムが手にしたものを見て、ダロムもバラオムも言葉を失っていた。ビルゲニアは駆け寄り、そこにあるものを見た。

緑色に美しく輝く〈ストーン〉……月の〈キングストーン〉があった。

「堂波総理！」ビルゲニアは叫んだ。「もうひとつの〈キングストーン〉、あなたが持っていたのですか！」

4

——南光太郎が意識をとり戻したのは、学校の保健室に似た部屋だった。

「いや……」

見たところ、部屋の造りからして、保健室に似ているのではなく、そこは保健室そのもののようだ。ベッドの上で裸の上半身だけ起こした。怪我《けが》はないが、気怠《けだる》い。少し眩暈《めまい》もした。

「よぉ」

扉をがらっと引いて、男がふたり入ってきた。彼らの顔を見て、光太郎は戸惑った。〈コウモリ〉こと大森浩一郎《おおもりこういちろう》と、〈クジラ〉こと白井静馬《しらいしずま》だ。

「なんでおまえらが……どこだ、ここ？」

「河口湖の近くだよ」大森が答えた。「廃校になった小学校だ。信彦のアジトだよ」

「河口湖……小学校？」

そうか——光太郎は納得した。ここもきっと、藤《とう》堂克也《どうかつや》が手配した施設のひとつなのだろう。

「それはいいとして、おまえらがどうして信彦のアジトにいる？」

「さぁな」〈クジラ〉が首を捻《ひね》った。「とりあえず金くれるって言うからさぁ」

「なんの金だ？」

「おまえさんの面倒見ろって。まだ動けるかどうかもわかんなかったからさぁ。信彦は自分は忙しいって言ってたけど、まあ気まずいんだろ、いろいろ」

「面倒って……」

「おまえ、〈ブラックサン〉になったんだってな」

白井はベッドの傍らの丸椅子《いす》に腰を下ろした。

「……なった」

「〈キングストーン〉もなしにだろ？　どうなってんだいったい？」

「自分でもわからん。ただ、時間制限のようなものがあった。急に力が抜けて動けなくなった」

光太郎の返答に白井は「なるほど」とうなずいた。

「そう便利なもんじゃないってことか」

「で、もう大丈夫なのか？　なんか食うか？」

大森に尋ねられ、光太郎は小さくうなずいた。

「大丈夫だ。かなり回復してる。……腹は減ってる、なにか食わせてくれ」

「おお、いいぞ。ステーキ焼いてやる。信彦の払いだから来る途中、いろいろ買ってきてんだ。でかい海老《えび》も食えよ」

「……すまない。で、信彦はどこにいるんだ？」

「案内してやるよ」白井は立ち上がった。「ただ、飯食ってからな」


光太郎が白井たちに案内されたのは、小学校の体育館だった。

五十人ほどの若者たちがいた。半分ほどは互いに組み合い、なにか格闘技の訓練をしているようだ。残りの半分は長机を使い、そこでライフルや拳銃の分解組み立てをしていた。

「……みんな、カイジンか……若いな」

光太郎の呟きに、白井はうなずいた。

「三世とかの連中だ。能力は低い」

光太郎が探している信彦は端に設えられた壇上に

いた。そこで若いカイジンたちの訓練を見守っている。

光太郎は若者たちの群れを突っ切るようにして進んだ。皆、手を止めて、光太郎に視線を向けた。その中にはいちどはここを離れたものの、結局、戻ってきた小松《こまつ》俊介の姿もあった。

光太郎は俊介の前で足を止めた。

「……俊介とかいったな。葵のことは聞いているか？」

「はい」俊介はうなずいた。「信彦さんから……」

「そうか」

光太郎はそう答えると、また壇上を目指した。信彦と視線が合う。どちらも視線を逸《そ》らさなかった。

「信彦」先に声をかけたのは光太郎だった。「これがおまえの軍隊か」

「そうだ」

「何人いる？　六十か？　五十か？　戦争をするには少ないぞ」

「今は五十一人いる」

「少ない軍隊だな」

「ゴルゴム党と戦うには、〈創世王〉を殺すには十分だ。本部の警備はそう多いわけじゃない。ゴルゴムの戦力として警戒する必要があるのは三神官のみだ」

光太郎は振り返り、壇上から若者を見下ろした。

「……どれも大したことなさそうなヤツばかりだ」

光太郎の言葉に、若者たちの間にざわめきが広がった。

「おまえたち、たったこれだけの数でゴルゴム党と戦えるつもりでいるのか？」光太郎は呼びかけた。「冷静に考えてみろ。普通は無理だ。おまえたちはそう強くはない」

その場がしんと静まり返った。

「だが、俺は強い。おまえたち何百人分だ。俺も行く。だからゴルゴムには勝てる。俺が〈創世王〉を殺してやる」

再び、ざわめき、否、どよめきが広がった。

「光太郎、おまえの目的はあの娘をとり戻すことだけだろ？」

信彦に尋ねられ、光太郎は深くうなずいた。

「そうだ。だが、信彦、おまえの目的は〈創世王〉を殺すことだ。力を合わせて、お互いの目的を叶《かな》える。それでいいな？」

信彦は「ふっ」と笑った。そして、大きくうなずいた。

「おい、光太郎」

気がつくと、背後に白井が立っていた。

「あの葵を助けることが目的だとしても、〈創世王〉を殺すのは、ついで、や、お互い様じゃできないことだぞ。いくら死にかけているとはいえ、相手は〈創世王〉だ。わかってんのか？」

「あぁ、わかってる」光太郎は答えた。「俺がまたどこかへ進むためには、五十年前の決着をつける必要があったんだ」

そして光太郎は虚空を睨《にら》みつけた。

「俺は……俺が、〈創世王〉を殺す」

仮面ライダー BLACK

Kamen Rider BLACK SUN

仮面ライダーBLACK SUN　異聞／イブン

［第一部　黒の黎明］

エピローグ

決断～１９７２

大森浩一郎《おおもりこういちろう》はひとり、森の中を歩いていた。まだ新しい足跡が複数ある。追跡は簡単だ。

深い森を抜け、川縁《かわべり》に出た。ふと気配を感じて振り向くと、目の前に秋月信彦《あきづきのぶひこ》の顔があった。大森は驚きのあまり、肩にかけていた大きなリュックサックを落とした。

「おい、聞いてくれよ」

険しい顔の信彦に大森が必死に呼びかけていると、急に背後から首を絞められた。視界の隅に南光太郎《みなみこうたろう》の顔が見えた。

「放せ、放せ、光太郎！　信彦も！　聞いてくれ！」

「ダロムたちに頼まれたのか？　それとも堂波《どうなみ》総理か？」

「違う、違うヨ！」

大森は必死に叫んだ。

「そのまま押さえてろ光太郎。始末する」

信彦はジャケットの懐から大型ナイフをとり出した。

「だから違うんだって、聞いてくれよ！」

信彦が大森の喉にナイフを押し当てた瞬間、

「待って！」

突然の声に、信彦は手を止めた。足場の悪い中、ゆかりが必死に駆けてくるのが見えた。

「〈コウモリ〉は裏切ってないから！　信じて！」

光太郎の腕から力が抜けたのを察して、大森はすぐに身体を離した。

「そうだよ、俺は裏切ってないって！　差し入れも持ってきたぞ、ほら！」

大森はそう言うと、リュックの中の大量の缶詰を見せた。


大森を連れ、光太郎たちは川を渡り、森の奥、キャンプを張っている場所まで移動した。

大木に縛りつけられている堂波真一《しんいち》が気配に気づき、顔を上げた。

「なー、腹減ったんだけど。それからションベン行きたいんだけど」

「知るか」信彦はぶっきらぼうに答えた。「そこでしとけ」

「おい、するぞ！」

「だからしとけ。おまえしか困らない」

「……」

「で、ゆかり、どういうことだ？」

光太郎が問いかけると、ゆかりは、

「あたしが〈コウモリ〉に頼んでた。五流護六《ゴルゴム》の動きを見張れって。情報が欲しかったから」

「わかった。で、どうなんだ？」

光太郎が改めて尋ねると大森が答えた。

「五流護六は大騒ぎだ。必死に〈創世王〉を探してるよ。あと、そこの堂波のアホな孫のことも一応な」

「そんなの当たり前だろ」信彦が呆《あき》れ顔になった。

「もう少し役に立ちそうな情報はないのか？」

「俺だって必死にやったさ。それでも五流護六の具体的な動きまではわからない。わかったのは、おまえたちが使ってた廃工場のアジト、あそこが踏み込まれたくらいだ」

「あそこをいくら調べてもここには繋《つな》がらない」光太郎が言った。

「おい。もうダメだって……っ！」

堂波の悲鳴とともに、彼の股間から湯気が上がった。

「あーあ、きったねぇなぁ」大森が顔をしかめた。

「で、ビルゲニアは一緒じゃないのか？」

「ビルゲニアは〈創世王〉のところだ」光太郎が答えた。

「様子見てるのか？」

「それもあるが……ビルゲニア曰《いわ》く、祈りを捧《ささ》げているらしい。オリバーもずっと一緒だ。〈創世王〉に興味があるらしい」

光太郎がそう答えていると、タイミングよくビルゲニアとオリバーが戻ってきた。

大森の姿を見つけて、ビルゲニアは驚いていた。

「いつ来た？　というかなんで来た？」

「言ってくれるなー。わざわざ差し入れまで持ってきたのに。缶詰だけじゃなくてカップヌードルもあるぞ。おまえ、好きだろあれ」

ビルゲニアは答えず、焚《た》き火《び》の前に座り込んだ。

そして、

「明日、この拠点を移す。創世王も含めて移動する。いつまでもあの小屋には置いておけない」

「ずいぶん急だな」信彦が渋い顔になった。「それに拠点移すのはいいとして、適当な場所はあるのか？」

「もちろんだ。昨日今日、歩き回って当たりはつけてある。臆病と思われるかもしれないが、こちらの戦力が整うまでは、安全を最優先に行動する」

──水を汲《く》むと言って、光太郎、信彦、そしてゆかりは皆のもとを離れ、川縁に下りた。

ゆかりはあたりを窺《うかが》った。

「大丈夫だ」光太郎が言った。「誰かが近づく気配はない」

「わかった……昨日言ったこと、改めて伝える。──〈創世王〉さえいなくなれば、もうエキスも〈ヘヴン〉も供給されなくなる。カイジンの不自然な延命もできなくなる。そして〈ストーン〉の供給も途絶える。つまり新しいカイジンが生まれることもなくなる」

光太郎と信彦はしばらく黙り込んだ。

「確かにその通りだ。でも」信彦が口を開いた。「カイジンは消えろと、俺には聞こえる」

「そう思ってもらっても構わない」ゆかりは答えた。「極論だけど、カイジンがこれ以上増える必要はない。〈創世王〉が政府の手に渡ったら、生み出されるカイジンは兵器になって、どこかの国で誰かを殺す」

信彦はゆかりのシャツの襟首をつかんだ。

「そんなことはさせない！　そうならないように、俺たちは〈創世王〉を奪ったんだろ！　ダロムたちの勝手にはさせない」

「よせよ、信彦」

光太郎が信彦の手をつかんだ。だが、ゆかりは自ら信彦の手をはねのけた。そして、

「五流護六と政府を敵に回して、これから何年も何十年も〈創世王〉を守りきれる？　この人数で。これから仲間を集めて軍事訓練？　賛同してくれるカイジンは何人になるの？」

「……」

信彦は背中を向けて、そのまま川沿いを歩いていった。

「待って、信彦！」

ゆかりと、そして光太郎は彼の後を追った。


大森浩一郎はひとり、焚き火の番をしていた。薪《まき》が底を突きそうになっていたので、ビルゲニアとオリバーは森の中へ枝を拾いに行った。今、ここにいるのは大森と縛られたままの堂波真一だけだ。

「ったく、なんで俺があんなションベンタレのお守りしなきゃなんないんだ」

「おい……」

堂波は大森に呼びかけた。だが、大森は反応せず、木の枝で薪をつついていた。

「おい」

「なんだよ。おまえ臭いから嫌なんだよ話しかけんなよ」

「おまえ、ここの連中にずっとついていくのか？」

「はぁ？」大森は目を丸くした。「俺を誰だと思ってんだよ、んなこと決めてるわけないだろ。俺は自由に生きてるんだ。ヤバいと思ったらさっさと逃げ出すし、得になると思ったらくっついてく。ただ、それだけだ」

「このまま、あいつらにくっついてたって得なんかないだろ。ただ死ぬだけだ。五流護六やうちのジジイに殺される」

「だからさー。殺されそうになったら逃げるっつーの。ほら、俺、飛べるからさぁ」

大森は手をバタバタさせた。

「だから、そんなタイミングで逃げたって本当にタダ働きだろ。得をしろよ、得を」

「どうやって」

堂波は全身を激しく振るわせた。彼を縛る縄がミシミシと鳴った。

「これを外してくれ」

「無理」大森は即答した。「ビルゲニアに殺される。割に合わない。得どころの話じゃない」

「ちょっと目を離した隙《すき》に逃げたって言えばいいだろ？　俺はあんたに金をやれる。大金だ。仕事だって世話できる。俺は総理の孫だ、できないことなんかないんだ」

「いやー、そう言われても。おまえが約束を守る保証はないじゃん」

「確かにその通りだ。守るかもしれない。守らないかもしれない。それはわからない。だが、可能性は得られる」

「どういうことだよ？」

「ここで俺を助けなきゃ、おまえが儲《もう》けられる可能性はゼロだ。だが、助ければなんパーセントかわからないが、可能性は生まれるだろ？」

「……自分で言うかね。嘘《うそ》つく可能性あるって」

「どうする？　可能性に賭けるかどうか、決めるのはおまえだ」

「……」

大森は首を捻《ひね》った。

——ひょっとして今……俺、この小僧に主導権握られちゃってる？

——ゆかりに肩をつかまれ、信彦はようやく歩みを止めた。

「俺たちの敵は確かにダロムたち五流護六だ」信彦は言った。「だが、それ以前にカイジンの敵は人間だ。……光太郎、おまえだって覚えてるはずだ。カイジンヤクザを使って、俺たちの故郷、〝村〟を滅ぼしたのは堂波道之助《みちのすけ》だ、堂波総理だ。俺はあの夜から決めていたんだ、俺たちは〈創世王〉とともに生きていく。そして人間をこの世界から駆除してやるって！」

「それ……できないってわかってて言ってるでしょ？　人間は何十億もいる。カイジンはせいぜい二十万人。どうしたら駆除できるの？　〈創世王〉を使って、これから戦う道具になるカイジンを大量生産するの？　あなただってホントはわかってるでしょ？　そんなことできないって。わかってよ。あたしが言ってるのはみんな、カイジンのためなの！　カイジンが消えゆく存在だって周知できれば、無用な差別だってなくなる」

信彦はゆかりから顔を背けた。

「光太郎、おまえはどうなんだ？　どう思うんだ？」

「消えろと言われて、納得はできない」

「だから！　あなたたちに消えろって言ってるわけじゃない。これからのことを話してるの。君たちは、これから生まれてくるカイジンの未来を背負えるの？　繰り返すよ？　あたしは君たちに消えてほしいなんて思ってない！　今、生きてるカイジンたちには、寿命を全うして生きてほしい！　その平等な世界はあたしたちが作る！」

ゆかりは急に指に口を当てた。「っ」と呻《うめ》くと、その指から血がぽたぽたと滴《したた》った。

「なにをしてるんだ、ゆかり」

光太郎が慌てていると、ゆかりは彼の手をとり、掌《てのひら》を上に向けさせた。そして、そこに血で「∞」のマークを書いた。

ゆかりは信彦の手もとると、彼の掌に同じように「∞」を書いた。

「あたしは約束する。カイジンがカイジンのまま生きられる世界のために、あたしは永遠に戦うから」

光太郎と信彦は顔を見合わせた。しばらく黙り込んでいた信彦だったが、

「……わかった。ゆかり、おまえの言うことは信用する。〈創世王〉が悲劇を生み出しているということは理解している……いや、なんでもない。おまえの言うことなら信じてみる」

「ありがとう……本当にありがとう。もうひとつ、あたしを信用してやってほしいことがあるの……君たちの〈キングストーン〉を見せて」

光太郎と信彦は再び、互いの顔を見た。あまり予想外のことを言われたからだ。

「お願い、信じて。どうしても必要なことなの」

「構わないが……人の姿のままでは無理だ……わかった」

光太郎と信彦はシャツを脱いだ。裸の腹が剥《む》き出しになる。そしてふたりは、それぞれ〈クロバッタ〉、〈ギンバッタ〉に変身した。

「この状態でもまだ、〈キングストーン〉は腹の中だ。俺たちが〈ブラックサン〉と〈シャドームーン〉になって、初めて〈キングストーン〉は露出する」

〈クロバッタ〉はそう言った。そして、彼は腹部に精神を集中した。

「だが、〈ブラックサン〉にまではならない。俺たちはあの夜、誓ったんだ。〈ブラックサン〉も〈シ

ャドームーン〉も危険な力だ。滅多《めった》なことでは使わないと。〈ブラックサン〉と〈シャドームーン〉になる前段階でも〈サプレッサー〉は露出する」

やがて〈クロバッタ〉と〈ギンバッタ〉、ふたりの腹の節が開き、銀色の抵抗器＝〈サプレッサー〉が露出した。〈クロバッタ〉には赤の、〈ギンバッタ〉には緑の〈キングストーン〉があった。

「……それが〈キングストーン〉……きれいだね。君たち、それがなんなのか知ってるんだよね？　ただの〈ストーン〉じゃない。〝王〟の名を戴《いただ》く〈ストーン〉」

「いや……」と〈クロバッタ〉は答えた。「正直な話、俺たちはそこまで聞かされていない。俺たちの親は言っていた。〈キングストーン〉は俺たちの力の源であり、〈創世王〉の継承者の証《あかし》だと。それ以上の詳しいことは、俺たちが大人になったら教えると言っていた……だが、その時は来なかった」

「そう。〈キングストーン〉は〈創世王〉の後継者の証」ゆかりは言った。「ふたつの〈キングストーン〉を揃《そろ》えれば〈創世王〉になれる。それには〈創世王〉の承認が必要。つまり、〈創世王〉が生きている間でなければ、継承はできない。その〈キングストーン〉が失われても、継承はできない」

「待て」〈ギンバッタ〉がゆかりの話を止めた。「なんでおまえがそんなことを知っているんだ？」

「……あたしの父は昔、南博士、秋月博士の同僚だったから」

「そんな……嘘だろ」〈ギンバッタ〉の声が微《かす》かに震えた。

「よく聞いて。〈キングストーン〉は〈創世王〉の分身のようなもの。その〈キングストーン〉を持ったまま〈創世王〉に挑むのは危険なの。〈創世王〉は〈キングストーン〉に干渉して、きっとあなたたちを殺す……自分を守るために」


——あの時、熱心に語るゆかりの口調を、表情を、息遣いを……五十年経《た》った後にも、光太郎は鮮明に思い出すことができる。

「君たちの〈キングストーン〉をあたしに預けてほ

しい。ビルゲニアはなにか考えている。あたしたちの動きを察したのかもしれない。〈創世王〉を殺すのは今日しかない。〈キングストーン〉を持ったままでは〈創世王〉は殺せない」

光太郎は思う。

——あの時のゆかりの言葉には尋常でない熱があった。

だから……自分と信彦は迷うことなく、〈キングストーン〉を渡した。ゆかりを信じていたから……それだけでもなかったのかもしれない。あの〝村〟であの夜、初めて〈ブラックサン〉と〈シャドームーン〉になった時から、あの忌まわしい力の源である〈キングストーン〉のことを、自分たちを縛る呪いの石と思っていたのではないか？

信彦の気持ちはわからない。だが、少なくとも自分はそう思っていた。

そうでなくては……〈サプレッサー〉から赤い〈キングストーン〉を外した時の、あのなんともいえない解放感のことは説明できないだろう。

そして、自分たちはその足で、〈創世王〉が隠されている小屋を目指した。

一部始終を堂波真一がじっと見ていたことを、知ることもないまま——彼がその夜の悲劇の引き金になることも知らないまま。

——暗い森の道を陰気な顔で歩き出した。殺人者の顔をして。

ただ、自分はこうも思う。

自分に青春と呼べるものがあるなら、あの時こそが、あの瞬間こそが、まさしくそれだったのではないか、と。

仮面ライダー
BLACK SUN
Kamen Rider BLACK SUN

仮面ライダーBLACK SUN 異聞／イブン

［第二部 銀の黄昏］

プロローグ

村が滅んだ日～１９６６

1

矢野政吉《やのまさきち》というのは仮の名前だ。親につけられたものではない。それでも、もう二十年も使っているのだから、それなりに愛着もある。

――矢野の人生は昭和二十一年＝一九四六年の秋から始まった。だが、その日にこの世に生を受けたわけでもない。奇妙な書き方になるが、正確を期すならば、どうしてもそうなってしまう。

矢野の意識が突然、明確になった、つまり、この世界に現れたのはその時、場所は東京の上野公園の一角だった。「はっ」と気がつくと、彼の前に見知らぬ立派な建物があった。それは後の国立博物館、当時の名前は帝室博物館といった。目の前の建物のことだけではなく、あたりを見回してみても、なにもわからない。少し離れたところに寛永寺やいろいろな寺が見えたが、矢野にはそれがなんなのかもわからない。そもそも、〝寺〟という概念がその時の彼にあったのかも、怪しいものだ。

「……困ったな」

そう呟《つぶや》き、矢野は座り込んだ。言葉は忘れていなかった。

ぼんやりしていると、いくつかのイメージが頭に浮かんだ。嫌な臭《にお》いのする暗い部屋、ジメジメした森の中、炎天下、長く続く砂利道――陽炎《かげろう》。いくら経《た》っても、それ以上のことは浮かばない。

「困ったな」

矢野はまた呟いた。腹が減っているのはわかったが、それをどう満たしていいのかはわからない。食事、という概念も忘れていた。

しかたなく、ただ、座り込んでいた。

日が暮れかけた頃、ひとりの男が声をかけてきた。顔の四角い、眉の太い男だ。まだ三十歳くらいだろうが、妙な貫禄というか押し出しの強さがあった。男は風間二郎《かざまじろう》と名乗った。

「兄さん、いいね。いい身体だ。兵隊とられてたか？」

矢野は首を捻《ひね》った。

「耳、聞こえるか？　話はできるか？」

「……話は、できる」

矢野がそう答えると、風間はにこりと笑った。それから三十分ばかりやりとりをして、風間は矢野が記憶をすっかり失い、ここに座り込んでいることを理解した。

「そっか……そりゃ難儀だな。だけど昨日までどうやって生きてたんだよ。まぁ、いいや。おまえさん、年の頃は……まぁ、二十歳くらいか。二十歳だな。それにしてもいい身体だな」

それで矢野の年齢は二十歳ということになった。

風間によって矢野政吉という名前をつけられたのは、その翌日のことだった。矢野という名字は風間の故郷の恩師の姓、政吉というのは戦争で亡くなった彼の弟の名前だった。

出会ってすぐ、矢野は風間に上野駅近くの小さな旅館に連れていかれた。風間の正式な持ち物ではなく、勝手に居座っているらしい。そしてそこには風間の子分の子どもたち……五、六歳の子から矢野とさして歳《とし》が変わらない者まで、全部で三十人ほどが暮らしていた。

風間がしているのは、その子どもたちを使い、かっぱらい、置き引き、相手が力の弱い老人だった場合は強盗……そんなことをさせ、自分は元締めをすることだった。風間が矢野を拾ったのは、その体格に目をつけ、用心棒にするためだった。風間と同じようなことをしているグループは他にも多くあり、そうした同業だけでなく、時にはヤクザとの一悶着《ひともんちゃく》もあった。

矢野が風間に拾われた半月後、ヤクザ者がふたり、突然、旅館にやって来た。彼らは風間を呼び出すと、これからは上がりの半分を納めろと一方的に命令した。風間が返答に窮《きゅう》していると、ヤクザ者のひとりが近くにいた子どもを殴りつけた。

「言うこと聞かんと毎日、ガキひとりずつ殺《や》るぞ」

ヤクザ者の言葉を聞いた瞬間、矢野は奥から飛び出していた。まだ一緒に暮らし始めて間もなかったが、矢野は子どもたちが大好きになっていた。家族も同然と思うようになっていた。

矢野は脅し文句を吐いたヤクザ者の顔を力任せに

殴った。歯が飛び散り、嫌な音を立てて鼻が潰《つぶ》れた。悲鳴を上げて逃げようとする、もうひとりの腕をつかまえる。矢野が握った男の手首がぐしゃっと潰れ、手がちぎれかけた。

ふたりが這々《ほうほう》の体《てい》で逃げて帰った後、風間はパニックに陥《おちい》っていた。

「おまえどうしてくれんだよ相手はモノホンのヤクザだぞあんなことして俺らみんな殺されちまうよおまえどうすんだよ相手ヤクザだぞヤクザあぁ」

初めて出会った時の、若い親分然とした貫禄はきれいに消えていた。

「……どうしたらいい？」

矢野が尋ねると、

「知らねえよ先に相手を皆殺しにするとかか？　はは、はぁできねえよそんなことあいつら浅草の組で戦地帰りがゴロゴロいて人殺すことなんかなんとも思ってねえんだからよ」

「連れてけ」

「は？」

「連れてけ」

「は？　……っっ」

矢野に襟首をつかまれ、風間は苦しそうに呻《うめ》いた。

「……っおい、浅草の組に連れてけって……おいおい」

「連れてけ」

矢野の気魄《きはく》に圧《お》され、結局、風間は言う通りに彼を浅草まで案内することになった。組事務所は浅草寺の裏手にある古いビルだった。

「おい、おまえ真面目に考えてんの？」ビルの入り口を窺《うかが》いながら風間が言った。「おまえ強いのはわかったけど、相手は兵隊だったのが何十人もいんだぞ。好きにすりゃいいけど、なにがあっても俺の名前は出すなよ」

風間には応えず、矢野はすたすた歩くと、ビルの玄関のドアを蹴った。鉄のフレームが枠から外れ、磨《す》りガラスが砕けて割れた。

なにごとかと、奥から上半身裸の若い衆が三人ばかり、飛び出してきた。

「てめえがやったんか！」

先頭にいた男が大口を開いて、恫喝《どうかつ》してきた。矢野は少しも慌てず、男の口にさっと手を伸ばした。顎《あご》をわしづかみにすると、そのまま下へ向かって引きちぎった。悲鳴を上げる余裕もなく、男は倒れて動かなくなった。

残されたふたりはすでに恐慌状態に陥っていた。

「な、なななななな、なんだ、なにしに」

震える若いヤクザに向かって、矢野は落ち着いた声で答えた。

「皆殺しだ」

ふたりの若い衆は背中を見せ、奥へと逃げていった。引きちぎった下顎をつかんだまま、矢野は悠然《ゆうぜん》と進んだ。ダボシャツやランニング姿の男たちが躍り出てきた。皆、手にドスを握って血相を変えていた。先頭にいた男がドスを突き出して駆けてきた。矢野は焦ることなく、右手でそのドスを叩《たた》き落とした。

「?」「?」

男の手首に黒い鉤爪《かぎづめ》が突き刺さっていた。

矢野も刺された男も首を捻った。

しばしの間を置いて、矢野は理解した。自分の右手が鉤爪に変化していたのだ。

「……これはいいな」

矢野は踊るように動き、その鉤爪を次々とやくざたちの脳天に突き刺していった。細い鮮血の噴水を上げながら男たちは呆気《あっけ》なく倒れていった。

殺人を重ねるうちに、矢野の心は昂《たか》ぶり、身体はどんどん変化していった。鉤爪は右腕だけでなく左腕にも現れた。汚れたシャツが破れ、上腕は丸太のように膨れ、黒く硬くなった。頭は大きく変形し、両目は迫《せ》り上がり、大きく三角に尖《とが》った。そして口は太い管になって飛び出した。

矢野は〈タガメカイジン〉に変身していた。

〈タガメ〉が奥の事務所に入ると、そこにも十人ばかりヤクザが集まっていた。彼らは〈タガメ〉の姿を認めると、一様に口をあんぐり開けた。

そこにいた中では比較的若い、両肩に派手な入れ墨をした坊主頭が〈タガメ〉に迫った。

「なんや、祭りの出しモンか?」

坊主頭に胸を押されても、〈タガメ〉はびくともしなかった。両手の鉤爪で坊主頭の肩を引き寄せると、その顔面に口の管を突き立てた。びくびくっと震える坊主頭を抱え込んだまま、〈タガメ〉は彼の血液と体液を吸った。坊主頭の顔がたちまち干し柿のように萎《しぼ》んだ。

〈タガメ〉は坊主頭の身体……死骸をヤクザたちに投げつけた。ヤクザたちは震え、中のひとりが咄嗟《とっさ》に銃を構えた。〈タガメ〉は口から血……坊主頭から吸った血を吹きつけた。顔を真っ赤にした男は視界を奪われたまま、拳銃を乱射した。弾は壁、天井、床、そして男のすぐ隣にいた者の胸を撃ち抜いた。

——部屋にいたヤクザたち全員が殺されるまで、それから一分もかからなかった。ある者は鈎爪で、またある者は口の管で血を抜かれ、部屋は文字通り、血の海になった。

〈タガメ〉はそれから、ビルのすべての部屋を、トイレや物置に至るまで、丁寧に見て回った。ビルの中に生きている者はいなかった。

「皆、殺した」

ようやく、〈タガメ〉の身体から力が抜けた。意識することもなく、彼は人間の姿に戻っていた。それでも、彼が、矢野政吉が浴びた鮮血が消えることはない。真っ赤な鬼のようになってビルを出た。

そんな矢野の姿を見て、外にいた風間は「ぎゃぁぁあっっ」と悲鳴を上げて、どこかへ駆け出していった。その後ろ姿を見て、矢野は思った。子どもたちともっと仲良くなれそうだったのに……あの上野の旅館には帰れないな、と。

思い直して、矢野はビルの中に戻った。動かなくなった男たちから財布をとり、札を抜いた。これがあればものが買えると、風間から教わったばかりだ。全員の財布から盗《と》った札は、手でぎりぎり持てるかどうかの分厚い札束になった。

どう生きていけばいいのか、矢野はすでに学習していた。

腹が減ったら金を出して食い物を買えばいい。金はヤクザを殺して奪えばいい。ヤクザは殺しても構わない。実に単純だ。

それから矢野は日本中を旅しながら、そんな暮らしを続けた。戦後すぐのことだ、日本中どこにでもヤクザはいて、目立っていた。ヤクザ以外にも荒事はいくらでもあって、金はいくらでも入ってきた。いちどそういう暮らしに手を染めると、暴力の匂いを嗅ぎつける嗅覚はどんどん研ぎ澄まされていった。

そうした暮らしを始めて五年目、矢野は神戸のとある街を訪れた。以前から情報を仕入れていた小さな暴力団の事務所に、単身、殴り込みを仕掛けた。

矢野が〈タガメ〉に変身して現れると、組員たちは脱兎《だっと》の如く逃げ出した。ヤクザを殺し回っている化け物がいるという噂《うわさ》は、裏社会に知れ渡っていたのだ。今回だけではなく、少し前から〈タガメ〉の姿を見て、敢《あ》えて抵抗しようとする者はほとんどいなくなっていた。

そんな中、ニヤニヤ笑いながら矢野の前に立つ男がいた。背は高いが細身で、顔つきも優しい。〈タガメ〉が構わず鉤爪を振り下ろすと、男はそれを難なく片手で受け止めた。男の右手はナイフをずらっと並べたような、鋭く大きな爪が生えていた。

男の顔が瞬時に変形し、その口が大きく開いた。〈タガメ〉は驚きのあまり動けなくなった。男……〈カミツキガメカイジン〉はその大きな口で〈タガメ〉の首に喰《く》らいつこうとした。

「……ははっ」

〈カミツキガメ〉は寸前で口を離すと、〈タガメ〉の肩をひょいと押した。〈タガメ〉はふらふらと崩れ、その場に尻餅《しりもち》をついた。

「俺とおまえは仲間だ。仲良くしようぜ」

〈カミツキガメ〉はすぐに人の姿に戻った。

〈カミツキガメ〉になった男は三郷誠司《みさとせいじ》といって、見た目は矢野と変わらぬ若さだった。話を聞いてみると、彼も戦後間もなく、記憶をすべて失い、この神戸にふらっと現れたらしい。それ以来、地元の親分に拾われ、ずっと用心棒のようなことをしているのだという。三郷の紹介で、矢野はその組の世話になることになった。ヤクザになるつもりはなかったが、初めて出会った仲間には興味があった。

その組で、矢野は平穏な……それまでと比較すれば平穏な日々を送った。たまの出入りに駆り出される以外は、なにもせずに暮らした。三郷に言われたのは、命令がない限り、相手のヤクザの命は奪わないこと、どんなチンピラでも組同士の喧嘩《けんか》で人死にが出ると面倒なことになる。矢野はその言葉に素直に従った。

ともに組で暮らすうちに、矢野は三郷から大きな影響を受けるようになった。クラシック音楽の趣味だ。それまで、矢野には音楽という概念はなかった。行く先々の街角で耳にしたことはあったが、それが音楽、というものであることを認識していなかった。三郷の部屋で偶然、彼が聴いていた曲、交響曲第八番ロ短調〈未完成〉を耳にした時、矢野はそれまで感じたことのない、胸を掻《か》きむしられるような気持ちになった。

「それはなんだ?」

「クラシックだよ」

矢野は金はいくらでも持っていた。神戸のレコード屋でレコードプレイヤーと、手当たり次第にレコードを買い漁《あさ》った。どの曲も夢中で聴いたが、中でも彼の心に響いたのは、アントニン・ドヴォルザークの曲だった。

クラシック音楽を聴くようになって初めて、矢野は本当に平穏な心を得るようになった。たまに喧嘩をし、ドヴォルザークの音楽に耽溺《たんでき》するうちに月日は流れた。

そうしているうちに、矢野と三郷は親分の命令で広島に送られた。そこで地元の親分の命令通り、喧嘩をして来いと言われた。いつもと変わらぬ仕事だと思っていた矢野は、広島の地で大変な衝撃を受けることになった。

ヤクザ同士の喧嘩、それは見慣れた光景のはずだったが、敵にも味方にも、自分や三郷と同じような化け物……カイジンが多くいたのだ。三郷との出会いは喜んだ矢野だったが、何百人というカイジンとの出会いは、恐ろしいとしか感じなかった。

そして、なんどかの出入りの末、三郷が殺された。矢野は怒り狂い、暴れた。いつの間にか戦っている相手は、敵対するヤクザではなく、保安隊という名前の日本の軍隊になっていた。

それでも構わず、矢野は暴れ続けた。気づくと、周囲に立っている者はいなくなった。カイジンも保安隊員も、皆、血塗《ちまみ》れになって倒れていた。

　矢野は急にその光景が恐ろしくなった。恐ろしくなって、その場から逃げ出した。気づけば、世話になっている神戸の組に戻っていた。親分はなにも言わずに迎え入れてくれたが、矢野の暮らしは元には戻らなかった。大好きだったはずのドヴォルザークを聴いても、心が沸き立つことはなかった。持っていたレコードをすべて叩き割った。

　そんな矢野が自分たちが〈カイジンヤクザ〉と呼ばれていると知ったのは、しばらく後のことだった。

　結局、矢野は組でなにもせずに何年も過ごした。だが、そんな我儘《わがまま》を許してくれた親分が亡くなり、代替わりして居心地も悪くなった。結局、組を出ることになり、ブラブラしているところで、知らない男に声をかけられた。

「あんた、カイジンだろ？　いい儲《もう》け口があるんだが。戦争だよ、戦争。どうだ、ひと暴れしてみないか？」

　――そして、矢野は百人のカイジンたちとともに、〝地図にない村〟を襲うことになった。

一九六六年、昭和四十一年のことである。

2

「光太郎《こうたろう》！」

「信彦！」

南《みなみ》光太郎と秋月《あきづき》信彦は互いの目を見た。

自分たちがなにをすればいいのか、もはや言葉をかわす必要はなかった。

着ていたシャツを破るように脱ぐと、虚空を凝視して精神を集中する。

ふたりの身体が変化した。全身が硬質化し、目が巨大な複眼となり、触角が伸びた。光太郎は黒の、信彦は銀の、それぞれ〈バッタカイジン〉に変身した。

「兄ちゃん、逃げて！」光太郎、否《いや》、〈クロバッタカイジン〉は叫んだ。「俺たちがなんとかしてるうちに！」

「行くぞ、光太郎！」〈ギンバッタカイジン〉も叫んだ。

ビルゲニア＝〈カッチュウギョカイジン〉をその場に残し、黒と銀、ふたりの〈バッタカイジン〉はカイジンヤクザの群れ目がけて突進した。〈クロバッタ〉は先頭にいた……その長大な角からして恐らく……〈カブトムシカイジン〉を拳で殴りつけ、そのままの勢いで〈スズメバチカイジン〉、〈ゲンゴロウカイジン〉の胸を爪で切り裂いた。〈ギンバッタ〉もまた、数体のカイジンを続けざまに攻め、地面に沈めていた。

――行ける！

〈クロバッタ〉は確信した。

ダロムに言われていた。〈キングストーン〉を持つ自分と信彦は特別なカイジンなのだと。いつか〈創世王〉になるかもしれない、異能の子である、と。

――こんな連中に負けるもんか。

二体の〈バッタカイジン〉の身体能力は高かった。単純なスペックでいえば、カイジンヤクザの中に彼らを上回る力を持つ者はいなかっただろう。だが、彼らは圧倒的に経験が足りていなかった。

ふたりであっという間に十体近くのカイジンヤク

ザを倒したものの、そこで流れが変わった。老練なカイジンヤクザたちは、すでに〈バッタカイジン〉たちが戦いに慣れていないことを見抜いていた。

一対一では敵《かな》わないカイジンヤクザたちは即席ながらもチームワークを発揮し、〈バッタカイジン〉たちを翻弄《ほんろう》し始めた。

〈ホタルカイジン〉の発する閃光《せんこう》で目眩《めくら》ましを喰らった〈バッタカイジン〉たちの背後から、〈サソリカイジン〉の針が、〈ワニカイジン〉の顎が、〈サイカイジン〉の角が襲《うが》った。ふたりの身体は斬り刻まれ、いくつも穴を穿たれた。

動けなくなった〈バッタカイジン〉たちにカイジンヤクザたちが殺到し、その四肢を捕らえた。誰が言い出したわけではなかったが、四方八方から引っ張り、その身体を八つ裂きにしようとしていたのだ。

「バーラバラッ！」

数十人はいるカイジンヤクザたちが楽しそうに調子を合わせた。

「バーラバラッ！」「バーラバラッ！」「バーラバラッ！」


「……あああああぁぁぁぉっ！」

〈クロバッタ〉はその痛みに堪《たま》らず叫んだ。堪らず吠《ほ》えた。父を殺され、自分もこのまま死んでしまうのか……嫌だ、それは嫌だ。このまま殺されるのは嫌だ。

——〈クロバッタ〉は腹のあたりに凄《すさ》まじい熱を、燃えるような感覚を覚えていた。腹部の節が開き、〈サプレッサー〉が露出した。

そして、その中央に収められた赤い〈キングストーン〉＝太陽の石が眩《まばゆ》く輝いた。〈ギンバッタ〉の腹にも同時に〈サプレッサー〉が現れ、月の石＝緑の〈キングストーン〉が怜悧《れいり》な光を溢《あふ》れさせた。

——ふたりは、

〈ブラックサン〉になった。

〈シャドームーン〉になった。

3

――なんだ、ありゃ？

カイジンの群れの後ろにいた矢野……〈タガメカイジン〉は戸惑った。子どもが変身したふたりの〈バッタカイジン〉が、再び変身しようとしていた。身体の節から、それぞれ、黒と銀のどろっとした液体のようなものが排出され、その全身を覆ったのだ。人がカイジンになるところは山ほど見たことがある〈タガメ〉だったが、カイジンが二重に変身するなど、見たことも聞いたこともない。

驚いたのはふたりの変身だけでなく、その四肢をつかんでいた周囲のカイジンたちの反応だった。変身の際の黒と銀の液体の飛沫《しぶき》を浴びた彼らは、激しく震え、のたうち回った。そして、彼らの肉体はたちまち、ぐずぐずに崩れ、骨だけを残して消え果てた。

戦い慣れたカイジンたち……カイジンヤクザたちは、もうふたりから距離をとっていた。〈タガメ〉も同様だ。だが、それがすぐに無意味だと気づいた。

黒い〈バッタカイジン〉の再変身体＝〈ブラックサン〉の姿が、ぱっと消え失せた。次の瞬間、〈ブラックサン〉は距離をとっていたカイジンたちの背後に姿を現した。

そのカイジンたちが気づいて反応する間もなく、〈ブラックサン〉の手刀が彼らの首に打ち込まれた。五人ばかりいたカイジンたちの首が次々と地面に落ちた。

離れたところからその様子を見ていたカイジンたちは「わっ」と叫んで逃げ出した。だが、銀の〈バッタカイジン〉の再変身体＝〈シャドームーン〉がその右手を突き出した。開いた手をぎゅっと握り込むと同時に、逃げようとしていた十人ほどのカイジンたちの脚が同時に大きく捻《ねじ》れ、砕け、地面に倒れ込んだ。

それからはただの殺戮《さつりく》だった。

〈シャドームーン〉は見えない力でカイジンたちの肉体を破壊し、〈ブラックサン〉は見えない風のよ離された。


うに走り回り、カイジンたちの首を落とし、胸を貫き、致命傷を負わせていく。

その様子を呆然《ぼうぜん》と眺めていた〈タガメ〉は、戦後すぐ、初めてヤクザの事務所に殴り込みをかけた時のことを思い出した。あの時の自分もこうやって、一方的な殺戮を行った。

──気づけば、〈ブラックサン〉と〈シャドームーン〉がゆっくり自分に迫ってくる。あたりを見回せば、もう立っているカイジンはいなかった。〈タガメ〉もいつの間にか、恐怖にすくみ、地面に座り込んでいた。

暗闇の中、〈ブラックサン〉の双眸《そうぼう》が赤く輝き、〈シャドームーン〉のそれも緑色に輝いていた。その輝きを見た瞬間、〈タガメ〉……矢野は失っていた記憶のすべてをとり戻した。そして叫んだ。

「自分は落合の染め物職人、山田兵衛《やまだひょうえ》長男、山田太《た》助《すけ》です！　自分は超人計画の……」

最後まで言い終えることはできなかった。矢野の頭は〈シャドームーン〉の念力に潰され、同時に〈ブラックサン〉の手刀により、その身体から切り

4

それからも〈ブラックサン〉と〈シャドームーン〉は狩りを続けた。カイジンヤクザたちがどこにいるのか、気配を探るまでもなく、明確にわかった。彼らはオートマチックに動き、〝村〟に潜むカイジンたちを次々と撃破していった。

最後の一体を倒したところで、彼らの動きは止まった。場所は〝村〟の入口だった。

そこでようやく〈ブラックサン〉は自我をとり戻した。これまでの戦いの中、意識がなかったわけではない。だが、自分の意思とは別のところでその肉体は駆動され、殺戮を繰り返していた。

「……信彦」

〈ブラックサン〉は傍《かたわ》らに立つ〈シャドームーン〉に呼びかけた。信彦の意思が今、どうなっているか、外からは窺い知ることはできない。

「光太郎！　信彦！」

ダロムの声がした。彼は人の姿に戻ったビルゲニア、そして同じく〈クジラカイジン〉から人に戻った白井静馬《しらいしずま》を伴っていた。

「その姿……皆、おまえたちがやったんだな」

〈ブラックサン〉はうなずかなかった。〈シャドームーン〉も同様だ。

「〝村〟にはもう敵はいない。おまえたちのお陰だ。だが、南博士も秋月博士も亡くなった。この〝村〟はここまでだ。〈創世王〉はすでにバラオムとビシュムが運び出す支度をしている。おまえたちも来い」

そう言って、ダロムはふたりに近づいた。だが、「待て」と〈ブラックサン〉は手を上げて制した。

「俺たちに触ったら……死ぬ」

「……」

「なんだ、この力は？」

それまで沈黙を守っていた〈シャドームーン〉がようやく声を発した。

「……素晴らしい力だ。〈創世王〉の力を継ぐ者だけに与えられた、人を、カイジンを、超えた力だ」

ダロムにそう言われても〈ブラックサン〉も〈シ

ャドームーン〉もなにも応えなかった。

「さぁ、光太郎、信彦。我らと一緒に」

「……嫌だ。もう嫌だ」

〈ブラックサン〉は叫んだ。なにが嫌なのか自分でもわからない。ダロムのことは信頼していた。ビルゲニアのことも好きだ。

それでも叫んだ。

「嫌だっ！」

その瞬間、〈ブラックサン〉の足元に倒れていたカイジンの死骸が激しく震え、黒い塵《ちり》となって消滅した。

ダロムたちは息を呑《の》み、思わず後退《あとずさ》った。

「行こう、信彦」

〈ブラックサン〉と〈シャドームーン〉は〝村〟の外の闇の中へと駆け出していった。


その後、ダロムたちは〈創世王〉を連れ、〝村〟から脱出した。〝村〟を襲った首魁《しゅかい》である堂波道之助《どうなみみちのすけ》、そしてヤマトヒメノミコトはいつの間にか姿を消していた。光太郎と信彦は歩いて東京を目指し、以前から自分たちになにかあった時は……と言われていた、南博士、秋月博士の弟子筋に当たる藤堂《とうどう》という男に保護されることになる。その混乱の中、ただひとり三反園《みたぞの》という男だけが〝村〟に残った。ただ、これはすべてまた、別の話である。

Kamen Rider BLACK SUN

仮面ライダーBLACK SUN　異聞／イブン

［第二部　銀の黄昏］

第一章

激闘～２０２２

1

　東池袋のゴルゴム党本部ビル。

　その地上部分はあくまでも通常の政党本部である。会議室に事務室、資料室、ホール等のありふれた施設が収められているが、地下には、堂波真一《どうなみしんいち》総理曰《いわ》く、〝悪の秘密組織のアジト〟たる区画がある。そして、その地下三階には通称、三神官の部屋と呼ばれる場所があった。ダロムたち、ゴルゴム党の幹部が集うところだ。

　そこには今、三神官、堂波真一総理、ビルゲニアが顔を並べていた。

　そして、それに加えて堂波の補佐官、仁村勲《にむらいさお》がいた。

　――仁村は堂波が総理になる前から、公私ともに彼につき従ってきた。彼も堂波と同じ世襲の政治家だ。そして仁村家の者は、堂波真一の祖父、道之助《みちのすけ》の代から堂波家のサポートを務めている。政党内でも堂波家の家老などと揶揄《やゆ》されることもあるが、仁村自身も、その表現は間違っていないと思っている。

　それ故、普通の者が知らない多くのことを目の当たりにしてきた。特にゴルゴム、カイジン関係のことは特別だ。

　そのうえで、仁村には譲れなくなった想《おも》いがある。

　カイジンは醜い。

　カイジンは気持ち悪い。

　今、同席している三神官もビルゲニアもカイジンだ。気持ち悪い。彼らの近くにいるだけで反吐《へど》が出そうだ。仁村は不快感に耐えるため、カイジンたちと一緒にいる時は拳をきつく握り、掌《てのひら》に爪を立て、己に痛みを与える。

　カイジンは醜い。

　カイジンは気持ち悪い。

　自分はなぜ、否《いや》、多くの者はどうしてそう感じるのか、仁村は真剣に考え続けてきた。その結果、彼なりのぼんやりとした結論のようなものはつかめた。

　そもそも、カイジンとはなんだ？

　カイジンは人間と様々な生物のキメラだ。生物は醜いものもいるが、一般にそう認識されることが多い昆虫や爬虫類《はちゅうるい》の類《たぐ》いにも、それなりの美しさがあると仁村は思う。

だが、カイジンは醜い。

人間と生物のキメラのカイジンは醜い。

それはなぜか。生物が醜くないのであれば、つまり人間が気持ち悪く、不快で、醜いのだ。他生物と合一することで、人間の醜さが一気に露見するのだ。

人間は醜い。だから、人間は服を着て肉体を隠す。裸でいると罪になる。

カイジンは人間そのものだ。人間よりも人間だ。

だから人間よりも醜く、おぞましいのだ。


「おい、ぼんやりしてんな。これが〈キングストーン〉だぞ。有り難いんだ、拝んどけ」

堂波に小突かれ、仁村は慌てて「はい」と答えた。

――彼らが囲むテーブルの上には、ふたつの〈キングストーン〉、赤の太陽の石、緑の月の石が置かれている。

揃《そろ》ったところは仁村も初めて目にする。それが途《と》轍《てつ》もなく貴重なものであることは、彼も承知している。〈創世王〉を継ぐ者に与えられ、かつてそれを備えていた〈ブラックサン〉と〈シャドームーン〉は普通のカイジンとは比較にならない超人的な力を発揮したという。そして、ふたつ揃えることで新たな〈創世王〉が生まれる。

それをわかったうえで、仁村は思う。

――現物は意外としょぼい。

常にもっと眩《まばゆ》いオーラのようなものを放っているかと思ったら、そんなこともない。一見したところでは、ただのガラス玉となんら変わらない。

「〈キングストーン〉はここに揃った」

そんな仁村の想いとは裏腹に、堂波総理が派手な身振り手振りで宣言した。

「――で、どうすんだよ。誰が〈創世王〉になる?」

三神官たちは互いに顔を見合わせ、ビルゲニアは無表情のまま、そんな彼らの顔色を窺《うかが》っている。

バラオムとビシュムは首を横に振った。

「誰がなったっていいんだ」堂波は言った。「俺が欲しいのは〈創世王〉が吐き出す〈ストーン〉と〈エキス〉だ」

　黙っていたダロムがテーブルからふたつの〈キングストーン〉をとり上げた。

「私がなろうじゃないか。新たな〈創世王〉を生み出すのが私の最後の仕事だ。自分がなっても問題ない」

「ならばダロム」ビシュムは深くうなずいた。「〈創世王〉のところへ」

「おい、本当にやるつもりか？　今すぐか？」

　ビルゲニアは急に浮き足立ったが、ダロムはなんの躊躇《ちゅうちょ》もなく立ち上がった。

　結局、一同はそのまま一階下、地下四階の〈創世王〉の部屋に向かった。常に〈創世王〉の状況をモニターしている職員たちを外に出すと、彼らは分厚いガラスで遮《さえぎ》られたその向こうに入り、直接、カイジンたちの王と対面した。

　そこにいたのは大きな金属の椅子《いす》に座る、身長四メートル近い巨人だった。全身がくすんだ緑色をした、バッタの姿を備えた昆虫人間だ。微動だにしないようだが、よく見ると、その体表に生えた細かな棘《とげ》が僅《わず》かに震えていた。確かに生きていた。

　――仁村はこの〈創世王〉だけは不思議と醜いとは思わなかった。むしろ美しいとさえ感じる。外見だけの話なら、他のカイジンとそこまで断絶しているわけではない。いったい、なにが違うのか、その謎を解き明かしたいとかねがね思っていたが、それは叶《かな》わない。〈創世王〉を直《じか》に目にする機会はほとんどないからだ。

「――で、どうするんだ？　儀式とかあるのか？」

　堂波総理が尋ねると、ダロムは首を横に振った。

「南《みなみ》博士からも秋月《あきづき》博士からも聞けぬままでしたよ。あなたのお祖父《じい》様にふたりとも殺されましたからね」

「なんだよ、〈創世王〉になるって宣言した途端、ずいぶん強気で来るじゃねえか」

「わかっているのは、ふたつの〈キングストーン〉を使うということだけ。……正解がわからない以上、とりあえず、やってみるだけです」

　赤と緑、ふたつの〈キングストーン〉を掲《かか》げながら、ダロムは〈創世王〉の前に立った。その瞬間、

〈創世王〉の指先がびくっと震えた。

ダロムは静かに〈キングストーン〉を重ねた。かちんっと小さな、だが清浄な音が響いたかと思うと、再び〈創世王〉が反応した。全身の身体の節から、どろっとした液体……〈エキス〉が大量に溢《あふ》れ出した。

「大丈夫だ」バラオムが声を上げた。「行けるぞ」

ダロムはうなずくと、〈キングストーン〉を打ち鳴らしながら、〈創世王〉にゆっくりと近づいた。ふたりの距離がぎりぎりまで縮まったところで……。見えない発条《ばね》に弾《はじ》かれたように、ダロムの身体が吹き飛ばされた。ダロムが激突すると、マシンガンの銃弾にも耐える隔壁ガラスに大きくひびが走った。

全員が息を呑《の》んだ。

〈キングストーン〉だけはしっかり握ったまま、ダロムはなんとか立ち上がった。

「……なにやってんだ！」入口のところまで避難していた堂波総理が叫んだ。「やるならちゃんとやれよ、おまえ」

「〈創世王〉が拒絶している。私では不足なのかもしれない……」

「だったら私が」

ダロムの手から奪うようにして、ビシュムはふたつの〈キングストーン〉をとり上げた。よほど昂《たか》ぶっているのか、ビシュムの肌には鱗《うろこ》がぴっしり浮かび、その口は鋭い嘴《くちばし》になっている。半ば〈ヨクリュウカイジン〉に変身していた。

ふたつの〈キングストーン〉を突き出して、ビシュムは〈創世王〉に近づいた。だが、結果は同じだった。すれすれまで近づいたところで、彼女の身体は吹き飛ばされ、ダロムと同じようにガラスに叩《たた》きつけられた。

「なんだよ、おまえら。なにが三神官だよ。おまえらよりマシなカイジンはいねぇんだろ？」

堂波が苦虫を噛《か》み潰《つぶ》した顔になった。

「――〈ブラックサン〉と〈シャドームーン〉」

真面目な顔で答えたバラオムに、堂波は爆笑した。

「そいつは最高だな。あいつらに頭下げて頼んでみるか？」

「……俺に考えがある」

ビルゲニアが口を開いた。

「おまえ、自分でやるつもりか？　おまえ、ずっと〈創世王〉になりたがってたもんなぁ」

堂波に茶化《ちゃか》されてもビルゲニアは、

「いや……自分じゃダメなのはわかってる。〈創世王〉が求めているのは強いカイジンじゃない」

そう言ったビルゲニアに、皆の注目が集まった。

「〝村〟にいる頃、俺は毎晩のように〈創世王〉に会いに行った。最初のうちは〈創世王〉の心がわかったんだ。だが、いつの間にか〈創世王〉の心は聞こえなくなった。南博士も秋月博士も〈創世王〉には普段は意思も心もないと考えていた。だが、それは間違いだ。聞ける者がいなかっただけだ。俺は光太郎《こうたろう》と信彦《のぶひこ》から聞いたことがある。〈キングストーン〉を埋められ、カイジンになったばかりの頃、ふたりは〈創世王〉と心を交わしたと……つまり答えは明らかだ」

「ふは……ははははははは」ビルゲニアの言葉を聞いて、堂波が堪《たま》らず爆笑した。「わかるよ、わかる。つまり、おまえはこう言いたいわけだ。純粋な心の持ち主でないと反応しないと……ははっ、純粋だって。言っちゃったよ、俺。照れるなぁ」

2

地下四階でそんな会話が交わされていた頃、数台のトラック、バンに分乗し、都道435号線から、ゴルゴム党本部ビルを遠巻きに見ている者たちがいた。

秋月信彦、南光太郎、そして信彦を慕って集まってきた若いカイジンたちが総勢二十名ほど。その中には小松俊介《こまつしゅんすけ》の姿もあった。彼らは偽装のため、皆、電気工事会社の青いツナギや薄手の作業服を着ていた。彼らの目的……正確にいうなら、信彦の目的は〈創世王〉の抹殺、そして光太郎の目的は和泉《いずみ》葵《あおい》の奪還、ゴルゴム党に対する攻撃、奇襲という意味では両者の目的は一致していた。

彼らに加えてもうひとり、作業服の男がいた。〈コウモリ〉こと、大森浩一郎《おおもりこういちろう》だ。

「だから俺がなんで現場まで来なきゃいけないいんだよ」

ぼやいた大森の肩を信彦が強く叩いた。

「金ならたくさんやったよな？」

「いやそりゃもらったけどさぁ。ビルと地下の造りのことならもう教えたじゃん」

「ゴルゴム党の本体は地上から見えているところじゃない。地下、だ。人間たちを捕まえてる牢獄《ろうごく》も三神官の部屋もそして〈創世王〉の部屋も、すべては地下だ。そしてそこにアクセスできる地下のアレだ。そこに行くにはおまえのIDが必要になる」

「だからさー、IDカードは貸すって言ったじゃん」

信彦が言っている〝地下のアレ〟というのはゴルゴム党本部がある一帯、かつての巣鴨監獄時代に造られたと思《おぼ》しき、広大な地下空間のことだ。ゴルゴムで便利屋として使われている大森はそこにアクセスできるだけでなく、その地下構造を詳しく理解している。今回の作戦には欠かせないキーパーソンだ。

「なにかあった時はおまえがいた方が誤魔化《ごまか》しが効くだろ？」

笑った信彦に大森は頭を抱えた。

「だからさー、そのなにかあった時が嫌なんだってば。俺はただ平穏を望んでるだけなの」

「〈創世王〉がいなくなればゴルゴムもなくなる。おまえも平穏に生きられるよ」

「……わかった。奥の手だ、信彦。実はな……」

大森は周囲を窺って信彦に耳打ちした。

「俺、知ってんだ。ゴルゴムとカイジンと〈創世王〉のすげえ秘密。ビルゲニアにつき合って、見聞きしたんだよ。大昔の資料だ。カイジン創生の秘密ってヤツだ。たまげるぞ。これ教えてやる代わりに今回、パスでいいだろ？」

「悪いが、今、忙しいんだ。ホラ話ならこんど聞いてやるから」

「あー、もー！」

大森が肩を落とした。信彦はもう大森に背中を向け、

「そろそろ時間だ。計画通り、二手に分かれる。地上突入組はあくまでも陽動だけが任務だ。やることやってヤバくなったら、すぐに逃げ出せ。警察に捕まるのも厄介だ」

――信彦の話を聞いていた光太郎は、傍《かたわ》らにいた俊介を見た。無表情でなにを考えているのかは察せられない。

「怖いなら来なくていい。役に立ちたいと思うなら陽動の方に回ってもいい」

光太郎がそう言うと、俊介は激しく首を横に振った。

「俺も葵のことは心配だから……これまで、あいつには、いろいろしてもらったから」

「……そうか。なら、おまえにひとつ頼みたいことがある」

光太郎は俊介に小さな紙切れを渡した。白井静馬《しらいしずま》という名前と住所、電話番号が書かれていた。

「白井静馬……〈クジラ〉、だ。仲間とは言わないが、俺の頼みは聞いてくれるはずだ。葵にはもう家族がいない。葵を助けたら、そいつを頼れ。俺が無事に戻れる保証はない」

「は、はい」

「よし、行くぞ」信彦が声を上げた。「俺たちは地下の入口の方に回る。後は時間通りに作戦決行だ。頼んだぞ」

その命令を受けて、若いカイジンたち数名がゴルゴム党本部へと歩いていった。

3

三神官、堂波総理、そして仁村補佐官が〈創世王〉の部屋で待っていると、ビルゲニアが和泉葵を連れて戻ってきた。猿轡《さるぐつわ》をかまされ、後ろ手に縛られている。

部屋に入ってきた葵はそこに集まった者たちを見て、目を丸くした。

「よお、久しぶりだね。どう？　ヘイト撲滅運動頑張ってる？」

堂波に気易《きやす》く声をかけられ、葵は険しい顔になった。だが、そのすぐ後、椅子に座っている巨大な存在……〈創世王〉に気づき、顔色を失った。

「その子が？　本当に？」

ビシュムが訝《いぶか》しんだが、ビルゲニアは、

「試してみるだけなら損はないだろう。こいつに〈キングストーン〉を渡してくれ」

ビルゲニアは葵の手を縛るロープを解《ほど》いた。ダロムは深くうなずくと、葵の手に〈キングストーン〉をひとつずつ握らせた。

その途端、ふたつの〈キングストーン〉が眩く輝いた。そして、キーンッという甲高い音を発した。どんどんトーンが上がり、人の可聴領域を超え……ひびの入っていた分厚いガラスが粉々になって割れた。

同時に葵が絶叫し、激しく身を震わせた。着せられていた粗末なカットソーを破り、全身が緑の〈カマキリカイジン〉に変身した。手が鎌になった後も、根元の指のような小さな突起を使い、〈キングストーン〉を落とさず握りしめていた。

そして、その意思とは無関係に、〈創世王〉に引き寄せられていく。

「おおおおおおおおおおおおっんんんん」

〈創世王〉が吠《ほ》えた。その声にダロムたちは言葉を失った。〈創世王〉の〝吠え声〟など、初めて耳にした。

〈キングストーン〉は更に激しく輝き、〈カマキリ〉は〈創世王〉へと近づいた。〈創世王〉は長い腕をゆっくり持ち上げると、〈カマキリ〉を……和泉葵の身体をゆっくり掻《か》き抱いた。

その瞬間、葵の脳裏に、なにかが、流れ込んできた。

4

和泉葵は夢を見ていた。

夢というにはあまり鮮明だが、他に言い換えるべき言葉も見つからない。

――山の中のようだ。それとも森？　すぐ近くを小さな川が流れている。水面が月光を映してキラキラと輝いていた。

そこに光太郎と信彦がいた。ふたりとも若い。そして彼らの前に葵が知らない女性……否、葵はそれをニックからもらった写真で知っている。光太郎たちや五流護六《ゴルゴム》幹部たちと一緒に写っていた女性……新城《しんじょう》ゆかりだ。なぜか名前もわかった。

不思議な映像だ。誰の視点なのか、それがまず曖昧だ。光太郎から見たもののようにも、信彦からのようにも、そしてゆかりの視点のようにも思える。それが目まぐるしく切り替わっていく。

――光太郎が腹の金属の板から赤い〈キングストーン〉を外した。信彦もそれに倣《なら》って緑の〈キングストーン〉を外した。

そして、ふたりは〈キングストーン〉をゆかりに渡した。

その瞬間、映像は切り替わった。

とても高いところから、地上を見下ろしていた。

葵の視界の中心には、ゆかりがいた。

背中を深く斬り裂かれ、血塗《ちまみ》れになっている。すでに絶命しているのは明らかだった。

彼女の横に〈キングストーン〉がふたつ、転がっていた。

誰かが走ってきた。黒人の男だ。

ニックの祖父のオリバーだ。彼もまだ若い。三十そこそこに見える。

――オリバーがふたつの〈キングストーン〉を拾った。

なんだろう？　葵は思った。

その時のオリバーが浮かべた、苦しそうな、卑屈な、なにかを諦《あきら》めたような、なんとも言い難い表情は。

その表情を保ったまま、オリバーは年齢を重ねた。皺《しわ》だらけになり、老人としか呼べない容貌になっていた。そしてオリバーは壁紙が茶色く灼《や》けた天井の低いマンションの一室にいた。公営住宅かもしれない。

『私の罪を理解してくれた君たちを信じて、このひとつを託す』

——お父さん、お母さん！

オリバーと対面しているふたりを認めて、葵は声にならない声を上げた。

あれはお父さんとお母さん、川本英夫《ひでお》と莉乃《りの》だ。だが若い。学生に見える。

『人間もカイジンも命の重さは地球以上。一グラムだって命の重さに違いはない』

英夫と莉乃の姿が消えたかと思うと、それと入れ替わるように黒人の少年が現れた。ニックだ。愛嬌《あいきょう》のある顔ですぐにわかった。だが、その彼は今、恐怖に震えていた。

ニックの前に堂波真一がいた。今よりも少し若い。彼は乱暴にニックの顎《あご》をつかむと、彼が口の中に隠したものを吐き出させた。それは緑の〈キングストーン〉、月の石だった。

ニックの横ではオリバーがビルゲニアになんども殴られていた。頰《ほお》を打たれながらも、オリバーは声を上げた。

『私も、あなたも、人間も、カイジンも、命の重さは地球以上だ。一グラムだってその重さに違いはない』

『こいつ、こんなにウザかったっけ？　殺しちゃえよ』

堂波に命じられると、ビルゲニアは〈カッチュウギョカイジン〉に変身した。

また、映像が切り替わった。否、これを映像と言っていいものかと、葵は改めて思った。匂いも暑さもベタベタした湿気も感じる。葵にはお馴染《なじ》みの場所、カイジンたちが暮らす街、特区三号だ。傾《かし》いだ小さな家が並ぶ前に、葵と両親の英夫と莉乃がいた。

よく覚えている。両親と別れた日のことだ。莉乃が赤い石がはまったネックレスを葵の首にかけた。幼い自分には少し重たく、ひやっとした感触が嫌だったことをよく覚えている。

気づくと、葵の前から両親はいなくなっていた。

——あなたはどこから来たの？

葵はネックレスの赤い石に問いかけた。

石は答えない。

——あなたはどこへ行くの？


……！


ふと感じた気配に、葵は振り向いた。

そこに白い着物の少女が立っていた。

『その答えを本当に知りたいの？　いいよ、あなたになら教えてあげる』

その少女の言葉を聞いた瞬間、葵は絶叫した。


「あぁぁあぁぁあぁぁあぁぁあぁぁあぁぁあぁぁあぁぁあぁっっっ！」

叫びとともに〈カマキリカイジン〉は葵の姿に戻った。咄嗟《とっさ》に〈創世王〉の腕を解いて後退《あとずさ》った。

彼女が両手に握った〈キングストーン〉はまだランダムな発光を続けており、葵の剥《む》き出しになった上半身の白い肌をどぎつい色彩で染めていた。

「なにがあった！」ビルゲニアが叫んだ。「おまえが途中でやめたのか！」

ビルゲニアに詰め寄られて、葵はなんども首を横に振った。ビルゲニアが、そしてその場にいた全員が彼女との距離を詰めた。

そして……全員が見えない力に弾き飛ばされた。

5

小松俊介は緊張していた。

手にしたスマホで映像を観《み》ている。小さな画面の中、数名の仲間たちがゴルゴム党本部に入っていく様子が映っていた。玄関ホールにいたふたりの警備員が近づいてきた。

「宮崎電工の者ですが」

ひとりがツナギに書かれた電気工事会社の名前を口にした。

「エレベーターの電源にトラブルがあったということで呼ばれたんですが、担当の方は？」

警備員のひとりが確認しに行ったのを見て、別の作業着の男が動いた。ツールボックスを開き、中からとり出した茶色の包みを投げ、ホールの奥へと滑らせる。

数秒後、爆発が起こり、俊介が見ている画面は煙で灰色に塗り込まれた。

「爆発、確認しました。成功です」

俊介が報告すると、秋月信彦と南光太郎が深くうなずいた。

「よし、行くぞ」

信彦の指示を受けて、光太郎、俊介、そして十名ほどいる若いカイジンたちが走り出した。彼らに遅れて大森浩一郎がノロノロと歩く。

「急げ、おまえが先頭だよ」

信彦に言われ、大森は渋い顔で小走りになった。

——彼らが走っているのは、ゴルゴム党本部がある東池袋の地下の広大な空間だ。その成り立ちについては現在に至るまで、はっきりしたことはわかっていない。このあたりに巣鴨監獄があった戦前、日本軍の秘密施設を造るために用意され、そのまま放棄されたものと推察されているが……。ゴルゴム党はこの地上に本部ビルを持って以来、その空間を独占的に利用していた。拉致してきた人間たちを本部内に連れ込む際など、極めて便利に使われている。

一同は奥の大型エレベーターの前に辿《たど》り着いた。

「なぁ、カード渡すから、俺、もう帰ってよくないか?」

大森がカードをスリットに入れ、生体データを認証するセンサーに掌をかざした。

「この先、こんな感じでおまえの生体データが必要な局面もあるんだろ、どうせ」

信彦に言われ、大森は黙り込んだ。

「わかったけど、俺はドンパチはカンベンだからな。後ろにいるからな」

「光太郎、俺たちは〈創世王〉のところへ行く。おまえは俊介と一緒に葵を捜せ。見つかってあの子の安全を確保できたら、俺たちに合流しろ。それでいい」

信彦の申し出に、光太郎は深くうなずいた。

「俺たちは一気に〈創世王〉のいる地下四階まで行く。おまえたちは地下三階で降りろ。捕らえられているなら、そのフロアにいる可能性が高い」

「わかった」

光太郎は再びうなずいた。

一同はエレベーターに乗り込み、地下三階、四階のボタンを押した。エレベーターの函《はこ》が降下を始め、地下二階に達した時、光太郎が突然、停止ボタンを押した。

皆の注目が集まる中、光太郎は言った。

「——葵の声が……悲鳴のような声が聞こえた」

「わかった、行け」

信彦の声に背中を押され、光太郎は俊介とともに通路に飛び出した。物の搬入をする都合なのか、通路はかなり広かったが、その分、少ない照明の光が及ばないところも多く、かなり薄暗かった。

光太郎は通路の真ん中に立ち止まり、目を閉じて耳を澄ませた。

「……このままじゃダメだ」

光太郎は作業服の上着を脱ぎ捨てると、精神を集中させた。彼の肉体はたちまち硬質化し、〈クロバッタカイジン〉になった。

「——俊介、おまえもだ」


——時間は僅かに遡《さかのぼ》る。

〈創世王〉の部屋では、その場にいた全員が葵の発した目に見えない力に弾き飛ばされた。そして、皆が倒れている間に、葵は部屋を飛び出していった。

「うっ……」

総理補佐官の仁村勲は呻《うめ》きながらも、なんとか立ち上がった。彼の背後で様子を窺っていた堂波真一総理の身体がクッションとなり、仁村はほとんどダメージを受けなかった。

「馬鹿野郎、どけよ。なにやってんだよ。俺、死にそうになったぞ。あぁ痛ぇ痛ぇ」

堂波が仁村を押しのけてきた。言葉とは裏腹に元気で、怪我《けが》もなさそうだ。だが、仁村は「お怪我はありませんか、総理」と、立場上、確かめざるを得ない。

「わかんねぇよ、そんなの。とにかく痛ぇよ。痛ぇ」

そう言いながら堂波が立ち上がった瞬間だった。

どーんっという衝撃とともに、〈創世王〉の部屋が大きく揺れた。

「なんだよ、こんな時に地震かよ……まさかあの娘がやったんじゃないよな？」

訝しむ堂波に、ダロムは首を横に振った。

「地震の類いではないでしょう。上で爆破でもあったかと」

「テロかよ！」堂波は叫んだ。「俺が狙われてんのか？」

「総理、まずはここから離れましょう。〈キングストーン〉についてはゴルゴムの方々にお任せしましょう」

仁村がそう言うと、堂波は珍しく素直にうなずいた。

「総理、一階から連絡がありました」スマホを手にしたビルゲニアが言った。「入口で爆弾が使われたようです。火災にはなっていないようですが、犯人たちの動きはわかりません」

「逃げよう！　逃げよう、な、仁村」

「ご安心ください、私が必ずお守りしますから」

仁村は堂波の肩を支えた。

「バラオム、警備員を集めて総理の警護につけ」ダロムが命じた。

「総理の警護は俺ひとりで十分だ」

ビルゲニアが声を張ったが、「ふざけんなよてめぇ」と、堂波が怒鳴りつけた。

「片腕になっといてなにができるっつーんだよ。いるだけ警備つけろ！」

ビルゲニアは無言のまま、堂波の顔を睨《にら》み返した。

「総理、急ぎませんと。すぐに揉《も》み消して、ガス爆発とでも発表させるようにしますが、万が一、間に合わず爆破事件と露見すれば消防だけでなく警察、そしてマスコミもすぐに来ます。その場に総理が居合わせるのは都合が悪い」

仁村にそう言われ、堂波は慌てて外に出た。ビルゲニアとバラオムが並んでそれに従った。

ダロムはそれを見送り、

「ビシュムは侵入者を迎え撃て。目的がここの〈創世王〉なのか、堂波総理なのかわからん。それに馬鹿正直に玄関から入ってくるとは思えない。そちらは陽動の可能性もある。状況を読んで動いてくれ」

「あなたは？」

ビシュムに問われると、ダロムは、

「私はあの娘を追う。〈キングストーン〉をこのまま奪われるわけにはいかない――皆、それぞれに頼んだぞ」

6

秋月信彦、大森浩一郎、そして十名ほどの若いカイジンたちは、地下四階で大型エレベーターから降りた。彼らは背負っていたケースからライフル……ロシア軍の制式ライフルＡＫ－47をとり出し、構えた。腰のベルトには同じくロシア軍の軍用拳銃ＭＰ－443を差す。

しばらく通路を走り、その行き止まりにある鉄扉の前で一同は足を止めた。大森が前に出て、ロックの解除センサーに掌をかざす。だが、画面にはエラーと出た。

「どうなってるんだ？」

「わかんねぇよ」

信彦に詰められ、大森は叫んだ。

「このフロアじゃ俺の認証データが無効にされてる。あぁやべえぞ、これ、最近いろいろ動いてたから、ダロムたちに警戒されてたんじゃないのか、これ。やベーよ」

「わかった。ここでグズグズしていてもしかたない。一旦《いったん》、上の階に回る。入れるところから入って、〈創世王〉の部屋を目指す」

一同は狭い階段を駆け、地下三階に上がった。そこにあるビル本体へ通じる鉄扉は、大森の生体データで開くことができた。

「よし、一気に〈創世王〉の部屋を目指す。皆、準備だ」

その場に上着を脱ぎ捨て、大森を除く全員がカイジンになった。信彦が変身した完全な昆虫人間である〈ギンバッタカイジン〉を除くと、そこに現れたカイジンは皆、中途半端な姿形をしていた。〈ハリネズミカイジン〉は髪の毛だけ硬質化して棘になっていたが、顔も身体も人間のままだった。〈ベンガルトラカイジン〉は頭こそ獰猛《どうもう》そうな獣そのものに変貌していたが、首から下は貧弱な人間そのものだった。〈ハヤブサカイジン〉は猛禽類《もうきんるい》のカイジンだが、その羽は首筋に申し訳程度に小さく生えているだけで、飛行能力は持たない。他のカイジンたちも似たようなもので、異形ではあっても、直接、戦闘力に結びつくようなものではなかった。それでも彼らは変身した。人間のままでいるよりは多少はマシということもあったが、カイジンとしての誇りを懸けて戦う、という声なき宣言でもあった。

ゴルゴム党本部の地下三階部分は広大だった。三神官たち幹部たちのための施設以外にも、拉致してきた人間たちを閉じ込めておく牢獄、研究室など、ゴルゴムが表に出せない活動を支える施設が集まっており、〈創世王〉の部屋がある地下四階よりも、ある意味、ゴルゴム党の中枢といえた。

〈ギンバッタ〉を先頭に、一同はその中央を貫く通路を走った。そして、通路の角を曲がったところで……。

「待て、伏せろ！」

気配、としか言いようのないものを感じて、〈ギンバッタ〉は咄嗟に叫び、身を伏せた。後続の半分がその声に反応できたが、残りは棒立ちのままだった。そして彼らは撃たれた。ライフル弾に身体を貫かれ、その衝撃で宙に躍るように震え、通路に崩れた。

「下がれ！」

〈ギンバッタ〉の指示に、一同は曲がり角の向こうまで戻った。一瞬だったが、〈ギンバッタ〉はその優れた視力と認識力で敵戦力を把握していた。

ゴルゴム党本部の警備員の制服を着た男たちが三人。三人とも着衣のままだが、顔は獣に変わり、カイジンとしての戦闘態勢をとっていた。彼らが手にしているのは、米軍のM４カービンだ。

そして、その奥にはビシュムがいた。

――玄関を爆破したのが陽動だとバレたか……。時間の問題だということは覚悟していたが、予想よりも勘づかれるのが早かった。

〈ギンバッタ〉は鋭い歯をギリギリと鳴らした。人間の姿なら唇を噛んだ、というところか。

「行かせてください」「大丈夫です」

すでに五人に減った若いカイジンたちが声をかけてきた。その手にはしっかりとライフルが握られている。だが、〈ギンバッタ〉は首を横に振った。

「奴らは練度が違う。正面からの撃ち合いじゃ敵《かな》わない。――俺が行く」

言うなり、〈ギンバッタ〉は駆け出した。地を這《は》うような姿勢で走り、稲妻のように小刻みに軌道を変え、警備員たちに迫る。

警備員たちは射撃を続けたが、銃弾は〈ギンバッタ〉を掠《かす》めることすらしなかった。あとコンマ数秒で警備員たちの首を落とせるというところで、その警備員のひとりの肩が血を噴いた。

――馬鹿が。

振り向くことはしなかったが、気配……背後からの音と衝撃で理解した。若いカイジンたちが顔を出し、援護射撃をしているのだ。逸《はや》る気持ちを抑えながら、〈ギンバッタ〉は警備員たちに襲いかかり、精密機械のような手際で、彼らの首を手刀で落としていった。

警備員の背後にいたはずのビシュムは、その姿を消していた。それを確認したうえで、ようやく〈ギンバッタ〉は振り返った。

そこには彼を慕ってついてきた、若いカイジンたちが全員、血塗れで倒れていた。

7

光太郎が変身した〈クロバッタカイジン〉と俊介が変身した〈スズメカイジン〉は肩を並べ、暗い通路を進んだ。そこはまだ地下二階の外周部で、ビル本体には入り込んでいなかった。

「耳だけじゃダメだ。全身の感覚を研ぎ澄ませろ。意識葵とのつき合いはおまえのほうがずっと深い。意識していなくても、おまえの身体は葵の体臭を、息遣いを、体温を、鼓動をきっと覚えている。葵を見つけられるのは、おまえだけだ」

〈クロバッタ〉の言葉に〈スズメ〉は深くうなずき、その脚を止めた。頭にみっしり生えた茶色の羽根が逆立つ。大きな瞼《まぶた》が下りて、真っ黒な瞳を隠した。彼は今、最大限に精神を集中させていた。

「――たぶん、あっちに」

「わかった、おまえが先に行け」

「あの……光太郎さん。脚、大丈夫なんですか？」

〈スズメ〉に問われ、〈クロバッタ〉は一瞬、返答に窮《きゅう》した。言われてみて初めて、左脚を引きずるように歩いていたことに気づく。この姿に変身すれば、痛みこそはあるが、不自由なく動かせていたはずだったのに……。

「俺は大丈夫だ。集中しろ」

〈クロバッタ〉に背中を押され、〈スズメ〉は足早に歩き出した。

湾曲する通路を百メートルばかり進んだところで、〈スズメ〉は急に立ち止まった。壁ぎわに太いパイプの束が集まった一角だ。普通では扱わない大量の電力や水を、地下の秘密施設に引き込むために使われているものだろう。

「葵、そこにいるよね？　僕だよ、俊介だよ。いるんでしょ？」

「……ごめん」

パイプの陰からか細い声が聞こえてきた。葵の声だ。

「……私……上、裸だから」

「え……うん」

〈スズメ〉は慌てて上着を脱ぐと、それをパイプの向こうに投げ入れた。

「少し破れちゃってるけど、大丈夫だと思う」

「……ありがとう」

少しして、葵が姿を見せた。オーバーサイズの上着を着て、両腕で胸をきつく押さえている。

「俊介……おじさん……」

葵の目が泳いだ。

「私、カイジンになっちゃった……〈創世王〉にされそうになった……それで、この石の記憶？　みたいなのを見た。怖い、私、怖い……」

そう言って、葵は両手に握った、赤と緑、ふたつの〈キングストーン〉を見せた。それを見て、〈クロバッタ〉は驚いた。葵がそもそも持っていた赤の〈キングストーン〉はともかく、どうして緑の〈キングストーン〉まで、葵が持っているのか。だが、その事情を確かめている余裕は今はない。

「俊介、葵を連れて外に行け。頼んだぞ」

「待って、おじさんはどうするの？」

「俺は〈創世王〉のところへ行く。おまえたちは早く逃げろ。〈キングストーン〉を持っていくんだ」

「無理！　俊介とふたりじゃ無理！」

「戦い方は教えてやっただろ。〝村〟じゃ、そこそこ強かったしな。それに俊介もいるだろ。俊介がおまえを絶対に守る」

〈クロバッタ〉の言葉に、〈スズメ〉は大きくうなずいた。

――そこに重い足音を鳴らし、暗闇の向こうから近づいてくる者がいた。

ダロムだ。

彼はその全身を覆っていた上衣を脱ぎ捨てた。

「〈キングストーン〉は奪わせない。〈創世王〉のところへも行かせない。すべてはカイジンたちを守るためだ」

ダロムの肉体が変化した。

白い外骨格に覆われ、頭が平べったい三角形の兜《かぶと》のような形状になり、凶悪な顎が現れる。頭頂部から長く伸びた触角が床まで垂れた。三葉虫――古生代に棲息《せいそく》し、絶滅した海生節足動物だ。現代でも健在な生物でいえば、クモやサソリの仲間だ――その力を宿した〈サンヨウチュウカイジン〉である。

　薄暗い通路に立つ〈サンヨウチュウ〉の姿を目にして、〈クロバッタ〉は僅かに身を強《こわ》ばらせた。

　ダロムとは古いつき合いになるが、彼がここまで完全にカイジンに変貌したのは初めて見る。そして、〈クロバッタ〉は〈サンヨウチュウ〉の腹部を注視していた。ほとんど黒に近い濃緑の〈ストーン〉が半ば露出していた。〈キングストーン〉には及ばないにしろ、それが強力なものであることを〈クロバッタ〉は知っている。三神官のビシュムが〈天〉の石を、バラオムが〈地〉の石を、そしてダロムが腹に備えているのが〈海〉の石だ。〈ストーン〉には過去に地球上に存在した生物のデータがすべて収められているが、なぜか通常のカイジンは現存する生物の中からしか、そのモチーフが選択されない。絶滅した生物の力を持つカイジンは現在、三神官のみだ。そして、ダロムはその三人の中でも最強と言われている。

　――この姿のままでは立ち向かえない。

〈クロバッタ〉は決意した。

「葵、俊介、いいな。隙《すき》を見て必ず逃げ出すんだ――離れていろ！」

　ふたりに命じると、光太郎は再び精神を集中させた。〈クロバッタ〉の腹部がゆっくり開き、抵抗器＝〈サプレッサー〉が露出した。その中心には本来、収められるべき〈キングストーン〉はない。だが、その空白の中心部が赤く輝いた。

〈クロバッタ〉の全身の節々から、真っ黒な液体が噴き出した。それは〈創世王〉から譲り受けた能力、〈再生成泡沫《リ・プラスフォーム》〉だ。〈再生成泡沫《リ・プラスフォーム》〉はたちまち〈クロバッタ〉の身体を覆い尽くし、彼を漆黒の闘士に変えた。南光太郎の本来の姿、〈ブラックサン〉だ。

「……ほお」

〈サンヨウチュウ〉の顎が僅かに動き、微《かす》かな息遣いを漏らした。

「〈キングストーン〉なしによくその姿になれたものだ。ずっと不思議だったが、その娘が太陽の石の〈キングストーン〉を身につけていたと聞いて、合点が行ったよ。〈キングストーン〉を近くに置いて、スイッチが入ったのか」

「それがどうした」

「〈キングストーン〉によって書き換えられた細胞が変異したところで、カイジンの力の源は〈ストーン〉だ。〈キングストーン〉を持たぬおまえがどれだけ戦えるものか」

「そこまで言うなら試してみろ」

なんの予備動作もなく、〈ブラックサン〉は動いた。否、姿を消した。その一瞬の後、〈サンヨウチュウ〉の背後に出現すると、その背中に拳を叩き込んだ。

だが、〈ブラックサン〉の拳は宙を泳いだだけだった。

「おまえの動きはわかる」

ダロムは静かに告げた。

「その動きがどれだけ速かろうと、私には届かない。私にはそういう力がある」

「未来予測か」

「そうだ。なんどやっても無駄だ。私の力ではおまえを倒すことはできない。だが、おまえも私に触れることはできない」

「……」

「〈ブラックサン〉、その娘から〈キングストーン〉をとり上げろ。そして〈創世王〉を継承しろ」

「俺を〈創世王〉にして、あんたはなにを望むんだ？」

「カイジンを守る以外になにがある。〈創世王〉の存在を繋《つな》ぐことが、カイジンの生き残る唯一の条件だ」

「俺がまだ幼かった頃、〝村〟の学校であんたは教えてくれた。カイジンこそ人間の新しい可能性だと。それを徒花《あだばな》で終わらせてはならないと。俺も信彦もそれを信じていた。だからこそ、俺たちはカイジンになることを望んだ。俺もカイジンの可能性を信じていた」

〈ブラックサン〉の身体の装甲が砕けた。その下の〈クロバッタカイジン〉の姿も、人間の形に戻った。

「……光太郎」

〈サンヨウチュウカイジン〉もまた、人の姿に、ダロムに戻った。

「だが」

光太郎はダロムに迫った。

「カイジンの可能性、そんなものはなかった。争いの火種になっただけだ」

「……」

光太郎の腕がダロムの腹に突っ込まれていた。彼の右腕だけが〈クロバッタ〉に、否、それを黒い装甲で覆った〈ブラックサン〉のものに変化していた。

「……光太郎」

「ダロム、あんたは歳《とし》をとった。俺は大人になったんだ」

そう言って、光太郎は右腕を引き抜いた。ダロムの腹部にはひびが入った〈海〉の石が残されていた。

「ダロム、命までは奪わない……葵、俊介、行けっ！　俺は〈創世王〉を殺すっ！」

光太郎は背中を向け、走り出した。ぼやけた視界の中、それを見ながらダロムは床に崩れた。

8

——その頃、〈ギンバッタカイジン〉は〈創世王〉の部屋を探して、地下三階をひた走っていた。

ついてきた若いカイジンたちはすでに全員が斃《たお》れた。

長い時間、ここゴルゴム党本部地下で過ごしたとはいえ、監禁されていた信彦が知っている区画は僅かなものだった。重要施設があるこの地下三階、そしてそれをとり巻く秘密の外周部となれば、完全に未知の領域だった。

それでも、〈創世王〉のいる場所までは警備が充実している中枢部からではなく、外周部から直接、迫りたい。〈ギンバッタ〉は両肩に四丁のロシア軍のライフルＡＫ－47を提《さ》げていた。四丁のうち二丁には擲弾《てきだん》発射器がセットされている。戦闘用ではなく、施錠された扉の破壊のためだ。そのライフルがガチャッと音を立てた。〈ギンバッタ〉の足がぴたりと止まったのだ。

ヒュンッと音を立て、見えないなにかが飛んできた。〈ギンバッタ〉は素早くかわしたが、その銀色の体表が僅かに斬り裂かれた。

「ビシュム！」

〈ギンバッタ〉は叫んだ。その声が吸い込まれた暗闇の中から、〈ヨクリュウカイジン〉が翼をたたみ、弾丸のように飛んできた。その鋭い嘴が槍《やり》のように〈ギンバッタ〉に迫ってくる。

――避《よ》けられない。

そう判断した〈ギンバッタ〉はビシュムの嘴を両腕で受け止めた。〈ギンバッタ〉の胸すれすれのところで止められた形になった〈ヨクリュウ〉だったが、彼女の腹が開き、普段は隠されている〈ストーン〉……空色の〈天〉の石が露出、眩く輝いていた。するとｉ彼女の身体はぐんと加速した。〈ギンバッタ〉は両腕に渾身《こんしん》の力を込めた。

〈ヨクリュウ〉の軌道は通常の物理原則を無視したものだった。〈ギンバッタ〉はそれが〈天〉の石がもたらす、超常的な力、重力操作の類いであることを知っていた。

見えない力に押され、〈ヨクリュウ〉の嘴が〈ギンバッタ〉に食い込みつつあった。

「んっ！」

〈ギンバッタ〉は渾身の力で〈ヨクリュウ〉を投げ飛ばした。だが、彼女は独楽《こま》のようにクルクルと回転すると、宙に浮かんだまま、ぴたりと動きを止めた。

「っ！」

〈ギンバッタ〉は肩に掛けた四丁のＡＫ－47の一丁を構え、〈ヨクリュウ〉に向けて連射した。

だが、〈ヨクリュウ〉は空中を滑るように動き、すべての銃弾をかわしてみせた。

「秋月信彦、あなたはなにしに来たの？　また牢獄に入りたいの？　娑婆《しゃば》の暮らしは辛《つら》かった？」

「俺の目的は〈創世王〉だけだ。消えろ。そうすれば俺とやり合わなくて済む。どうする？」

「じゃあ、戦いましょうか」

鋭い嘴でそう吠えると、〈ヨクリュウ〉はまた見えない刃《やいば》を放ってきた。これもまた、〈ヨクリュウ〉の重力操作の応用だ。周囲の空間に重力で干渉し、気圧差を生み出す。俗にいう、かまいたち現象だ。

空中浮遊自体がそもそもそうだが、物理原則を無視した重力操作というのが、カイジンの能力としては破格すぎる。ビシュムが持つ〈天〉の石が、信彦たちが持っていた〈キングストーン〉に準ずる力を持っている証《あかし》でもあった。

――このままでは勝てない。

〈キングストーン〉を持たない自分では、〈天〉の石を持つビシュム、〈ヨクリュウ〉に勝つことはできない。

〈ギンバッタ〉は冷静にそう判断していた。

――それでもここで退くわけにはいかない。

〈ギンバッタ〉は肩に備わった副脚を、凄《すさ》まじい痛みとともに引きちぎった。

自分はこの先に待つ〈創世王〉を倒すと誓った。光太郎も向かっていることはわかっている。それでも……否、それだからこそ、自分は行かないという選択肢はないのだ。それでは……、

五十年前の繰り返しになってしまう。

〈ギンバッタ〉は右手に力を込めた。その手の中の副脚がぴんと伸び、鋭い刃を備えた剣に変形した。

〈スズメカイジン〉は和泉葵の手を引き、走っていた。

ふたりはまだ地下三階の外周部にいた。光太郎と別れてすぐ、階段区画を見つけたのだが、そこに人の気配を察し、他の階段を探すことにしたのだ。

「葵、それはなんなの？」

〈スズメ〉は葵が握りしめる、赤と緑のふたつの石を見た。

「〈キングストーン〉って言ってた。赤い方は私のネックレスだったもの。前からおじさんがずっと気にしていた」

「どういうこと？」

「私もよくわからない。ただ、これを守って戦ってる人たちがいる。ていうか、私もそのひとりなんだと思う」

「わかった」〈スズメ〉は深くうなずいた。「葵が守ってるものなら、俺も守るよ、それ」

「……ありがとう」

　葵もうなずき、一歩踏み出した時だった。彼女の足元で銃弾が跳ね、小さな火花が上がった。ふたりは慌てて太いパイプの陰に隠れた。

〈スズメ〉が顔を出して確認すると、少し先に警備員の姿が見えた。ライフルを構えた者がふたりいる。ふたりともカイジンだった。詳しくはわからないが、制帽が脱げていて、どちらも大きな角が生えているのがわかった。

「……警備員があっちから来たってことは、あっちに出口があるんだと思う」

〈スズメ〉が言うと葵は、

「だって銃、持ってるし、それにカイジンだし。ムリだよ」

「葵。カイジンになったんでしょ？」

〈スズメ〉の質問に、葵は小さくうなずいて答えた。

「だったら変身、できる？」

「……」

〈スズメ〉の意図を理解して、葵は戸惑った。今、この場で、俊介の前でカイジンにならなければいけないのか。

「カイジンにならなきゃ、切り抜けられない」

「……でも、私は……カイジンじゃない」

「人間とかカイジンとか、葵がいちばん嫌ってたことでしょ！　カイジンも同じ人間じゃないのか」

「……」

「俺たちはカイジンで、人間だよ」

「……」

　葵はただ首を横に振るばかりだった。

「この状況、僕ひとりじゃどうしようもない。僕、光太郎さんと約束した。なにがあっても葵を守るって。今、葵を守るためには葵に戦ってもらわないといけない」

「……わかった」

　葵が精神を統一すると、俊介が着ていた大きめの作業着の下、その身体が変化した。袖口から出た手は長く鋭い刃を備えた鎌になり、頭は三角に尖《とが》った。葵は〈カマキリカイジン〉に変身した。

「行くよ、葵！」

　ふたりはタイミングを合わせて飛び出した。足元や肩口を銃弾が掠めていく中、警備員たちに迫る。〈カマキリ〉が全力で振り下ろした鎌が一方のライフルをへし折った。そのまま〈カマキリ〉が警備員の肩に斬りつけると、彼は血を噴き出しながら床に倒れた。

「葵！」

〈スズメ〉の絶叫が聞こえた。

〈カマキリ〉が振り向くと、もうひとりの警備員が彼女にライフルを向けていた。〈スズメ〉がそこに飛びつき、ライフルの奪い合いになっていた。やがて銃声が一発響き、顎の下を撃ち抜かれた警備員が壁際まで吹き飛んだ。

「……俊介」

「……殺しちゃった……殺しちゃったよ……」

「俊介！　大丈夫、大丈夫だよ」

〈カマキリ〉は〈スズメ〉の身体を抱きしめた。腕の鎌が彼を傷つけないように、そっと、慎重に。

「行こう、俊介。もう人間の姿に戻っていいから」

――葵と俊介は奥へと走った。そこには上へ上へと、どこまでも続く長い梯子《はしご》があった。

俊介が先に梯子を登っていく。俊介は自ら望んでも、すぐにはカイジンから人間の姿には戻れない。頭部は人間のものに戻っていたが、裸の背中にはまだ羽が生えたままだ。

「ねぇ、俊介、覚えてる？　会ったばっかりの頃だけど」

「……なに？」

「俊介の背中の羽を見たんだよ、今と同じで小さな羽だから、私、驚いちゃって。だって絵本で見た天使の羽みたいだったから」

「覚えてる」

俊介は振り向かずに答えた。

「私、子どもだから驚いてっていうか、なんだか興奮しちゃって、天使だ、天使だって言ったら、俊介、すごく照れて」

「……うん、覚えてる」

俊介は同じ返事を繰り返した。

「今、また思ってるよ。俊介は天使の羽を持ってるって。だから私を助けて、元の世界に戻してくれるんだって」

「葵……あのさ……」

「うん」

「……俺、人、殺しちゃったよ」

「……」

「カイジンだったけど……人、殺しちゃったよ」

「それは……私を守るためにでしょ？」

「うん、そうだけど……でも、殺しちゃったよ」

俊介はそれきり黙り込んで、梯子を登っていった。

葵もまた、無言でそれに続いた。

9

——驚くほど静かだ。

南光太郎はひとり、地下四階の通路を歩いていた。

彼の行く手を阻《はば》む者はいない。玄関爆破の陽動が功を奏したのか、それとも……。

光太郎は考える。

葵と俊介は無事に逃げられたのか。自分と同じようにここを目指している信彦たちの部隊はどうなっているのか。

だが、今は忘れることにした。

今は〈創世王〉を殺すことだけを。

それだけを考える。

事前に大森浩一郎から地下四階の大ざっぱな構造は聞いている。それに今の光太郎には明確に〈創世王〉を感じることができた。

なにも考えずにただ歩いていけば、邂逅《かいこう》するだろう。その確信を抱いたまま、光太郎は一歩一歩、進んでいった。

やがて、光太郎は大きな扉の前に至った。

扉の左右には背の高いスーツ姿の男がひとりずつ、人形のように不動で立っていた。

「……待て」

「……待て」

ふたりは抑揚のない声で告げた。

警備員の制服でないところからすると、話に聞いていた上級警備、〈創世王〉の警護要員だろう。

「侵入者は排除……」

右の男がスーツの懐から拳銃を抜こうとしたが、光太郎の動きの方が速かった。左脚の鈍い痛みに苦しみながら、光太郎は右の男に迫り、拳銃を握る彼の手をつかんだ。手首を砕かれそうな痛みに、男は反射的に引き金を絞った。そして、その銃弾は左の男の額を貫いた。

「おまえたちがいてくれて助かった。でないと少し面倒になるところだった」

光太郎は右の男の顎をつかみ、そのまま壁に叩きつけた。ボコッと嫌な音がして、男の後頭部から大量に血が溢れた。

「死んでないだろうな。頼んだぞ」

光太郎はそう呟《つぶや》き、男が首からぶら下げているIDカードを引きちぎった。そのまま扉横のスリットに滑らせ、男の手をセンサーに当て、生体データをクリアした。

扉がゆっくり開いた。

——光太郎が足を踏み入れると、中は無人だった。

部屋にはガラスの破片が散乱しており、そのガラスが嵌《は》まっていたと思しき向こうに、〈創世王〉がいた。

「……」

光太郎は戸惑っていた。

この光景、以前にも見た記憶がある。飛散したガラス片、青白い照明、巨大な〈創世王〉……。

単なるデジャブか？

——光太郎は無言で〈創世王〉に近づいた。

五十年ぶりの対面になる。

金属製の椅子に座った昆虫人間。

五十年前と比べると、その体躯《たいく》は倍になっていると思われた。あの時はせいぜいが二メートルほどの身長だった。

——否《いな》。

自分はこのサイズの〈創世王〉を見ている。

五十年前に見ている。

——光太郎は精神を集中した。〈クロバッタ〉に、そして一気に〈ブラックサン〉になるつもりだった。

だが、その心が乱れた。

複眼を覆っていた薄膜が開き……〈創世王〉が目を開いたのだ。

そして彼はゆっくりと……むしろ優しく光太郎を手招きした。

その瞬間、光太郎は恐怖に囚《とら》われた。

——五十年前もそうだった。

仮面ライダー

Kamen Rider BLACK SUN

仮面ライダーBLACK SUN　異聞／イブン

［第二部　銀の黄昏］

第二章

変転〜１９７２

1

南光太郎《みなみこうたろう》と秋月信彦《あきづきのぶひこ》は走っていた。

一九七二年の夏の夜のことだ。

深い森の中、照らすものは僅《わず》かな月明かりと星明かりのみだ。だが、それでもふたりは全力で駆けた。人の姿のままだったが、普通の者よりも夜目は利いた。

「光太郎！　待ってくれ！」

信彦の声に光太郎は足を止めた。

「どうした？」

「ゆかりが来てない。ついてきてない。夢中になって駆けてきたから」

「……待ってられないぞ。〈創世王〉を殺して逃げるんだ」

「まさか」信彦の顔が急に曇った。「気づかれたのか？」

「誰に？　ビルゲニアか？」

「そうだ」信彦はうなずいた。「ビルゲニアに捕まったのかもしれない。ゆかりは俺たちの〈キングストーン〉も持っている。待っててくれ。捜してくる」

「おまえはそれでいい。だが、俺はひとりで行く」

「なに言ってんだ？」

信彦は怪訝《けげん》そうな顔になった。

「ゆかりと約束したんだ」

「……」

「ゆかりのことは心配だ。だからゆかりのことは頼んだ。俺は〈創世王〉を殺す」

信彦の返事も聞かないまま、光太郎は闇の中へと駆け出した。

——そして、すぐ。

光太郎はまた足を止めた。

木々の向こう、ぼんやりした白い影を認めたのだ。だが、それはすぐに消えた。

一瞬のこと、しかも明瞭な姿ではなかったが、光太郎にはその姿に覚えがあった。〝村〟が崩壊したあの時、堂波道之助《どうなみみちのすけ》が連れていた白い着物の少女だ。

顔も着ているものも子細に確かめられたわけではなかったが、その佇《たたず》まいでわかった。

しかし、そうと判断した時にはすでにその姿はなかった。

「……」

光太郎は駆け出した。

突然のあの少女の出現が凶兆であることはわかっていた。

それでも暗闇へ飛び込むように、彼は全力で走った。

2

その頃——森の入口、県道に近いところに座り込み、大森浩一郎《おおもりこういちろう》はひとり、後悔していた。

「あぁ、やっちまったなぁ」

彼は信彦、光太郎、ゆかり、ビルゲニア、そしてオリバーとともに〈創世王〉を奪い、人質として堂波道之助総理の孫、堂波真一《しんいち》を監禁していた。そして、あるタイミングで、皆、なぜかキャンプを離れ、彼は堂波真一とふたりきりになってしまった。

『ちょっと目を離した隙《すき》に逃げたって言えばいいだろ？　俺はあんたに金をやれる。大金だ。仕事だって世話できる。俺は総理の孫だ、できないことなんかないんだ』

堂波にそう誘惑された。短いつき合いだが、義理堅い男とは思えなかった。約束が守られる保証はない。大森がそう言うと、

『確かにその通りだ。守るかもしれない。守らない

かもしれない。それはわからない。だが、可能性は得られる』『ここで俺を助けなきゃ、おまえが儲《もう》けられる可能性はゼロだ。だが、助ければなんパーセントかわからないが、可能性は生まれるだろ？』『どうする？　可能性に賭けるかどうか、決めるのはおまえだ』

さすがにあの堂波道之助の孫だけのことはある。最初のうちは腑《ふ》抜《ぬ》けの大学生としか思っていなかったが、知らないうちにファウスト博士の前に現れたという悪魔メフィストフェレスに変貌した。

——結果、大森は堂波真一を逃がしてしまった。

逃がした後で、大森は思った。

——ヤバいわ、これ。

冷静に考えてみれば、目を離した隙に逃げられた、とか、そんな言い訳が通じるわけがない。光太郎たちはまだいい。だが、ビルゲニアが信じてくれるはずがない。

だが、逃がしてしまった。

——あぁ、もうやっちまったことはしかたない。

大森は立ち上がった。森さえ抜ければ飛ぶことができる。さっさと〈コウモリ〉になって……。

そう決めてシャツを脱ごうとした時だ。車のエンジン音が聞こえてきた。

二台、だ。

大森の聴覚は人間離れして精密だ。そのふたつのエンジン音でなにが近づいてくるのか見当はついた。

急いで太い木の陰に隠れる。

予想した通りだ。前を走ってきたのはランドローバー社のレンジローバー、後ろについてきたのは、いすゞの四トントラックのフォワード。幌《ほろ》がついたタイプだ。

レンジローバーの運転席から降りてきたのはビシュム、助手席からはバラオム。そして後部座席からはダロムと、〈クジラ〉こと白井《しらい》静馬《しずま》が姿を見せた。トラックは停《と》まったままだ。

——なるほど。大森は納得した。あれが〈創世王〉奪還部隊ということか。〈クジラ〉はだらしない性格だが、その戦闘力は三神官に劣ることはない。そして、あのトラックの荷台には兵隊のカイジンが多数乗っているのだろう。

――待てよ、なんか変だぞ。

あいつら、どうしてここに俺たちがいるってわかったんだ？　あのダロムたちの雰囲気、ここを一気に目指してきたって感じがした。近郊の山を虱潰《しらみつぶ》しにしてきたってことではなさそうだ。

まさか、ひょっとして。

いや、そんなことを考えてる余裕はない。

困ったぞ、困った。どうすりゃいいんだよ。

大森は混乱していた。このままやり過ごして、ダロムたちがいなくなってから森の外に出ようか、そう決めた瞬間だった。

「このあたりから探索を始めろ。どこに隠れているかわからないぞ」

バラオムが命じた声が聞こえてきた。

――ヤバい。

このまま、ここに隠れているわけにはいかなくなった。大森は息を潜め、森の奥へと踵《きびす》を返した。

3

息を弾ませ、新城《しんじょう》ゆかりは森の中の開けた場所に戻ってきた。拠点とし、皆でキャンプをしていた場所だ。

「……」

ゆかりは戸惑った。

焚《た》き火《び》が消えかけている。ビルゲニアやオリバー、それに大森の姿もない。否《いや》、それはいい。だが、木の幹に縛られていたはずの堂波真一が消えているのは気になった。途轍《とてつ》もなく嫌な予感がする。

――気にしてもしかたない。

ゆかりは自分が使っているテントに走った。ランタンを灯《とも》し、リュックをつかむ。散らばっていたタオルや着替えを放り込んだリュックを背負い、薄いヤッケのポケットからふたつの〈キングストーン〉をとり出す。赤と緑、どちらもちゃんとある。つい先ほど、南光太郎と秋月信彦を説得し、彼らから渡してもらったものだ。

——これでいい。

これでいいんだ。

「なにをしてるの？」

いきなりかけられた声に振り返ると、目の前にオリバーが立っていた。足音にはまったく気づかなかった。

「なにをしてるの？」

「なにって……ビルゲニアが言ってたじゃない。移動するって。だから、その準備を」

「そうか。で、その手に持ってる石はなに？」

「……」

ゆかりは答えられなかった。

「なにか隠してない？」

「……」

「安心して、ゆかり」オリバーは言い聞かせるように言った。「俺も君の仲間だ。君の動きはわかってる。俺を信じて」

「……え？」

予想外のオリバーの言葉にゆかりは戸惑った。オリバーが〝仲間〟？　そんな話は聞かされていない。ふたつの〈キングストーン〉を握る彼女の手に力が入った。

「ゆかりはいったい、なんと戦ってる？」

オリバーの予想外の問いかけに、ゆかりはまた動揺した。

「そんなの……カイジン差別よ。決まってるじゃない」

「俺もずっと差別と戦ってきた。だからカイジンたちの気持ちが痛いほどわかった。一緒に戦いたいと思った。それで五流護六《ゴルゴム》に合流した。でも」

「……」

「……本当のことを教えてよ。ゆかりは彼らと一緒に戦いたいの？　俺はさぁ」

「もういいから放っておいて。光太郎と信彦が待ってるの。約束したから行かないと」

ゆかりは駆け出そうとした。だが、オリバーがしっかりと手をつかんでいる。

「俺、仲間だから。もう嘘《うそ》はつかなくていいんだから」

オリバーの言葉にゆかりは混乱していた。仲間というのは、どちらのことを指している？　堂波総理からは……。

「あたしがやっていることはきっと間違ってる。それはわかっている。でも、カイジンと一緒に戦いたいって想《おも》いも本当だから！」

ゆかりはそう言うと、オリバーの手を振りほどき、暗い木々の向こうへと走っていった。森の入口の方だ。

——オリバーはひとり、キャンプにとり残された。ゆかりを追いかけようかと思ったが、結局、踏み留《とど》まった。

「……俺の仕事は終わった。ゆかりは〈キングストーン〉を無事に手に入れた。計画は成功だ。それでいいじゃないか」

——これはビジネスだ。

罪悪感なんか感じる必要はない。

それでもなぜか、力が抜けて、オリバーは地面にどさっと座り込んだ。夏だというのに、山中の地面は驚くほどひんやりした。

「——おいっ！」

突然、怒声が聞こえた。

オリバーが顔を上げると、ビルゲニアが戻ってきたところだった。

「なんで誰もいない」

あたりを見回し、ビルゲニアが険しい顔になった。

「わからない。戻ってきたら誰もいなかった」

「光太郎たちはともかく、堂波はどうした？　まさか逃げられたんじゃないだろうな？」

「わからないよ」と、オリバーは首を横に振った。

彼は大森浩一郎が堂波真一を逃がした事実を知らない。それについては本当のことだった。

「おい、本当のことを話せよ」

そう言ってオリバーに迫ろうとしたビルゲニアだったが、その足が止まった。振り向き、突然、獣のように駆け出すと、木の陰に隠れていた男を捕まえた。

ビルゲニアが引きずり出した男の顔を見て、オリバーは驚いた。それは逃げたと思われていた堂波真一だった。

「なんだおまえ、逃げやがって！」

言うなり、ビルゲニアは堂波の頬《ほお》を強く殴った。

「やめろ！　やめてくれ！　逃げたら、戻ってこない！」

「やっぱり逃げたってことだろうが！」

ビルゲニアはまた堂波を殴りつけた。

「わかった、わかった！　逃げたよ、逃げた。でも、おまえのために戻ってきてやったんだよ！　のんびりしてる場合じゃないんだぞ。あいつら、〈創世王〉を、殺すつもりだ」

「おまえ、〈創世王〉のことなんかなんにも知らないだろう」

ビルゲニアに詰められると、堂波は震えるように首を横に振った。

「知ってるって。おまえたちとずっと一緒にいたんだから、知ってるって！　南ってヤツと秋月ってヤツが、〈創世王〉を殺すって。今、〈創世王〉が置いてあるところに向かってるんだよ。あの女だ！　ふたりとも、あのゆかりって女に丸め込まれてた！」

「ふざけるなっ！」

ビルゲニアは堂波のことを散々殴りつけ、蹴りつけた。堂波が動けなくなったのを見て、彼はオリバーに言った。

「こいつをまた縛りつけておけ」

ビルゲニアはいつも肩に掛けている〈サーベル〉を、革製のケースからとり出し、きつく握りしめた。

「俺は行く！」

走っていったビルゲニアを見て、オリバーは唇を嚙《か》んだ。

ビルゲニアが向かったのは、ゆかりと同じく、森の入口の方だ。その途中に〈創世王〉が置かれた小屋がある。ゆかりが追いつかれる可能性は高い。

――どうするか。

ビルゲニアを追いかけ、止めるとなると、それこそ命懸けになる。

そこまではできない。

オリバーは重い溜《た》め息《いき》をつき、見つけてきたロープでまだ倒れたままの堂波の身体を縛ることにした。

――計画が滅茶苦茶《めちゃくちゃ》だよ。もう終わりかもしれない。

オリバーはあくまでも、心の中で呟《つぶや》いたはずだ。

だが……。

「なにが滅茶苦茶なんだよ。面白そうだな、教えてくれよ」

ロープを巻きつけられている堂波が笑った。白い歯が血で真っ赤になっていた。

「……」

オリバーは震えた。

やはり口に出した覚えはない。それなのに、どうしてこの男に伝わったのだ？

「なぁ教えてくれよ。あんた、吐き出したくてしかたないって顔、してるぞ。話すときっと楽になるぞ」

堂波はまた笑った。口元から血と一緒に歯が一本、落ちた。

4

秋月信彦は走っていた。

暗い森の中、感覚を研ぎ澄まし、新城ゆかりの姿を求める。

「ゆかり！　どこにいる！　ゆかり！　俺だ！　聞こえるか！」

信彦は迷っていた。ゆかりを見つけたい気持ちと、警戒して声は出せないという気持ち、二律背反の板挟みだ。結果、

「ゆかり！　ゆかり！」

抑えた声で呼びかける。こんな声で聞こえるのか、と苛立《いらだ》ちながらも走った。

「……！」

気配を感じて信彦は立ち止まった。

木の陰から現れた人影があった。だが、ゆかりではない。彼女よりもずっと大きい。

「バラオム！」

信彦は思わず声を上げた。

「逃げきれると思ったか？　裏切り者がっ！」

バラオムは着ていたコートとシャツを脱ぎ捨てた。元から逞《たくま》しい身体、その鎧《よろい》の如き筋肉がむくむくと膨張し、同時に青黒く変色した。顎《あご》も前にぐっと突き出て、自らの胸に刺さりそうなほど、長大な牙が伸びた。

バラオムは〈サーベルタイガーカイジン〉に変身した。彼の腹には特別な〈ストーン〉、黒い〈地〉の石が備わっていた。

「逃がさないぞ、信彦！」

〈サーベルタイガー〉は牙を鳴らした。

「俺は逃げてるんじゃない！」

「知るか！」

〈サーベルタイガー〉が突進してきた。

信彦は絶望した。

〈キングストーン〉はゆかりに渡した。

自分は〈ストーン〉を持たない怪人だ。〈シャドームーン〉はおろか、〈ギンバッタカイジン〉になることすらできない。

――逃げるしかない。

そう決めて走り出した瞬間だった。信彦は右肩にひどい痛みを覚えた。即座に追いついた〈サーベルタイガー〉の爪に肩を貫かれたのだ。

そのまま〈サーベルタイガー〉は信彦の身体を大きく振り回し、地面に叩《たた》きつけた。柔らかな土とはいえ、信彦は強《したた》かに頭を打ち、意識を失った。

「バラオム！」

名前を呼びながら、ダロムとビシュムが足早に近づいてきた。

「信彦は捕獲した」

〈サーベルタイガー〉がそう報告すると、ビシュムは、

「殺してはいないでしょうね？。死なれては元も子もありませんよ」

「大丈夫だ。それより〈クジラ〉は？」

〈サーベルタイガー〉が問うと、

「〈クジラ〉はひとりで動いている。あいつには好きにやらせておく」

と、ダロムが答えた。

「残るは光太郎。それにビルゲニアね」

暗闇を見つめ、ビシュムは呟いた。


——同時刻。

古い小屋の前で南光太郎は懐から大型のハンティングナイフをとり出した。

腹のあたりを押さえる。

そこにはもう〈キングストーン〉、太陽の石はない。〈ブラックサン〉はおろか、〈クロバッタカイジン〉にも、今はなれないだろう。

だが、このナイフさえあれば大丈夫だ。〈創世王〉は自力では動けないと聞く。〝村〟で対面した頃からそうだった。ナイフで首を落とす。容易《たやす》いはずだ。

「俺がひとりで終わらせてやる」

光太郎は小屋の扉を開いた。

「……！」

中に入った光太郎は言葉を失った。

棺《ひつぎ》のような木箱の中に納められているはずの〈創世王〉が、椅子《いす》に座っていたのだ。よく見ると、椅子といっても適当な木材を針金で縛った、急拵《ごしら》えの代物だった。ビルゲニアが造り、座らせたのだろう。ヤツとしては尊敬の念からしていることなのだろうが、傍《はた》から見れば趣味の悪い人形遊びだ。

座っているので正確な大きさはわからないが、身長は二メートルほどか。少年時代、〝村〟で見かけていた頃と変化はない。

——光太郎に迷いはなかった。

息を整え、ナイフを握り直す。

その瞬間、〈創世王〉の右手が上がった。

光太郎は、恐怖した。

ただ光を吸い込むだけだった〈創世王〉の複眼に生気が宿っていた。その目がじっと光太郎を捉えていた。

「……っ」

〈創世王〉の右手が僅かに動いた。手招きしているのだと、光太郎には理解できた。まるで親が愛《いと》しい子どもを呼ぶような仕草に見えた。

「……っ！」

光太郎は声を上げそうになった。

周囲の景色が一変していた。ガラクタが散乱した山中の古い小屋ではなく、もっと近代的な……未来的な、大学か企業の研究室のようなところだ。ガラスが砕けた隔壁の向こうに、〈創世王〉が座っている。だが、ずっと大きい。倍のサイズだ。

——どこだ、ここは。

——どうして〈創世王〉が突然、大きくなった？

光太郎は混乱した。

よく見れば、元の〈創世王〉と大きな〈創世王〉が二重写しになっていた。どちらの〈創世王〉も光太郎に手を伸ばしている。

光太郎が見ているのは、二〇二二年、五十年後の〈創世王〉だった。だが、彼にそんな認識ができるはずもない。彼が遡《さかのぼ》ってそれを理解するのはこの時点から五十年後になる。

……その五十年後の南光太郎も、ゴルゴム党本部地下四階で〈創世王〉と対峙《たいじ》していた。そして彼は理解していた。五十年前の丹沢山中、そこで〈創世王〉と対決した時に見た、巨大な〈創世王〉のビジョン、あれはこの姿だったのだと。

一九七二年の光太郎、二〇二二年の光太郎、ふたりの光太郎は、半世紀という時間を隔てて、だが、ともに〈創世王〉と戦おうとしていた。

〈創世王〉からはなんの敵意も感じられない。それだからこそ恐ろしかった。常に心を奮い立たせないと、即座に恐怖で押し潰されてしまいそうだった。

光太郎は恐怖を振りきり、ハンティングナイフを振り上げた。

光太郎は恐怖を振りきり、〈クロバッタカイジン〉から一気に〈ブラックサン〉になった。彼の身体の中心の空白が真っ赤に輝いた。

仮面ライダー

Kamen Rider BLACK SUN

仮面ライダーBLACK SUN　異聞／イブン

［第二部　銀の黄昏］

第三章

敗北～２０２２＝１９７２

1

川崎の特区三号。

——特区三号はカイジンの街だ。

政府によって作られたカイジンの街だ。

遡《さかのぼ》ること五十年前、一九七〇年代、カイジンたちへの差別が激しくなった頃、彼らを保護するという名目で、政府はこの特区三号に数万人のカイジンたちを半ば強制的に〝移住〟させたのだ。転出は事実上、制限され、カイジンたちはこの街に閉じ込められた。

居住義務は二十一世紀に入って解除されたが、多くのカイジンたちは他に行く当てもなく、この街に住み続けている。

今、ひとりのだらしない格好の若者……伸びたTシャツに短パン、革サンダル……が、裏通りを必死に駆けていった。その手は小さな花柄のカバンを握りしめている。

「捕まえてよーーー！」

ヨロヨロしながら、その後を老婆が追いかけていく。ひったくりの被害に遭ったであろうことは明白だった。だが、近くにいた者たちは誰も反応しない。自販機で買ったワンカップを舐《な》めるのに忙しい様子だった。

「バカ野郎ーーーっ！」

老婆が信じられない声量で叫んだ。同時に彼女が突き出した右手が白く変色し、長く伸びた。それはイカの触腕だった。触腕は一気に十数メートル伸長すると、その吸盤でひったくり男の脚に絡みついた。

男は倒れ、顔面を強《した》かに打ちつけ、そのまま動かなくなった。老婆はフラフラと男に近づくと、乱暴にカバンを奪い返した。そして、

「バカ野郎！　バカ野郎！」

老婆は男を蹴り始めた。

「——あー、ありゃ誰か止めないと蹴り殺しちまうぞ……まっ、いっか」

岩倉泰介《いわくらたいすけ》は缶の発泡酒を呷《あお》った。

彼は四十代半ばの逞《たくま》しい男で、カイジンだった。だが、三世代目でカイジンとしての特性はほとんど発現していない。一応は〈キツネカイジン〉ではあるのだが、最大に変身しても耳と顎《あご》が少し伸びるくらいだ。尻尾は生えてこない。

「なぁ、そーさんよ。俺、今日も仕事あぶれちまったよ」

岩倉は隣に座っている老人に話しかけた。彼の名前、というか愛称はそーさんといって、この特区三号の名物老人だ。いつの頃からかこの街にやって来て、居着いてしまった。住人たちから食べ物や服を恵んでもらって暮らしている。不思議と人懐っこいところがあり、皆から愛されていた。岩倉もまた、そーさんを気に入っており、現場で余った弁当を持って帰って与えることも多い。

「現場行ってみたらさ、今日はそんな人手いらないとか言われて。で、年齢の若い順に雇うとかの話になってさ。文句言ったってしかたねぇから、すごすご帰ってきたわけ。俺、まだ五十にもなってねぇのに年寄り扱いだよ。……なぁ、そーさんは何歳なんだ？」

「……」

そーさんは答えず、岩倉が買ってやったほうじ茶ラテのペットボトルを大事そうに抱えている。そーさんはいつもニコニコしているばかりで、気が向いた時、本当に希《まれ》にしか言葉を発さない。岩倉もそれはよく知っているから、返答を期待しての質問ではなかった。

「……百十歳」

そーさんがぼそりとそんなことを言ったので、岩倉は笑った。

「さすがにテキトーすぎんだろ」

「ホントだよ、これのお陰」

そーさんは上着のポケットから小さな銀色の弁当箱のようなものをとり出した。震える手で蓋《ふた》を開けると、中に黄ばんだゼリーのようなものが入っていた。

「なんだよこれ、匂うぞ。腐ってねぇか？」

「これ……〈ヘヴン〉。年に……いちど……ちょっと嚙《かじ》る……カイジンのものだけど……人にも効くよ……特別」

そーさんは〈ヘヴン〉を差し出した。

「うへ、遠慮しとくよ」

「これ食べて……ずっと生きて……待つ……石がふたつ……」

「あー、またかよ。ふたつの石が揃《そろ》うと神様が来るんだよな？　どんな神様なのかなぁ」

岩倉は灰色の空を見上げた。

「仕事回してくれる神様だったらありがたいよなぁ……？」

視界の中になにか白いものを見つけて、岩倉は黙り込んだ。

「……えっ」

――目の前に白い着物の娘が立っていた。

小学校の上級くらいか。黒く長い髪が腰のあたりまで垂れている。つぶらな瞳が……そーさんのことを真《ま》っ直《す》ぐ捉えていた。

「〈創世王〉とふたつの〈キングストーン〉が邂逅《かいこう》を果たした」娘の声は妙に大人びていた。「〈キングストーン〉は再び遠ざかったが、既に運命は合一した。今回はふたりとひとり、三人で共有されることが決定された」

「これ、なんだ？　そーさんの知り合いか？」

岩倉は娘とそーさんの顔を見比べた。

「そうか……また現れたのか……ヤマトヒメノミコト」

そーさんは低く呟《つぶや》いた。その目はこれまで岩倉が知らないものだった。そこには知性の輝きが宿っていた。

――左脚が太腿《ふともも》の途中からへし折られていた。

2

――一九七二年。

南光太郎《みなみこうたろう》は決意を込め、ハンティングナイフを振り上げた。

そのまま、ゆっくり〈創世王〉に迫る。

「あんたに恨みはないんだ。悪く思わないでくれよ」

光太郎の言葉に反応したかのように、持ち上げられていた〈創世王〉の右手かぴくりと動いた。そして、五本の指を大きく広げた。

「……」

一瞬、光太郎の足が止まった。

次の瞬間、〈創世王〉の手がぎゅっと握られた。

「……！」

左脚を杭《くい》で貫かれたような痛みがあった。その凄《すさ》まじさに、光太郎は声を上げることさえできなかった。

3

――二〇二二年。

南光太郎は〈創世王〉と対峙《たいじ》していた。

半世紀前の敗北の記憶が脳裏を掠《かす》める。

あの時は〈創世王〉の見えない力で左脚をへし折られた。

――だが。

今度はそうはならない。

〈創世王〉の右手が震えた。

そして、拳を握りしめる。

五十年前と同じだ。

しかし、すでに〈創世王〉の前から光太郎の姿は消えていた。

光太郎は……否《いや》、瞬間的に変身を遂げた〈ブラックサン〉は〈創世王〉の斜め後ろに移動していた。

光太郎は戦う前から考えていた。

自分の主たる戦力、〈再生成泡沫《リ・プラスフォーム》〉。通常のカイジンならば致命的なダメージを与えられるあの能力だが、その根源は〈創世王〉と同種のものだ。

――ならば。

〈ブラックサン〉は〈創世王〉の右肩を爪で切り裂く。それでも肉厚の〈創世王〉の身体には致命傷にはならなかった。〈ブラックサン〉はその傷口を両手で押し広げると、鋭い歯を剥《む》き出しにして食らいついた。血管と筋肉と骨を同時に噛《か》み砕く。

〈再生成泡沫《リ・プラスフォーム》〉には頼らないと決めた〈ブラックサン〉の、文字通りの肉弾戦だった。

〈創世王〉が壊れたオルガンのような低い声で唸った。

いく筋かの腱《けん》や血管を残して、〈創世王〉の右腕がちぎれ、だらんとぶら下がった。

まだ座ったままの〈創世王〉の腿《もも》を足場にして、〈ブラックサン〉は〈創世王〉の胸に迫った。右手を滑らせ、貫手《ぬきて》で〈創世王〉の心臓を狙う。だが、〈ブラックサン〉の鋭い爪が〈創世王〉の胸に触れる寸前、その双眸《そうぼう》が光った。不気味な輝きに、一瞬、僅《わず》かに一瞬だったが、〈ブラックサン〉の動きが止まった。

——それは致命的な停滞だった。

〈創世王〉の無事な左腕が動いた。宙を薙《な》ぐように払われたそれは〈ブラックサン〉に触れることはなく、見えない力でその身体を吹き飛ばした。〈ブラックサン〉は壁に叩《たた》きつけられ、〈再生成泡沫《リ・ブラスフォーム》〉で構成された装甲が砕け、床に赤黒い体液をばら撒《ま》いた。

4

地下四階で〈ブラックサン〉と〈創世王〉が対決していた頃、〈ギンバッタカイジン〉とビシュムが変身した〈ヨクリュウカイジン〉も激しい戦いを繰り広げていた。

「たっ！」

肩の副脚を外して生成した剣を振り回し、〈ギンバッタ〉は〈ヨクリュウ〉に迫った。〈ヨクリュウ〉はその特殊能力である重力操作で空中を自在に駆け、同時に見えない刃《やいば》を〈ギンバッタ〉に叩き込んだ。堅牢《けんろう》な〈ギンバッタ〉の身体も容易《たやす》く斬り刻まれ、黒に近い緑の体液が大きく飛散した。

「死なないでよ、秋月信彦《あきづきのぶひこ》！」〈ヨクリュウ〉が大きな嘴《くちばし》で吠《ほ》えた。「悪いけどあなたには重要な仕事が残ってる。〈創世王〉になってもらう！」

「誰が〈創世王〉になんかなるか！ 〈創世王〉がこの世に存在する限り、無限に苦しみが生まれる

「……」

「苦しみ？　あなたは本当にカイジンたちの苦しみを感じているの？」

〈ギンバッタ〉の動きが止まった。〈ヨクリュウ〉もその動きを止めた。

「なにが言いたい？」

「自分自身と新城《しんじょう》ゆかり以外の無念が、怒りが、あなたの中にあるの？　カイジンたちの怒りが、本当にあなたの中にあるの？」

「……」

「あなたは、ゆかりと自分のことしか……」

「んあああああぁぁぁぁっっ！」

銀の剣を突き出し、〈ギンバッタ〉は〈ヨクリュウ〉目がけて跳んだ。十分なスピードはあったが、正面からの突撃はあまりにも無防備だった。

〈ヨクリュウ〉が放った見えない刃にその全身を傷つけられ、空中で態勢を崩し、床に落ちた。

「個人の小さな怒りは、なにも生まない。あなたの今の無様《ぶざま》さがその証拠」

〈ヨクリュウ〉は〈ギンバッタ〉の前にすっと降り立った。

「秋月信彦、あなたのことは昔から嫌いではなかったから、せめて〈創世王〉として生き延びられるように考えてあげたのに。でも、そこまで拒否するならしかたない。これでおしまい。〈創世王〉には別の器《うつわ》を使う」

〈ヨクリュウ〉は大きく翼を広げた。

翼の周囲がぐにゃりと歪《ゆが》んで見えた。

〈ギンバッタ〉はすぐに理解した。これまでと比較にならない大きな重力操作、その予備動作だ。これまでの攻撃はすべて牽制《けんせい》だ。〈ヨクリュウ〉はその気になれば、自分の胴体を両断できる。

〈ギンバッタ〉は……秋月信彦は絶望した。ここで終わりなのか、と。

……否《いな》。

まだ死ねるはずがない。

自分はゆかりの仇《かたき》を討つことすらしていない。ビシュムに揶揄《やゆ》されたばかりの〝小さな怒り〟、その炎すらまだ燃やし尽くしていない。

まだ死ねるはずがない。

〈ギンバッタ〉は虚空に手を伸ばした。そこにあるはずの不可視の希望を獲得しようとするかのように、その拳を強く握り込んだ。

その瞬間、〈ヨクリュウ〉が「ぐっ」と呻《うめ》いた。広げていた両翼の薄膜が裂け、大きな穴が開いた。同時に空間の歪みが解消された。

〈ギンバッタ〉はもういちど拳を握った。遠目で見てわかるほど、〈ヨクリュウ〉の首が捻《ねじ》れた。

〈ヨクリュウ〉は再び、「ぐっ」と苦しそうな呻き声を上げた。

「……これは」

自らが振るったその力に、〈ギンバッタ〉自身が驚いていた。

——〈シャドームーン〉の力だ。

五十年……否、六十年近く前、〝村〟で大勢のカイジンヤクザたちを相手に、〈ブラックサン〉とともに発揮した〈キングストーン〉の力。〈ブラックサン〉は超高速の瞬間移動、そして〈シャドームーン〉の力は念動力だった。何十人といたカイジンヤクザの手足を、頭を捻《ひね》り潰《つぶ》した。

あの時ほどの力ではないが……これは……。

——行けるぞ。

〈ギンバッタ〉は〈ヨクリュウ〉に向けた拳をまた強く握った。悲鳴を上げ、〈ヨクリュウ〉はその姿をビシュムに戻した。僅かな布きれだけを纏《まと》った、全裸のビシュムが宙に縫い止められていた。彼女の重力操作ではなく、〈ギンバッタ〉の念動力によるものだ。

〈ギンバッタ〉はビシュムの首を捻《ね》じ切ろうと、拳に更に力を込めた。

だが、次の瞬間、〈ギンバッタ〉の全身から力が一気に抜けた。ビシュムの身体がどさりと床に落ちた。

〈ギンバッタ〉は理解した。

〈キングストーン〉なしでは、ここまでが限界なのだと。

「……〈創世王〉のところへ……行かないと……」

鉛のように重くなった足を引きずり、〈ギンバッタ〉は歩き出した。全身が鈍い熱に蝕《むしば》まれていた。

「……っ」

〈ブラックサン〉はゆらりと立ち上がった。己が流した体液で足を滑らせそうになる。全身から力が抜けていた。

突然、どんと音を立てて、ちぎれかけていた〈創世王〉の右腕が床に落ちた。僅かな腱や血管だけではとうとう支えきれなくなったのだ。

その重い音が響いた瞬間、〈ブラックサン〉は動いた。〈創世王〉の胸に飛びかかる。

――そこに〈創世王〉の無事な左腕が襲いかかった。身体に触れる前から、不可視の力で〈ブラックサン〉に衝撃を与える……はずだった。だが、すでにその時、〈ブラックサン〉は〈創世王〉の胸の前にはいなかった。空中で軌道を変えると、更に高く跳び、〈創世王〉の頭を狙った。〈創世王〉も生物である以上、頭は心臓以上に弱点なのは間違いないだろう。

〈ブラックサン〉は渾身《こんしん》の力を込め、〈創世王〉の脳天に手刀を叩き込んだ。カーンッッと金属の響きとともに、〈創世王〉の頭がふたつに割れた。そのまま〈ブラックサン〉の手がめり込んだが、その感触、続いて目の当たりにした頭の中身を見て、彼は言葉を失った。

〈創世王〉の頭蓋《ずがい》は確かにふたつに割れた。だが、そこにあるべき脳がなかった。ただ、ぽっかりと空洞があるだけだった。

「……」

一瞬の空白を突かれ、〈ブラックサン〉は〈創世王〉の左腕で強かに打たれた。背骨が折れるほどの衝撃に苛《さいな》まれながら、彼は床に落ちた。

――これは。

〈ブラックサン〉は理解していた。油断はあった。だが、それ以上に反応速度が落ちている。〈キングストーン〉を持たない自分は、この姿でいること、その力を使うには限りがある。

時間がない。

〈ブラックサン〉は床を蹴った。瞬間移動どころか、足に入る力も弱くなっているのがわかった。それでも一直線に跳ぶと、横薙ぎにしてきた〈創世王〉の腕を蹴り、同時にそれを足場にして再度、跳躍する。

その勢いのまま、〈創世王〉の胸に右手を突き立てる。〈ブラックサン〉の鋭い爪が〈創世王〉の外骨格を突き破った。

「うんっ！」

と、気合いを込めると、〈ブラックサン〉は左手を更に〈創世王〉の胸の傷に捻じ込んだ。渾身の力でその傷口を広げる。

——また空洞なのではないか。

一瞬、そんな想像が過《よ》ぎったが、そこには確かに〈創世王〉の心臓があった。人の胴体ほどの大きさもあるそれが、ゆっくりと鼓動を刻んでいた。

〈ブラックサン〉はその心臓に両手を掛けた。

その瞬間だった。

——隣に信彦がいた。

まだ幼い。

目の前には〈創世王〉が座っていた。だが、大きさはほぼ人間と変わらない。身体に傷ひとつついていない。

ここはどこだ？　〈創世王〉の部屋ではない。否、ここも、〈創世王〉の部屋だ。ただ、ゴルゴム党本部ではない。〝村〟の奥にあった小屋、〈創世王〉がいた小屋の中だ。

これは……〈キングストーン〉を埋め込まれてカイジンとなったばかりの頃の記憶だ。術後の苦しさから逃れるため、自分たちは〈エキス〉を求めて〈創世王〉のところを訪れた。

そして……。

——光太郎も信彦も見えない糸に引かれるようにして、〈創世王〉に更に近づいた。否、引き寄せられた。光太郎たちの身長でも、座った〈創世王〉の頭は少し見上げる高さにあった。

「……っ」

光太郎は息を呑《の》んだ。信彦は身構えた。

〈創世王〉の右手がゆっくり上がった。そして、その掌《てのひら》がぐんと迫ってきた。

光太郎は恐怖のあまり動けなくなった。目を閉じることさえできない。

——ぽんっ、という優しい感触があった。

「……」

自分が頭を……〈創世王〉に頭を撫《な》でられてい

るのだとわかるまで、しばらく時間が必要だった。

〈創世王〉は光太郎に続き、信彦の頭にも優しく手を置き……撫でた。

――熱くなっていた。

光太郎の体内にこれまで感じたことのない熱が生まれていた。身体が灼《や》かれるようだ。だが、不快感はない。むしろこれは……。

――それは愛、のようなものだと、光太郎は感じた。

5

――愛、だと。

そんなものはない。

少なくとも、おまえのような怪物が愛を抱くことなどない。

これは〈創世王〉のまやかしだ。

自分の記憶を改竄《かいざん》して、躊躇《ちゅうちょ》させようとしている。

――そんなことまでして生き延びたいのか。

「くわぁぁぁぁぁぁぁぁあっっっっっっ！」

〈ブラックサン〉は渾身の力で〈創世王〉の身体から巨大な心臓を引き抜いた。束のような血管を引きずって、〈ブラックサン〉が抱えた心臓は床に落ち、血液と体液と〈エキス〉を大量にばら撒いた。

――勝った。

後は心臓を潰せば。

〈創世王〉は滅ぶ。

すべてが終わる。

五十年の月日を超えて、ようやく終わらせられる。

あの夜の、丹沢山中の熱狂が、密《ひそ》かな祭りがようやく終わる。

〈ブラックサン〉が拳を振り上げると、それを〈創世王〉の心臓に叩きつけようとした。その時、突然、彼を大きな影が覆った。〈ブラックサン〉が顔を上げると、そこには立ち上がった〈創世王〉がいた。

「……」

〈ブラックサン〉は呆然《ぼうぜん》となった。

死にかけていて、もう動かないものと思い込んでいた。

その隙《すき》を突いたかのように、〈創世王〉の無事な左腕が音を立てて横薙ぎに宙を割いた。〈ブラックサン〉は後ろに跳んだが、〈創世王〉の鋭い爪、そしてその爪が発する衝撃がその右の太腿を斬り裂いた。

……〈ブラックサン〉の右脚が太腿の真ん中から切断され、床に落ちた。

——〈創世王〉は片膝を突き、左腕を振り上げた。

その拳が〈ブラックサン〉の頭部を完全に粉砕した。

6

彼は戸惑っていた。

それは彼が今の姿でこの世に生を受けてから、初めての体験だった。

彼は視覚、聴覚、嗅覚、触覚といった、通常の感覚器官を持たない。目に似た器官、耳に似た器官は備えていたが、それはダミーのようなもので、そもそも、そうした感覚器で捉えた外部の情報を認識する、脳がなかったのだ。

その代わり、彼の全身には絶対的な知覚器官があった。それは通常の人間、生物のそれとは断絶したもので、ものの姿を聴き、音を見、匂いを触ることができた。

そんな彼が見間違い……認識を誤るようなことはないはずだ。

だが、彼は間違えた。

彼はその拳で〈ブラックサン〉の頭部を砕いた……はずだった。だが、〈ブラックサン〉はまだ健在で、頭部に傷のひとつもない。そして振り下ろしたはずの彼の拳はまだ、振り上げたままになっていた。

――彼は理解した。

自分と〈ブラックサン〉を隔てるように、白い着物の少女が立っていた。

彼は彼女のことを知っていた。会ったのはとても昔のことのようにも、最近のことのようにも、そしてずっと一緒にいた気もする。

彼はその娘の名前を知っていた。

ヤマトヒメノミコトという。

彼が今の姿に生まれ直すことに、大きな影響を与えた人物であることも知っていた。

――そういうことか。

彼は納得した。

誕生を見守った彼女が再び、自分の前に現れたということは、自分の滅びが近いということなのだ。

――そういうことか。

そして、ヤマトヒメノミコトは出現した時と同じく、唐突に姿を消した。

そして〈ブラックサン〉も同時に消滅した。

彼は再び、孤独になった。

7

――いやー、参った。

「本当に、これ、参ったぞ」

大森浩一郎《おおもりこういちろう》は溜《た》め息《いき》をついて、通路に座り込んだ。

――あれは今から十五分？　二十分くらい前か。

秋月信彦と若いカイジンたちがゴルゴムの警備員たちと撃ち合いになった。その瞬間、大森は慌ててその場から逃げ出した。後のことは知らない。死んだら終わりだ、と一目散に地上に戻ろうとした。だが、ここまで来た時に使ったエレベーターは動かなくなっていた。いくつかの扉はＩＤカードと生体データを使っても開かなくなっていた。

大森がいくら詳しいとはいっても、ゴルゴム党本部地下を囲む外周部は広く、未知の部分の割合が大きい。しかも通常のルートが使えないとなれば尚更《なおさら》だ。

大森は完全に迷子になっていた。

こうなったら、しかたない。知らんぷりをして、ゴルゴム党本部の中に入ってしまおうか。そうして、地上に戻る。

「いやいやいやいや」

状況がまったくわからない。

既に信彦たちに力を貸したことが露見している可能性も高い。もしもそうなら、誰かに出会った瞬間に終わり、だ。

そもそも、だ。

信彦たちに肩入れしたことが失敗だった。自分は別に誰かの味方をしたいわけじゃない。大事なのは自分だけだ。自分が生き抜くために、どの陣営にだっていい顔をしてきた。それなのに今回は明らかにバランスを崩している。大失敗だ、大失態だ。

どうしてだ？　歳《とし》をとって耄碌《もうろく》したのか。〈ヘヴン〉のお陰があって見た目はまだ四十代だが、生まれてから数えるなら……何歳になる？　もう九十年？　冗談だろ？　否、冗談じゃない。マジ、だ。マジ。

「俺、マジ、ジジイじゃん。どーすんだよ。いやいや、それはともかくとしてだ。どーやって逃げるんだよ」

なんだかいろいろ面倒になってきた。

勝手がわからない外周部をうろつくより、やはりビル本体に飛び込んでしまった方が話が早い。危険がなんだ。もう面倒だ。ジジイになってまでチマチマやってられるか。

覚悟というよりは自暴自棄になって、大森が立ち上がった時だった。

大森の眼前を白い影が過ぎった。

「……えっ」

彼の前にいたのは、白い着物の少女だった。小学生くらいの子どもだ。髪の毛が異様に長い。

「……」

大森は言葉を失った。こんな場所に子どもがいるだけでも異常事態だが、彼女はその小さな肩に大人の男を担いでいた。

大森が凍りついていると、娘は彼の前に担いでいた男をぽんっと投げた。

「……光太郎」

それは南光太郎だった。ほとんど裸で全身傷だらけだ。生きているのか死んでいるのかわからない。

そして、娘は左手に持った、なにかを光太郎の横にまた乱暴に投げ落とした。

「……っっ」

大森が肉色の長いものだと思ったそれは、人の脚だった。それがわかった途端、ようやく光太郎の右脚が切断されていることが認識できた。

「な、んだよ、これ……んだよ、これ！」

自分が置かれた立場も忘れて、大森は叫んだ。叫んだせいか、少しだけ気持ちが落ち着いた。そうして初めて、半世紀前の記憶が甦《よみがえ》った。暗い森の中の景色がフラッシュバックする。

「……あ」

大森の前から、白い着物の少女が消えていた。

8

一九七二年、

〝今〟から五十年前。

大森浩一郎は探索に来たダロムたちから逃れるように、森の中へと逃げてきた。

そこで偶然辿《たど》り着いたのが、ビルゲニアが〈創世王〉を隠した小屋の前だった。

小屋の中は問題あるとして、とりあえずは裏手に隠れて様子を見よう。そう思って大森が小屋に近づくと……突然、その扉がばんっと開いた。

「ひっ」と、大森は小さな悲鳴を上げた。中から出てきたのが南光太郎とわかって、彼は咄嗟《とっさ》に駆け寄った。

「おい、どうしたんだ」

「〈創世王〉に……」

光太郎は小さな声を絞り出した。

「〈創世王〉に？　ひょっとして」

大森は小屋の中をちらっと見た。中に黒い影を見つけて、大森は慌てて扉を閉めた。そして、改めて光太郎の様子を確認する。彼は左脚にひどいダメージを負っていた。切断にまでは至っていなかったが、大腿部《だいたいぶ》の骨は砕かれ、筋肉は断裂している様子だ。

「どうすんだよ、これ……どうすんだよ」

いつの間にか、光太郎は意識を失っている。

大森が頭を抱えていると、枯れ葉を踏む音が聞こえてきた。

「あー、もう……しかたねぇ！」

大森はシャツを脱ぐと、それを腰に結びつけた。

光太郎を抱え上げ、精神を集中する。そして彼は〈コウモリカイジン〉に変身した。肩と背中から伸びた大きな翼を広げる。〈コウモリ〉になると上半身が逞しく膨張する代わりに、それに反比例して下半身は萎縮《いしゅく》する。まともに機能するのは片足だけで、もう片方はほとんど瘤《こぶ》のような形になる。〈コウモリ〉は残った一本の足で柔らかい土を蹴った。

ぎりぎりで、近くの木の太い枝に飛び乗る。〈コウモリ〉には、人ひとり抱えて密やかに飛行するだけの力はなかった。

〈コウモリ〉は息を殺し、樹上から様子を窺《うかが》った。ひとりなら飛んで強行突破し、森から抜け出すこともできるが、思わぬ荷物を背負ってしまった。

ダロムたちが来る。

そう予想していたが、近づいてきたのは予想外のふたりだった。

新城ゆかりが駆けてきた。それを追ってビルゲニアも来た。

〈コウモリ〉は聞き耳を立てた。これは人の姿をしている時の癖のようなもので、〈コウモリ〉となった今、そんなことをしなくても聴覚の機能は飛躍的に上昇している。ふたりの話は手にとるように聴けた。

「どこへ行く？」

ビルゲニアがゆかりの肩をつかんだ。

「なんども言ったよね？　ちょっとトイレにって。だからついてこないでよ」

「わざわざ〈創世王〉のいる小屋まで来てか？　ここはトイレじゃないぞ。〈創世王〉に小便でもかけるつもりか？」

「……」

ゆかりはビルゲニアが肩に置いた手を振りほどいたが、こんどは腕をつかまれた。

「おまえ、〈創世王〉を殺すつもりじゃないよな？」

「なに言ってんの……。あたしたちは同志でしょ……」

「もし、〈創世王〉になにかしていたら、おまえらどうなるかわかってるな？」

「……」

ゆかりはなにも答えなかった。

――いったい、なんの話してんだよ。どうして、あいつらまで〈創世王〉がどうこうとか揉《も》めてんだよ？

ここに至るまでの事情を知らない〈コウモリ〉にとっては、それは当然の疑問だった。

――っ！

光太郎の左膝あたりはひどく傷ついている。そこから血が数滴、遙《はる》か下の地面……ビルゲニアのすぐ後ろに落ちた。

――っ！

〈コウモリ〉の息が止まった。

気づかれた……。だが、幸運なことに下は土だ。悟られることはなかった。

〈コウモリ〉は慌てて、抱えた光太郎の膝を掌で包んだ。そこに染みてきた血が驚くほどの速さで溜まっていった。溢《あふ》れそうになる血を〈コウモリ〉はごくりと飲み干し、また掌を膝に当てた。

「おい、いい加減答えろよ」

〈コウモリ〉が奮戦している中、地上ではビルゲニアがまだ、ゆかりを問い詰めていた。

「だから信じてよ。そもそも、どうしてあたしが〈創世王〉を……」

「言え。おまえの本当の目的は何だ？」

「……」

ゆかりはなにも答えなかった。ただ、きつくビルゲニアの顔を見返している。

「いくら訊《き》いても無駄か。……おまえはどうせ答えないか。そういう女だ」

ビルゲニアはコートの下から〈サーベル〉をとり出した。

ビルゲニアの明確な意思を察知して、ゆかりが逃げようとしたのと、彼が〈サーベル〉を斜めに一閃《いっせん》したのが同時だった。

「……っ」

〈コウモリ〉は声を漏らすのを必死に堪《こら》えた。

背中を深く……背骨と心臓を両断されるほど……斬られたゆかりは、背中から大量の血飛沫《ちしぶき》を上げ、地面に倒れた。即死だった。

血塗《ちまみ》れになったビルゲニアは〈サーベル〉を手にしたまま、小屋の中へと入っていった。

――逃げるなら今しかない。

〈コウモリ〉がそう決めた瞬間だった。また足音が聞こえてきた。それと同時に、抱えた光太郎が低く唸った。〈コウモリ〉は慌てて彼の口を押さえた。

――あいつは。

繁《しげ》みの中から出てきたのは、オリバーだった。彼は小屋の様子を窺いながら、小走りでゆかりに近づいた。そして、彼女の上着のポケットを探った。

……

――なにをとり出した？

〈コウモリ〉が目を凝らすと、オリバーの手の中に赤と緑の石が……〈キングストーン〉が握られているのが見えた。

「ごめん、ゆかり……ごめん。俺たちはお互い知らされないまま、恐らく同じ目的で……それがもっと早くわかっていたら……でも……これだけは……、俺が守るから……。あいつを裏切ってもいい、俺は生涯、これを守ることにするよ」

オリバーの言葉は心からの懺悔《ざんげ》だと、〈コウモリ〉にも理解できた。

「……っ」

〈コウモリ〉の腕の中でまた光太郎が呻いた。まだ出血が止まる様子もない。

「……どうすんだよ、これ……今、飛んでったら見つかるぞこれ……でもよぉ……」

〈コウモリ〉は、大森浩一郎は悩んでいた。

――その時の彼はまだ知らなかった。

五十年後に、同じように悩み、逡巡《しゅんじゅん》することになるのを。

9

和泉葵《いずみあおい》と小松俊介《こまつしゅんすけ》は長い梯子《はしご》を登りきり、外周部の入口になっている地下の大空間に出た。

「……ここまで来れば……大丈夫だと思う。多分」

そう言って、俊介は安堵《あんど》の溜め息をついた。

「わかった、とにかく行こう。それから俊介、お金持ってる？」

「え？　……うん、ちょっとなら」

「じゃあ外に出たらすぐにコンビニに行くからお金貸してね」

葵は俊介が着ていた作業服を着ているが、彼の方は上半身裸だった。そのままウロウロしていれば通報されてしまうかもしれない。

地上に出た後、葵は話していた通り、東池袋駅近くのコンビニに走った。そこで黒いTシャツを買って、俊介が待っているビルとビルの隙間の細い道に急いだ。

「これ着て、早く」

俊介はなにも言わず、Tシャツをノロノロと着込んだ。

「皆、大丈夫かな。信彦さんたちと一緒に行った連中も……光太郎さんもどうなったのかな？」

光太郎の名前を耳にして、葵はどきっとした。

「それは私も気になるけど……私たちが戻ったってどうにもならないでしょ？　とにかくここを離れないと」

「俺……」

ビルの壁に背中を擦《こす》りながら、俊介は座り込んだ。

「俺……」

「うん……どうしたの？」

「お……れ……っ」

俊介は突然、吐いた。あまり胃に入っていなかったらしく、吐瀉物《としゃぶつ》は僅かだったが、黄色い水を際限なく吐き出した。

「大丈夫？　大丈夫？」

葵はまたコンビニに走ってミネラルウォーターを買ってきた。いつまでもここに留《とど》まっているわけにはいかないと焦っていたが、しかたなかった。

葵が水を渡すと、俊介はそれをごくごくと飲み干した。

「大丈夫？　もう少し休む？」

「大丈夫だよ」

そう言って、俊介はふらっと立ち上がった。

「俺、人を殺しちゃったよ……カイジンだったけど、人、殺しちゃったよ」

「それは……そうしなかったら、私や俊介が殺されてた」

「それはわかってるよ……だから、もう大丈夫だよ……葵、これからどうするの？」

「え？」

急に調子の変わった俊介に葵は戸惑った。

「葵は〈クジラ〉さんのところへ行かないとでしょ？　連絡先持ってるよね？」

俊介に問われて、葵は「うん」とうなずいた。

〈クジラ〉……白井静馬《しらいしずま》の連絡先は俊介と再会したばかりの時に渡されている。

「あの俊介……よかったら、一緒に〈クジラ〉さんのところへ行かない？　〝村〟に行くことになると思うけど」

葵に誘われても、俊介は黙って首を横に振った。

「俺、家に帰る。父ちゃんと母ちゃんの顔、見たいし。……疲れたから……家でちょっと寝たい」

「うん……わかった……それから」

「なに？」

「なんでもない……気をつけてね」

葵は「ありがとう」と言いたかった。考えすぎだということはわかっていたが、言えなかった。今、このタイミングで感謝を伝えるということは……。

——私のために、人を殺してくれて、ありがとう。

そんなニュアンスになってしまうのではないか。

葵のその想《おも》いが、感謝の言葉を口にすることを妨げた。

俊介はぷいと背中を向け、大通りへと出て行った。

そのすぐ後、何台もの消防車のサイレンの音が通り過ぎていった。

10

ビシュムとの戦いから離脱した〈ギンバッタカイジン〉、否、秋月信彦はなんとか地下四階に到達した。意識しないうちに変身は解け、運ぶ足も鉛のように重くなっていた。

それでも……それでも……〈創世王〉のところへ。まだ光太郎が戦っているかもしれない。それを思えば、どんな状態であれ、自分が逃げ出すことは考えられなかった。

〈創世王〉の部屋に辿り着くと、扉は開きっぱなしになっていた。

正直、嫌な予感しかしなかった。

だが、中の様子を確かめずに引き返すことなどできない。

ふらつきながらも、信彦は足を踏み入れた。

「……おい」

彼は思わず声を上げた。

中には〈創世王〉……否、かつて〈創世王〉だったものの残骸があった。本体は玉座の前で立て膝をついた姿勢で動かない。右腕はちぎれ、頭はふたつに割れている。そして、胸には大きな穴が開いており、そこから血管の束を引きずって、巨大な心臓が床に落ちている。

信彦は吸いよせられるようにして、その心臓の前に近づいた。ドクドクと脈を打っている。

「……」

これは誰がやった？　否、光太郎がやった以外、可能性はない。〈創世王〉は死んでいるのか？　ここまでダメージを与えて、光太郎はどこへ行ってしまったのか？

いくつもの疑問を浮かべたまま、信彦が呆然としていると、突然、腕を左右からつかまれた。私服の上級警備の者が四人、あっという間に彼を拘束した。魔法のような手際のよさで、一瞬で手錠をかける。

警備たちを振りほどこうとしたが、力が出ない。彼らの接近にもまるで気づかなかった。特別な力を使いすぎた反動か、信彦の生き物としての機能は赤ん坊以下になっていた。

　信彦がきつく唇を噛んでいると、堂波《どうなみ》と仁村《にむら》補佐官、そして、ふたり揃ってよろめきながら、ダロムとビシュムが入ってきた。

　堂波が信彦のところへ歩いてきたが、床の血溜まりに靴を派手に汚し、「ちっ」と、顔をしかめた。

「秋月信彦」堂波が顔を覗《のぞ》き込んできた。「全く成長してないな。人として恥ずかしくないか？」

　堂波は信彦と少し距離をとり、血溜まりを避けた。

「ったく参ったぜ。逃げようとしたら、もうパトカーだ救急車だってわんさか来てでさぁ。あっという間にテレビ局まで来やがった。あいつら地下にまで乗り込んできそうな勢いだったから、バラオムとビルゲニア残してきたけど、大丈夫かな。やつら機転が利かねえもんなぁ」

　堂波はだらだらと呟くと、〈創世王〉の心臓を見た。

「こいつ、まだ生きてんのか？　生きてるのか。すげぇな。こんなになっても生きてるって、なんつーの？　浅ましいな。浅ましい、だ。まぁ一応は〈創世王〉サマだから、なんて生命力だっ……くらいのことは言っとくけどさぁ」

　信彦が睨《にら》みつけていると、堂波は「あぁ」と納得した顔になった。

「おまえ、もう戦えなくなってるのがバレてんのが不思議なのか。馬鹿だなぁ。しかたねぇか。付け焼き刃で勉強したかもしれないが、いろいろ五十年前で止まってんだもんなぁ。時代はＩＴでメタで小文字のｅなんだよ。ここなんか監視カメラだらけってわけだ。そんなことにも考えが及んでなかっただろ？　おまえは五十年前の原始人なんだよ。

　——五十年前かぁ。あの時も同じような感じだったよなぁ」

11

——五十年前。

——一九七二年。

丹沢山中の森の中で、堂波真一《しんいち》はオリバーに縛られ、土の上に転がされていた。そのオリバーもどこかへ行ってしまい、ひとりとり残された。遠くから聞こえてくる、鳥だか獣だかの鳴き声を耳にするうちに、どんどん不安になってきた。余計なことをせずに、あの大森という男に解放された時に、そのまま逃げてしまえばよかった。そうすればあのビルゲニアに殴りつけられることもなかった。

だが、あのまま逃げ出すことは彼のプライドが許さなかった。どんなに小さなことでもいいから、なにか仕返しをしてやりたかった。とはいえ、南光太郎、秋月信彦、ビルゲニア、ヤツらには三人もカイジンがいる。力では無理だ。だからなにか頭を使って、ヤツらを傷つけてやろうと思った。そこで聞きつけたのが、〈創世王〉を殺すとかいう、内紛の火種だった。

堂波は確信した。

これを上手《うま》い具合に焚《た》きつければ、あいつらを自滅させることもできるんじゃないか、と。

その読みは当たった。光太郎たちの裏切りを告げると、あのビルゲニアという男は面白いように激昂《げきこう》した。そこまではよかった。だが、その結果、自分は再び捕縛され、山の中にひとり転がされている。

——失敗した。

下手《へた》をすると、このまま放置される可能性もある。餓死《がし》した後、自分の身体が山犬たちに食い散らかされている様子が想像される。

「……はぁ」

堂波が溜め息をついた瞬間、

「いててててて」

髪の毛を思いきり引っ張られた。そのまま無理やり顔を持ち上げられると、目の前に知らない男の顔があった。

「おまえ、堂波真一か？」

男に尋ねられ、堂波は「はい、はい」と即答した。

「総理の孫か」

「はい、はい」

「そいつは助かった、これで点数稼げた。今日はもう働かなくても怒られないな」

　そう言ったのは〈クジラカイジン〉こと白井静馬という男だったと、堂波が知るのはずいぶん先のことだった。

　ちょうどその頃、〈創世王〉のいる小屋近くの樹上で、大森浩一郎＝〈コウモリ〉が覚悟を決めたことも、堂波は知らなかった。そして、発見されることも厭《いと》わず、光太郎を抱えて夜の森に飛び出した〈コウモリ〉が、必死の思いで羽ばたき、なんとか丹沢湖方面へと脱出に成功したことも、知ることはなかった。

　――堂波が白井とその場に待機していると、少ししてダロム、ビシュム、そして彼らの警護のカイジンたちが合流してきた。

「堂波真一さん、ご無事でなによりです。私はダロムといいます」ダロムは五流護六《ゴルゴム》の幹部であると自己紹介した。「森の外に車が待機しています。誰かに案内させますので」

「待ってくれよ、おじさん。俺を誘拐した連中はどうなってるんだ？」

「秋月信彦は既に確保しています。我々が把握している、今回の件の参加メンバーは南光太郎、新城ゆかり、ビルゲニア、オリバー・ジョンソン。信彦以外の者たちの行方はまだ押さえていません」

「そうか……なら、そいつらの探索、俺もつき合ってやるよ」

「……はい？」

「残りの連中は〈創世王〉が置かれた小屋に集まってるはずだ。そこに案内してやるよ。あんたたちも手間が省けていいだろう？」

「それはそうですが……お祖父様の手前、真一さんをこれ以上、危険な目に遭わせるわけには……」

「ふざけんなよ！」

　堂波は怒鳴った。

「あいつら、おまえら五流護六の仲間なんだろ？　おまえらの不始末じゃねぇか。俺の好きにさせろよ」

「なにが目的なのですか、真一さん」

ダロムはあくまでも冷静に対応した。

「決まってんだろそんなのはよぉ。俺、拉致されてたんだよ。拷問、虐待当たり前だったんだよ。ビルゲニアや秋月信彦にどんだけ殴られて蹴られたと思ってんだよ。メシだってなしだったんだよ」

「車にサンドイッチなどの用意がありますが」

「いらねぇよ！」堂波はダロムの言葉を一蹴した。

「……食うけど。でも後だよそれは。仕返しだよ、やりたいことなんか決まってんだろ」

「……」

ダロムが返答に困っていると、そこにバラオムが来た。肩に気絶した信彦を担いでいる。

「秋月信彦っ！」

堂波は駆け寄り、バラオムの肩から信彦を引きずり下ろした。

「おまえ、この野郎っぉぉぉっ！　俺がどれだけひどい目に遭ったかぁ……おまえにも味あわせてやる！　クソの中に顔突っ込ませてやるからな！」

堂波は半分泣きながら、信彦の腹を、背中を、頭を蹴りつけた。

「真一さん」ダロムが声をかけた。「秋月信彦は意識を失っています。いくら痛めつけても意味はないですよ」

「うるせぇよ！」

堂波は蹴るのをやめなかった。だが、あっという間に息を切らし、信彦のすぐ傍《かたわ》らに大の字に倒れた。

「……で、真一さん。気が済んだでしょうから、そろそろ〈創世王〉のいる小屋へ案内していただけますか？」

ダロムの言葉に含まれた、露骨に慇懃《いんぎん》な調子に堂波は飛び起きた。

「てめえら、俺のこと舐めてんだろ？　おい、俺が誰だか知ってるのか？」

「現総理の堂波道之助《みちのすけ》の孫。だからこそ、お祖父様のご依頼で、あなたを救出するのも我々の使命なわけです。総理の孫が誘拐され、そのうえ殺されたとはあっては、総理の面目が立ちません」

「……」

ダロムがなにを言いたいのか、堂波にはわからなくなっていた。ただ、なぜか背中が薄ら寒くなっていた。

「あなたを救出した、という知らせはすぐに総理のところへ届くでしょう。それを確認さえすれば、総理はご満足のはずです。

——救出されたあなたが、たとえば今、この場で事故で亡くなろうが、総理は気にされないでしょう。面子《メンツ》は潰れないからです」

ようやくダロムの言葉の意味を理解して、堂波は肩を落とした。

「……わかったよ……わかった、わかったから。今すぐ、小屋に案内してやるから。だから……ちょっと落ち着けよ、な」

12

「あン時のダロムにはマジでびびったわ。ムカつきもしたけど、正直、びびった方が勝《まさ》ってたな。殺されると思った。おまえやビルゲニアに殴られてる時より、よっぽど怖ろしかったよ」

——二〇二二年。

ゴルゴム党本部地下四階、〈創世王〉の部屋では、堂波真一総理が五十年前の経緯を、秋月信彦に話して聞かせていた。

——この場にいるのは堂波と信彦、ふたりだけだ。

堂波はダロム、ビシュム、そして仁村補佐官にまで退室するように命じた。信彦が無力な状態とはいえ、危険だとダロムも仁村も言いすがり、〈創世王〉の救命措置も必要だとビシュムが喚《わめ》いたが、堂波は聞き入れなかった。信彦を鎖で柱に縛りつけ、拘束させると、他の者たちは部屋から追い出した。

「おまえは〈クジラ〉のヤツにあの場で捕まってた

から見てないだろうが、ビルゲニアがとり押さえられるところも痛快だったぞ」

――ダロムたちに話した通り、堂波は彼らを〈創世王〉がいる小屋に案内した。

小屋の前に新城ゆかりが倒れていた。背中を深く斬られ、死んでいた。それを見てダロムたちは顔を見合わせた。内紛の理由はわからないが、ビルゲニアがやったのだろうということは、誰の目にも明らかだった。

三人はうなずき、それぞれ〈サンヨウチュウカイジン〉、〈ヨクリュウカイジン〉、〈サーベルタイガーカイジン〉に変身した。

彼らの姿を見て、堂波は理解した。こいつらは本物のカイジンだ。これまで面白半分で嬲《なぶ》り殺しにしてきた半端なカイジンたちとは違う。その姿形の美しさ、圧倒的な迫力、堂波はしばらく呆然と彼らに見惚《みと》れていた。

「ダロムたちは小屋に乗り込んだ。あの時のビルゲニアの顔、見せてやりたかったぜ。俺は後ろから覗いてたけどな」堂波は薄笑いを浮かべながら語った。

「三神官が全員、戦闘態勢で乗り込んできたんだ。ビルゲニアでも敵《かな》わない。〈カッチュウギョカイジン〉になる余裕もなく、あの〈サーベル〉を滅茶苦《めちゃく》茶《ちゃ》に振り回しただけだ。それでもあっという間に制圧されたけどな。変身したダロムたちに散々痛めつけられたビルゲニアはほとんど死にかけてた。俺もあいつに殴られ蹴られた倍の数、やり返してやったぜ……っと、そうだ、一応あいつらと約束したんだよな、俺、こう見えても義理堅いだろ？　あのバケモンをなんとかしといてやらないとな」

堂波はあたりを見回し、ちぎれた太いケーブルを手にした。

「これ、感電しないよな？　大丈夫か」

堂波はケーブルの先端を投げ上げ、天井近いところにある梁《はり》にかけた。そして、意外に器用な手つきで、ケーブルを〈創世王〉の心臓にがっちり巻きつけ、固定した。そのままケーブルを引き上げ、心臓を宙に固定した。

「あーあ、背広もシャツも血だらけだよ。ま、とりあえず〈創世王〉はこれでいいだろ。心臓は動いてるんだし」

　袖口からぽたぽたと血を垂らしながら、堂波は信彦の前に戻ってきた。

「なぁ、秋月信彦。せめて余生は〈創世王〉になって〈エキス〉を垂れ流して、俺の役に立ってくれよ頼むよ」

「……」

「ん？　そのためには〈キングストーン〉が要るじゃん。ゴタゴタしてて忘れたけど、ダロムのヤツ、ノコノコ戻ってきたってことはしくじったってことか？　ったく面倒だなおい。まぁいいか、すぐに……」

「……俺は〈創世王〉にはならない。誰も〈創世王〉にはさせない。カイジンの歴史は終わらせる……」

「は？」堂波が首を傾《かし》げた。「それはカイジンが決めることじゃない」

「……」

「カイジンどもは自然に湧いてきて、自分たちで繁栄……しょぼいけど……繁栄したと思い込んでるからタチが悪いんだよなぁ」

「……なに言ってるんだ？」

　戸惑う信彦を前にして、堂波はにこりと笑った。心からの笑みだ。

「今から……ええと、百年……百年は経《た》ったねぇか。いやでも八十年以上だ。一九三六年、昭和十一年だな。

　で、その一九三六年、俺の祖父《じい》さん、堂波道之助はまだ若かったが、政府に強い影響力を持っていた。その祖父さんが中心になって、ある組織が創設されることになった。目的は異能力を持った改造人間の研究開発だ。当時の科学技術を結集し、生物学の権威たちを集めて実験を繰り返した。おまえらのオヤジたちもそのメンバーだったんだ。おまえたちカイジンは莫大《ばくだい》な予算をかけて、戦争の道具として生み出された」

「……」

　信彦は表情を失っていた。

「ん？　驚いたか。信じられないのか？」

「あぁ、信じられるわけがない。八十年も前にカイジンを造った？　カイジンの生物としてのメカニズムは今でも解明できないことがほとんどなはずだ。どうして八十年前の技術でそんなことができる？……バカバカしい」

信彦は苦笑した。それを見た堂波は「うーん」と首を傾げた。

「そこ、突いてきたか。だよな。八十年前だもんな。普通は無理だわ。今だって無理なんだから。俺もそこは変だとは思うよ。そこは別におまえと争うつもりはないからさ。

ただ、そこにひとつタネがあるんだわ」

「……カイジンたちが戦後、どこからか湧いてきたのは事実だ」信彦は言った。「だが、カイジンが兵器として造られたというのが本当なら、どうしてそれが歴史に残されていないんだ。実戦に投入された記録がないんだ？」

「それ、知りたいか。あー、いいよ」

堂波は椅子《いす》を引っ張ってきて、それに座り込んだ。

「ちょっと説明が雑だったもんなぁ。まだ外にはうるさい連中が溜まってるだろうし、時間はある。死ぬ間際にに祖父さんから散々聞かされたんだ。おまえにも話してやるよ」

仮面ライダー

Kamen Rider BLACK SUN

仮面ライダーBLACK SUN 異聞／イブン

［第二部 銀の黄昏］

第四章

真実～２０２２

1

「さて、どこから始めるかな」

秋月信彦《あきづきのぶひこ》を前にして、堂波真一《どうなみしんいち》はしばらく考え込んだ。視界の隅で〈創世王〉の心臓が不規則に鼓動しているのが目に入る。

「さっきも話した通り、俺の祖父《じい》さんの堂波道之助は国にある提案をした。国の予算以外にも財界から莫大《ばくだい》な金を引っ張ってきた。それが超人計画だ。おまえ、言ってたよな、八十年前の技術でカイジンが造れるわけないって。そりゃそうだ。当時の科学者、技術者だってそう思ってただろうよ。だけど、そこにひとつの……ひとつの」

　堂波はしばらく考え込んだ。

「オーパーツ？　オーパーツっていうんだろ？　正体不明の、その時代にあっちゃおかしいようなハイテクで造られてるみたいな。なんだっけ？　水晶髑《どく》髏《ろ》？　そういうやつ……それがつまりさ」

　堂波は縛られた信彦の腹を指さした。

「〈ストーン〉なんだよ。あ、おまえの腹の中にはないのか」

「……」

　信彦の顔色が変わった。

「そうだよ。八十年前の技術でカイジンが造れた秘密がそれなんだよ。うちの祖父さんがどこかから〈ストーン〉を手に入れた。どこからなのかは祖父さんは語らなかったが……。まぁ、とりあえず〈ストーン〉を手に入れたのは事実だろ。現にそれで〈創世王〉がいるんだから」

　そう言って堂波は〈創世王〉を、〈創世王〉の残骸を指さした。

「超人計画のスタッフはまず〈ストーン〉を埋め込むための器《うつわ》になる人間を厳選した。〈ストーン〉を埋めて第一号を造ったら、後はそれをコピーするつもりだったんだな。その時点から、もうおまえたちの父親、秋月博士、南《みなみ》博士が計画の主軸だった。ふたりとも若いのに天才的な頭脳の持ち主だったんだな。まぁ、倫理観にはかなり欠けていたようだが、ははっ」

「……」

2

一九三六年、昭和十一年。

――八十六年前。

秋月博士、南博士、ふたりの青年科学者は悩んでいた。

素朴な、倫理的な問題で。

「我々のしていることは果たして正しいのか?」

南は事あるごとにそう口にするようになっていた。

「我々のしていることは、科学的な所業なのか? これはまじない、呪術の類《たぐ》いではないのか?」

そんなことも、よく言った。

「正しくもあり、正しくもない。科学でもあり、科学でもない」

そして、そのたびに秋月は答えた。はぐらかそう、茶化《ちゃか》そうという意図はなかった。彼はとても真面目な男で、可能な限り誠実に答えようとした結果がそれだった。

「あの〈ストーン〉の力が科学的に実証されたことはない」秋月は言った。「我々の作業はこれまでいちども成功したことはないからだ。だが、〈ストーン〉が人の身体を侵食し、破壊に至らしめることはそのたびに確認されている。〈ストーン〉というものが、我々の科学的知識の外にあることは事実だ」

「……確かにそれはそうだが」

南はやはり納得することはできなかった。

これまで、被験者を百人近く犠牲にしている。堂波道之助は言う。今の百人の犠牲が将来の百万の命を救うのだ、と。

その理屈は南にも理解できた。だが、目の前で連日、若い被験者が死んでいく……否《いや》、自分たちが殺していくことに耐えられるかといえば、それはまったく違う話だった。

その日の午後、処置室に出頭してきたのは二十代半ばの逞《たくま》しい青年だった。男は南たちに姓名を名乗った。極めて優秀な運動選手だとわかった。

その青年は語った。

これから自分がなにをされるかは理解している。栄えある超人第一号となって、国のために尽くしたいと。エリートらしい模範回答に、南の中に珍しく悪戯心《いたずらごころ》が生まれた。

手術台に乗せられ、腹部を消毒されている時、南は青年に尋ねてみた。「恐ろしいとは思わないのか？これまでどれだけの者たちが殺されたのかは知っているだろう？」。「それは……存じ上げております。正直、とても恐ろしいです」。

彼は自分が言ったことが照れくさかったのか、はにかんだように笑った。

その笑顔があまりに眩《まぶ》しくて、南はなにも言えなくなった。

南と秋月は青年に麻酔を施し、開腹した。その腹に〈ストーン〉を差し込む。ここまではこれまで百回近く繰り返してきたプロセスだった。

問題はここからだった。

人体内部に接触した〈ストーン〉が反応する。丸い水晶のような形に変化が現れ、無数の刺《とげ》を伸ばす。放っておけば、それは人体のあらゆる部位を刺し貫き、死に至らせる。そして被験者が死亡すると同時に、刺は収まり、元の綺麗《きれい》な水晶に戻る。

「……秋月」

「ああ、わかってる」

南と秋月は目配せをした。〈ストーン〉が微《かす》かに震えているのがわかった。刺が伸びる予兆だ。

ふたりは両手に鉗子《かんし》をとり、〈ストーン〉を軽く叩《たた》いた。ひどく原始的な手法だったが、こうして〈ストーン〉に刺激を与えることで、刺の伸長を抑制できることはわかっていた。多くの若者たちの死と引き換えの知見だった。

芸術に造詣の深い秋月が最近になって、こんなことを言い出した。

『……これは音楽なんじゃないか?』

〈ストーン〉を叩く位置によって、音の高低があることはわかっていた。であれば、そこには音階が……音楽を奏でることも可能なはずだ。

——南と秋月は一心不乱に〈ストーン〉を叩いた。

ふたりで示し合わせたわけではないが、そこには不思議なメロディとリズムが生まれた。それは、これまでにない独特のもので、どの国の、どの文化、どの民族の音楽にも似ていなかった。だが、それは音楽だった。即興で、音階を作り、リズムを織りなしていく。

南と秋月、ふたりがしていることは、いわばフリーセッションだった。

やがて、ふたりの手が止まった。なにがどうとは説明できなかったが、ふたりとも確かな手応えを感じていた。

〈ストーン〉の刺の伸長は止まっていた。

青年の呼吸も正常だった。

「成功……したのか?」

南が呟《つぶや》くと、秋月は慌てて青年の脈をとった。

「脈は正常だ」

ふたりは顔を見合わせ、安堵《あんど》の溜《た》め息《いき》をついた。

ここまでは成功だ。そして、ここまで至ったのは初めてだ。この先はもう見守ることしかできない。

——変化は唐突に現れた。

青年の全身が染められたように深緑に変化していった。手足がぐんっと伸び、外骨格のように硬質化した。最後に変化したのは頭部だった。頭も硬質のものになり、口が大きく裂けると、そこに刃物のような顎《あご》が現れた。両目は拡大しオレンジ色の複眼になり、その間から太く長い触角が突き出した。

「……せ、成功した」

嬉《うれ》しさのあまり、南は声を詰まらせた。その横で秋月は冷静に青年の顔を観察していた。

「これはバッタか。バッタには間違いないな。ヤマトフキバッタか……いや、トノサマバッタか。私の昆虫に関する知識ではこの程度しか判別できない」

南は首を捻《ひね》った。

「しかし……なぜバッタなんだ？」

――二十世紀に入り、遺伝学は目覚ましい進歩を遂げた。三年前の一九三三年、米国の遺伝学者、トーマス・ハント・モーガンが染色体理論によって、ノーベル生理学並びに医学賞を受賞したことで、日本国内でも注目が高まった。南、秋月の専門は細胞学だが、遺伝学についての基礎の素養はあった。

「遺伝情報が……」秋月は呟いた。「〈ストーン〉にはこれまで地上に存在したすべての生物の情報が記されている……どういう形なのかはわからないが……無限の可能性が書き込まれていると。〈ストーン〉が正しく移植されれば、被験者はその無限の中からたったひとつの生物種を選び、自らそれと融合する……バッタであることに、なにか意味はあるのか……？」

南はなにも言わなかった。いくら考えたところで、今すぐ答えが見つかるとは思えなかった。

3

「……こうしてバッタの姿を持った人間が誕生したわけだ」

秋月信彦の前で堂波真一が話を続けていた。

「その頃から、現場では超人ではなく、〝カイジン〟と呼ばれるようになっていた。最初はあくまでも、〈創世王〉個人を指す言葉だったんだな。開発者たちがイメージしていたような、そんなスマートな形ではなかったからなんだろう」

再び、堂波は〈創世王〉に視線を向けた。

「……で、生まれたには生まれたが、そのバッタ人間は、〝カイジン〟は失敗作だったわけだ。連中、青くなっただろうなぁ」

――八十六年後の堂波真一が揶揄《やゆ》していた通り、一九三六年の南博士と秋月博士は確かに青くなっていた。

青年に〈ストーン〉が与えられてから、既に一ヶ月が経《た》とうとしていた。そしてその頃には、バッタ人間ではなく、誰が呼び始めたかはわからないが、彼はすでに〝カイジン〟と呼ばれるようになっていた。

一ヶ月。

それだけの時間が過ぎたのに、彼が目覚める気配はなかった。手術から数日後、自然と人間の姿に戻ったことを除くと大きな変化はなく、心拍、体温等も安定していたが、施設奥に横たわったまま、まったく動く気配を見せなかった。

研究機関では日夜、議論が繰り返された。

〈ストーン〉の移植が無事に終わったのはいいが、このままではとても成功とは言い難い。中には〈ストーン〉を摘出し、別の被験者に再び埋め込むべきなのでは？　という声もあった。大勢はその意見に傾いたが、南、秋月両博士の主張するところの、そもそも〈ストーン〉の摘出が可能なのどうかわからない、という意見に、議論は白紙に戻るのが常だった。

南と秋月も連夜、語り合った。

「そもそも、我々はなにを以《もっ》て今回の計画を成功とすべきだったのか？」南は自らに問いかけるように言った。

「それは……」

秋月は言葉に詰まった。リーダーである堂波道之助から、一応のロードマップは提示されていた。

一、〈ストーン〉を移植された人間は超人と化す。ただ力が強く、速く走れる、というレベルではない。神に近い力を持つ。

二、そして、自らに近い存在を複製することができる。

三、複製された者たちによる、超人兵団を編成する。

「……それはわかっている」南は言った。「だが、わからないことばかりだ。神に近い力とはなんだ？　そもそも、そこに至る道さえ遠い。人よりも強い力を発揮できるどころか、手足が動く気配もない。複製云々《うんぬん》など、夢のまた夢だ」

「君も〈ストーン〉摘出を主張するのか？」

秋月に問われて、南は首を横に振った。

「それは無理だ。君もX線装置による撮影を見ただろう？　〈ストーン〉から伸びた棘《とげ》は身体の末端まで達している。〈ストーン〉は完全に変形している。元には戻らないだろう」

「では……」秋月は天を仰いだ。「我々はただ、あの……〝カイジン〟の目覚めを待つしかないのか……」

堂波道之助はじめ、計画の責任者たちからの突きあげは日増しに強くなっていた。研究機関の用意、適合者の選抜だけでもかなりの資金が投入されていた。〈ストーン〉移植に失敗した被験者の遺族たちの口を塞《ふさ》ぐにも、金はかなりかかっているという。この膠着《こうちゃく》がいつまで続くものか……南たちは途方に暮れるばかりだった。

しかし。

その翌日、突然、事態が変化した。

〝カイジン〟が目覚めたのだ。

深夜、施錠されていた部屋の扉が中から激しく叩かれた。職員や警備の兵士、そして南博士、秋月博士が駆けつけた時には、すでに扉は大きく変形していた。間もなく蝶番《ちょうつがい》が千切れ、重い音を立てて扉は床に倒れ込んだ。

白い着物の青年が姿を見せた。

南は彼と目が合った。

手術の直前に言葉を交わした時と同じ、澄んだ目をしていた。

南の身体が震えた。背中が凍った。

そして、青年は変身した。身体がひと回り膨張し、全身が緑色の外骨格の昆虫人間に、〝カイジン〟に変身した。

兵士たちが一斉に小銃を構えた。

「待て、撃つな！」秋月が必死に叫んだ。

だが、その声が届かなかった何人かが発砲した。

何発かが着弾したが、〝カイジン〟はゆっくり前に歩き出した。

「ダメだ、撃つな！」「ダメだ！」

南も秋月も叫んだが、兵士たちの怒号に掻《か》き消された。彼らは南たちの制止も聞かず、カイジンに向けて射撃を続けた。そのほぼ全弾が〝カイジン〟に命中した。

だが、〝カイジン〟は倒れなかった。カタカタと音を立て、彼の身体を貫いた銃弾が押し戻され、床に落ちた。

「とり押さえろ、絶対に殺すな！」

こんどこそ南の命令を聞き入れた兵士たちは、一斉に〝カイジン〟に殺到した。次の瞬間、彼らは撥《は》ね返された。そして〝カイジン〟が手を触れた様子もなかったのに、兵士たちの腕が、脚が、あり得ない角度に折れ曲がっていた。

その様子に南は戦慄《せんりつ》した。

今、〝カイジン〟は確かに見えずに力を振るい、兵士たちを傷つけた。

――念動力。

これが聞いていた人を超えた力、超人の力か……。

兵士たちを倒した〝カイジン〟は、ゆっくりと歩き、南と秋月の方へ向かってきた。他の職員たちは悲鳴を上げ、すでに四方八方へと逃げ出している。

僅《わず》かな距離を開けて、両博士と〝カイジン〟は対《たい》峙《じ》した。

「……っ」

南は息を吞《の》んだ。

数メートルの距離はあったはずが、瞬《また》く間に〝カイジン〟が眼前に迫っていた。

——瞬間……移動？

念動力に瞬間移動を加えたもの。

これが人を超えた力なのか……。南がそう理解していると、彼の頭を突然の痛みが襲った。後頭部に鉈《なた》を捻《ね》じ込まれ、ギリギリと割られるような強烈な痛みだ。

「……」

南は思わず隣にいた秋月の顔を見た。秋月もまた、南の顔を覗《のぞ》き込んでいた。

——これは、なんだ？

生まれて初めての感覚だった。声のようにも色のようにも音のようにも熱のようにも痛みのようにも感じられる。

しばらくすると、痛みの感覚だけが嘘《うそ》のように消えていた。

「これは……接触を試みているのではないか？」

隣の秋月の呟きに、南は、はっとなった。とても理解は及ばないが、確かにこれは言語のようなものかもしれない。

「……なにが言いたいんだ……君」

南は〝カイジン〟の……青年の名を呼んだ。なんども呼びかけた。

「残念だが、私たちには君の言葉の意味を理解できない。君は私たちになにが伝えたいんだ？」

問いかけてみて、南は己の愚かさ、無神経さに気づいた。

国のためだと言われながらも、こんな化け物にされて、心底、嬉《うれ》しいと思うような人間がどこにいる。もしも彼にまだ知性が残っているなら、抱く感情はひとつだ。

——我々への憎悪。

それ以外になにがある？

「……君。すまなかった。君の怒りは理解できる。その憎しみは私に向けてくれて構わない。殺したいなら殺していい。だが、それを贖罪《しょくざい》として、今後は秋月や他の研究者に協力してやってくれないか。我が日本のためにはどうしても必要なことなんだ」

「おい、南、なにを言ってるんだ。責任なら私にも同じく……」

〝カイジン〟の逞しい両腕が動き、南と秋月の背中を抱いた。そのまま引き寄せる。

「……」

〝カイジン〟の硬い身体は鉄のように冷たかった。だが、南は思った。

――これは、まるで。

幼子を抱く母のようではないか。

どれほどの時間が経ったか。

応援の兵士たちが駆けつけてきたが、両博士を人質にとられていると思い、手を出すことができなかった。

やがて、〝カイジン〟はふたりを放し、おとなしく自分の部屋へと戻っていった。南たちがそれを追いかけると、〝カイジン〟はベッドに座り込み、全身を微かに震わせていた。

――カツン、と音が響いた。

「南、あれを」

秋月に肩を叩かれ、南は気づいた。〝カイジン〟の股間から次々と丸い透明な珠《たま》が排出されている。

「……〈ストーン〉か」

南は声を上げた。堂波道之助から聞かされていた通りだ。〝カイジン〟は正常に機能している。自らに近い存在を複製するというのは、〈ストーン〉を生み出すということだったのか。〝カイジン〟は〈ストーン〉を排出するのと同時に、身体の節々から緑色の粘液を漏らしていた。それはあっという間に床に溢《あふ》れ、大きな溜《た》まりを作った。それが〝カイジン〟の複製体を育てる力がある〈エキス〉だと判明するのは、しばらく後のことだった。

4

「〈創世王〉が稼働を始めたタイミングのことが、正直、よくわかっていない。祖父さんもその場にはいなかったみたいだしな。わかっているのは、手術の後、長く眠っていたのが覚醒して、〈ストーン〉と〈エキス〉を生むようになったってことだけだ……ところで……おまえ、これまで不思議だと思ったことないのか？」

　堂波真一は秋月信彦に問いかけた。

「……なんだ？」

「〈ストーン〉や〈エキス〉のことだよ。〈創世王〉はそれを出してるんだぞ。排出してんだ、身体から。まぁ、そりゃいい。ニワトリがタマゴ産むようなもんだ。だけど、ニワトリと〈創世王〉には決定的な違いがある。ニワトリは餌を食うが、〈創世王〉は食わない。それで出す一方なら、なくなるよな、干からびちまう」

「……」

「〈創世王〉は自分の身体になにもとり込まないまま、〈ストーン〉と〈エキス〉を吐き出す、異常なんだよこれ。わかるだろ？」

「……」

「質量保存のアレだコレだを持ち出すでもなく、理解できるだろ？　昭和初期の人間とはいっても科学者だ、当然そいつらもその異常さは理解していた。それでも、もう計画は動き出してた。誰にも止められない。あぁ、そうだ。バッタ人間に〈創世王〉とかいう物々しい名前がつけられたのも、その頃だ。名付け親はおまえたちの親だよ。南博士か秋月博士かどちらだったかはわからないが、まぁどちらかだ。すべてのカイジンの始祖であり、新しい世を導く王……だってよ」

　堂波は「はぁ」と溜め息をついた。

「まだまだ、こっから長いんだよなぁ。休み休みいかねぇと疲れるわ。

　ま、そんな感じで〈創世王〉が生む〈ストーン〉を移植してカイジンを量産する計画が始まったわけだ」

「〈創世王〉は少しやりすぎたか」

南博士は溜め息をついた。

「……まぁな。ただ、上の意向はわからんでもない。それにもうすっかり馴染《なじ》んだ。彼を〈創世王〉と呼ばない者はもういない」

そう言って、秋月博士は笑った。

——一九四一年、昭和十六年の年末のことだ。

南、秋月の両博士は信越地方の某都市にいた。そこで建設中のカイジン研究生産施設の視察のためである。

〝カイジン〟誕生から五年、様々なことがあった。

彼は順調に〈ストーン〉を排出し、その数は千個以上になった。だが、その〈ストーン〉を使った移植手術はそう簡単には進まなかった。

〈創世王〉の時から明らかだったように、〈ストーン〉はただ腹を割いて埋めればいいというものではなかった。ただ埋め込んだだけでは、人間は〈ストーン〉の棘に侵食されて死ぬ。〈ストーン〉と人間を安全に結びつけるには技術が必要なことに代わりはなかった。何百人という被験者と何百という〈ストーン〉を犠牲にして技術が確立し、ある程度の数の技術者が揃《そろ》うまで、五年という時間がかかったのだ。

そして先日の十二月八日、真珠湾攻撃が決行された。太平洋戦争が開幕したのだ。これが後押しする形になり、カイジン製造計画の予算が増額されることになった。

五年という時間の間に、「カイジン」という言葉は最初のバッタ人間のことではなく、彼が生む〈ストーン〉によって製造される改造人間全体のことを指すようになっていた。

そして最初のバッタ人間には〈創世王〉という大仰な名前が与えられた。名づけたのは南博士だが、「なにか栄えある立派な名前を与えるように」と指示したのは、堂波道之助だ。彼は工業製品のようにカイジンの生産を急がせる一方で、その中核にいる最初のバッタ人間を神格化すべきだと主張していたのだ。

翌一九四二年、昭和十七年からその施設で〈第一次上級カイジン製作計画〉が始まった。数少ない技術者たちが〈ストーン〉移植手術をしたが、いわば職人の手作りと変わらぬ作業であり、なかなか数は揃わなかった。ただ、手間がかかった分、成功したカイジンたちの品質は高かった。後に三神官と呼ばれる者たちや〈クジラカイジン〉が生産されたのもこの頃になる。彼らは〈創世王〉譲りの本物の異能力の持ち主だ。

それから更に時間は流れた。

――一九四四年、昭和十九年。

日本にとって戦局は日増しに厳しくなっていた。

ここに至るまで、生産に成功したカイジンは約千五百体。

兵器として考えるなら、決して多い数ではなかった。そして軍部の一部、その周辺にはすでに敗色濃厚なムードが漂っていた。そんな中、政府は一発逆転の計画を立案した。

「三万人のカイジン兵士の製造？」

堂波道之助から告げられた計画に、南博士も秋月博士も絶句した。政府の立てた計画はこうだった。

――三万人のカイジン兵士を製造。彼らを超大型爆撃機・富嶽《ふがく》に乗せてアメリカ主要都市に侵攻、カイジンを空から降らせて、米軍基地や都市部で無差別殺戮《さつりく》を行う。

「――おい、待てよ」堂波の語った話に、信彦は笑った。「なんだよ富嶽って。いや、名前は知ってる。幻の巨大爆撃機とかいうやつだ」

「ほー、物知りだねぇ。その富嶽だ。爆弾の代わりにカイジンを山ほど乗せてばら撒《ま》くんだ。こりゃあちょっとワクワクするよなぁ。これの作戦名が『カイジン爆弾』計画、通称、K爆弾だった」

「……そもそも富嶽以前の問題だ。三万人のカイジンを造るとか言ってたな？　一体一体手作業だっておまえが言ってだろ？　どうやってそんな数を揃える？」

「おー、そこにも気づいちゃった？　でも、ちゃんと答えはあるんだなぁ。〈ストーン〉のデチューンだよ。人体をさほど侵食しないように〈ストーン〉

を調整した。その代わり、カイジンとしての能力は相当下がるけどな。そいつらが今、ウジャウジャいる、ゴミみてぇな三世、四世カイジンのルーツだ。まぁ実戦に投入されてどれだけの戦績が上げられたかはともかく、おまえたちのオヤジたちは三万のカイジンを揃えたんだよ」

「……」

「で、こっからが笑えるんだが、カイジン三万人揃えたのはよかったが、それを運ぶ富嶽は生産中止になった。おまえが言ってた通り、幻に終わった悲運の巨大爆撃機ってヤツだ。そもそも富嶽が用意できたとしても、アメリカ本土まで護衛していく飛行機だって用意できなかっただろうけどな。

宙に浮いた三万人のカイジンは本土決戦用に温存されることになった。……飯代だけでも大変だったろうなぁ」

5

――一九四五年、昭和二十年。

日本は敗戦を受け入れることになった。

同時に……否、それに先んじてカイジン研究機関、並びに収容、訓練施設は閉鎖された。カイジン製造の責任者だった堂波道之助は、非人道的所業として糾弾され、裁かれることを恐れ、最大の証拠である三万人のカイジンたち、それから〈創世王〉を処分しようとした。

その命令書を見ても、南博士と秋月博士は驚くことはなかった。堂波がそう動くであろうことはすでに予測できていた。そして、それに対し、三万人のカイジンを救う計画も練られていた。

「我々は多くの者たちを兵器であるカイジンに作り変えた。それは許されることでないと自覚はしている。戦闘に投入されれば生きて帰れぬとわかって送り出すつもりでもいた。だが、命を落とすとはいっても、不必要だからといって処分するのは話が違う。今回の計画、皆の力がなくては実現は不可能だ。どうか力を貸してほしい」

三万人カイジン脱走作戦を目前にして、南博士は計画に賛同する研究員、技術者、そして上級カイジンたちを前に演説をした。彼の横には秋月博士もいた。

カイジンたちのリーダーは後世、三神官と呼ばれる者たちだった。後に彼らは人ではないという誇り故に、自らつけたカイジンとしての名前を名乗っていたが、この頃はまだ親につけられた名前で通していた。

後にダロムと名乗る〈サンヨウチュウカイジン〉の池田《いけだ》平吉《へいきち》。同じくビシュムと名乗る〈ヨクリュウカイジン〉の椿《つばき》多恵《たえ》、同じくバラオムと名乗る〈サーベルタイガーカイジン〉の轟《とどろき》康夫《やすお》。彼らのいわば超上級カイジンが実行部隊の中核となった。

実行、というのは、つまりは戦闘、ということである。殺処分を前にして、応援が集められ、通常よりも警備の兵士の数は増えていた。

「どうしても必要という場合でない限りは、くれぐれも兵士の命は奪わないでくれ」

南は念入りに注意を重ねた。彼がそこまで言わなくても、数百人いた上級カイジン相手では、警備隊の兵士たちは赤子も同然だった。未来予測、重力操作という特殊能力を使う彼らに対して、警備隊の武器は三八式の歩兵銃のみ、最初から勝負にならなかった。

上級カイジン部隊は施設を占拠し、三万人のカイジンたちを解放した。彼らは即席の〈ストーン〉移植の影響で、ほとんどが記憶を失っていた。

南博士たちは彼らに最低限の食料品、衣服、金品を与え、急ぎ脱出させた。記憶のない者が一挙に三万人も野に放たれたが、終戦の前後という特殊な状況だった故、騒ぎにもならずに終わった。

そして……。

「——秋月博士、南博士、三神官たち上級カイジンは〈創世王〉を守って脱出した。そして行き着いた先が〝村〟、おまえの生まれ故郷だよ」

堂波真一は秋月信彦に告げた。

「おまえたちの親と三神官たちカイジンは利害が一致してたんだ。おまえたちの親はそれまでやっていたカイジン研究の先に、真の超人を誕生させるっていう目標があったらしい。そのためには〈創世王〉がなんとしても必要だ。……真の超人の誕生ねぇ。ま、ちょっとここが」

堂波は自分のこめかみをコツコツと叩いた。

「おかしくなってたのかもな」

「……」

「博士たちとは別にダロム、その頃はまだ池田平吉か。ふっ、池田平吉、だせぇよな。昭和丸出しの名前だ。全国の池田さんには申し訳ないけどな。平吉だしな。……まぁダロムたち上級カイジンたちは〈創世王〉を宗教的に崇拝するようになっていた。まぁ、それは理解できる。自分たちの生みの親だからな。博士たちの〈創世王〉を守って暮らせるコロニー？　そういう理想郷を作ろうって話に皆、乗っかったわけだ。……で、それなりに平和にやってたんだろ？　大悪人のうちの祖父さんが来るまでは？」

「……」

「ここから先はダロムたちから聞いた話だ。途中からはおまえも知ってる話になるだろうが、おとなしく聞いとけよ」

6

施設を出た南、秋月博士に率いられた一団はある山里を訪れた。そこは後にダロムと名乗る池田平吉の故郷だった。そもそもが住人が少ない寒村だったうえに、徴兵、そしてカイジン製造計画の被験者として、多くの村民が徴用され、事実上、壊滅していた。

その〝村〟に入ったのは、両博士を筆頭に施設で科学者、技術者だった人間のグループが三十名ほど。カイジンたちは四百名に及んだ。

人間を遙《はる》かに超えた力を持つカイジンたちが多数、人間たちにも優れた技術を持つ者が多く、彼らが入村した翌年、一九四六年、昭和二十一年には、廃村は住むには不自由しないところまで、各種インフラが回復していた。

〝村〟全体のリーダーは両博士、カイジンのリーダーとして池田平吉が立つことになった。生活が落ち着くようになると、自分たちはどう生きていくべきかというディスカッションが連夜、繰り返された。

池田たち多くのカイジンたちは、自分たちが普通の人間と違う以上、この土地以外で生きていくのは難しい、〈創世王〉とともに静かに生きていくべきだと主張した。だが、少数ではあったが、外の世界に戻り、自由に生きたいと望む者たちもいた。結果、百名ほどが出ていき、三百名のカイジンたちが〝村〟に残ることになった。

そうして〝村〟の体制も整った頃、池田たち何人かは〈創世王〉のために生きると誓い、その前で儀式めいたことを行い、人としての名前を捨て、自分たちで定めたダロム、ビシュム、バラオムという名を得た。何人かの若いカイジンたちもそれに倣《なら》った。その中にはまだ子どものビルゲニアもいた。

「——その後のことはおまえが実際に見聞きしてるだろ？」

堂波が言った。

「それからしばらくして、日本のあちこちで『怪物に変身する人間』、つまりはカイジンが『発見』されるようになる。そりゃ、そうだな。おまえらのオヤジたちのせいで、三万人もが外の世界にばらまかれたんだから」

「……」

「当時は今と違って、遠隔地ではなかなか情報共有も難しかった。すべては噂としてしか広まらない。怪物人間たちが現れたのが戦後だったことから、『満州や外地に行った連中が病気に罹《かか》って化け物になった』ものだと信じられるようになった。呑み込みやすい話だったんだろうな、結局、今になってもその説が一般的になっちまった。で、そっからカイジンヘイトに繋《つな》がるカイジンヤクザの話になったりするわけだが、そりゃもういいだろう」

堂波は「ふぅ」と溜め息をついた。

「ここまで長話をするつもりはなかったんだが、おまえには五十年前からずっと借りがあるからな。どうしても言ってやりたかったんだよ。おまえらカイジンなんてもんは、うちの祖父さんが造った、ただの道具なんだって。ハサミや懐中電灯みたいに、人の便利のために……欲望のために造られたものなんだって教えてやりたかったんだよ。人間の形をしているが、人にどうされようが文句が言える立場じゃねぇんだって」

「なるほど、よくわかったよ。ここまでの話、おまえの作り話とは思えない。おまえが俺から誇りを奪いたいという意図も理解できる。それに……」

「なんだ？」

「俺や光太郎《こうたろう》も、造られたカイジンだ。おまえがカイジンを造って商売していたことも知っている。カイジンは、造れるんだ。なんとなく察するところはあったが、それでもカイジンのオリジンが完全に人の手で造られたものとはまでは考えは及ばなかった。

――だがな」

「ん？」

「人が猿から進化したと聞かされて、それで悲しむ者などいない。猿と人とは明確に違うからだ。元が兵器であれ道具であれ、そんなことは構わない。今現在、人間よりもカイジンの方が尊い存在であることは間違いない。それで十分だ。俺の誇りは揺るがない」

　堂波は信彦に近づくと、黙ってその頬《ほお》を殴った。なんどもなんども殴った。

「いってて」

　堂波は血の滲《にじ》んだ拳を押さえた。

「おまえ、五十年経ってもホントにいけ好かねえヤツだな。だけど、これで余計、楽しみになったわ」

「……」

「カイジンの秘密なんざ、どーでもいいんだよ実際のところは。こっちにはさぁ、秋月信彦、おまえの心臓を抉《えぐ》る本物の武器を持ってるんだよ」

　そう言って、堂波真一は笑った。

　薄い唇を引いた、微かな笑いだった。

　だが、そこには深い悪意が充《み》ち、もはや人間の顔と呼べるものではなかった。

仮面ライダー

Kamen Rider BLACK SUN

仮面ライダーBLACK SUN　異聞／イブン

［第二部　銀の黄昏］

第五章

絶望〜２０２２（１９７２／２００２）

１

――〝今〟からちょうど二十年前。

二〇〇二年。

ニック……ニック・ジョンソンはまだ小学校に入ったばかりの子どもだった。

両親はいなかった。まだ物心つく前に両親とも事故で亡くなった。それからは祖父のオリバー・ジョンソンに育てられている。親の顔はもう覚えてはいなかった。

ニックが小学校から帰ってくると、自宅である古いマンションに珍しく客が来ていた。その頃のニックからしてみれば、ずいぶん大人に見えたが、ふたりともまだ二十代の若者だった。

「ヒデオとリノだよ」

オリバーが紹介してくれた。ふたりの名は川本英夫《かわもとひでお》と川本莉乃《りの》。大学生の時に結婚していたが、ニックにそんな事情はわからなかった。

「ご自宅にまでお招きいただき、ありがとうございます」英夫が頭を下げた。「妻の莉乃も感謝、いえ、感動しています」

莉乃もまた、深いお辞儀をした。

「それでオリバーさん、いったい用件というのは」

「……うん」

オリバーは手招きすると、ニックを傍《かたわ》らに座らせた。

「私は三十年前に罪を犯した。深い罪を犯した。それ以来、あの活動を始めた。贖罪《しょくざい》の気持ちがやらせていることだ」

「はい。それは以前、伺いました」

英夫が答えると、オリバーは「あの時はありがとう」と頭を下げた。そして、

「我々のグループはカイジンと人間の共存を謳《うた》っている」

「はい」と莉乃は答えた。「今の世の中は酷《ひど》すぎます。カイジンへの差別は昔と変わらない。それどころかひどくなる一方です。私も差別を解消することには賛成です。そのために参加したんです」

「確かにそうだね。差別がなくなることは私の夢だ。だが、その前にひとつ、しなくてはならないことがある」

「え？　なんです？」英夫が声を上げた。

「それは……これ以上、これ以上カイジンを増やさないことだ」

英夫と莉乃は目を丸くしていた。莉乃は、

「それはつまり……カイジンを根絶するということですか？」

「そうじゃない。いや、そう思われてもしかたないが……我々は情報を、証拠を集めようと活動している。カイジンが日本発祥のもの、第二次世界大戦中に造られた兵器だという証拠を」

「えっ……」「そんな」

と、英夫と莉乃は目を丸くした。

「カイジンは戦後、どこからともなく湧いてきたと思われている。大陸で特殊な病気に罹《かか》ったという説が漠然と信じられている。だが、実際はそうじゃない。そして、今でも数こそ少ないが、カイジンは人工的に造られている。与党の民《たみ》の党《とう》がやっていることだ」

英夫は首をなんども振った。とても信じられない、という顔をしている。

「カイジンが民の党の総裁をしていた堂波道之助《どうなみみちのすけ》主導で造られた証拠をつかめば、民の党のカイジンビジネスを終わらせることができる。そして、こちらの方がより重要だが、カイジンたちは被害者であると、人間である我々全員には贖罪の義務があると、そう知らしめることができる。これでカイジン差別の歴史は終わる」

「でも……今、生きているカイジンたちは」

莉乃の疑問にオリバーは、

「今いるカイジンたちは決して多くない。世代を経るごとにカイジンとしての特性は消えていく。何世代か後のことになるだろうが、カイジンは消える。それを待てばいいだけだ。

もっとも、証拠をつかんだとしても、それをどうするかは、最終的にはカイジンたちに託したいと思っている。……今の話を踏まえたうえで、君たちに手伝ってほしいことがあるんだ」

「なんでしょう？」

　身を乗り出した英夫の前に、オリバーは小さな金属製の箱を滑らせた。蓋《ふた》を開けると、そこにはふたつの宝石……赤と緑の〈キングストーン〉が収められていた。

　その時のニックは、まだなにも知らなかった。〈キングストーン〉という名はもちろん、それが殺された新城《しんじょう》ゆかりからオリバーが受け継ぎ、生涯守ると誓った大事な品であることも。

「これは〈キングストーン〉という。詳しいことは話せないが、これがゴルゴム党や民の党に渡れば、カイジン製造は一気に加速する。また、謂《い》われなく差別される者が増える。だから私はずっとこれを守ってきた」

「あ、あの……」

　英夫が恐る恐る手を挙げた。

「そんなに危険なものなら、処分、破壊してしまえばいいのではないでしょうか」

「そうだね」オリバーは微笑《ほほえ》んだ。「理屈では本当にそうなんだ。それが正しいに決まっている。でも、それができないんだ」

「どうしてです？」こんどは莉乃が尋ねた。

「それは……このふたつの石を守る、と約束してしまったからなんだ。そんな約束、考えてみれば必要ないことだ。この石自体、彼女にしてみても、特別重要なものじゃなかったんだ。ただの取引の道具。でも、私はあの時、もう死んでしまったあの子に約束してしまったんだ。これは必ず守る、と。だから、壊せないんだよ。おかしな理屈を言っていることは自覚している。

　ここまで話したうえで、君たちにお願いだ。このひとつを……預かってほしい」

　オリバーはそう言うと、赤い〈キングストーン〉を英夫の手に握らせた。

「こちらの緑の〈キングストーン〉は私が守る。〈キングストーン〉はふたつ揃《そろ》わなければ意味がない。別々にしておけば安全だ。本当はふたつとも自分で守りたかった。だが、最近は体調が不安だ。親族の者に任せようにも、この子は……ニックはまだ幼い」

「わかりました」

英夫は赤い〈キングストーン〉をきつく握った。

そして、莉乃がそれに自分の手を重ねた。

「私たちはあなたの理念に賛同していました。あなたの願いとあれば……」莉乃が言った。

そして、三人は……否《いや》、幼いニックも小さな声で言葉を重ねた。

『――人間もカイジンも命の重さは地球以上。一グラムだって命の重さに違いはない』

2

井垣渉《いがきわたる》は焦っていた。

自分がなにをしたいのかよくわからなくなっていた。

井垣は先月、四十五歳になった。

五年前、四十歳になった時に長年勤めていた印刷会社を解雇された。部下に対するセクハラが原因だった。井垣としてはただ親しく接しているだけだったが、その部下の女性に訴えられ、あっという間にクビになった。井垣はただ戸惑うばかりで、自覚がなかったのか、女性になにか悪意を持たれていたのか、それを確かめる余地もなかった。

会社を辞めてもしばらく食べていける貯金はあった。独身だったので気楽といえば気楽なものだった。せっかくなのでなにか趣味を探そうと、若い頃に乗っていたバイクを再び手に入れることにした。

買ったのは教習車で乗っていて馴染《なじ》みのあった、ホンダのＣＢ４００ＳＦだった。二十年ぶりに復帰したバイクの世界はなにかと様変わりしていて、井垣がいちばん興味を持ったのは、動画サイトにたくさんのツーリングの様子がアップされていることだった。いわゆるＶＬＯＧというものだ。

そうした動画を眺めているうちに、井垣も自分でもやってみたくなった。早速、ウェアラブルカメラ一式を買い、手持ちのＰＣで動画を編集し、アップしてみた。本人としては頑張って制作したが、中年男のツーリング動画はさほど再生数は稼げなかった。ただ、井垣は動画の収益に期待していたわけではなく、数は少なくても好意的なコメントをもらえるだけで嬉《うれ》しかった。

そんな井垣に転機が訪れた。

ある日、奥多摩でツーリングしている時、イエローラインを跨《また》いで追い越しをかけてきた軽バンと軽く揉《も》めたことがあった。運転席から出てきたふたりの若者が井垣を恫喝《どうかつ》してきたのだ。ただ、それ以上はなく、ふたりは去っていった。そのふたりというのがカイジンだった。激昂したせいか井垣を威嚇するためかはわからなかったが、牙や角が生えていた。三世か四世の能力の低いカイジンらしく、元生物の特徴も定かではないクラスだったが、初めてカイジンに絡まれた井垣は途轍《とてつ》もなく恐ろしかった。

しばらくして、理不尽なことをされた怒りが湧き上がってきた。「奥多摩でカイジンに絡まれた」というタイトルをつけて、動画をアップした。イエローラインを跨いでの追い越しとカイジンふたりが恫喝してくる短い動画だったが、それまで普通のツーリング動画が数百回の再生だったのに、その動画は三日で十万、あっという間に百万再生を超えた。なにが起きているのかわからなかった。

その後、膨大に記されたコメントで、想像していたよりもカイジンヘイトは根深く、強烈なものであることを知った。そして、その短い動画がきっかけで、多くのカイジンヘイトグループからの声が届くようになった。

——それから半年後、井垣はカイジンヘイトを煽《あお》る動画と有料オンラインサロンからの収入で生活するようになっていた。

だが、飽きられてしまったのか、最近は契約者も減っている。いつまでも続くものでないことは、井垣も理解していたつもりだが、実際そうなってみると、自分でも情けないほど焦った。そのせいか、去年くらいからは自らカイジン排斥デモを組織し、過激な動画を上げるようになっていた。

——気づけば、もうバイクには乗らなくなっていた。


井垣は川崎の特区三号にいた。

もはや通常業務のようになってしまったカイジン排斥デモだ。デモといっても十人ほどの少人数なので届出はしていない。動画撮影が目的で、カイジン連中が絡んでくるようなハプニングがあったらネタにできる、大歓迎だ。

「見てください、この景色。カイジンどもがいかに不潔で文化的でないか、このカイジンたちの街である特区ナントカが証明してるってわけですよ」

井垣は倒壊しそうな古い家を指さし、傍らのカメラを手にしたメンバーに撮影を促した。

動画撮影のため、この特区三号にはなんども訪れている。最初は正直、怖かった。興奮したカイジンたちにとり囲まれ、食われてしまう、くらいには恐れていた。

だが、この街に足を踏み入れてよくわかった。この住民たちは本物の底辺で、集団でいる人を襲うほどの気力もない。自分たちが普段、ぶつかっているヘイト反対デモの連中、あれはカイジンの中でも特別にやる気がある、余裕がある連中だったのだ。きっと、ほとんどはこの街には住んでいないだろう。ここは本当に見捨てられた……自分自身からも見捨てられたカイジンが暮らす街なのだ。

今もそうだ。

井垣たちが練り歩いても、発泡酒の缶を手にしてぼんやりとした視線を向けてくるだけだ。

——なんか哀れだな。

とっくの昔に亡くなった祖父のことを思い出す。小学校の教師をしていたが、定年退職して以降はただ朝から酒を飲むことしか楽しみを知らない人間になってしまった。

この薄汚れた街を歩くたび、自分の中のヘイトが薄まっていくのがわかる。

……否《いな》。自分の中に本当にカイジンへのヘイトなどあったのだろうか。すべて、金を稼ぐためのものだった。例の軽バンに乗っていたふたりに絡まれるまで、そもそもカイジンと接触する機会などなかった。

この街にはあまり来ない方がいい。それはわかっていたが、『特区三号潜入シリーズ』は人気コンテンツだった。多くの者が、惨めで情けない生活をしているカイジンたちの生活を盗み見するのが大好きなのだ。本当は投げ銭が集められるライブ配信がいいのだが、さすがにそれは危険だから控えている。

だが。

――今日はもう帰ろうか。

なんとなく気が乗らない。そんな言い訳をして井垣が引き返そうかと思っていた時、彼は見つけてしまった。

通りの向こう、駅の方からひとりの少年が歩いてきた。名前は知らない。だが、その顔はよく覚えている。

――小松俊介《こまつしゅんすけ》だ。

黒い大きなTシャツに下は埃《ほこり》で汚れたズボンで、ふらふらと定まらない足どりで歩いてくる。井垣たちのことも目に入っていないようだ。

道の真ん中でぶつかりそうになる直前、俊介はようやく気づいたようだ。それでも「はぁ」と面倒臭そうな溜《た》め息《いき》をつくと、そのまま井垣たちへ向かってきた。その妙な迫力のようなものに、何人かが道を空けようとした。

「……井垣さん」

隣にいたメンバーに肩を叩《たた》かれた。井垣はしかたなく俊介を呼び止めた。

「おい、待てよ」

俊介が足を止め、井垣を見てきた。その瞳の虚《うつ》ろさに、井垣は途轍もなく嫌な予感を抱いた。だが、ここで止めるわけにはいかない。カメラも回っている。

「おまえ、カイジンのくせに、ガキのくせに、人間様に逆らいやがって！」

己を鼓舞するように井垣は大声を上げた。

「……」

だが、俊介はただ黙って見返すだけだ。

「いつもチョロチョロしやがって！　なんか文句あるなら言ってみろよ」

「……」

「ひとりじゃなにも言えないか？」

そう口にして、井垣もさすがに笑いそうになったが、周囲のメンバーの手前、険しい顔は崩せない。

「さ……べ……」

俊介が低い声で呟《つぶや》いた。

「なに？　聞こえねよ！」

「さ、差別をやめろ……差別主義者」

「……」

俊介の声は地獄の底から湧いてきたような、陰惨な響きを帯びていた。とても中学生の子どもの言葉には聞こえなかった。酒浸りのまま死んでしまった井垣の祖父の声に似ていた。

「おい」「ふざけんなよ」「調子乗ってるんじゃないぞ」

口々に喚《わめ》きながら、メンバーたちは俊介の身体を押さえ込んだ。

「バカ言うなよ！　俺のどこが差別主義者だ！」

——そうだ。俺は嘘《うそ》なんか言ってない。

井垣は心の中でうなずいた。そうだよ小僧、俺は金のためにやってるんだ。だから差別主義者なんかじゃないんだよ。

メンバーたちは俊介を引きずるようにして、近くにあった雑草が生い茂った空き地に連れ込んだ。

「……おい」

出遅れた井垣が追いついてみると、メンバーたちはすでに倒れた俊介をとり囲んで、暴行を始めていた。蹴りつける者ばかりでなく、馬乗りになって顔を殴りつける者もいた。

俊介は抵抗する様子はなかった。ただ、身体が自動的に反応したのか、髪の毛は茶色の羽根に、瞳は大きく黒く変化し、口も嘴《くちばし》に……〈スズメカイジン〉に変身していた。

井垣は〈スズメ〉の顔を覗《のぞ》き込んだ。

「差別っていうのはね、人間が人間に対して行うものなんですよ！　だから、カイジンに対する差別なんてものはこの世にないんですよ！」

そうだ。俺の考えは間違っていない。そもそも俺は差別主義者じゃない。

──メンバーたちの暴行は更にエスカレートしていた。慣れない者が無闇《むやみ》に殴りつければ、簡単に拳を痛める。彼らは持っていたプラカードの木材や、落ちていた石を手にとり、それで更に〈スズメ〉を殴りつけるようになっていた。

その様子を井垣はぼーっと眺めていた。

最初から無抵抗だった〈スズメ〉は殴られるたび、びくっと震える以外はぴくりとも動かなくなっていた。

──おい、どこまでやる気だよ。死ぬぞ。いや、もう死んでるんじゃないのかこれ？　どうすんだよ、殺すのはマズいだろさすがに。捕まるじゃん。俺、捕まるじゃん。

「井垣さん！」

隣にいたメンバーの中でもいちばん若い、高校生が声をかけてきた。

「凄《すご》いっすねこれ。俺、こういうの初めてです。……井垣さんは初めてじゃないんでしょ？」

「……えっ」

井垣が返答に困っていると、誰か……〈スズメ〉に急に足首をつかまれた。予想外の力で引っ張られ、そのまま〈スズメ〉の身体に覆《おお》いかぶさる形で倒れ込んだ。

「おい、放せよ」

〈スズメ〉は両手で井垣の肩をがっちりとつかまえていた。

「……おまえ」〈スズメ〉の嘴が微《かす》かに動いた。「カイジン、殺したことあるのか？」

さっきと同じ、おぞましい声だった。

「……」

井垣は答えようがない。ただ口を噤《つぐ》むことしかできない。

「俺はさっき殺してきたよ。だから、いいよもう」

「……」

なにが「いいよ」でなにが「もう」なのか、井垣には理解できない。そもそも、カイジンがカイジンを殺すとはなんなのか。ただ、堪《たま》らなく恐ろしくなっていた。今すぐ、この場から逃げ出したい、それだけだった。だが、〈スズメ〉の両手がきつく肩をつかんでいる。叶《かな》わない。

「放せよ！　放せよ！」

井垣は叫び、〈スズメ〉の首をつかんで激しく揺さぶった。やがて、肩をつかんだ〈スズメ〉の力が唐突に消えたことに気づいた。

「……ん？」

井垣は戸惑った。

「……え？」

周囲に歓声が沸き上がった。隣の高校生が馬鹿みたいな力で井垣の背中を叩いてきた。

「すげぇっすね、井垣さん。これ天誅《てんちゅう》でしょ？」

「……えっ？」

井垣はようやく理解した。

このカイジン、俺が殺したことになってる。否、多少の責任はあるかもしれないけれど……。

「……えっ」

――井垣の全身から力が抜けた。

３

　ゴルゴム党本部地下四階の〈創世王〉の部屋では、堂波真一《しんいち》が秋月信彦《あきづきのぶひこ》に残忍な視線を向けていた。

「どんな気分だ？」

「言ったはずだ」

　信彦は答えた。

「おまえの望みは叶《かな》わなかった。俺の誇りとやらは失われることはなかった」

「そうか……。まぁカイジンであるおまえからしてみたら、そんなもんかもな。おまえ、言ったな。そもそもカイジンは誰かに造られたもんだって、薄々気づいてたって」

「……」

「そりゃそうか。おまえ自身が〈キングストーン〉埋められて、人間からカイジンにされたわけだもんな、勘づくよなフツー」

「……」

「まぁいいや。でも、せっかくだからもう少し話につき合えよ。

　──おまえらの事情がどうあれ、戦後八十年近くも経《た》ってカイジンが兵器になる時代じゃなくなった。戦闘機や戦車だっていつまで現役かわからないからな。やっすい誘導ミサイルやドローンの方が役に立つんだから。

　いや、仮にカイジンが兵器として求められてもだ、〈創世王〉がろくな〈ストーン〉を排出できない以上、まともなカイジンなんかもう作れない。カイジン製造なんかダメだな、もう」

「……嘘をつくな」信彦は吐き捨てるように言った。「おまえが人をさらってまでカイジンを造り続けていることくらい知ってる。ここにも捕まってる人間たちはいるはずだ」

「いや、それはその通り。でも、だからって商売になるかどうかはまた別の話なんだよ」

　堂波は笑った。

「兵器でなくても、カイジンにはそこそこ需要はあるんだよ。いろんな趣味の人間がいるからな。カイジンの美しさを愛して観賞用にしたいってヤツもいれば、ペットみたいに飼いたいってのもいる。こういうのはだいたいセックス込みだけどな。少し前はヒットマンって線もあったが、最近はそういうのはあんまりないなぁ。これが、海外でも売れればもっとビジネスとして成立するんだけどさ」

「どうしてだ？　売りたきゃ売ればいいだろ？　そういうルートくらい持ってるだろ？」

信彦に問われて、堂波は「ん？」と首を傾《かし》げた。しばらくして「あぁ」となにか納得したらしく、こんどはニヤついた。

「そうか、おまえは知らないのか。当たり前のことだから忘れてたよ。カイジンは日本以外だとすぐ死ぬんだよ」

堂波の言葉があまりに意外だったらしく、ポーカーフェイスを保っていた信彦が目を丸くした。

「原因は今でもわからねぇが。日本を離れたカイジンは衰弱して死ぬ。そこまで行かなくても、さもなきゃ変身機能が不全になる。ただの人間になる。ま、死ぬ方が多いかな」

「……」

「カイジン問題に諸外国が干渉してこないのもそれが理由だ。カイジンはそもそも兵器にはならなかったんだよ。もしもカイジン爆弾計画が上手《うま》くいっても、アメリカ本土を襲うことなんかできなかったんだ」

「……」

「だから、カイジンビジネスとかいっても、ささやかなもんなんだ。なんとか塗りとか、なんとか細工みたいのをチマチマ作る職人とおんなじだ」

「だったら……おまえはなんの得があってカイジンビジネスみたいなことをやってるんだ。国内の小さな市場だけを相手に」

信彦の問いかけに、堂波は少し考え込んだ。そして、信彦の顔を覗き込み、

「なんでだと思う？　当ててみ」

「おかしいからだろう？」「せいかーい！」

信彦の即答に対して堂波も即座に返した。

「正解だよ、正解！　おまえ、すごいな。さすが〈創世王〉候補だな」

「……」

「そうなんだよ。俺はおかしいんだ」

「……おまえ」

「カイジンビジネスなんか金にならねぇんだ。趣味なんだよ、まともな人間をさらってカイジンにして売り払うんだ。非人道的だろ？　地獄行き間違いなしだろ？　それが堪らねえんだよ。楽しい、ワクワクする」

「……」

「俺はおかしくなったんだ。五十年前、あれはおまえたちに拉致される少し前のことだ。当時、学生の間でカイジン狩りみたいなことが流行《はや》ってってさぁ、悪い友達に誘われて、俺もカイジン一匹殺したんだよ。池子の森だったなぁ」

目を閉じる必要もなく、望めば堂波の脳裏には五十年前のあの夜の光景がリアルに浮かぶ。

「焼き殺したんだよ。サイのカイジンだったかな。あん時の油臭さまで思い出せるわ」

「……堂波」

信彦は顔を歪《ゆが》めた。激しい怒りが彼を包んでいた。

「カイジンビジネスは俺にとって大事なもんなんだよ。だから〈創世王〉の死期が近いと聞いて、夜も眠れないってわけだ。あぁ、あの時ビルゲニアの馬鹿がゆかりを殺さなければ、もっと早く〈キングストーン〉は揃うはずだったのに、もっと早く計画的に……」

「待てっ！」信彦は堂波を制した。「どういうことだ？　なに言ってるんだ？」

堂波は目を細めた。

「……これが今日のクライマックス、秋月信彦、おまえへの最大のプレゼントだよ。ゆかりはおまえと南光太郎《みなみこうたろう》から〈キングストーン〉を奪って、うちの祖父《じい》さんに届けるスパイだったんだよ。ゆかりだけじゃない。オリバーもだ。ダロムたちも知っていた。騙《だま》されていたのは、おまえ、南光太郎、ビルゲニアの三人だけだ」

「……なに言ってんだ、おまえ。わけのわからないことを」

「おまえらは本当に馬鹿だなぁ」堂波は信彦の顔にぎりぎり己の顔を近づけた。「色仕掛けにやられて、大事な〈キングストーン〉をあの女に渡して！　その時の顔を、どんな間抜け面《づら》だったかを、五十年ぶりに思い出してみろよ」

「嘘をつけ！」

信彦は吠《ほ》えた。

「〈創世王〉を殺してカイジンの歴史を終わらせるだ？　それを叶えても、ゆかりはもう抱けないけどな！」

「堂波ぃぃぃぃぃっっ！」

信彦は再び吠えた。その上半身が〈ギンバッタ〉に変わっていた。縛っていた鎖を引きちぎると、その手を堂波の首筋に伸ばした。

「やめなさい！」

〈ギンバッタ〉の腕を鱗《うろこ》だらけの手が押さえ込んだ。ビシュム＝〈ヨクリュウカイジン〉だ。更にダロムが変身した〈サンヨウチュウカイジン〉が〈ギンバッタ〉の身体を押さえ込む。〈ギンバッタ〉にそれを振り払う力はなかった。

「堂波ーーーっっ！」

信彦の〈ギンバッタ〉への変身は不完全なものだった。人の形を残した口を開き、唾《つば》を吐き出した。

「きったねぇな、唾が飛んだぞ、おい」

堂波はシャツの袖で頬《ほお》を拭《ぬぐ》った。

「堂波総理、ですから危険だと申し上げたのです」

〈サンヨウチュウ〉が言った。

「でも、そいつ、フラフラしてんじゃん。ただ変身しただけだろ？　俺だって殴り殺せるよ。おっ、そうだ。ナイスタイミングだ。ダロムにビシュム、おまえらも教えてやれよ。五十年前の話、新城ゆかりやオリバーが裏切り者だったたって話」

〈サンヨウチュウ〉と〈ヨクリュウ〉は顔を見合わせた。

しばらくして、〈サンヨウチュウ〉が口を開いた。

「その話なら本当だ。当時の堂波道之助総理が描いた絵だ。おまえたちを騙すことはともかく、〈創世王〉を囮《おとり》にするような真似は私たちは反対だった。だが、堂波総理に逆らうことはできなかった」

「嘘だっ！」

〈ギンバッタ〉は叫び、その身を震わせた。〈サンヨウチュウ〉と〈ヨクリュウ〉はふたり掛かりで彼を再び押さえ込んだ。

「新城ゆかりとオリバー・ジョンソンが接近したのは」〈サンヨウチュウ〉は告げた。「そもそもおまえたちから〈キングストーン〉を奪うためだった。おまえと光太郎が大学の集会でゆかりと出会ったのも偶然ではない。おまえたちを当時の五流護六《ゴルゴム》に迎え入れたのも、すべては計画のうちだ」

「だが……」〈ヨクリュウ〉が口を……嘴を開いた。「堂波総理は策に溺れた。ゆかりとオリバーをそれぞれ操り、ふたりにはそれぞれスパイであることを教えていなかった。ふたりが連携できていれば、おまえたちから確実に〈キングストーン〉を手に入れ、ゆかりがビルゲニアに殺されることもなかった。ビルゲニアの蛮行のために〈キングストーン〉は散逸してしまった」

「……嘘、だ」

〈ギンバッタ〉はがくりとうなだれた。複眼のあたりだけを残し、人の形に戻っている。

「うーん」堂波はその信彦の顔を覗き込んだ。「前から思ってたけど、こいつ、なんつーの？　器《うつわ》がちいせえんだよな。〈創世王〉は無理だろ。南光太郎に期待だな。こっちはもう殺しちゃおう。見てるとなんか嫌な気分になるし」

堂波は〈サンヨウチュウ〉と〈ヨクリュウ〉に命じた。

「なにやってんの？　殺せって言ったよね？」

「……ダロム、そのまま押さえていて。私がやるから」

〈ヨクリュウ〉が右手を振り上げた。その爪が長く伸びて、短剣のような形に変わっていた。半分〈ギンバッタ〉になった信彦の喉めがけてそれを突き立てる。

――はず、だった。

だが、〈ヨクリュウ〉の右手は虚空に縫い止められたように動かなかった。

「……秋月信彦」

〈ヨクリュウ〉の嘴が震えた。

信彦の腹が緑色に輝いていた。

五十年前から失われたはずの〈キングストーン〉、月の石、その幻が煌《きら》めいていた。

「堂波いぃいぃいぃいっ！」

〈ヨクリュウ〉の身体が弾《はじ》かれ、堂波と激突した。

信彦を羽交《はが》い締めにしていた〈サンヨウチュウ〉も同様に壁際まで吹き飛ばされた。

「堂……っ……波……ぃ……ぃ」

腹に緑の輝きを宿したまま、信彦は歩き出した。堂波に向かって、かっと手を広げ、伸ばす。

「……」

堂波はその瞬間、死を覚悟した。不規則な、不完全な変身をしている信彦は、その目は複眼にまでは変形しておらず、かといって人間の双眸《そうぼう》というわけでもなかった。悪魔のようにつり上がった巨大な目を見ているだけで、吸い込まれそうになる。

「……っ」

信彦が膝をついた。腹の輝きが弱まっていた。

「なにしてんだよ！　止めろよ、殺せよ！」

半分泣きながら堂波は叫んだ。それに反応して〈サンヨウチュウ〉と〈ヨクリュウ〉がよろよろと立ち上がった。

「……」

信彦はふらっと立ち上がると、堂波と〈サンヨウチュウ〉たちの間に素早く視線を走らせた。

「……っっっ！」

信彦は低く叫んだ。

見えない波動を浴びて、〈サンヨウチュウ〉たちは再び床に倒された。

「……ぁあああっっっ！」

信彦は叫び、部屋から駆け出していった。

「おいっ！」

しばらくして、堂波が叫んだ。

「なに逃がしてんだよ馬鹿野郎！　ノロマがっ、ウスノロがっ！」

「……総理」

〈サンヨウチュウ〉が悲しそうに首を横に振った。

「残念ながら我々も無傷、というわけではないのです。運がよければ、生き残った警備がなんとかしてくれるかもしれませんが」

〈サンヨウチュウ〉の言葉に、〈ヨクリュウ〉も深くうなずいた。

「命拾いしましたな」

と、〈サンヨウチュウ〉は手を差し出した。そして堂波を立たせた。

「総理、あなたは本当に強運のようだ」

4

「……あの〈クジラ〉さん」

「なんだ？」

「その……」

「いや待て。まずはその〈クジラ〉さんていうのはやめろ。俺はゆるキャラじゃない。白井静馬《しらいしずま》って名前だ」

「……白井さん」

「なんだ？」

「すいません、いろいろ」

助手席で和泉葵《いずみあおい》が頭を下げた。

運転席からそれを横目で見て、白井は言った。

「別に謝ることなんかしてないだろ。どうしてもなんか言いたかったら、そういう時はありがとう、でいいんだ」

「ありがとうございます、いろいろ」

「なんだよそれ、お礼強要したみたいになってんじゃん、はぁ」

――ゴルゴム党本部を脱出し、小松俊介と別れた葵はメモに記されていた、白井静馬の千駄木のアパートを訪ねた。

グレーのスウェットを着て応対した白井は、葵の訪問には驚かず、面倒臭そうな顔をしつつもそのまま部屋に入れてくれた。そこで葵が事情を説明すると、白井は「〈キングストーン〉か」とだけ呟き、彼女を近くの月極《つきぎめ》駐車場まで連れて行った。

「乗れ。〝村〟に連れてくだけなら連れてってやる」

「は、はい」

言いながら、葵は白井の車を見た。少し汚れたホンダのフィットだった。

「なんだよ、なんか珍しいのか」

「いえ、あの……あぁ、いい車だなぁと思って」

「嘘つけ。なんかフツーでつまらねぇと思ったんだろ。俺は普通の車が好きなんだ。目立たなくていい。昔はずっとカローラに乗ってた」

白井の運転する車は首都高経由で中央道に入った。そこから二時間ほど走り、高速を降りると、うねうねと曲がる山道に入った。

「おまえ、〝村〟に行くのは二度目なのか」

「……はい。前は誘拐されたというか……道とかは全然覚えてなく……」

「……あぁ、そうか。悪かったな。〈キングストーン〉はちゃんと持ってるか？」

「はい」

葵は上着のポケットの中に手を入れ、ふたつの石の感触を確かめた。

車は更に一時間ほど走り、突然、脇道に入った。雑草が人の背より高く伸びて、その先に道があるとは、知らない者にはわからないだろう。

「車で行けないこともないけど、傷だらけになるからな。ここから少し歩く」

葵は前を行く白井についていった。

「五十年、いや六十年前か。この〝村〟に皆が暮らしてた頃、ここには〈創世王〉がいた。〈創世王〉の能力で……結界っていうのか？　人が入り込んでこられないようになっていた。今はもうないが、そもそも人が興味本位で入ってくるような場所でもないしな」

しばらく歩いて、〝村〟の入口に着いた。

潰《つぶ》れかけた廃屋の間を歩いて奥へ進んでいくと、ひとりの黒人が竹箒《たけぼうき》で落ち葉を掻《か》き集めていた。

「ニック！」

葵が声をかけると、その黒人青年……ニックが顔を上げ、駆け寄ってきた。

「葵！　無事だったのかい？　ゴルゴムから逃げ出せたのか？」

「う、うん、あれからいろいろあったんだけど……」

「で、……誰？」

白井の顔を見て、ニックが尋ねた。

「この人は〈クジラ〉……白井さん、ここまで私を送ってきてくれたの」葵は白井の方を見た。「こっちはニック。私の友達です。あの……オリバーさんの孫っていえばわかりますか？」

白井の眉がぴくりと動いた。

「……えらく懐かしい名前を聞いたな」

「ニック、ひょっとしてあれからずっといるの？」

葵の言う「あれ」とは、先日、彼女がビルゲニアに拉致され、〈ノミカイジン〉＝三反園幹夫《みたぞのみきお》によって〈ストーン〉を埋め込まれ、〈カマキリカイジン〉とされた時のことだ。あの時、葵は混乱したまま南光太郎と戦い、その後、ビシュムに連れ去られた。ニックとはそれ以来になる。

「実はさ俺……」ニックは照れくさそうに笑った。「やっぱりカイジンになりたくて。それで三反園さんにお願いするんで、ここに居座ってるんだ」

「ニック……」

「悪い、ごめん葵、ホントにごめん。葵をあんな目に遭わせといて、自分もカイジンになりたいとかさ、おかしいのはわかってるんだよ。でも、どうしてもさ……」

「……わかった。今はその話はもういいから」

「ここに」白井が話に割って入ってきた。「〈ブラックサン〉……南光太郎は来てるか？」

光太郎の名前を聞いた途端、ニックの顔色が変わった。

「いるよ」

そう答えて、ニックは〝村〟の奥に停《と》まっている軽バンを指さした。

「ありゃ大森《おおもり》、〈コウモリ〉のだ」

白井の説明を聞いて、葵はうなずいた。

「よかった。おじさんの方が先に着いてたんだ。ゴルゴムからちゃんと脱出できたんだ……〈創世王〉もやっつけちゃったのかな？」

「いや、光太郎さん、いるにはいるんだが……」

ニックの顔が曇ったのを見て、堪らなく不安な気持ちが湧いてきた。

「おじさん、どこにいるの！」

「手術する小屋……わかる？」

返事をする間も惜しくなり、葵は駆け出した。後ろから白井が「葵！　葵！」と彼女の名前を呼びながら追いかけてきた。

5

いくつかの幸運が秋月信彦に味方した。

まず、〈創世王〉の部屋から逃げ出した後、ビル外周部を通じて地上に出る際、僅《わず》かにだが残っていた警備と遭遇しなかったこと。ビシュムがビル一階にいたバラオムとビルゲニアに応援を要請したものの、彼らは強行突破してきたマスコミの対応にその場を離れるのに時間がかかったこと。そして地上に脱出したタイミングで、見知った顔と出会えたことが最大の幸運だった。

彼の名は松山《まつやま》といい、今回のゴルゴム攻撃に参加した若きカイジンのひとりだった。彼は脚に軽い障害があり、攻撃隊本隊ではなく、ゴルゴム党本部ビル玄関での陽動の爆弾ミッションに参加していた。

ビルの谷間をふらふらと歩いていた信彦のことを見つけ、松山が運転していたバンが歩道に寄せてきた。

「信彦さん！　大丈夫ですか！」

車から降りた松山は慌ててあたりを窺《うかが》った。

信彦は上半身裸で、ズボンもボロボロで裸足《はだし》だ。

通行人たちが好奇の視線を向けている。

「乗ってください」

信彦を乗せた松山は車を出した。

「とりあえずこのあたりから離れますよ」

「……おまえ、どうしてこんなところにいたんだ？

陽動はとっくに終わってただろ？」

「はい、騒ぎになったんで他の連中はバラバラに逃げました。ただ、〈創世王〉殺して戻ってきた時、信彦さんや光太郎さんに足がないとマズいかと思って、近くをぐるぐる回ってたんです……あの……光太郎さんや他の連中は？」

「あいつらは……殺された。光太郎は……わからない」

一瞬、言葉に詰まったものの、松山はすぐにうなずいた。事情を呑《の》み込んだらしい。

「わかりました。特区三号ってわかりますよね？

カイジンの街です。俺、そこに友達と住んでるんで、とりあえずそこに一回、落ち着く感じでいいですか？」

信彦は無言でうなずいた。


池袋から川崎までは一時間ほどで着いた。

松山が運転するバンは道で寝ている老人たちを避けながら、ゆっくり進んだ。

「うちはもうちょい先です。あ、すぐそこが俊介の家ですよ」

「俊介……小松俊介か……」

随分昔に聞いた名前のような気がする。

……信彦は、はっとなった。俊介は光太郎と行動をともにしていた。どうなったんだ、あいつは……生きているのか？　それともゴルゴム党本部で殺されたのか……。

「待て！　止めろ！」

信彦の声に松山は慌ててブレーキを踏んだ。

重い身体を引きずって、信彦は車から降りた。俊介の家の前に見知った顔を見つけたのだ。小松茂雄《しげお》に小松佐知《さち》、俊介の両親だ。俊介になんどか写真を見せられたことがあったし、思い出してみればデモの時にも顔を見た記憶があった。

——そのふたりが家の前に膝をつき、顔を伏せていた。

「……あれ、なんですかね？」

後から車を降りてきた松山が、ふたりの様子に首を捻った。

「……おい」

ふたりに近づくうちに、信彦は異変に気づいた。

ふたりの前に、不規則にぽたぽた落ちている……滴《したた》っているものがある。アスファルトに黒い溜まりを作っているそれは……。

血に、見えた。

そこに一枚、茶色の羽根が落ちてきた。

信彦は引っ張られるようにして、顔を上げた。

「……っ」

電信柱の真ん中あたりにワイヤーでぐるぐる巻きにされているものがあった。血塗《ちまみ》れの人……死体だ。不自然に曲がった首はスズメのもので、片方の目玉が飛び出して、ぶらぶらと揺れていた。

「……俊介……どうして……」

佐知が唸《うな》るように言った。

信彦は電柱を駆け上がった。途中から手すりを使い、縛られた俊介の傍らまで登ると、その死体を縛るワイヤーを引きちぎった。俊介の死体を担ぎ、地面に飛び降りる。

「……」

泣き叫ぶ佐知と呆然《ぼうぜん》としている茂雄の前に、俊介の亡骸《なきがら》をそっと横たえた。

——ゴルゴムのヤツらにやられたか。

信彦はそう考えていたが、違和感があった。あいつらのやり口とはどうも違う。

「電柱の下にこれが」

松山が大きなダンボールの紙を持ってきて、信彦に見せた。

『息の臭いカイジンは、こうなる』

マジックで黒々とそう書かれていた。

「これ、あの井垣とかのヘイトの連中の仕業じゃ」

松山が信彦にそっと耳打ちした。

それに答えることもできず、信彦はただ佐知と茂雄の様子を見守ることしかできなかった。ふたりは薄汚い肉塊になった俊介の身体を愛《いと》おしそうに撫《な》でていた。

　しばらくすると、パトカーのサイレンの音が聞こえてきた。様子を盗み見していた近隣の住民が通報したのだろう。

　サイレンが止《や》むと、通りの角から私服の刑事や制服警官たちが駆けてくるのが見えた。その先頭にいるのはカイジン犯罪課の黒川《くろかわ》だ。

「信彦さん、警察はヤバいです。あいつらに顔、知られてるでしょ」

　松山に引っ張られ、信彦はおとなしく車に乗った。松山の運転するバンは狭い道をスピードを上げて走った。

　――走り出す寸前、助手席にいる信彦の横顔を、じっと見つめていた者がいた。

　この街の名物爺《じい》さんのそーさんだった。

　車が去ってしばらくして、彼はひとり呟いた。

「……おまえ、これまでどう生きてたんだ……そして……これから、どう生きるんだ？」

6

「おじさんっ！」

　葵は〝村〟の奥まで一気に駆けると、研究所……少し前に母の莉乃が殺され、自分は〈カマキリカイジン〉にされた忌まわしき場所に飛び込んだ。普通なら二度と足を踏み入れたくないところだが、そんなことすら、その時の彼女は忘れていた。

「おじさんっ！」

　入口の横には大森浩一郎《こういちろう》が座り込んでいたが、葵の目には入らなかった。足元のガラクタを蹴飛ばしながら、奥へと進む。かつて自分も寝かされたことのある手術台の上に裸の南光太郎がいた。

「……っ」

　葵は絶句した。

　光太郎の右脚が腿《もも》の途中から切断されていた。切断面こそ包帯に巻かれて見えないが、血で汚れた様子がその惨《むご》たらしさを表していた。

「おじさん、生きてるの？　どうなの？　教えてよ！」

葵は手術台の傍らにいた男、三反園幹夫に噛《か》みついた。

「生きてはいる。〈コウモリ〉がなんとか連れて来たが、この有様だ」

「そー、そー」大森が小走りに近づいてきた。「俺が光太郎を助けるために、どれだけ頑張って英雄的行為をしてきたか、知りたいだろ？　そもそもゴルゴム党本部から逃げ出すのにさぁ……あ、知りたくないか。わかった」

葵がまったく無反応なのを見て、大森はすごすごと離れた。

「おじさん……」葵は光太郎の頬に触れた。「私、約束通り来たよ……〈キングストーン〉だってちゃんと持ってるよ」

「ねえ、起きてよ！　おじさぁんっ！」

葵は光太郎の肩を揺さぶった。

三反園は葵の腕をつかみ、光太郎から引き離した。

「少し休ませてあげなさい。ずっと限界の中で戦ってたんだろう」

「でも、そうも言ってられないんじゃないのか？」

そう言ったのは、部屋に入ってきた白井静馬だった。

「確かにな」大森が大袈裟《おおげさ》にうなずいた。「ヤツらは必ず〈キングストーン〉を奪いに来るだろうな」

「ねえ」

葵は三反園や白井たちの顔を見た。

「そもそも〈キングストーン〉ってなんなの？　ふたつ揃えば〈創世王〉の跡を継げるって話は知ってるよ……私、一瞬だけど〈創世王〉になれ、みたいな話もあったし」

「マジかよそれ？」大森が食いついた。「……あぁいいや。それ気になるけど空気読むわ。黙ってる」

「〈キングストーン〉は赤い太陽の石、緑の月の石のふたつがある。この〝村〟にまだ〈創世王〉がいた頃、〈創世王〉が〈サーベル〉と一緒に吐き出したものだ」

三反園が話を始めた。

「ふたつの〈キングストーン〉は光太郎と信彦に与

えられた。ふたりの父親、南博士と秋月博士によって〈キングストーン〉を埋め込まれ、ふたりはカイジンになった」

「どうして？」葵は声を上ずらせた。「なんで自分の子たちをカイジンにしたの？　おかしいでしょ？　おかしいよ、そんなの！」

「ふたりの改造は私も手伝ったんだ」三反園は答えた。「でも、博士たちの真意は私にもわからなかった。ただ、私はこう考える」

「……」

「そもそも〈創世王〉を生み出したのは博士たちだ。私にだけはこっそり教えてくれた」

「あぁ、それなら俺も知ってるぜ」大森が口を挟んできた。「これマジでヤバい話なんだけど、俺、ビルゲニアと一緒にすげえ資料見たんだよ……あぁ、わかったよ。これも後にするよ。なんだよ、マジで凄いのになんで誰も聞かねえんだよ」

「……博士たちが〈創世王〉を作り、カイジンたちを生み出した。だから、カイジンたちの未来に責任を持たねばと覚悟していたのだろう。自分たちはいずれ死ぬ。自分たちの子どもに未来を託したんだ。そもそも……ふたりはそのために自分たちの子どもを作った」

「どういうこと？」葵が尋ねた。

「〈キングストーン〉のことがなければ、博士たちは生涯独身だっただろう。だが、ふたりはカイジンたちのために子どもを作った。カイジン研究施設時代に助手だった女性でともにこの〝村〟に来た女性を妻として、子どもを産ませたんだ」

「おじさんや信彦さんのお母さんたち……その人たちは？」

「光太郎たちを産むと、まるで役割を終えたようにすぐに亡くなった」

「……」

「その時点から、なにか大きな運命のような……誰かが書いたシナリオのようなものを感じる。そもそも、光太郎たちは同じ日蝕《にっしょく》の日に生まれた。やはり運命なんだ」

「……」

「ただ、ひとつわからないことがある」三反園は話を続けた。「博士たちは自分たちの子どもが〈創世王〉を継承するためにそれを奪い合うことを望んでいたのか。それとも、私には計り知れない未来を見ていたのか……わからない」

「あのー」

大森がおずおずと手を挙げた。

「こんどこそ、話、聞いてほしいんだけど。〈キングストーン〉狙ってくるってのは」

「それな」白井が頭を掻いた。「狙ってくるのは、ゴルゴムなのか、堂波なのか……ま、どっちでも同じか」

「うーん」三反園が唸った。「また光太郎を戦わせたいわけじゃないが。白井、おまえが来てくれたのは幸運だった。いくら光太郎が特級のカイジンでも、切断された脚がそのままくっつくほど便利じゃない。……だが、おまえがいれば話は別だ」

「えっ？　〈クジラ〉さんだったら、おじさん治せるの？」

「それは……」

白井はしばし天を仰いだ。

「〈クジラ〉は周囲の物質を再構成して自らの肉体を拡大することができる。その力は限られた範囲なら他者にも及ぶ。私は知っている」

「お願い、おじさんを治して！」

葵にしがみつかれ、白井は渋い顔になった。

「……わかった。手伝うよ。上手くいくかどうかは保証できないけどな」

「ありがとう！　おじさんをお願い！　治してあげて！」

葵はそう言うと、涙を拭い、研究所を飛び出した。外に出たところで、ニックと鉢合わせした。

「どうしたの葵、そんな怖い顔をして」

葵がどう答えようか迷っていると、後から大森が追いかけてきた。

「ちょっと待てよ、おい！　どこ行くんだよ！」

「おじさんをあんなふうにしたヤツを、私が殺す！」

「なに言ってんだ！」葵の言葉に大森は呆《あき》れ顔になった。「あんなふうにしたヤツってえのは〈創世王〉だぞ！」

「〈創世王〉だって構わない。おじさん、私に言ってくれたの！　一緒にいる間だけは俺が守ってやるって。おじさん、その約束を守ってくれた。だから、私が〈創世王〉を殺す！」

「だからさぁ、それ理屈になってねえだろ」

大森が言ったが、葵は引き下がらなかった。もう泣き顔になりながら、

「私だってできる！　おじさんに戦い方を教えてもらった！　〈創世王〉だってなんだって殺せるっ！」

葵は両手を前に突き出した。白い腕が一瞬で鋭い鎌に変化した。それを見ていたニックが「あっ」と声を漏らした。

「やる……。私がやる！　ゴルゴムでも堂波でも、誰でもいい！　私が全部吹き飛ばしてやる！」

そう叫んで、葵は駆け出した。

7

小松茂雄、佐知の家には近隣の者たちが集まっていた。前日、殺害された俊介を弔《とむら》うためにだが、肝心の遺体は警察に運ばれ、まだ戻ってきていない。皆は息子を失った小松夫妻に代わる代わる励ましの言葉をかけることしかできなかった。

その集まってきた者たちの間で、先ほどから低くざわめきが起きていた。「……いや」「だから」「やめとけって」「だからさ」。

「どうかしたの？」

さすがに気になったのか、茂雄が尋ねてきた。すると、それまでブツブツ言っていた者たちが一斉に口を閉じた。

「……小松さん、やっぱ俺、見せるよ」

そう言って、ひとりの若者が手にしたスマホを差し出した。「やめろって」「よせよ」「やめろ」と周囲の者たちが言ったが、茂雄は若者からスマホを

奪った。

「……おい」

絶句した茂雄の横から佐知がスマホを覗き込んだ。

――動画配信アプリの画面だった。動画のサムネイルは黒地に毒々しい黄色の文字で「ノーカット！カイジン殺害の現場をお送りします」とあった。

「なんなのこれは！」佐知が叫んだ。

「観《み》ない方がいいって」

茂雄の近くにいた老人が、彼からスマホをとり返した。

「俊介か？　俊介が殺されたところか？」

茂雄に詰め寄られ、老人は渋々うなずいた。

「間違いない。〈スズメ〉が殺されるところだった。相手は大勢だったけど、顔はモザイクかかってた。でも、ヘイトデモの連中で間違いない。昨日もこの街に来てたみたいだし、画面の端にヤツらのプラカードが映り込んでた。間違いない、街の連中もみんな言ってるよ」

「……ひどい……そんな……あんまり……」

気丈な佐知が人目も憚《はばか》らず泣き崩れた。

「昨日の夜中からアップされてたんだ」スマホの持ち主の若者が言った。「ヤバい動画だからすぐにBANされるんだけど、また別のアカウントでアップされる。これまで何百万回も再生されてるんですよ」

「……殺されただけじゃなくて……死んだ後も晒《さら》しものにされて……」

顔を伏せたまま、佐知が呻《うめ》くように言った。涙がぽたぽたと垂れ、畳を濡《ぬ》らした。

――その場を沈黙が支配した。誰も口を開ける者はいなかった。

「邪魔するよ」

そこに尋ねてきた者がいた。カイジン犯罪課の黒川警部だった。集まっていた住民たちをじろりと見ると、彼は部屋の隅にどかっと座り込んだ。

「小松さん、それじゃ俺たち」「そうだな」「また来るからさ」

住民たちはそそくさと立ち上がり、黒川だけを残して小松家を出ていった。

「改めてお悔やみ申し上げます」黒川は深く頭を下げた。「で、ご遺体のことなんですが、扱いが神奈川県警なもんで、警視庁の私にはなかなか情報が入ってこないんです。とはいえ、普通なら明日には戻ってくるんじゃないかと……」

「普通ってなに！」佐知が叫んだ。「黒川さんも動画を見たんでしょ？　大勢に嬲《なぶ》り殺しにされたって話じゃないですか。なにが普通なんです！」

「動画のこと伝わっちゃいましたか……」黒川が渋い顔になった。

「井垣のとこの連中だろうって……本当なんですか？」

茂雄に問われると、黒川は天を仰いだ。

「いやー、それについてはなにも言えません。現在、捜査中です」

「ふざけんなっ！」

佐知が黒川につかみかかり、襟首を激しく揺さぶった。

「井垣たちがやったに決まってる！　皆もそう言ってた。井垣たちの事務所は知ってるんだ。手伝ってくれる人間集めて、殴り込んでやる」

「……殴り込むって、それでどうするんです？　あいつら殺すんですか？」

「皆殺しだよ！　あいつらがずっと差別してるカイジンたちの怖《おそ》ろしさを教えてやるよ！」

「うーん」黒川はまた渋い顔になった。「それじゃあカイジンと人間の戦争になるでしょ？　それはもう絶対のタブーなんですよ。カイジンが徒党を組んで暴れて、たとえひとりでも人間を殺したら、差別は今どころの話じゃなくなる。それは避けないと」

「ふざけるなっ！」

黒川の冷静な返答が、更に佐知の怒りに火をつけた。彼女の髪の毛が、茶色の羽根に変化していた。

「もう十分に差別されてるんだ。なんにも怖くないよ」

「旦那さん、なんとか言ってくださいよ。奥さんにはもう少し冷静になってもらわないと」

「だったら俺は……俺が……井垣を殺す。ヤツらを殺す。俺は人間だ。人間が人間を殺したところで、ただの人殺しだ。差別だなんだは関係ない」

「はぁ……」黒川は大袈裟に溜め息をついた。「困っちゃうんですよ、カイジンの家族がいるんだから、小松さんだって立場はカイジンですよ。カイジンたちが暴れ込んで人を殺すなんてことは、絶対にあっちゃいけないんですよ」

「おまえなんかに私たちは止められない」佐知が立ち上がった。「今から仲間を集めるから。この街の住人だって、やる時はやるんだから！」

「……しかたないなぁ」

そう呟いただけで、黒川は動かなかった。だが、彼の横を通り過ぎて外に出ようとした佐知は身体を強《こわ》ばらせ、そのまま倒れた。

「おい！」

茂雄が駆け寄ると、佐知の顔は紫になっていた。息もしていない。死んでいた。

「おい！　おいどうしたんだよ佐知！」

はっとして茂雄は黒川を見た。正座しているその尻のあたり、ズボンの真ん中が破れ、紫の節くれ立った細い尻尾が伸びていた。その先端は鋭い針のようになっていた。〈サソリ〉の尻尾だった。

「あんた……黒川さん……カイジン……」

「そうだよ。今はもうカイジンも公務員になれるんだ。な、差別は解消されてきてるだろ？　だから安心して死んでくれ」

黒川の〈サソリ〉の尻尾がひゅんと唸り、先端の針が茂雄の首筋に突き刺さった。速効の毒が茂雄の全身に回り、呼吸を封じられて彼は死んだ。

「あーあ。いつものこととはいえ」

黒川はズボンの尻を撫でた。すでに尻尾は引っ込んでいる。

「毎回ズボンをダメにするのはなぁ。まぁ、いちいちズボン脱ぐわけにもいかねぇし……あ、そうだ」

黒川をスーツの胸ポケットからスマホをとり出した。

「……あぁ、俺。そう、いつもの処分。うん、ふたり。急ぎめで頼むわ。川崎の方。住所は今、送るから。滅多《めった》刺しで強盗とか変質者にやられたみたいな感じかなぁ。うん、奥の部屋の押し入れに隠しとくから」


ヤバい。

ヤバいヤバいヤバい。

マジで狂ってる。

こいつら、おかしい。

井垣渉は嘆いていた。

昨日からずっと悪夢の中にいるようだ。

昨日……あの小松俊介（そういう名前だと後からわかった）が死んだ瞬間から、井垣の周囲のすべてがおかしくなってしまった。

「すげぇっす！」「カイジンぶっ殺すところ初めて見ました」「井垣さんすげぇ」「大丈夫ですよ、井垣さんのことは僕らで守りますから」

……えっ。

と、思った。

俺が殺したことになってる？　いやそれは違うだろ。最後のちょっとした一押しをしただけで、それまでおまえらが散々殴る蹴るしたせいじゃないか。

そして、その先がまた最悪だった。

誰かが死んだ俊介の家を知ってると言い出した。そして、せっかくだから死体を家の前に吊《つる》してやろうと言い出した。

バカじゃないのか。

そんなことをしている最中に見つかったらどうする？　ここはカイジンの街だぞ。袋叩きじゃやすまないぞ。

てっきりすぐに却下されると思った。だが、全員が異常に盛り上がった。井垣が止めることなど許されない空気になった。俊介の死体をシートにくるみ、彼の家に向かった。途中都合よく見つけられた脚立やワイヤーを盗み、死体を電柱に結びつける作業は誰に咎《とが》められることもなく、すぐに終わった。最後にシートを剥《は》ぎ、電柱に縛られた俊介の死体を皆で撮影した。

そこまではしかたないとしても（いや、しかたなくない）、そこからも地獄は続いた。

メンバーの誰かが俊介殺害時の動画をアップしたのだ。本物の殺害現場の動画だ。すぐに話題になり、最初の動画はすぐに削除されたが、無関係な者たちが次々とアップを繰り返し、とんでもない再生数を稼いでいる。オリジナルの動画の時点でさすがに顔は隠されていたが、服装や持ち物でいずれ特定されてしまうだろう。

だというのに……。

昨日の今日で、またここに繰り出すことになってしまった。

「いいじゃないですか」「カイジンが殺された翌日にカイジンの街に突入って、これ完全にバズりますよ」「あと、次の日にまた特区三号で堂々とやってれば、逆に、逆にですよ、井垣さんが犯人だとは疑われなくなりますよ」

だから。

なんだ？

逆ってなんだよ？

それになんで俺が犯人てことになってるんだよ？

だが……。

今、こうしてまた井垣はメンバーたちの先頭に立ち、特区三号にいる。

おかしい。

これはさすがにおかしい。

自分がいちばんおかしいのか。

「知能レベルの低いカイジンはね、国の発展になんの必要もないわけですよ！　こんなのが増えてどうしますっ？」

メガホンを手にして井垣は喋《しゃべ》った。不思議なほどすらすらと言葉が出てくる。

「カイジンと人間から子どもも生まれ続けています。このままだとカイジンに我が国を乗っとられますよ」

んなわけねーけどな。

井垣は思っていた。カイジンの数はせいぜい三十万。一億二千万以上いる日本人と比べたら、誤差のようなものだ。それに世代を重ねればカイジンたちは能力を失っていく。煽る必要などない。カイジンは自然と消えていく存在だ。

だが、今は煽るしかない。

「カイジンはゴキブリと同じなんです。一匹見たら、何百匹もいます」

そもそも、だ。カイジンしかいない街でこんなアピールになんの意味がある。動画のためにやっていることは理解している。動画？　そんなもの上げてホントに大丈夫なのか？　昨日の今日だぞ、ヤバいぞ。

「いや、もう理屈はいいですよね。皆さんと同じです。カイジンは気持ち悪い。醜い。ホントに消えてほしい」

いや、俺はそんなふうには思っていないんだ。

「カイジン、消えろ！　カイジン消えろ！　カイジン消えっ……んぐ」

突然、顎《あご》をつかまれ、井垣は舌を噛みそうになった。

「……え」

目の前になにか銀色のものがあった。

緑色の巨大な眼《め》が自分のことを睨《にら》みつけている。

銀に反射する日差しが眩《まぶ》しい。

——銀色のカイジン＝〈ギンバッタカイジン〉がいた。

まわりのメンバーたちが蜘蛛《くも》の子を散らすように逃げていく。その後には投げ捨てられたスマホやカメラが転がっていた。

——みきっ。

顎から嫌な音が聞こえた。

「おまえが犯人か。小松俊介を殺したのか？」

そう言うと、〈ギンバッタ〉は左手に持ったスマホを井垣に突きつけた。殴られ、蹴られる〈スズメ〉の姿が映っていた。

「小松俊介を殺したのはおまえか？」

顎をつかむ力が弱まった。

「違う！　あいつらだ！」

井垣は叫んだ。そして通りがかった住民たちと一緒に、遠巻きに様子を見ているメンバーたちを指さした。

「あいつに！　あいつ！　あいつ！　あいつ！　あいつもだ！　皆が殺した！　皆で殺したんだ！」

〈ギンバッタ〉はゆっくり視線を動かし、メンバーたちの顔をひとりずつ見ていった。

「おまえたちが殺したのか？」

メンバー全員が首を横に振った。

「だったら、殺したのは誰だ？」

全員が完璧にタイミングを合わせ、同時に井垣を指さした。

——地面が溶けた。

井垣はそう思った。

膝が崩れ、その場に倒れそうになったが、顎に加わる力が強まった。〈ギンバッタ〉に顎をつかまれ、半ば吊される形になった。

――え？

〈ギンバッタ〉の様子がおかしい。身体の節々から蒸気が噴き出し、同時に水銀のような銀色の液体……井垣がその名を知るはずもなかったが、〈再生成泡沫《リ・プラスフォーム》〉が溢《あふ》れ、〈ギンバッタ〉の全身を包み込んだ。

そして、彼の腹のあたりが緑色に輝いた。

同時に、体表に溢れる銀色の液体が瞬時に固まり、分厚い外骨格を形成した。その姿は〈ブラックサン〉に似ていたが、比較にならない重装甲だった。

――〈シャドームーン〉だ。

南光太郎が成し遂げたのと同じように、秋月信彦もまた、〈キングストーン〉なしでの変身を遂げた。

その姿は〈ギンバッタ〉の時とは比較にならない、本物の金属の鎧《よろい》に包まれているように見えた。磨き上げられたその表面に、神々しいほどの光を映していた。その姿に井垣だけでなく、距離を置いて見守っていたメンバーたちも見惚《みと》れているようだった。

「――おまえたちから死ね」

〈シャドームーン〉が左手を水平に上げ、目印をつけるようにメンバーひとりひとりに向けていった。ぐるっとひと回りしたところで、彼はぎゅっと拳を握り込んだ。

その瞬間、十数人はいたメンバーたちの首が捻《ね》じ切れた。見えない力で頸椎《けいつい》を粉砕された彼らの頭部は、あり得ない角度でぶら下がり、その身体も地面に倒れた。それを見ていた特区三号の住人たちと、そして井垣は声にならない悲鳴を上げた。

「おまえはどう死にたい？」

「……」

「おまえはどう死にたい？　答えなければ最悪の死が訪れる」

「……死にたくない」

「それが答えか。わかった」

〈シャドームーン〉の手が井垣の頭を鷲《わし》づかみにした。そしてなんの躊躇《ためら》いもなく、粉砕した。

それはあまりに一瞬のことで、井垣にはこれまでの人生を振り返る隙《すき》すら与えられなかった。

8

——井垣渉たちカイジンヘイトグループを皆殺しにした〈シャドームーン〉は、しばらくその場に立ち尽くしていた。

次第に集まってきた住人たちも黙って彼の姿を見ているばかりだった。誰も言葉を発する者はなく、夏の盛りのセミだけが虚《むな》しく大合唱をしていた。

いつの間にか変身は解け、秋月信彦は全裸になっていた。知らぬ老人がのろのろと近寄り、汗臭いシャツとズボンを渡してきた。信彦はそれを身につけると、ゆっくりとその場を離れた。最後まで住民は無言を貫いた。賞賛の声も非難の声も上がらなかった。

歩き出してから気がついたが、信彦は裸足だった。〈ギンバッタ〉への変身なら、伸びた爪で穴が開く程度で済むが、〈シャドームーン〉への完全変身は靴が裂けるのか。それに気づいて、信彦はいきなり笑い出した。〈シャドームーン〉へ変身を果たしたということが、ようやく実感できた瞬間だった。

アスファルトに足裏を焼かれながら、信彦は歩き続けた。多摩川を渡り、六郷神社の脇を抜け、雑色、京急蒲田のあたりを通る。久々に見る町並みだった。五十年前、大森の町工場の跡に光太郎と一緒に住んでいた頃は、このあたりまでよく足を延ばした。半世紀ぶりだが、遠くに高いマンションが建っていることを除けば、思いのほか町並みに変化はないように見えた。それから梅屋敷、大森町、平和島と駅沿いに進み、信彦は大田区大森のアジトに帰り着いた。

小綺麗《こぎれい》なマンションに挟まれた古い工場のシャッターを上げる。古い旋盤と作業台が並び、中は広い。

そして、その真ん中に銀色のカウルに包まれたバイクが置いてある。信彦が半世紀前から乗っていた〈セクター〉だ。その傍らでは、ひとりの老人が煙草《たばこ》をふかしていた。麻のジャケットを着こなし、髪も綺麗に整えている。

藤堂克也《とうどうかつや》だ。

〝村〟を脱出した光太郎と信彦を育ててくれた、藤堂勝《まさる》の息子だ。勝は元々、南博士と秋月博士の助手で、戦後、藤堂生化学という会社を興した成功者だ。早くに亡くなったが、その跡をこの克也が継いだ。ずっとゴルゴムに囚《とら》われていた信彦はともかく、光太郎は住む場所を含め、なにかと世話になっていたと聞く。否、信彦のためにも、この場所と愛車をずっと守っていてくれた。

「お帰り、信彦兄ちゃん」

見た目だけでいうなら信彦よりも数十歳年上だが、実年齢では克也の方が少し年下になる。

「あの力をとり戻したよ」

信彦の言葉を聞いて、克也は、

「〈シャドームーン〉かい?」

と、呟いた。

「そうだ。なにがきっかけなのか……いや、それはどうでもいい。とにかく、俺も光太郎と同じになった」

「……そうかい」

そこに、バタバタと駆け込んでくる者たちがいた。

「おまえたち……」

信彦は思わず声を漏らした。昨日のゴルゴム党本部攻撃に参加したメンバーたちだ。だが、彼らは攻撃隊本隊ではなく、玄関先で爆破を担当した陽動隊だった。

「生きていたんですね、信彦さん」「よかった……」「もうダメかと思って」

彼らに事情を聞くと、昨日の攻撃以来、都内に潜伏していたが、本隊がどうなったのかずっと気にしていたのだという。信彦と同行していた松山からの情報もあり、ここに来ることにしたのだった。

「心配してくれたのか……ありがとう」

信彦は深く頭を下げた。

「〈創世王〉はどうなったんです？」「光太郎さんたちは？」「他の皆は？」

口々に質問されたが、信彦には明確に答えられることは少なかった。それでも、彼らを相手にする以上は誠実でいなくてはと思った。

「〈創世王〉は南光太郎がかなりのダメージを与えた。人としての姿を失い、心臓だけになった。だが、倒すまでには至らなかった。

南光太郎の行方についてはわかっていない。ゴルゴムの話からすると、殺されてはいないはずだ。脱出はできていると思う。

それから……」

信彦はそこで大きく息を吸った。

「俺と一緒にゴルゴム党本部に潜入した者たちは皆、ゴルゴムに殺された。……俺が殺したようなもんだ」

信彦の答えはある程度予想がついていたらしく、彼らはとり乱すことはなかった。黙って頭《こうべ》を垂れるだけだった。

「俺との縁はここまでだ。これ以上、俺と一緒にいて、おまえたちが得をすることはない。特にここにはもう来るな。ゴルゴムに狙われるか、警察に捕まるか……とにかく、俺と一緒にいたことは忘れろ。なにもなかった、いいな？」

信彦に言い含められると、彼らは驚くほど素直に帰っていった。工場跡には信彦と克也だけが残された。

「──光太郎兄ちゃんのことは本当かい？」

克也が尋ねてきた。

「光太郎なら間違いなく生きている。もしも光太郎を殺していたとして、それを隠しておく理由がヤツらにはない。それに〈創世王〉をあんな状態にまでできる〈ブラックサン〉を殺せるようなカイジンはもうゴルゴムにはいない。これ以上は無理と判断して、あの場から離脱したと考えるしかない」

信彦は奥へ行くと着替えを始めた。下着を着てシャツとカーゴパンツを身につけた。その横に置かれたブーツを履く。

「克也、これよさそうだな。着ていいか？」

信彦はハンガーに掛かっていたレザーのライディングジャケットを手にとった。

「もちろん。用意しておいたもんだから。夏用のパンチングメッシュだから快適だよ」

「悪いな、助かる」

信彦はジャケットを着ると、棚からヘルメットをとって〈セクター〉の横に立った。

「また、このバイクを借りるぞ」

「借りるはおかしいだろ。それはずっと兄ちゃんのものだ」

「だが、おまえの親父《おやじ》さんが作った大切なものだろ？」

「それはそうだが……」

克也は唇を噛んだ。

「父はこのバイクで実験をしてた。正確に言えば実験していたユニットをこのバイクで活《い》かそうとしていた。でも、それはただの夢だったんだ。だから、それもただのバイクだよ。足に使ってくれていい」

「……そうか」

「で、どこまで行くんだい？」

「ゴルゴム党本部に行くんだ」

信彦は答えた。

「俺はずっとやり方を間違えていた。ようやく正しい道を見つけた。

——ゴルゴムと手を組むんだよ」

９

その日の夜、〝村〟では奇妙な面子《メンツ》で酒盛りが始まっていた。

場所は研究所近くの広場、参加者は〈コウモリ〉こと大森浩一郎、〈クジラ〉こと白井静馬、そしてニックの三人だった。照明代わりの焚《た》き火《び》を囲んでいる。

「おまえ、飲みすぎだよ。すぐにコンビニに行けるようなところじゃないんだからペース考えろよ」

大森に怒られると、ニックは「へへへ、すいませーん」と、ヘラヘラと笑った。

「それより葵はどうした？　もう目は覚めたんだろ？」

「あー、もう大丈夫みたいで。三反園さんになんか薬を調合してもらったみたいです」

「ならよかったが」白井は言った。「丸一日以上寝てたからな」

昨日の夕方、葵は「〈創世王〉を殺す！」と息巻いて〝村〟を飛び出そうとした。皆で止めていると、いきなり電池が切れたように倒れてしまった。

「まぁ、疲れてたって不思議はないだろ」大森が言った。「ここで〈カマキリ〉にされて、そのままゴルゴムに拉致されて、〈創世王〉にされかけたかだろ？　おまけに自分を助けに来てくれた光太郎は片脚なくしたわけだし」

「光太郎は片脚なくしてねぇぞ」白井がぴしゃりと言った。「俺と三反園が繋《つな》いだ」

「悪かったよ、言い方が問題だったな。苦労したのは知ってるって」

「ならいいけどよ」

「大森さん、さっきの話の続き、お願いしますよ」

「ん？　なんだっけ？　あぁ五流護六誕生の秘密な」

大森がそう言うと、白井は呆れ顔になってそっぽを向いた。

「この〝村〟が今の堂波総理の祖父さんに襲われて、壊滅したってとこまでは話したよな？」

「はい。カイジンヤクザですよね？」ニックが身を乗り出した。

「リーダーだった南博士や秋月博士を失った俺たちは下界に放逐されたわけだ。とりあえずダロムをリーダーにして放浪？　あれだ、なんだっけ？　聖書にあるだろ、そういうの？　ないっけ？」

「しっかりしろよ」白井が大森の脇腹を小突いた。

「ちょっと端折《はしょ》るけど、結局、バラバラに生きることになったわけだ。ただ、もう高度成長期とやらだったし、戦後の混乱期とは違う。戸籍もない連中が暮らしてくのは大変だったんだ。だから、闇の互助会的なものを作ったわけ。一応リーダーにはダロムたちを戴《いただ》いてたけど、あいつらにそんな役所の職員みたいなことできるわけないだろ？　俺が実質の幹事よ」

「凄いですね、大森さん」

どこまで感心しているのかわからないが、ニックは大袈裟にうなずいてみせた。

「その互助会みたいなのが、五流護六の原型。ただの互助会じゃ格好つかないから、なんつーの？　由緒ある？　なんか箔《はく》がつくみたいなさ、そういうの必要じゃん。新興宗教とかでも教義は必要じゃん」

「はい」

「だから、俺が必死に考えたわけ」

大森は薪《まき》の中から細い枝を選ぶと、地面に「五流護六」と文字を書いた。

「この漢字をよく見ろよ。五つの流れに護《まも》る六つだ。どういう意味だと思う？」

ニックは「うーん」と考え込んだ。

「ちょっとわかんないですね」

「わかるわけねぇんだよ」白井が言った。「意味なんかねぇんだから」

「意味ならあるぞ！」大森が唾を飛ばして抗議した。「俺が考えたんだから」

咳払《せきばら》いすると、大森はニックの前で話し始めた。

「まず、五つの『流《る》』とはなんだ？　それは流れていく儚《はかな》いものだ。まず、人はその儚さを受け入れないといけない。

その五つの流とは、
ひとつ、情愛。

ひとつ、命。

ひとつ、美。

ひとつ、熱。

ひとつ、時。

それを失われるものと認識したうえで、六つのものを守るんだ。

ひとつ、知性。

ひとつ、宇宙。

ひとつ、瞬間。

ひとつ、言葉。

ひとつ、風。

ひとつ、刃《やいば》。

——って、わけだ」

ニックはしばらく考え込んでいた。

そして、

「深い」

と、答えた。

「深いわけあるか」白井が言い捨てた。「こいつがテキトーに考えたんだぞ。意味もなにもない」

「テキトーじゃない」大森が真面目に言った。「深くちゃんと考えた。その証拠に五流護六って名前も採用されたじゃねぇか。三神官の連中だって、感心してた。本当は俺も入れて四神官だって話もあったけど、ガラじゃないってこっちから断ったんだ」

「マジっすか。やべえっすね」

感心しているニックの頭を白井が叩いた。

「んなわけねぇだろ。本気にするなよ」

「いや、でも……」

「それよりおまえ、いつまでここにいるつもりだ？」白井はニックの顔を覗き込んだ。「なんども言ってるけど、ここにゴルゴムが乗り込んでくる可能性は高いんだぞ」

「あー、いや、でも、俺、三反園さんと約束したんで。この〝村〟で雑用手伝ってればカイジンにしてくれるって」

「三反園も食えねえぞ。ホントに約束守ってくれるかぁ？」

「でも」大森に茶化《ちゃか》され、ニックは口を尖《とが》らせた。「そんなに質はよくないけど、俺用の〈ストーン〉はもう用意してあるって。俺より、大森さんはいつまでここにいるつもりなんです？」

「なんだよ、反抗的だなぁ。俺、五流護六の創設者って教えたろ？」

「それは関係ないですよ。それにここがヤバいなら、さっさと逃げればいいじゃないですか」

「おまえ、ホントに逆らうね。俺だってこんなとこにはいたくはないよ。でも、どうすんの？　さすがに平気な顔してゴルゴムには顔出せないだろ？　こんどこそビシュムに食われちまうよ」

「そうですか」

ニックは大森の言うことを軽く受け流した。

「あー、早くカイジンになりたいなぁ。なんのカイジンになれんのかなぁ。バッタがいいな、バッタのカイジン、カッコいいしなぁ」

「好きなものになっていいけど、コウモリだけはやめろよ。俺とかぶるから。アイデンティティの危機だ」

「ねぇ、白井さん、それさっきからなに焼いてんです？」

大森を完全に無視して、ニックは白井に尋ねた。

白井は串になにか刺して、火で炙《あぶ》っている。

「これ？　コオロギだ」

「え？　まだ夏ですよ、コオロギいるんですか？」

「夏の初めから成虫になってる。暑い時期は鳴かないだけだ」

「へー、鳴く前に食われちゃうのかぁ」

「おまえも食う？　ツマミ、これしかない」

「美味《うま》いんですか？」

「マズいよ」白井は即答した。

「食べても死なないですか？」

「死なないだろ。コオロギは食用で売ってるし。食う？」

「遠慮しときます……でも鳴く前に食われるコオロギ、可哀想《かわいそう》だなぁ」

ニックはおもむろに立ち上がった。

「コオロギさんは♪　可哀想♪

歌を奪われ♪　火で炙られて♪

挙げ句の果てに♪　クソマズい」

「なんだそれ」白井は顔をしかめた。「クソラップか」

「コオロギさんは♪　可哀想♪

俺もカイジンになれるなら♪

コオロギだけは♪　カンベンなぁ♪

コオロギ、コオロギ、なんて鳴くぅ？」

「いいぞいいぞ」大森は手を叩いた。「ダッセえけど、それでも景気づけだ、ほらもっといけ」

「だからやめろよ、変なラップは」白井はニックを小突いた。「俺、力使いすぎて具合悪いんだよ。余計、気分悪くなるだろ」

「やれやれ」

「コオロギはぁ♪」

「やめろ」

「……なに？　あんな韻を踏んでないラップってないよね？　じゃあなんだろ？」

和泉葵は聞こえてくる声に、三反園の研究所の窓を開けた。

「本当にもう気分は悪くないのか？」

奥から来た三反園に聞かれると、葵は「はい」と元気よく答えた。

「頭もなんかすっきりして」

「じゃあ〈創世王〉を殺しに行く件も、もうなしと思っていいのか？」

「……はい。今はおじさんの傍《そば》にいます」

葵が視線を向けた先には、薬瓶や様々な器具の向こうに見える、手術台の上の光太郎がいた。かけられた白い布の下では、切断された右脚が完全に繋がっていた。

「あの……おじさんのこと、治してくれてありがとう……ございます」

「私の力じゃないよ」三反園は静かに首を横に振った。「〈クジラ〉の能力のお陰だ」

「私、おじさんと〈クジラ〉さんが戦ってるの見たことあって」

「ほぉ。だったらの〈クジラ〉の能力も知っているか。〈クジラ〉は周囲の物質を再構成して生体細胞に変化させられる。昔は……何十年も昔の話だが、それでシロナガスクジラ以上の、三十メートルクラスの身体を作って戦ったこともあった。この〝村〟が襲われた時のことだが」

「……」

「だが、〈クジラ〉も自分以外にその力を使うのは初めてだと言っていた。そりゃあそうだろう……なにしろ」

「？」

「いや、なんでもない。それより君の気持ちが落ち着いたなら、ひとつ話がしたい。大事な話だ。大丈夫かい？」

三反園の問いかけに、葵は少し考え込んだ。そして、「大丈夫です」と答えた。

「では……君のお母さんの話をする」

「はい」

葵は背筋を伸ばした。

「君のお母さんは本当に凄い人だった」

「お母さんが？」

「あの状況の中、一瞬で判断した」

「なにをです？」

「私がゴルゴムに忠誠を誓っているかどうかを、だ」

「どういうことです？」

「君が捕まるより先に、ビルゲニアは君のお母さんをここへ連れてきた。彼女はビルゲニアやその部下に監視されていたが、一瞬、その監視が解けたことがあった。その時、君のお母さんは私に目配せした。そしてこう言ったんだ」

「……」

「『あなたは今の人のこと信じてない』。ビルゲニアのことを言っているのはわかったが、それ以上の意味がわからなかった。だから私は言った。『……黙っていろ』と。だが、彼女は黙らなかった。『今、あなたは一拍置いて喋った。私の話を聞く準備がある証拠だ』」

「……」

「私はようやく彼女の意図を察した。彼女は私に賭けると決めていたんだ」

「……」

「『この先どうなるか知らないけど……私はたぶん、生きて解放されることはない。これを誰にでもいい。渡してほしい。私の話を聞く準備がある人に』。手を縛られたままの彼女は口を開いた。その舌の上に鍵がのっていた」

「え？」

「大切なものなのだろう。彼女はビルゲニアに捕まった後もずっと口の中に隠し持っていたんだ……これだ」

三反園は着ていた白衣のポケットから封筒をとり出した。

「鍵はこの中だ。駒込の寺に古い納骨堂があるそうだ。その中に彼女が残した資料が入ってる」

葵は封筒を受けとり、中の鍵の感触を確かめた。

「光太郎が目覚めるまでには時間がかかるだろう。その間に行ってきたらどうだ？」

「……」

三反園に言われ、葵は考え込んだ。

10

「どういうことだっ！」

ビルゲニアは扉を蹴破るようにして、ゴルゴム党本部地下三階の三神官の部屋に躍り込んだ。

そこは広間、といっていいほどの空間だったが、満員電車かと思うほど人が詰め込まれていた。あたりをざっと見回してみると、年齢の高い者ばかりだ、そしてビルゲニアが昔から見知った顔ばかりでもあった。

ゴルゴム党の中枢というべき、〝上級〟の者たちだ。高齢ではあるが、カイジンとしての元々の能力も高く、ゴルゴム内での発言力も強い。

「どけ、どいてくれ」

人混みを掻き分け、ビルゲニアは部屋の奥に設《しつら》えられた即席のステージの前に駆け寄った。

ダロム、ビシュム、バラオムの三神官、そして秋月信彦がいた。

「秋月……信彦……おまえがどうしてそこにいる！」

ステージに駆け上がろうとしたビルゲニアだったが、数名の警備の者たちにとり押さえられた。これまでの癖で振り払おうとするが、〈ブラックサン〉に奪われ、右腕は失われていた。残った左腕だけでは抵抗も難しかった。

「おいっ！　ダロム！」それでもビルゲニアは叫んだ。「緊急の総会とはなんだ？」

だが、ダロムはそれを無視してマイクを手にした。

「今日集まってもらったのは、これからのゴルゴムについて話し合うためだ。ここにいるのは皆、ゴルゴムの古参。ともにあの〝村〟で暮らしていた者たちだ。ひとりひとりの意見は尊重していきたい」

ダロムはいちど言葉を切って、皆の顔を見回した。

「その前に我々の基本方針を述べる。大筋ではこれまでと変わるところはない。堂波総理の下、〈創世王〉を守り、間もなく訪れるであろう新たな〈創世王〉を迎える準備を進める。その点については一点の曇りもない。これは揺るぎないところだ」

ダロムの傍らでバラオムが手にしたグラスを掲《かか》げた。

「カイジンの益々《ますます》の繁栄を！」

「益々の繁栄を！」

その場にいた全員がグラスに入った僅かな〈ヘヴン〉を飲み干した。

「ふざけるなっ！」

一瞬の隙を突き、ビルゲニアは警備の者たちを振りほどき、ステージに駆け上がった。集まった上級カイジンたちがざわめく中、ビルゲニアはダロムに迫った。警備がビルゲニアを引き戻そうとしたが、ダロムが制した。

「そのままでいい。で、どうした、ビルゲニア？」

「なにがカイジンの繁栄だ。人間の力に頼って、そんなことが本当に叶うとでも思っているのか？　本当に大丈夫だと思っているのか？」

「ビルゲニア」バラオムが憐《あわ》れむような視線を向けた。「堂波の犬がなにを言っている？　おまえが口にすることか？」

「俺はなっ！　俺はわかったうえでやってきたんだよ。人間の下につくのは勝手だが、〈創世王〉を守ったのは人間じゃない。〈創世王〉自身の強さだ……？」

ビルゲニアは戸惑った。

三神官、中でもビシュムが薄ら笑いを浮かべていた。その横にいる信彦はもっとあからさまだった。ビルゲニアの顔を見て、ニヤニヤと笑っている。

「ビルゲニアよ」ダロムは言った。「〈創世王〉に往時の強さ、逞《たくま》しさはない」

「なに……？」

「〈創世王〉は今や、〈創世王〉の形すら残していない。ただ心臓が脈打っているだけだ」

「……は？」

能面のような顔で告げたダロムに、ビルゲニアは戸惑った。

「いったい、なんの話だ。なにを言ってるんだ？」

ビルゲニアは近くにいた者たちの顔を見た。ステージの下にも視線を向けたが、誰も答える者はいない。恐ろしいほどの静寂がその空間を支配していた。

「てっきり堂波総理から聞かされたと思っていたのに」ビシュムが首を傾げた。「〈創世王〉は確かにすでに原型を留《とど》めていません。疑うなら自分の目で確かめればいいでしょう。地下四階へのアクセスは許可されているでしょ？」

「誰がやったんだ。誰が〈創世王〉を傷つけたんだ……おまえか！」

ビルゲニアは唾を飛ばし、信彦を指さした。

「……やったのは〈ブラックサン〉だ」動じることなく信彦は答えた。「〈ブラックサン〉が〈創世王〉の頭を割り、腕をもぎ、腹を割いた。そして心臓を引き出した。あと一歩というところで殺せた」

「っ！」

信彦につかみかかろうとしたビルゲニアを、ダロムとバラオムが押し止《とど》めた。

「ダロム！　バラオム！　この裏切り者にどうして言わせておく！　こいつも南光太郎と一緒に〈創世王〉を殺しに来たはずだ！」

「それがどうした？　もう過去のことだ」

そう言って、信彦は笑った。

「……ふざけるなよ、信彦っ！」

「慎《つつし》みなさい！　あなたが噛みついている相手は次期〈創世王〉ですよ」

「なんだ……と」

「ビルゲニアよ、よく聞け」ダロムが諭《さと》すように言った。「〈シャドームーン〉が次期〈創世王〉になることを受け入れた。〈ブラックサン〉ももはや戦えまい。後は〈キングストーン〉をとり返すだけだ。すべての準備は整った。もうおまえがひとりで憂《うれ》う必要はない」

ダロムはステージの下に集まったカイジンたちに呼びかけた。

「ゴルゴムの未来は明るい。〈ストーン〉も〈エキス〉も滞りなく供給される。諸君の子孫は未来永劫《みらいえいごう》、繁栄を約束される」

「一言、いいか？」

信彦が断り、前に出た。

「聞いたか、今のダロムの言葉を？

――『諸君の子孫は未来永劫、繁栄を約束される』」

答える者はいない。

「未来永劫……ははは……繁栄……はははっ……ははは、はははははははははははははは」

ダロムもビルゲニアも、呆気《あっけ》にとられて信彦を見た。錯乱したように笑っていた信彦だったが、ようやく真顔に戻った。

「確かに俺は〈創世王〉になると言った」

信彦は居並ぶカイジンたちの顔を見回した。

「だが……ふふっ、それは嘘だ。

よーく考えてみろ。誰が〈ストーン〉を吐いて、〈エキス〉を垂れ流すだけの木偶《でく》になりたがると思うんだ？　おまえはなりたいか？　おまえは？　おまえならどうだ？　ゴルゴムの未来のために木偶になる覚悟はあるのか？」

信彦は上級カイジンたちをひとりひとり指さしていった。

「私たちを騙していたというのか？〈創世王〉になる覚悟を決めたのでなければ、なんのためにここに来た？」

ダロムに詰め寄られても、信彦はまだ笑っていた。

「おまえたちだけを相手にするつもりはないんだよ」

そう言うと、信彦はカイジンたちに顔を向けた。

「おまえら、本当にゴルゴムの行く末に不安はないのか？　カイジンである自分たちの人生に、子どもたちの人生に不安はないのか？　おまえたちも知っている通り、今のゴルゴムは堂波の一族に完全に牛耳られている。そもそも俺たちは堂波の祖父が作らせた兵器だ」

信彦は皆の反応を窺った。

「そうか。暗黙ってやつか。皆、知ってたんだな。おまえたちカイジンはそもそも、堂波の道具として作られた。だが、戦争が終わると同時に逃げ出して、静かに暮らしていた。その平和を奪ったのも堂波だ。その堂波の孫に、今の堂波総理にこびへつらって生きていく人生はどんな気分だ？　飼い犬として生きていくのに慣れて、もうなんとも思わないか？」

すると、部屋の中央にいた老人がよろよろと手を挙げた。片手に杖《つえ》をつき、やっと身体を支えているような有様だ。

「私たちはもう無理だ。〈ヘヴン〉で命を永らえているだけで、昔のような力はない。私たちの世代でカイジンとしての力を維持している者はもう少ない。子ども、孫の世代においては尚更《なおさら》だ。カイジンとしての資質が劣化していくことは知っているだろう？」

「貴重なご意見、ありがとうございます。あなたの言うことはもっともです。カイジンはそこまで多くない。少子化だなんだ言っても、それでも日本の人口は一億二千万を超えている。それに対して、カイジンは三十万。それほど多くないどころか、ゴミみたいな数字だ。そのうち、戦力になるのはどれほどか……だが」

信彦は強く足を踏み鳴らした。

「そこで、新しい〈創世王〉だ」

信彦の意図を察し、「おぉ」という声が広がった。

「新たな〈創世王〉なら良質の〈ストーン〉も〈エキス〉もまた無限に排出できる。それを使って、良質のカイジンを作る。第一世代の超常の能力を備えた本物のカイジンだ。俺たちの新しい仲間だ。新しい力だ。どうだ？　俺の話に乗ってみないか」

「論外だっ！」

ダロムが叫んだ。

「多少の不遇、犠牲は私も認める、だが、我々は人間とバランスをとってここまでやってきた。今更、おまえがでしゃばった真似をしたところで」

信彦はさっと手を伸ばし、文字通り、ダロムの口を塞《ふさ》いだ。

「多少の不遇？　犠牲？　俺たちカイジンが人間から受けた屈辱を、おまえはそう捉えているのか？」

「うっぷ」

信彦が手を放すと、ダロムは苦しそうに床に膝をついた。

「秋月信彦！」ダロムは叫んだ。「おまえが示した道が正しいという証《あかし》はあるのか！　ここに集まった者たちにも告げる！　おまえたちはこの者の言葉に乗れるほどもう若くはない。それに、おまえたちも人間にすり寄って、散々甘い汁を吸ってきただろう！　もう無茶《むちゃ》はよせ、静かに生きろ」

「……ダロム」信彦は言った。「静かに生きろということは、つまり静かに死ね、ということだ」

「……」

ダロムは、はっとして黙り込んだ。

「俺たちが作られた存在だからこそ、反逆するんだ。いつまでも主《あるじ》の道具じゃない。俺たちは生きている。それを本当に示す生き方を、それが許される世界を作るんだ。

それは人間とカイジンが共存する世界じゃない。カイジンが人間の上位として生きる世界だ。新たな〈創世王〉、新たなカイジンでこの日本を手に入れる。そうできるゴルゴムにする。俺がゴルゴムを変えてやる」

皆の注目が信彦に集まっていた。ビルゲニアもまた、呆《ほう》けた顔をして、信彦の一挙手一投足に注目していた。

——信彦は着ていたレザージャケットを脱ぎ捨てた。シャツを通して、その身体から高温の蒸気が噴き出していた。近くにいたビルゲニアが思わず顔を庇《かば》うほどだった。

信彦の身体は〈ギンバッタカイジン〉に変容し、一瞬の間を置いて、その節々から〈再生成泡沫《リ・プラスフォーム》〉が溢れ出し、銀の装甲として固定された。

皆の眼前で〈シャドームーン〉が誕生した。それは信彦の決意が形になったかが如き、剛健な体貌《たいぼう》だった。

そして、その腹には緑の輝きが宿っていた。

場が騒然となっていた。

「騒ぐな。今、おまえたちがするのは騒ぐことじゃない、決めるんだ」

そう言うなり、〈シャドームーン〉はその掌《てのひら》をダロムに向けた。腹を打たれたようにダロムの身体はくの字に曲がり、そのまま壁にまで飛ばされ、叩きつけられた。「ダロム！」と叫んで、バラオムが慌てて彼を助け起こした。

〈シャドームーン〉はその場にいるカイジンたちに呼びかけた。

「俺についてこい。俺がダロムたちに代わってカイジンを守る！　人間に従属せずに生きる道を示す！」

だが、集まったカイジンたちの反応は鈍かった。顔を見合わせ、ブツブツと囁《ささや》いているだけだ。そんな中で、大音声が聞こえた。

「——俺は〈シャドームーン〉に従うぞ！」

——誰の声だ？

ビルゲニアは戸惑っていた。

今の声は、誰が発したものだ？

聞き覚えがある。誰の声だ？

「俺は〈シャドームーン〉に従うぞっ！」

ビルゲニアが……叫んでいた。

そうだ、先のものもビルゲニア自身が発した言葉だったのだ。

信彦はビルゲニアの前に歩み寄った。

「ビルゲニア」

「……」

「俺はおまえが本当に憎かった。なにしろ、ゆかりの仇《かたき》だからな」

「……」

「ここに囚われていた時、俺は毎日考えていたんだ。どうにか抜け出すことができたら、真っ先におまえを殺そう。どうやって殺そう。どうやって苦しめて殺そう。どうしたら惨たらしく殺せるだろう、そんなことばかり考えていたんだ」

「……」

「この前、〝村〟で再会した時も、おまえを本気で殺したかった。だが、おまえは光太郎に片腕を奪われ、やられて逃げていった。哀れな姿を晒してな」

「……」

「あのおまえの姿を見て、憑《つ》き物が落ちたような気分になった。どうしてかな？　今はもう不思議とおまえのことは恨んでないんだよ。ゆかりのことで、同じく騙された仲間だってわかったからかな？　いや、その前からだから、それも変な話か」

「……」

ビルゲニアには信彦が言っていることが理解できていなかった。

「ビルゲニア、覚えているか？　あの丹沢で捕まったすぐ後のことを」

「……忘れるはずがない」

ビルゲニアは低い声で答えた。


——一九七二年。


丹沢で捕らわれた秋月信彦とビルゲニアは東京大塚の五流護六党本部に連行された。本部の地下室にある、外に知られるわけにはいかない、荒事に使われる部屋に監禁された。手錠をかけられ、鎖で縛られ、壁の鉄輪に繋がれてた。

「——もういちど尋ねる」

ふたりの前に立つビシュムが言った。

「〈キングストーン〉の在処《ありか》は？」

「信彦は持っていなかった」

ビシュムの横でバラオムが言ったが、

「そんなことはわかってるの。今は誰が持っているか、それを知っている可能性はあるでしょう？」

「おい、ビシュム」信彦の横のビルゲニアが口を開いた。「おまえらは本当に堂波のジジイにつくのか？　俺たちと一緒に戦えよ」

「俺たち？　あなたはまず、この信彦が許してくれないでしょ？　ゆかりを殺したんだから」

ビシュムにそう言われると、ビルゲニアはにやりと笑った。顔を背けている信彦を覗き込むようにして、

「あの裏切り者の死体でヘブンを作って、持ってき

てもらえよ。食いたいほど好きだったんだろ？」

「ビルゲニアぁぁぁっっ！」

壁と繋がれた鎖を鳴らして、信彦がビルゲニアに迫った。目を見開き、歯を剥《む》き出しに、噛みつかんばかりの勢いだった。

「信彦、一応、おまえには教えておいてやる」バラオムが言った。「光太郎は死んだ」

「……」

信彦の動きが止まった。

「死体は……あるのか？」

「〈コウモリ〉が証言した。〈創世王〉に手ひどくやられ、逃げているところを崖下に落ちたと」

「なんだよそれ……つまり、死体は見つかってないんだろっ？　だったらまだ……」

バラオムを押しのけるようにしてビシュムが前に出た。

「あの小屋にあった血の量を見ても、生きてることはまずない」

「光太郎のことなんかどうでもいい！」ビルゲニアは叫んだ。「堂波総理に話してくれ！　俺を雇ってくれって！　〈キングストーン〉は俺が必ず探す」

「おまえはあの時から、堂波の犬になりたがってたよな……」

信彦に指摘され、ビルゲニアはきつく唇を噛んだ。

「だが、その願いは叶わなかった。その時には、な。それから三十年、俺とおまえは同じ牢獄《ろうごく》に繋がれた。今から二十年前か。堂波道之助の孫、今の総理の堂波真一が俺たちに面会に来た。ヤツは総裁選を控えていて、非合法な活動に使えるコマを探していた。俺かおまえか、どちらかを使いたいって話だった」

「……覚えている」

「ふっ」〈シャドームーン〉は笑った。「そりゃそうだろ。舌まで噛んだんだから」

〈シャドームーン〉はカイジンたちに向き直った。

「こいつは堂波真一に手下になりたいと願い出た。堂波はなんと言ったと思う？　忠誠を誓うなら自分の舌を噛み切れと言ったんだ」

誰かが、ごくりと唾を呑んだ。

「こいつは舌を噛み切った。そこまでして人間の軍門に下った男だ……ビルゲニア、おまえは本当にゴルゴムのために戦うつもりがあるのか？」

「ある！」

ビルゲニアは即答した。

——先日からビルゲニアの心に刺さった棘《とげ》があった。

それは和泉葵の両親、川本英夫、莉乃をこのゴルゴム党本部に拉致し、彼らが持っていた資料を盗み見した時からだ。

その中のフィルムを見て、ビルゲニアは自分のルーツを知った。そこには戦中、堂波の組織によって〝造られた〟〈創世王〉の姿があった。自分たちカイジンはその〈創世王〉から更に造られた存在だった。年長のダロムたちはそれを記憶していたが、同時期に〈ストーン〉を埋め込まれたビルゲニアは、幼かったためか、記憶を喪失していた。その記憶の始まりは〝村〟でダロムたちと暮らし始めてからのもので、それ以前は空白だ。

そして〝村〟で生活していても、自分たちがどこから来たのか、ビルゲニアに教えてくれる者はいなかった。それは恐らく、優しさ故のものだったのだろう。

だが、その優しさがビルゲニアを変えた。

自分たちカイジンは天から遣《つか》わされた存在だ。人間を超えた存在だ。いつの日か、ただの人間たちに君臨する日が訪れる。

そう、心から信じていた。だが、心のどこかでそれは違うのでは？　と思うようにもなっていた。ダロムたち年長の者たちの目に見え隠れする、得体《えたい》の知れない虚無のようなもの……本当はこの世界に居場所がないと訴えかけるようなあの目……。

あれから六十年、その謎がようやく解けた。

自分たちは天から遣わされたものではなかった。ただの道具だった。

だが、それがわかったところでなにかが変わるのか？　今の自分は堂波総理の道具だ。

道具として造られた存在が、道具をしている。なにも不思議はない。それを甘んじて受け入れるしかない。

否、それでも……。

自分はどこへ行けばいい？

そう思い、彷徨《さまよ》っていた。

どこへ行くのかもわからないまま。

そんな自分に、あの信彦が示した言葉は、道、だった。どこへ歩めばいいか教えてくれた。

だから……。

「俺は〈シャドームーン〉に従う！」

ビルゲニアは、叫んだ。

だが、〈シャドームーン〉は反応しなかった。

静まり返っていた室内のあちこちで、さざなみのようにいくつかの呟きが生まれ、広がっていた。

「私も……」「俺も……」「〈シャドームーン〉に」「〈シャドームーン〉に」「新しいゴルゴムに……」「新しい〈創世王〉に」「カイジンのために」「私も」「俺も」

その声はいつしか地鳴りに変わり、そこまでは広くない空間が熱狂に充満した。

「〈シャドームーン〉！」「〈シャドームーン〉！」「〈シャドームーン〉！」「〈シャドームーン〉！」「〈シャドームーン〉！」「〈シャドームーン〉！」「〈シャドームーン〉！」「〈シャドームーン〉！」「〈シャドームーン〉！」「〈シャドームーン〉！」「〈シャドームーン〉！」

〈シャドームーン〉が、さっと手を上げた。同時に歓声がぴたりと止《や》んだ。

「〈シャドームーン〉よ……」ダロムは覚束《おぼつか》ない足どりでステージの中央に歩み出た。「そうか、わかった。皆が人間と戦うと言うならしかたあるまい。新たな体制で私は叡智《えいち》となり、次なる〈創世王〉誕生を見守ろう……っ」

ダロムの左胸からナイフの先端が突き出した。血が噴き出し、〈シャドームーン〉の銀の身体を汚す。

「ビシュ……ム」

そう名を呼んだダロムの口からも血が溢れた。ダロムの背中に立っていたビシュムが大型ナイフを引き抜いた。

「ビシュム！　なぜだ！　どうして！」バラオムが叫んだ。「ダロムがカイジンのためを思って、人間からの凌辱《りょうじょく》に耐えてきたのは知っているはずだっ！」

「よく知っていますよ。でも、もうダロムは変われない。人の下につくことに慣れすぎた。手遅れよ。それにどのみち長い命ではなかった。腹の〈海〉の石を壊されている」

「なんだと？」

愕然《がくぜん》となったバラオムにビシュムは告げた。

「ダロムはこの前、〈ブラックサン〉にひどい傷を負わされた。腹の〈海〉の石もほとんど機能していない。毎日、ずっと苦しんでいる、私は知っていた。だったら……」

どっと血を吐き出すと、ダロムは床に倒れ込んだ。

——絶命していた。

「なぜだ！　ビシュム！」バラオムは再び絶叫した。

「俺は〈シャドームーン〉には従わない！」

躍りかかろうとしたバラオムだったが、ビシュムが差し出した片手で簡単に胸倉をつかまれた。

「誰よりも怪力自慢、剛力で並ぶ者はないバラオム、〈サーベルタイガーカイジン〉。でも、あなたは老いるのも早かった。最近はダロムもあなたに荒事はさせていなかった。その力は失われ、弱っていることは、まわりはもう皆、知っているの。あなたが役に立つ局面はもうない……連れていって」

警備たちに肩を押さえられ、バラオムはおとなしく退室していった。ビシュムの言う通りなら、その力の衰えは本人がいちばんよく知っているのだろう。

バラオムが退場し、同時にダロムの遺体も運び出された。再び場を静寂が支配した。

「〈シャドームーン〉……秋月信彦」

ビルゲニアは無事な左手を差し出した。

「まさか俺たちがまた、手を組むことになるとはな……んっ……っっ……んんん」

急に息が詰まった。霞《かす》んだ視界の中、〈シャドームーン〉が挙げた右手をぐっと握り込んでいるのが見えた。

「おまえには人間の匂いが染みついている。もう消せない」

「……っぷ」

たまらず膝をついたビルゲニアの顔面を、〈シャドームーン〉が蹴り上げてきた。当然、手加減はしていたのだろうが、鼻を潰された痛みで悲鳴を上げた。

「この堂波の犬をゴルゴムから追い出せ！」

〈シャドームーン〉が呟くと、ビシュムがその命令を警備たちに伝えた。数名の警備に手足をつかまれ、ビルゲニアはステージから引きずり下ろされた。

「待て！　待ってくれ、〈シャドームーン〉！　待ってくれ！」

「おまえは殺さない。無様《ぶざま》に生きろ。ここを追われた以上、おまえは人間でもカイジンでもない。何者でもないまま無様に生きろ」

「〈シャドームーン〉！」

引きずられながら、ビルゲニアは叫んだ。ステージの上から彼を見送っていたビシュムが、〈シャドームーン〉の肩に手を置いたまま、妖艶《ようえん》な笑みを浮かべていた。

11

「しかしよ、マジで俺はコキ使われすぎだと思うんだよ。いやいや、別にあんたに文句を言ってるわけじゃない。白井だって車あるんだから、あいつが送ってもいいんじゃないかって話で」

「〈クジラ〉さんはおじさんのボディガードだから……ごめんなさい」

「いや、謝ることはないんだって。その理屈はよくわかるって。あいつの方が戦力になるってことも」

助手席の和泉葵をちらっと見て、大森浩一郎はそう言った。

「私、やっぱり電車で……」

「あの〝村〟から移動するのは車じゃなきゃ無理だって。わかったわかった、もう愚痴は言わないよ。いやまぁでも、俺はちょっと働かされすぎだと思うんだけど」

「……文句を言わずに黙って運転しろ」

後部座席からミラー越しに声をかけてきたのは三反園幹夫だった。

「なぁ、おまえがなんでちゃっかり乗ってんの？　それも納得いかないんだけど。納得いかないっていえば、おまえも車、あるらしいじゃん」

「当たり前だろう。研究や実験には必要な機材がある。あの〝村〟で通販というわけにはいかない。自分で運転して買い出しに行かないでどうする？」

「免許とかどうしたの？」

「それは訊《き》くな。だから東京までは運転できない。おまえに運転してもらうしかない」

「はいはい、わかりましたぁ」

大森が運転する軽バンは〝村〟を出てから二時間ばかりで高速を降りて、都内に入った。目指しているのは駒込にある古い寺だった。

「あと、三十分くらいで着くな」

ナビの画面を覗いて大森が言った。

「でもさ、古い寺なんだろ？　そんなとこに納骨堂とかあるのか？　納骨堂ってさ、墓の代わりにコインロッカーみたいなとこに遺骨とか位牌《いはい》とか入れとくヤツだろ？」

「私もそう思ってたんですけど、三反園さんが教えてくれました」

「なによそれ？」

「大正時代に関東大震災があった」三反園が答えた。「墓が大量に壊れたり、遺族の面倒見る者が死んだりすることがあった。だがまた墓を作るのも大変だ。それで集合墓地、納骨堂が造られるようになった」

「え？　納骨堂ってそんな昔からあるのか。最近のもんだと思ってたよ。でも、おまえ、外の世界のこともなんでも知ってんなぁ。ずっと〝村〟に籠《こ》もってんじゃないのか？」

「ネットでいろいろ見ている。インスタもやってる」

「インスタ？」大森は目を丸くした。

「野草の写真などをアップしている。イイネももらっている」

「マジかよ……モテてんのかひょっとして？　なんだかイライラしてきたなぁ」

大森がブツブツ言っているうちに、車は駒込の寺の前に着いた。門前で掃除をしている職員に尋ねると、納骨堂は本院の裏手にあるとわかった。

そこは一見、古い蔵のような造りだった。受付には人がいなかったので、葵たちはそのまま中へ入った。綺麗に清掃はされていたが、やはり古めかしくはあった。イメージ通り、コインロッカーのように小さな棚が並んでいる。

葵は鍵につけられた札の番号を頼りに、目的の場所を見つけた。扉には戒名と並んで俗名も書いてあったが、葵も大森も、そして三反園も知らない名前だった。

葵は大森と三反園の顔を見た。ふたりがうなずいたのを見て、葵は鍵を使って扉を開けた。中には紙の束が入っていた。

「わかる？」

葵が尋ねた。

「いや俺は」

「大森さんじゃなくて」

「見てみよう」

三反園はうなずくと、紙の束をとり出した。分厚いもの、薄いもの、様々だったが、積み重なった状態では何十センチもの厚みがあった。三反園がパラパラと捲《めく》るのを、葵と大森は彼の背中から覗き見た。半分以上が英文だったが、その表紙には『Ｄｒ．Ａｋｉｚｕｋｉ』『Ｄｒ．Ｍｉｎａｍｉ』の名前が目立った。

「手書きや英文タイプの書類がほとんどだが、これは紙が新しいし、コピーを重ねたもののようだ」三反園は言った。「和泉葵君、恐らく、君の両親がコピーしたものだろう。だが、手書きのものは見覚えがある。私も一部まとめるのを手伝った」

「なんについて書かれたものなの？」

三反園は首を横に振った。

「はっきりとはわからない。私が任されたのは一部だ。だが、今、ようやくわかった。戦争中に〈創世王〉が生み出されたという話はもう聞かせたね？」

「はい」と、葵はうなずいた。空いた時間で三反園からカイジンの歴史のレクチャーを受けたばかりだった。

「博士たちは〈創世王〉を超える真の超人を生み出す研究をしていた。そのためには〈創世王〉の研究が必要だ。〈創世王〉を生み出した最初の〈ストーン〉はどこからもたらされたのか？　博士たちはそれを探ろうとしていた」

「あー、その話ね」大森がうなずいた。「俺も知ってる」

「知っているはずがない」

三反園が即座に否定した。

「いやホントだって。今までなんどもしようとしてたのに、いつも出鼻挫《でばなくじ》かれてさぁ。それにこの娘の前だとしにくい話なんだよ」

「……話して」

葵に凄《すご》まれ、大森は「わかったわかった」と返した。

「おまえの両親をゴルゴム党本部に拉致した時なんだよ。俺、ビルゲニアに運転手させられてて。で、ビルゲニアがおまえのお母さんの持ち物から古いフィルムとか見つけたんだ。そこに戦争中に〈創世王〉が造られた時の映像やらが入ってて。ん、待てよ？　俺たちは自分らのこと……戦争中に造られたものだってこと知ってるけど、ビルゲニアは違うんだっけ。だからショック受けたみたいな」

「あの……」

葵の顔を見て、大森は「悪い悪い、話が逸《そ》れた」と頭を下げた。

「それ以外にも変なものがたくさん映ってたんだよ。神社とかもの凄い数の巫女《みこ》さんとか、山ん中の変な景色とか……ありゃいったいなんだったんだろな」

「そうか、わかった。疑ってすまなかったな」三反園は言った。

「三反園さん、これどうすればいいんだろ？」

「君のお母さんが残したものだ。君の自由にすればいい」

「そんなこと言われても。私が持ってても宝の持ち腐れだし」

「……私に読め、ということか？」

葵は大きくうなずいた。

「……わかった。私が責任を持って精読しよう。結果は君に教えるよ」

12

仁村勲《にむらいさお》は民の党本部ビルの最上階に上がった。総裁室の扉を叩き、中にいた堂波真一総理に数枚の紙資料を渡す。

「先月のカイジンビジネスについてのレポートです。念のためですが、いつものように読まれた後はシュレッダーで処分することをお忘れなく」

「わかってるって」

「プリントアウトはやはり危険ですので、本来はコンピュータ上だけで確認していただけると助かるのですが」

「わかってるって」

「……」

「ふん……ふん。やっぱ数字落ちてるなぁ」

「カイジン購入は趣味のものですから。限られた趣味の顧客のニーズはもう満たしてしまったかと」

「そんな話はわかってんだよ。金のことはいいけどよ、道楽だから。ただ、続かなくなるのは淋《さび》しいんだよなぁ。うちは祖父さんの代からこれで商売やってんだから。マンション持ってる老舗寿司《すし》屋の跡取りみたいな感じだよ。店、閉めたってやってはいけるんだけどさぁ」

堂波は「うーん」と唸った。

「なぁ、仁村。おまえ、カイジンになれよ。現役の総理補佐官のカイジン。プレミアつくんじゃないか？　なぁ。安心しろよ、売り飛ばしたりはしないから。看板だよ看板」

「……はい。考えておきます」

「真面目に答えるなよ、おまえ。パワハラみてえになるじゃないかよ。つまんねえ男だな」

「申し訳ありません」

口にしようかどうか迷っていたが、仁村は話すことにした。

「総理、諸々《もろもろ》、慎重に。カイジンビジネスについては、最近その周辺を探ってる連中がいるという報告もあります」

「探ってる？　どこ新聞よ？　早めに手、打っとけよ」

「新聞社ではありません。動画配信者です」

「動画配信？」

「いわゆるユーチューバーとか、そういった連中のようです。あの男……黒川のところで調べさせていますが、まだ詳しい報告はありません」

「ふーん。ちょっとでもヤバそうだったら殺しちゃえよ。生かしとくと面倒なだけだから」

「承知しました。黒川にはよく伝えておきます」

仁村が頭を下げて退室しようとすると、ドアがノックされた。入ってきたのは黒いコートを着たビルゲニアだった。

その顔を見て、仁村は首を捻った。いつものギラギラした獣じみた雰囲気がない。考えてみれば、ここ最近は少し生気がない時もあったが、今日はまた特別だ。夢遊病者のような虚ろな目をして、堂波総理のことを見ていた。

「なんだよ、ビルゲニア。大事な報告って」

堂波総理に問われると、ビルゲニアは背筋を伸ばした。それでもその目に光は宿っていなかった。

「……総理。ゴルゴムで秋月信彦がクーデターを起こしました」

「は？　なに言ってんのおまえ？　頭やられるほどは暑くないだろう」

「本当のことです。秋月信彦は南光太郎と同じく、〈キングストーン〉なしに〈シャドームーン〉の力をとり戻し、自分の姿を象徴として、ゴルゴム古参のカイジンたちを焚きつけ、まとめ上げることに成功しました。新しい〈創世王〉を生み出し、新たなカイジンの力で人間に対して反乱を起こすと」

「〈シャドームーン〉？　そんなことあるのかよ。〈キングストーン〉あっての〈シャドームーン〉だろ？」

「本来はそうです」ビルゲニアはうなずいた。「しかし、それこそ〈ブラックサン〉も〈キングストーン〉なしに、あの姿を再び手に入れました」

「どうでもいいけど、ややっこしくなってきたなぁ」

「それから、ダロムはビシュムによって殺されました。ゴルゴムが堂波総理を裏切り、完全に〈シャドームーン〉についた証拠です」

「ダロムが？」

　堂波は一瞬、ぽかんと口を開けた。だが、すぐに真顔に戻ると、

「おまえ、バカか。そんなこと俺に報告してどうする？」

「しかし……」

「起きたことはわかったよ。それをなんとかするのが、おまえの仕事だろ！」

　堂波は席を立つと、ビルゲニアの腹を蹴り上げた。

「……申し訳ありません」

「そもそもさ、おまえなんでここにいるわけ？」

「それは総理に報告するために」

「なんでここに来られたのかって話だよ。逃がしてくれたのかって聞いてるんだよ」

「それは……」

「信彦のヤツに殺す価値もないって思われたってことだろ？　うちの番犬もなめられたもんだなぁ」

「……総理、私はどうしたらいいのでしょうか？」

　——仁村はその時の堂波の表情が気になった。彼はなにかにひどく驚いた顔をしていた。

　少しの間を置いて、堂波は答えた。

「新しい〈創世王〉だなんだ言ったって、ぜんぶ〈キングストーン〉次第だろうが。〈キングストーン〉はあの娘が持って行ったんだろう？　その失くなった腕にマジックハンドでもつけて、さっさと奪い返してこい！」

　堂波は手にしたままだったカイジンビジネスの資料をビルゲニアに投げつけた。

「……わかりました、必ず」

　ビルゲニアは一礼して部屋を出ていった。

「総理、資料の扱いにはくれぐれもお気をつけください」

　床に落ちた紙を拾いながら仁村は言った。

「なぁ、ゴルゴムの連中って宗教はなんだ？」

「は？」

「香典くらいは送ってやろうかと思ったんだが、御《ご》佛前《ぶつぜん》って封筒でいいのか？」

「……御霊前《ごれいぜん》の方が妥当かと」

「あぁ、そうだな。じゃあ任せるわ。百万くらいでいいだろ」

「はい、かしこまりました」

「しかしなぁ」堂波は椅子《いす》に乱暴に腰を下ろした。

「いろいろ潮時かもしれんよなぁ」

「確かにそうかもしれません」

仁村は答えた。

「――潮時でしょうね」

13

駒込から大森浩一郎と三反園幹夫に送ってきたもらった葵だったが、川崎駅でふたりと別れ、ひとりで特区三号に向かうと決めていた。

ゴルゴム党本部を脱出したところで別れたきりになった小松俊介のことが気になっていた。三反園に借りたスマホでいくら連絡しても反応がない。直接、訪ねてみるしかないと思っていた。

大森と三反園には先に〝村〟に戻り、南光太郎を守ってほしいと、葵は自分の気持ちを伝えた。

「だけど、俺と〈ノミ〉じゃ戦力んならないぞ」

大森がそう胸を張ったが、葵は、

「それでも〈クジラ〉さんひとりよりは安心できるよ。いくら〈クジラ〉さん強くても、ひとりじゃ対応できない時があるでしょ？」

結局、ふたりは葵の申し出を受けた。三反園は葵にスマホと現金を渡した。最寄り駅まで着いたらこれで連絡しろ、大森がすぐに迎えにいくと彼は言った。

「なぁ、おまえスマホたくさん持ってんの？　現金はどうしてんのよ？　〝村〟にいてどうやって金、作ってんのよ？」

喚く大森の横で、三反園がスマホでニュースをチェックしてみた。そして、葵に言った。

「念のためにと思って、特区三号関係で少し調べたんだが、カイジンによる殺人があったらしい。被害者は人間だ、カイジンヘイトのデモをやってる井垣という人物のグループだ」

「……井垣。知ってます。直接、顔を見たこともあります……あの人、殺された……」

「……そう。詳細はよくわかっていないが、十人以上が殺されたようだ。白昼の犯行だったのにわからないことだらけで、逆に気になる。気をつけたほうがいいだろう」

「はい……あっ」

借りたスマホを手にしていた葵は声を上げた。

「ごめんなさい。自分のアカウントで入ってみたら、メールが山ほど来てて。それはいいんですけど、懐かしい感じのがあって」

「なんだよ？」と大森がわざわざ覗き込んできた。

「ちょっと前ですけど、私、スピーチしたことがあって。内閣府主催のカイジンヘイト解消のイベントがあって。『カイジンとともに生きる明日へ』っていうんですけど。カイジンは日本にしかいないから、カイジン差別も日本だけの問題なんですけど、元々、国連の差別撤廃委員会ていうところが後援で入ってて。あらゆる差別をなくすのが目的だから。で、そこのオンラインイベントがあるからスピーカーとして参加してほしいって」

「国連？　すげーじゃんおまえ」

大森が言ったが、葵は悲しそうに首を振った。

「本当だったら、嬉しい話ですけど、今はそれどころじゃないし。なんて返事書けばいいんだろ？　日本語でいいのかな……あ、それは後で考えます。とりあえず行ってきます」

「あぁ、くどいようだが気をつけて」

そう言って、三反園は葵を送り出した。

彼女は途中で買ったパーカーのフードと、そしてベースボールキャップを目深にかぶり、一応の変装はしていた。

そこまで離れていたわけではないのに、特区三号は異国の街のようなよそよそしさがあった。葵が小松家に向かう途中、何台もの神奈川県警のパトカーと擦れ違った。大量殺人があったばかりというのは本当らしい。

警官に声をかけられても困ることがあるとは思えなかったが、念のため、葵は少し遠回りして小松家に辿《たど》り着いた。

「……っ」

パトカーや警官を避けてここまで来たというのに、肝心の小松家の前にもパトカーが停まっていた。その横に制服警官と、スーツ姿の刑事……葵が顔も名前も知っている黒川警部がいた。逃げるわけにもいかず、そこに立ち尽くしていると、黒川と目が合ってしまった。

黒川は葵に向かって、深く頭を下げた。

その姿を見て、葵は嫌な予感を抱いた。思わず、彼に駆け寄った。

「……なにかあったんですか？　俊介？　お母さんたち？」

「……ていうことは、まだ知らない、と。小松さんの一家は全員亡くなりました」

「……」

「ご主人の茂雄さん、奥さんの佐知さん、息子さんの俊介君、全員亡くなっ……殺害されました」

「……え」

腰が抜けた。膝が崩れた。下半身にまるで力が入らなくなり、気づけば尻餅《しりもち》をついていた。

「小松俊介さんはヘイトデモの連中に殺されたという疑いがありますが、まだ確証はつかめていません。現在、鋭意捜査中です。全身数十ヶ所に打撲や擦過傷、集団で暴行されたのは間違いありません。なにが致命傷になったのかも、わかってはいません」

黒川は葵を見下ろしたまま、説明を始めた。

「小松さんご夫妻は自宅にいたところを、滅多刺しにされました」

「そ、それも……ヘイトデモの？」

「そちらもわかっていません。発見したのは警察関係者でして」

「……」

「和泉葵さん、あなたのお母さん、和泉美咲《みさき》さんのご遺体をお戻ししたかったのですが、和泉さんとは連絡がとれなかったもので、小松さんに連絡をしようと、それで神奈川県警の者がこちらをお訪ねした際に発見に至った、という次第です」

「……そうだったんですね」

葵はようやくひとりで立つことができた。まだ足はふらついている。

「あの三人は……」言いかけて葵は勝手に納得した。「すぐには戻ってこないですよね」

「はい」と、黒川はうなずいた。「それから事件現場なので、小松さんのお宅には入れませんので悪《あ》しからず。あなたの家はもう出入り自由ですが。それから和泉美咲さんのご遺体の件ですが」

「その件はまた後で……必ず連絡しますから。それじゃ」

葵は自分の家に入ることにした。ビルゲニアに連れ去られ、〝村〟に行く時には鍵束などはなくしている。だが、郵便受けの下を探ると、テープで貼りつけたスペアキーがあった。その鍵で家の中に入る。

「……はぁ」

葵は深い溜《た》め息《いき》をついた。ここは母親代わりだった美咲が〈アネモネカイジン〉に殺された場所だ。自分の家でも、戻りたくはなかった。だが、あのまま小松家の前で黒川と話を続けるのは、あまりに辛《つら》かった。同じく辛いとはいっても、ここの記憶の方がまだ耐えられる。

靴を脱ごうとしたところで、葵ははっとして動きを止めた。

「……美咲さん？」

部屋の奥に人影があった。美咲が生き返って戻ってきた。そんなあり得ない考えが浮かび、口を突いて出た。

だが、それは美咲ではなかった。

死神だった。

黒いコートを着たビルゲニアだった。

「……どうして」

「……〈キングストーン〉をとり戻しに来たんだ。俺は本当に運がいい」

「……」

「〈キングストーン〉を持つおまえを捜そうと思った。だが、手がかりはない」

ビルゲニアの言葉を聞いて、葵は内心、ほっとしていた。自分が光太郎と〝村〟で落ち合う可能性は考えられていなかった。光太郎が襲われる心配はなくなった。

「唯一の手がかりはこの街、この家だけだった。逃げていたおまえが、どこかのタイミングでここに戻ってくるかもしれない」

「……バカじゃないの。ここに戻ってきたのは本当に偶然」

「それがどうした。俺はおまえが来るまで、ここで何年でも待つつもりだった」

「……」

「それがこんなにすぐに会えるとはな。運命が俺に味方してくれた」

ビルゲニアが迫ってきた。

だが、葵は逃げなかった。

一歩、前に出た。

「本当に私、最悪な気分なんだけど。昔からの友達が最悪な人間たちに殺されたの。優しくしてくれたおじさん、おばさんも殺されたの」

「知るか」ビルゲニアは言い捨てた。「〈キングストーン〉を渡せ……今、持っているのか?」

「……持ってるよ。大事なものだから、ずっと持ってる。ええと……肌身離さず……ってやつ」

そう言って、葵は握った左手をビルゲニアに突きつけた。

ビルゲニアの目の色が変わったのがわかった。

「寄こせ。それを持っていたらロクなことにならない。もうわかっただろ」

だが、葵は手を開こうとはしなかった。焦《じ》れたビルゲニアは自分から手を伸ばした。その瞬間、葵の拳が、ぱっと開かれた。

「……おいっ」

そこにはなにもなかった。ビルゲニアがそう認識した次の瞬間、葵の小さな白い手は緑色の大きな鎌に変形し、ビルゲニアの身体を薙《な》いだ。

「……っ！」

咄嗟《とっさ》に避《よ》けたビルゲニアは、右手のないコートの袖を断られただけで済んだ……済まなかった。葵の右手も鎌に変形していた。その先端がコートを破り、彼の脇腹深く突き刺さっていた。

「……ん……ぐ」

ビルゲニアは左手でコートの中に隠している〈サーベル〉を引き抜いた。

「……」

葵は無表情のまま、鎌を更にねじ込んだ。

そして、左手の鎌をビルゲニアの喉元に押し当てた。

「こんなつまらない嘘に騙されてバカみたい。マジで焦ってるんだ、普通ならいくらなんでも騙されないでしょう?」

「……」

「動かないで。変身しようとしてもダメ。私、結構速く動けるから。それから持ってる刀、捨てて」

「……」

「早く！」

ビルゲニアは〈サーベル〉を床に落とした。

「どうしたい？　殺すなら……殺せ」

「どうしようかな。私、今、迷ってる。ううん、これきっと楽しんでるよね。あんたの命を握ってるこの状況、私、楽しんでるんだ」

「……」

「身体だけじゃなくて、心も、だ。私もあんたたちに近づいてるね。前ならこんなことできなかった」

葵は淋しそうに笑った。

「小松俊介っていっても知らないだろうけど……ヘイトの連中に嬲り殺しにされたんだって。嬲り殺しって……ひどい言葉だよね。面白がるとか遊びでって、ことでしょ？　あ、でも、私も今、あんたを嬲ってるのか」

「……」

「俊介は〈スズメ〉のカイジンだった。でも世代を重ねてるから、変身しても変わるのは頭と背中の羽くらいなの。羽っていってもとても小さい。天使の羽、わかるでしょ？　あれくらいの大きさなの。小もう、ここに戻ってくることは決してないだろう、そう思いながら。

さいの。あれじゃ、天国までは飛んでいけない」

「くだらない話はやめろ」

「俊介は天使だった。本当の天使になった。おまえが殺したんだ。おまえたちが殺したんだ」

葵は左手の鎌にぐっと力を込めた。ビルゲニアの喉が薄く切れ、血が滲《にじ》んだ。

「きっと、私もだ。私も俊介を殺した。あの子、人を殺したからずっと悩んでた。でも、私は自分の都合を優先して、傍にいてあげなかった。私が殺したんだ」

「……狂ったのか……んっ」

脇腹に鎌を刺したまま、葵はビルゲニアを押し倒した。膝でなんども彼の腹を蹴る。そのたびにビルゲニアは血が混じった泡を吹いた。

「私を舐《な》めるな。おまえなんか、いつでも殺せる。でも、今日は殺さない。今日だけは誰も殺さない」

葵は泣きながら、ビルゲニアを蹴り続けた。

やがて、彼の脇腹から鎌を引き抜き、立ち上がった。そして、なにも言わず、彼を残して自分が暮らしていた家から出た。

14

――〝地図にない村〟。

もうすぐ日が暮れようとする頃。

奥の研究所から〝村〟の入口に通じる〝大通り〟を、ニックは南光太郎が乗る車椅子を押していた。舗装こそされていないが、踏み固められた道は、車椅子の細い車輪を予想外にスムーズに転がしていた。

そして、そのふたりの後ろから白井静馬がサンダルをペタペタ鳴らしながらついていく。

「さっきからなに考えてるんだ？」

白井に尋ねられ、光太郎はしばらく考え込んだ。その顔をニックも興味津々で覗き込んだ。

「おまえ、どっか行ってろ。また車椅子動かす時は呼ぶから」

「マジですか？　ひどいなぁ」

白井に命令され、ブツブツ言いながらも、ニックは研究所の方へ戻っていった。彼の姿が消えるのを待っていたかのように、光太郎は口を開いた。

「いくつかある。まず、脚がこんなにきれいにくっついたのは未《いま》だに信じられない」

「超上級カイジンの俺の超常能力だからな、なにも不思議なことはない。三反園も少しは頑張ったがな」

「……大丈夫か？」

「なにが？」

「……いやなんでもない。もういい」

「ただ、まだくっついただけだぞ。歩けるようになるのだってまだ時間はかかるだろう。いくらおまえの身体が特別でも、限度ってものはある」

「わかっている。俺もバカじゃない」

「……あの子が心配か？」

「なんだ、急に」

「おまえ、目を覚まして最初に聞いたのが、あの子のことだったんだろ？」

「……別に心配はしていないが呆れてはいる。わざわざここから駒込まで行って。東京じゃどんな危険があるかわからない。それに親父たちの残した資料かなにか知らないが、そんなものは〈ノミ〉にでも任せておけばいい。葵がそんなことに深入りする必要はない」

「そうは言ってもよ。両親が命懸けで守ろうとしたものだ。あの子としては放っておけないだろ。つーか、やっぱり気になってるんじゃねぇか」

「自分から関わりを強めることはない。余計なことは忘れればいいんだ。だいたい、これを持ってなければ、もう狙われることもないだろ」

光太郎は羽織った上着のポケットから、ふたつの〈キングストーン〉、赤い石と緑の石をとり出した。

「おまえさ」白井は言った。「せっかくそうやってとり戻したんだ。〈キングストーン〉、腹に戻さなくていいのか？」

光太郎は首を横に振った。

「六十年前、俺と信彦は〈キングストーン〉を備えた状態で戦った。この〝村〟で、だ」

光太郎の視線の先にはいくつもの潰れた家の残骸があった。どれも六十年前の光太郎たちとカイジンがヤクザとの戦いの煽りで破壊されたものだ。

「あれで俺は自分の力が恐ろしくなった。腹に戻すのは、あの力を借りるのはもういちど〈創世王〉とやり合う時だ」

「なんだよ、借りるって。それはおまえのもんだろ？」

「今は葵のものだ。あの子の親が葵に託した」

「だからよー」白井は口を尖らせた。「それだって、いつかおまえのところに戻すためだろうが。あー、面倒くせぇな。おまえ何歳だよ。思春期かよ」

「……〈クジラ〉。俺もおまえに聞きたいことがある」

「なんだよ？」

「どうして、ここまでつき合ってくれてる？　そもそも俺とおまえは一応、敵味方だ」

「はぁ？」

白井は口をあんぐり開けた。

「はぁ？　なに言ってんのおまえ？　バカにしてんのか？　あの娘に俺の連絡先教えて巻き込んだのはおまえだろ？　だいたい、どうやって俺の住処《すみか》、突き止めたんだ？」

「仕事の世話をしてもらってた婆《ばばあ》が野方にいる。そいつは金さえ払えばなんでも調べてくれる。おまえの名前を伝えたら一瞬だった」

「マジかよ。気味悪いな」

「で」

「あ？」

「どうして、ここまでつき合う？　俺は葵をここまで連れてきてもらえばそれで十分だった。ここまでしてくれるとは思っていなかった。脚を繋いでもらえるとは……」

「おまえ、さっき、敵味方とか言ってたけど……誰が味方で誰が敵かなんて、もうわからない。今に始まったことじゃない」

「……」

「五十年前、俺は〈創世王〉をとり戻して堂波の孫を救出するグループに選ばれた。金をもらえたから引き受けた。それでおまえらを追って森に入った。ダロムたちに顔を立てつつ、様子を見て、こっそりおまえたちを助けてやれないものかとも思ってた。結局、なにもできなかったが。そして、おまえらは五流護六に負けた、〈創世王〉に負けた」

「……」

「それなのに懲りずに、五十年経ってまた〈創世王〉と戦いに行った。それで負けた。ずっと負けてる。バカなんじゃないかと思う」

「……」

「でも、その続きを見てみたい。そう思っただけだよ。もしも、続きがあるなら、な」

「……」

「ところで光太郎。おまえ、カイジンたちが戦争の道具として造られたって、いつ知ったの？」

「いきなりだな……最初、変だと思ったのは自分たちに〈キングストーン〉が埋め込まれた時だ。カイジンて……人間から造るのか？　って思った。気になって父さんたちに尋ねた記憶がある。だけど、俺たちは特別なカイジンだから、みたいなことを言われて誤魔化《ごまか》された」

「そりゃちょっと苦しいな」

「でも、子どもだから通じた。誤魔化されたよ」

「ま、しかたないな。子どもってバカだからな」

「……そうだな」光太郎は苦笑した。

「だから、きちんと知ったのは、あの丹沢以来、〈創世王〉を殺し損ねて逃げ回って、あちこちを放浪していた時だ。いろんな人と会った。カイジンにもたくさん会った。なんとなく、断片的に情報を得た。

最終的にまとまった情報として教えてもらったのは、さっき話した野方の婆からだ」

「えっ、マジか。野方の婆すげぇな。なんでそんなことまで知ってんだよ、何者だよ」

「あの婆さんといえば……」

光太郎が口を開こうとすると、外界へ繋がる道、〝村〟の入口の向こうから車のクラクションの音が聞こえてきた。

大森の車だった。助手席には三反園の顔も見えた。

「ん？」と光太郎の顔が険しくなった。葵の姿が見えないことに気づいたからだ。

「もう出歩いて大丈夫なのかよ」

車を降りてきた大森が尋ねた。

「痛みはないか？」

三反園にも質問され、光太郎は「あぁ」と答えた。

「そうか、薬が効いているんだな。それはよかった、だが、しばらくしたらまた痛みがある。薬はそうは投与できない。ある程度は我慢してくれ」

「わかった……で、葵は」

光太郎が尋ねると、三反園が事情を説明した。もう少ししたら連絡があるはずだ、駅に着いたら大森が迎えに行く手筈《てはず》になっていると。

「いや、俺は反対したんだぜ。一応、ひとりにしとくのは危険だろ？　だけど〈ノミ〉がさぁ」

「いや」

言い訳する大森に光太郎は首を横に振った。

「葵をよく東京へ置いてきてくれた」

光太郎は手にしたふたつの〈キングストーン〉を見せた。僅かだがキーンという音が響いている。微かに振動している。

「なんだよそれ？」

大森が尋ねると光太郎は、

「恐らく、信彦が近づいている」

大森、白井、三反園は顔を見合わせた。

「おまえたちは逃げろ。ヤツはここに〈キングストーン〉を奪いに来る」

「なんでだよ！」大森が声を上げた。「あいつとおまえは仲間じゃないのか。だって一緒に〈創世王〉を狙ったばっかだろ？」

「わからん……だが、あいつは〈キングストーン〉を求めてここに来る。

——俺にはわかるんだ」

15

ビルゲニアを残し、和泉葵は自分の家を出た。時間も結構遅くなっている。〝村〟に急がないと。

とりあえず川崎駅へ向かった。電車で〝村〟へ行ったことはなかったが、東京駅から新幹線だろうという当たりはついていた。そうして特区三号を出るあたりで、葵は足を止めた。

「……そーさん」

道の向こうにいたのは、特区三号の名物、謎の老人そーさんだった。いつも誰かに弁当をねだって生活している。まともに会話はできないが、葵の顔を見るといつもニコニコしてくれる。だから葵はそーさんのことが嫌いではなかった。

「そーさん！」

それでも、いつもなら自分から声をかけることはなかった。だが、今はなぜか、自分からその名を呼んだ。

寂しかったからかもしれない。そーさんのところに早足で近づきながら、葵はそう思っていた。俊介、茂雄さん、佐知さん、仲のよかった小松家の家族が皆、死んでしまった。惨《むご》たらしく殺されてしまった。長年暮らしてきたこの街が、知らない異国のように見えていた。だが、そーさんの顔を見た瞬間、あたりの景色に色が戻った。

そーさんは道端に座り込み、暮れかけた空を見上げていた。

「そーさん」

もういちど名前を呼ぶと、そーさんはようやく葵の顔を見て、「聞こえているよ」というように軽くうなずいた。

「あ、ごめん。別に用事があったわけじゃないんだ。ええと……元気で、ね」

そう言って、葵は踵《きびす》を返した。振り向いた瞬間、葵は驚いて「えっ」と声を上げた。

目の前にビルゲニアが立っていた。

驚きに続いて、怒りが湧いてきた。家からずっとつけられてきたかと思うと、ぞっとした。

「なんで、つけて……」

ビルゲニアを一喝しようとした葵だったが、彼の目が自分を見ていないことに気づいた。

そして、半開きになった彼の唇がぶるぶると震えていた。

「……あ……あ……秋月……博士」

「え？」

葵はビルゲニアとそーさんの顔を見比べた。

「秋月博士……」

ビルゲニアは涙を流していた。葵を押しのけると、彼はそーさんの前に跪《ひざまず》いた。

「秋月博士……俺は……どこから間違ったんでしょうか？　教えてください、秋月博士！」

声を出して泣くビルゲニアのことを、特区三号の名物老人そーさん、否、秋月総一郎《そういちろう》博士はしっかりと抱きしめた。

「……」

そんなふたりの姿を、葵はただ見守ることしかできなかった。

気づけば、あたりはすっかり真っ暗になっていた。

16

南光太郎は車椅子に座ったまま、〝村〟の入口でひとり、待っていた。

すっかり暗くなり、あたりを照らすのは月明かりのみとなった。顔を上げれば澄んだ夜空には、天の川に沿うように、はくちょう座、さそり座、わし座といった星座が見える。

やがて唸るようなエンジン音と野太い排気音を響かせ、一台のバイクが近づいてきた。ヘッドライトが眩《まぼゆ》く光太郎を照らす。

――〈セクター〉だ。乗っているのは秋月信彦だった。

〈セクター〉は光太郎の直前で停まった。

「眩しいな。ＬＥＤに換えたのか」

光太郎が呟くと、

「あぁ、言われてみれば。克也がいろいろやってるんだろう」

そう言って、信彦はヘルメットを脱いだ。

「どうして俺が〝村〟にいるとわかった？」

「俺は〈創世王〉の有様を見た。完全に殺せる寸前だった。だが、殺せていなかった。おまえもひどい傷を負ったからとしか思えなかった。俺もおまえも、傷ついて逃げ込めるところはここしかない」

「そうか。で、急いでなんの用だ？　再襲撃の計画か？　少し時間をくれ」

「――〈キングストーン〉を渡せ」

「いきなりだな。……これか」

光太郎は掌にのせたふたつの〈キングストーン〉を見せた。

「渡せ」

「ダメだ。少しは説明くらいしろ」

「してやってもいいが、さて、どこから話せばいい」

信彦は暗くなった空を仰いだ。

「――まずは、俺のことを話そうか。

俺はカイジンになってからいちども、満たされたことがないんだ。〈キングストーン〉を埋め込まれ、カイジンになれた時は嬉しかった。だが、違和感があった。本当に〝村〟の住人の、カイジンの仲間になれた気はしなかった。どうしてだろう？　そんなふうに考えているうちに〝村〟が襲われた。おまえは〈ブラックサン〉に、俺は〈シャドームーン〉になって戦った。あの時は満たされてたよ。あの時だけだ」

「……」

「〝村〟を出た後、藤堂のおじさんに俺たちは育てられた。普通の人間のように学校にも通わせてもらった。まわりは人間だらけだ。おまえは平気で人間と打ち解けていったが、俺は無理だった。俺はカイジン、こいつらは人間、見えない壁が俺には見えていた。俺は自分がカイジンだってことは誰にも言えなかった。カイジン差別を知っていたから。差別されることそのものが嫌だったわけじゃない。優れたカイジンのはずの自分が、なんの力も持たない人間に差別してもいいと思われる弱い存在だと見下されるのが嫌だった」

「……」

「結局、単純な話なんだ。別々の価値観と知性を持った生物が、この世界に二種類いることに無理があるんだ」

「それはどうかな」光太郎は言った。「おまえももう知っているんだろう？　カイジンは人間をもとに造られただけの存在だ。姿形が違うだけだ。人間と変わらない。それでも、おまえはカイジンだけの世界を望むのか？」

「人間とカイジンが同じ存在だからなんだ？　人間は種族、民族、住んでいる国が違うだけで、相手を劣等な存在と見做《みな》して排除してきた。そうやって戦いに勝ち続けてきた者たちが栄えてきた。その勝利からは学ぶべきだろ。人間を根絶はしない。だが、人間は支配する。そして価値観を変える」

「価値観を変える？」

「そうだ、カイジンのほうが上位の存在だと知らしめる」

「そんなことができるか」

「そうかな。戦争の前後を考えてみろ、価値観なんか簡単に逆転する。人間の方が劣等だという考えなんか、十年もあれば定着させられる」

「……」

「価値観が合わなければ奪いとる。思想が違うなら排除する。今度はカイジンがそれをやる。俺はもうゴルゴムを支配した。簡単だったよ。〈シャドームーン〉は〈創世王〉を受け継ぐ存在だ。その姿を見せただけで十分だった。だから、この世界も牛耳る。そのためには新たな〈創世王〉が必要だ。おまえを〈創世王〉にする」

「……」

光太郎は答える代わりに、〈キングストーン〉をのせていた掌をぐっと閉じた。

「そうか。それがおまえの答えか」

信彦は着ていたレザージャケットを脱ぎ捨てた。光太郎を睨みつけたまま精神を統一すると、胸部が膨張し、タンクトップがびりびりと裂けた。皮膚を突き破るように銀色の外骨格が現れ、逞しい棘や副脚が突き出した。頭部は鋭角なフォルムとなり、触角が伸びるのと同時に、双眸が拡大し、緑の巨大な複眼となった。

信彦は〈ギンバッタカイジン〉へと変身した。そして変身はそれで終わらなかった。

光太郎が手にした緑の〈キングストーン〉が震えた。同時に〈ギンバッタ〉の腹が、その中心に〈キングストーン〉を持たない〈サプレッサー〉の虚ろが、緑色に輝いた。

その緑の光が全身に広がると、〈ギンバッタ〉の全身の節々から銀色の〈再生成泡沫《リ・プラスフォーム》〉が流れ出した。それは〈ギンバッタ〉の外骨格を包み込むと、一層強靱《きょうじん》な装甲を形作った。

月の光に映えて、そこには青白く輝く〈シャドームーン〉が立っていた。

「信彦、おまえ……」

光太郎は途中で言葉を呑み込み、「むんっ」と気合いを込めた。

だが、〈シャドームーン〉がその右手を光太郎に向けた。

「っ」

光太郎の首筋がみしみしと音を立てた。

「このまま殺す」

〈シャドームーン〉は手を上げたまま近づき、車椅子を蹴倒した。

「光太郎ぉぉぉっっっっ！」

地面に転がる光太郎の胸を〈シャドームーン〉は踏み潰すように蹴りつけた。光太郎の手からふたつの〈キングストーン〉がこぼれ落ち、転がった。

「おまえとは最初からわかり合えなかったんだ。もういい。おまえは死ね」

「それが……おまえの望みか」

「そうだ。〈創世王〉ならあの娘がいる。あの娘を〈創世王〉にする」

「……！」

とどめを刺そうと、〈シャドームーン〉は光太郎の腹を貫こうと、足を踏み下ろした。

だが、その足は突然の赤い輝きに阻《はば》まれた。光太郎の手が〈シャドームーン〉の足首をがっちりとつかんでいた。そして、その腕は漆黒の装甲に包まれていた。

「っ！」

足首から〈シャドームーン〉を投げ捨てるようにすると、光太郎が……首の下からはすでに〈ブラックサン〉へ変身を終えた光太郎がすくっと立ち上がった。全身から蒸気が吹き上がり、まだ完全に固体化していない〈再生成泡沫《リ・プラスフォーム》〉が飛び散った。

「どうした？　殺すんじゃないのか？　俺はもう覚悟を決めたよ、信彦。俺はおまえを殺す」

光太郎はゆっくりと〈シャドームーン〉に迫った。人の形を残していた頭部も〈クロバッタ〉の状態を飛び越え、ほぼ一瞬で〈ブラックサン〉のものに変わった。

「ふざけるなよ！」

激昂した〈シャドームーン〉は〈ブラックサン〉の胸に拳を叩き込んだ。

「！」

だが、すでにそこに〈ブラックサン〉の姿はなかった。そして次の瞬間、〈シャドームーン〉は背中を強《したた》かに打たれ、顔から地面に倒れ込んだ。

〈シャドームーン〉は反撃しようと、即座に身を起こした。すでに眼前に〈ブラックサン〉の姿があった。顔をなんども打たれた後、ようやく〈ブラックサン〉の肩をつかみ、身体の上から引き剥がした。

そのまま全力で空中に投擲《とうてき》する。

放り投げられた〈ブラックサン〉は虚空で突如、消失した。肉眼では……〈シャドームーン〉の感覚器でも捉えられない超高速移動だ。

「……俺をバカにするなよ」

見えない〈ブラックサン〉を求めて動かしていた右手を、〈シャドームーン〉はだらりと下げた。

「ん」と気合いを込める。

次の瞬間、〝村〟の周囲の森が一斉に揺れた。〈シャドームーン〉が放つ念動力の見えない波動が三百六十度に放たれたのだった。

どんっと重い音を響かせ、〈ブラックサン〉は地面に落ちた。手を突き出して迫ってくる〈シャドームーン〉に対し、〈ブラックサン〉も虚空を殴るように拳を打ち出す。〈ブラックサン〉の装甲となっている〈再生成泡沫《リ・プラスフォーム》〉が液体弾となり、〈シャドームーン〉を襲う。通常のカイジンならその肉体を瞬時に蝕《むしば》まれる、非道ともいえる攻撃だ。

だが、同じく〈再生成泡沫《リ・プラスフォーム》〉に包まれた〈シャドームーン〉の身体は深刻なダメージは受けない。その表面を軽く溶解させただけだった。

それでも〈ブラックサン〉にとっては一瞬の牽制《けんせい》で十分だった。超高速移動で真横から〈シャドームーン〉に迫り、装甲の薄い脇腹を連打する。

体勢が崩れたところに、続けざまに〈シャドームーン〉の顔面に嵐のように拳を叩き込む。念動力を使わせる隙を与えない。

耳を聾《ろう》する音とともに、〈ブラックサン〉は拳を更に打ち込んでいった。力任せの打撃に〈ブラックサン〉自身の指も折れそうになる。だが、同時に〈シャドームーン〉の頭の強靱な装甲に細かいがひびが走っていた。


「……このまま行けそうか？」

組み合う〈ブラックサン〉と〈シャドームーン〉、そこから少し離れたところにある潰れた家屋の陰から大森浩一郎が顔を覗かせていた。その傍らには白井静馬、三反園幹夫、そしてニックがいた。

「行けるだろ、あの調子なら。だが……おい、〈コウモリ〉、念のために〈キングストーン〉、回収しとけ」と、白井が言った。光太郎がとり落としたふたつの〈キングストーン〉が、〈ブラックサン〉たちから僅かに数メートル先に転がったままになっている。

「イヤだよ、なんで俺が。近づいたら死ぬぞ……って、なんだあれ？」

大森が目を見開いた。

〝村〟の入口近くに停めてあった信彦の〈セクター〉。それが突然、がたっと倒れた。そして消えていたライトが点《とも》り、エンジンが始動した。車体が激しく震えて、フレームのあちこちでパーツを留めていたボルトが吹き飛んだ。そして銀色のカウルやタンクカバーががたっと外れた。

「……あれは。まさか」

三反園が目を細めた。

それは、蠢《うごめ》く、としか表現のしようがない動きだった。〈セクター〉……かつて〈セクター〉だったものが……立ち上がった。起き上がった。左右から三本、バッタの脚のようにも人の脚のようにも見える、なにかがタンクを背負った身体を支えていた。

バイクだった時のフレームは歪んで用をなさなくなっていたが、腹にあるエンジンはピンク色の内臓と筋肉のようなものに包まれ、落下を阻まれていた。

「なんだよ、あの化け物は？　カイジンじゃねぇだろ、あれ」

肩を震わせた大森の傍らで、三反園はじっと考え込んだ。

その間にも、〈セクター〉が変形した怪物はジリジリと〈ブラックサン〉たちの方へ迫っていく。

「わからねえけど、ヤバいぞ。止めるぞ、大森！」

白井が駆け出したのを見て、「なんで俺だよ！」と喚きながらも、大森はついていった。

「うわ、やべっこれ。マジでなんだ」

近くで見ると、その異様さは凄《すさ》まじかった。人のものともバッタのものとも見える不気味な六本脚をでたらめに動かし、そのスピードは意外に速い。頭部に相当する部位はないが、胴体の先端から長い触角のようなものが生え、それがあたりを探るように小刻みに動いていた。

「止めるってどうすんだよ、これ。触《さわ》んのやだぞ

「……おい、ちょっと見ろよ」

怪物は一旦《いったん》、動きを止めていた。地面に触れた六本脚の先端が大きく震えていた。空気を入れたように脚が膨らんでいく。

「こいつ……地面を……土を食ってるのか」

白井が呟いた。その様子を確かめようと、一歩、怪物に近づいた。

フンッと空を切って、怪物の脚が動いた。それは途中で倍の長さに伸び、白井の腹を打ち、近くの廃屋に叩きつけた。斜めに大きく傾いでいた小屋は半世紀以上溜まった埃を吐き出しながら、屋根が崩れ、倒壊した。

「おい、白井！」

叫び、駆け出した大森を尻目に、六本脚の怪物は猛烈な速さで移動を再開した。

〈ブラックサン〉の打撃に〈シャドームーン〉はもう動かなくなっていた。

とどめ、と思い、拳を振り上げた〈ブラックサン〉だったが、気配を感じ、振り向いた。

暗がりの中、不気味なシルエットのなにか……六本脚の怪物が迫ってくる。地面を駆けるその脚は、白井をはね飛ばす前、大森たちが見た時と比べて倍の太さになっていた。

本能的に危険を感じた〈ブラックサン〉は地面を蹴り、超高速の移動に入ろうとした。だが、その寸前、本当に寸前、彼の足首をつかみ、地面に引きずり下ろしたものがあった。

六本脚の怪物、その脚の一本だ。数十メートルの距離を隔てていたが、細い鞭《むち》のように形状を変え、弾丸の速さで伸びてきたのだ。

細く変形した脚が、こんどは急速に縮んだ。〈ブラックサン〉の身体を引きずり、己のもとへと引き寄せる。

「……っ」

〈ブラックサン〉はその脚を切断しようと手刀を振るった。だが、〈ブラックサン〉の手が触れた瞬間、怪物の脚が変形した。五本の指が生えた人の手のような形になり、〈ブラックサン〉の右手を包み込む。〈ブラックサン〉は掌から〈再生成泡沫《リ・ブラスフォーム》〉を放ち、そのイミテーションの手を破壊しようとしたが、叶わなかった。

その瞬間、〈ブラックサン〉は悟った。この怪物は自分たちと同じ、〈創世王〉所縁《ゆかり》の力を持つものだと。否、というより……。

〈これは〈創世王〉……？〉

ゴルゴム党本部地下で〈創世王〉と対決した時の記憶が甦《よみがえ》る。あの時のような圧倒的な強さは感じられないが、それでもこの底知れぬ不気味さは……似ている。

右手を封じられた〈ブラックサン〉は迷っていた。左手や足はまだ自由に動くが、接触すれば右手と同じことになると思えば、みだりに動けない。その一瞬の躊躇《ちゅうちょ》が命とりになった。

六本脚の怪物が大きく跳ね、〈ブラックサン〉の身体に覆いかぶさった。

「おい、〈ノミ〉！　なんだよあれ！」

駆けてきた三反園に向かって大森が叫んだ。三反園と一緒に駆けつけてきたニックは、立ち上がろうとしている白井を助けに走った。

「正確にはわからない。だが、信彦のバイクからあなったところを見ると、恐らく、藤堂勝だ」

「誰だ、それ？」

「南博士、秋月博士の協力者だ。ほぼ同世代の研究者だが、ふたりの弟子筋でもある。一時期はこの〝村〟にいたこともある」

「だから、その藤堂がどーしたんだよ？」

「南博士たちが〈創世王〉の〈ストーン〉からカイジンを生み出す研究をしていたように、藤堂勝は〈創世王〉の細胞や〈ストーン〉を機械、兵器に移植する可能性を探っていた」

「なんだそれ、んなことできるのか」

「わからん。だが、藤堂は戦後もその研究を独自に続けていた。光太郎、信彦のバイクになにか仕掛けをしていたとしても不思議じゃない」

「それがあの化け物なのか？　趣味悪すぎだろ」

「いや、あれはさすがに不完全なものだろう。本来想定されていたものがどんなものなのか、私にもわからない」

三反園と大森がそんな会話を交わしている間にも、六本脚の怪物は〈ブラックサン〉を〝侵食〟していた。

その下半身が怪物に呑み込まれつつあった〈ブラックサン〉は唯一、自由になる左手で怪物の胴体の先端、目も口もない、触角だけが突き出した部位を貫いた。そこに手応えを感じつつ、怪物の体内でつかんだものを力任せに引きずり出した。

それは目だけが複眼になった、人間の頭部だった。

〈ブラックサン〉はそれでも躊躇せず、身体と繋ぐ脊椎とともにそのまま引きちぎり、地面に投げ捨てた。しばらく痙攣《けいれん》を続けていた怪物だったが、やがて動きを止めた。六本脚の怪物が十分にも満たない短い生涯を終えたのだ。

〈ブラックサン〉は怪物の下敷きになった状態から、なんとか脱出しようともがいた。だが、両脚は癒着し、引き剥がすのに時間がかかった。奮闘したものの、右脚は完全には離れない。

そして、それは彼に致命的に不利な状況を招き入れた。

〈シャドームーン〉が近づいてきた。

頭部に深いひびが入り、複眼の上に生成された透明装甲も砕けていた。

幽鬼のような姿で彼は迫ってきた。

そして、ふわっと右手を上げた。

まだ怪物の死骸にまとわりつかれたままの〈ブラックサン〉に避ける術《すべ》はなかった。

「がぁぁぁぁっっっっっ！」

〈シャドームーン〉が吠えた。

「がぁぁぁぁっっっっっっっっっ！」

再び吠えた。そして、上げた右手の拳を握り込んだ。

グシャッと音を立てて、〈ブラックサン〉の胸部装甲が破壊された。見えないハンマーが打ち込まれたように陥没し、そこから滝のように血液が溢れ出た。

「がぁぁぁぁっっっっっっっっっっっっっっっっっっっっっ！」

〈シャドームーン〉は三度、吠えた。

〈ブラックサン〉と数メートルの距離を置いて、また、虚空を握りしめた。

――鉄が砕ける音を発して、〈ブラックサン〉の首が折れた。

「……」

〈シャドームーン〉は無言で視線を動かした。その先には地面に落ちたふたつの〈キングストーン〉があった。

それを拾い上げようと、〈シャドームーン〉が一歩、踏み出した時だ。月明かりを遮《さえぎ》って、黒い影が彼の上に飛来した。

巨大な翼に一本足のカイジン、大森が変身した〈コウモリカイジン〉だ。

〈コウモリ〉は足の指で〈キングストーン〉をつかむと、そのまま上昇しようとした。

「〈コウモリ〉！」

叫ぶと、〈シャドームーン〉は右手を突き上げた。〈コウモリ〉は一瞬、きりもみになり、足でつかんでいた〈キングストーン〉のひとつを落とした。

「……逃がさない」

再び右手を掲げようとした〈シャドームーン〉だったが、後ろから予想外の体当たりをされ、体勢を崩した。

「おまえ……〈クジラ〉！」

振り向くと、〈クジラ〉が背後から〈シャドームーン〉の身体に抱きついていた。〈クジラ〉の怪力に押し合いになっていると、その横を一台の車が通り過ぎた。

三反園幹夫が運転する車だった。運転席から三反園、助手席からニックが飛び出し、彼らは急いで〈ブラックサン〉を……その遺体を車の中に運び込んだ。

「なにをやってる！　なんの真似だ！」

〈シャドームーン〉は叫んだ。〈クジラ〉を振り解《ほど》こうとしたが、力が出ない。

……これは。

「おまえ……もう限界なんだろ」

〈クジラ〉が囁いた。

「その気になればおまえなんか一発だけど、今日のところは見逃してやるよ」

「ふざけるなっ！」

〈クジラ〉の言葉に〈シャドームーン〉は激昂した。

だが、力が出ないのも事実だった。〈クジラ〉は自ら手を離すと、車の方へ走り出した。

「待て……」

〈シャドームーン〉はそれを追いかけようとしたが、膝が崩れた。力が抜けていくのがわかった。

「……光太郎」

〈シャドームーン〉は拳で地面を叩いた。

「……別にいい。好きにしろ。亡骸を拾っていってなんの意味があるというんだ」

仮面ライダー

Kamen Rider BLACK SUN

仮面ライダーBLACK SUN　異聞／イブン

［第二部　銀の黄昏］

第六章

それは呪いか祝福か／そして呪いと祝福はどう違うのか？

～２０２２（１９３６）

1

和泉葵《いずみあおい》は苦笑していた。

ほんの十五分前。

もう二度と帰ることはないと意気込んで出てきた自分の家に、まさかビルゲニアとともに戻ることになるとは思わなかった。そして一緒なのはビルゲニアだけではない。そーさん……秋月総一郎《あきづきそういちろう》博士も、だ。

複雑な気持ちではあったが、近くに落ち着ける場所を知らない。

「狭いところですけど、どうぞ。それからここは少し前に私の育ての親の美咲《みさき》さんがカイジンに殺されて、ほんのちょっと前は、私がビルゲニアを殺そうとした場所ですけど」

秋月博士相手に、どうしてそんな余計なことを口にしたのか、自分でもよくわからなかった。

秋月博士もビルゲニアも座る気配がなかったので、葵はしかたなく率先して座った。秋月博士たちもようやくそれに倣《なら》った。

「秋月博士……どうして……どうやって生きていたんですか？」

ビルゲニアの吐き出した疑問に、葵もうなずいた。

〝村〟の話は最近、三反園幹夫《みたぞのみきお》から詳しく聞いたばかりだ。〝村〟がカイジンヤクザに襲われた時、南《みなみ》博士とともに秋月博士も殺されたはずだ。

「それが自分でもよくわからない。襲ってきたカイジンに確かに南は殺された。私も……だが、気づいた時、私の目の前にあの娘がいた。白い着物の娘だ。ヤマトヒメノミコトだ。ビルゲニア、君は見たことがあるだろう」

「……はい」と、ビルゲニアはうなずいた。カイジンヤクザによる襲撃の前、堂波道之助《どうなみみちのすけ》が〝村〟を訪れた際、伴っていた白い着物の少女がヤマトヒメノミコトだった。

「私は恐らくヤマトヒメノミコトに助けられた。後から思えば、だが。私は北海道の釧路にいた。空間を超えたんだ」

「……」

突然のことに葵は戸惑った。これはもう完全に超常的な話だ。

「ただ、その時から私の記憶と意識は閉ざされた。つい先日、再びヤマトヒメノミコトと出会うまで。六十年間、私の頭には霧が立ち込めたようになって、なにも考えられなくなっていた。私はそれでもなにかを求めて日本中を彷徨《さまよ》った。そして流れ着いてきたのが、このカイジンたちの街、特区三号だ……ビルゲニア」

「はい」

「〝村〟が滅びてからの六十年、なにがあった。この世界はどうなっている。私に教えてくれないか」

「……わかりました」

──ビルゲニアは語った。

まずは自分の半生を。

〝村〟を出た後もダロムたちと行動をともにして、カイジン互助組織・五流護六《ゴルゴム》の結成に立ち会ったこと。

そして〝村〟を出た六年後、南光太郎《こうたろう》、秋月信彦《のぶひこ》と再会し、新城《しんじょう》ゆかりたちと〈創世王〉と堂波真一《しんいち》を誘拐したこと。だが内紛の果て、ビルゲニアはゆかりを殺し、信彦とともに五流護六に囚《とら》われたこと。それから三十年後、ビルゲニアのみが解放され、以降、堂波の走狗《そうく》として生き延びてきたこと。

「その手はどうしたんだ？」

秋月博士に失った右腕のことを問われ、ビルゲニアは一瞬、言葉に詰まった。

「……これは。〈ブラックサン〉にやられました。俺はこの和泉葵を拉致し、その母を殺して彼女をカイジンにしました。それを追ってきた〈ブラックサン〉と戦闘になり、やられました」

「ということは信彦だけでなく、光太郎も健在なのか」

「〈ブラックサン〉はゴルゴム党本部で〈創世王〉と戦ったようです。〈創世王〉を追いつめたものの、姿を消しました」

その後のことを葵は知っていたが、ビルゲニアの前では口を噤《つぐ》んでいた。

それからビルゲニアは時間を遡《さかのぼ》り、カイジンとゴルゴムの歴史について語った。

　絶対数の少ないカイジンに対する差別が続く一方、ゴルゴムは堂波総理と癒着することでなんとか生き延びていること、だが肝心の〈創世王〉の寿命が尽きようとしていること。そして新〈創世王〉誕生に必要な〈キングストーン〉の行方は二転三転し、今では葵が持っていること……これは不正確な話だったが、葵はやはり訂正はしなかった。

「そうか……和泉葵君。君はカイジンたちの運命に巻き込まれ……翻弄《ほんろう》されることになったのか」

「はい。私の両親が〈キングストーン〉のひとつ、そして秋月博士たちの残した資料を預かったところから、みんな始まったことのようです」

　そして葵は納骨堂に隠されていた研究資料について説明した。

「納骨堂に資料……そうか。だが、それは私が直接、隠したものではない。ただ、〝村〟にいた頃からなにかあった場合に備えて、そこまでに至る様々な資料の写しを外にいる協力者に託していた。そこから流れ流れたものだろう……。

ありがとう、ふたりとも。状況はおおよそ飲み込めた」

　秋月博士はずっと顔を伏せているビルゲニアを見た。

「ビルゲニア、君は自分が間違えたと言っていたが、なにも間違えてはいない。もしも間違えていたとしたなら、それはそこに至る道を作った私たちだ」

「秋月博士……」

「そうだ、間違っていたのは私たちだ。まだ私も南も若かった……。〈創世王〉を生み出すことの危険性に気づくのに時間がかかりすぎた。私たちこそ引き返すタイミングならいくらでもあった。敗戦で研究施設が解体された時、あのまま〈創世王〉を処分することもできた。だが、そうしなかった。

　カイジンの先にある超人研究、それを諦《あきら》めきれなかったのだ。〝村〟でそれを続けていたのが間違いだった。そんなことをしていなければ、堂波道之助に目をつけられることもなかった。ビルゲニア、君たちが平穏な生活を失ったのも我々のせいだ。あの〝村〟を基盤にして、少しずつ社会に復帰できる道もあった。

そして和泉葵さん。あなたのご両親がカイジンたちを巡る因縁に巻き込まれることもなかった」

そう語ると、秋月博士は葵たちに深々と頭を下げた。

「ごめんなさい、立ち入った質問なんですけど」葵が口を開いた。「私、ちょっとわからなくて。どうして〈キングストーン〉をそれぞれのお子さんたちに託したんですか。ふたりが争うことになるって思わなかったんですか?」

「それは……」

秋月博士はしばらく考え込んだ。

「奪い合わないと信じていた、私たちの息子なら……だが、それは希望というよりも呪詛《じゅそ》のようなものだったのかもしれない。

あの子たちなら、〈創世王〉を倒すにしても、新しい〈創世王〉になるにしても、私たちの想像を超えるなにかを……力を合わせて、なにかをしてくれる、そう祈っていた。

だが、やはり、それは祈りでも願いでもなく、呪詛だったようだ。六十年経《た》って、ようやくわかった」

「……秋月博士。ひとつだけ聞かせてください」

ビルゲニアが意を決した顔で問いかけた。

「〈創世王〉の生みの親である博士は、やはり〈創世王〉はこの世界に必要ないものというお考えだったのですね」

秋月博士は黙ってうなずいた。

「わかりました。ありがとうございます。……博士、お元気で」

頭を下げると、ビルゲニアは葵の家を出ていこうとした。

「ちょっと待って!」葵は彼を呼び止めた。「さっきから普通に動き回ってるけど、お腹の傷、大丈夫なの?」

葵には〈カマキリ〉の鎌で相当な深手を負わせた自覚があった。

「……俺の身体は特別だ。右腕を失った時もすぐに動けた。あれと比べればなんでもない」

吐き捨てるように言うと、ビルゲニアは外へ出ていった。

「秋月博士、もう少しだけ話を聞かせてください」

　葵は秋月博士に向き直った。

「今の総理の祖父の堂波道之助が〈創世王〉を誕生させて、兵器としてカイジンを生み出すように命じたことはわかりました。それは孫の堂波総理にも受け継がれている。それだけでも凄《すご》いスキャンダルで、今の政府が倒れるくらいのことだってわかります。でも私……博士が残した資料の内容はまだ知らないから、ホントに勘でしかないんですけど……その先にもっと大きな秘密みたいなことがあるんじゃないか、なんとなくそんな気がしてるんです」

　葵の言葉に、秋月博士はしばらく目を泳がせた。

そして、

「……そもそも〈創世王〉を生み出した〈ストーン〉はどこからもたらされたものか……すべてはそこにあると、私も南も考えた。だから戦後、〝村〟で研究を続けながらも、外にいた協力者たちに調査を続けてもらった。堂波道之助の周囲の調査だ。その過程で何人も命を落とした。だが、〈ストーン〉の由来については明らかになった」

　そこで秋月博士は言葉を切った。

「君は一時のこととはいえ、〈創世王〉、〈キングストーン〉と意思を交わしたんだね。だったらこの話を聞く資格がある。しかし、聞く聞かないのは君の自由だ。どうする、聞くかね？」


　それから一時間後、葵は家の外に出た。目の前の電柱に背中を預け、ビルゲニアがひとり佇《たたず》んでいた。

「博士はどうした」

「寝てる。久しぶりに長く話したから疲れたんだと思う」

「大丈夫なのか？」

「この家はもう秋月博士……そーさんのものだってことにした。そーさんはこの街の人たちに愛されてるから。食べるものの心配もいらない」

「そうなのか。……おまえ、どこに行くんだ。車ならある。乗っていくか？」

「なんか勘違いしてない？　私、あんたを許したわけじゃない。ていうか、いつか殺す」

「一緒にいれば、いつでも俺を殺せる」

――ビルゲニアの後を歩きながら、葵は考えていた。

家を出る寸前、彼女は三反園に電話していた。光太郎の容体を確認するためだった。三反園は言った。光太郎は無事だと。

だが、それは三反園の嘘《うそ》だった。〈シャドームーン〉にやられ、〈ブラックサン〉はすでに死亡しており、その遺体とともに〝村〟から逃亡していところだった。

三反園はこう言った。ゴルゴムに襲われる気配があったので、急ぎ〝村〟を出た、と。今、移動中なので、落ち着ける場所を確保できたら連絡する。葵にはそれまで気をつけて身を隠しているように、と。

葵としてはその三反園の言葉を素直に信じるしかなかった。三反園からもらった金があるが、中学生がひとりでホテルに泊まることはできるのだろうか。と、考えて、ちょうどいい潜伏場所を思い出した。

そして、もうひとつ、思い出したことがあった。

――葵は停《と》めてあったビルゲニアの車に乗り込んだ。そして、

「近くまで送って。タクシーの営業所があるから」

「わかった……で、おまえ、なんで恐《こわ》い顔してんだ。俺のことじゃないだろ」

「私、決めたの。今から一週間後……とてもいい機会があるから、堂波総理がゴルゴムと一緒になにをやっていたのか、みんな暴露する。今、手持ちの資料はないけど、すぐに出せるから」

「そうか。だが、俺の前でそんなこと言って大丈夫なのか」

「車、出すの出さないの？」

「……」

ビルゲニアは無言でアクセルを踏んだ。

2

次の日の朝。

三反園幹夫と白井静馬《しらいしずま》は新潟県上越市直江津のファミリーレストランにいた。窓の外には日本海に流れ込む関川が見えた。

「遅いな、あいつら」

白井が呟《つぶや》くと、

「あぁ、そうだな」

と、三反園が答える。

「……。おまえと話してると、ホントにあれだな。会話のキャッチボールってのが発生しないいな」

白井が天を仰いだ。

「相手によるよ」

「俺は話しやすい相手として有名だぞ」

「……」

結局、しばらく沈黙が続いた。ふたり揃《そろ》ってドリンクバーを何往復かしたところで、駐車場に二トントラックが入ってくるのが見えた。わナンバーだ。

「あれか？」

腰を浮かせた白井に三反園が「あぁ」と答えていると、トラックから大森浩一郎《おおもりこういちろう》とニックが降りてきた。

「いやもうマジで大変だったぞ」席に着くなり大森が言った。「腹減ったなぁ。ニック、おまえも好きなだけ食えよ。こいつらの奢《おご》りだから」

「奢りはいいが」三反園は言った。「無事に運び出せたんだろうね？」

「だから、それがマジで大変だったって話じゃん。〈シャドームーン〉がまだ残ってるんじゃいなかってヒヤヒヤだったし。それにあれ、二百キロくらいあるんじゃねえか」

「二百キロか。質量があるのはありがたいな」三反園が言うと、白井も「それはそうだ」と謎のやりとりをした。

「それより三反園さん」ニックが身を乗り出した。

「俺、こんだけ協力してんだから、そろそろいいでしょ？　カイジンにしてくださいよ」

「わかった」

「え？　マジっすか？」

「マジだよ。無事に〝村〟に戻れたらね」

「やったぁ！」

「それより食事が必要なことはわかるが、これからフェリーに乗るんだ。さっさと注文して、さっさと食べてほしい」

三反園に急《せ》かされ、大森たちは慌ててタブレットのページを捲《めく》り始めた。

「なぁ、〈ノミ〉。光太郎のことはちゃんと葵に伝えなくていいのか？」

白井に言われて三反園は、

「彼女となら昨日の夜に連絡した」

「生きてるって嘘ついたんだろ？」

「あぁ」

「……ま、そう言うしかねぇよな」

「……」

「あの子にそんな話するから、おまえは〈ブラックサン〉の蘇生だなんだって思いついたのか」

「いや、〈シャドームーン〉にやられた時からだ。そうでなきゃ咄嗟《とっさ》に遺体を運び出すようなリスクはとらない」

「ま、どうでもいいよ。おまえのその嘘、これから俺がホントにしてやるから」

そう言って、白井は思いきり三反園の背中を叩《たた》いた。

三十分後、三反園が運転するバンには白井が同乗、そして大森のトラックにはニックが乗り、ファミレスの駐車場を出た。向かった先は直江津港だった。そこから佐渡汽船のフェリーに乗り、佐渡島を目指す。

佐渡島には通常、新潟港から両津港に渡ることが多いが、直江津から小木港までの航路もある。今、四人は小木に行こうとしていた。

だが、四人は港から引き返すことになった。去年の四月から直江津からの航路はカーフェリーは廃止されており、ジェットフォイルと呼ばれる高速船のみになっていたのだ。

結局、一同は新潟港に移動し、そこから両津港へ渡ることになった。

「んで、なんで佐渡島なんだ？」大森が白井の顔を覗《のぞ》き込んだ。「なんか伝説的なもんでもあるのか？」

船内には他の乗客も多くいた。人目を避けて、四人は甲板に出ていた。

「なんだ伝説って？　んなもんねぇよ」白井は苦笑した。「合理的な理由ならあるからな。まず、島が欲しかった。〝村〟からいちばん近くて行きやすいのは佐渡島だ。佐渡島になら知り合いもいるから無理が利く、それから両津と違って小木の方なら人が少ない。いろいろとやりやすい。そんなとこだ」

佐渡島の両津港までは二時間半ほどかかり、一同はそこから小木港まで車で移動した。

「ここからしばらく行くと、宿根木《しゅくねぎ》っていう集落がある」三反園の横で白井が説明を始めた。「江戸時代に船箪笥《ふなだんす》や船を作る大工たちが集まって暮らしていたところで、江戸とは言わないが、明治の頃の建物がかなり残っている。それで映画の撮影に使われたりする」

「そんなところで大丈夫なのか？」三反園が不安そうな顔になった。

「少し行けば誰もいねぇよ。そこにボートの用意をしてもらってる。そこに海からしか入れない洞窟がある。そこでやる」

「……わかった」

三反園の車と大森のトラックは島の西へ進む道を走った。海岸線から少し離れているので、島にいるという感覚は薄い。やがて宿根木を過ぎたあたりで、岩ばかりの海岸が見えてきた。

そこには白井が言っていた通り、二台の大型ボートが係留してあった。

三反園と白井はバンから青いシートにくるまれたもの……〈ブラックサン〉の遺体を運び出し、ボートに乗せた。

「おい、こっち手伝えよ。だから二百キロあるんだってよ」

「人がいないからって騒ぐな」

白井はそう言うと、トラックから〈ブラックサン〉と同じようにシートに包まれたものを運び出すのを手伝い始めた。その中身は昨夜、〈ブラックサン〉と戦った、〈シャドームーン〉の〈セクター〉が変形した六本脚の怪物の死骸だった。〈ブラックサン〉を連れて新潟まで逃げてきた白井たちだったが、三反園の命令で、大森とニックが〝村〟まで回収に行ってきたのだった。

「で、ホントにこれが役に立つんだな？　〈ブラックサン〉を蘇生させるのに」

大森の言葉に三反園はうなずいた。

「〈ブラックサン〉はまだ死んでいない。心臓が止まり、脳が活動を停止しても、まだ死んでいない。〈キングストーン〉の力で生まれたカイジンは簡単には死なない。〈クジラ〉の再生成能力で身体を作り替える」

「自分の身体をでかくしたり治したりする分には土《つち》塊《くれ》で構わないんだけどな」白井が言った。「他人の、しかも全身の細胞を作り替えるみたいな話ならまた別だ。〈創世王〉の身体の一部を受け継いでいるこの化け物の身体の方がいいだろう」

「この化け物で光太郎の身体を作り替えるのか……気味悪ぃなぁ」

「馬鹿野郎」白井は大森の頭を叩いた。「それやる俺がいちばん気味悪いんだよ」

なんとか怪物の遺体も乗せ、二台のボートは岩場を離れた。少し行った先に確かに海からしか侵入できない小さな洞窟があった。

「いろいろあってな。前にも来たことがあるんだ」

白井は懐かしそうに目を細めた。

洞窟の中は意外に広く、ボート二台で並んで入っていけるほどだった。だが奥行きはあまりなく、二十メートルばかり進んだところで行き止まりになり、そこに狭い空間があった。

白井たちはまた苦労して、そこに〈ブラックサン〉と怪物の遺体を並べた。

シートを解き、〈ブラックサン〉の身体を露《あら》わにする。

六本脚の怪物に融合されかけた名残で、右手と足は溶解し、漆黒の装甲が崩れていた。よく見ると左手の指先も欠損していた。

「ホントに生き返るのか？　ぴくりともしてないぞ」

大森が〈ブラックサン〉の顔を覗き込んだ。

「生き返る、というのは正確じゃない。そもそも死んでいないはずだ」三反園が答えた。「カイジンとはいってもそれは我々の仮初《かりそ》めの姿だ。その姿形を維持するにはエネルギーがいる。三世四世などカイジンとしての資質が薄いものならまた別だが、そもそも光太郎の〈バッタカイジン〉は超上級のカイジンだ。死んだ後、これだけ時間が経っているのに、その形を維持するのは本来なら難しい。そしてこれは〈ブラックサン〉だ。この姿が保たれているということは〈再生成泡沫《リ・プラスフォーム》〉がまだ微量ながら排出されている証《あかし》でもある。やはり、細胞単位では生きていると考えるべきだ」

「理屈はいいよ。どのみち、俺だって自分の力を理屈で使ってるわけじゃねぇんだ」

そう言った白井に大森は、

「じゃあどうやってんだ？」

「お祈りみたいなもんだよ。今回はこの化け物の死体を素材にする。光太郎の横に並べて祈るだけだ。上手くいけば、あとはあれこれどーにかなるんだ」

「なるほど、お祈りか。俺には縁がない……いやちょっと待て」

大森はなにか考え込んだ。

「けっこう昔のことなんだけどさ。俺、四谷の喫茶店に通ってた時期があって。しんみち通りの店にさ」

なにを言い始めたのかと、皆の注目が集まった。

「そこにウェイトレスがいてさ。そこまで美人てわけじゃなかったんだけど、なんていうかなぁ、いい感じの子だったんだよ。素朴っていうのかなぁ、笑顔が可愛《かわい》くてさ。いや、話したこともないんだ。挨拶くらい。その子、どれくらいいたかなぁ。半年くらいかな。急にやめちゃったんだよ。名前も聞いてないんだ。だけど、なんでかなぁ。今になっても、たまにその子のことを思い出すんだよ。で、思うんだ。大金持ちと結婚とかしてなくていいけど、ちょっとだけは幸せになっててくんねぇかなぁ、とかって。

で、今、気がついたんだ。これってお祈りだよな？　俺、こんな人生だから神様も仏様も拝んだことないけど、このたまに思い出すのって、お祈りだよなぁ？」

「うるせーよ、知らねぇよ」白井は吐き捨てた。

「だいたい、いつの話だよ、それ。その子が喫茶店にいたのは」

「んー、あれは信彦たちが〈創世王〉さらった少し後だから……」

「馬鹿野郎」白井は怒鳴った。「五十年も前じゃねえか。その子ももう汚ぇババアだよ」

「ひでぇこと言うなよ、おまえ」

「当然のこと言っただけだよ。なにが祈りだふざけんな」

「白井」

三反園が声をかけた。

「とりあえず一週間分の食料が用意してある。そのまま食べられるものを用意した」

だが、白井は首を横に振った。

「ものは食べない。水だけでいいんだ」

そう言った通り、白井はミネラルウォーターの箱だけを受けとった。

「それじゃあすぐにでも始めるから。戻ったらボートは元のところに繋《つな》いどいてくれたらそれでいい。上手くいったら連絡する」

白井に促され、三反園たちは二台のボートに乗り込んだ。

白井は大森に呼びかけた。

「おい、〈コウモリ〉」

「なんだよ〈クジラ〉」

「長生きしろよ。もっと卑怯《ひきょう》に無責任に生きろよ」

「うるせえな。言われなくてもわかってるよ」

「それから喫茶店の子」

「なんだよ」

「汚ぇババアになってるよ」

「それさっきも言ったろ」

大森は怒鳴った。

「汚ぇババアになってるけど、きっと幸せな汚ぇババアになってるよ」

「……なんで、てめえにそんなことわかるんだよ」

「わかるよ。祈りは通じるからな」

「……そうだ、これ」

大森は白井になにかを放り投げた。

「おまえ、これ〈キングストーン〉じゃねぇか。乱暴に扱うな」

白井は手にした緑の〈キングストーン〉、月の石を見て叫んだ。

「持ってるの嫌なんだよ。なくしたら怒られるだろ？　つーか、信彦に狙われるじゃん。おまえ、それお守りにしとけ」

そう言って、大森は大きく手を振った。

一台目のボートは三反園が、二台目は大森が運転してニックを乗せ、洞窟を離れた。

「……大森さん」

ニックが恐る恐る声をかけた。

「なんだよ。ボートの運転なんて何十年ぶりなんだから声、かけるなよ」

「大森さん」

「だから」

「なんで泣いてるんですか」

「いや別に」

「泣いてますよ」

「泣いてねえよ。日本海の海風は塩辛いんだよ、そんなことくらいわかれ」

ニックを怒鳴りつけると、大森は顔をごしごしと擦《こす》った。赤くなった鼻をひゅうひゅうと鳴る風が撫《な》でつけていった。

3

堂波真一総理は仁村勲《にむらいさお》補佐官とSP三名を伴い、ゴルゴム党本部を訪れていた。招き入れられたのは地上の党の施設ではなく、いつものように地下三階の三神官の部屋だった。

三名のSPを外に残し、仁村とふたり部屋に入った。その三名はスーツの腰に拳銃を帯びていたが、警察庁の者ではなく、堂波が個人的に雇い入れている私設警備だった。

「あれ、なんか雰囲気変わった？」

入るなり、堂波は呟いた。

「さすが総理。暗かったんで照明をとり換えさせたよ」

部屋の真ん中のソファでくつろいでいた秋月信彦が答えた。その背後にはビシュムが控えていた。

堂波はその向かいのソファに座った。

「……ずいぶん体制が変わったようだが。ゴルゴムの運営についてはゴルゴムに任せているが、なにかあった時は連絡してもらわないと困るな」

「申し訳ない」信彦は頭を下げた。「カイジンにもいろいろあってね。それじゃあ改めて、私がゴルゴムのトップになったことの報告を」

「トップ？」

堂波は訝《いぶか》しんだ。

「秋月信彦、おまえは〈創世王〉になるんじゃないのか？」

「なんの話だ？　俺が〈ストーン〉と〈エキス〉を吐き出すだけの木偶《でく》になるとでも？」

「……」

「俺は〈創世王〉にはならない。だが、〈創世王〉は心臓だけになり果てて、いつその鼓動が止まるかわからない。それにあれじゃあもう〈ストーン〉の排出も無理だ。だから新しい〈創世王〉は用意する。そして、その〈創世王〉はゴルゴムが管理する。つまりカイジンのためだけに〈創世王〉は存在することになる」

「ビシュム、おまえたちも本当にこんな話に賛同したのか？」堂波が首を捻《ひね》った。「政府がその気になれば、おまえたちカイジンなんか、簡単に捻《ひね》り潰《つぶ》せるんだ。なぁ、仁村」

「……はい」

仁村はうなずいた。

「堂波総理」ビシュムが口を開いた。「我々の王は秋月信彦です」

「おまえらなんかなぁ！」

「堂波総理。過去十年、あなたがこのゴルゴム党本部で口にした言葉はすべて録音してありますよ」

ビシュムの言葉に堂波は、

「だからふざけんなって！　んなことしたらおまえらだって」

「我々の方は問題ないよ堂波総理。我々はこれからは法律の外に出るから」

信彦が答えた。

「ビシュム、少しわからせてやってくれ」

信彦に命じられると、ビシュムが上衣を脱いだ。

そのまま堂波に迫り、彼の前に立った時はその顔と腕は完全に〈ヨクリュウカイジン〉に変身していた。

〈ヨクリュウ〉はその嘴《くちばし》を堂波の額に突き立てた。

「うわぁぁぁぁっ！」

堂波はソファごと後ろにひっくり返った。

「はっ、はっ……」

堂波は慌てて額を押さえた。

「総理、大丈夫です。血は出ていますが」

仁村が囁《ささや》いた。

「昔馴染《むかしなじ》みなんですから、私が総理を殺すわけがないじゃないですか」〈ヨクリュウ〉が笑った。「キスですよ、キス」

そして彼女は外へ出ていった。すぐに銃声と悲鳴と鈍い打撃音となにかが砕ける音が聞こえてきた。

十秒ほどして彼女は戻ってきた。

「殺したのか。ＳＰ殺したのか……」

信彦がにこにこ笑いながら堂波の前に立った。

「しっかりしてくださいよ。堂波総理」

「総理」すでに変身を解いたビシュムが言った。「あなたのお祖父《じい》様はこの程度のことでは動じなかったと思いますよ」

信彦は堂波の肩に手を置いた。

「こんどは人間がカイジンの下につけ。俺たちの所有物になれ」

「……」

「まぁそう恐い顔するなよ堂波総理」

信彦はまた笑った。

「せっかく来てもらったんだ。土産なしでは帰さないよ。いい話があるんだ。どのみち、我々が直接、人間を支配するには手が足りない。だから、おまえを人間の支配者にしてやるよ。もう選挙も党内政治も関係ない。絶対的な権力者だ。しかもこの先、数十年、その座は揺るぐことはない」

「いや数十年とは」

「総理もお歳《とし》ですから、人間のままでは難しい。だけど、長命になれる方法なら心当たりがあるんじゃないですか？」

「……嫌だ。カイジンになるのは嫌だ……」

「もちろん、返事はすぐでなくてもいいですよ」

「……」

「ビシュム、総理を上までお送りして。あ、そうだ。ＳＰたちの死体はどうします？　持ち帰りますか？」

堂波は慌てて首を横に振った。

「了解しました。ではこちらで処分しておきます」

信彦は軽く頭を下げた。


堂波は仁村を伴って、ゴルゴム党本部を離れた。秘密の訪問だったため、正面からは出ずに例の地下の空間を経由して帰ろうとしていた。

「ヤバいな仁村」

「はい、さすがに危機的な状況かとは思います」

「あいつの様子からして、もう〈キングストーン〉も奪回したんじゃねぇのか。だったらヤバいどころじゃねぇぞマジで。ビルゲニアのゴミがなにやってんだよ」

地上へのスロープを上っている途中、運転手が急ブレーキを踏んだ。

「馬鹿野郎」堂波が運転席を後ろから蹴りつけた。

「総理、あれは」

珍しく仁村が大きな声を上げた。

車の前に黒いコートのビルゲニアが立ちはだかっていた。

「ビルゲニア！」

　堂波は車を飛び出し、その勢いのままビルゲニアを蹴りつけた。

「……ビルゲニア」

　堂波は目を丸くした。ビルゲニアの腹に叩きつけたはずの右足が、その片腕につかまれていたのだ。

「放せよ馬鹿野郎」片足立ちの体勢になった堂波が怒鳴った。「早く放せよ！」

　ビルゲニアが黙って足を放すと、堂波は派手に尻《しり》餅《もち》をついた。

「おい、ビルゲニア」堂波はその場で胡座《あぐら》を組んだ。「ずっと連絡よこさないでどうした？〈キングストーン〉はどうした？」

「〈キングストーン〉でしたら、まだ見つけていません」

「馬鹿野郎、グスグスしやがって。てめえがノロマだから〈キングストーン〉も見つけらねぇんだ。秋月信彦は新しい〈創世王〉使ってクーデター起こす気だ、クーデターだぞ」

「いいえ、それは違います」ビルゲニアは答えた。「〈キングストーン〉が見つからないのは、私がグズグズしていたからでも、ノロマだからでもありません」

「だったらなんだよ！」

　堂波は靴を脱いでそれをビルゲニアの顔に投げつけた。

「それは私が〈キングストーン〉を見つける気がないからです」

「あん」

　堂波は口をあんぐりと開けた。

「……てめえ、喧嘩《けんか》売ってんのかよ。この飼い犬が」

「俺はもうあんたの飼い犬じゃない」

　能面のような顔で答えたビルゲニアに、堂波は爆笑した。

「聞いたか仁村。こいつ今、ちょーダセぇ台詞《せりふ》言ったぞ」

「はい、確かに」

　堂波はビルゲニアに向き直った。

「おまえはどこまで行っても飼い犬だよ。そういう生き方しかできねぇんだよ。ひとりじゃなんにもできねぇんだよ。だから、俺の飼い犬になりたくて、舌まで噛《か》んだんだ。ひとりじゃ生きられないゴミだからな」

「その通りだ。俺はゴルゴムを追われた。あんたの飼い犬もやめる。カイジンの世界、人間の世界、どちらにも居場所はない」

「だったらよぉ」

「俺は飼い犬だ。あんたの言う通りだ。一生、飼い犬だ。カイジン以下、人間以下の存在だ」

「……」

「俺は新しい飼い主を見つけたんだ。それだけのことなんだよ。それをあんたに言いに来たんだ」

ビルゲニアは踵《きびす》を返し、地上に向かうスロープを歩き始めた。

大きく息を吸い込み、堂波は叫んだ。

「馬鹿野郎！」

だが、その声は随分弱々しかった。

4

和泉葵が廃墟になったニコニコタクシー川崎営業所の建物で再び暮らすようになってから、すでに二日ほど湯ぎていた。

近くのコンビニに行った帰り、寝所にしている二階のオフィスに上がる前、彼女はなんとなく建物一階の駐車場を覗いてみた。

「……」

その隅にいつも座り込んでいるはずのビルゲニアがいなかった。

ふと感じた気配に振り返ってみると、目の前にビルゲニアが立っていた。

「どっか行ったんじゃなかったんだ」

「どっかには行っていた。帰ってきた」

「帰ってきたって、それ自分の家に使う言葉でしょ。だいたい、あんた、いつまでいる気？」

「わからん。おまえが言っていたオンラインでの演説が終わるまでだ」

「それってつまり……ボディカードしてるってこと？」

　ビルゲニアはなにも答えなかった。ただ黙ってうなずいた。

「演説する私を守るって、それゴルゴム裏切ることになるんじゃないの？　堂波総理は？」

「ゴルゴムは秋月信彦のものだ。それに俺はもう堂波総理の飼い犬でもない」

「はぁ」と葵は溜《た》め息《いき》をついた。

「裏切られたから裏切り返すの？　こんなこと言いたくないけど、おじさんたちより年上なんでしょ？　すごい歳なんだよね？　それなのに子どもっぽすぎない？」

「……その通りだ」

　ビルゲニアに素直に返されたので、葵はなにも言えなくなった。

「……？」

　葵のポケットの中のスマホが震えた。その呼出パターンでわかった。三反園からの連絡用に特別に設定していたものだ。

　メールの中身を読んで、葵は少し考えた。そしてビルゲニアに言った。

「いきなりで悪いけど、新潟まで連れてってよ」

「……おまえ、言いたいだけ言って頼み事か」

「言われると思った」

「俺が連れて行かなかったらどうする」

「新幹線で行く」

「……連れていってやる」


　和泉葵は怒っていた。

　ビルゲニアが運転する車が東名高速、圏央道、関越自動車道、北陸自動車道、磐越自動車道と駆け抜けている間も、新潟港からカーフェリーで佐渡島の両津に渡る間も、そして両津から待ち合わせ場所である小木港へ移動している間も、ずっと怒っていた。

　港でしばらく待っていると、大森が運転するレンタカーがやって来た。車内には三反園とニックの姿もあった。

　ふたりが降りるより先に、葵はドアを開けて車の中に頭を突っ込んだ。

「どういうこと！」

その剣幕に大森もニックも身を縮めた。

「おじさんが死んだとか、生き返るとか、意味わかんないし！　ていうか死んだってなによ？　あの後、なにがあったの！」

「だからー」大森が渋い顔になった。「おまえに下手《へた》に心配かけさせたくなかったんだよ。そこはわかれよ」

「それは……誰がおじさんにひどいことしたの？」

「〈シャドームーン〉だよ。〈ブラックサン〉殺すとか、〈創世王〉以外はあいつしかできないだろ。おまえが東京行ってる間に〈キングストーン〉狙ってきたんだよ」

「……わかった。でも、おじさんは本当にもう大丈夫なの？　生き返った……の？」

「そのはずだ。だが、まだわからない」三反園が答えた。「ただ、〈クジラ〉はもうできることはすべてやったと連絡してきた。あいつがそう言うなら、我々はただ待つしかない」

「〈クジラ〉さんがやってくれたんだ」

葵はあたりを見回した。

「〈クジラ〉さんは？」

大森とニックが顔を見合わせた。珍しく三反園まで目を逸《そ》らしていた。

「〈クジラ〉さんは？」

「あいつはもういねぇよ」

大森が吐き捨てるように言った。

「……それはどういうことだ」

いつの間にか、ビルゲニアが車から降りてきていた。

「……おまえ、ビルゲニア」

大森が凍りついた。彼の横にいたニックも口をあんぐり開けている。ニックにとってビルゲニアは複雑な因縁を持つ相手だ。ビルゲニアは彼の祖父のオリバーを殺した仇《かたき》であると同時に、カイジンになりたさに、彼の命令で葵の誘拐に手を貸したこともあった。

「葵、おまえ、正気か？　なんでこんな時にこんなヤツ連れてきたんだよ」

大森が声を荒らげた。

「この人なら……ビルゲニアなら、大丈夫。大丈夫だと思う」

「なんだよそれ」

葵の答えに大森が呆《あき》れていると、ビルゲニアが、

「俺なら大丈夫だ。手出しはしない」

「かーっ」大森が天を仰いだ。「自分で言っちゃったよ。信じられるかっつーの」

「信じられるか信じられないかを問うのは、もう意味がない」

三反園が言った。

「既にここにビルゲニアに来られてしまった以上、我々は手詰まりだ。同行させるしかない。私と大森で実力で排除できる可能性は低い」

「ビルゲニアがなんかしたら、私が責任持って止めるから。私、もうビルゲニアより強いし」

その葵の言葉を信じた、というわけではなかったのだろうが、大森も渋々、納得した様子だった。

「それより、〈クジラ〉さんがもういないってどういう意味？　なにがあったの？」

再びの葵の質問に、大森は三反園の肩を叩いた。おまえに任せた、という仕草だった。三反園はうなずき、

「〈クジラ〉はそもそも衰弱していた。年齢の問題だ。ただ生きるだけならともかく、上級のカイジンとしての超常能力を使うとなるとかなり消耗する」

「……おじさんと戦った時も……きっとそうだったんだと思う」

川崎の運河で〈クジラ〉が〈クロバッタカイジン〉と戦った時、巨大な身体を維持できずに自壊したことを葵は思い出していた。

「〈クジラ〉は〈ブラックサン〉が〈創世王〉に脚を切断されたのを修復する際に、初めてその能力を他者に向けて使った。あの段階で彼はもう死を覚悟していた」

「それ、〈クジラ〉さんが自分で言ってたの？」

「見ていればわかる。これでもつき合いは長いんだ」

「……」

「だから今回の蘇生はもう後戻りできないと、本人も覚悟していた」

「〈クジラ〉さん、死んだの……？」

三反園は首を横に振った。

「死んではいない。ただ、〈クジラ〉はすでに人の形をしていない。カイジンの形もしていない。すべてが終わったと連絡を受けた我々は洞窟へ向かった。その時、一瞬、見た。〈クジラ〉だったものが海へ入っていくのを」

「……」

「今でもあの近くで漂っているだろう。だが、なにがあっても捜そうとしてはいけない。見ようとしてはいけない。きっと後悔する」

葵の足はがくがく震えていた。堪《こら》えきれずに、地面に膝をついた。

「どうして〈クジラ〉はそこまでした？」

ビルゲニアが三反園の顔を見た。

「〈クジラ〉だけの話じゃない。おまえたちも、だ。おまえらになんの理由がある？　得がある？　恩がある？　〈ブラックサン〉を助ける理由がなにかあるのか？　答えろよ」

だが、三反園は答えなかった。

「おまえらは光太郎になにをしてほしかった？　そんなに〈創世王〉を殺してほしかったのか？」

「……あーあ、何十年経ってもおまえもガキだなぁ」

大森は天を仰いだ。

「俺はなぁ自慢じゃないが、ただ流されてるだけだ。それに〈クジラ〉は別に光太郎にな一んにも求めてなんかなかったと思うぜ」

「じゃあどうして、命まで捨てた！」

「〈クジラ〉は命の使い場所を求めていた」

三反園が口を開いた。

「〝村〟にカイジンヤクザが攻めてきたあの時だ。ビルゲニア、おまえも覚えているだろう。〝村〟が救われたのは、住人のカイジンたちがなんとか生き残れたのも、〈ブラックサン〉や〈シャドームーン〉の力じゃない。その前に限界を超えて巨大な姿になり、カイジンヤクザの半数を一掃した〈クジラ〉のお陰だ」

三反園の様子はいつもと違った。ただ饒舌《じょうぜつ》というだけではなく、その言葉にはいつもはない熱が籠《こ》もっていた。

「〈クジラ〉はあの時、ひとりでやるつもりだった。

だが、巨大化の力は保《も》たず、多くのカイジンヤクザをとり逃した。あの時、〈クジラ〉は自分の力を使いきるつもりが、それが叶《かな》わなかった。あれからずっと〈クジラ〉は求めていたんだろう。カイジンとして生まれ変わった自分の力の使いどころを」

「そこまでして、光太郎に希望を託したのか？……っ！」

ビルゲニアは目を見開いた。三反園が彼の胸倉をつかんでいた。

「〈クジラ〉は光太郎に再びの命を与えた。だが、そこから先、光太郎がなにをしようがしまいが、そんなことは気にしない。ただ、光太郎に命を与えただけだ」

「……」

ビルゲニアは黙り込んだ。だが、その唇を震わせ、

「〈ノミ〉、だったら、おまえはなんなんだ？」

「それは明確だ。自分が思う未来を見るためだ」

「なんだ、その未来とは？」

ビルゲニアは再び問いかけた。

「それを言う必要はない」

三反園はそう答えた。

「……そうか。未来か。〈ノミ〉、おまえはいいな。未来なんてもんがあって」

ビルゲニアはそう言うと、コートから黒い革のケースをとり出した。そこから〈サーベル〉を抜く。

「これは俺の分身だ。いや、俺そのものだ。未来とは正反対のものだ。無用のものだ。無用のものだと知った。俺はこれを〈創世王〉を守る聖剣だと言われ、後生大事にしてきた。〈創世王〉はすべてのカイジンの父であり、王であると信じていたからだ。だが、〈創世王〉は堂波の爺《じじい》が造らせたものだ。なんの神秘も意味すらないものだった」

「……っ」

葵は声を上げそうになった。

三反園が〈サーベル〉の刃を握っていた。そして、

「おまえにも未来はあるんじゃないのか」

それだけ言うと手を放し、大森の背中を叩いた。

「あぁ」とうなずき、大森はレンタカーの運転席に座った。

「おーい」

まだ立ち尽くしているビルゲニアに、大森は声をかけた。

「行くなら行こうぜ。光太郎が目、覚ましちまうかもしれない」


大森たちが乗ったレンタカーが先導し、ビルゲニアの車がそれに続いた。

大森の車は海沿いの道を西へ走り、宿根木の集落の前で海とは反対側の脇道に入った。土が剥《む》き出しの大きな畑があり、車はその隅の農作業小屋の横に止まった。

「おじさん、海の洞窟じゃなかったの？」

葵が尋ねると、ニックが、

「必要なことはぜんぶ終わったから、もう運び出してもいいって〈クジラ〉さんのメッセージにあったんだ。だから、とりあえずここまで運んできた」

小屋の中には農作業の器具が並び、真ん中の作業台の上に〈ブラックサン〉が寝かされていた。葵が知る由もないが、六本脚の怪物に融合され、破壊された装甲や欠損した手指は完全に復元されていた。

「おじさん！」

駆け出そうとした葵を三反園が肩を押さえて制止した。

「ダメだ。〈ブラックサン〉の身体に直接触るのは危険だ。それで我々も苦労した」

「それな」大森がうなずいた。

「どういうこと？　触っちゃいけないの？」

「そうだ」三反園がうなずいた。「〈ブラックサン〉の体表には〈再生成泡沫《リ・ブラスフォーム》〉という特殊な物質が常に排出されている。普通の人間には無害だが、それに触れただけで、カイジンの肉体は破壊される」

「そんな……」

「本当だ」ビルゲニアが呟いた。「俺の右腕がやられたのもそれが原因だ」

「だったらどうすればいいの？」

「そこから見守っていることだ。〈クジラ〉の話が本当なら、間もなく目覚めるはずだ。だが、その間もなく、がわからない。本当にすぐなのか、何日かかかるのか……」

葵は〈ブラックサン〉のぎりぎりに立ち、その顔を見つめた。

そして、それから数時間、直立不動の姿勢で動かなかった。瞬《まばた》きさえもしていないように見えた。夜も遅くなり、大森とニックが小木の街に買い出しに行ってきた。

大森がおにぎりを差し出したが、葵はなんの反応もしなかった。

そうしているうちに一夜が明けた。

開け放した扉から、東の空がうっすら明けていくのが見えた。風で長く伸びた雲が朝日を照らして真っ赤に燃え、その様は一頭の巨大な龍のようだった。

数時間……十時間以上、〈ブラックサン〉の傍《かたわ》らに立ち尽くしていた葵が急に外に飛び出した。うた た寝していた大森とニック、そして葵と同じように隅に立っていたビルゲニアも、彼女を追った。

葵は雲のような龍を見ていた。

「聞こえたの……外からなにか……吠《ほ》えるみたいな……そんな声が……っ」

葵はまた、弾《はじ》かれたように小屋の中に戻った。

そんな彼女を三反園が大きくうなずき、迎えた。

「おじさんっ！」

〈ブラックサン〉の腹、〈サプレッサー〉の中心の空白が赤く、眩《まぶ》しく輝いていた。その光が〈ブラックサン〉の全身を、そして薄暗い小屋の中を真っ赤に染め上げた。

そして、〈ブラックサン〉の右手がぴくっと震えた。

「……おいっ」後から小屋に戻ってきた大森が声を漏らした。「動いてるじゃねぇか」

〈ブラックサン〉の頭が僅《わず》かに持ち上がった。身体はそのままに、頭だけ黒い装甲が崩れ、その下から〈クロバッタ〉の、そしてそれが変容し、南光太郎の顔が現れた。

皆が見守る中、光太郎の瞳が動いた。

葵の傍らをすり抜け、三反園が彼に近づいた。そして、

「君の名前は？」

「南……光太郎」

「意識を失う前はどこにいた？」

「〝村〟に……いた。〈シャドームーン〉と戦っていた。信彦のバイクがおかしな怪物になった……その後、恐らく〈シャドームーン〉にやられた……そこまで、だ」

「そうか、大丈夫そうだな」

「待て……〈クジラ〉が……やってくれたんだろう？　〈クジラ〉はどうした？」

光太郎の問いかけに答える者はなかった。それですべてを悟ったように、光太郎は静かにうなずいた。

葵が光太郎に近づいた。

「おじさん、聞こえる？　私が見える？」

光太郎の唇が震えた。

「おじさん、なに？」

「……葵。大丈夫……か？」

光太郎の声を聞いた瞬間、涙が溢《あふ》れた。

「うん……見ての通りだよ……おじさんに言われた通り、ちゃんと生きてるよ」

「……そうか。よかったな」

「……」

俊介《しゅんすけ》が殺されたんだよ。ふたりでゴルゴムから逃げられたのに、それなのに俊介は殺されちゃったんだよ。茂雄《しげお》おじさんも佐知《さち》おばさんも殺されちゃったよ。

私、どうしたらいいの？

抱えていたものをぜんぶ吐き出したかった。

だが、葵は堪えた。

代わりに、光太郎に微笑《ほほえ》み返した。

「ねえ、三反園さん。これって大丈夫なの？」

葵は光太郎の漆黒の身体を見た。頭こそ光太郎に戻っているが、首から下はまだ〈ブラックサン〉のままだ。

「恐らくは。多分、まだ肉体が完全に修復されていないんだと思う。〈再生成泡沫《リ・ブラスフォーム》〉の下で再生が進んでいるんだ」

「だったらよかったけど」

「〈コウモリ〉、あれを」

三反園に「おぉ」と答えると、大森が金属の函《はこ》を持ってきた。蓋《ふた》を開けると、中には白いゼリー……〈ヘヴン〉が入っていた。人の肉体を原料とし、カイジンの身体を活性化させる、特殊食料だ。

「やめて！」葵は叫んだ。「もうそんなの食べさせないで！」

「〈ヘヴン〉を食べた方が効率的に回復する」三反園が言った。「食べなければ力は戻らない」

「力？　いらないでしょ、力なんて！　もうおじさんは十分戦ったでしょ。まだなにかさせるつもりなの？」

葵の言葉に三反園は黙り込んだ。

「……信彦は」

しんと静まり返った小屋の中に、光太郎の声が響いた。

「信彦はどうしている……あれからなにか動きあるのか？」

光太郎はしっかりした声で問いただした。

「信彦なら」

隅に立っていたビルゲニアが光太郎の前に立った。ビルゲニアの顔を見ても、光太郎は特別に驚いた様子はなかった。

「信彦はゴルゴムを掌握したままだ。堂波総理の話からすると、〈創世王〉を使ってクーデターを行う……ということらしい。俺が実際、耳にした通りなら、信彦は新しい〈創世王〉で昔のような超常能力のあるカイジンを生産して、この国を、人間の世界を支配しようとしている」

「……新しい〈創世王〉」

光太郎の目配せを受けて、三反園は上着から緑の〈キングストーン〉、月の石を出して見せた。白井が洞窟に残していったものだ。

「太陽の石の方は〈シャドームーン〉に奪われた」

頭を下げた三反園を見て、光太郎は首を横に振った。

「大丈夫だ。ふたつ揃っていなければ……意味はない。ひとつ……こちらにあれば、信彦を誘い出す餌にも使える。……対決できる」

「なに言ってるの！」葵は叫んだ。「もう信彦さんのことはいいよ。このまま帰ろう。あのタクシー営業所に帰ろうよ。あそこで普通に暮らせばいいじゃない。本、読むの好きだったでしょ？　そうだ、私、おじさんに約束してもらった。図書館行くって。行ってないよ、まだ」

「……信彦が〈創世王〉を造るというなら」光太郎は苦しそうに口を開いた。「……止める。それが殺すということなら、それで構わない」

「そんなのおじさんがやる必要ない！」

葵の言葉に耳を傾けず、光太郎は大森の顔を見た。

「……〈ヘヴン〉をくれ」

大森が〈ヘヴン〉の函を持ってきたが、葵がそれをひったくった。

「私が食べる！　私がやるから！　おじさんのためだけじゃない！　私はお父さんとお母さんの遺志を受け継いでる！　俊介の遺志だって受け継いでる！　だから私がやる」

そう言って、葵は函の中に手を突っ込んだ。だが、その手を強く押さえた者がいた。

ビルゲニアだった。

「……」

「葵、聞いてくれ」光太郎は半身を起こした。「おまえが両親から受け継ぐものがある、という話はわかった。でも、俺も受け継いでるんだよ。俺は俺から受け継いでるんだ。俺がなにをするか、五十年前の俺がずっと見張ってるんだ」

「それは、ゆかりさんて人のためじゃないの？」

光太郎は一瞬、答えに詰まった。

「あの女は裏切り者だぞ。おまえも信彦にあいつに騙《だま》されて、〈キングストーン〉を奪われたんだぞ」

ビルゲニアの言葉に光太郎は微《かす》かに……笑ったように見えた。

「知ってるよ、ビルゲニアの兄ちゃん」

「おじさん！」

葵は光太郎に迫った。

「おじさん、〈創世王〉に二度負けてるんでしょ？〈シャドームーン〉にも負けて死んだんだよ。負けた自分からなにを受け継ぐっていうの？」

「それは……」

光太郎の右腕がよろよろと上がった。鋭い爪のついた人差し指が、宙になにか印を描いた。それがなんなのか、葵にはすぐにわかった。

「……∞」

葵がニックに見せられた写真。五十年前、五流護六本部の屋上で、光太郎、信彦、ダロム、ビシュム、バラオム、ビルゲニア、オリバー、そして新城ゆかりが写った写真。

　その背後にはためていたのは五流護六の旗だ。そして、そこにはゆかりが描いた∞のマークがあった。

「永遠に戦う……って意味？」

　葵の質問に光太郎は深くうなずいた。

「だから！」ビルゲニアが叫んだ。駄々をこねる子どものような声だった。「あの女は裏切り者だ！　死んで当然の女だぞ！　それはおまえらにしたって……」

　ビルゲニアは途中で言葉を呑《の》み込んだ。光太郎が穏やかな笑みを浮かべていたからだった。

「ゆかりは俺たちに永遠を教えてくれた。永遠に戦う道を教えてくれた。それを俺は忘れていた。だが、もう忘れはしない。思い出させたくれたのはおまえだ、葵」

「でも……」葵は譲ろうとしなかった。「おじさんは負けた。ゆかりさんも死んだ。それでなにを受け継ぐっていうの？」

「敗北の意味だ」光太郎は、きっぱりと言った。

「そして、それはきっと、おまえに受け継がれる。それを、おまえがどう受け止めるか、それはおまえの問題だ」

「……わかんないよ。私、わかんないよ」

「今はわからなくていい」光太郎は答えた。「おまえには五十年の猶予がある」

「……」

　葵は黙っていた。だが、そのまま光太郎に〈ヘヴン〉の入った函を渡した。光太郎は〈ヘヴン〉をつかみ、それを口に運んだ。なにかの速効があったのか、光太郎が咀嚼《そしゃく》するたびに、その四肢が激しく痙攣《けいれん》した。それでも光太郎は〈ヘヴン〉を平らげ、やがて身体の震えも収まった。

「……」

　葵は無言で光太郎の胸に右手の人差し指を伸ばした。

「おい」「おい」大森とビルゲニアが同時に声を上げた。

　だが、葵はそのまま指先を〈ブラックサン〉のままの黒い胸に滑らせた。葵は痛みに顔を引き攣《つ》らせ

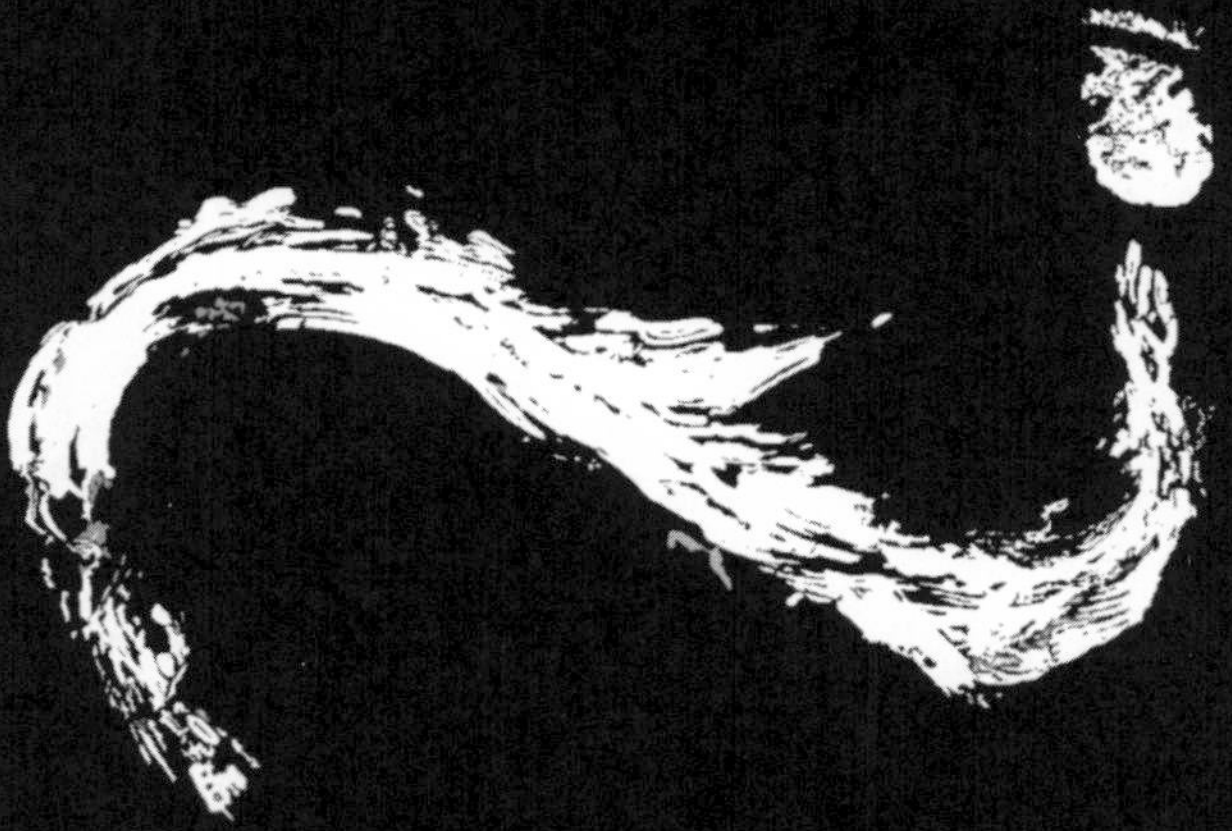

ながらも、その指を離さなかった。

「もういい」

ビルゲニアが葵の肩をつかみ、光太郎から引き剥《は》がした。

光太郎の胸に葵が描いた∞のマークが……その痛みのため、完全には描ききれなかったマークが白い刻印となって残された。

5

民《たみ》の党《とう》の総裁室では堂波真一が暴れていた。子どものように駄々をこね、机を蹴り飛ばし、棚に飾られた高価な壺《つぼ》を床にたたきつけた。

その補佐官である仁村勲は部屋の隅に控え、堂波総理が荒れ狂う様をじっと見ていた。

「どーすんだよっ、仁村！　俺はぁどうすりゃいいんだよ」

「新たな〈創世王〉誕生を阻止することが肝要かと」

仁村が冷静に答えると、「んなこたぁわかってんだよ」と、堂波はまた怒鳴った。

「どうやってやるんだよ、それを！」

「私は秋月信彦の手にはまだ〈キングストーン〉が揃っていないと考えます。であれば、要はこのまま揃わなければいいのです」

「……ん？」

堂波はようやく聞く姿勢を見せた。

「ふたつの〈キングストーン〉はそもそも、あの和泉葵という娘によって奪われました。この前の秋月信彦の様子からすると、そこから状況は動いたように思えます。つまり、ふたつの〈キングストーン〉のうちのひとつが秋月信彦の手に渡ったのではないのかと。そうであれば、残りはまだあの娘……娘と関係がある者たちが持っていると考えるのが自然かと」

「……あのヘイト反対のヤツか」

「はい。彼をもう呼んでありますが、入れますか？」

堂波が黙ってうなずいたのを見て、仁村はドアを開けた。一礼して入ってきたのは、カイジン犯罪課の黒川《くろかわ》警部だった。

「……毎度」

と、黒川はにやりと笑った。

「あ、今までの流れは外で聞いてましたんで、説明不要です、大丈夫です。もうひとつ先回りして言っておくと、私、和泉葵とは面識があります」

「ホントか！　じゃあ今どこにいるかわかるか？」

「それは無理ですよ総理」黒川はまたにこやかに笑った。

「今は足どりとか簡単につかめんじゃないのかよ。監視社会だろ。防犯カメラなんか死ぬほどあるんだろ？」

「……それはそうです。確率的にどこかの防犯カメラには映っているでしょうし、ある程度の足どりはわかるでしょうね」

「よし、すぐやれ」

「日本中の監視カメラの映像を誰が確認するんですかね。十万人くらいバイト用意してもらえます？」

「……っ」

「そこまでは言わないんですが、ある程度のルール破り、人手は必要ですよ」

「わかってる、それはわかってる。なんとかする。なんとかする」

「……ただ。秋月信彦より先に〈キングストーン〉手に入れるために動くって、それ、完全にゴルゴムへの敵対行為になりませんかね。俺までいろいろあるのはちょっと勘弁していただきたいなぁと」

「じゃあ！」

堂波総理は壁を思いきり叩いた。その勢いのまま、棚に置かれた皿や陶器を腕で払い、床に落とした。分厚い絨毯《じゅうたん》に衝撃を吸収され、割れこそはしなかったが、耳障りなゴンッゴンッという音を立てた。

「じゃあ！　俺はどうしたらいいんだよ！　八方塞《ふさ》がりなんだよ！」

「……秋月信彦の申し出を受けて」仁村が答えた。

「人間の王になるという選択肢も現実的かとは思います」

「……」

堂波が口をあんぐり開けた。

「取引としては決して不利とはいえないものかと思いました」

「がぁぁぁぁ」

堂波は獣のように吠え、床に落ちていた壺を仁村に投げつけた。それは仁村の顔面に命中し、彼はよろよろと床に崩れた。その勢いのまま堂波は仁村に駆け寄り、その胸を、腹を、なんども蹴った。

「ふざけんな！」「なんで俺がカイジンの手下になんだよ！」「ふざけんな！」

「総理、それくらいにしないと」

見かねた黒川が止めに入った。

「死んじゃうヤツですよ、それ。もういいでしょ」

「はぁ……はぁ」

息を切らし、堂波も床に尻餅をついた。

「金と、他にいろいろ手配はする。だから和泉葵は捜しとけ！」

6

秋月信彦はビシュムとともにゴルゴム党本部地下四階、〈創世王〉の部屋にいた。

〈ブラックサン〉との戦いやその前後の騒動で滅茶《めちゃ》苦茶《くちゃ》にされていたが、今では最低限の修復はされていた。心臓だけになった〈創世王〉も外気との接触を避けるため、特殊薬液に満たされたケースの中に移され、伸びた血管や神経の束は機器に接続されていた。

「……秋月信彦」

〈創世王〉のケースを、そこに映った自分の顔を見ながらビシュムは言った。

「月の石、緑の〈キングストーン〉奪還は急がなくていいの？」

「あれは今、〈ノミ〉や〈コウモリ〉たちの手元にあるはずだ。こちらがその気になればとり戻すことは難しくない」

信彦は右手で赤い石を……太陽の石、赤い〈キングストーン〉を弄《もてあそ》んでいた。

「とりあえずは……っ」

「信彦っ」

ビシュムが思わず声を上げた。信彦は手にのせていた赤の〈キングストーン〉を床に落とした。ビシュムが覗き込むと、彼の手はひどく焼けただれていた。

「今……〈キングストーン〉が……恐ろしい熱を……まさか……」

「そんな……」

ビシュムは口を押さえた。

「生きているとでも？　あなたが〈ブラックサン〉を殺したのでは？」

「確かに殺した。俺の手で殺したはずだ。だが……その死体は三反園たちが奪っていった……あいつらがまさか……それにこの感覚……」

〈キングストーン〉が落ちた鉄板の床が黒く焦げていた。

「仮に〈ブラックサン〉が生きているとしたら、事態は逼迫《ひっぱく》しています」ビシュムは言った。「三反園たちと一緒にいるのなら、それはつまり、〈ブラックサン〉の手にあなたの緑の〈キングストーン〉があるということ。これがどういう意味かわかりますか？」

「……」

「〈ブラックサン〉、南光太郎がその気になれば、緑の〈キングストーン〉を永遠に手の届かないところ……海の底であれ、火山の火口の中であれ……捨ててしまい、絶対に回収できないようにするのは容易《たやす》いことです。三反園たちだけなら決断できなくても、光太郎ならその決断を下せる」

　まだ〈キングストーン〉を見つめている信彦の顔からは一切の感情が失われているように見えた。だが、

「それはない、な」

　と、笑った。

「なぜです？　南光太郎は新しい〈創世王〉の誕生を阻《はば》もうとしているのでしょう？　それがいちばん効率のいい方法のはずです」

「それは……俺と南光太郎の問題だからだ。そんな結末は求めていない」

「求めていないのは、あなただけではないのですか？　私の知る南光太郎は、もっとリアリストだと思いますが」

「違うな。南光太郎は確かに現実主義者、合理主義者だ。だが、肝心なところではそれに徹しきれないはずだ」

「その証拠は？」ビシュムは食い下がった。

「で、なければ。とっくにこんな茶番から逃げ出している。ステージの上にいる者には守らなければならない掟《おきて》がある。それはつまり、呪いだ」

「……」

　ビシュムは軽い溜め息をついた。それは諦念のようにもなにか安堵《あんど》したようにも響いた。

「――わかりました、〈シャドームーン〉。それでどうするのですか？」

「そうだな……こちらから奪いに向かうか……それとも持ってくるのを待つか」

「潜伏場所に当てはあるのですか？」

ビシュムに問われ、信彦はしばらく考え込んだ。

そして、

「いや、ない。わかるのは大森の工場跡、あのタクシー営業所、それに〝村〟か、そこにはもう戻らないということくらいだ。まともな頭があるなら」

「……待って」

ビシュムは懐からスマートフォンをとり出した。その画面を確認すると、彼女は怪訝《けげん》そうな顔になった。

「おかしなメールが」

「メール？」

「――〈創世王〉を殺しに向かう、と。本文はそれだけです。差出人は南光太郎」

「……」

信彦は目を閉じた。

そして、そのまま、また考え込んだ。

7

〝村〟の入口にある高いカラマツの樹上に片足だけでつかまり、〈コウモリカイジン〉は耳を澄ませていた。

カイジンの姿を露わにしたことで、彼の聴覚は限界まで研ぎ澄まされていた。

「……近づいてくる者なし、っと。つーか、これずーーーーっとやんのか、俺」

――大森だけでなく、佐渡島にいた面々、南光太郎、三反園幹夫、ニック、そして和泉葵はまた〝村〟に戻っていた。

発案したのは三反園だった。

『光太郎は回復に向かっているが、まだなにがあるかわからない。〝村〟なら万が一の時に支援できる最低限の設備がある』

『でもよぇ』と大森は反論した。『また信彦が来たらどうすんだよ。あそこはもうバレバレなんだぜ』

『信彦の足止めをする。単純な仕掛けだ。こちらからゴルゴム党本部を襲って〈創世王〉を殺すと挑発のメールを出す。光太郎の名前を使ってだ。それで信彦はゴルゴム党本部に封じ込めることができる』

『いや、そんな単純というか幼稚なやり方で？　マジかよ』

『単純だから効き目がある。呪いのようなものだ。ゴルゴム党本部が絶対に襲われないという保証はない。小さな棘《とげ》だが、抜くことはできないんだ』

結果、三反園の意見通り、彼らは〝村〟へと戻ってきた。光太郎は〝村〟の奥、研究所の近くにある学校の一室に寝かされ、葵はつきっきりになって介抱した。

信彦は動けないと断言した三反園だったが、大森には周辺の警戒を命じた。一同が〝村〟に戻ってから二十四時間が経過した。

「ったくよ。保険だってのはわかるけどよ。俺はこういう保険的な局面で、ホントに便利に使われすぎなんだよ……っっわっ！」

突然の気配に〈コウモリ〉は狼狽《ろうばい》した。つかまっているカラマツの幹を猛然と這《は》い上ってくる真っ黒な影があった。

「っ！」

慌てた〈コウモリ〉は足を放し、そのまま十数メートル下に落下した。カイジンの強靱《きょうじん》な身体はその衝撃には耐えたが、痛みまでは消せない。

「いってぇ……わぁぁぁぁ」

今、見たばかりの黒い影が目の前にいた。カイジンだ。〈コウモリ〉は一瞬、それを〈クロバッタ〉だと思った。だがよく見てみれば似ているが違う。頭は茶色く複眼は黒い。額から伸びた太い触角が小刻みに揺れていた。その姿は……〈コオロギ〉だ。

「誰だ、おまえは！　俺を〈コウモリ〉様と知って……俺はゴルゴムの幹部だぞ」

すると、〈コオロギ〉が〈コウモリ〉の肩をぽんぽんっと叩いた。

「俺だよ！　俺！」

「……おまえ」

「ニックだよ！」

「……おい」

「ホントは俺も〈バッタ〉がよかったんだけど、なんか気がついたら〈コオロギ〉になってた。イメージしてたはずなんだけどおっかしいなぁ。コオロギってバッタの仲間らしいからしかたないんだけどさぁ」

「おい、バカ」

〈コウモリ〉は〈コオロギ〉の頭を叩いた。

「ここには葵もいるんだぞ。どんな面《つら》してニコニコしてカイジンにしてもらったんだよ。デリカシーってもんがないな。つーか、いつの間？　なんでそんな回復早い？」

「そんなこと言われても、三反園さんとの約束だし。それに三反園さんの実験にも協力したんだよ。回復が早いのもそのお陰なんだって、ほら」

そう言うと〈コオロギ〉は腹を突き出した。そこには金属の薄い板があった。

「おい、これ……」

〈コウモリ〉はまじまじと見た。光太郎たちの〈サプレッサー〉に似ているが、あれが〈キングストーン〉を埋め込む穴がひとつ開いているのに対して、〈コオロギ〉のそれは穴がふたつ横に並んでいた。

そのうちのひとつに〈ストーン〉が収まっている。

「これ、三反園さんが研究してるヤツらしくて、その試作品？　元の肉体にあんまり負担もかけないから、術後の回復も爆速で」

「とはいえだぞ。葵がいるところでよくもまぁ」

「それも問題ないっす。気づかれてないというか。目を盗んでやってもらったんで」

「なんだよそれ」〈コウモリ〉は羽で〈コオロギ〉の頭を叩いた。「プチ整形じゃねえんだぞ」

〈コウモリ〉はあらためて〈コオロギ〉の姿をじろじろと見た。

「んで、おまえ、なにができんだよ？　あんだろ？　飛んだりとか糸出したり」

「んー、飛ぶのは無理みたいで。結局はこれですね」

そう言うと、〈コオロギ〉は両腕を前に突き出した。手首から肘のあたりまで小さな透明の翅《はね》が起き上がり、それが細かく振動した。

ビィイイインンンン。

耳を貫かれるような痛みに、〈コウモリ〉は思わず地面に倒れ込んだ。

「だ、大丈夫ですか？」

「大丈夫じゃねぇから倒れてんだよ、バカ野郎。つーか、こんな状況で派手な音立てるなよ、バカ野郎」

「すいません、すいません。でも、〈コオロギ〉に向かって音、出すなは殺生ですよ」

「ふざけんなっ」

〈コウモリ〉は大きな羽で〈コオロギ〉の頭を殴りつけた。

8

ゴルゴム党本部地下三階の〝牢獄《ろうごく》〟と呼ばれる部屋に三神官のひとり、バラオムが囚われていた。場所こそ違うが、五十年前に捕まった秋月信彦、ビルゲニアと同じく、太い鎖で壁に繋がれている。

その重い鉄の扉が開き、ビシュムが警備の者、数名を引き連れて入室してきた。

「惨めな姿ね。ゴルゴム一と謳《うた》われた剛力無双のカイジンが」

バラオムは正面からビシュムの顔を睨《にら》みつけた。

「なんの用だ？」

「退屈してるかなと思って」

ビシュムは微笑んだが、バラオムの険しい顔に変化はなかった。

「ビシュム、よく聞け。……ダロムはカイジンが生き残ることをなによりも望んでいた、だから堂波に従って人間との共存共栄を選んだ」

「……」

「〈シャドームーン〉の言うように人間と対立し、その支配を目指せば、どれだけ犠牲が出るか。力を持たないカイジンから死んでいくんだ。カイジンが人間を支配する世界なんて現実的じゃない」

「言いたいことはそれだけ？　五十年前はダロムの意見が通って、今回は〈シャドームーン〉の意見が通った。五十年前と今では状況が違うから」

「……ビシュム」

「その時、自分たちが信じるものが正義よ」ビシュムは警備の者たちに目配せした。「出して」

警備の者たちが素早く動き、壁と繋いである鎖を外すと、バラオムの身体を押さえ込んだ。

「どこに連れていくつもりだ、ビシュム」

バラオムは「ふっ」と苦笑いした。

「やはり用事があったのか。おまえはいつでも嘘をついてばかりだな」

9

——南光太郎たちが〝村〟に戻ってきてから五日後の早朝。

「身体ならもう大丈夫だ」

光太郎は〝村〟を出て、ゴルゴム党本部に殴り込みをかけると宣言した。

「了解したが、一時間ほど待て」

三反園にそう言われて、光太郎は理由を聞かずにおとなしく、〝村〟の広場で過ごした。葵もその傍らにいたが、ふたりは特に言葉を交わすことはなかった。どこから持ってきたのか、光太郎は岩波文庫のヘルマン・ヘッセの『シッダルタ』を読んでいた。光太郎は葵のために同じく岩波文庫の橋本進吉『古代国語の音韻に就いて』を持ってきた。どちらも新しいもので、三反園の蔵書だったのかもしれない。

光太郎の手前、静かに読書をしていた葵だったが、内容はまったく頭に入ってこない。とはいえ、今更話しかけることもない。話したいことは昨日までの間に、もうすべて話し尽くしてしまった。

小松《こまつ》俊介一家が殺害されたことも話せた。秋月信彦の父、秋月総一郎博士と会ったことも話せた。ゴルゴムと堂波道之助の関わりを示す証拠を見つけ、それを三反園に整理してもらったことも話せた。

最近あったことだけでなく、これまでの十四年間の人生にあった、様々なことも話した。実の両親と暮らした幼い頃のこと、美咲に預けられ、特区三号で暮らすようになってからのこと、数少ない友達のこと、学校であったあれこれ、好きな動画配信者のこと、和泉葵という人間のすべてを知ってほしくて、彼女は延々と話し続けた。

それを光太郎は黙って聞いていた。

昨日の夜、寝る前に葵は光太郎に相談した。

『私、明日の朝、たぶん世界中の人たちに大事な話をするんだ。できるかな。上手く喋《しゃべ》るにはどうしたらいいのかな？』

光太郎は答えた。

『話したいことを話せばいい。何時間かかっても何日かかってもいい。聞きたい人間は聞く。たったひとりでも声が届けば、おまえの勝ちだ』

一時間ほど経って、ふたりのところへニックが走ってきた。

「トラックが来た。光太郎さんに届け物があるって」

立ち上がった光太郎を見て、葵は「待って」と声をかけた。

「大事な話、あった。〈創世王〉のこと」

「なんだ？」

「実は私、秋月博士に……」

葵は先日、特区三号の自宅で秋月総一郎博士から聞かされた、ある話を光太郎に伝えた。光太郎はしばらく考えていたが、

「いや、大丈夫だ。それにあれは、あいつのものだ。ここに置いておく。敵はもう信彦だけだ。〈創世王〉を倒すこと自体は容易い」

「……うん、わかった」

話を終えた葵と光太郎がニックと一緒に〝村〟の

入口まで行くと、そこにいすゞの一トン積の小型トラックが停まっていた。

「ニック！　おまえ、手ぇ貸せよ。じいさんに手伝わせてるじゃねぇか」

トラックの荷台からラダーレールを延ばし、大森とひとりの老人……藤堂克也《とうどうかつや》が一台のバイクを降ろしているところだった。克也はいつもの洒落《しゃれ》た格好ではなく、白いツナギを着込んでいた。

ニックも手伝いに入り、三人がかりで地面に移動させたバイクは〈ホッパー〉だった。

骸骨のような、昆虫の頭部のような特殊なカウルがついた、緑色のバイクだ。

それにまず反応したのは葵だった。〈ホッパー〉の傍らに駆け寄り、遅れて歩いてくる光太郎に向かって叫んだ。

「これ、あの、タクシーの営業所のとこにあったのだよね？」

「あぁ、そうだ」

光太郎は素っ気なく答えると、克也の前に立った。

「どうしてここまで？」

「三反園って人に呼ばれたんだよ、光太郎兄ちゃん」

「〈ノミ〉が？」

光太郎が首を傾《かし》げていると、トラックの音を聞きつけたのか、〝村〟の奥から三反園幹夫が顔を見せた。

「藤堂さんですか……初めまして。私が三反園です。遠いところまでありがとうございます」

「あんたが克也に頼んだのか」

光太郎が尋ねると、三反園はうなずいて答えた。

「信彦の〈セクター〉を見ただろう？　〈ブラックサン〉とこの〈ホッパー〉の連携がどのようなものになるかわからないが、殴り込みなら持っていって損はないはずだ。だから私が頼んだ。藤堂さんとは彼の父の代から繋がりがある」

「……」

「光太郎。ずっと乗っていなかったのには理由があるのか？　五十年前の記憶とともに封印しておきたかったのか？」

光太郎は三反園の顔を見返した。

「……あんたは本当になんでもずけずけと来るな。そうだ、このバイクには五十年前の記憶が染みついている。その匂いが嫌だった。それに」

光太郎は左の太腿《ふともも》を撫でた。

「単車に乗るには足の具合がよくなかったこともある。だが、〈クジラ〉のお陰でこの足も自由に動く。わかった、乗っていこう。確かに贅沢《ぜいたく》を言える立場じゃない」

「兄ちゃん」

克也がトラックの運転席からとり出したヘルメットとグローブを光太郎に渡した。

「ありがとう。使わせてもらう」

そう言うと、光太郎はヘルメットをかぶり、グローブを着け、〈ホッパー〉に跨《また》がった。

「おじさん、もう行くの？」

葵が駆け寄った。

「あぁ、これ以上待つ意味がないからな」

「……」

「ビルゲニアの兄ちゃん！」

光太郎が声をかけると、これまでの様子を木陰から覗いていたビルゲニアが顔を見せた。

「葵のことを頼む。この後、大事な用事があるんだ」

「……いいのか」

「葵自身が信じると決めた。それで裏切られるなら、そこまでの運だ、人生だ」

「……」

光太郎はキーを回そうとして首を傾げた。

「忘れてたよ、光太郎兄ちゃん。スマートキーだ」

そう言うと、克也はプラスチックのカードを投げ渡した。

「……キックもなくなってる」

「そりゃそうだ。エンジンも載せ替えた。水冷になってる」

「いつの間にそこまでいじったんだ」

ぼやきながら、光太郎はスターターボタンを押して、エンジンを始動させた。その音を聞いて光太郎は顔をしかめた。

「音も全然違う」

「ＦＩだから一発で始動しただろ？　音は今はいろいろうるさいんだ、いいパーツがない。我慢してくれ。それからメーターもデジタル化して足回りも
……」

「もういい。なにひとつ残ってないじゃないか」

「肝心のユニットには触ってないよ。いや、俺じゃ触れない」

「……わかった」

「それから……ETCもついてる」

「それは助かる」

光太郎はヘルメットのシールドを下ろした。一瞬、葵と目を合わせると、なんの言葉も残さず、その場でターンをして、猛スピードで飛び出していった。

あっという間に小さくなったその姿を、葵はずっと見送っていた。

しばらくして、葵は踵を返した。〝村〟の中央の通りを走り、一軒の小屋の前に着いた。そこはかつては秋月総一郎博士、信彦が暮らしていた家で、ログハウス風の素朴だが洒落た建物だった。古いものだが、三反園がずっとそこで暮らし、手入れは行き届いていた。

「おい！」後をついてきたビルゲニアが声をかけてきた。「三反園と大森、それにニックには〝村〟の外に出ているように言った。

——俺はここにいる」

小屋の前に控えたビルゲニアにうなずいて答えると、葵は中に入った。そのリビングの隅の机の前に座る。

そこには一台のノートパソコンが置かれていた。葵はスマートフォンにあるQRコードをノートPCのカメラに読み込ませ、該当ページへアクセスを済ませた。

先日、連絡があった国連の差別撤廃委員会のサイトだ。『カイジンとともに生きる明日へ』でのスピーチが評価され、葵はそのシンポジウム、『人種差別および不寛容に関する世界会議』にリモートで招待されていた。会場の様子を見ると、すでに各国代表のスピーチは始まっていて、葵の番はすぐだった。日本時間は午前九時、国連本部のある米ワシントンの時刻は午後八時。シンポジウムは佳境を迎えていた。

「皆さん、こんばんは」

葵の番が回ってきた。

「私は和泉葵。日本人です。ここに招いていただいたことに感謝しています。今日は皆さんに大事なお話を聞いていただきたいと思っています」

「……どうなってんだよ、これ」

堂波はPCと接続された大型モニターを指さした。そこには和泉葵がスピーチする姿が映し出されていた。

「なんだよ、これ」

頬《ほお》に大量にかかった堂波の唾《つば》を拭《ぬぐ》い、補佐官の仁村勲は、

「ご説明しました通り、『人種差別および不寛容に関する世界会議』です。今年で確か十五回目かと」

「ふざけんなこのヤロー、そんなこと聞いてんじゃねぇよ。なんでこの娘がのうのうとこんなもんに出てんだよ。なに言うかわかんねぇんだぞ、今すぐなんとかしろよ」

「これは以前の内閣府のイベントではなく、国連のイベントです。国連に対して日本政府から正式な要請を出せ、ということでしょうか」

堂波は口をパクパクとさせ、なにも言えなくなった。そんな彼を見据えたように、モニターの中の葵が話し続けた。

「カイジン差別は日本固有の問題です。カイジンは日本にしかいないからです。でも、差別は世界共通の問題です。差別される対象がなんであれ、差別するのは我々の心だからです。以前、日本国内のシンポジウムで、私はカイジンの友達がいることを話しました。もう亡くなってしまいましたが、彼は私と同じようなことで笑い、同じように恋をし、同じ夢を見ていると話してくれました」

「総理、連絡が入りました」

仁村が画面を向けながらスマホを持ってきた。そこには警視庁の黒川警部の顔が映っていた。

「和泉葵、今、国連のイベントで演説中なんですって？　頼もしいですなぁ」

そう笑った黒川に堂波は渋い顔になった。

「報告なら早くしろ」

「さすがに時間がかかりましたが、レンタカーの履歴から新潟、佐渡島で大森浩一郎って男が引っかかりまして」

「大森？　知らないなぁ」

「まただ。最近、ゴルゴムを離れていろいろ動いてる男ですよ。私のところにはそういう情報も入ってくるんで。ゴルゴムの〈コウモリ〉って言えばわかりますか？」

「あぁ、あいつか。で？」

「新潟を基点に監視カメラを確認したところ、大森、和泉葵、そしてビルゲニアが行動を共にしていることがわかりました」

「……」

「途中から追跡できなくなりましたが、経路からいって、逃げ込んだのは例の〝村〟ってとこじゃないかと」

「よし、よくやった。今すぐ行け。あの娘から〈キングストーン〉を奪え。それから口を塞げ。なにを言うかわからねぇ。どれくらいで着けるんだ」

「五分くらいですかね」

「あん？」

「もう〝村〟の入口まで来てるんすよ」

黒川が手にしたスマホを動かしたのだろう、高い樹木の群れが画面に入ってきた。

「わかった。確実にやれよ」

「大丈夫です。途中で出くわすことも考えて、いつもの連中も大勢連れてきてるんで」

画面の外から黒川の声が響いた。


「私の友達は殺されました。でも、殺される寸前、彼は私や自分の命を守るために人を殺しました。正確に言えばカイジンを殺しました」

葵はスピーチを続けながら、会場にいる聴衆やリモートで参加しているパネリストたちの反応を窺《うかが》っていた。だが、狭いノートPCの画面でははっきりわからない。葵は考え直し、やはり自分の好きなように喋っていこうと決めた。

「彼を殺したのは恐らく、カイジンヘイトの運動をしていた者たちです。彼はカイジンを殺していたけど、だからといって裁きも受けないうちから、嬲《なぶ》り殺しにされていいわけがありません。

——彼を殺したのは本当にカイジンヘイトの集団なのでしょうか。私はそれだけではないと思います。

この世にカイジンという存在を生み出し、争いの火種を作った者たちこそ、真に糾弾されるべき者たちです。

それは今から八十年も昔、太平洋戦争に突入する前の日本で、人間そのものを武器にしようと考えた者たちです。

現在の民の党の総裁、堂波真一総理の祖父、堂波道之助です」

声こそ聞こえてこなかったが、小さなモニターに映された聴衆たちがどよめいたのがわかった。

「祖父だけではありません。現総理の堂波真一もまた、私欲のために新たにカイジンを造っています。まず、最大の証拠をお目にかけます」

葵は大きく息を吸った。

そして、精神を集中した。

その白い肌がたちまち緑色に染まり、つぶらな瞳が同じく緑の三角形の複眼になった。その手も大きな鎌に転じた。葵はすでに変身をかなりコントロールできるようになっていた。カイジンの形になったのは、服から露出している頭と腕だけに留《とど》められた。

「私は少し前まで普通の人間でした。でも堂波総理のせいで〈ストーン〉というものを埋め込まれ、カイジンにされました。そうです、カイジンは造れるものなんです。造られたものなんです。カイジンの親から生まれる二世、三世以外にもカイジンは造れるんです。

私はカイジンにされた時、本当に絶望しました。死にたくなりました。だって、自分を醜いと思ったからです」

気づくと、シンポジウム参加者のコメント欄に無数のテキストがもの凄い速さで流れていた。葵＝〈カマキリ〉の優れた視力でも読みとれない速度だった。

「私はカイジンヘイトを許せないと思っていました。憎んでいました。でも、いざ自分がカイジンになってみて、自分の中にもカイジンを気持ち悪く思う気持ち、醜いと思う気持ちがあることに気づきました。だから、人間とカイジンが簡単に共存できるなんて言えません。でも、この世の中にはそれを乗り越えてカイジンと手をとり合おうとする人間もいます。私はそうなりたい。なぜなら、私はカイジンで、人間だから」

そこでいちど言葉を切ると、葵は顔と腕を〈カマキリ〉の形から人間のそれに戻した。その過程がひどく醜いものであることを承知しつつも、彼女は敢《あ》えてそれを晒《さら》した。


黒川はトヨタクラウンの助手席にいた。覆面パトカーである。運転席と後部座席には制服警官が計三名。後ろをついてくる大型のバンには八名の制服警官が乗っている。

二台の車は〝村〟の入口で停まった。降車した警官隊に黒川は命令を与えた。

「半分は俺と来い。〈キングストーン〉の奪取が目的だ。残りは通信の遮断だ。どこかに非合法の基地局みたいな設備があるはずだ。探してそれを壊せ」

先行して走り出した五名の警官を見送り、黒川は警官六名とともに歩き出した。

「ビルゲニアという男がいる。それ以外にもカイジンがいるはずだが戦力ではない。ビルゲニアだけを警戒しろ」

返事の代わりに「がっっぁ」という悲鳴に似た声が聞こえてきた。

振り向くと最後尾にいた警官が派手に血を流し、地面に倒れ込んでいた。

その背後に立っていたのはビルゲニア……彼が変身した〈カッチュウギョカイジン〉だった。

身体のすべてを鉄の鎧《よろい》の如き鱗《うろこ》で覆っているが、それでも右腕は失われたままだ。健在の左腕で〈サーベル〉を握っていた。

「黒川か」〈カッチュウギョ〉の口が動いた。「堂波の飼い犬だろ、おまえ？　隠密のつもりだろうが皆、知っている」

「ふっ」黒川は笑った。「あんたに飼い犬呼ばわりされるとはね」

黒川の前にいた警官たちが〈カッチュウギョ〉に向け、一斉に発砲した。

「おいおい、楽すんなよ。こいつはゴルゴムが誇る上級のカイジンだぞ。鉄砲なんかが役に立つかよ、本気出せ」

黒川の命令に生き残った警官五名が制帽を投げ捨て、引き剥がすように制服の上着を脱いだ。

五人はカイジンに変身した。

口が長く飛び出した〈アリクイ〉、大きく裂けた口の両端から角のような大顎《あご》が伸びた〈クワガタ〉、下半身が逞《たくま》しい獣のそれに転じた〈ヒョウ〉、岩のような体表になった〈アルマジロ〉、上半身が倍に肥大化した〈ヒグマ〉、それぞれが〈カッチュウギョ〉をとり囲んだ。

「警官の……カイジン……」

声を漏らした〈カッチュウギョ〉を見て、黒川は微笑んだ。

「ここは昔、カイジンヤクザってのに襲われたんだろ？　六十年前か？　今度は警視庁カイジン警官部隊の襲撃だ。気が利いてんだろ？　――見りゃわかると思うが、戦闘力があるヤツを選《え》りすぐってるからな」

「……上等だ」

〈カッチュウギョ〉は左腕一本で〈サーベル〉を握り直した。


三反園の小屋の中、葵はノートＰＣに向かって必死に話していた。冷静になっているとは言い難かったが、それでも少しでも落ち着いて話そうと努めていた。

「忘れないうちに大切な話をしておきます。先ほどお話ししました、かつて堂波道之助がカイジン製造を指揮していた資料、そして現総理の堂波真一がカイジンビジネスと称して多くの罪のない人たちを犠牲にしてきた事実、すべてをアーカイブにしてあります。そのデータはシンポジウム参加者がスピーチ資料を参照するためのデータフォルダに置いてあります。参照にもダウンロードにもパスワードは必要ありません。アクセスはこちらです」

葵はチャット用のスペースにデータのアドレスを書き込んだ。

「話を戻します。

私はカイジンになりました。

私はカイジンであり、人間です。

でも、その事実をまだ受け入れられていません。

それをを受け入れるには、まだまだ戦っていかないといけない、そう思います。それが勝てる戦いなのかどうか、私にはわかりません。でも、戦い続けます。

——戦うことに意味があると教えてくれた人がいるから」


——〈カッチユウギョ〉に向かって警官カイジンたちが一斉に襲いかかった。先陣を切った〈ヒョウ〉が大きな口を開き、その牙で襲いかかった。だが、〈カッチユウギョ〉は〈サーベル〉を横に薙《な》ぎ、〈ヒョウ〉の牙もろともその顎を砕いた。続いて〈アルマジロ〉、〈ヒグマ〉がその巨体で突進、体当たりで押し潰そうとしてきたが、〈カッチユウギョ〉は巧みな足捌《さば》きでそれを交わした。二体のがら空きになった背中に〈サーベル〉で斬りつける。

だが、その〈カッチユウギョ〉の背中にもまた隙《すき》は生まれていた。〈クワガタ〉と〈アリクイ〉がそこを狙い、食いついた。〈アリクイ〉は〈カッチユウギョ〉の装甲の隙間を狙って尖《とが》った口を差し込み、〈クワガタ〉はその脇腹に大顎を突き立てた。

「くぅうっぁぁ」

痛みに叫びつつも、〈カッチユウギョ〉は〈サーベル〉を握った手で〈クワガタ〉の首筋を打ち、頸《けい》骨《こつ》を砕いた。続けざまに〈サーベル〉を振るい、背中に吸いついていた〈アリクイ〉の口を断ち切る。

「そんなもんか！」

〈カッチユウギョ〉は〈サーベル〉を突きつけた。

そのまま黒川に斬りかかるが、彼は人間離れした反射神経を見せ、その斬撃を悉《ことごと》く避《よ》けてみせた。

避けながらも、黒川は笑っていた。

「そんなもんでもないんだよ」

黒川のズボンを突き破って紫色の尻尾が飛びだした。鋭い針のついた先端が空を裂き、〈サーベル〉に巻きついた。

「っ！」

驚きながらも〈カッチユウギョ〉は黒川に迫り、その胸に頭突きを食らわせた。刃物のような突起に肉を抉《えぐ》られ、黒川は派手に血を噴き出した。

だが、それと同時に、ぽきっと……あまりに軽い音が響いた。〈カッチュウギョ〉が分身のように思っていた〈サーベル〉が、黒川の尻尾にへし折られた音だった。

「最後に大事な話をする前に、もういちど差別について話をさせてください」

葵は深く息を吸った。

「私はカイジン差別について語ってきました。カイジン差別は日本特有の問題で、他の国の人たちは関係ないことだと思うかもしれません。でも、その形が違っても、差別は普遍的なものです。自分となにかが違うということだけを理由に、相手の尊厳を認めず、生きる意味を、生まれてきた喜びを奪う行為です」

葵は深呼吸した。

堂波を糾弾することも大事だったが、今回のスピーチにはそれ以上に語らなければならないことがある。特区三号の家で秋月博士から聞かされた話だ。

あれを伝えれば、カイジン差別がどれだけ愚かなことなのか、少なくと日本人には伝わるはずだ。

「差別は無意味です。特に日本におけるカイジン差別は無意味です、なぜなら……」

その瞬間、ノートＰＣの画面がブラックアウトした。

10

対峙《たいじ》する〈カッチュウギョカイジン〉と黒川のところへ五名の制服警官たちが駆けてきた。

「手製の基地局らしい設備を破壊しました。ここからの通信は遮断されました」

先頭に立つひとりが叫んだ。

「こいつは相手にするな！」

血塗《ちまみ》れの胸を押さえながら黒川が叫んだ。

「おまえたちは娘を確保しろ。可能だったら〈キングストーン〉も探せ」

「待て！」

折れた〈サーベル〉を手にしたまま、〈カッチュウギョ〉は駆け出した。警官たちの背後から襲いかかり、折れた〈サーベル〉で斬るというよりは叩き、その肩を、腰の骨を砕いていく。

警官たちも反撃に出た。それぞれがカイジンの形態をとった。だが、黒川とともに行動していた先の五名ほどの戦闘力は持っていないらしく、角や牙が生えただけで、モチーフの生物が判然としない程度の変身だった。

だが、彼らにはチームワークがあった。

正面から三名が銃撃を加える。その銃弾は〈カッチュウギョ〉の胸に弾かれたが、その隙に残りの二名が横に回っていた。

彼らの狙いは〈カッチュウギョ〉の右腕……失われた右腕の付け根だった。

――そこは鋼《はがね》の鱗が欠損していた。肩の大きな断面は桃色の肉を剥き出しにしていた。

銃弾はその部位に残らず命中し、〈カッチュウギョ〉の体内に暴れ込んだ。〈カッチュウギョ〉が血を吐き膝をついたのを見て、正面にいた警官も横に回り、肩を狙った。彼らはカイジンとしての戦闘力こそ高くなかったが、警察官としての練度は高かった。一発も漏らさず、〈カッチュウギョ〉の肩に銃弾を命中させた。全部で十発以上の銃弾が〈カッチュウギョ〉の体内に入った。

「……んぉぉぉっ」

血を吐きながら〈カッチュウギョ〉は吠えた。

そして、残弾が尽きた警官たちに襲いかかった。

折れた〈サーベル〉を振り回し、彼ら全員の頭を砕くのに時間はかからなかった。

「……っ！」

〈カッチュウギョ〉は目を見開いた。警官たちに気をとられている間に、黒川が〝村〟の奥へ向かっていくのが見えた。

「待て！」

——葵のところへは行かせない。

その一心で〈カッチュウギョ〉は駆けた。

だが、実際は幽鬼のように、ふらふらと、よろよろと、ただ倒れないように、左右の足を緩慢に動かして、バランスをとっているだけだった。その足はほとんど進んでいなかった。

傷ついた黒川の歩みも緩慢なものだった。その足元には小さな川のように血の跡を引きずっている。

一軒の小屋の前まで辿《たど》り着いたところで、黒川は足を止めた。それと同時に扉が開いた。その拍子に黒川は尻餅をついた。身体を支える力が残っていなかった。

中から出てきたのは葵だった。

「よお、久しぶりだな」

黒川は血だらけの顔で笑い、手を上げた。葵はそれを無表情に見下ろした。

「……最後に私は言いたい」

「通信、途中で切れたろ？ それからさ、おまえ〈キングストーン〉ての持ってる？ 持ってるならさぁ」

「カイジンであれ人間であれ、人々が大切なものを奪い合うことがない世界になるまで、私は戦う」

黒川の問いかけを無視して葵は続けた。

「……いいお題目だけどさぁ」黒川は苦笑した。「そいつはちょっと難しいんじゃないか？ おまえが演説してるその間もさぁ、すげえ勢いで殺し合いやってたよ、すぐそこで。命は大切なもんだろ？ 大切なもんの奪い合いだ」

苦笑いしている黒川を見て、葵も唇を歪《ゆが》めた。

「私は今日、賛同を得るために話してるんじゃない。拍手を聞くためにここに来たんじゃない。

――これは、私の、私たちの、宣戦布告だから」

「うるせぇなぁ」

黒川の尻尾が伸びた。その先端の針が真《ま》っ直《す》ぐに葵の首筋を狙った。

だが、それは葵の右手……が変形した鎌に容易く切断された。葵は更に一歩、踏み込み、鎌を返した。

噴水のように血を噴き出しながら、切断された黒川の首が飛んでいった。

「……」

葵は首を失った黒川の身体を踏み越え、道に出た。少し歩いたところに〈カッチユウギョ〉が倒れていた。その身体を中心に、今も血溜《ちだ》まりが広がり続けている。

葵は屈《かが》み込むと、固く握り込まれた〈カッチュウギョ〉の指を丁寧に剥がし、途中から折れた〈サーベル〉を手にとった。


「――ありがとう」

空を見上げ、葵は呟いた。

「……」

雲ひとつなかった青空が、急に暗くなっていた。

雨雲？　と葵は思ったが、そうではなかった。

それは、群れ、だった。

11

ゴルゴム党本部地下三階の牢獄から連れ出されたバラオムは、そのまま同フロアの三神官の部屋へ連れていかれた。そこでまた柱に鎖で繋がれ、ずいぶんの時間、放置されていた。

やがて、秋月信彦とビシュムを先頭に、大勢の、百名近いカイジンたちが入ってきた。皆、高齢の者たちで、以前、信彦の人類への反逆を支持した古参の上級カイジンたちだった。

「……信彦」

バラオムが伏せていた顔を上げた。

「これを見ろ、バラオム」

信彦は手にした赤い〈キングストーン〉、太陽の石を突き出した。それはまるで生きているようにゆっくりと明滅を繰り返していた。

「とうとう〈ブラックサン〉が乗り込んでくる。俺たちの望みを潰しに」

「……おまえの望みだ」

「……〈ブラックサン〉が来るということは〈キングストーン〉も来るということだ」

「あり得ない。わざわざ自分から〈キングストーン〉を運んできてくれる間抜けがいるものか」

「いや、ヤツは持ってくる。そうでなければ決着がつかないと理解しているからな」

信彦はバラオムに背中を向け、居並ぶカイジンたちに目を向けた。

「〈ブラックサン〉はもうすぐここに来る。俺が勝ち、ヤツの〈キングストーン〉を手にする。〈キングストーン〉が揃えば新しい〈創世王〉が生まれる。人間への反撃の時だ。……その前に、おまえたちの気持ちを試させてもらう」

信彦は鎖を持ち、バラオムを皆の前に引きずり出した。

「死んだダロムだけじゃない。このバラオムにも人間の匂いがべったり染みついてる。だが、三神官としておまえたちを今まで守ってきたことも事実だ。……それを今、敵と見なして殺せるか？」

集まったカイジンたちは皆、黙って信彦を見ていた。

「〈シャドームーン〉、おまえは……」

バラオムはまだなにか言おうとしたが、ビシュムがその肩をつかみ、部屋の中央に放り出した。そのまま顔を踏みつけ、上衣の懐からナイフをとり出した。

「考え直せ！」バラオムは叫んだ。「人間への反逆など無理だ。どれだけ戦力差があると思っている」

「いいものを見せてやる」

信彦はスマートフォンをとり出し、バラオムの前で動画を再生した。国連のシンポジウムでスピーチする和泉葵の姿だ。

「あの和泉葵がやってくれた。国連のシンポジウムでぜんぶ、ぶちまけた。堂波道之助のやったことも、堂波真一の犯罪もすべてだ。すべての資料も流出させた。これで堂波総理の失脚は決定的だ。いや、それだけじゃすまない。民の党もなくなるかもしれない。そして……俺たちも追い込まれた」

信彦はカイジンたちの顔を見た。ここにいる者たちはほとんどが八十年以上前に造られた。余裕がある頃に製作されて上質の肉体を持った、選ばれた者たちだ。だが、実年齢で百歳を超える。そして最近は〈ヘヴン〉の摂取もままならなくなっている。その顔には深い皺《しわ》が刻まれ、服の上からでもその肉体が衰えているのはわかった。

彼ら、彼女らは皆、老人だった。

「もういちど言うぞ。追い込まれたのは堂波総理だけじゃないんだ。我々の素性も明るみに出た。戦争中に兵器として造られた存在だと知られた。人間たちはそれを知ったうえでカイジンをどう思うか？」

その場はしんと静まり返っていた。

「なんと哀れな存在か。人間に利用されるため、同じ人間がひどい目に遭った。戦争の犠牲者なんだ。これは同情すべきことだ……。

いや、俺はそうならないと思う。過去の差別がそれを証明している。

逆、だ。

卑しい存在だとして、これからはもっと差別が強まる。人間じゃない、道具だ。道具の子どもたちだ。

そう言われて追いつめられる。俺たちにはもう戦う道しかない……ふっ」

信彦は苦笑した。

「あの和泉葵という娘。たいしたもんだ。堂波を叩き潰し、俺たちの背中を押してくれた、いや、力いっぱい蹴り飛ばした。もう止まることはできないんだ」

信彦はビシュムに目配せした。

「さぁ、勇気ある者は決意を示しなさい」

大勢のカイジンたちの中から、最初に前に出てきたのは黒いワンピースを着た上品な佇まいの老婆だった。首元の大きなパールのネックレスが目立っていた。

彼女はビシュムからナイフを奪うようにすると、床に這いつくばるバラオムに馬乗りになり、その背中にナイフを突き立てた。

「っ」

バラオムが呻《うめ》いた。

老婆はその後ろに立った老人にナイフを渡した。彼も老婆に倣い、バラオムの背中を刺した。彼女たちの背後にはすでに長い列ができており、そこに次々とナイフが渡っていった。

そして、バラオムは、刺されていった。

「うっ」「っ」「うっ」「っっ」

バラオムの短い悲鳴、そしてナイフが突き立てられるザクッという音を除けば、三神官の部屋はほとんど無音だった。

――バラオムを中心に赤い血が少しずつ広がっていく。

「俺たちはいつでも唾を吐かれてきた！」信彦は叫んだ。「無意味な暴力に耐え、自分の生まれた理由を呪った！　こんな悲しい歴史なら、終わらせるべきだと考えていた！　俺も〈創世王〉を消滅させ、カイジンは自然に消えていくべきだと思っていた」

「ぐっっをっ！」

バラオムの身体が大きく震えた。痛みからなのか悔しさからなのか、彼の身体はその意思と関係なく、〈サーベルタイガーカイジン〉に転じた。

だが、その姿は以前の〈サーベルタイガー〉とはまるで別物だった。体躯《たいく》こそ大きかったが、手足の筋肉は萎《しぼ》み、象徴である鋭く長大な牙も今は細く短く、その表面には無数のひびが入っていた。

信彦はそんな〈サーベルタイガー〉を見下ろし、その背中を踏みつけた。

「カイジンは自然に消えていくべき存在か……今なら言える。否《いな》、だと。我々は人間にすがることはしない。人間を食らって生きる。そして俺たちの中には上も下もない。すべてのカイジンを守るために、俺が新しい〈創世王〉を、道具としての〈創世王〉を生み出す！」

居並ぶ年老いたカイジンたちが、ひとり、またひとりと、嗚咽《おえつ》とも叫びともつかない声とともに、腕を突き上げた。

そしてそれぞれカイジンの姿になると、〈サーベルタイガー〉の身体に、文字通り、食らいついた。肉を裂き、骨を砕き、内臓を食い破る音が響きわたった。

カイジンたちが離れると、そこにはもうバラオムの姿はなかった。大きな血溜まりの中、真っ赤な臓物と白い骨の欠片《かけら》だけが残されていた。

「……おおおおおおっっっっっ！」

百人のカイジンたちが一斉に吠えた。そこまでは広くない三神官の部屋が揺れた。

「……それは？」

ビシュムに言われて、信彦はようやく気づいた。手にした赤い〈キングストーン〉が激しく輝いていた。これまでのような明滅ではなく、燃えるように輝いていた。

「来た、ということですね？」

「……そうだな」

信彦は深くうなずいた。

12

——南光太郎を乗せた〈ホッパー〉は首都高速５号池袋線を走り、北池袋ＩＣで都道４３５号に降りた。

ゴルゴム党本部とは目と鼻の先である。

「……」

前を走るトラックが急ブレーキをかけた。

その前方からいくつものクラクションが鳴るのが聞こえた。しばらくすると、車と車の間を大勢の者たちが走ってきた。

車を捨てて逃げてきたのだとわかった。

光太郎は路肩を走り、前に出た。その間にも逃げてくる者たちの数は増えていた。

そのままアクセルを明け、横断歩道のところまで〈ホッパー〉を走らせる。そこに人々を恐慌に陥《おちい》らせていた存在を見つけた。

——およそ百人のカイジンたちが光太郎を待ち受けていた。

〈創世王〉を、そして秋月信彦＝〈シャドームーン〉を守るため、ゴルゴム党本部を飛び出してきたゴルゴム古参の、年老いた上級カイジンたちだった。

13

民の党の総裁室では堂波真一が頭を抱えていた。比喩ではなく、両手で頭を抱え込み、机に突っ伏していた。

その前に彼の補佐官、仁村勲が背筋を伸ばして立っていた。

「致命的です」

仁村は言った。

「かつてのお祖父様の行いだけでしたら、言い逃れもできたでしょうが。現在進行形のあれこれまで露見しては」

「だからっ！」

堂波は机を叩いた。

「戦争中のことだけじゃなくて、最近のことまでどこから流失したんだよ。ルートが違うだろルートが！」

「仰《おっしゃ》る通りです」

「どうしたらいいんだ、どうしたらいいんだよ、仁村」

「我々で検討します。ただ、それには時間がかかります。並の汚職レベルの話ではありませんから」

「だからっ！」

「入院していただくしかないでしょうね。世間からは笑われるでしょうが、こういう場合は他にはありません」

「わかった、じゃあすぐに救急車手配しろ」

仁村はそれには答えず、堂波の背後の窓際に立った。

「すぐには無理ですね」

仁村の言葉が気になって堂波は窓辺に立った。ビルの前を見下ろしたが、その顔がすぐに青ざめた。

「マスコミの車が集まりすぎてパニックですね。中継車もどれだけ来ているか。あぁ野次馬《やじうま》も。車道まで溢れて……これは見渡す限り、というものですね。テレビで放送が続いていますから、人はもっと集まってくるでしょう……あぁ、今現在でもどれだけいるのか……私、チェコのビロード革命の映像を思い出しています」

「カンベンしてくれよ……おい、どうしたらいい？どこへ逃げればいいんだよ……」

仁村は「うーん」と考え込んだ。

そして、

「もうどこへも行けないかもしれません」

と、答えた。

ふと感じた気配に、うなだれた堂波総理から目を離し、仁村は空を見上げた。

「……なんでしょうね、あれは？」

仁村は首を捻った。

14

池袋のゴルゴム党本部近く、都道435号の路上で南光太郎は約百人のカイジンと対峙していた。

運転していた者たちもほとんどは車を乗り捨て、ごく一部の無謀な者たちは歩道に留まり、〈ホッパー〉に跨がる光太郎とカイジンたちにスマホのレンズを向けていた。

「……」

光太郎は着ていたレザージャケットを脱ぎ捨て、精神を集中させた。常人の視覚では捉えきれないスピードで、〈クロバッタカイジン〉の姿を経て、〈ブラックサン〉への変身を完了させる。

――百人を相手にしている時間はない。

否《いや》、百人を相手にしては、今の自分でも勝ち目はないかもしれない。

〈ブラックサン〉は強い。

だが、〈キングストーン〉を持たない状態でその力を発揮できる時間には限りがある。ほぼ瞬間移動に近いあの高速移動能力にしても、動ける距離には限界がある。そして、使えば使うほど、活動時間を削っていく。

――〈ブラックサン〉は〈ホッパー〉のアクセルを捻った。マシンでの正面突破を試みる。

だが、その正面に巨体の〈マウンテンゴリラカイジン〉が仁王立ちになっていた。〈マウンテンゴリラ〉は脇にあった軽自動車をわしづかみにすると、〈ブラックサン〉目がけて投げつけた。

七百キロの重量が直線の軌道で〈ブラックサン〉と〈ホッパー〉に迫った。瞬間、〈ブラックサン〉は〈ホッパー〉を大きく傾け、砲弾となった軽自動車をぎりぎりでかわした。

飛んでいった軽自動車は別の車にぶつかって大きく跳ね、歩道に飛び込んだ。そのまま道沿いの大規模ドラッグストアに突っ込み、派手な音を立てた。それに混じっていくつもの悲鳴が上がる。

横倒しになった〈ホッパー〉の横で〈ブラックサン〉は立ち上がった。

〈マウンテンゴリラ〉と並んで、〈ゾウカイジン〉、〈ワニカイジン〉、〈サイカイジン〉といった剛力の者たちが並んでいる。その向こうにも多くのカイジンたちがいる。突破することは容易くない。

〈ブラックサン〉がそう認識したところで、黒光りする丸い頭のカイジンたちが襲いかかってきた。細部に違いはあったが、数体いる彼らは全員が〈クロオオアリカイジン〉だった。〈ブラックサン〉は虚空に向けて右の拳を打ち出した。〈再生成泡沫《リ・プラスフォーム》〉の黒い飛沫《しぶき》が飛び、彼ら全員に命中した。〈創世王〉の力を継承したその力はどんなカイジンであれ、たちまち侵食し、その肉体を崩壊させる。

その威力は〈クロオオアリ〉たちに対しても変わるところはなかった。〈再生成泡沫《リ・プラスフォーム》〉が命中した胸を中心に、ボロボロと身体が崩れていく。

だが、それでも彼らの突進は止まらなかった。身体の崩壊はすでに手足にまで及んでいたが、勢いのまま〈ブラックサン〉の身体を押し潰した。〈ブラックサン〉が崩れいく彼らを押しのけたところで、第二波の攻撃があった。〈マウンテンゴリラ〉、〈ゾウ〉〈オサガメ〉といった重量級のカイジンたちが群がってくる。〈ブラックサン〉も〈再生成泡沫《リ・ブラスフォーム》〉を撃って対抗したが、全員には命中しなかった。

〈再生成泡沫《リ・ブラスフォーム》〉で構成された〈ブラックサン〉の体表そのものが、カイジンにはダメージを与える。

〈ブラックサン〉を押さえ込んでいる〈マウンテンゴリラ〉、〈ゾウ〉といったカイジンたちはその手を灼《や》かれ、組織が崩壊しつつも、なんとか耐えていた。

そして、〈ブラックサン〉の手足や首を引きちぎろうと力を込めた。

「……っ！」

そのあまりの苦痛に〈ブラックサン〉は声を漏らした。

カイジンたちの援軍は更に増え、〈ワニ〉、〈ライオン〉、〈シャチ〉といった連中を筆頭に、多くのカイジンたちが殺到してきた。〈再生成泡沫《リ・ブラスフォーム》〉でまださほどダメージを負っていないカイジンたちにのしかかられ、動きを封じられていた。

「……がぁぁっ！」

〈ブラックサン〉が吠えた。鋸《のこぎり》のような上下の鋭い歯が大きく開き、その口から黒い粒子が奔流のように吐き出された。〈再生成泡沫《リ・ブラスフォーム》〉だ。それは〈ブラックサン〉を囲んでいたカイジンたちの頭部を捉え、ほぼ瞬間的にグズグズに腐った果実のような有様にした。

たじろぎ、思わず後退《あとずさ》ったカイジンたちに向け、〈ブラックサン〉は拳で虚空を突き、〈再生成泡沫《リ・ブラスフォーム》〉を撃ち込んだ。

その一撃で十体近いカイジンが倒れた。

残りのカイジンたちは再び距離を置き、様子を窺っている。

だが、〈ブラックサン〉の胸を占めていたのは絶望感だった。

これまで二十体近くを撃退した。だが、敵の数はほとんど減っていないように見える。そして、〈ブラックサン〉にはすでに全身から力が抜けていく感覚があった。〈キングストーン〉なしでこの力を使っている代償だ。制限時間が迫っている。

この場を逃げきれるかどうかわからないが、可能性に賭けてみるか……それとも。

「……！」

〈ブラックサン〉は片腕で〈ホッパー〉を引き起こし、素早く跨がった。

さっきからなにかが聞こえている気がした。こうして跨がってみて、その感覚はより鮮明になった。

「　　」

――突然、〈ホッパー〉が吠えた。

無音だったが、〈ホッパー〉の車体が激しく震えた。それは歪《いびつ》な命の胎動だった。〝村〟で〈セクター〉が変形した六本脚の怪物と接触した際と同じ感触だった。

〈ホッパー〉に内蔵された、藤堂勝《まさる》が製作した〈ユニット〉……〈創世王〉の細胞そのものを移植したシステム。それがどのようなものなのか、光太郎には想像もつかない。これを守ってきた藤堂克也にとっても、完全なブラックボックスだ。同様のシステムが搭載された〈セクター〉のそれは、あの奇怪な六本脚の怪物となって〈シャドームーン〉を守り、自分と融合……食おうとした。

――〈セクター〉のシステムが〈シャドームーン〉を守るものなら、この〈ホッパー〉に搭載されたそれは、自分を守ってくれるものに違いない。

「……行け、〈ホッパー〉」

祈る想《おも》いで〈ブラックサン〉は言った。

「　　」

再び、〈ホッパー〉は無音で吠えた。

――だが、なにも起こらなかった。

一瞬止まっていたカイジンたちの足が再び動き出した。だが、その時。

空が、急に、暗くなった。

灰色の雨雲などでなく、あたりが文字通り、なにか真っ黒いものに覆われていた。

まるで日蝕《にっしょく》、だ。

「……」

〈ブラックサン〉は空を見上げた。

そこあるものがなんなのか、彼はすぐに理解した。

黒いバッタの群れだ。

――蝗害《こうがい》、という現象がある。

突然大量発生したバッタの群れが移動し、農作物を食い荒らす現象だ。日本での発生は稀《まれ》だが、アメリカ、アフリカでの被害は多く、過去最大の群れは幅にして百六十キロ、長さ五百キロの規模といわれている。東京大阪間のほとんどが覆い尽くされるスケールだ。

そのバッタの……漆黒のバッタの群れが今、池袋上空を中心に東京二十三区の空を埋め尽くしていた。過去の例に照らせば、その数は実に数百億匹がいるものと思われた。

群れの中心にいたバッタたちが……恐らく一億を超える数が竜巻のような形で下降してきた。それは隣接する首都高速５号線池袋線を走っていた車、数百台を巻き込んだ。車同士が衝突、もしくは遮音板に衝突した。中でも重量のある大型トラックは遮音壁を突き破り、下の都道４３５号線に何台もが落下した。その衝撃にあたりが大きく揺れ、カイジンたちの間にも恐慌が広がった。

だが、彼らを本当の恐怖が襲うのはこれからだった。

黒いバッタの群れは〈ブラックサン〉を中心に路面すれすれに拡散していった。それらは乗り捨てられた車に食らいつき、続いて危機を察知してようやく逃げ出したカイジンたちにも容赦なく襲いかかった。

数分もかからず、八十名ほど残っていたカイジンたちは全滅した。骨も残さず、地上から完全に消滅した。

半ば食い尽くされた何十台という自動車のタンクからはガソリンが大量に溢れ出していた。そして、なにか……散乱した自動車のバッテリーが起こした火花か……が引火した。

たちまち炎が燃え広がった。天を焦がすほどの火柱が上がり、首都高速の高架を舐《な》めた。

――〈ブラックサン〉は〈ホッパー〉のアクセルを静かに捻った。

周囲を埋め尽くしていた黒いバッタの群れがきれいに左右に分かれ、道を作った。そして数百メートル先にあるゴルゴム党本部ビルまでのその道を、

〈ブラックサン〉は〈ホッパー〉を悠然《ゆうぜん》と走らせた。

〈ブラックサン〉がゴルゴム党本部に到着した頃、黒いバッタの群れは上空に引き揚げていた。全東京の空を埋め尽くしていた黒い絨毯は忽然《こつぜん》と消え失《う》せた。

ゴルゴム党本部ビルの前で〈ブラックサン〉は〈ホッパー〉を停めた。

「……行ってくる」

〈ブラックサン〉は〈ホッパー〉のライトカウルに静かに手を置いた。そしてもう一方の手を、葵が胸に刻んだ∞の……∞に届かない、できそこないの紋章に置いた。

15

〈ブラックサン〉はゴルゴム党本部に入った。

無人のロビーを抜け、エレベーターに乗り込む。

本来なら物理キーと生体認証が必要なはずの、地下四階のボタンが待機状態になっていた。迷わずボタンを押す。

エレベーターの函は静かに動き、〈ブラックサン〉を地下四階へと運んだ。

〈創世王〉の部屋に入る。

「……遅かったな」

そこで待っていたのは秋月信彦……否、すでに変身していた〈シャドームーン〉だった。心臓だけになった〈創世王〉のケースの前に、白銀の重厚な姿があった。

「おまえのものだ。返しておく」

〈シャドームーン〉が赤い〈キングストーン〉、太陽の石を投げてきた。

〈ブラックサン〉はそれを受けとると、黙って緑の〈キングストーン〉、月の石を投げ返した。

「……いいから使えよ。ここまで来るのにもう力は使い果たしただろう？」

〈シャドームーン〉がそう言った。

「……」

〈ブラックサン〉はなにも答えなかった。

「さぁ使えよ」

「……おまえは？」

「使わない道理がない」

そう言って、〈シャドームーン〉は緑の〈キングストーン〉を胸の高さに突き出した。

「……」

〈ブラックサン〉もまた、赤い〈キングストーン〉を突き出した。〈キングストーン〉の鼓動が伝わってきた。

――合図があったわけではない。

だが、〈ブラックサン〉と〈シャドームーン〉、ふたりは一ミリ秒の狂いもなく、完全に同じタイミングで〈キングストーン〉を〈サプレッサー〉に収めた。

赤と緑。

ふたつの〈キングストーン〉が眩《まばゆ》く輝いた。

ふたりの戦いが、
最後の戦いが、

――始まった。

赤い〈キングストーン〉を挿入した瞬間、〈ブラックサン〉は全身に活力が戻ったのを自覚していた。それと同時に超高速体勢に移行する。

否、移行、しようとした。

だが、できなかった。

動くことはできた。だが、通常のスピードだ。そのまま〈シャドームーン〉に殴りかかるが、ギリギリのところでかわされた。

「……っ」

スピードの遅延は〈シャドームーン〉の念動力のせいだと、すぐにわかった。本来は全身を押し潰す力をかけているのだろう。だが、なにかが……本来の〈キングストーン〉を装備した力故なのか……〈ブラックサン〉を守り、それに抗した結果だった。

四方からギリギリという音が聞こえてくる。

部屋の鋼板の壁、天井、床が歪み、へこみ、振動していた。〈シャドームーン〉の全力の念動力に、建物全体が脅かされていた。

――僅かに間合いをとっている〈シャドームーン〉に向かって、〈ブラックサン〉は拳を打ち出した。〈再生成泡沫《リ・ブラスフォーム》〉の黒い粒子が飛び、〈シャドームーン〉の頭と胸に命中した。だが、その装甲は崩れず、僅かに白い煙を上げただけだった。

「……ふっ」「……ふっ」

〈ブラックサン〉と〈シャドームーン〉は笑った。

互いの最大の力……超高速と念動力、〈再生成泡沫《リ・ブラスフォーム》〉が、互いの能力によって完全に殺されていた、相殺されていた。

――〈ブラックサン〉は肩の副脚を引き抜いた。

〈シャドームーン〉も同様に副脚を抜いた。

ふたりが手にした副脚が同時に剣状に変化した。

〈ブラックサン〉と〈シャドームーン〉が激突した。

ふたりの剣が激しくぶつかり、火花が上がった。剣客同士の鮮やかな剣捌きではなく、ただ力任せの剣のぶつけ合いだった。

何回、何十回と打ちつけ合った挙げ句、両者の剣が同時にへし折れた。

「！」「！」

ふたりは同時に剣を捨て、同時に拳を打った。超高速を封じられて尚《なお》、〈ブラックサン〉の方がスピードに優れ、打撃力も上だった。だが、その強固な装甲故、防御に優れているのは〈シャドームーン〉だった。

――互いの拳の破壊力は互角だった。

ふたりはノーガードで打ち合った。

〈ブラックサン〉の拳が〈シャドームーン〉の胸を抉り、〈シャドームーン〉の拳が〈ブラックサン〉の腹を貫いた。

――ふたりの動きが止まった。

「いい加減、諦めろ……光太郎」

「……」

「あの世で、ゆかりが待ってる」

「いや」

〈ブラックサン〉は首を横に振った。

「ゆかりは死んだ。五十年前にビルゲニアに殺された。あの後、遺体は親が引きとり、火葬のうえ、埋葬された。この世から消滅した。そして、あの世などない」

「……」

「おまえがゴルゴムに捕まっていた五十年間、俺はずっと、ゆかりのことを調べていた。時間はあったし、伝手《つて》もできたからな。

　新城ゆかりは普通の、いや、裕福な家の娘だった。父は銀行幹部、祖父は銀行の頭取まで務めた人物だ。本人も頭はいい。高校時代から進歩的で、カイジン差別と戦うというスピーチをした記録がある。俺たちと出会った頃も国立の大学に通っていた」

「……」

「そんな境遇だから金にも困ってはいなかったはずだ。だが、彼女は大学に入ったころから堂波道之助の愛人だったという話がある。複数の証言があった」

「……嘘だ」

「そうかもしれない。だが、ふたりがいる写真は見た。それ以上でもそれ以下でもない。俺たちがはっきりわかるのは、堂波道之助のスパイとなって、〈キングストーン〉を奪おうとしたことだ」

「……」

「金に不自由していない彼女が、なぜ若くして堂波道之助の愛人となり、スパイとなったのか。その理由はわからなかった」

「……嘘、だ」

「嘘じゃないんだよ、信彦。わからないんだ」

「……」

「五十年前のことだ。当時の関係者の多くはもう死んでる。五十年前に殺されたゆかりの心は、真意は、どこまで行っても、俺たちには理解することも解釈することもできないんだよ」

「……」

「だから、俺たちにとって、ゆかりは意味なく死んだんだ。ゆかりの死に物語なんかないんだ」

「……あぁぁぁぁぁぁぁぁぁぁぁぁぁっ！」

〈シャドームーン〉の口が開いた。鋭利な歯が壁の照明を映してギラリと輝いた。同時に〈シャドームーン〉は右手を前に突き出した。

そして、〈ブラックサン〉の首が、ぎゅっと絞まった。

〈ブラックサン〉の〈キングストーン〉の守りを突破して、〈シャドームーン〉の念動力が炸裂《さくれつ》した。

「ぼぉぉっ」

〈ブラックサン〉が鮮血を吐き出した。彼の首を絞める見えない力は更に強まっていた。

「……光太郎。〈創世王〉を新たに生み出すのには〈キングストーン〉がふたつ必要。つまり、やがて俺たちが〈キングストーン〉を奪い合うことを親父《おやじ》たちは知っていた！　それを俺とおまえに持たせたんだ！」

大きな足音を立て、〈シャドームーン〉は〈ブラックサン〉に迫った。

「俺とおまえは奪い合うために生まれたんだよ！」

〈ブラックサン〉の口から流れる血が止まらない。

〈シャドームーン〉の念動力は〈ブラックサン〉の全身に及んでいた。その腕が、足が捻じ曲げられていく。

「光太郎ぉぉぉぉぉぉっっ！」

〈シャドームーン〉は銀に輝く拳を振り上げた。

〈ブラックサン〉の顔面目がけて打ち込む。

「……っ！」

〈シャドームーン〉は呻いた。〈ブラックサン〉が大きく口を開き、その拳にかぶりついていた。

集中を破られ、〈シャドームーン〉の念動力が消失していた。〈シャドームーン〉が気づいた時、彼の目の前から〈ブラックサン〉の姿は消えていた。

次の瞬間、〈シャドームーン〉の背中が叩かれた。至近距離で機関砲を撃ち込まれた衝撃に、重厚な背中の装甲がひしゃげ、歪んだ。

〈シャドームーン〉がやっと振り向いた時、そこにはもう〈ブラックサン〉はいない。

「っ！」

頭上からの衝撃に〈シャドームーン〉は倒れた。

〈ブラックサン〉に蹴りつけられたのだと理解した時には、それに続く秒間何十発という拳の連打を受けていた。

　その打撃は装甲にだけでなく、その内部にも多大なダメージを与えていた。

　気づけば、〈ブラックサン〉は〈シャドームーン〉に馬乗りになっていた。躊躇《ちゅうちょ》なく拳を振り上げ、〈シャドームーン〉に振り下ろそうとした。

　だが、直前、〈ブラックサン〉の拳が止まった。

「……信彦。親父たちは俺たちに争わせようとしたんじゃない。争わない俺たちだから選んだ。そう思ったらダメなのか？」

「……」

　返答の代わりに〈シャドームーン〉は腕をよろよろと挙げ、その手を開いた。

　――だが、念動力は発現しなかった。

〈ブラックサン〉は〈シャドームーン〉の手を押さえ込んだ。

「俺はおまえから奪うものなんてなにもない。だから俺に託せ」

「……奪いたければ奪えばいい。〈キングストーン〉を破壊するのが目的だろう」

「奪ったものを壊すなら、これまでも機会はあった」

「……」

「おまえから託してもらったうえで封印する。誰の手も届かないところに。そして可能性を潰したうえで〈創世王〉を殺す」

「……」

「聞いてくれ信彦。カイジンは人間だ。誰かと出会って恋もする。子供だって作る。それで生きて、いつか死ぬ。なにも特別なことはない」

「……光太郎」

「今でも、ゆかりの心はわからない。なにが嘘でなにが本当なのかわからない。だが、あの時、ゆかりが語っていた、ゆかりが望んでいた、人間とカイジンが自然に暮らせる世界、あれだけは真実だと思う。ゆかりが語って、俺たちが信じたんだから」

「……」

「……信彦」

「覚えているか、光太郎」

〈シャドームーン〉は震える声で言った。

「堂波に〝村〟を潰され……俺たちは藤堂さんを

頼って、東京で暮らし始めた。生活に不自由はなかった。だけど……」

「……」

「俺は普通の人間たちの間で……普通に暮らしていくことが……どうしても馴染めなかった……俺は怪物だからだ」

「いい、もう喋るな、信彦」

「だから……俺はずっと息を殺して生きてきた。世界は敵だと思ってた。だけど、ゆかりに会って、そうじゃないと思えた」

「……」

「……光太郎。俺は……、あの頃に戻りたい……覚えているか、光太郎」

「……わかるよ。おまえが今、見ているもの、俺にも見えている」

「……そうか」

〈ブラックサン〉の、光太郎の言葉に嘘はなかった。

——ふたりの特殊な交感能力によるものなのか、さもなければ、原初の人が持っていたというテレパシーのようなものか、それはわからない。だが、光太郎は信彦と、ひとつのビジョンを確かに共有していた。

五十年前の光景だ。

光太郎と信彦が五流護六に合流し、堂波の孫を誘拐することで反旗を翻《ひるがえ》すことになるまでの短い間のことだ。

五流護六本部の屋上で、あの旗をバックに皆で写真を撮った。なんの記念でもなかったが、あの頃は気持ちが高揚して、よくそんなことをした記憶がある。今から思えば、ダロムたちもゆかりも、その頃から光太郎と信彦の〈キングストーン〉を狙っていた。彼ら以外にそれを知らなかったのは、ビルゲニアくらいのものだ。

だが、今、こうして、信彦の記憶を通して、五十年ぶりに見てみても、旗の前に並ぶ彼らの……ダロム、ビシュム、バラオム、ゆかり、オリバーの顔に邪心を窺うことはできなかった。光太郎と信彦、ビルゲニアとともに、屈託なく笑っている。

『この世界は本当に変わるのかな』

あの頃の光太郎もまた、彼らを信じていた。だからこそ、そんな言葉がふと、口をついて出た。

『でも、そのためになにすればいいのか、まだわからないな』

信彦が真面目な顔で答えた。

『しょうがないよ』ゆかりはいつもの調子だ。ぶっきらぼうに言った。『私たちは誰も特別じゃない。残したものを、誰かに受け継ぐだけの歴史の通過点だから』

その時のゆかりの言葉が、それ以来ずっと、光太郎の心に残っていた。

――ゆかり、おまえはなにを想う？

なにを残し、なにを受け継がせようとしたのか。

五十年前の光太郎と現在の光太郎が同時に想いを馳《は》せた瞬間、カシャリと音がした。カメラのセルフタイマーでシャッターが切られ、その時の光太郎たちを、∞のマークが刻まれた五流護六の旗とともに、永遠に封じ込めたのだ。

シャッター音の残響が消えた瞬間、光太郎……

〈ブラックサン〉の視界は現実に戻されていた。

自分の手の中に緑の〈キングストーン〉があった。

〈シャドームーン〉が自ら〈サプレッサー〉から外し、〈ブラックサン〉に握らせたのだ。

「……もう……俺には……必要ない」

「……信彦」

「おまえにやられたわけじゃない……〈キングストーン〉のせいだ」

「……」

「力を……〈キングストーン〉に……誘われた……力を……おまえも気をつけろ……力を……急げ」

それだけ言うと、〈シャドームーン〉は声を発さなくなった。

もう、動かなくなった。

〈ブラックサン〉は握った緑の〈キングストーン〉を床に置いた。そして、自分の〈サプレッサー〉からも赤の〈キングストーン〉を外し、緑のそれの横に置いた。

〈ブラックサン〉はその場を離れ、ケースの中に収まった〈創世王〉に近づいた。その太い血管の束が近くの機器に接続され、体液の循環が補助されているようだが、あの時に対決した、心臓だけの姿はそのままだった。

「……」

〈キングストーン〉を外したことで、一気に力が抜けているのがわかった。だが、まだ身体は動かせる。

これで十分だ。

――〈サーベル〉などいらない。

〈ブラックサン〉はケースに拳を叩きつけた。強化ガラスが砕け、大量の薬液とともに、幾筋もの血管、神経の束を引きずって、〈創世王〉の心臓が床に落ちた。

〈ブラックサン〉は屈み込み、両手を〈創世王〉の心臓に突き立てた。そのまま躊躇《ためら》うことなく、ふたつに引き裂く。

――ずっと待っていたよ。

その瞬間、虚空から声が響いた。

――命を繋ぐために。

更に引き裂く。

引き裂く。

引き裂く。

〈創世王〉の心臓はすでに原型を留めていなかった。真っ赤な血液と体液の溜まりに、ブヨブヨとした欠片が浮いているだけだった。

――〈創世王〉は完全に消滅した。

〈キングストーン〉による継承は行われず、この先、新たなカイジンが生まれることも、現存するカイジンたちが不用意に延命されることもない。

――終わった。

とうとう、五十年前の決着が。

遠くから。

とても遠くから、獣が上げる断末魔の悲鳴のような声が聞こえた。

〈ブラックサン〉は立ち上がり、その場を離れようとした。

「……」

目の前に白い着物の少女が立っていた。その右手には赤い〈キングストーン〉を、左手に緑の〈キングストーン〉を持っていた。

――ずっと待っていたよ。

――命を繋ぐために。

16

――それから一週間が経った。

17

文京区にある、国立大学付属病院。

その二十階、最上階はいわゆるＶＩＰ専用の特別室のみが並ぶフロアになっていた。その中でもいちばん広い、高級ホテルのスイートルームに匹敵する病室に堂波真一はいた。

シルクのパジャマでベッド脇のソファに腰かけ、煙草《たばこ》を吹かしている。

「総理、幹事長がいらっしゃいました」

ノックとともに、仁村勲補佐官が峰山《みねやま》幹事長を連れて入室してきた。峰山は堂波よりもひと回り年上の、民の党の重鎮だった。

「あれ？　煙草いいの？　病院だぜ」

峰山が笑ったが、堂波は、

「いいでしょ。加熱式だから」

と、真面目な顔で答えた。

「――で、どうですか？」

堂波が尋ねると、峰山は「うーん」と答えた。

「ぶっちゃけ最悪かな。うちの党ももう終わりだと思う」

峰山のストレートな返答に、堂波は「っ」と息を呑んだ。

「俺はもう引退するから関係ないしな」峰山は言った。「淡路島に戻ってタマネギ作るから」

「いやいやいやいやいや、幹事長。そりゃないでしょ。もうちょっとどうにかさ」

「散々どうにかして、この始末なんだよね」

峰山が真顔になった。

「党の本部襲われたの知ってる？」

「え？」

「あ、ニュース見ないか。じゃあ池袋のバッタに何百人もやられたってのも知らないのか。で、なにやって時間潰してるの。スマホのゲーム？」

「本部が襲われたって」

「一昨日ね。正面からでかいトラックが突っ込んで。抗議で集まってた連中がそこに雪崩《なだ》れ込んだ。警備の警官たちだけじゃどうしようもなくて、火つけられて建物は半分燃えるわ」

「……」

「居合わせた議員十名が暴行されて重傷、職員が何十人も重軽傷。乱入した市民、駆けつけた警官が乱闘になって、合わせて百名超が負傷。戦後？　いや憲政史上初めての大事件だな」

「……そりゃ、大変なことで」

堂波は苦笑いすることしかできなかった。

「でも、しばらくやり過ごしてほとぼり覚ましてさぁ。俺もまた頑張るからさぁ」

「いや、それはもう大丈夫。民の党もなくなるんで」

「え？」

「え、じゃないでしょ。党の総裁が人体改造、人身売買やってた政党が存続できるわけないじゃない」

「それは……」

「それこそほとぼりが冷めた頃に新党結成かなぁ。あんたのお祖父様は党をここまでにした功労者だけど、やっぱり三代目が潰したかぁ」

「……いや」

「で、今日来た用事なんだけどね。もう罷免は決定だから、その前に自分から辞めて。それがあんたが今、党にできる最大の貢献だから」

「……」

「ちょっとトイレ借りるわ。最近、ホント近くて」

そう言って峰山が立ち上がった後も、堂波はずっと顔を伏せ、黙り込んでいた。

「……総理」

心配して仁村が声をかけると、堂波は妙に勢いよく立ち上がった。

「ションベンしてくる」

「トイレでしたら、今、峰山先生が」

「……ふざけんなよジジイ。他所《よそ》サマの病室来て勝手に便所使うヤツがいるかよ。だから淡路島の田舎モンは嫌なんだ」

堂波が部屋を出ようとしたのを見て、仁村は慌てた。

「外に出られるのは」

「SPいるだろ」

「わかりました、私も参ります」

堂波が病室の外に出ると、スーツ姿のふたりのSPが立っていた。「便所行くぞ」と言うと、ふたりは黙ってついてきた。仁村が殿《しんがり》を務めた。

VIP専用の二十階は高級ホテルのような内装だ。床も分厚い絨毯でスリッパでは歩きにくいほどだ。

堂波は黙って長い廊下を歩いていった。一週間前の入院の時にいちど通っただけなので、勝手がわからない。エレベーターホールの近くに、ナースステーションとトイレがあった記憶だが……。

「おい、便所どこだ？　おまえら……」

振り返ってSPを怒鳴りつけた堂波だったが、その顔が凍りついた。

ふたりのSP、そして仁村の姿が見えなくなっていた。

「おい！」「おい！」「おい！」

なんど怒鳴ってみても、廊下には堂波ひとりだけだった。

「……馬鹿にしやがって」

憤慨した堂波だったが、尿意に抗《あらが》うことはできず、トイレを求めてまた歩き出した。

――おかしい。

広い病院ではあるが、ここまで広い、か……？

照明が暗いので先が見通せない。どこまでも廊下が続いているように見える。

不安から早足になる。

……？

気のせいか。後ろから足音が聞こえるような……。

「仁村、おまえなっ」

足を止め、振り向いた堂波は言葉を失った。目の前に全身真っ黒なカイジンが立っていた。黒光りする体表に天井の橙色《だいだいいろ》の照明をぼんやり映している。

――〈コオロギカイジン〉だ。

真っ黒な複眼でじっと堂波のことを見下ろしていた。


「ひっ、ひっ、ひぃぃぃぃぃぃぃぃぃ」

悲鳴を上げて堂波は駆け出した。

どれだけ走っただろう。ようやく眩しい光が見えてきた。

ナースステーションだ。

堂波はカウンターに齧《かじ》りついた。

「た、た、助けてくれ……」

「どうされましたー？」

「……」

カウンターの向こうに座っていたのは白衣のナースではなく、黒いシャツを着た中年男……大森だった。

「だ、誰だよ、おまえ……」

「ちーっす、お久しぶりです」

「誰？」

「やだなぁ、大森ですよ。〈コウモリ〉って言えばわかります？」

「な、なんだよ、〈コウモリ〉かよ……助かった……変なカイジンに追いかけられてんだよ。助けろよ。殺す気だよあいつ」

「へー、そりゃ大変で。で、助けたらなにしてくれます？」

「あ？　逆に助けなかったらどうなるかわかってんのか？」

「助けなかったらここで殺されるんですよね？　死んだらどうにもできないですよね？」

「……わかった。金を出す」

「それから？」

「それから？　ええと……就《つ》きたい仕事に世話してやる。ゴルゴムで雑用やってるんだよな？　ずっとマシな仕事、世話してやる。働かなくても給料もらえる仕事なんかいくらでもある」

「そりゃあ夢みたいだ。でも、ちょっと無理ですよね？」

「なにが無理なんだ？」

「だって、総理、約束守ったことねぇし」

「……」

「それに五分後？　いや三分後にはもう生きてないじゃないですか？　電話かける暇もないですよ？」

「？」


次の瞬間、首をわしづかみにされた痛みと、床から足が離れた浮遊感に、堂波は息を呑んだ。

そして、堂波は床に放り出された。

さっきのカイジン……〈コオロギ〉がぬっと顔を突き出し、堂波を見下ろした。

「人間の命の重さも」コオロギは鋭い歯を震わせて言った。「カイジンの命の重さも地球以上。命の重さに変わりはない」

「……」

「うちのじいちゃんの言葉だ。……あれ？　合ってたかな？」

「オリバー……オリバー、なんとかか」

「オリバー・ジョンソン、ちゃんとした名前があるんだ。おまえ、うちのじいちゃん、殺させたよな？　忘れてないよな？」

「……覚えてるが」

「俺、カイジンにしてもらったんだ」

「か、仇討ちかよ……そんなの流行《はや》らないぞ。憎しみの連鎖は終わらせるってのが、今のトレンドだろ？」

「なに言ってんの？」

〈コオロギ〉は首を捻った。

「じいちゃん殺されたの子どもの頃だし、もうそんなに覚えてないし。じいちゃんの言葉？　ちょっとダサいと思ってた」

「だっ、だったら……」

「だけど、おまえ、ずっと偉そうだから。ぶっ殺すのは面白いかなぁとは思ってた」

「面白い？　面白いだけでやるなんて……意味がないだろ？」

「そうだね、意味はないね」

〈コオロギ〉はその手を堂波の首にかけた。

「でも、面白いよ」

〈コオロギ〉は軽く力を入れた。堂波は白目を剥き、ポキッと音を立て、その頭は九十度捻《ねじ》れた。

「あー、おまえ。一発で殺すなよ。俺にもちょっとやらせるって話だったろ？」

「あー、ごめんなさい、力の加減がわからなくて」

〈コオロギ〉が大森にペコペコ頭を下げていると、ふたりのＳＰ、そして峰山幹事長を連れて仁村がやって来た。

仁村は堂波の死骸を一瞥《いちべつ》すると、

「あぁカイジンてのは、ホントにひどいことをするなぁ」

と、溜め息をついた。

大森が「ほれ」と手を差し出した。仁村はスーツの内ポケットから分厚い封筒をとり出し、それを渡した。

「あざーっす」大森は封筒の中身を確認した。「でもさぁ。こういうことさせんなら、他にいくらでもいたでしょ？　なんで俺に連絡したの？」

「うーん」と仁村は考えた。

「どうせならカイジンに殺されたほうが……その……面白いかなぁって思って」

18

一週間前のカイジン騒乱、突然の蝗害による大規模な事故の被害を受け、東池袋近辺はまだ騒然としていた。堂波真一総理によるカイジンビジネスが暴露されたことと合わせ、ゴルゴム党本部に捜査の手が入ったが、すでに本部ビルはもぬけの殻だったという。

確かに党本部ビルは放棄されていた。

だが、その地下四階だけはまだ生きていた。地下外周部からアクセスすると、ビシュムは〈創世王〉の部屋に入った。

〈ブラックサン〉と〈シャドームーン〉の激闘を物語るように、部屋はひどい有様だった。床も壁も天井も大きく歪み、パイプ、コードの類《たぐ》いはすべてズタズタになっていて、照明も死んでいる。工事現場用の作業灯が間に合わせで置かれていた。

その作業灯に照らされ、急造の〝玉座〟に座る、巨大な人型がいた。全身漆黒の昆虫人間だ。かつての〈創世王〉と瓜《うり》ふたつの形をしている。

ころころと転がってきたものを、ビシュムは拾い上げた。空色の澄んだ色をした〈ストーン〉だった。漆黒の昆虫人間……新しい〈創世王〉が排出したものが、その足元に山のように積み上がっていた。

「……」

ビシュムはその〈ストーン〉を照明の光に透かした。

「……なんて美しい。このような美しい〈ストーン〉を目にするのはいつ以来か」

ビシュムは〈ストーン〉を上衣の懐に収めると、浅い溜め息をついた。

「……どうしたものか」

皮肉なものだ、とビシュムは思っていた。

新しい〈創世王〉は無事に誕生した。これから数十年は〈ストーン〉の、そして〈エキス〉の供給にも困ることはないだろう。

だが。

その〈ストーン〉を、〈エキス〉をどう使う？

強いカイジンを生み出し、人を支配すると言った秋月信彦はもういない。

〈ストーン〉をビジネスに使おうとした堂波真一総理も失脚し、カイジンという存在の延命を望んだダロムももういない。

「……あ、私が殺したのか」

ビシュムは苦笑いした。

「……どうしたものか」

ビシュムは繰り返した。

いくら考えても無駄、だということはわかっている。

自分にはなんのビジョンもないからだ。昔からずっとそうだった。誰かに導いてもらわなければ、なにもできない。

本当の王が、新しい王が必要なのだ。

――足音が聞こえた。

部屋に入ってきた者を、ビシュムはまじまじと見た。

それをビシュムは、一瞬、光太郎かと思った。黒いレザージャケットを着たシルエットが、一瞬、あの見知った姿に見えた。だが、あらためて見れば背格好はまるで違った。

それは和泉葵だった。

「よく、ここに入れたものね」

「ここから逃げた時のルートは覚えてたから」

葵の視線は黒い〈創世王〉を捉えていた。

「これがおじさんなの？」

「……なるほど。いつまで待っていても戻ってこないから様子を見に来たのね」

「これがおじさんなの？」

葵が繰り返した質問に、ビシュムはうなずいて答えた。

「で、だったらどうするの？」

「……殺すよ。おじさんと別れる前、〝村〟で一緒に過ごした。その時におじさんに言われてたから」

「そう……あぁ、なるほどね」

ビシュムは深くうなずいた。ようやくすべてに合点が行った。自分が求めていた新たな王はこの子なのだと。

この子にすべてを託してしまえばいいのだと。そうすれば、自分はまたなにも決めずに済む。

気づけば、葵の片腕が大きな鎌に変形していた。

「あら、なんの真似？」

ビシュムが問うと葵は、

「邪魔するなら殺す」

「ふふっ……」

ビシュムは笑った。

「邪魔なんかしませんよ。お好きにどうぞ」

そう言って、ビシュムは部屋を出て行った。


──その後、彼女の姿を見た者はいない。


葵はゆっくりと黒い〈創世王〉に近づいた。ジャケットの懐から折れた〈サーベル〉をとり出す。

──特区三号で葵は秋月博士から話を聞いた。ビルゲニアが先に家を出て行き、ふたりきりの対話になった際、大事な話をいくつか聞いた。そのうちのひとつが、この〈サーベル〉のことだった。

〈創世王〉がふたつの〈キングストーン〉を排出した際、同時に生み出したのもこの〈サーベル〉だという話は、葵は三反園から聞かされていた。〈キングストーン〉は自分の命を受け継がせるため、そして〈サーベル〉は自分を守らせるため。そういう話だった。

『……それは嘘だ』

秋月博士は語った。

『〈創世王〉が我々にその意思を伝えた、数少ない事例のひとつだった。〈創世王〉は私と南に呼びかけた。〈キングストーン〉は確かに〈創世王〉の命を受け継ぎ、代替わりさせるためのもの。そして〈サーベル〉は〈創世王〉を消滅させるためのもの。〈創世王〉はすべての判断を我々に委ねたのだ。自分を生かすか殺すか。〈創世王〉を守るための剣と偽り、我々は〈サーベル〉を確保することにした。〈創世王〉を消滅させる力と知られれば、それを壊そうとする者が現れる、そう考えたからだ』

葵は折れた〈サーベル〉を両手で構え、ゆっくりと黒い〈創世王〉に近づいた。

「さよならは、もう言ってあるよね、おじさん」

小さな声で呟くと、葵は玉座の脚を踏んで駆け上がった。一瞬の躊躇もなく、黒い〈創世王〉の胸に折れた〈サーベル〉を突き立てた。

黒い〈創世王〉は吠え、震えた。

その衝撃に彼の全身にひびが走った。

乾いた土が崩れるように、その肉体が細かく割れ、床に落ちていった。黒い〈創世王〉だったものは、あっという間に黒い土塊《つちくれ》になった。

その土塊を葵はずっと見つめていた。


——ずっと待っていたよ。

——繋ぐために。


背後から声がした。

振り向くと、そこには白い着物の少女、ヤマトヒメノミコトが立っていた。


——ずっと待っていたよ。

——繋ぐために。


ヤマトヒメノミコトは両手に赤と緑の〈キングストーン〉をのせていた。

彼女はゆっくりと手を伸ばし、ふたつの〈キングストーン〉を葵の薄い胸に差し入れようとした。

しかし。

鎌に変形した葵の腕が一閃《いっせん》した。

一滴の血も流さず、ヤマトヒメノミコトの首が切断され、床に転がった。

首を失っても尚、立ち尽くしているヤマトヒメノミコトの手から、葵はふたつの〈キングストーン〉を奪った。

「あなたの世話にはならない。私は私で、繋いでいく」

Kamen Rider BLACK SUN

仮面ライダーBLACK SUN　異聞／イブン

［第二部　銀の黄昏］

エピローグ～２０２５

あれから三年が経《た》った。

私は十七歳になった。

この三年でいろいろなことがあった。

あの国連のシンポジウムでの暴露で民《たみ》の党《とう》は完全に崩壊した。それと引き換えというには、些細《ささい》なことすぎたかもしれないけど、私は普通の生活を失った。そして〝村〟で三反園《みたぞの》さんやニックと暮らすようになった。学校にも行けなくなったけど、勉強は三反園さんが教えてくれた。高校のカリキュラムは去年のうちに終了させた。

そして世界は変わった。否《いや》、無駄に主語を大きくするのはやめておこう。国際情勢に引っ張られるようにして、日本は随分変わってしまった。

海外では大きな戦争がいくつか起きた。

食料、資源の供給が滞り日本は大きなダメージを受けたけど、幸運なことにまだ戦火に巻き込まれてはいなかった。

でも、それは時間の問題なのだと、大声で主張する人たちがいた。彼らは民の党の後継として国民の党という新政党を立ち上げ、選挙にも勝ち、実質、民の党は与党に返り咲いた。

国民の党の総裁は仁村勲《にむらいさお》といって、堂波《どうなみ》総理の補佐官だった人だ。そして国民の党は今期の国会で新しい法律を通そうとしている。憲法の一部を一時的に凍結して、これまでよりも積極的に海外派兵を可能にする法律だ。建前上は海外派兵だけど、これが通れば、日本は自由に戦争ができるようになる。だから野党から〝戦争法案〟と揶揄《やゆ》されているけれど、国民の党はそんなことは気にしていない。わかりやすいから、という理由で、自分たちで使っている議員もいるくらいだ。

カイジン差別は更にひどくなった。

――私の暴露にも原因がある。

三年前の私はそこまで考えが及ばなかった。

カイジンは人に兵器として造られた。その真実が明らかになったことで、更に強く差別する者たちが現れた。そして、それは決して少ない数ではなかった。本来なら立場の弱いカイジンを保護する立場にある警察官による暴行、飲食店や公共交通機関への立ち入りを巡るトラブルは毎日のように起きて、増えていくばかりだった。これまでは大丈夫だったのに、カイジンの生徒を退学にさせて問題になった学校もある。

あの井垣《いがき》たちがやっていたようなカイジンに対するヘイトデモも日本の至るところで、毎日のように行われている。国はカイジンたちを保護するという名目で、カイジン証明書を発行、それを携帯するということを義務づける方向で動いている。本来の目的であるカイジン保護よりも、証明書不携帯の際の罰則のことばかりが話題になった。

私は三反園さんと一緒に、買い出しのためにたまに〝村〟を出る。いろいろな街に行くのだが、その日は松本駅の近くを訪れた。松本に行くようになったのは、〝村〟で暮らすようになってからだが、お気に入りの街だ。落ち着いた雰囲気が好きだ。松本城にもいちど行ってみたいと思っていた。

買い出しを済ませ、私と三反園さんは駅の近くに戻ってきた。大きな通りの歩道に、ひとりの女の子が立っていた。小学校の上級生くらいか。ひどく痩せていて、少し首回りの伸びたTシャツを着ていた。

彼女はその華奢《きゃしゃ》な身体には不釣り合いな大きなプラカードを肩で支えていた。

『Opposition to discrimination（差別反対）』

そう書かれたプラカードを手にして、なにかを声高に叫ぶわけでもなく、少女はただ立っていた。

少し離れた場所から、私はその子のことをずっと見ていた。三反園さんも黙って横にいてくれた。

やがて、その子はふらりと倒れるようにその場にうずくまった。プラカードは彼女の前に落ちて、道行く人は遠慮することなく、それを踏みつけていった。

私は思わず駆け寄っていた。その子はカイジンだった。匂いでわかった。カイジンとしての体臭だけでなく、Tシャツも匂った。

「お父さんお母さんは？」

彼女は首を横に振った。

「……一緒に来る？」

そう言って、私は彼女の肩を抱いて立たせた。

その子の名前は明日美《あすみ》といった。

私は彼女を〝村〟へ連れ帰った。〝村〟には彼女と同じく、行き場を失った子たちが大勢集まるようになった。

子どもたちは三反園さんが先生になって勉強を続けることができた。場合によっては私が先生を務めることもあった。


最近、テレビを見ていると、毎日のように〝戦争法案〟についてのニュースが流れてくる。近日、国民投票が行われることが決まった。テレビの識者たちの声とは裏腹に、法案はほぼ可決される見通しらしい。

「その後、具合はどうだい？　安定しているか？」

三反園さんの小屋で一緒にテレビを見ていると、私はそう尋ねられた。

「はい」と答えて、私はお腹を押さえた。

「その時が来たら、本当にやるつもりなのか？」

三反園の質問に、私は「うん」と答えた。

――三年前の国連のシンポジウムの時、私はスピーチの途中で黒川《くろかわ》に通信を遮断された。そのため、最後に話そうと思っていた、いちばん大事な話をできないでいた。その時は悔しかったけれど、今、思えば、あの時に話さなかったのは、むしろよかったのかもしれない。

特区三号の家で秋月《あきづき》博士は私に語った。


『戦後、私と南《みなみ》は〝村〟の外の協力者とともに、ある、重要な一件を調べていた。〈創世王〉を誕生させた〈ストーン〉は堂波道之助《みちのすけ》がどこからか持ってきたものだ。堂波が時に連れ回していたヤマトヒメノミコトという娘がいた。カイジンヤクザに襲われる前、私も彼女が堂波と一緒にいたのを見たし、私を助けてくれたこともある。気になっていたのは、そもそも、ヤマトヒメノミコトという名前だ。私も南も最初のうちは堂波がつけたニックネームのようなものだと思っていた。なぜなら、ヤマトヒメノミコトというのは古代史の有名人のひとりだ。実在したかはともかく、天照大御神《あまてらすおおみかみ》の御杖代《みつえしろ》として、それが祀《まつ》られる伊勢神宮へと案内したことで知られる。ほとんど神話上の人物だ。

だが、ある時、私も南も、もうひとつの可能性に気づいた。ヤマトヒメノミコトが本物のヤマトヒメノミコトだったとしたら……二千年以上前から生き続けている者だとしたら、彼女こそ、〈創世王〉を生み出した〈ストーン〉と深い関わりがあるのではないか、と。

私たちが考えを修正するのを待っていたかのように、日本の正史の陰に隠された資料の類《たぐ》いが続々と集まってきた。

我々はその道の専門家ではない。

だからそこに記されていたことが真実かどうか、確かめる術はない。

いや、歴史学者だったとしても無理な話だ。

だから葵《あおい》君、私が知ったことをそのまま伝える。

この日本にはこれまで、〈創世王〉はなんどか生まれている。

最初にして最大規模の力を発揮したのは今から千四百年も前のことだ。日本はかねてから親交のあった百済《くだら》再興のため、朝鮮半島に兵を送った。だが、新羅《しらぎ》、そしてその背後にいた唐に散々やられ、日本に逃げ帰ってきた。

当時の唐は大国だ。その唐を怒らせたと、国の首脳部は慌てた。急ぎ、九州に防衛拠点を造り、兵を集めた。だが、唐が本気を出せば日本などひとたまりもない。それだけの戦力差があった。

だが……。

〝歴史〟によれば、唐はなぜか、日本には攻めて来なかった。だから日本は救われた。

だが、だが。

実際は、唐は日本に攻めてきた。新羅の兵も加わり、何十万という大軍が上陸した。だが、ひとり残らず殺された。ヤマトヒメノミコトが〈ストーン〉を与え、時の権力者が〈創世王〉を造っていたのだ。〈創世王〉になったのは有力豪族の子弟だったらしい。〈創世王〉は〈ストーン〉を大量に生み出し、万単位のカイジンが造られた。そのカイジン軍団は唐の大軍を打ち破った。

　その戦《いくさ》の後、困ったことが起きた。力を持つカイジンたちをコントロールすることができなくなった。彼らは都から追われ、現在の関東、東北へ逃げた。だが、支配者たちのやり方に納得せず、反乱を起こそうとする者たちも絶えなかった。

　その後、奈良、平安と時代を下り、カイジンたちは数を減らしたように見えた。だが、それは見かけ上のことだ。世代を重ね、カイジンの血はむしろ拡散していった。中にはカイジンの特性を色濃く残す者もいた。そういった連中は、人々の間で、カイジンについての記憶がなくなった平安の頃、もののけと呼ばれるようになっていた……。

　平安前期にも〈創世王〉は生まれた。ある豪族が〈創世王〉を生み出した。恐らく与えたのはヤマトヒメノミコトだろう。その時も万に及ぶカイジンが作られ、体制に反旗を翻《ひるがえ》すのに使われた。だが、結局は鎮圧され、歴史の闇に葬られた。

　葵君、私が語ったことの意味が理解できたか？

これはただの昔話じゃないんだ。古代に数万のカイジンたちがいた。中世にもまた多くのカイジンが生まれた。千数百年にわたり、その血は消えることなく受け継がれている。つまり、我々日本人は……ごく僅《わず》かながらも、全員がカイジンの血を引いているんだ。

　そして、〈創世王〉の秘めた力は……』

「見ていて、三反園さん」

　三反園さんの前で私は服を脱ぎ、裸になった。三反園さんは医者であり、今の私の生みの親のようなものだ。恥ずかしさはない。

　私は精神を集中し、〈カマキリカイジン〉になった。

　だが、以前の姿とは少し違う。お腹には金属の板がある。おじさんたちも備えていた、〈キングストーン〉を制御するための〈サプレッサー〉だ。けれど、おじさんたちのものとは違う。それは三反園さんが何十年も研究を続けていた、〈キングストーン〉を同時にふたつ装備できる〈サプレッサー〉だ。

　三年前にニックにも与えられ、そのデータを元に改良が続き、ようやく完成したのだという。

このシステムは、

——Regalia of Xenogeneic。

リゲイリア・オブ・ゼノジェニック、異種間の王位の象徴という意味で、三反園さんが名づけた。

この〈サプレッサー〉があれば、ふたつの〈キングストーン〉を持つ者……つまり〈創世王〉としての力を使えるが、〈創世王〉に呑《の》み込まれることはない。

そして、私はすでに〈創世王〉の本当の力を知っている。超人計画遂行中に堂波道之助が知っていれば、歓喜したであろう力だ。ただ〈ストーン〉や〈エキス〉を排出することなどとは比較にならない、〝王〟の名に相応《ふさわ》しい力だ。

——日本人には全員、カイジンの遺伝子が受け継がれている。

そして〈創世王〉にはそれを覚醒させる力がある。

それが〈創世王〉の真の力だ。もしも日本人が選択を誤った場合、私にはそのスイッチを押す準備ができている。そういう結末を望むのであれば、私にはそれを与える力がある。

私は思う。

そのスイッチを押す日はそんなに遠くないだろう、と。

Kamen Rider BLACK SUN

仮面ライダーBLACK SUN　異聞／イブン

仮面ライダーBLACK SUN　異聞／イブン

2024年4月2日　初版第一刷発行

著　者　和智正喜
原　作　石ノ森章太郎
監　修　髙橋 泉
発行者　山下直久
発　行　株式会社KADOKAWA
〒102-8177　東京都千代田区富士見2-13-3
0570-002-301（ナビダイヤル）
印刷・製本　株式会社広済堂ネクスト

ISBN978-4-04-682658-9　C0093

●本作は、映像作品『仮面ライダーBLACK SUN』（原作・石ノ森章太郎、監督・白石和彌、脚本・髙橋 泉、製作：東映株式会社「仮面ライダーBLACK SUN」PROJECT）をもとに、著者が独自に小説化した作品です。
●この作品はフィクションです。実在の人物・団体・事件・地名・名称等とは一切関係ありません。